KATHRYN STOCKETT

LA COULEUR
DES SENTIMENTS

roman traduit de l'américain
par Pierre Girard

BABEL

LA COULEUR DES SENTIMENTS

DU MÊME AUTEUR

La Couleur des sentiments, éd. Jacqueline Chambon, 2010, prix des Lectrices de *Elle* 2011, prix des Lycéennes de *Elle* 2011.

Titre original :
The Help
Editeur original :
Amy Einhorn Books, New York
avec l'accord de G. P. Putnam's Sons/Penguin Group, USA
© Kathryn Stockett, 2009

© ACTES SUD, 2010
pour la traduction française
ISBN 978-2-330-01307-3

A papy Stockett, de loin le meilleur conteur.

AIBILEEN

CHAPITRE 1

Août 1962

Mae Mobley, elle est née de bonne heure un dimanche matin d'août 1960. Un bébé d'église, comme on dit. Moi je m'occupe des bébés des Blancs, voilà ce que je fais, et en plus, de tout le boulot de la cuisine et du ménage. J'en ai élevé dix-sept de ces petits, dans ma vie. Je sais comment les endormir, les calmer quand ils pleurent et les mettre sur le pot le matin, avant que les mamans aient seulement le temps de sortir du lit.

Mais un bébé qui hurle comme Mae Mobley Leefolt, ça j'en avais jamais vu. Le premier jour que je pousse la porte je la trouve toute chaude et toute rouge à éclater et qui braille et qui se bagarre avec son biberon comme si c'était un navet pourri. Miss Leefolt, elle a l'air terrifiée par son propre enfant. "Qu'est-ce que j'ai fait de mal ? Pourquoi je ne peux pas arrêter ça ?"

Ça ? Tout de suite, je me suis dit : il y a quelque chose qui cloche ici.

Alors j'ai pris ce bébé tout rouge et hurlant dans mes bras. Je l'ai un peu chahuté sur ma hanche pour faire sortir les gaz et il a pas fallu deux minutes pour que Baby Girl arrête de pleurer et me regarde avec son sourire comme elle sait faire. Mais Miss Leefolt, elle a plus pris son bébé de toute la journée. Des femmes qui attrapent le baby blues après l'accouchement, j'en avais déjà vu des tas. Je me suis dit que ça devait être ça.

Mais il y a une chose avec Miss Leefolt : c'est pas juste qu'elle fronce tout le temps les sourcils, en plus elle est toute maigre. Elle a des jambes tellement fines qu'on les dirait poussées de la semaine dernière. A l'âge de vingt-trois ans, la voilà efflanquée comme un gamin de quatorze. Même ses cheveux bruns sont tellement fins qu'on voit au travers. Elle essaie de les faire bouffer, mais ça les fait seulement paraître plus fins. Et sa figure, elle ressemble à celle du diable rouge sur la bonbonnière, avec le menton pointu et tout. Pour tout dire, elle a le corps tellement plein de pointes et de bosses qu'il faut pas s'étonner si elle arrive jamais à calmer ce bébé. Les bébés, ils aiment les grosses. Ils aiment fourrer la tête sous votre bras pour s'endormir. Ils aiment les grosses jambes, aussi. Ça, je peux vous le dire.

Mae Mobley, à un an, elle me suivait déjà partout où j'allais. Quand arrivait cinq heures elle se cramponnait à mes Scholl, elle se traînait par terre et elle bramait comme si j'allais jamais revenir. Après, Miss Leefolt me regardait de travers, à croire qu'il aurait pas fallu décrocher ce bébé qui criait à mes pieds. Je pense que c'est le risque qu'on prend, quand on laisse quelqu'un d'autre élever ses enfants.

Elle a deux ans maintenant, Mae Mobley. Et des grands yeux noirs, et des boucles blondes comme du miel. Mais la plaque chauve derrière son crâne, ça gâche un peu. Elle a la même ride que sa mère entre les sourcils quand elle est pas contente. Ça leur plairait plutôt à ses parents, sauf que Mae Mobley est trop grosse. Ça sera pas une reine de beauté. Je crois que ça embête Miss Leefolt, mais Mae Mobley, c'est mon bébé.

J'ai perdu mon garçon, Treelore, juste avant de commencer chez Miss Leefolt. Il avait vingt-quatre ans. Le plus bel âge de la vie. Ça lui faisait pas assez de temps passé en ce monde, c'est tout.

Il s'était pris un petit appartement dans Foley Street. Il sortait avec Frances, une gentille fille, et je pense qu'ils auraient pas tardé à se marier, mais il était un peu lent pour ces choses-là, Treelore. C'était pas qu'il voulait trouver mieux, mais plutôt qu'il était du genre qui réfléchit. Il avait des grosses lunettes et il lisait tout le temps. Même qu'il avait commencé à écrire son livre, sur comment les gens de couleur vivaient et travaillaient dans le Mississippi. Mon Dieu, que ça me rendait fière ! Mais un soir il est resté tard à la scierie de Scanlon Taylor pour charger des grosses poutres sur le camion, pleines d'échardes qui vous rentraient dans la peau à travers les gants. Il était trop petit pour ce travail, trop maigre, mais il en avait besoin. Il était fatigué. Il a glissé du quai de chargement et il est tombé dans le passage. Le type qui conduisait le semi-remorque l'a pas vu et il lui a écrasé les poumons avant qu'il ait fait un geste. Quand je l'ai su, il était mort.

C'est ce jour-là que tout est devenu noir. L'air était noir, le soleil était noir. Je me suis couchée et je suis restée à regarder les murs noirs de ma maison. Minny venait tous les jours pour voir si je respirais encore, me faire manger et me garder en vie. Il s'est passé trois mois avant que je regarde par la fenêtre et que je voie que le monde était toujours là. J'en revenais pas de m'apercevoir qu'il s'était pas éteint, comme ça, parce que mon garçon était mort.

Cinq mois après l'enterrement, je me suis levée. J'ai mis mon uniforme blanc et ma petite croix en or autour du cou et je suis entrée au service de Miss Leefolt parce qu'elle venait d'accoucher de sa petite fille. Mais j'ai pas tardé à comprendre que quelque chose avait changé. On m'avait planté dedans une graine d'amertume. Et j'acceptais plus les choses comme avant.

"Finissez le ménage et ensuite vous préparerez la salade de poulet", dit Miss Leefolt.

C'est le jour du club de bridge. Chaque quatrième mercredi du mois. Evidemment, j'ai déjà tout préparé – j'ai fait la salade de poulet ce matin, j'ai repassé le linge de table hier. Miss Leefolt m'a vue faire tout ça. Elle a que vingt-trois ans mais elle aime bien s'entendre me donner des ordres.

Elle a déjà mis la robe bleue que j'ai repassée ce matin, celle avec les soixante-cinq plis à la taille, tellement petits que je suis obligée de lorgner à travers mes lunettes pour les aplatir. Il y a pas beaucoup de choses que je déteste dans la vie, mais cette robe et moi, on n'est *pas* faites pour s'entendre.

"Et débrouillez-vous pour que Mae Mobley ne vienne pas nous embêter. Je suis tellement furieuse contre elle ! Elle a déchiré mon papier à lettres en mille morceaux, et j'ai quinze mots de remerciements à écrire pour la Ligue…"

J'arrange tout bien pour ses copines. Je sors le cristal et l'argenterie. Miss Leefolt met pas des jolies petites cartes comme font les autres dames. On dresse le couvert sur la table de la salle à manger, on met une nappe pour cacher la grosse fente en forme de L et on pousse le centre de table garni de fleurs rouges sur le côté à l'endroit où le bois est tout abîmé. Miss Leefolt, quand elle invite à déjeuner, elle aime que ça soit chic. C'est peut-être que la maison est petite, alors elle essaye de compenser. Ils sont pas riches, ça je le sais. Les riches, ils en font pas tant.

J'ai l'habitude de travailler pour des jeunes couples, mais je crois que cette maison, c'est la plus petite où j'aie été. Rien qu'un rez-de-chaussée. La chambre de Miss et Mister

Leefolt, au fond, est assez grande, mais celle du bébé est toute petite. La salle à manger et le salon se touchent. Il y a que deux w.-c., et ça, ça me va bien, vu que j'ai déjà travaillé dans des maisons avec cinq ou six. Une journée, il fallait, rien que pour nettoyer les toilettes. Miss Leefolt me donne que quatre-vingt quinze cents de l'heure, moins que ce que je gagne depuis des années. Après la mort de Treelore, j'ai pris ce que j'ai trouvé. Mon propriétaire voulait plus attendre. Mais même si c'est petit, Miss Leefolt fait ce qu'elle peut pour que ça soit joli. Elle se débrouille bien à la machine à coudre. Quand elle peut pas acheter du neuf, elle trouve du tissu bleu et elle fait elle-même.

On sonne à la porte et j'ouvre.

"Bonjour, Aibileen, dit Miss Skeeter, parce qu'elle est du genre qui parle à la bonne. Comment ça va ?

— Bonjour, Miss Skeeter. Ça va. Mon Dieu, il fait chaud dehors !"

Miss Skeeter est très grande, et maigre, avec des cheveux jaunes coupés court au-dessus des épaules parce que sans ça ils frisent. Elle a dans les vingt-trois ans, pareil que Miss Leefolt et les autres. Elle pose son sac sur la chaise, se secoue un peu dans ses vêtements. Elle porte un chemisier blanc qu'elle boutonne jusqu'en haut comme une bonne sœur et des souliers plats, pour pas être trop grande je suppose. Miss Skeeter, on dirait toujours que c'est quelqu'un d'autre qui lui dit comment s'habiller.

J'entends Miss Hilly et Miss Walters, sa maman, qui s'arrêtent devant la maison avec un petit coup de klaxon. Miss Hilly habite à deux pas, mais elle vient toujours en voiture. Je la fais rentrer, elle me passe devant, et je me dis que c'est le moment de réveiller Mae Mobley de sa sieste.

Dès que j'entre dans sa chambre Mae Mobley me sourit et tend ses petits bras grassouillets.

"Déjà debout, Baby Girl ? Pourquoi tu m'as pas appelée ?"

Elle rit, elle est toute contente et elle gigote en attendant que je la prenne. Je la serre bien fort dans mes bras. Ça doit pas lui arriver souvent, je pense, quand je suis pas là. Des fois, quand je viens prendre mon service, je la trouve en train de brailler dans son petit lit pendant que Miss Leefolt est occupée à sa machine à coudre et qu'elle lève les yeux au ciel comme si il y avait un chat sauvage accroché à la porte. Parce que Miss Leefolt, c'est tous les jours qu'elle s'habille chic. Elle est toujours maquillée, elle a un garage pour la voiture, un Frigidaire à deux portes avec distributeur de glaçons. Quand on la voit à l'épicerie Jitney 14, on se douterait jamais qu'elle est sortie en laissant son bébé crier dans son berceau. Mais la bonne, elle, le sait toujours.

Mais aujourd'hui, c'est un bon jour. La petite sourit.

Je dis : "Aibileen ?"

Elle dit : "Aib-i !"

Je dis : "Amour."

Elle dit : "Amour !"

Je dis : "Mae Mobley."

Elle dit : "Aib-i ?" et elle rit, elle rit ! Elle est trop contente de parler, et je dois lui dire, allons, c'est l'heure maintenant ! Treelore, jusqu'à l'âge de deux ans il disait rien lui non plus. Mais quand il est entré en troisième année de la petite école il parlait mieux que le président des Etats-Unis et il revenait à la maison en disant des mots comme *conjugaison* ou *parlementaire*. Quand il a commencé le lycée on s'est mis à jouer à un jeu où je lui donnais un mot vraiment facile et lui devait trouver des mots bizarres qui voulaient dire la même chose. Je disais *chat* et lui disait *félin domestiqué*, je disais *mixer*, et il disait *rotor motorisé*. Un jour j'ai dit *Crisco**. Il s'est gratté la tête. Il pouvait pas croire que j'avais gagné avec un mot aussi simple. C'est devenu une plaisanterie secrète entre nous, pour parler de quelque chose qu'on peut pas appeler autrement. Et on s'est mis à appeler son papa Crisco parce qu'on peut pas rêver sur un homme qui a abandonné sa famille. Et qui est en plus le plus minable vaurien que la terre ait jamais porté.

J'emmène Mae Mobley à la cuisine et je l'assois sur sa chaise haute, en pensant aux deux corvées qui me restent avant que Miss Leefolt fasse une crise : mettre de côté les serviettes de table qui commencent à s'effilocher et ranger l'argenterie dans le buffet. Mon Dieu, il va sûrement falloir faire ça pendant que ces dames sont là.

J'apporte le plateau d'œufs mimosa dans la salle à manger. Miss Leefolt est assise au bout de la table avec Miss Hilly Holbrook à gauche et à côté la maman de Miss Hilly, Miss Walters, que Miss Hilly traite pas avec le respect qu'elle devrait. Et à droite de Miss Leefolt, c'est Miss Skeeter.

Je fais tourner les œufs, en commençant par Miss Walters puisque c'est la plus vieille. Il fait chaud là-dedans, mais elle garde un gros pull marron sur les épaules. Elle prend un œuf avec la cuillère et elle manque de le laisser tomber vu qu'elle commence à avoir la tremblote. Après je passe à Miss Hilly et elle sourit et en prend deux d'un coup. Miss Hilly a une figure ronde et une choucroute de cheveux bruns. Elle a la peau couleur olive, avec des taches de rousseur et des grains de beauté. Elle porte souvent des tissus écossais rouges. Et elle a un gros derrière. Aujourd'hui qu'il fait chaud, elle a mis une robe rouge sans manches et sans ceinture. Une de ces robes pour les dames

---

* Marque de margarine. *(Toutes les notes sont du traducteur.)*

qui continuent à s'habiller comme des petites filles avec des nœuds-nœuds et des chapeaux assortis et tout. Miss Hilly, c'est pas ma préférée.

Je m'approche de Miss Skeeter, mais elle me regarde en fronçant le nez et elle dit : "Non merci", parce qu'elle mange pas d'œufs. Je le dis à Miss Leefolt chaque fois qu'elle reçoit le club de bridge et elle me fait faire quand même des œufs mimosa. Elle a peur que Miss Hilly soit déçue, sinon.

Et je finis par Miss Leefolt. Vu que c'est elle qui reçoit, c'est à elle de se servir en dernier. Dès que j'ai fini, Miss Hilly dit : "Permettez", et elle attrape encore deux œufs, ce qui m'étonne pas du tout.

"Devinez sur qui je suis tombée au salon de beauté ? demande Miss Hilly aux autres dames.

— Sur qui donc ? demande Miss Leefolt.

— Celia Foote ! Et vous savez ce qu'elle m'a demandé ? Si elle pouvait aider pour la vente de charité, cette année.

— Bien, dit Miss Skeeter. On en a besoin.

— Pas tant que ça. Je lui ai répondu : « Celia, il faut être membre de la Ligue ou donatrice pour participer. » Qu'est-ce qu'elle s'imagine ? Elle croit que c'est ouvert à n'importe qui ?

— On n'acceptera pas de non-membres cette année ? Puisque la vente marche si bien ? demande Miss Skeeter.

— Ma foi, oui, dit Miss Hilly. Mais ce n'était pas à *elle* que j'allais le dire !

— Je ne comprends toujours pas comment Johnny a pu épouser une fille aussi ordinaire", dit Miss Leefolt, et Miss Hilly hoche la tête. Elle se met à distribuer les cartes.

Je sers la salade en gelée et les sandwiches au jambon, et je peux pas m'empêcher d'écouter leur bavardage. Ces dames-là ont trois sujets de conversation, pas plus : leurs gosses, leurs toilettes et leurs amis. J'entends le nom de Kennedy, mais je sais qu'elles discutent jamais de politique. Elles parlent de la robe que Miss Jackie portait à la télé.

Quand j'arrive à Miss Walters, elle prend qu'une petite moitié de sandwich.

"Maman ! crie Miss Hilly, prends un autre sandwich, tu es maigre comme un clou !" Miss Hilly regarde les autres dames. "Je ne cesse de le lui dire, si cette Minny ne sait pas cuisiner il faut tout simplement la renvoyer."

Je tends l'oreille. Elles parlent de la bonne. Minny, c'est ma meilleure amie.

"Minny cuisine très bien, dit la vieille Miss Walters. Mais je n'ai plus le même appétit, c'est tout."

Minny, c'est peut-être la meilleure cuisinière du comté de Hinds, ou même du Mississippi. La vente de la Ligue a lieu tous les ans à l'automne et elles vont bientôt lui demander de faire dix gâteaux au caramel pour les mettre aux enchères. Une bonne comme elle, normalement, tout le monde devrait se la disputer. Sauf que Minny, c'est une grande gueule. Faut toujours qu'elle réponde. Un jour, c'est au patron blanc de l'épicerie Jitney Jungle, le lendemain à son mari, et tous les jours à la Blanche chez qui elle travaille. Si elle est depuis si longtemps chez Miss Walters, c'est uniquement parce que Miss Walters est sourde comme un pot.

"J'estime que tu es mal nourrie, maman ! lui crie Miss Hilly dans l'oreille. Cette Minny ne te fait pas bien manger et elle te vole le peu d'argenterie qui me reste !" Miss Hilly se lève, elle a l'air énervée. "Je vais au petit coin. Surveillez-la, au cas où elle tomberait d'inanition."

Dès que Miss Hilly est sortie, Miss Walters dit très fort dans son dos : "Ça te ferait trop plaisir !" Elles font toutes comme si elles avaient rien entendu. Je ferais bien d'appeler Minny ce soir, pour lui répéter ce que Miss Hilly a dit.

Dans la cuisine, Baby Girl est bien droite sur sa chaise haute avec du jus violet plein la figure. Dès qu'elle me voit arriver, elle sourit. Elle fait pas d'histoires si je la laisse ici toute seule, mais j'aime pas que ça dure trop longtemps. Je sais qu'elle reste sans rien dire à surveiller cette porte en attendant que je revienne.

Je lui donne une petite tape sur son petit crâne tout doux et je repars pour servir le thé glacé. Miss Hilly est revenue s'asseoir et elle a l'air renfrognée, elle a trouvé autre chose pour faire la tête.

"Oh, Hilly, tu devrais plutôt aller aux toilettes de la chambre d'amis, dit Miss Leefolt, en battant les cartes. Aibileen ne fait pas celles du fond avant le déjeuner."

Hilly lève le menton. Puis elle fait : "Hum, hum." C'est sa façon d'attirer délicatement l'attention pour que tout le monde se tourne vers elle sans savoir pourquoi.

"Mais les toilettes de la chambre d'amis, c'est là que va la bonne", elle dit.

Il y a un silence. Alors Miss Walters hoche la tête comme si elle avait tout compris et elle dit avec sa grosse voix : "Elle est contrariée parce que la négresse va dans les mêmes toilettes que nous."

Mon Dieu, ça va pas recommencer avec ça ! Elles me regardent toutes pendant que je range les couverts en argent dans le tiroir de la desserte et je comprends que je dois sortir maintenant. J'en suis à la dernière cuillère. Miss Leefolt me lance un coup d'œil et dit : "Il nous faut encore du thé, Aibileen, allez en chercher."

Je fais ce qu'elle dit, même si leurs tasses sont encore pleines à ras bord.

Je traîne un moment dans la cuisine, mais j'ai plus rien à y faire. C'est dans la salle à manger qu'il faut que j'aille, pour finir de ranger les couverts. Et je dois aussi m'occuper du placard à linge mais il est dans le couloir, juste à côté de la salle à manger. Je vais pas me mettre en retard parce que Miss Leefolt joue aux cartes, quand même !

J'attends quelques minutes en essuyant le comptoir. Je donne encore un peu de jambon à Baby Girl et elle l'avale. Finalement, je me glisse dans le couloir en priant le ciel qu'on me voie pas.

Elles ont chacune une cigarette à la main et les cartes dans l'autre. J'entends Miss Hilly qui dit : "Elizabeth, si vous aviez le choix, vous ne préféreriez pas qu'elles fassent leurs besoins dehors ?"

J'ouvre le tiroir à serviettes, tout doucement. J'écoute, mais j'ai surtout peur que Miss Leefolt me voie. Cette histoire de toilettes, c'est pas nouveau pour moi. Tout le monde, en ville, a des toilettes réservées aux gens de couleur. Mais je lève les yeux, je vois Miss Leefolt qui me regarde et je me fige. Je vais avoir des ennuis.

"Je joue cœur, dit Miss Walters.

— Je ne sais pas… dit Miss Leefolt, en se frottant les sourcils. Il n'y a pas six mois que Raleigh a créé son entreprise, et on ne roule pas sur l'or en ce moment."

Miss Hilly parle lentement, comme si elle étalait le glaçage sur un gâteau. "Tu n'as qu'à dire à Raleigh qu'il récupérera chaque penny dépensé pour ces toilettes le jour où il vendra sa maison." Elle hoche la tête, elle s'approuve toute seule. "Comment a-t-on pu construire toutes ces maisons sans toilettes pour les domestiques ? C'est carrément dangereux. Tout le monde sait que ces gens ont d'autres maladies que nous. Je contre."

Je prends une pile de serviettes. Je sais pas pourquoi mais je suis curieuse, tout d'un coup, d'entendre ce que Miss Leefolt va répondre à ça. C'est ma patronne. Je crois qu'on a tous envie de savoir ce que les patrons pensent de nous.

"Ce serait bien, dit Miss Leefolt, en tirant une petite bouffée de cigarette, si elle pouvait aller ailleurs. J'annonce trois piques.

— C'est pour cette raison, justement, que je présente une proposition de loi pour promouvoir les installations sanitaires réservées aux domestiques comme une mesure de prévention contre les maladies", dit Miss Hilly.

J'ai la gorge serrée, tout d'un coup, que j'en reviens pas. Ça fait trop longtemps que j'ai appris à me taire.

Miss Skeeter a pas du tout l'air de comprendre. "Une proposition de loi… pour quoi ?

— C'est un projet qui vise à rendre obligatoire la présence de toilettes séparées à l'usage des domestiques de couleur dans toute maison occupée par des Blancs. Je l'ai même adressé au directeur général de la Santé du Mississippi pour qu'il dise s'il est prêt à soutenir cette idée. Je passe."

Miss Skeeter regarde Miss Hilly et sa figure se crispe. Elle pose ses cartes à l'envers sur la table et elle lâche, calme comme pas deux : "C'est peut-être pour toi qu'on devrait construire des toilettes à l'extérieur, Hilly."

Après ça, je vous dis pas le silence dans la pièce.

Miss Hilly répond : "Tu ne devrais pas plaisanter à propos du problème noir. Pas si tu tiens à rester rédactrice en chef de la *Lettre*, Skeeter Phelan."

Miss Skeeter rit, enfin, ça y ressemble, mais je vois bien qu'elle trouve pas ça drôle. "Quoi, tu… me renverrais ? Pour ne pas être de ton avis ?"

Miss Hilly hausse les sourcils. "Je ferai ce que j'aurai à faire pour protéger cette ville. A toi d'annoncer, maman."

Je repars dans la cuisine et j'y reste jusqu'au moment ou j'entends la porte de la maison qui se referme sur le derrière de Miss Hilly.

Quand je suis sûre que Miss Hilly est partie, je mets Mae Mobley dans son parc et je sors la poubelle pour le camion qui passe aujourd'hui. Au bout de l'allée, Miss Hilly et sa folle de mère manquent de me passer sur le corps en marche arrière, et puis elles se font tout aimables pour me crier des excuses. Je rentre dans la maison, trop contente d'avoir encore mes deux jambes.

Je trouve Miss Skeeter dans la cuisine. Elle s'appuie au comptoir et elle a un air sérieux, encore plus sérieux que d'habitude. "Miss Skeeter, je peux faire quelque chose pour vous ?"

Elle regarde vers l'allée où Miss Leefolt est en train de parler à Miss Hilly par-dessus la vitre de la portière. "Non. Je… j'attends."

J'essuie un plateau avec un torchon. Je la vois du coin de l'œil qui continue à regarder par la fenêtre avec son air tracassé. Elle est pas comme les autres dames, à cause de sa grande taille. Elle a aussi des pommettes très hautes. Et des yeux bleus toujours baissés qui lui donnent l'air timide. On entend rien dans la pièce, sauf les crachotements de la petite radio posée sur le comptoir qui est branchée sur la station de gospel. Je voudrais bien qu'elle sorte.

"C'est le sermon du pasteur Green que vous écoutez ? elle demande.

— Oui, ma'am, c'est ça."

Miss Skeeter fait un genre de sourire. "Ça me rappelle ma bonne, quand j'étais petite.

— Ah, je l'ai connue, Constantine", je dis.

Miss Skeeter laisse la fenêtre pour me regarder. "C'est elle qui m'a élevée, vous le saviez ?"

Je fais oui de la tête, mais je regrette d'avoir parlé. Je connais trop bien cette situation.

"J'ai cherché à me procurer l'adresse de sa famille à Chicago, dit Miss Skeeter, mais personne n'a pu me renseigner.

— Je l'ai pas moi non plus, ma'am."

Miss Skeeter regarde encore par la fenêtre la Buick de Miss Hilly. Elle secoue la tête, à peine. "Aibileen, cette discussion tout à l'heure… Ce qu'a dit Hilly. Enfin…"

Je prends une tasse à café et je me mets à la frotter bien fort avec mon torchon.

"Vous n'avez jamais envie de… changer les choses ?" elle demande.

Et là, c'est plus fort que moi. Je la regarde bien en face. Parce que c'est une des questions les plus idiotes que j'aie jamais entendues. Elle a l'air perdue, dégoûtée, comme si elle avait mis du sel au lieu du sucre dans son café.

Je me remets à frotter, comme ça elle me voit pas lever les yeux au ciel. "Oh, non, ma'am, tout va bien.

— Mais cette discussion, là, au sujet des *toilettes*…"

Et pile sur ce mot, Miss Leefolt arrive dans la cuisine.

"Ah, tu étais ici, Skeeter !" Elle nous regarde d'un drôle d'air. "Excusez-moi si je vous ai interrompues…" On reste plantées toutes les deux à se demander ce qu'elle a entendu.

"Il faut que j'y aille, dit Miss Skeeter. A demain, Elizabeth." Elle ouvre la porte sur le jardin. "Merci, Aibileen, pour ce déjeuner." Et la voilà partie.

Je file dans le salon et je commence à débarrasser la table de bridge. Et tout comme prévu, voilà Miss Leefolt qui arrive derrière moi avec son sourire contrarié. A la voir comme elle tend le cou je sens qu'elle va me demander quelque chose. Elle aime pas que je parle avec ses amies quand elle y est pas, et ça date pas d'hier. Faut toujours qu'elle sache ce qu'on s'est dit. Je lui passe devant pour filer dans la cuisine. Je mets Baby Girl sur sa chaise haute et je commence à nettoyer le four.

Miss Leefolt me suit. Elle voit une boîte de Crisco, la soulève et la repose. Baby Girl tend les bras à sa maman pour qu'elle la prenne, mais Miss Leefolt ouvre un placard et fait comme si elle avait rien vu. Ensuite elle referme le placard en claquant la porte, et elle en ouvre un autre. Et finalement elle reste là sans rien faire. Moi je suis à quatre pattes, la tête dans le four comme si je voulais la faire cuire ou me suicider au gaz.

"Vous sembliez avoir une conversation des plus sérieuses, Miss Skeeter et vous ?

— Non, ma'am, c'était juste qu'elle… m'a demandé si je voulais des vieux habits", je dis, et ma voix sort comme du fond d'un puits. J'ai déjà du gras jusqu'aux épaules. Ça pue le dessous de bras là-dedans. Je laisse la sueur me couler du nez et chaque fois que je gratte j'ai des saletés plein la figure. Il y a pas de pire endroit au monde que dans un four. Quand on y est, c'est pour cuire ou pour nettoyer. C'est sûr que cette nuit je vais encore rêver que je suis coincée là-dedans et que quelqu'un ouvre le gaz. Mais je laisse ma tête dans ce truc de cauchemar parce que je préfère être n'importe où plutôt que de répondre à Miss Leefolt au sujet de ce que Miss Skeeter cherchait à me dire en me demandant si je voulais pas *changer* les choses.

Au bout d'un moment, Miss Leefolt s'en va du côté du garage. Je parie qu'elle cherche où elle va mettre ces nouvelles toilettes pour la bonne.

CHAPITRE 2

On s'en douterait jamais quand on vit ici, mais on est deux cent mille à Jackson, Mississippi. Je lis ces chiffres dans le journal et je finis par me demander, où ils habitent, tous ces gens ? Sous terre ? Parce que moi, je connais presque tout le monde de mon côté du pont, et un tas de familles blanches, et ça fait tout de même pas deux cent mille, ça j'en suis sûre.

Six jours par semaine, je prends le bus pour traverser le pont Woodrow Wilson et aller à l'endroit où habitent Miss Leefolt et ses amis, dans le quartier blanc de Belhaven. Juste à côté de Belhaven, c'est le centre-ville et la capitale de l'Etat. L'immeuble du Capitole est vraiment grand, joli du dehors mais j'y suis jamais entrée. Je me demande combien ils paient pour le ménage, là-dedans.

Après Belhaven en suivant la route il y a Woodland Hills, après ça on traverse la forêt de Sherwood et des kilomètres de grands chênes avec la mousse qui pend. Personne habite cette forêt pour le moment, mais elle est là pour le jour où les Blancs seront prêts à s'installer ailleurs. Après c'est la campagne, là où Miss Skeeter habite sur sa plantation. Elle le sait pas, mais j'y cueillais le coton pendant la Dépression, quand on n'avait plus rien à manger que du faux fromage.

Jackson, donc, c'est rien que des quartiers blancs les uns après les autres, et il en pousse encore le long de la route, plus la partie noire de la ville, notre grosse fourmilière entourée de terrains qui appartiennent à l'Etat et sont pas à vendre. On est de plus en plus nombreux mais on peut pas s'étendre. Alors on s'épaissit.

Cet après-midi je prends le 6, qui va de Belhaven à Farish Street. Il est plein de bonnes qui rentrent chez elles dans leur uniforme blanc. On bavarde et on se sourit comme si le bus était à nous, pas parce que ça nous gêne si il y a des Blancs – on s'assoit où on veut maintenant grâce à Miss Parks* –, c'est juste un sentiment agréable.

J'aperçois Minny à l'arrière. Minny est petite et grosse, avec des boucles brunes qui brillent. Elle allonge les jambes et croise ses gros bras. Elle a dix-sept ans de moins que moi et elle pourrait probablement soulever ce bus au-dessus de sa tête si elle voulait. Pour une vieille dame comme moi, c'est une chance de l'avoir comme amie.

Je m'assois devant elle, je me retourne et j'écoute. Tout le monde aime bien écouter Minny.

"… alors je lui ai dit, Miss Walters, les gens ont pas plus envie de voir votre cul blanc que de voir mon cul noir. Alors, rentrez dans la maison, mettez votre culotte et habillez-vous !

— Devant chez elle ? Toute nue ? demande Kiki Brown.

— Avec ses fesses qui lui pendent sur les mollets !"

Le bus tout entier glousse et rigole et secoue la tête.

---

* Le 1er décembre 1955 à Montgomery, Alabama, Rosa Parks, une mère de famille noire, a refusé de céder sa place à un Blanc dans un bus. Arrêtée et emprisonnée, elle a été condamnée à une amende de 10 dollars, plus 4 dollars de frais de justice. Un jeune pasteur du nom de Martin Luther King a lancé pour sa défense un boycott des bus de plusieurs mois, jusqu'à ce que les juges de la Cour suprême cassent le jugement et déclarent inconstitutionnelles les lois ségrégationnistes.

"Seigneur, elle est folle cette bonne femme ! dit Kiki. Je sais pas comment tu fais mais faut toujours que tu tombes sur des cinglées.

— Oh, ça vaut bien ta Miss Patterson, pas vrai ? dit Minny à Kiki. Celle-là, ma parole, elle pourrait faire présidente au club des patronnes foldingues !"

Et maintenant le bus rigole parce que Minny aime pas qu'on dise du mal de sa patronne blanche, sauf quand c'est elle. C'est son boulot et elle a le droit.

Le bus traverse le pont et fait un premier arrêt dans le quartier noir. Une douzaine de bonnes descendent. Je vais m'asseoir à la place libre à côté de Minny. Elle sourit, me salue d'un coup d'épaule. Puis elle se laisse retomber contre le dossier de son siège et se détend, vu qu'elle a pas besoin de se la jouer avec moi.

"Comment ça va ? T'avais pas de robe à plis à repasser ce matin ?"

Je ris et je hoche la tête. "Ça m'a pris une heure et demie.

— Qu'est-ce que t'as donné à manger à Miss Walters aujourd'hui, pendant la partie de bridge ? J'ai travaillé toute la matinée pour faire un gâteau au caramel à cette vieille folle et elle a pas voulu en manger une miette."

Ça me rappelle ce que Miss Hilly a dit à table tout à l'heure. Si ça venait de n'importe laquelle de ces patronnes blanches, tout le monde s'en ficherait, mais si c'est Miss Hilly qui nous attaque, on veut le savoir. Le problème, c'est que je sais pas comment lui répéter ça.

Je regarde passer l'hôpital des Noirs derrière la vitre, puis l'étal de fruits. "Je crois bien que j'ai entendu Miss Hilly dire quelque chose à ce sujet, à cause de sa mère qui maigrit." J'y vais aussi prudemment que possible. "Elle a dit que peut-être elle était mal nourrie."

Minny me regarde. "Ça ? Elle a dit *ça ?*" J'ai vu ses yeux se rétrécir rien que d'entendre le nom. "Qu'est-ce qu'elle a dit encore, Miss Hilly ?"

Autant aller jusqu'au bout maintenant. "Je crois qu'elle t'a à l'œil, Minny. Juste… fais très attention avec elle.

— C'est Miss Hilly qu'a intérêt à faire très attention avec *moi* ! Qu'est-ce qu'elle raconte ? Que je sais pas cuisiner ? Que ce vieux sac d'os mange pas parce que je la nourris mal ?" Minny se lève, remonte le sac sur son épaule.

"Désolée, Minny, je te le dis pour que tu te méfies…

— Eh bien, qu'elle me le dise à moi, rien qu'une fois, et elle aura du Minny pour son déjeuner !" Elle descend du bus en râlant.

Je la regarde à travers la vitre pendant qu'elle fonce à grands pas vers sa maison. Miss Hilly, c'est pas quelqu'un à qui se frotter. Seigneur, j'aurais peut-être mieux fait de me taire.

Quelques jours après, je descends du bus le matin et je vais à pied jusqu'au pâté de maisons de Miss Leefolt. Il y a un vieux camion avec du bois de charpente et deux Noirs à l'intérieur, un qui boit un café et l'autre qui dort assis à côté du premier. Je passe à côté et j'entre dans la cuisine.

Mister Raleigh Leefolt est encore à la maison ce matin, c'est rare. Quand il est là, il a toujours l'air de compter les minutes avant de retourner à son travail de comptable. Même le dimanche. Mais aujourd'hui il fait une scène pour quelque chose qui l'a énervé.

"C'est ma maison, bon sang, et je paie pour tout ce qui s'y passe !" il crie.

Miss Leefolt essaye de rester calme derrière lui avec son sourire des mauvais jours. Je vais me planquer dans la buanderie. Voilà deux jours qu'on parle de ces toilettes et j'espérais que c'était fini. Mister Leefolt ouvre la porte du fond pour jeter un coup d'œil au camion qui est toujours là, et il la referme de toutes ses forces.

"Je passe sur tes achats de vêtements, sur tes foutus voyages à La Nouvelle-Orléans avec tes copines de club, mais là, c'est le pompon !

— Mais ça va donner de la valeur à la maison. C'est Hilly qui le dit !"

Je suis toujours dans la lingerie mais c'est comme si je voyais la tête de Miss Leefolt qui veut à tout prix garder le sourire.

"On n'a pas les moyens ! Et c'est pas les Holbrook qui commandent ici !"

Il y a un grand silence pendant une minute. Et puis j'entends le tap-tap de pieds nus d'une petite fille en pyjama.

"Pa-pa ?"

Je passe de la buanderie à la cuisine, vu que Mae Mobley, c'est mon boulot.

Mister Leefolt est déjà à genoux devant elle. "Tu sais quoi, mon cœur ?"

Mae Mobley lui sourit. Elle s'attend à une bonne surprise.

"Figure-toi que tu n'iras pas à la fac pour que les amies de ta maman ne soient pas obligées de se soulager dans les mêmes toilettes que la bonne !"

Il se précipite vers la porte et la fait claquer tellement fort que Baby Girl cligne des yeux.

Miss Leefolt la regarde et secoue sa main, le doigt en l'air. "Mae Mobley, tu sais bien que tu ne dois pas sortir de ton lit !"

Mais Baby Girl regarde la porte que son papa vient de claquer, puis sa maman qui lui fait les gros yeux. Mon bébé… Elle ravale sa salive, elle fait un gros effort pour pas pleurer.

Je passe devant Miss Leefolt et je prends Baby Girl. Je dis doucement : "Allons dans le salon jouer avec le jouet qui parle. Qu'est-ce qu'il dit, cet âne, déjà ?

— Elle ne cesse de se relever ! C'est la troisième fois que je la recouche depuis ce matin !

— Moi, je crois qu'il y a une petite fille qui a besoin qu'on la change", je dis.

Et Miss Leefolt : "Ah, je ne m'en étais pas rendu compte…"

Mais elle regarde déjà le camion par la fenêtre.

Je vais derrière la maison, tellement en pétard que je tape du pied. Baby Girl est dans ce lit depuis hier soir huit heures, évidemment qu'elle a besoin d'être changée ! Qu'elle essaye de rester douze heures dans sa couche sale, Miss Leefolt !

Je couche Baby Girl sur la table à langer et j'essaye de garder ma colère pour moi. Elle me regarde pendant que je lui enlève sa couche. Puis elle tend ses petites mains. Elle touche mes lèvres tout doucement.

"Mae Mo vilaine, elle dit.

— Non, bébé, t'as pas été vilaine." Je lui caresse les cheveux. "T'as été gentille. Très gentille."

*

J'habite dans Gessum Avenue, où je loue depuis 1942. On peut dire que Gessum manque pas de personnalité. Les maisons sont petites mais les jardins, devant, sont tous différents – certains sont pelés sans un brin d'herbe comme le crâne d'un vieux chauve, d'autres avec des massifs d'azalées, des roses et de la pelouse épaisse et bien verte. Chez moi, j'avoue, c'est entre les deux.

J'ai quelques massifs de camélias rouges devant la maison. La pelouse, c'est plutôt clairsemé, et il y a encore une grande plaque jaune à l'endroit où la camionnette de Treelore est restée pendant trois jours après l'accident. J'ai pas d'arbres. Mais derrière, maintenant, c'est le jardin d'Eden. C'est là qu'Ida Peek, ma voisine, fait son potager.

Elle a plus de terrain libre derrière sa maison, Ida, avec toutes les saletés de son mari – des moteurs de voitures, des vieux frigos, des pneus… Des trucs qu'il doit toujours réparer et il le fait jamais. Alors j'ai dit à Ida de planter de mon côté. Comme ça j'ai pas besoin de tondre et elle me laisse cueillir tout ce qu'il me faut, et ça m'économise deux ou trois dollars chaque semaine. Elle fait des conserves avec ce qu'on mange pas et elle me garde des pots pour l'hiver. Des beaux navets, des aubergines, des gombos en quantité, des tas de sortes de courges. Je sais pas comment elle fait pour protéger ses tomates des bestioles, mais elle y arrive. Et en plus elles sont bonnes.

Ce soir, il pleut fort. Je prends un bocal de chou et de tomates d'Ida, et je le mange avec ma dernière tranche de pain. Après je m'installe pour jeter un coup d'œil à mes finances, vu qu'il s'est passé deux choses : le bus a augmenté de quinze cents par trajet et mon loyer est monté à vingt-neuf dollars par mois. Je travaille chez Miss Leefolt de huit heures du matin à quatre heures de l'après-midi, six jours par semaine sauf le samedi. On me paye trente-trois dollars chaque vendredi, ce qui fait cent soixante-douze dollars par mois. Ça veut dire que quand j'aurai payé l'électricité, l'eau, le gaz et le téléphone, il me restera treize dollars et cinquante cents par semaine pour la nourriture, les vêtements, le coiffeur et la quête à l'église. Sans compter la pièce que ça va coûter rien que pour poster toutes ces factures. Et les souliers que je mets pour travailler sont tellement usés qu'ils ont l'air de mourir de faim. Comme les neufs vont me coûter sept dollars, faudra se nourrir de chou et de tomates en attendant de redevenir millionnaire. Bénie soit Ida Peek, sans elle je mangerais rien du tout.

Mon téléphone sonne et je saute dessus. J'ai même pas le temps de dire allô que j'entends Minny. Elle finit tard ce soir.

"Miss Hilly va mettre Miss Walters à la maison de retraite des vieilles dames. Va falloir que je me trouve une place. Et tu sais quand elle part ? La *semaine* prochaine !

— Oh, non, Minny !

— J'ai commencé à chercher aujourd'hui, j'ai appelé une dizaine de dames. Rien !"

Je regrette de le dire, mais ça m'étonne pas. "Je demanderai à Miss Leefolt demain matin en arrivant si elle connaîtrait pas quelqu'un qui aurait besoin d'une bonne.

— Attends", dit Minny.

J'entends la vieille Miss Walters qui parle et Minny qui répond : "Vous me prenez pour qui ? Pour votre chauffeur ? Je risque pas de vous emmener au country club avec ce qui tombe ce matin !"

A part d'être voleuse, il y a rien de pire pour une bonne que d'avoir une grande gueule. Tout de même, quand on cuisine aussi bien que Minny, ça peut compenser.

"T'en fais pas, Minny. On va t'en trouver une qui sera sourde comme un pot, genre Miss Walters.

— Miss Hilly me fait des avances pour que je vienne chez elle.

— Quoi ? je dis, aussi sévèrement que je peux. Ecoute-moi bien, Minny, je préfère te nourrir et te loger moi-même plutôt que te laisser travailler pour ce suppôt de Satan !

— Tu sais à qui tu parles, Aibileen ? Tu me prends pour une idiote ? Je pourrais aussi bien travailler pour le Ku Klux Klan. Et tu sais bien que je prendrais jamais sa place à Yule May.

31

— Excuse-moi, pour l'amour de Dieu." Ça me fait tellement peur dès qu'on parle de Miss Hilly… "Je vais appeler Miss Ruth à Honeysuckle pour voir si elle connaît pas quelqu'un. Et Miss Ruth, elle est tellement gentille que ça me touche au cœur. Elle s'appuyait le ménage tous les matins pour que j'aie rien d'autre à faire qu'à lui tenir compagnie. Elle a perdu son mari de la scarlatine, la pauvre.

— Merci, Aibi. Allons, Miss Walters, faites-moi plaisir, mangez un peu de haricots !"

Minny me dit au revoir et elle raccroche.

Le lendemain matin, le vieux camion vert est encore là. Il y a déjà un boucan d'enfer mais Mister Leefolt est pas dans les parages. Il a sûrement compris qu'il avait perdu cette bataille avant qu'elle commence.

Miss Leefolt est assise à la table de la cuisine dans son peignoir de bain bleu matelassé et elle parle au téléphone. Baby Girl a la figure toute rouge et poisseuse, elle se cramponne aux genoux de sa maman pour qu'elle la regarde.

"'Jour, Baby Girl !" je dis.

Elle essaie de grimper sur les genoux de Miss Leefolt. "Maman ! Maman !

— Non, Mae Mobley, dit Miss Leefolt en la repoussant. Maman est au téléphone. Laisse maman parler.

— Maman, prends-moi, chouine Mae Mobley, en tendant les bras. Prends Mae Mo !

— Chut !" dit Miss Leefolt à voix basse.

Je ramasse Baby Girl vite fait et je la porte jusqu'à l'évier, mais elle continue à tourner la tête et à crier : "Maman ! *Maman !*" pour attirer son attention.

"Comme tu me l'as dit." Miss Leefolt hoche la tête au téléphone. "Le jour où on partira, la maison aura plus de valeur.

— Allons, Baby Girl, mets tes mains sous le robinet." Mais Baby Girl gigote comme une folle. J'essaye de mettre du savon sur ses doigts et elle se tortille et elle finit par m'échapper. Elle se précipite vers sa maman, attrape le fil du téléphone, tire de toutes ses forces. Le téléphone glisse des mains de Miss Leefolt et tombe par terre.

"Mae Mobley !" je dis.

Je veux la prendre mais Miss Leefolt l'attrape avant. Elle a les lèvres retroussées sur ses dents et ça lui fait une espèce de sourire effrayant. Elle donne une claque sur les jambes de Baby Girl, si fort que je sens la brûlure.

Puis Miss Leefolt attrape Mae Mobley par le bras et elle le lui secoue à chaque mot qu'elle prononce : "Ne touche plus jamais ce téléphone, Mae Mobley !" Après ça elle se tourne vers moi. "Aibileen, combien de fois devrai-je vous dire de la tenir quand je suis au téléphone !

— Excusez-moi." Je soulève Mae Mobley et je veux la serrer contre moi, mais elle braille encore plus fort, elle est toute rouge et elle se débat.

"Allons, Baby Girl, ça va, c'est tout…"

Mae Mobley me regarde méchamment, elle se recule et *pan* ! elle me frappe sur l'oreille.

Miss Leefolt montre la porte du doigt et elle hurle : "Aibileen, sortez toutes les deux, *immédiatement* !"

Je sors avec Baby Girl. Je me mords la langue tellement je suis furieuse contre Miss Leefolt. Si cette folle faisait un peu attention à sa fille, ça arriverait pas ! Une fois dans la chambre de Mae Mobley, je m'assois dans le rocking-chair. Elle sanglote sur mon épaule et je lui frotte le dos, trop contente qu'elle voie pas la colère sur ma figure. Je voudrais pas qu'elle croie que c'est contre elle.

Je dis doucement : "Ça va maintenant, Baby Girl ?" J'ai l'oreille chaude à cause du coup qu'elle m'a donné avec son petit poing. Je suis contente qu'elle m'ait frappée plutôt que sa maman, je sais pas ce que cette femme lui aurait fait. Je baisse les yeux et je vois les marques de doigts rouges sur ses mollets.

"Je suis là, mon bébé, elle est là, Aibileen !" Je la berce et la console, la berce et la console.

Mais Baby Girl pleure, et pleure, et pleure, et pleure.

Vers le déjeuner, à l'heure où mon feuilleton passe à la télé, ça se calme du côté du garage. Mae Mobley est sur mes genoux et elle m'aide à enlever les fils des haricots. Elle est encore énervée à cause de ce matin. Je crois que moi aussi, mais j'ai tout renvoyé quelque part où j'ai plus à m'en faire pour ça.

On va dans la cuisine et je lui fais son sandwich à la mortadelle. Dehors dans l'allée, les ouvriers se sont installés dans leur camion pour déjeuner. Ça me plaît, ce silence. Je souris à Baby Girl, je lui donne une fraise, bien contente d'avoir été là pendant la bagarre avec sa maman. J'ose pas penser à ce qui serait arrivé sinon. Elle fourre la fraise dans sa bouche, et elle me sourit. Je crois qu'elle a senti ça elle aussi.

Comme Miss Leefolt est pas là, je pense à appeler Minny chez Miss Walters, pour savoir si elle a trouvé du travail. Mais au dernier moment on frappe à la porte qui donne sur le jardin. J'ouvre et me voilà face à face avec un des ouvriers. Il a une salopette sur une chemise blanche.

"Bonjour, ma'am. Je pourrais avoir un peu d'eau, sans vous déranger ?" Je le reconnais pas, celui-là. Il doit habiter quelque part dans le quartier sud.

"Mais oui, bien sûr", je dis.

Je prends un gobelet en carton dans le placard. Il en reste des deux ans de Mae Mobley et il y a des ballons de joyeux anniversaire dessus. Je sais que Miss Leefolt voudrait pas que je lui donne un vrai verre.

Il siffle tout d'un seul coup et il me rend le gobelet. Il est fatigué pour de bon, ce type. Et seul aussi, ça se voit dans son regard.

"Ça se passe bien ? je demande.

— C'est du travail, il dit. On a pas encore mis l'eau. Je pense qu'on va tirer un tuyau de la rue jusqu'à là-bas.

— Et le collègue, il veut pas boire un coup lui aussi ?

— Ça serait vraiment gentil." Il hoche la tête, et je vais remplir un autre gobelet de fête pour son copain.

Il le lui porte pas tout de suite.

"Excusez-moi, il dit, mais où…" Il reste planté un moment, à regarder ses pieds. "Vous savez où on pourrait aller pour se soulager ?"

Il me regarde et je le regarde et ça dure comme ça une minute. Je sais pas, moi… ça fait partie des choses drôles. Pas drôle au sens "ha ! ha !" mais des choses qui vous font penser, aïe ! On en a deux dans cette maison, ils sont en train d'en construire d'autres à côté, et cet homme, il a pas un endroit où aller pour faire ses besoins.

"Ma foi…" J'avais jamais été dans cette situation. Robert, le jeune qui vient tous les quinze jours faire le jardin, je crois qu'il prend ses précautions avant. Mais celui-là, c'est plus un jeune homme. Il a des grandes mains toutes ridées. Et dans les plis de la figure, soixante-dix années à se faire du souci – on croirait une carte routière.

"Je crois qu'il va falloir aller dans les fourrés derrière la maison, je m'entends dire, mais je voudrais pas que ça soit moi. Il y a des chiens là-bas mais ils vous embêteront pas.

— Bon. Merci."

Je le regarde qui repart doucement avec le gobelet d'eau pour son collègue.

Et ils se remettent à creuser et à taper du marteau pour le reste de l'après-midi.

Pendant toute la journée du lendemain ça creuse et ça tape dans le jardin. Je pose pas de questions à Miss Leefolt et Miss Leefolt me donne pas d'explications. Elle va juste jeter un coup d'œil à la porte de temps en temps pour voir où ils en sont.

A trois heures le vacarme s'arrête et les deux hommes remontent dans leur camion et s'en vont. Ensuite elle prend sa voiture et s'en va je sais pas où, faire ce qu'elle fait quand elle est pas inquiète parce qu'il y a deux Noirs qui traînent autour de sa maison.

Au bout d'un moment, le téléphone sonne.

"Résidence de Miss Leef…

— Elle dit partout que je vole ! C'est pour ça que je trouve pas de travail ! Cette sorcière me fait passer pour la reine des voleuses !

— Attends, Minny, respire…

— Avant de prendre mon service ce matin je suis allée chez les Renfroe et Miss Renfroe m'a presque chassée de chez elle. Elle a dit que Miss Hilly lui avait parlé de moi, et que tout le monde savait que j'avais volé un chandelier à Miss Walters !"

Je la sens qui serre le téléphone comme si elle voulait l'écraser dans sa main. J'entends Kindra qui crie et je me demande pourquoi Minny est déjà chez elle. Normalement, elle finit jamais avant quatre heures.

"J'ai rien fait que m'occuper de cette vieille et lui donner des bonnes choses à manger !

— Minny, je sais bien que t'es honnête. Dieu sait que t'es honnête."

Elle prend une voix grave, ça fait un bruit comme des abeilles sur un rayon de miel. "Quand je suis arrivée chez

Miss Walters, Miss Hilly était là et elle voulait me donner vingt dollars. « Prenez-les, elle fait, je sais que vous en avez besoin », et moi, encore un peu et je lui crache à la figure ! Mais je l'ai pas fait. Ah, que non !" Je l'entends qui respire vite, elle halète, et elle dit : "J'ai fait *pire*.

— Qu'est-ce que t'as fait ?

— Je le dirai pas. Je parlerai plus de cette tarte à personne. Mais elle a eu ce qu'elle méritait." Elle gémit maintenant et j'ai une peur bleue. On touche pas comme ça à Miss Hilly. "Je trouverai plus jamais de travail, Leroy va me massacrer…"

Kindra recommence à crier derrière elle. Minny raccroche sans dire au revoir. Je sais pas ce qu'elle racontait avec cette tarte. Mais connaissant Minny, ça peut rien être de bon.

Ce soir-là, je me cueille une salade et une tomate dans le potager d'Ida. Je fais frire un peu de jambon pour avoir de la sauce et tremper mon pain. J'ai brossé ma tignasse et j'ai mis du gel et j'ai mes rouleaux roses sur le crâne. Je m'en suis fait tout l'après-midi en pensant à Minny. Il faut que je me sorte ça de la tête si je veux dormir cette nuit.

Je m'assois à ma table pour manger et j'allume la radio de la cuisine. Le petit Stevie Wonder chante *Fingertips*. Ce gamin, ça le gêne pas d'être noir. Il a douze ans, il est aveugle, et on entend plus que lui à la radio. Quand il a fini sa chanson je change de station pour le pasteur Green qui dit son sermon, et après je me mets sur WBLA. Ils passent du juke joint blues.

J'aime bien ces sons qui sentent l'alcool et la fumée de cigarettes, quand la nuit tombe. Ça me donne l'impression que ma maison est pleine de monde. Je les vois presque, ils se balancent sur les hanches dans ma cuisine, ils dansent avec le blues, je m'imagine qu'on est au Raven. Il y a des petites tables avec des lumières rouges tamisées. On est en mai ou en juin et il fait bon. Je vois Clyde, mon homme, qui me lance son sourire, et ses dents blanches qui brillent. Chérie, tu prends un verre ? Je réponds, Un Black Mary sec, et je me mets à rire toute seule dans ma cuisine, parce qu'avec un nom pareil, ce truc violet est la chose la plus raciste que j'aie jamais vue.

Maintenant c'est Memphis Minny qui chante à la radio que la viande maigre, ça frit pas, et en fait c'est pour dire que l'amour dure pas. Par moments, je pense que je devrais me trouver un autre homme, quelqu'un de mon église. Le problème, c'est que j'ai beau aimer le Seigneur, les hommes qui vont à l'église me disent pas grand-chose. Ceux qui me plaisent sont pas du genre à rester une fois qu'ils ont claqué tout votre argent. C'est la bêtise que j'ai faite il y a vingt ans. Quand Clyde, mon mari, m'a quittée pour cette traînée de Farish Street, celle qu'on appelle Cocoa, je me suis dit que je ferais mieux de tirer le rideau sur ces affaires-là.

Une chatte se met à hurler dehors et ça me fait redescendre dans ma cuisine bien fraîche. Je coupe la radio, je rallume la lumière et je plonge dans mon sac pour prendre le cahier de prières. Mon cahier de prières, c'est rien qu'un carnet bleu que j'ai trouvé à la boutique Ben Franklin. J'écris au crayon, comme ça je peux effacer. Mes prières, je les écris depuis ma deuxième année d'école. Quand je suis arrivée en septième j'ai dit à la maîtresse que je reviendrais plus parce que je devais aider ma maman. Miss Ross, elle a failli en pleurer.

"Tu es la plus intelligente de la classe, Aibileen, elle a dit, et si tu veux le rester il n'y a qu'une façon : tu dois lire *et écrire* tous les jours."

Alors je me suis mise à écrire mes prières au lieu de les réciter. Mais personne m'a plus jamais dit que j'étais intelligente.

Je tourne les pages du cahier pour voir qui j'ai ce soir. Cette semaine, j'ai pensé deux ou trois fois à mettre Miss Skeeter dans ma liste. Je sais pas très bien pourquoi. Elle est toujours gentille quand elle vient. Ça m'inquiète, mais je peux pas m'empêcher de me demander ce qu'elle voulait dire dans la cuisine de Miss Leefolt quand elle m'a demandé si je voulais pas changer les choses. Sans compter sa question pour avoir des nouvelles de Constantine, sa bonne de quand elle était petite. Je sais ce qui s'est passé entre Constantine et la maman de Miss Skeeter, et cette histoire-là, je risque pas de la lui raconter.

Le problème, c'est que si je commence à prier pour Miss Skeeter, je sais que la conversation reprendra la prochaine fois que je vais la voir. Et la suivante et encore la suivante. Parce que c'est comme ça avec la prière. C'est comme l'électricité, ça fait marcher les choses. Et cette histoire de toilettes, c'est quelque chose dont je veux pas parler, et puis c'est tout.

Je relis ma liste. Ma Mae Mobley est en premier, après il y a Fanny Lou, de l'église, qui a mal à ses rhumatismes. Après, mes sœurs Inez et Mable à Port Gibson qui ont dix-huit gosses à elles deux et six qui ont attrapé la grippe. Quand la liste diminue, j'ajoute ce vieux Blanc tout crasseux qui habite derrière le magasin d'alimentation, celui qui a perdu la boule à force de boire du cirage liquide. Mais la liste est bien pleine ce soir.

Et regardez qui j'ai mis encore : Bertrina Bessemer, rien que ça ! Tout le monde sait qu'on s'aime pas beaucoup, Bertrina et moi, depuis qu'elle m'a traitée de négresse il y a je sais pas combien d'années de ça, parce que j'avais épousé Clyde.

"Minny, j'ai dit, l'autre dimanche, pourquoi Bertrina me demande à *moi* de prier pour elle ?"

On rentrait chez nous après le service. Minny a répondu : "Paraît que t'as un genre de pouvoir quand tu pries, et que ça marche mieux quand c'est toi.

— Hein ?

— Eudora Green, quand elle s'est fracturé la hanche, tu l'as mise sur ta liste et une semaine après elle marchait. Et quand c'est Isaiah qui est tombé du camion de coton, le soir il était sur ta liste et le lendemain il a repris le travail."

En entendant ça je me demande pourquoi j'ai jamais eu l'occasion de prier pour Treelore. C'est peut-être pour ça que le Seigneur l'a rappelé si vite. Il voulait pas se disputer avec moi.

"Merde alors ! elle fait, Minny. Et Lolly Jackson ! Tu l'as mise sur ta liste et deux jours après elle sautait de son fauteuil roulant comme si elle avait touché Jésus ! Dans le comté de Hinds, tout le monde connaît cette histoire.

— Mais c'est pas moi ! je dis. C'est la prière, et voilà tout.

— Et Bertrina…" Minny se met à rire et elle dit : "Tu te rappelles Cocoa, la fille avec qui ton Clyde est parti ?

— *Pff !* Tu sais bien que je risque pas de l'oublier, celle-là.

— Eh ben, une semaine après le départ de Clyde, j'ai entendu dire que Cocoa, un matin, s'était réveillée aussi raplapla qu'une huître pas fraîche. Il a fallu trois mois avant que ça aille mieux. Bertrina, c'est la grande copine de Cocoa. Elle *sait* que tes prières, elles marchent."

J'en reste la bouche ouverte. Pourquoi elle me l'avait jamais dit ? "Alors d'après toi, les gens croient que je fais de la magie noire ?

— Je savais que ça allait t'inquiéter si je t'en parlais. Les gens pensent que t'as une meilleure liaison. On a tous le téléphone mais toi, t'as la ligne directe."

Ma théière commence à siffler sur le feu et ça me fait redescendre sur terre. Seigneur, je crois que je vais mettre Miss Skeeter sur ma liste, mais comment ça marche, j'en sais rien. Et ça me ramène à ce que je veux me sortir de la tête, les histoires de Miss Leefolt qui veut construire des toilettes pour moi parce qu'elle pense que j'ai des maladies, et de Miss Skeeter qui me demande si je voudrais pas changer les choses. Comme si changer Jackson, Mississippi, c'était aussi simple que de changer une ampoule.

J'épluche les haricots dans la cuisine de Miss Leefolt et le téléphone sonne. J'espère que c'est Minny pour me dire qu'elle a trouvé quelque chose. J'ai appelé tous les gens où j'ai déjà travaillé et ils m'ont tous répondu la même chose : "On prend personne." Mais en vrai, ça voulait dire : "On prend pas Minny."

Minny est chez elle depuis trois jours, mais la vieille Miss Walters l'a appelée en cachette hier soir pour lui demander de venir aujourd'hui parce que la maison a l'air trop vide. Ça, maintenant que Miss Hilly a emporté presque tous les meubles… Je sais toujours pas ce qui s'est passé entre Minny et Miss Hilly. Je crois que j'ai pas envie de savoir.

"Résidence Leefolt…

— Hum, bonjour. C'est…" La dame se tait. "Bonjour, pourrais-je… pourrais-je parler à Elizabeth Leer-folt s'il vous plaît ?

— Miss Leefolt ? Elle est pas là pour le moment. Je peux lui faire un message ?

— Ah !" Elle a l'air tout excitée, allez savoir pourquoi. "C'est de la part de qui ?

— C'est… Celia Foote. Mon mari m'a donné ce numéro et je ne connais pas Elizabeth mais… bref, il m'a dit qu'elle

41

était au courant pour la vente de charité et pour la Ligue des dames."

Je connais ce nom, mais j'arrive pas à la remettre. A l'entendre parler on dirait qu'elle vient du fond de la campagne et qu'elle a encore du blé qui lui pousse dans les souliers. Mais elle a une voix douce tout de même, et haut perchée. En tout cas, elle parle pas comme les dames d'ici.

"Je lui ferai le message. C'est quoi votre numéro de téléphone ?

— Je suis assez nouvelle, ici, enfin… pas vraiment, ça fait tout de même un moment, mince, plus d'un an maintenant ! Mais je ne connais personne. Je… je ne sors pas beaucoup."

Elle recommence à se racler la gorge et je me demande pourquoi elle me raconte tout ça. Je suis la bonne, et c'est pas en me parlant à moi qu'elle va se faire des amis.

"Je me disais que je pourrais peut-être donner un coup de main pour la vente", elle dit.

Ça y est, je me rappelle ! Miss Hilly et Miss Leefolt lui cassent tout le temps du sucre sur le dos parce qu'elle a épousé l'ancien petit copain de Miss Hilly.

"Je vais faire le message. C'est quoi, déjà, votre numéro de téléphone ?

— Ah, mais je me prépare à sortir pour aller à l'épicerie. A moins que je reste pour attendre…

— Si elle vous trouve pas, elle laissera un message à votre bonne.

— Je n'ai pas de bonne. En fait, je voulais lui demander ça aussi, si elle pouvait m'indiquer quelqu'un de bien.

— Vous cherchez une bonne ?

— J'ai du mal à trouver quelqu'un qui accepte de venir jusque dans le comté de Madison."

Qu'est-ce que vous dites de ça ! "Je connais quelqu'un de très bien, Miss Foote. Elle sait cuisiner et elle peut s'occuper de vos enfants, aussi. Elle a même une voiture pour aller chez vous.

— Ah, bien… Je voudrais tout de même en parler avec Elizabeth. Je vous ai donné mon numéro ?

— Non, ma'am." Je soupire. "Allez-y."

Miss Leefolt voudra jamais recommander Minny, après tous les mensonges de Miss Hilly sur elle.

Elle dit : "C'est Mrs Johnny Foote et le téléphone, c'est Emerson deux-soixante-six-zéro-neuf."

Je dis quand même, au cas où : "Son nom c'est Minny, et son téléphone, Lakewood huit-quatre-quatre-trois-deux. C'est bon, vous l'avez ?"

Baby Girl tire sur ma robe et elle dit : "Mal au bidon !" en se frottant le ventre.

J'ai une idée. Je dis : "Attendez, c'est Miss Leefolt qui arrive ? Hum, hum, attendez, je lui en parle." Je laisse passer un petit moment, je rapproche le téléphone de ma bouche et je dis : "Miss Leefolt vient d'arriver et elle dit qu'elle se sent pas bien mais que vous pouvez appeler Minny. Elle dit qu'elle vous téléphonera si elle a besoin d'aide pour la vente.

— Oh ! Remerciez-la de ma part. Et j'espère qu'elle va aller mieux. Qu'elle m'appelle quand elle voudra.

— Donc, c'est Minny Jackson, Lakewood huit-quatre-quatre-trois-deux." Je prends un biscuit et je le donne à Mae Mobley, et c'est un plaisir de me sentir aussi mauvaise. Je mens et ça me gêne même pas.

Je dis à Miss Celia Foote : "Elle vous demande de dire à personne qu'elle vous a recommandé Minny, parce que toutes ses amies veulent l'embaucher et elles seraient vraiment pas contentes si elles savaient qu'elle a donné le tuyau à quelqu'un d'autre.

— Je garderai son secret si elle garde le mien. Je ne veux pas dire à mon mari que je prends une bonne."

Ma foi, si c'est pas parfait, ça, je me demande ce qui l'est !

Dès qu'on a raccroché je me dépêche d'appeler Minny. Juste au moment où Miss Leefolt pousse la porte.

C'est la tuile. J'ai donné le numéro de Minny à cette femme, mais Minny travaille aujourd'hui pour que Miss Walters reste pas seule. Alors si la femme appelle chez elle, cet idiot de Leroy va lui donner le numéro de Miss Walters. Si c'est Miss Walters qui décroche le téléphone quand Miss Celia appellera, tout tombe à l'eau. Miss Walters répétera à cette femme toutes les horreurs que Miss Hilly a racontées sur elle. Faut absolument que j'aie Minny ou Leroy avant.

Miss Leefolt file dans sa chambre et première chose, comme prévu, elle se met à téléphoner. D'abord elle appelle Miss Hilly. Après, le coiffeur. Après, elle appelle un magasin pour un cadeau de mariage. Et elle parle, elle parle. Et à peine elle raccroche la voilà qui me demande ce qu'ils vont manger le soir cette semaine. Je sors le cahier et je lui lis le menu. Non, elle veut pas de côtes de porc. Elle essaye de faire maigrir son mari. Elle veut du steak grillé et des haricots verts. Et ces meringues ça fait combien de calories à mon avis ? Et cessez de donner des biscuits à Mae Mobley parce qu'elle est trop grosse, et patati et patata…

Seigneur Dieu ! Cette femme qui me dit jamais rien que faites ci ou faites ça et allez dans ces toilettes et pas dans celles-là, la voilà qui me parle maintenant comme si j'étais sa meilleure copine. Mae Mobley fait une petite danse pour que sa maman la regarde. Et juste au moment où Miss Leefolt se penche pour s'occuper d'elle, hop ! elle sort en courant parce qu'elle a oublié qu'elle avait une course à faire et que ça fait déjà une heure de passée.

Mes doigts vont pas assez vite sur ce cadran de téléphone.

"Minny ! J'ai une place en vue pour toi. Mais faut que tu téléphones…

— Elle a déjà appelé, dit Minny." Elle a la voix blanche. "C'est Leroy qui lui a donné le numéro.

— Et alors c'est Miss Walters qui a répondu, je dis.

— Elle est sourde comme une marmite et aujourd'hui, miracle, elle entend sonner le téléphone ! Moi je trafiquais dans la cuisine sans faire attention et tout d'un coup j'entends mon nom. Après ça Leroy m'a appelée et j'ai compris ce que c'était." Elle a l'air au bout du rouleau, Minny, elle qui est jamais fatiguée.

"Ah. Miss Walters a peut-être pas répété les mensonges de Miss Hilly ? On sait jamais ?" Mais je suis pas bête au point de croire ça.

"Même si elle a rien dit, Miss Walters sait très bien ce que j'ai fait à Miss Hilly. Tu le sais pas, toi, la Chose Abominable Epouvantable que je lui ai fait. Je veux pas que tu le saches, jamais. Je suis sûre que Miss Walters a dit à cette femme que j'étais le diable en personne." Elle a une voix bizarre, vraiment. Comme un disque qui tourne pas assez vite.

"Je suis désolée. Je regrette de pas t'avoir appelée plus tôt pour que tu décroches ce téléphone.

— T'as fais ce que t'as pu. C'est moi. Personne peut rien pour moi.

— Je prie pour toi.

— Merci, elle dit, et puis sa voix se casse. Je te remercie d'avoir essayé de m'aider."

On raccroche et je donne un coup de balai. La voix de Minny me fait peur.

Minny, elle a toujours été forte, toujours à se battre. Après la mort de Treelore, elle m'a porté tous les soirs à dîner pendant trois mois. Et tous les soirs elle me disait : "Non, non, non, tu vas pas me laisser toute seule dans cette vallée de larmes !" Mais moi, je peux vous dire que j'y pensais.

J'avais la corde toute prête quand Minny l'a trouvée. Elle était à Treelore, il avait fait un projet en cours de sciences avec des anneaux et des poulies. Je sais pas si je m'en serais servie, sachant que c'était pécher contre le Seigneur, mais j'avais plus toute ma tête. Elle a pas posé de question, Minny, elle l'a tirée de sous le lit et elle l'a mise dans la poubelle et elle est sortie avec. En revenant elle se frottait les mains comme toujours quand elle nettoie. Elle est comme ça, Minny, elle fait pas d'histoires. Mais là, rien qu'à sa voix, elle a pas l'air bien du tout. Je ferais bien d'aller jeter un coup d'œil sous son lit, ce soir.

Je pose le seau plein de nettoyant Sunshine qu'on voit tout le temps à la télé avec des dames trop contentes de récurer leur maison. Faut que je me calme. Miss Mobley arrive en se tenant son petit ventre et elle dit : "Enlève-moi le mal !"

Elle se colle contre ma jambe. Je lui caresse les cheveux, longtemps, et à la fin on croirait qu'elle ronronne. Elle sent l'amour dans ma main. Et moi je pense à toutes mes amies, à tout ce qu'elles ont fait pour moi. A tout ce qu'elles font tous les jours pour les Blanches chez qui elles travaillent. A cette souffrance dans la voix de Minny. A Treelore qui est sous la terre. Je regarde Baby Girl et je sais, au fond de moi, que je pourrai pas l'empêcher de devenir comme sa mère. Et tout ça me tombe dessus en même temps. Je ferme les yeux, je récite la prière au Seigneur. Mais je me sens pas mieux après.

Que Dieu me vienne en aide, mais il va falloir faire quelque chose.

Baby Girl s'accroche à mes jambes tout l'après-midi et je manque plusieurs fois de tomber. Miss Leefolt nous a plus rien dit depuis ce matin, ni à moi ni à Mae Mobley. Elle a pas quitté la machine à coudre dans sa chambre. Elle veut encore recouvrir quelque chose qui lui plaît pas dans la maison.

Au bout d'un moment on va dans le salon, avec Mae Mobley. J'ai un tas de chemises à repasser pour Mister Leefolt, et après je mettrai un rôti à cuire. J'ai déjà nettoyé les toilettes, j'ai changé les draps et j'ai passé les tapis à l'aspirateur. Je finis toujours de bonne heure et comme ça on peut jouer, Baby Girl et moi.

Miss Leefolt rentre et elle me regarde repasser. Elle fait ça de temps en temps. Elle fronce les sourcils et elle regarde. Et puis elle se dépêche de sourire si je lève les yeux. Elle se tapote les cheveux derrière la tête pour les faire bouffer.

"Aibileen, j'ai une surprise pour vous."

Un grand sourire maintenant. On voit pas ses dents, elle sourit qu'avec les lèvres, alors faut bien regarder. "Mister Leefolt et moi, nous avons décidé de construire de nouvelles toilettes rien que pour vous." Elle claque des mains et me fait signe avec son menton. "C'est dehors, dans le garage.

— Oui, ma'am." Où elle croit que j'allais, depuis tout ce temps ?

"Donc, dorénavant, au lieu d'aller dans les toilettes de la chambre d'amis, vous irez chez vous là-dehors. Ce sera bien, non ?

— Oui, ma'am." Je continue à repasser. La télé est allumée et ça va être l'heure de mon émission. Mais elle reste plantée à me regarder.

"Vous utiliserez celles du garage maintenant, vous comprenez ?"

Je la regarde pas. Je vais pas faire d'histoires, j'essaie même pas, mais c'est plus fort qu'elle, faut qu'elle insiste.

"Vous ne voulez pas prendre du papier et aller les essayer ?

— Miss Leefolt, j'ai pas vraiment envie, tout de suite."

Mae Mobley tend la main dans son parc. "Jus Mae Mo ?

— Je vais t'en donner, baby, je dis.

— Ah." Miss Leefolt se passe la langue sur les lèvres, plusieurs fois. "C'est là que vous irez maintenant, et plus dans les autres je veux dire… n'est-ce pas ?"

Elle se maquille beaucoup, miss Leefolt, avec une crème grasse et épaisse, et un peu jaune, et comme ça déborde aussi sur les lèvres on dirait qu'elle a pas de bouche. Je dis ce que je sais qu'elle a envie d'entendre : "J'irai dans mes toilettes pour Noirs à partir de maintenant. Et je vais bien nettoyer celles des Blancs à l'eau de Javel.

— Oh, ça ne presse pas, Aibileen. Quand vous voudrez." Mais vu comme elle reste là, à tripoter son alliance, elle veut que j'y aille tout de suite.

Je pose mon fer sans me presser et je sens cette mauvaise graine qui grossit dans ma gorge, celle qui s'est plantée après la mort de Treelore. J'ai chaud aux joues, et la langue qui me démange. Je sais pas quoi lui dire. Tout ce que je sais, c'est que je le dirai pas. Et je sais qu'elle dira pas ce qu'elle a envie de dire elle non plus, et c'est vraiment bizarre ce qui se passe ici parce que personne parle et on arrive quand même à avoir une conversation.

MINNY

CHAPITRE 3

Sous le porche de cette Blanche, je me dis, tiens-toi bien, Minny. Ferme ta bouche à tout ce qui pourrait t'échapper, et le restant aussi. Tâche d'avoir l'air d'une bonne qui fait ce qu'on lui dit. En fait, je suis tellement inquiète en ce moment que je suis prête à plus jamais répondre si c'est la condition pour garder ma place.

Je tire sur mes bas pour qu'ils me tombent pas sur les pieds – l'éternel problème de toutes les petites grosses de par ce monde. Et puis je me répète ce que je dois dire, et ce que je dois garder pour moi. Je m'avance et j'appuie sur la sonnette.

Ça fait un long tintement aigu, pas fort du tout et qui paraît bizarre dans cette grande maison au milieu de la campagne. On dirait un château avec ses murs en brique grise qui montent vers le ciel à gauche et à droite. La forêt entoure la pelouse de tous les côtés. Si on était dans un conte, il y aurait des sorcières sous ces arbres. Celles qui dévorent les enfants.

La porte s'ouvre et voilà Miss Marilyn Monroe. Ou quelqu'un de sa famille.

"Bonjour ! Vous êtes à l'heure ! Moi, c'est Celia. Celia Rae Foote."

La dame me tend la main et je la regarde. Elle est peut-être faite comme Marilyn, mais pas prête pour le bout d'essai.

Elle a de la farine plein ses cheveux jaunes, sur ses faux cils aussi et sur son vilain tailleur-pantalon rose. Et à la voir dans ce nuage de poussière avec ce tailleur qui la serre à éclater, on se demande comment elle respire encore.

"Oui, ma'am. Je suis Minny Jackson." Je passe la main sur les plis de mon uniforme blanc au lieu de serrer la sienne. Je veux pas de ces trucs-là. "Vous étiez en train de cuisiner ?

— C'est une recette de gâteau renversé qui était dans le journal, elle soupire. Ça ne marche pas très bien."

Je la suis à l'intérieur et je constate que Miss Celia Rae Foote a été que légèrement touchée dans l'accident avec la farine. Mais toute la cuisine a morflé. Il y en a un bon centimètre sur les plans de travail, le frigo à deux portes, le mixer et les autres ustensiles. Un désastre à me rendre folle. J'ai pas encore la place, et je suis déjà en train de chercher une éponge du côté de l'évier.

Miss Celia dit : "Je crois que j'ai quelques petites choses à apprendre.

— Pour ça oui", je réponds. Mais je me mords la langue. *Commence pas à faire l'insolente avec cette dame comme t'as fait avec l'autre. T'as pas arrêté d'être insolente, jusqu'à la porte de la maison de retraite.*

Mais Miss Celia sourit. Elle rince la pâte qui lui colle aux mains dans un évier plein de vaisselle sale. Je me demande si je suis pas encore tombée sur une sourde comme Miss Walters. Espérons.

"Apparemment, je n'arrive pas à maîtriser la cuisine", elle dit, et malgré la petite voix qui chuchote à la Marilyn, je sais tout de suite qu'elle vient de *très loin* dans le pays. Je baisse les yeux et je vois que cette folle est pieds nus, comme n'importe quelle clocharde blanche. Les Blanches comme il faut se promènent jamais pieds nus.

Elle doit avoir dix ou quinze ans de moins que moi – ça lui fait vingt-deux ans peut-être, et elle est vraiment jolie, mais elle a besoin de se mettre tout ça sur la figure ? Elle en a deux fois plus que les autres dames. Et pour les seins, c'est pareil. En fait, elle est presque aussi grosse que moi, sauf qu'elle est maigre partout où je le suis pas. J'espère qu'elle mange bien, parce que moi, je sais cuisiner, et c'est pour ça qu'on m'embauche.

"Vous voulez une boisson fraîche ? Asseyez-vous donc, je vous l'apporte."

Je m'en doutais : il s'en passe de belles dans cette maison.

"Celle-là, Leroy, elle doit être timbrée, j'ai dit quand elle m'a appelée il y a trois jours pour proposer qu'on se voie. Tout le monde, en ville, croit que j'ai volé de l'argenterie à Miss Walters. Et je sais qu'elle le sait puisqu'elle a appelé Miss Walters pendant que j'étais chez elle.

— Les Blancs, ça change d'avis, a répondu Leroy. Qui sait, elle a peut-être dit du bien de toi."

Je la regarde fixement. C'est la première fois de ma vie qu'une Blanche me demande de m'asseoir pendant qu'elle m'apporte un rafraîchissement. Mince, je commence à me demander si cette cinglée pense vraiment à embaucher une bonne ou si elle m'a fait me traîner jusqu'ici juste pour s'amuser.

"Avant, on devrait peut-être jeter un coup d'œil à la maison, ma'am."

Elle sourit, comme si l'idée de me montrer la maison que je vais peut-être nettoyer lui serait jamais venue sous ses cheveux laqués.

"Oh, bien sûr ! Venez, Maxie. Je vais vous montrer la belle salle à manger pour commencer.

— C'est Minny, mon nom", je dis.

Elle est plus folle que sourde, si ça se trouve. Ou idiote, simplement. Un petit espoir revient.

Et nous voilà parties à travers cette grande et vieille baraque, elle qui marche devant et qui parle, et moi qui suis. En bas il y a dix pièces, dont une avec un ours empaillé qui a l'air d'avoir dévoré la dernière bonne et d'attendre la suivante. Un drapeau de la Confédération à moitié brûlé dans un grand cadre accroché au mur. Et sur la table, un vieux pistolet en argent tout décoré avec *Général confédéré John Foote* gravé dessus. Je pense que l'arrière-grand-père Foote a dû faire peur à quelques esclaves avec ce truc-là.

On continue et ça commence à ressembler à n'importe quelle maison de Blancs. Sauf que celle-là est la plus grande où je suis jamais rentrée, avec des parquets crasseux et des tapis pleins de poussière – les ignorants vous diraient que c'est tout à jeter, mais je sais reconnaître un meuble ancien quand j'en vois un. J'ai travaillé dans quelques belles maisons. D'accord, elle vit à la campagne, mais j'espère qu'elle a quand même un aspirateur.

"La mère de Johnny ne me laisse rien décorer. Si ça ne tenait qu'à moi, il y aurait de la moquette blanche avec une bordure dorée et c'est tout. Je me débarrasserais de ces vieilleries.

— D'où vous venez ? je lui demande.

— Je suis de… Sugar Ditch." Elle baisse un peu la voix. Sugar Ditch, c'est aussi loin qu'on peut aller dans le Mississippi, et peut-être les Etats-Unis. C'est dans le comté de Tunica, presque à Memphis. J'ai vu des photos une fois dans le journal, avec les bicoques des gens. Même les petits des Blancs, là-bas, avaient des têtes de gamins qui ont plus rien mangé depuis une semaine.

Miss Celia essaye de sourire et elle dit : "C'est la première fois que j'embauche une bonne.

— Ça, il vous en faut une, pas de doute." *Attention, Minny.*

"J'ai été très contente de la recommandation de Mrs Walters. Elle m'a longuement parlé de vous. Elle a dit que vous étiez la meilleure cuisinière de la ville."

J'y comprends rien. Après ce que j'ai fait à Miss Hilly, sous les yeux de Miss Walters ? "Elle a dit… elle a rien dit d'autre sur moi ?"

Mais Miss Celia grimpe déjà le grand escalier qui tourne. Je la suis à l'étage jusqu'à un long couloir où le soleil entre par des fenêtres. Il y deux chambres jaunes pour des filles et une verte pour un garçon mais on voit bien que personne les occupe. Sauf la poussière.

"Nous avons cinq chambres et cinq salles de bains dans la maison principale." Elle montre les fenêtres et j'aperçois une grande piscine bleue et derrière, *une autre* maison. J'ai le cœur qui bat.

"Et voici la piscine, en bas", elle dit, avec un soupir.

Je suis prête à prendre n'importe quelle place au point où j'en suis, mais dans une grande maison comme celle-là ça doit bien payer. Il y a beaucoup à faire mais ça m'est égal. Le travail me fait pas peur. "Quand c'est que vous aurez des enfants, histoire de remplir un peu tous ces lits ?" Je tâche de sourire, d'avoir l'air aimable.

"Oh, nous allons en avoir !" Elle se racle la gorge, elle hésite. "Les enfants, c'est la seule raison de vivre." Elle regarde à ses pieds et elle reste quelques secondes comme ça avant de repartir vers l'escalier. Je la suis, et je remarque sa façon de serrer très fort la rampe pour descendre, comme si elle avait peur de tomber.

De retour dans la salle à manger, Miss Celia secoue la tête. "C'est vraiment beaucoup de travail, elle dit. Toutes les chambres, et les sols…

— Oui, ma'am, c'est grand." Je pense que si elle voyait comment c'est chez moi, avec un lit dans le couloir et des toilettes pour six, elle partirait sûrement en courant. "Mais je manque pas d'énergie.

— … et il y a toute cette argenterie à astiquer !"

Elle ouvre un placard à argenterie grand comme mon salon. Elle arrange une bougie qui penche sur un chandelier et je comprends pourquoi elle fait cette drôle de tête.

Après les mensonges que Miss Hilly a racontés sur moi en ville, trois dames m'ont raccroché au nez en entendant mon nom. Je me prépare à encaisser le coup. Dis-le, madame. Dis à quoi tu penses à propos de ton argenterie. J'en pleurerais, quand je vois comme cette place m'aurait plu et que je pense à ce que Miss Hilly a fait pour que je l'aie pas. Je regarde par la fenêtre et j'espère, et je prie le ciel que la visite s'arrête pas là.

"Je sais, ces fenêtres sont affreusement hautes. Je n'ai jamais essayé de les nettoyer."

Je respire. Je préfère parler de fenêtres que d'argenterie, et de loin. "Les fenêtres, ça me fait pas peur. Je nettoie celles de Miss Walters de haut en bas une fois par mois.

— Elle n'a que le rez-de-chaussée, ou un étage elle aussi ?

— Que le rez-de-chaussée… mais il y a beaucoup à faire. Ces vieilles maisons vous savez, c'est plein de coins et de recoins."

On revient dans la cuisine. On regarde toutes les deux la table du petit-déjeuner, mais on s'assoit pas. Ça me rend tellement nerveuse de me demander ce qu'elle pense que je commence à transpirer de la tête.

"Vous avez une grande et belle maison, je dis. En pleine campagne comme ça, c'est beaucoup de travail."

Elle se met à tripoter son alliance. "Je suis sûre que celle de Mrs Walters était plus facile à entretenir. Enfin, nous ne sommes que tous les deux pour le moment, mais quand les enfants vont arriver…

— Hum. Vous avez d'autres bonnes… en vue ?"

Elle soupire. "Il y en a beaucoup qui sont déjà venues. Mais je n'ai pas encore trouvé… la bonne." Elle se ronge les ongles, détourne les yeux.

J'attends qu'elle m'annonce que je fais pas l'affaire moi non plus, mais on reste sans rien dire, à respirer de la farine. Alors j'abats ma dernière carte, doucement, parce que c'est bien la dernière.

"Vous savez, j'ai quitté Miss Walters parce qu'elle partait à la maison de retraite. Elle m'a pas renvoyée."

Mais elle fixe ses pieds nus, qui sont noirs maintenant après avoir marché dans cette vieille baraque qu'on a pas dû nettoyer depuis qu'elle y habite. Et c'est clair, la dame veut pas de moi.

"Bon, elle dit. Je vous remercie d'être venue jusqu'ici. Puis-je au moins vous donner quelque chose pour l'essence ?"

Je ramasse mon sac à main et me le coince sous le bras. Elle me fait un sourire joyeux que j'ai envie d'effacer d'un revers de main. Maudite soit cette Hilly Holbrook !

"Non, ma'am, vous pouvez pas.

— Je savais que j'aurais toutes les peines du monde à trouver quelqu'un, mais…"

Je la regarde avec son air désolé et je pense, *Vas-y, ma'am, que je puisse dire à Leroy qu'il faut partir au moins jusqu'au pôle Nord, là où il y a Santa Claus, et où personne aura entendu les mensonges de Miss Hilly sur moi.*

"… si j'étais vous, je n'aurais pas envie, moi non plus, de faire le ménage dans cette grande maison."

Je la regarde bien en face. Elle s'excuse un peu trop maintenant, avec l'air de croire que Minny aura pas la place parce que Minny *veut pas* la place.

"Vous m'avez entendue dire que je voulais pas faire le ménage dans cette maison ?

— Je comprends, vous savez. Cinq bonnes m'ont déjà répondu que c'était trop de travail."

Je regarde mes soixante-quinze kilos et mon mètre soixante, tout ça pas loin d'éclater dans l'uniforme blanc. "Trop ? Pour moi ?"

Elle me fixe en battant des paupières. "Vous… le feriez ?

— Vous croyez que je suis venue jusqu'ici pour le plaisir d'user de l'essence ?" *Ferme-la, Minny ! Tu vas pas tout gâcher maintenant ! T'as vu ce qu'elle te propose ? Une place !*

"Miss Celia, ça me ferait plaisir de travailler pour vous."

Elle rit, cette folle, et elle s'avance pour me serrer dans ses bras, mais je recule un peu pour qu'elle comprenne que c'est pas une chose à faire.

"Attendez, on a deux ou trois choses à voir avant de commencer. Faut me dire quels jours vous voulez que je vienne et… des trucs comme ça." *Combien tu payes, par exemple.*

"Eh bien… quand vous voulez, elle dit.

— Chez Miss Walters je travaillais du dimanche au vendredi."

Miss Celia se ronge encore un petit bout d'ongle rose. "Vous ne pourrez pas venir ici le week-end.

— Très bien." J'ai besoin de travailler, mais peut-être que plus tard elle me demandera de venir servir pour des soirées ou autres. "Du lundi au vendredi, alors. Et le matin je dois être là à quelle heure ?

— A quelle heure voulez-vous venir ?"

J'ai jamais eu le choix. Je ferme les yeux pour réfléchir. "Si on disait huit heures ? C'était le moment où je prenais mon service chez Miss Walters.

— Très bien, huit heures, c'est parfait." Elle se lève, et on attend qui va pousser le prochain pion.

"Il faut aussi me dire à quelle heure je peux partir le soir.

— A quelle heure ?" demande Miss Celia.

Je lève les yeux au ciel. "Miss Celia, à vous de me dire. C'est comme ça que ça marche !"

Elle tend le cou, comme si elle avait du mal à avaler ça. Moi, j'ai qu'une idée : en finir au plus vite, avant qu'elle change d'avis.

"Pourquoi pas quatre heures ? je dis. Je peux travailler de huit à quatre, avec un peu de temps pour déjeuner.

— C'est parfait.

— Bon… il faut parler du salaire, aussi." Mes doigts de pied gigotent dans mes chaussures. Ça doit pas faire lourd, si cinq bonnes ont déjà refusé.

On reste toutes les deux sans rien dire.

"Allons, Miss Celia. Votre mari vous a pas dit combien vous pouviez payer ?"

Elle regarde le Veg-O-Matic* qu'elle doit même pas savoir faire marcher à mon avis, et elle dit : "Johnny n'en sait rien.

— Bon. Demandez-lui ce soir combien il veut payer.

— Non, Johnny ne sait pas que je vais prendre une bonne."

Je reste la bouche ouverte, le menton sur la poitrine. "Comment ça, il sait pas ?

— Je ne vais *pas* le dire à Johnny." Elle écarquille ses grands yeux bleus comme si elle avait une peur terrible de ce Johnny.

"Et si Mister Johnny rentre après son travail et qu'il trouve une Noire dans la cuisine ?

— Désolée, mais je ne peux pas…

---

* Ustensile à trancher, couper, râper, très en vogue dans les années 1960.

— Je vais vous dire, moi, ce qui va se passer. Il va prendre ce pistolet et il tirera une balle dans la tête de Minny et il la laissera raide morte sur ce parquet même pas ciré."

Miss Celia secoue la tête. "Je ne vais pas le lui dire.

— Alors, j'ai plus qu'à m'en aller." *Merde ! Je me suis doutée qu'elle était folle à la seconde où j'ai passé la porte.*

"Ce n'est pas pour lui mentir. Mais j'ai besoin d'une bonne…

— Bien sûr que vous avez besoin d'une bonne. Si la dernière a pris une balle dans la tête.

— Il ne revient jamais pendant la journée. Vous n'aurez qu'à me montrer comment on fait le ménage à fond, et comment préparer à dîner. Ça ne durera que quelques mois…"

J'ai le nez qui pique. Il y a quelque chose qui brûle. Je vois de la fumée qui sort du four. "Et alors, vous me renverrez au bout de quelques mois ?

— A ce moment-là, je… le lui dirai." Elle fronce les sourcils rien que d'y penser. "Je vous en prie, je veux qu'il me croie capable de me débrouiller toute seule. Je veux qu'il pense… que je vaux la peine.

— Miss Celia…" Je secoue la tête. J'arrive pas à croire que je suis en train de me disputer avec cette dame alors que je travaille pas ici depuis deux minutes. "Je crois que vous avez laissé brûler votre gâteau."

Elle attrape un torchon, se précipite sur le four et sort le gâteau. "Oh ! Zut alors !"

Je pose mon sac à main et j'écarte Miss Celia. "Faut jamais prendre un plat chaud avec un torchon humide."

J'attrape le gâteau noirci avec un chiffon sec et je le pose sur le comptoir en ciment.

Miss Celia regarde sa main brûlée. "Mrs Walters m'a dit que vous étiez une excellente cuisinière.

— Cette vieille-là, quand elle avait mangé deux haricots elle disait qu'elle en pouvait plus. Elle était impossible à nourrir !

— Combien vous payait-elle ?

— Un dollar de l'heure", je réponds, et j'ai un peu honte : c'était même pas le salaire minimum après cinq ans à son service.

"Alors je vous en donnerai deux."

Je sens que j'en perds ma respiration.

"Il part quand le matin, Mister Johnny ?" je demande, en essuyant le beurre qui a fondu sur le comptoir – elle avait même pas mis une assiette dessous.

"A six heures. Il ne traîne jamais ici très longtemps, il a horreur de ça. Et il rentre de son agence immobilière vers cinq heures de l'après-midi."

Je calcule très vite dans ma tête. Même avec moins d'heures, je gagnerai plus. Mais si c'est pour me faire tirer dessus… "Je quitterai à trois heures, alors. Ça me laissera deux heures de battement pour pas que Mister Johnny tombe sur moi en rentrant.

— Bien." Elle hoche la tête. "Il vaut mieux être prudent."

Miss Celia ouvre la porte qui donne dehors et fourre le gâteau dans un sachet en papier. "Je vais mettre ça à la poubelle et il ne saura pas que j'en ai encore brûlé un."

Je lui prends le sachet des mains. "Mister Johnny verra rien. Je vais le jeter chez moi.

— Oh, merci." Miss Celia secoue la tête comme si personne avait jamais rien fait d'aussi gentil pour elle. Elle serre ses jolis petits poings sous son menton. Je retourne à ma voiture.

Je m'assois sur le siège défoncé de la Ford que Leroy continue à payer douze dollars par semaine à son patron. Soulagée. J'ai trouvé une place, finalement. J'aurai pas besoin de partir au pôle Nord. C'est Santa Claus qui va être déçu.

"Pose tes fesses, Minny, que je t'explique les règles qu'on doit respecter pour travailler chez une patronne blanche."

J'avais quatorze ans le jour même. Je me suis assise devant la petite table dans la cuisine de ma mère en jetant des regards en coin vers le gâteau au caramel qui refroidissait sur une étagère avant de recevoir son glaçage. Le jour de mon anniversaire je pouvais manger autant que je voulais. C'était le seul de l'année.

Bientôt je quitterais l'école et je commencerais à travailler pour de bon. Maman aurait voulu que j'aille jusqu'à la neuvième – elle aurait bien aimé elle aussi devenir maîtresse d'école au lieu d'être placée chez Miss Woodra. Mais avec le problème cardiaque de ma sœur et mon ivrogne de père, il restait plus que nous deux. Je savais déjà tout faire dans une maison. En rentrant de l'école, je préparais à manger et je faisais le ménage. Mais si j'allais travailler chez quelqu'un, qui s'occuperait de chez nous ?

Maman m'a pris par les épaules et m'a fait tourner sur ma chaise pour que je la regarde elle et pas le gâteau. Maman, c'était une dure. Elle avait des principes. Elle s'en laissait conter par personne. Elle m'a claqué des doigts à la figure si près que ça m'a fait loucher.

"Règle numéro un pour travailler chez une Blanche, Minny : c'est pas tes affaires. T'as pas à mettre ton nez dans les problèmes de la patronne, ni à pleurnicher sur les tiens – t'as pas de quoi payer la note d'électricité ? T'as mal aux pieds ? Rappelle-toi une chose : ces Blancs sont pas tes amis. Ils veulent pas en entendre parler. Et le jour où Miss Lady Blanche attrape son mari avec la voisine, tu t'en mêles pas, compris ?

"Règle numéro deux : cette patronne blanche doit *jamais* te trouver assise sur ses toilettes. Ça m'est égal si t'as tellement envie que ça te sort par les tresses. Si elle en a pas pour les bonnes, tu trouves un moment où elle est pas là.

"Règle numéro trois…" Elle me remet le menton de face parce que je me suis encore laissée attirer par le gâteau. "Règle numéro trois, donc : quand tu cuisines pour des Blancs, tu prends une cuillère rien que pour goûter. Si tu mets cette cuillère dans ta bouche et qu'après tu la remets dans la marmite et qu'on te voit, c'est tout bon à jeter.

"Règle numéro quatre : Sers-toi tous les jours du même verre, de la même fourchette, de la même assiette. Tu les ranges à part et tu dis à cette Blanche qu'à partir de maintenant ça sera *tes* couverts.

"Règle numéro cinq : tu manges à la cuisine.

"Règle numéro six : tu frappes pas ses enfants. Les Blancs aiment faire ça eux-mêmes.

"Règle numéro sept : C'est la dernière, Minny. Tu écoutes ce que je te dis ? *Pas d'impertinence !*

— Maman, je sais, je sais…

— Oh, je t'entends, tu sais, quand tu t'en doutes pas et que tu râles dans ta barbe parce qu'il faut nettoyer le tuyau de la cuisinière, ou parce qu'il reste plus qu'un morceau de poulet pour la pauvre Minny ! Mais si tu parles mal à une Blanche le matin, tu iras mal parler dehors l'après-midi."

Je voyais bien comment elle était, ma mère, quand Miss Woodra la faisait venir chez elle, et "oui ma'am" par-ci, et "non ma'am" par-là, et "merci ma'am"… *Pourquoi il faudrait que je sois comme ça ? Je sais comment tenir tête aux gens, moi !*

"Maintenant approche et fais-moi un gros baiser pour ton anniversaire. Seigneur, tu pèses aussi lourd qu'un éléphant, Minny !

— J'ai rien mangé de la journée. C'est quand que j'aurai mon gâteau ?

— On dit pas c'est quand que, Minny. Parle correctement. Je t'ai pas élevée pour que tu parles comme un âne."

Premier jour chez ma patronne blanche. J'ai mangé mon sandwich au jambon dans la cuisine, rangé mon assiette dans mon coin de placard. Quand sa petite morveuse de fille m'a fauché mon sac à main et l'a planqué dans le four, je lui ai pas crié après.

Mais quand la patronne blanche a dit : "Je tiens à ce que tu laves tous les mouchoirs à la main d'abord, puis que tu les mettes dans la machine", j'ai dit : "Pourquoi laver à la main alors que le lave-linge fait le travail ? Comme perte de temps, on fait pas mieux !"

La patronne blanche m'a souri, et cinq minutes après j'étais dehors.

Si je travaille pour Miss Celia, je pourrai emmener mes gamins à l'école le matin et l'après-midi en arrivant à la maison j'aurai encore du temps à moi. J'ai plus fait la sieste depuis la naissance de Kindra en 1957, mais avec mes nouveaux horaires – de huit heures du matin à trois heures de l'après-midi – je pourrai la faire tous les jours si ça me chante. Comme il y a pas de bus pour aller chez Miss Celia, il me faudra la voiture de Leroy.

"Dis donc, tu vas pas me la prendre tous les jours ? Si jamais j'ai besoin…

— Ils me payent soixante-dix dollars tous les vendredis, Leroy.

— Je peux peut-être prendre le vélo de Sugar."

Le mardi, lendemain de la rencontre avec Miss Celia, je gare ma voiture tout au bout de sa rue, derrière un virage, pour qu'on la voie pas. Et je remonte la rue déserte jusqu'à son allée.

"Je suis là, Miss Celia !" Je passe la tête à la porte de sa chambre et elle est assise sur son lit, parfaitement maquillée et serrée dans sa tenue du vendredi soir alors qu'on est mardi, en train de lire les cochonneries du *Hollywood Digest* comme si c'était la Sainte Bible.

"Bonjour, Minny ! Je suis vraiment contente de vous voir !"

D'entendre une Blanche me dire ça, j'en ai la chair de poule.

Je regarde tout autour de la chambre, histoire d'évaluer le travail à faire. C'est grand, avec un tapis crème, un grand lit jaune à baldaquin, deux gros fauteuils jaunes. Et c'est bien rangé, sans vêtements par terre. Le lit est fait sous elle. La couverture bien pliée sur un fauteuil. Mais je regarde, j'observe, et je le sens : il y a quelque chose qui cloche.

"A quand notre première leçon de cuisine ? elle demande. On pourrait commencer aujourd'hui ?

— Dans quelques jours, je crois. Quand vous aurez fait les courses pour acheter ce qu'il nous faut."

Elle réfléchit une seconde et elle dit : "Vous devriez peut-être y aller vous-même, Minny, puisque vous savez ce qu'il faut acheter."

Je la regarde. Les Blanches, en général, préfèrent s'occuper des courses. "Très bien, j'irai dans la matinée, alors."

Je remarque une carpette rose qu'elle a mise par-dessus le tapis devant la porte de la salle de bains. Je suis pas décoratrice, mais je sais qu'une carpette rose dans une chambre jaune, ça va pas.

"Miss Celia, avant de me lancer, j'ai besoin de savoir. Vous allez lui dire quand, que je suis ici, à Mister Johnny ?"

Elle regarde le magazine sur ses genoux. "Dans quelques mois, je pense. D'ici là, il faudra que je sache cuisiner, et tout ça.

— Quelques mois, c'est combien ?"

Elle se mord les lèvres par-dessus le rouge. "Je pensais quatre… au moins."

Quoi ? Je vais pas travailler quatre mois comme une bête en cavale ! "Vous voulez rien lui dire jusqu'en 1963 ? Non ma'am. *Avant* Noël."

Elle soupire. "D'accord. Mais juste avant, alors."

Je compte. "Ça fait cent… seize jours. Vous lui direz dans cent seize jours."

Elle me lance un regard inquiet. Je crois qu'elle s'attendait pas à avoir une bonne aussi calée en maths. Dès qu'elle sort, j'inspecte la chambre pour voir si elle est si bien rangée que ça. J'ouvre un placard, très doucement, et comme prévu je reçois cinquante trucs sur la tête. Après je regarde sous le lit, et vu la quantité de linge sale, elle a pas dû faire la lessive depuis des mois.

Dans chaque tiroir c'est le bazar, il y a des vêtements sales et des chaussettes en boule dans tous les coins. Je trouve quinze boîtes de chemises à Mister Johnny – comme ça il peut pas deviner qu'elle sait ni laver ni repasser. Finalement, je soulève cette carpette bizarre. Dessous, il y a une grande tache couleur de rouille. Je frissonne.

Cet après-midi-là, Miss Celia et moi on fait la liste des plats à préparer pendant la semaine, et le lendemain matin je vais aux courses. Mais ça me prend le double de temps, vu que je dois aller en voiture au Jitney Jungle, en ville, plutôt qu'au Piggly Wiggly de ma rue parce que je me dis qu'elle voudra pas manger des choses achetées dans un magasin de Noirs. Et d'ailleurs je lui reprocherai pas, quand on voit les pommes de terre avec des yeux de trois centimètres et le lait presque tourné. J'arrive au travail prête à lui balancer toutes les raisons qui expliquent mon retard, mais je la retrouve au lit, et elle sourit avec l'air de dire que ça fait rien. Toute pomponnée pour aller nulle part. Elle y reste cinq heures à lire des magazines. Elle se lève pour aller pisser ou pour se servir un verre de lait, et c'est tout. Mais je me pose pas de questions. Je suis la bonne.

Quand j'ai nettoyé la cuisine, je vais dans le salon. Je m'arrête sur le seuil et je reste un bon moment à regarder ce grizzli. Il fait deux bons mètres de haut et il retrousse les babines. Il a des griffes longues et crochues comme les sorcières. Et à ses pieds, un grand couteau avec le manche sculpté dans l'os. En m'approchant je vois que sa fourrure est pleine de poussière. Et une araignée a tissé sa toile entre ses mâchoires.

Je commence par chasser la poussière avec mon balai. Mais ça fait que la déplacer. Je prends un chiffon et j'essaye de l'essuyer, mais je pousse un cri chaque fois que ce crin touche ma main. Les Blancs… Franchement, j'ai déjà nettoyé toutes sortes de choses, de leurs réfrigérateurs à leurs derrières, mais qu'est-ce qui fait croire à cette femme que je sais comment nettoyer un foutu ours ?

Je vais chercher l'aspirateur. Je dépoussière les beaux livres que personne lit jamais, les boutons de vareuse du confédéré, le pistolet en argent. Je vois sur une table dans un cadre doré une photo de Miss Celia et Mister Johnny à l'autel et je la regarde de près pour savoir quel genre d'homme c'est. Je l'espérais petit et gros pour le cas où il faudrait courir, mais c'est tout le contraire. Il est costaud, et grand, et large d'épaules. Et c'est pas un inconnu non plus. Seigneur… c'est lui qui sortait avec Miss Hilly pendant mes premières années chez Miss Walters ! J'ai jamais fait sa connaissance, mais je l'ai vu assez souvent pour en être sûre. Je frissonne, la peur me reprend. Parce que ça m'en dit déjà plus sur cet homme que n'importe quoi d'autre.

65

A une heure de l'après-midi, Miss Celia rentre dans la cuisine en disant qu'elle est prête pour sa première leçon. Elle s'assoit sur un tabouret. Elle porte un pull rouge moulant avec une jupe rouge et assez de maquillage pour faire peur à une pute.

"Qu'est-ce vous savez déjà faire ?" je lui demande.

Elle réfléchit en plissant le front. "On pourrait peut-être commencer par le commencement ?

— Vous savez forcément faire quelque chose… Qu'est-ce que votre maman vous a appris quand vous étiez gamine ?"

Elle regarde le motif de ses collants à ses pieds et elle dit : "Je sais cuire le maïs."

Je peux pas m'empêcher de rire. "Et à part le maïs ?….

— Les pommes de terre bouillies." Elle baisse la voix, on l'entend à peine. "Et je sais faire le porridge, aussi… On n'avait pas l'électricité là où j'habitais avant. Mais je suis d'accord pour apprendre. Sur une vraie cuisinière."

Seigneur. J'avais jamais rencontré un Blanc pire que moi à part ce fou de Mister Wally qui loge derrière le magasin d'alimentation de Canton et qui mange de la pâtée pour chats.

"Vous donnez tous les jours du maïs et du porridge à votre mari ?"

Miss Celia hoche la tête. "Mais vous allez m'apprendre à bien cuisiner, n'est-ce pas ?

— Je vais essayer", je réponds, mais j'ai jamais dit à une Blanche ce qu'elle devait faire et je sais vraiment pas par où commencer. Je tire sur mes bas, je réfléchis. Et puis je me décide. Je montre la boîte de margarine sur le comptoir.

"Je crois que la première chose que vous devez savoir, c'est ça.

— Ce n'est que de la graisse, non ?

— Non, c'est pas juste de la graisse. C'est ce qu'on a inventé de plus important pour faire la cuisine depuis la mayonnaise.

— Qu'est-ce qu'il y a de particulier dans… – elle fronce les narines –… la graisse de porc ?

— Ça vient pas du porc, c'est de la graisse végétale." Qui connaît pas le Crisco ? "Vous avez pas idée de tout ce qu'on peut faire avec cette boîte."

Elle hausse les épaules. "De la friture ?

— Ça sert pas seulement pour la friture. Vous vous êtes jamais collé quelque chose dans les cheveux, du chewing-gum par exemple ?" Je montre la boîte du doigt. "Crisco ! Vous pouvez en étaler sur les fesses de votre bébé et fini les irritations !" J'en mets trois cuillerées dans la poêle. "Figurez-vous que j'ai déjà vu des femmes comme vous s'en frotter sous les yeux et aussi sur les pieds de leur mari pour enlever la corne.

— Voyez comme c'est joli ! elle dit. On dirait du sucre à glacer les gâteaux.

— Avec ça, vous pouvez enlever les traces de colle laissées par les étiquettes de prix, graisser une porte qui grince. En cas de panne de courant, vous y mettez une mèche et ça vous fait une bougie."

Je fais tourner la poêle au-dessus de la flamme et on regarde la graisse qui fond. "Et après, vous pouvez encore y mettre votre poulet à frire.

— Très bien", elle dit. Elle se concentre. "Et ensuite ?

— Le poulet a bien trempé dans le babeurre. On va mélanger tout ça maintenant." Je verse de la farine, j'ajoute du sel, du poivre, du paprika et une pincée de cayenne dans un sachet en papier.

"Voilà. Maintenant, mettez les morceaux de poulet dans le sachet et secouez bien."

Miss Celia met les cuisses de poulet cru dans le sachet et secoue. "Comme ça ? Comme dans la publicité Shake'n Bake à la télé ?

— C'est ça", je réponds, et je tourne ma langue dans ma bouche pour pas en dire plus, parce que si ça c'est pas une insulte, je sais pas ce que c'est. "Allez-y, comme à la télé !" Et tout d'un coup, je me tais. J'entends un bruit de moteur sur la route. Je bouge plus et je tends l'oreille. Je vois que Miss Celia écoute elle aussi. On pense à la même chose. Où je vais me cacher si c'est lui ?

La voiture s'éloigne. On respire.

"Miss Celia ?" Je grince des dents. "Pourquoi vous pouvez pas parler de moi à votre mari ? Vous croyez qu'il se doutera de rien quand il va commencer à bien manger ?

— Ah, je n'avais pas pensé à ça ! On devrait peut-être laisser brûler le poulet, un petit peu…"

Je lui lance un regard en coin. Pas question de brûler le poulet. Elle a pas répondu à la question, mais je finirai par savoir.

Je pose bien doucement les morceaux dans la poêle. Ça se met à grésiller, une vraie musique, pendant qu'on regarde les pattes qui brunissent dans la friture. Je lève les yeux et je vois Miss Celia qui me sourit.

"Qu'est-ce qu'il y a ? J'ai quelque chose sur la figure ?

— Non", elle dit, avec des larmes aux yeux. Elle pose la main sur mon bras. "Je suis vraiment heureuse que vous soyez là."

Je retire mon bras. "Miss Celia, vous avez beaucoup d'autres raisons d'être heureuse.

— Je le sais." Elle regarde sa belle cuisine avec une petite grimace comme si elle avait un mauvais goût dans la bouche. "Même en rêve, je n'aurais jamais cru avoir tout ça un jour.

— Eh bien, vous avez de la chance.

— Je n'ai jamais été aussi heureuse de ma vie."

Je préfère en rester là pour le moment. Il y a autre chose là-dessous et elle a beau dire, je lui trouve pas l'air si heureuse que ça.

*

Le soir, j'appelle Aibileen et elle me dit : "Miss Hilly était chez Miss Leefolt hier. Elle a demandé si quelqu'un savait où tu travailles.

— Bon Dieu, si elle me trouve là-bas, c'est foutu." Il s'est passé deux semaines depuis la Chose Abominable Epouvantable que j'ai fait à cette femme. Je sais qu'elle serait trop contente de me faire virer.

"Et Leroy, qu'est-ce qu'il a dit quand il a su que tu avais la place ?

— Il s'est mis à tourner dans la cuisine comme un coq plumé parce qu'il y avait les enfants. Il fait toujours comme si il était seul à nourrir la famille pendant que moi je travaille pour passer le temps. Mais après, une fois au lit, j'ai cru que cette grande vieille carcasse allait se mettre à pleurer."

Aibileen éclate de rire. "Il a beaucoup d'orgueil, Leroy.

— Oui. A moi de me débrouiller maintenant pour que Mister Johnny me tombe pas dessus.

— Et elle t'a pas dit pourquoi elle veut pas qu'il te voie ?

— Tout ce qu'elle m'a dit, c'est qu'elle voulait lui faire croire qu'elle était capable de cuisiner et de tenir la maison toute seule. Mais c'est pas ça. Elle lui cache quelque chose.

— C'est une drôle d'histoire, quand même. Miss Celia peut rien dire à personne de peur que ça revienne aux oreilles de son Johnny, et du coup, Miss Hilly pourra rien savoir non plus. Ça pouvait pas mieux tomber, pour toi !"

Je fais "Hum", et c'est tout. Je voudrais pas avoir l'air ingrate avec Aibileen, vu que c'est elle qui m'a trouvé cette place. Mais je peux pas m'empêcher de penser que maintenant j'ai deux problèmes, un avec Miss Hilly et l'autre avec ce Johnny Foote.

"Minny, je voulais te demander… dit Aibileen. Tu connais Miss Skeeter ?

— La grande, celle qui venait toujours aux parties de bridge de Miss Walters ?

— Oui. Qu'est-ce que t'en penses ?

— Je sais pas… C'est une Blanche comme les autres. Pourquoi ? Elle a dit des choses sur moi ?

— Non, non. Elle a juste… ça fait déjà un moment et je sais pas pourquoi mais j'y pense encore, elle m'a posé une drôle de question. Elle m'a demandé si je voudrais pas changer les choses. Jamais une Blanche a demandé…"

Mais à ce moment Leroy sort de la chambre et réclame son café avant d'aller prendre son service de nuit.

"Zut, il est levé, je dis. Dépêche-toi.

— Non, ça fait rien. C'est sans importance, dit Aibileen.

— Quoi ? Qu'est-ce qui s'est passé ? Qu'est-ce qu'elle t'a dit ?

— C'était juste pour parler. Des mots en l'air."

CHAPITRE 4

Pendant ma première semaine chez Miss Celia je nettoie la maison de fond en comble jusqu'à ce qu'il reste plus un chiffon à poussière ni un vieux drap ni un vieux bas pour frotter et faire briller. La deuxième semaine je recommence parce qu'on dirait que la crasse est revenue. La troisième je suis contente de mon travail et je m'organise pour la suite.

Tous les matins, Miss Celia me regarde comme si elle en revenait pas de me revoir. Il y a rien d'autre pour troubler tout ce silence autour d'elle. Ma maison est tout le temps pleine de monde avec les cinq gosses, les voisins, le mari. Le plus souvent, quand j'arrive chez Miss Celia, je suis contente de retrouver le calme.

Mon emploi du temps est toujours le même, où que je travaille : le lundi, je cire les meubles. Le mardi, je lave et je repasse les foutus draps, c'est le jour que je déteste. Le mercredi, je récure la baignoire à fond même si je l'essuie tous les matins. Le jeudi, je cire les parquets et j'aspire les tapis, sauf les plus vieux, je les fais au balai pour pas qu'ils s'effilochent. Le vendredi, c'est grosse cuisine pour le week-end. Et tous les jours serpillière, lavage du linge et repassage des chemises pour pas se laisser déborder, et entretien général. L'argenterie et les vitres quand c'est nécessaire. Comme il y a pas d'enfants à s'occuper, il reste largement du temps pour les soi-disant leçons de cuisine à Miss Celia.

Vu qu'elle reçoit jamais, on prépare simplement le dîner pour elle et Mister Johnny : côtes de porc, poulet frit, rôti de bœuf, tourte au poulet, sauté d'agneau, jambon au four, tomates frites, purée de pommes de terre, et des légumes… Ou bien c'est moi qui cuisine toute seule et Miss Celia me tourne autour, avec l'air d'une gamine de cinq ans et pas de la femme fortunée qui me paye pour mes services. Dès que la leçon est finie elle va vite se recoucher. En fait, Miss Celia fait marcher ses pieds pour venir aux cours de cuisine ou pour jeter un coup d'œil à l'étage tous les deux ou trois jours, dans ces pièces qui vous donnent la chair de poule, et c'est tout.

Je sais pas ce qu'elle fait là-haut pendant cinq minutes. J'aime pas trop y aller. Ces chambres devraient être pleines d'enfants qui rient et qui crient et qui mettent tout sens dessus dessous. Mais ce que Miss Celia fait de ses journées, ça me regarde pas et je suis bien contente de pas l'avoir dans les pattes. Ça m'est arrivé de suivre des patronnes avec un balai dans une main et le seau à ordures dans l'autre. Tant qu'elle reste dans son lit, j'ai du travail. N'empêche, avec zéro gamin et rien à faire du matin au soir, c'est la personne la plus fainéante que j'aie jamais vue. Y compris ma sœur Doreena qui a jamais levé le petit doigt de toute son enfance parce qu'elle avait le cœur faible mais on a découvert plus tard que la tache sur la radio c'était une mouche.

Et il y a pas que le lit. Miss Celia sort jamais de la *maison* sauf pour se faire friser et dépointer les cheveux. C'est arrivé une fois depuis trois semaines que je suis là. J'ai trente-six ans et j'entends encore ma mère me dire, chacun ses affaires. Mais je voudrais savoir ce qui lui fait si peur dehors.

Les jours de paye, je fais le décompte pour Miss Celia. "Encore quatre-vingt dix-neuf jours et vous parlerez de moi à Mister Johnny."

Elle dit : "Mince alors, que le temps passe vite !" comme si ça lui faisait mal au cœur.

"Le chat est passé sous le porche ce matin, et j'ai failli faire une crise cardiaque en croyant que c'était Mister Johnny."

Comme moi, Miss Celia est de plus en plus inquiète à mesure qu'on approche de la date limite. Je sais pas ce que ce type va lui dire quand il sera au courant. De me virer, peut-être.

"J'espère que ça suffira, Minny. Vous trouvez que j'ai fait des progrès ?"

Je la regarde. Elle a des jolies dents, un sourire adorable, mais c'est la pire des cuisinières que j'aie jamais rencontrée.

Donc je fais marche arrière et je lui montre les choses les plus simples parce que je veux qu'elle apprenne, et vite. C'est qu'il va falloir qu'elle explique à son mari pourquoi une négresse de soixante-quinze kilos a les clés de sa maison. Il faut qu'il sache pourquoi j'ai tous les jours les mains sur son argenterie et sur les boucles d'oreilles en rubis de sa femme qui font je sais pas combien de millions de carats. J'ai *besoin* qu'il le sache avant qu'il débarque à l'improviste et appelle la police. Ou qu'il trouve plus économique de régler l'affaire lui-même.

"Décrochez le jambon, mettez assez d'eau là-dedans, c'est bien. Maintenant, allumez. Vous voyez les petites bulles ? Ça veut dire que l'eau est contente."

Miss Celia regarde dans la marmite comme si elle lisait dans son avenir. "Et vous, Minny, vous êtes contente ?

— Pourquoi vous me demandez ça ?

— Répondez-moi.

— Bien sûr que je suis contente ! Et vous aussi. Une grande maison, un grand jardin, un mari qui veille sur vous…" Je la regarde d'un air sévère pour qu'elle voie que je suis contrariée, quand même. Parce que c'est pas nous, peut-être, qui sommes tout le temps à nous demander si les Blancs sont *assez* contents ?

Et quand Miss Celia laisse brûler les haricots, je pense à ma mère qui me reprochait de manquer de sang-froid. "Bon, je dis, en serrant les dents. On va en refaire une casserole avant que Mister Johnny arrive."

Avec toutes les femmes chez qui j'ai travaillé, j'aurais adoré faire la patronne rien qu'une heure, pour voir si elles aimaient ça. Mais cette Miss Celia qui me regarde avec ses grands yeux comme si j'étais la meilleure chose qui lui est arrivée depuis l'invention de la laque à cheveux en bombe, je préférerais presque qu'elle me donne des ordres comme elle est censée faire. Je commence à me demander si il y aurait pas un rapport entre cette manie de rester coucher toute la journée et son refus de parler de moi à Mister Johnny. Je crois qu'elle finit par s'apercevoir que je la regarde d'un air méfiant quand je me pose ces questions-là, parce qu'un jour elle me dit comme ça, tout à coup : "Je fais souvent le même cauchemar. Je suis obligée de retourner vivre à Sugar Ditch. Voilà pourquoi je passe tellement de temps au lit." Après ça elle hoche la tête, très vite, comme si elle avait répété son petit discours. "Parce que je ne dors pas très bien la nuit."

Je lui souris d'un air niais, comme si je la croyais, et je me remets à astiquer les miroirs.

"Ne le faites pas trop bien. Laissez des traces."

Quand c'est pas sur les miroirs c'est sur le parquet, ou bien on laisse traîner un verre sale dans l'évier, ou on "oublie" de vider la poubelle. Elle dit : "Il faut que ça ait l'air vrai", et je fais cent fois dans la journée le geste de laver ce verre ou de sortir cette poubelle. J'aime que tout soit propre et rangé, moi.

"Si je pouvais je taillerais ce massif d'azalées", dit Miss Celia, un jour. Elle est allée s'allonger sur le canapé pendant que mon feuilleton passe à la télé et elle arrête pas de parler. Je suis *The Guiding Light* depuis vingt-quatre ans, autrement dit depuis l'âge de dix ans, quand je l'écoutais sur la radio de maman.

On passe une publicité et Miss Celia regarde par la fenêtre le Noir qui ratisse les feuilles mortes. Elle a tellement de fourrés d'azalées qu'au printemps prochain son jardin ressemblera à *Autant en emporte le vent*. J'aime pas les azalées et j'aime pas du tout ce film qui montre les esclaves comme une bande de joyeux invités qui viennent prendre le thé chez le maître. Si j'avais joué Mammy, j'aurais dit à cette brave Scarlett de se coller ces rideaux verts sur son petit cul blanc et de se la faire elle-même, sa robe provocante.

"Et je sais que je pourrais faire fleurir ce rosier en le taillant, dit Miss Celia. Mais je commencerais par couper le mimosa.

— Qu'est-ce qu'il vous a fait, cet arbre ?" J'appuie la pointe de mon fer sur le col de Mister Johnny. J'ai pas de massifs, moi, même pas un arbre, dans tout mon jardin.

"Je n'aime pas ces fleurs duveteuses." Elle a le regard qui se brouille comme si elle allait s'endormir. "On dirait des cheveux de bébé."

Ça me donne la frousse quand elle parle comme ça. "Vous vous y connaissez en fleurs ?"

Elle soupire. "A Sugar Ditch, je m'occupais de mes plantes. J'avais appris à les cultiver dans l'espoir d'enjoliver ce décor si moche.

— Allez-y alors, je dis, en essayant de rester calme. Faites un peu d'exercice. Allez prendre l'air." *Sors, Bon Dieu !*

"Non." Elle soupire. "Je ne dois pas courir dans tous les sens. J'ai besoin de calme."

Elle commence à m'énerver pour de bon avec sa façon de jamais mettre le nez dehors et de sourire le matin en voyant arriver la bonne comme si c'était le meilleur moment de la journée. C'est la même chose qu'une démangeaison qu'on peut pas gratter. J'essaye tous les jours et j'y arrive presque mais jamais tout à fait. Et ça me démange tous les jours un peu plus.

"Vous devriez peut-être faire des connaissances, je dis. Il y a des tas de dames de votre âge en ville."

Elle me regarde en fronçant les sourcils. "J'ai essayé. J'ai appelé ces dames un nombre incalculable de fois pour leur proposer de les aider à leur vente de charité, ou de faire quelque chose pour elles chez moi. Mais elles ne rappellent jamais. Aucune."

Je dis rien, parce que ça m'étonne pas. Avec ses seins à l'air et ses cheveux teints "Pépite d'or"…

— Allez faire les magasins, alors. Achetez-vous des toilettes. Faites ce que font les Blanches pendant que la bonne est à la maison.

— Non, je crois que je vais me reposer un peu."

Et deux minutes après je l'entends qui traîne à l'étage dans les chambres vides.

La branche du mimosa tape contre la vitre, je sursaute et je me brûle au pouce. Je ferme les yeux pour attendre que les battements de mon cœur ralentissent. Encore quatre-vingt-quatorze jours de ce cirque et je me demande comment tenir une minute de plus.

"M'man, fais-moi quelque chose à manger. J'ai faim !"
Voilà ce que Kindra, ma cadette âgée de cinq ans, m'a dit
hier soir. Avec le poing sur la hanche et le pied en avant.

J'ai cinq gosses et je suis fière de dire que je leur ai tous
appris à dire *oui madame* et *s'il vous plaît* avant qu'ils
sachent seulement dire *gâteau*.

A tous, sauf à une.

"T'auras rien jusqu'au dîner, je lui dis.

— Pourquoi t'es tellement méchante avec moi ? Je te
déteste !" elle crie, et elle sort en courant.

Je reste avec les yeux au plafond parce que ça, c'est un
choc auquel je pourrai jamais m'habituer, même si j'y ai
déjà eu droit avec les quatre autres. Le jour où votre enfant
vous dit qu'il vous déteste, et ils passent tous par là, c'est
comme un coup de pied dans le ventre.

Mais Kindra, Seigneur ! Cette gamine me ressemble
de plus en plus.

Je suis dans la cuisine de Miss Celia en train de penser à
hier soir et de me demander ce qu'on va faire avec Kindra
et sa grande gueule, Benny et son asthme, et mon Leroy
qui est rentré deux fois saoul cette semaine. Il sait bien que
c'est *la* chose que je peux pas supporter après m'être occupée pendant dix ans de mon ivrogne de père à l'époque où
on travaillait comme des bêtes, maman et moi, pour qu'il
ait sa bouteille. Je crois que je devrais m'inquiéter de tout
ça, mais hier soir, comme pour dire excuse-moi, Leroy est
rentré avec un sachet de gombos. Il sait que c'est mon plat
préféré. Je les ferai ce soir à la poêle avec de la farine de
maïs et j'en mangerai comme ma mère m'a jamais laissée en manger.

Et j'ai eu une autre bonne surprise aujourd'hui. La mère
de Mister Johnny a rapporté deux caissettes de pêches du
Mexique. Elles sont mûres et sucrées et elles se coupent

comme du beurre. D'habitude j'accepte pas la charité des Blanches parce que *je sais* que tout ce qu'elles veulent c'est que je leur *doive* quelque chose. Mais quand Miss Celia m'a dit d'emporter une douzaine de pêches j'ai pris un sachet et j'ai mis les douze dedans. Chez moi, ce soir, ça sera gombos frits et tourte aux pêches en dessert.

Je regarde une longue épluchure qui se déroule et qui tombe dans l'évier de Miss Celia, sans faire attention à ce qui se passe dans l'allée. En général, quand je suis dans la cuisine, je prévois comment je pourrais me sauver en cas d'arrivée surprise de Mister Johnny. La cuisine est parfaite pour ça grâce à la fenêtre qui donne sur la rue. Il y a des grands fourrés d'azalées qui cachent mon visage, mais je vois au travers si quelqu'un approche. Si il arrivait par l'entrée principale, je pourrais filer par la porte qui donne dans le garage. Et si il arrivait par-derrière, je sortirais par l'entrée principale. Mais voilà, avec le jus de pêche qui me coule sur les mains et le parfum qui me monte à la tête, je suis perdue dans ma rêverie. Je remarque même pas le camion bleu qui s'arrête devant la maison.

L'homme est déjà à mi-chemin dans l'allée quand je le vois. J'aperçois une chemise blanche, de celles que je repasse tous les jours, et une jambe de pantalon kaki comme ceux que je range dans la penderie de Mister Johnny. Je veux crier, mais ma voix s'étrangle. Mon couteau tombe dans l'évier.

"Miss Celia !" Je fonce dans sa chambre. "Mister Johnny est là !"

J'avais jamais vu Miss Celia sauter aussi vite de son lit. Moi je tourne en rond comme une imbécile. *Où je vais ? De quel côté ? Qu'est-ce que j'avais prévu ? Et tout à coup, je me décide : les toilettes de la chambre d'amis !*

J'y rentre et laisse la porte entrouverte. Je m'accroupis sur le siège pour pas qu'il voie mes pieds par-dessous la porte. Il fait noir là-dedans, et chaud. Il me semble que j'ai la tête en feu. Les gouttes de sueur me dégoulinent sur le menton et tombent par terre. Le parfum de savon au gardénia qui monte du lavabo me donne mal au cœur.

Le bruit de pas s'arrête. J'ai le cœur qui saute dans la poitrine comme un chat dans un lave-linge. Comment elle va s'en sortir, Miss Celia, si elle veut dire qu'elle me connaît pas, histoire de s'éviter des ennuis ? Elle fera comme si j'étais une voleuse ? *Ah, je la déteste ! Je la déteste, cette idiote !*

Je tends l'oreille mais j'entends que ma propre respiration. Et le boum-boum dans ma poitrine. J'ai mal aux chevilles et les articulations qui craquent pour soutenir mon corps dans cette position.

Mes yeux s'habituent à l'obscurité. Au bout d'un moment je me vois dans le miroir au-dessus du lavabo. J'ai l'air malin, perchée comme une grenouille sur la cuvette des toilettes dans la salle de bains d'une Blanche !

Regardez-moi. Regardez à quoi elle est réduite, Minny Jackson, pour gagner sa croûte.

MISS SKEETER

CHAPITRE 5

Je rentre chez moi au volant de la Cadillac de ma mère, à toute allure sur la route semée de gravier. Les petits cailloux projetés contre la carrosserie font un tel vacarme qu'on n'entend même plus Patsy Cline qui chante à la radio. Maman serait furieuse, mais j'accélère encore. Je ne cesse de penser à ce que Hilly m'a dit aujourd'hui au club de bridge.

Hilly, Elizabeth et moi sommes amies depuis l'école. Sur ma photo préférée, on nous voit toutes les trois à un match de football du lycée, serrées les unes contre les autres, épaule contre épaule. Mais ce qui rend ce cliché remarquable, en fait, c'est que les gradins sont déserts tout autour de nous. On se serre parce qu'on est proches.

A la fac, j'ai partagé une chambre avec Hilly jusqu'à son mariage et j'y suis restée toute seule jusqu'au diplôme après son départ. Je lui mettais chaque soir treize rouleaux dans les cheveux. Et aujourd'hui elle menace de me chasser de la Ligue. Non que j'attache beaucoup d'importance à la Ligue. Mais j'ai été blessée qu'elle semble prête à m'exclure aussi facilement.

Je m'engage sur l'allée qui mène à Longleaf, la plantation de ma famille. Le vacarme du gravier diminue et se tait tandis que je roule sur du sable jaune et meuble, et je ralentis pour que maman ne me voie pas arriver aussi vite.

Je m'arrête devant la maison et sors de la voiture. Maman est dans son rocking-chair sur la véranda.

"Viens t'asseoir, ma chérie, dit-elle, en me montrant le fauteuil voisin du sien. Pascagoula vient de faire les sols. Laisse-leur le temps de sécher.

— Oui maman." J'embrasse sa joue poudrée. Mais je ne m'assois pas. Je m'accoude à la rambarde de la véranda et regarde les grands chênes drapés de mousse qui se dressent devant la maison. Nous ne sommes qu'à cinq minutes de la ville mais la plupart des gens nous croient à la campagne. Autour de notre jardin s'étendent les quatre mille hectares de coton de papa, aux plants drus et bien verts parmi lesquels je disparais jusqu'à la taille. J'aperçois de loin quelques Noirs assis à l'ombre, immobiles, et dont le regard semble se perdre dans l'air surchauffé. Tout le monde attend la même chose : que les cosses du coton éclatent.

Je pense à Hilly et moi. Comme les choses ont changé entre nous depuis mon retour de la fac ! Mais laquelle de nous deux n'est plus la même ? Elle ou moi ?

"Je te l'ai déjà dit, Eugenia ? Fanny Peatrow s'est fiancée.

— Je suis contente pour Fanny.

— Moins d'un mois après avoir pris ce poste de caissière à la Farmer's Bank.

— C'est formidable, maman.

— Je sais", dit-elle. Je me retourne et je vois le regard aux yeux exorbités qui annonce la question. "Pourquoi ne poserais-tu pas ta candidature à la banque pour un poste de caissière ?

— Je ne veux pas être caissière dans une banque, maman."

Elle soupire, plisse les paupières pour fixer Shelby, l'épagneul, qui se lèche les parties intimes. Je me tourne vers la porte et les planchers humides, tentée de braver l'interdit. Nous avons déjà eu maintes fois cette conversation.

"Voilà quatre ans que ma fille va à la fac, et qu'est-ce qu'elle nous rapporte ?

— Un diplôme.

— Un joli bout de papier, dit maman.

— Je te l'ai déjà dit. Je n'ai rencontré personne que j'aie envie d'épouser."

Maman se lève de son fauteuil, approche tout près du mien son joli visage à la peau douce. Elle porte une robe bleu marine qui moule sa silhouette osseuse. Elle a mis très peu de rouge à lèvres, comme d'habitude, mais au moment où elle s'avance sous le soleil éclatant de l'après-midi je devine des taches sombres sur le devant de sa robe. Je cherche à voir si elles sont vraiment là. "Maman ? Ça ne va pas ?

— Si seulement tu faisais preuve d'un peu de bon sens, Eugenia…

— Le devant de ta robe est tout sale."

Elle croise les bras. "J'en ai parlé avec la mère de Fanny, et elle m'a dit que sa fille a eu tellement d'opportunités à partir du moment où elle a pris ce poste qu'elle ne savait plus où donner de la tête."

Je laisse tomber le problème de la robe. Je n'ai jamais pu dire à maman que je voulais être écrivain. Pour elle, ce ne sera qu'une chose de plus parmi toutes celles qui me séparent des filles mariées. Je ne peux pas non plus lui parler de Charles Gray qui étudiait les maths en même temps que moi l'été dernier à Ole Miss*. Je ne lui ai pas raconté qu'un soir il a trop bu et m'a embrassée, puis m'a serré la main si fort que j'aurais dû avoir mal mais c'était merveilleux

* Université du Mississippi située à Oxford.

au contraire, la façon dont il me serrait et me regardait au fond des yeux… Puis il a épousé cette naine de Jenny Sprig.

J'aurais voulu trouver un appartement en ville, dans une de ces maisons où vivent des filles libres, des célibataires, des vieilles filles, des secrétaires, des professeurs… Mais la seule fois où j'ai émis l'idée d'utiliser l'argent placé à mon nom, maman s'est mise à pleurer – avec de vraies larmes. "Cet argent n'est pas fait pour ça, Eugenia. Pas pour vivre dans un meublé avec des odeurs de cuisine bizarres et des bas qui sèchent aux fenêtres. Et quand il n'y aura plus d'argent ? De quoi vivras-tu alors ?" Sur quoi, elle s'est mis une serviette mouillée sur la tête et s'est couchée pour la journée.

Et la voici maintenant cramponnée à la rambarde de la véranda, à se demander si je vais enfin me décider à faire ce que la grosse Fanny Peatrow a fait pour se sauver. Je vois dans le regard de ma propre mère à quel point elle est décontenancée par mon allure, ma haute taille, mes cheveux… Dire qu'ils frisent est un euphémisme. Ils sont obscènes, plus pubiens que crâniens, d'un blond presque blanc et cassants comme de la paille. J'ai la peau très blanche, et si on me parle parfois de mon teint crémeux je sais qu'il est carrément cadavérique quand je suis sérieuse, autrement dit tout le temps. Et il y a aussi cette petite bosse cartilagineuse sur l'arête de mon nez. Mais mes yeux sont d'un bleu très pur, comme ceux de maman, et il paraît que c'est ce que j'ai de mieux.

"Il s'agit simplement de te mettre en situation de rencontrer des hommes, pour…

— Maman, dis-je, pour clore le débat, ce serait si terrible si je ne trouvais pas de mari ?"

Ses mains se referment sur ses bras nus comme si cette idée lui donnait froid. "Non ! Ne dis jamais cela, Eugenia !

Il ne se passe pas une semaine sans que je voie un garçon de plus d'un mètre quatre-vingt et que je me dise, *Si Eugenia voulait seulement essayer…"* Elle appuie la main sur son estomac, comme si cette seule pensée réveillait son ulcère.

Je me débarrasse de mes chaussures plates et descends les marches de la véranda, tandis que maman me crie de ne pas rester pieds nus en me menaçant des tiques et des moustiques porteurs de paludisme et autres maladies à virus. La mort par les pieds. La mort par absence de mari. Je frissonne, avec ce sentiment d'abandon qui ne m'a pas quittée depuis que j'ai obtenu mon diplôme, il y a trois mois. Je me suis retrouvée dans un endroit où je me sens désormais étrangère. Comme avec maman et papa sans aucun doute, peut-être comme avec Hilly et Elizabeth.

"… te voilà âgée de vingt-trois ans et à ton âge j'avais déjà Carlton Jr…"

Debout sous le lilas des Indes rose, je regarde maman sur la véranda. Les marguerites ont fané. On est presque en septembre.

Je n'étais pas un beau bébé. A ma naissance à la Clinique baptiste, Carlton, mon frère aîné, m'a regardée et a dit : "C'est pas un bébé, c'est un moustique !" et ce nom m'est resté : Skeeter*. J'étais tout en jambes, maigre comme un moustique et d'une taille record de cinquante-sept centimètres. La ressemblance n'a fait que s'accentuer au cours de mon enfance, avec ce nez long et pointu comme un bec, et maman a lutté toute ma vie pour convaincre mes amis de m'appeler par mon nom de baptême, Eugenia.

Mrs Charlotte Boudreau Cantrelle Phelan n'aime pas les surnoms.

* Insecte volant haut sur pattes, de type moustique.

A seize ans, non seulement je n'étais pas jolie mais j'étais catastrophiquement grande. La fille qu'on voyait toujours au dernier rang avec les garçons sur la photo de classe. La fille pour qui sa mère passait des soirées à rallonger des ourlets, à tirer sur des manches de pulls, à aplatir les cheveux pour des bals auxquels on ne l'invitait pas, et finissait par lui appuyer sur la tête comme si elle avait pu la rapetisser pour la ramener aux années où elle devait sans cesse lui dire de se tenir droite. Et quand j'ai eu dix-sept ans, maman préférait que je souffre de diarrhée apoplectique plutôt que de rester droite. Elle-même mesurait un mètre soixante-trois et avait été finaliste à l'élection de Miss Caroline du Sud. Elle se disait que, dans mon cas, il n'y avait qu'une chose à faire.

Le Manuel de chasse au mari de Mrs Charlotte Phelan énonçait comme règle numéro un : une fille petite et jolie a pour atouts supplémentaires le maquillage et la façon de se tenir. Une grande, son compte épargne.

Je mesurais un mètre quatre-vingt-deux mais j'avais vingt-cinq mille dollars (de coton) sur mon compte, et celui qui n'était pas sensible à la beauté de ce nombre n'était pas assez intelligent pour entrer dans la famille.

*

La chambre que j'occupe depuis mon enfance se trouve au dernier étage de la maison de mes parents. On y voit des plinthes laquées blanc et des anges roses dans les moulures. Les murs sont couverts d'un papier peint vert à motif de boutons de roses. C'est en fait le grenier, avec de longs murs obliques, et je n'y tiens pas debout partout. La fenêtre bombée donne l'impression d'une pièce ronde. Ma mère me harcèle jour après jour pour que je trouve un mari, et je dors dans un lit en forme de pièce montée.

Et pourtant, c'est mon sanctuaire. La chaleur de la maison qui monte et s'y accumule comme dans un ballon n'a rien d'accueillant pour les visiteurs. Les parents ne se risquent guère dans l'escalier aussi étroit que malaisé. Constantine, notre précédente bonne, regardait chaque jour les marches abruptes comme un défi à relever. C'était le seul inconvénient que je trouvais à vivre sous les toits : cet escalier me séparait de Constantine.

Trois jours après cette discussion avec maman sur la véranda, j'ai étalé sur mon bureau la double page d'offres d'emploi du *Jackson Journal*. Maman m'avait poursuivie toute la matinée avec un nouvel appareil destiné à lisser les cheveux pendant que papa, planté sur la véranda, pestait et maudissait les champs de coton qui semblaient fondre comme neige au printemps. Avec l'anthonome, ou charançon du cotonnier, la pluie est ce qui peut arriver de pire au moment de la cueillette. Septembre commence à peine, mais les averses d'automne sont déjà là.

Mon stylo à encre rouge à la main, je scrute la courte colonne d'annonces sous le titre OFFRES D'EMPLOI POUR FEMMES.

Supermarché, Kennington, cherche vendeuses aguerries, bien éduquées – et souriantes !

Cherche jeune secrétaire présentant bien. Dactylographie non exigée. App. Mr Sanders.

Seigneur, s'il ne veut pas qu'elle tape, que veut-il qu'elle fasse ?

Percy Gray & Co. cherche jeune dactylo, sal. 1,25 dol./h.

Voilà qui est nouveau. Je trace un cercle rouge autour de l'annonce.

J'ai travaillé dur à la fac, personne ne pourra dire le contraire. Pendant que mes amies passaient leur temps à boire des rhums-Coca et à flirter dans les soirées de leurs associations d'étudiantes huppées, je restais en salle d'étude pour écrire pendant des heures – des dissertations, mais aussi des nouvelles, de mauvais poèmes, des épisodes de la série télévisée *Le Jeune Docteur Kildare*, des publicités radiophoniques pour Pall Mall, des lettres de protestation, des notes, des lettres d'amour à des garçons entrevus en cours et auxquels je n'avais pas osé adresser la parole, toutes choses que je ne montrais ni n'envoyais jamais à quiconque. Je rêvais bien sûr de sortir avec des joueurs de football, mais je rêvais surtout d'écrire un jour des choses que des gens liraient pour de bon.

Au quatrième trimestre de ma dernière année de fac, je n'avais posé ma candidature que pour un seul poste, mais un bon, puisqu'il s'ouvrait à plus de mille kilomètres du Mississippi. Je m'étais renseignée, en glissant une pièce dans une cabine téléphonique, sur un poste d'éditrice chez Harper & Row, 32ᵉ Rue à Manhattan. Ayant lu leur petite annonce dans le *New York Times* à la bibliothèque d'Ole Miss, j'avais envoyé le jour même mon curriculum vitae. Et, pleine d'espoir, j'avais aussi téléphoné à l'agence qui proposait un appartement à louer dans la 85ᵉ Rue Est, en réalité un studio avec cuisine équipée d'une plaque chauffante pour quarante-cinq dollars par mois. On m'avait dit chez Delta Airlines qu'un aller simple pour l'aéroport d'Idlewild* me coûterait soixante-treize dollars. Il ne m'était pas venu à l'idée de me porter candidate pour plus d'un poste à la fois, et je n'avais même pas reçu de réponse.

Mon regard glisse vers la rubrique des offres d'emploi HOMMES. Il y a au moins quatre colonnes pour des directeurs, des comptables, des gestionnaires de crédit, des régisseurs

---

* Ancien nom de l'aéroport John F. Kennedy.

de plantation. De ce côté de la page, Percy & Gray offre cinquante cents de l'heure de plus à de jeunes sténographes.

"Miss Skeeter, un appel pour vous !" lance Pascagoula au pied de l'escalier.

Je descends vers l'unique téléphone de la maison. Pascagoula me le tend. Elle a la taille et la corpulence d'un enfant – moins d'un mètre cinquante – et elle est d'un noir d'encre. Ses cheveux bouclés encadrent son visage et on a dû retailler sa tenue blanche à la mesure de ses petits bras et de ses jambes courtes.

"C'est Miss Hilly qui vous demande", dit-elle, en me passant l'appareil d'une main humide.

Je m'assois à la table en fer blanc. La cuisine est grande et surchauffée. Le faux carrelage de linoléum noir et blanc est fendu en de nombreux endroits, et usé jusqu'au sol devant l'évier. Le nouveau lave-vaisselle argenté trône au centre de la pièce, relié au robinet par un tuyau.

"Il vient le week-end prochain, dit Hilly. Samedi soir. Tu es libre ?

— Mince, laisse-moi jeter un coup d'œil à mon agenda", dis-je. Il n'y a plus trace de notre dispute le jour du bridge dans la voix de Hilly. Je suis méfiante mais soulagée.

"Je ne peux pas croire que ça arrive enfin !" dit-elle. Voilà des mois qu'elle essaie d'arranger cette rencontre avec le cousin de son mari, alors qu'il est bien trop beau pour moi, et fils de sénateur, de surcroît.

"Tu ne crois pas qu'on devrait se… voir avant ? Je veux dire, avant de sortir ensemble officiellement ?

— Ne t'en fais pas. Nous serons là, William et moi."

Je soupire. La rencontre a déjà été reportée deux fois. J'espère seulement qu'elle le sera encore. Mais je trouve flatteur, tout de même, qu'Hilly croie avec une telle confiance que quelqu'un comme lui pourrait s'intéresser à quelqu'un comme moi.

"Ah, et j'ai besoin que tu viennes récupérer ces notes, dit Hilly. Je tiens à ce qu'on parle de ma proposition de loi dans la prochaine *Lettre* de la Ligue. Une pleine page à côté des photos de nos activités."

J'hésite. "Cette histoire de toilettes ?" Il y a seulement quelques jours qu'elle en a parlé au bridge, mais j'espérais que ce serait oublié.

"Ça s'appelle Proposition de loi pour promouvoir les installations sanitaires réservées aux domestiques – *William Junior, descends de là ou je t'arrache ta petite tête de crétin ! Yule May, venez ici !* – et je veux que ça sorte cette semaine."

Je suis rédactrice en chef de la *Lettre*. Mais Hilly est la présidente. Et elle voudrait me dire ce que je dois y mettre.

Je mens : "Je vais voir. Je ne sais pas s'il reste de la place."

Pascagoula, devant l'évier, me regarde du coin de l'œil. Comme si elle entendait ce que dit Hilly. Je regarde vers les toilettes de Constantine, qui sont désormais celles de Pascagoula. Elles se trouvent à l'extérieur de la cuisine. Comme la porte est entrouverte, je vois la pièce minuscule avec la cuvette, le cordon de la chasse qui pend au-dessus, une ampoule avec son abat-jour de plastique jauni. On peut tout juste poser un verre d'eau sur le petit lavabo d'angle. Je n'y suis jamais entrée, pas une seule fois. Quand on était petits, maman nous menaçait d'une fessée si on franchissait cette porte. Constantine me manque comme rien ni personne ne m'a jamais manqué.

"Dans ce cas, débrouille-toi pour faire de la place, dit Hilly, parce que c'est sacrément important."

Constantine habitait à un peu plus d'un kilomètre de chez nous, dans un petit quartier noir appelé Hotstack, du nom de l'usine de goudron qui s'y trouvait. Pour se rendre à Hotstack, la route longeait nos terres au nord, et d'aussi loin qu'il me souvienne des gamins noirs y marchaient et jouaient en soulevant une poussière rouge pour rejoindre la grande route R9 afin de trouver une voiture qui les emmène.

Petite fille, je parcourais moi aussi cette distance à pied. Quand j'avais supplié maman et bien appris mon caté-chisme, elle me permettait parfois d'accompagner Constantine chez elle le vendredi après-midi. Après avoir marché sans se presser une vingtaine de minutes on passait devant le bazar des Noirs, puis devant une épicerie derrière laquelle picoraient des poules, tandis que s'étirait de chaque côté de la route une double rangée de maisons plus ou moins délabrées avec leurs toits de tôle ondulée et des auvents qui descendaient très bas pour donner de l'ombre aux façades. Il y en avait une peinte en jaune dont tout le monde disait qu'on y vendait du whisky à l'arrière. Il y avait quelque chose d'excitant à se trouver dans un monde si différent du mien, et je voyais avec une sorte de frémissement que j'avais de bonnes chaussures, que ma robe-tablier repassée par Constantine était d'une blancheur immaculée. Plus on approchait de la maison de Constantine, plus elle souriait.

"Salut, Carl Bird !" lançait-elle au marchand assis dans un fauteuil à bascule derrière sa camionnette. Autour de lui s'entassaient, ouverts pour la vente, des sacs de racines de sassafras ou de bâtons de réglisse et des pois yeux noirs. On s'arrêtait pour y farfouiller une minute et Constantine se mettait à trembler de tout son corps sur ses articulations. Non seulement elle était grande, mais elle était trapue. Elle avait aussi les hanches lourdes et ses genoux la faisaient souffrir en permanence, d'où ces tremblements. Parvenue à la vieille souche qui se dressait à l'angle de sa maison, elle glissait une pincée de tabac à priser sous sa lèvre et projetait un jet de salive droit comme une flèche. Elle me laissait jeter un coup d'œil à la poudre noire contenue dans une petite boîte ronde en fer-blanc, mais chuchotait chaque fois : "Ne dis rien à ta maman."

Il y avait toujours des chiens, efflanqués et galeux, couchés sur la route. Une jeune Noire qu'on appelait Cat-Bite* criait : "Miss Skeeter ! Donne le bonjour à ton papa de ma part ! Dis-lui que je vais bien !" Papa lui avait attribué ce surnom des années auparavant. Il avait vu en passant en voiture un chat enragé attaquer une petite Noire. "Ce chat était sur le point de la dévorer", m'avait-il raconté ensuite. Il avait tué l'animal et emmené la fillette vingt et un jours de suite chez le médecin pour son injection quotidienne de vaccin antirabique.

Puis on arrivait à la maison de Constantine. Il y avait trois pièces au sol nu et je regardais l'unique photographie qu'elle possédait, celle d'une fille blanche dont, m'avait-elle dit, elle s'était occupée pendant vingt ans à Port Gibson. J'étais certaine de tout savoir sur Constantine – elle avait une sœur et avait grandi dans une métairie à Corinth, Mississippi. Ses parents étaient morts. Elle ne mangeait pas de porc par principe, portait une robe de taille 54 et chaussait du 43. Mais je regardais toujours avec un peu de jalousie le sourire éclatant de cette gamine sur la photo, en me demandant pourquoi elle n'en avait pas une de moi.

Deux petites voisines du nom de Mary Nell et Mary Roan venaient parfois jouer avec moi. Elles étaient si noires que, faute de les distinguer l'une de l'autre, je les appelais toutes deux Mary.

* Littéralement : Morsure de chat.

"Sois gentille avec les petites Noires quand tu seras là-bas", m'avait dit maman, un jour, et je me souviens de l'avoir regardée avec surprise en disant : "Pourquoi je ne serais pas gentille ?" Mais maman ne m'avait pas répondu.

Au bout d'une heure, papa arrivait, sortait de sa voiture et donnait un dollar à Constantine. Elle ne l'invita jamais à entrer. Je comprenais déjà qu'ici elle était la patronne et n'avait pas à se montrer aimable avec quiconque. Papa, ensuite, me laissait pénétrer dans le bazar noir pour acheter une sucette et une boisson fraîche.

"Ne dis pas à ta maman que j'ai donné un petit pourboire à Constantine.

— D'accord, papa", disais-je. C'est sans doute l'unique secret que nous ayons jamais partagé.

La première fois qu'on m'a dit que j'étais laide, j'avais treize ans. C'était un ami de mon frère Carlton, un fils de riches venu s'exercer au tir sur la propriété.

"Pourquoi tu pleures, petite ?" m'a demandé Constantine dans la cuisine.

Je lui répétai ce que le garçon venait de me dire, le visage ruisselant de larmes.

"Eh bien, tu l'es ou tu l'es pas ?"

Je cessai de pleurer pour la regarder en clignant des yeux. "Je suis quoi ?

— Bon. Approche, Eugenia." Constantine était la seule à m'appeler de temps en temps comme le voulait ma mère. "La laideur, on l'a en dedans. Etre laid, ça veut dire être méchant et faire du mal aux autres. Alors, t'es comme ça, toi ?

— Je ne sais pas… Je ne crois pas", sanglotai-je.

Constantine s'assit à côté de moi à la table de la cuisine. J'entendis craquer ses articulations enflammées. Je sentis son pouce s'enfoncer dans la paume de ma main, ce qui, nous le savions elle et moi, signifiait, *Ecoute. Ecoute-moi bien.*

"Chaque jour de ta vie, jusqu'à ce que tu sois morte et enterrée, tu devras te poser cette question et y répondre." Constantine était si près que je voyais la noirceur de ses gencives. "Tu devras te demander, *est-ce que je vais croire ce que ces crétins diront de moi aujourd'hui ?*"

Son pouce continuait à presser ma paume. Je hochai la tête pour dire que je comprenais. J'étais juste assez intelligente pour me rendre compte qu'elle parlait des Blancs. Et même si je me sentais très malheureuse et si je savais que j'étais très probablement laide, c'était la première fois qu'elle s'adressait à moi autrement qu'à la petite Blanche, fille de ma mère. On me disait depuis toujours ce que je devais penser à propos de politique, de Noirs, du fait d'être une fille. Mais à cet instant, le pouce de Constantine pressé dans ma main, je compris que je pouvais aussi penser par moi-même.

Constantine arrivait tous les jours chez nous à six heures du matin, et pendant la récolte à cinq heures. Elle pouvait ainsi préparer le petit-déjeuner de papa avant son départ pour les champs. A mon réveil, je la trouvais presque toujours dans la cuisine où la radio posée sur la table diffusait le prêche du révérend Green. Dès qu'elle m'apercevait, elle se mettait à sourire. "Bonjour ma beauté !" Je m'asseyais et lui racontais mes rêves. Elle disait toujours que les rêves annonçaient l'avenir.

"J'étais sous le toit dans le grenier et je regardais les champs en dessous, lui disais-je. Je voyais la pointe des arbres.

— Tu seras chirurgienne et tu feras des opérations du cerveau ! Le toit de la maison, ça veut dire la tête."

Maman prenait son petit-déjeuner dans la salle à manger, puis passait au salon pour faire de la tapisserie ou écrire à des missionnaires en Afrique. De sa bergère verte à oreilles, elle voyait à peu près tout ce qui se passait dans la maison. J'avais peur de tout ce qu'elle était capable de deviner à mon apparence pendant la fraction de seconde qu'il me fallait pour passer devant la porte. J'avais beau être la plus rapide possible, je devenais aussitôt une cible, un grand cercle rouge dans lequel maman lançait des fléchettes.

"Eugenia, tu sais qu'on ne doit pas mâcher de chewing-gum dans cette maison."

"Eugenia, va mettre de l'alcool sur cette tache."

"Eugenia, monte au premier et brosse tes cheveux. Si quelqu'un arrivait ?"

J'avais appris qu'on se déplace plus discrètement en chaussettes qu'en chaussures. J'avais appris à passer par la porte arrière. J'avais appris à mettre des chapeaux, à me cacher la figure avec mes mains en passant. Mais surtout, j'avais appris à ne pas bouger de la cuisine.

Un mois d'été, à Longleaf, pouvait durer des années. Je n'avais pas tous les jours des amis qui venaient me voir – nous étions trop loin de tout pour fréquenter des voisins blancs. En ville, Hilly et Elizabeth passaient leurs week-ends à aller chez les uns et chez les autres, et à moi on permettait seulement de sortir ou de recevoir quelqu'un un samedi sur deux. Je m'en plaignais beaucoup. La présence de Constantine me semblait par moments aller de soi, mais je crois que je savais tout de même quelle chance c'était pour moi de l'avoir à la maison.

Vers l'âge de quatorze ans, j'ai commencé à fumer. Je chipais des cigarettes dans les paquets de Marlboro que

Carlton gardait dans un tiroir de sa commode. Il avait presque dix-huit ans et nul ne se souciait de le voir fumer depuis des années, n'importe où dans la maison ou dans les champs avec papa. Mon père allumait parfois une pipe mais n'était pas amateur de cigarettes, et maman ne fumait rien du tout, contrairement à la plupart de ses amies. Elle m'avait dit que je pourrais le faire quand j'aurais dix-sept ans.

Je me glissais donc dans la cour derrière la maison et m'asseyais sur le pneu qui me servait de balançoire, cachée par le vieux chêne monumental. Ou bien, tard dans la soirée, je restais à la fenêtre de ma chambre, avec une cigarette. Ma mère avait des yeux de lynx, mais un odorat à peu près inexistant. Constantine, en revanche, savait tout de suite. Elle plissait les yeux avec un petit sourire, mais ne disait rien. Si maman se dirigeait vers la cour, Constantine se précipitait hors de la maison en cognant le manche de son balai contre la rampe de la véranda.

"Constantine, que faites-vous ? lui demandait maman, mais j'avais déjà écrasé la cigarette et fourré le mégot dans un trou de l'écorce.

— Je nettoie ce vieux balai, Miss Charlotte !

— Eh bien, tâchez de faire ça plus discrètement, s'il vous plaît. Ah, Eugenia, que se passe-t-il ? Tu as encore pris quelques centimètres depuis hier ? Mais que vais-je faire ? File… va mettre une robe à ta taille !

— Oui, ma'am", répondions-nous, Constantine et moi, d'une même voix, avant d'échanger un petit sourire.

Comme c'était bon d'avoir quelqu'un avec qui partager des secrets ! Je me disais que si j'avais eu une sœur ou un frère de mon âge ou à peu près, les choses auraient été ainsi. Mais elles ne se résumaient pas à fumer en cachette ou à ces escarmouches avec maman. Il y avait ce qu'on éprouve à savoir que quelqu'un veille sur vous pendant que votre mère se désespère parce que vous êtes anormalement grande, les cheveux trop frisés, et mal fichue. Quelqu'un dont le regard dit simplement, sans qu'il soit besoin de paroles, *moi je te trouve bien*.

Pourtant, nous n'échangions pas que des mots doux. J'avais quinze ans le jour où une nouvelle, au lycée, a demandé en me montrant du doigt : "C'est qui, la cigogne ?" Hilly elle-même a réprimé un sourire avant de m'entraîner à l'écart comme si nous n'avions rien entendu.

"Tu mesures combien, Constantine ?" demandai-je, incapable de retenir mes larmes.

Constantine me regarda en plissant les yeux. "Et toi ?

— Un mètre quatre-vingts, sanglotai-je. Je suis déjà plus grande que l'entraîneur des garçons au basket !

— Moi, je fais un mètre quatre-vingt-cinq, alors cesse de t'apitoyer sur toi-même."

Constantine était la seule femme devant laquelle j'aie jamais dû lever les yeux pour la regarder en face.

Ce qu'on voyait d'abord chez elle, outre sa haute taille, c'étaient ses yeux, justement. Des yeux brun clair d'une teinte miel qui tranchait sur sa peau sombre. Je n'ai jamais vu une autre Noire avec de tels yeux. A vrai dire, on trouvait chez Constantine toutes les nuances de brun et de noir. Ses épaules étaient uniformément noires, avec une touche d'imperceptible poussière blanche en hiver. La chair de ses bras, de son cou et de son visage luisait comme de l'ébène. Elle avait la paume des mains d'un brun orangé et je me demandais si la plante de ses pieds l'était aussi, mais je ne la vis jamais sans chaussures.

"On sera rien que toutes les deux ce week-end", me dit-elle, un jour.

Maman et papa emmenaient Carlton visiter LSU et Tulane*. Mon frère irait à la fac à la rentrée prochaine. Le matin, papa avait tiré le lit pliant dans la cuisine, à côté des toilettes de Constantine. C'était là qu'elle dormait quand elle passait la nuit à la maison.

"Va voir ce que j'ai là-dedans", dit-elle, en montrant du doigt le placard à balais. J'allai l'ouvrir et vis, dépassant de son sac, un puzzle de cinq cents pièces représentant le mont Rushmore. C'était notre occupation préférée dans ces occasions-là.

Le soir, nous restions des heures à grignoter des cacahuètes tout en fouillant parmi les pièces du puzzle éparpillées sur la table de la cuisine. Un orage grondait parfois au dehors, et on se sentait bien dans cette cuisine.

"C'est qui, celui-là ?" demandait Constantine, en examinant le couvercle du coffret à travers ses lunettes à grosse monture noire.

"C'est Jefferson.

— Ah, bien sûr ! Et celui-là ?

— C'est…" Je me penchai en avant. "Je crois que c'est Roosevelt.

— Le seul que je reconnais, c'est Lincoln. Il ressemble à mon papa."

Je m'immobilisai, une pièce du puzzle entre les doigts. J'avais quatorze ans et je n'avais jamais eu, en classe, de note inférieure à A. J'étais intelligente, mais naïve comme pas deux. Constantine posa le couvercle et se remit à étudier le jeu.

"Parce que ton papa était aussi… grand ?" demandai-je.

---

* LSU : Louisiana State University, à Bâton-Rouge. Tulane : université située à la Nouvelle-Orléans.

Elle partit d'un petit rire. "Parce que mon papa était blanc. Ma taille, je la tiens de ma maman."

Je posai la pièce. "Ton… père était blanc et ta mère était… noire ?

— Eh oui ! dit-elle, et elle souriait, en casant une pièce. Regarde ! J'en ai trouvé une."

J'avais tant de questions à poser. *Qui* était-ce ? *Où* était-ce ? Je savais que ce Blanc n'était pas marié avec la mère de Constantine, parce que c'était contraire à la loi. Je pris l'une des cigarettes que j'avais sorties de ma cachette. J'avais quatorze ans mais je me sentais grande, et je l'allumai.

"Ah, mon papa, il m'adooooorait ! Il disait toujours que j'étais sa préférée." Elle se renversa en arrière contre le dossier de sa chaise. "Il venait à la maison le samedi après-midi, et une fois, il m'a donné une série de rubans de dix couleurs différentes. Il les avait rapportés de Paris, c'était de la soie japonaise. Je suis restée sur ses genoux de la minute où il est arrivé jusqu'au moment où il a été obligé de partir et où maman a passé le disque de Bessie Smith sur le tourne-disque Victrola qu'il lui avait apporté et où on a chanté tous les deux :

> *It's mighty strange, without a doubt*
> *Noboby knows you when you are down and out.*

Je l'écoutais en ouvrant de grands yeux. Illuminée par sa voix dans la lumière qui baissait. Si le chocolat avait été un son, ce son aurait été la voix de Constantine quand elle chantait. Si chanter avait été une couleur, cela aurait été la couleur de ce chocolat.

"Un jour je pleurnichais, pleine de rancœur, je pense que j'avais un tas de raisons d'être malheureuse, la pauvreté, les bains froids, les dents gâtées, est-ce que je sais, moi. Alors il m'a pris la tête et il m'a serrée contre lui long-temps, longtemps. Quand j'ai levé les yeux, il pleurait lui aussi et il a fait ce que je te fais pour que tu saches que je parle sérieusement. Il a appuyé son pouce dans ma main et il a dit… qu'il avait de la peine."

On restait là, immobiles, les yeux rivés sur les pièces du puzzle. Maman n'aurait pas voulu que je sache cela, que le père de Constantine était blanc, qu'il s'était excusé auprès d'elle parce que les choses étaient ainsi. C'était justement ce que je n'étais pas censée savoir. J'ai eu ce jour-là le sen-timent que Constantine m'avait fait un cadeau.

J'achevai ma cigarette, écrasai le mégot dans le cendrier d'argent des invités. La lumière était revenue. Constantine me souriait et je lui souriais à mon tour.

"Pourquoi tu ne m'avais jamais dit ça ? demandai-je, en fixant ses yeux brun clair.

— Je ne peux pas tout te dire, Skeeter.

— Mais pourquoi ?" Elle savait tout sur moi, tout sur ma famille. Pourquoi lui aurais-je caché quoi que ce soit ?

Elle me regardait et je voyais dans son regard, tout au fond d'elle-même, une tristesse profonde, absolue. Au bout d'un moment, elle dit : "Il y a des choses que je dois gar-der pour moi, c'est tout."

Quand vint mon tour d'aller à la fac, maman pleura toutes les larmes de son corps en me voyant partir avec papa dans la camionnette. Mais je me sentais libre. J'échappais à la maison, et aux critiques. J'aurais voulu dire à maman, N'es-tu pas contente ? N'es-tu pas soulagée de ne plus avoir à te ronger les sangs jour après jour à cause de moi ? Mais maman semblait affreusement malheureuse.

Personne n'était aussi heureux que moi dans le dor-toir des première année. J'écrivais une lettre par semaine à Constantine pour lui parler de ma classe, des cours, de la sororité*. J'étais obligée de lui écrire à la ferme car la poste ne desservait pas Hotstack et je devais faire confiance à maman pour qu'elle n'ouvre pas mes lettres. Deux fois par mois, Constantine me répondait sur une feuille de parchemin repliée pour former une enveloppe. Elle avait une grande et belle écriture, même si les lignes penchaient vers le bas de la page. Elle me racontait la vie à Longleaf dans ses moindres détails : *Mes douleurs au dos me font souffrir, mais le pire, c'est mes pieds.* Ou : *le bol s'est détaché du mixer et il est parti à travers la cuisine et le chat a hurlé et il s'est sauvé. Je ne l'ai pas revu depuis.* Elle me disait que papa avait une bronchite ou que Rosa Parks allait venir parler dans son église. Elle demandait souvent si j'étais contente et voulait savoir pourquoi. Nos lettres étaient comme une conversation qui se poursuivait à longueur d'année, avec questions et réponses, et que nous reprenions de vive voix aux vacances de Noël et entre les périodes scolaires.

Les lettres de maman disaient, *Récite tes prières, Ne porte pas de talons hauts car ils te grandissent trop*, et un chèque de trente-cinq dollars y était agrafé.

Au mois d'avril de ma troisième année, je reçus une lettre de Constantine disant, *J'ai une surprise pour toi, Skeeter. Je me tiens plus tellement je suis excitée. Et inutile de me demander ce que c'est. Tu le verras par toi-même à ton retour.*

Les examens de fin d'année approchaient, la remise des diplômes aurait lieu dans un mois. Et ce fut la dernière lettre que je reçus de Constantine.

---

* *Sororities* : clubs de filles sur les campus universitaires (*Fraternities* pour les garçons).

Je me dispensai de la cérémonie de remise des diplômes à Ole Miss. Toutes mes amies avaient arrêté leurs études pour se marier et je ne voyais pas pourquoi obliger maman et papa à faire trois heures de route pour me regarder traverser la scène alors que maman ne désirait qu'une chose, me voir marcher vers l'autel. Comme j'étais toujours sans réponse de la maison Harper & Row je ne pris pas de billet d'avion pour New York mais rentrai à Jackson dans la Buick de Kay Turner, une étudiante de deuxième année, coincée sur le siège avant avec ma machine à écrire à mes pieds, et entre nous deux la robe de mariée de Kay. Elle devait épouser Percy Stanhope le mois suivant. Je l'écoutai donc pendant trois heures m'exposer ses doutes et ses inquiétudes à propos des parfums du gâteau de noces.

En m'accueillant à la maison, maman recula d'un pas pour m'examiner. "Eh bien, tu as une peau magnifique, dit-elle. Mais tes cheveux…" Elle soupira, secoua la tête.

"Où est Constantine ? demandai-je. A la cuisine ?"

Et maman répondit, comme si elle récitait un bulletin météorologique : "Constantine ne travaille plus ici. Va vite défaire ces valises avant que tes vêtements ne s'abîment."

Je me retournai vivement vers elle. Je croyais avoir mal entendu. "Qu'est-ce que tu dis ?"

Maman se redressa en lissant les plis de sa robe. "Constantine est partie, Skeeter. Elle est allée vivre auprès des siens à Chicago.

— Mais… enfin ! Elle ne m'a jamais parlé de Chicago dans ses lettres !" Ce n'était pas cela, sa surprise, je le savais. Elle ne m'aurait jamais caché une nouvelle aussi épouvantable.

Maman prit une profonde inspiration et me regarda de toute sa hauteur. "J'ai interdit à Constantine de te parler de son départ. Pas au milieu de tes examens de fin d'études.

Imagine que tu aies échoué, et que tu sois obligée de redoubler ? Quatre années de fac, c'est bien plus qu'il n'en faut !

— Et… elle a accepté ? De ne plus m'écrire et de ne pas me dire qu'elle partait ?"

Maman détourna le regard, poussa un nouveau soupir. "Nous parlerons de cela plus tard, Eugenia. Viens dans la cuisine, que je te présente Pascagoula, la nouvelle bonne."

Mais je ne suivis pas maman dans la cuisine. Je restai plantée devant mes bagages d'étudiante, terrifiée à l'idée de tout déballer ici. La maison semblait immense, et déserte. Dehors, le moteur d'une moissonneuse-batteuse emplissait l'air de son ronflement mécanique.

En septembre, non seulement je n'espérais plus de réponse d'Harper & Row, mais j'avais renoncé à retrouver un jour Constantine. Où était-elle ? Personne ne semblait capable de me fournir un indice pour la joindre. Je cessai de demander pourquoi Constantine était partie. Elle avait disparu, et voilà tout. Je devais me faire à l'idée que ma seule véritable alliée m'avait laissée seule pour me débrouiller face à ces gens.

CHAPITRE 6

Par une chaude matinée de septembre, je me réveille dans mon lit de petite fille, enfile les sandales *huaraches* que Carlton, mon frère, a rapportées de Mexico – un modèle pour homme, bien sûr, les Mexicaines ne chaussant pas du quarante et un. Maman les déteste et dit qu'elles font négligé.

Je passe par-dessus ma chemise de nuit une des vieilles chemises de papa et je sors. Maman est derrière la maison, sur la véranda, avec Pascagoula et Jameso et ils mangent des huîtres.

"On ne laisse pas un nègre et une négresse ensemble sans surveillance, m'a chuchoté maman un jour, il y a longtemps. Ce n'est pas de leur faute, c'est plus fort qu'eux, voilà tout."

Je descends les marches pour voir si *L'Attrape-cœurs* que j'ai commandé par la poste n'est pas dans la boîte. Je commande les livres interdits à un vendeur au marché noir de Californie en me disant que, si cet Etat les a bannis, ils doivent être bons. Quand j'arrive au bout de l'allée, j'ai les pieds et les chevilles couverts d'une fine poussière jaune.

Face à moi, les champs de coton sont d'un vert éclatant, et chargés de graines. Le mois dernier, à cause de la pluie, papa a perdu une partie de sa récolte dans les champs situés à l'arrière de la maison, mais les autres ont fleuri. Les plantes commencent tout juste à brunir sous l'effet du défoliant et je sens encore l'odeur aigre de produit chimique. Aucune voiture sur la route. J'ouvre la boîte aux lettres.

Et là, sous le *Ladies' Home Journal* de maman, se trouve une enveloppe adressée à Miss Eugenia Phelan. On lit en lettres rouges dans le coin supérieur gauche *Harper & Row, Editeurs*. Je la déchire aussitôt, dans l'allée, oubliant ma longue chemise de nuit et la vieille liquette Brooks Brothers de papa.

4 septembre 1962

Chère Miss Phelan,

Je réponds personnellement à l'envoi de votre curriculum vitae parce que j'ai trouvé admirable qu'une jeune personne dénuée de toute expérience se porte candidate à un poste d'éditrice dans une maison aussi prestigieuse que la nôtre. Un tel poste requiert au minimum une expérience de cinq ans. Vous le sauriez si vous vous étiez un tant soit peu renseignée sur notre activité.

Toutefois, ayant été jadis, moi-même, une jeune personne pleine d'ambition, j'ai décidé de vous donner un conseil : rendez-vous au siège de votre journal local et faites vous embaucher à un poste subalterne. Vous dites dans votre lettre que "vous prenez un plaisir immense à écrire". Quand vous ne serez pas occupée à polycopier des papiers ou à préparer le café de votre patron, regardez autour de vous, enquêtez, et écrivez. Ne perdez pas votre temps à des évidences. Ecrivez sur ce qui vous dérange, en particulier si cela ne dérange que vous.

Sincèrement vôtre,

Elaine Stein, éditrice, département Littérature.

Sous le texte dactylographié, quelques lignes tracées à l'encre bleue d'une main hâtive disaient :

P. S. Si vous êtes vraiment sérieuse, je souhaiterais jeter un coup d'œil à vos meilleures idées et vous donner

mon avis. Si je fais cela, Miss Phelan, c'est tout sim-
plement parce que quelqu'un l'a un jour fait pour moi.

Un camion chargé de coton passe sur la route dans un grondement de moteur. Le Noir assis à la place du passager se penche pour regarder. J'ai oublié que je suis une Blanche en chemise de nuit légère. Je viens de recevoir un courrier, des encouragements peut-être, de New York, et je dis à haute voix : "Elaine Stein." Je n'ai jamais rencontré une personne juive.

Je repars en courant dans l'allée, en m'efforçant d'empêcher la feuille de claquer dans ma main. Je ne veux pas la froisser. Je me précipite dans l'escalier tandis que maman me crie d'ôter ces affreuses sandales mexicaines, et je me mets au travail pour écrire tout ce qui me dérange dans la vie, en particulier ce qui ne semble gêner que moi. Les mots d'Elaine Stein courent dans mes veines comme du vif-argent et je n'ai jamais tapé aussi vite sur ce clavier. La liste se révèle spectaculairement longue.

Dès le lendemain, je suis prête à poster ma première lettre à Elaine Stein, avec la liste des idées que j'estime intéressantes d'un point de vue journalistique : la prévalence de l'illettrisme dans le Mississippi ; le taux élevé d'accidents de la route dus à l'excès de boisson dans notre comté ; le peu d'emplois offerts aux femmes.

Je respire un grand coup et pousse la lourde porte de verre. Une clochette au timbre féminin me salue. Une réceptionniste assez peu féminine me regarde entrer. Elle est énorme et semble mal à l'aise sur son petit fauteuil en bois. "Bienvenue au *Jackson Journal*. Que puis-je faire pour vous ?"

J'ai pris rendez-vous l'avant-veille, moins d'une heure après avoir reçu la lettre d'Elaine Stein. J'ai sollicité un entretien pour n'importe quel emploi disponible. J'ai été surprise qu'on veuille me voir aussi vite.

"Je dois voir Mister Golden, s'il vous plaît."

La réceptionniste disparaît vers le fond dans son ample robe. J'essaie de maîtriser le tremblement de mes mains. Je glisse un œil par la porte restée ouverte sur une petite pièce aux murs couverts de boiseries. Quatre hommes en complet-veston martèlent des claviers de machine à écrire et griffonnent avec leurs stylos. Ils se penchent en avant, hagards, et trois d'entre eux n'ont plus sur le crâne qu'une vague couronne de cheveux. La pièce baigne dans un épais brouillard de fumée de cigarettes.

La réceptionniste revient, cigarette aux doigts, et me fait un signe du pouce pour que je la suive. "C'est par ici." La seule chose qui me vient à l'esprit est la vieille règle de la fac : *Un membre de Chi Omega ne se déplace pas avec une cigarette*. Je la suis entre les tables des quatre hommes, et leurs regards à travers la fumée, vers un bureau du fond.

"Refermez-moi ça ! hurle Mister Golden, à peine suis-je entrée. Ne laissez pas cette maudite fumée entrer ici !"

Mister Golden est debout derrière son bureau. Quinze centimètres de moins que moi environ, l'allure nette, plus jeune que mes parents. Il a de grandes dents, un sourire menaçant, le cheveu brun et gras du méchant.

"Vous n'êtes pas au courant ? On a annoncé la semaine dernière que les cigarettes tuent.

— Je n'en avais pas entendu parler." Espérons que ce n'était pas en première page de son journal.

"Bon Dieu ! Je connais des nègres centenaires qui ont l'air plus jeunes que ces crétins !" Il se rassoit mais je reste debout, faute d'un autre siège dans la pièce.

"Bon, voyons ça."

Je lui tends mon curriculum vitae et quelques échantillons d'articles écrits à la fac. J'ai grandi avec le *Journal* posé sur la table de la cuisine, ouvert à la page des nouvelles agricoles ou à celle des sports. J'ai rarement pris le temps de le lire.

Mister Golden ne se contente pas de parcourir mes papiers, il y fait des marques à l'encre rouge. "Trois ans rédactrice du *Murray High*. Deux ans du *Rebel Rouser*. Trois ans au bulletin de Chi Omega, major en anglais et en journalisme, quatrième de la promotion… Bon Dieu, ma fille", ajoute-t-il en baissant la voix. "Vous ne vous amusez jamais ?"

Je m'éclaircis la voix. "Est-ce… si important ?"

Il lève les yeux vers moi. "Vous êtes un peu grande, mais j'aurais parié qu'une jolie fille comme vous était déjà sortie avec toute l'équipe de basket."

Je le regarde fixement, en me demandant s'il se moque ou si c'est un compliment.

"Je suppose que vous savez faire le ménage…" Il se replonge dans mes articles, y jette de gros traits rouges.

Je sens mon visage s'empourprer. "Le ménage ? Je ne suis pas ici pour faire le ménage. Je suis ici pour *écrire*."

La fumée de cigarette rampe sous la porte. A croire que le bâtiment tout entier est en feu. Je me sens complètement idiote d'avoir cru qu'il suffisait de se présenter pour trouver du travail comme journaliste.

Il soupire, me tend une épaisse liasse de papiers. "Je crois que vous ferez l'affaire. Miss Myrna nous en a fait voir de toutes les couleurs, elle a bu de la laque à cheveux ou je ne sais quoi d'autre. Lisez les articles, rédigez des réponses à sa façon, on n'y verra que du feu.

— Je… quoi ?" Je prends le paquet d'articles, parce que je ne sais que faire d'autre. Qui est cette Miss Myrna ? Je n'en ai pas la moindre idée. Je demande, puisque c'est la seule question qui ne présente pas de risque : "Combien… payez-vous ?"

Il m'examine d'un regard appréciateur qui m'étonne, depuis mes souliers plats jusqu'à ma coiffure aplatie par la coiffeuse. Obéissant à quelque réflexe profondément enfoui, je souris, passe une main dans mes cheveux. Je me sens ridicule, mais je le fais.

"Huit dollars. Payés le lundi."

Je hoche la tête, tout en cherchant comment lui demander sans me trahir en quoi consiste mon travail.

Il se penche vers moi. "Vous connaissez Miss Myrna, bien sûr ?

— Bien sûr… Nous… toutes les filles sont ses lectrices", dis-je, et nous nous regardons à nouveau, assez longtemps pour qu'un téléphone sonne trois fois quelque part dans les bureaux.

"Alors, qu'est-ce qu'il y a ? Ce n'est pas assez ? Seigneur, femme, allez nettoyer les toilettes de votre mari pour pas un sou !"

Je me mords les lèvres. Mais avant que j'aie prononcé un mot, il lève les yeux au ciel.

"D'accord, dix ! La copie est à remettre le jeudi. Et si votre style ne me plaît pas, je ne publie pas et je ne paie que dalle."

Je prends le dossier, le remercie plus chaleureusement qu'il ne le faudrait sans doute. Il ne m'écoute pas et je ne suis pas sortie qu'il décroche déjà son téléphone et compose un numéro. Une fois à ma voiture, je me laisse choir sur le cuir souple de la Cadillac. Je feuillette le dossier d'articles en souriant.

Je viens de trouver du *travail*.

En arrivant chez moi, je me tiens plus droite qu'à l'âge de douze ans, avant que ma croissance ne s'emballe. J'éclate de fierté. Bien que chacune des cellules de mon cerveau me crie de n'en rien faire, je ne résiste pas à l'envie de tout raconter à maman. Je me rue au salon et lui annonce que je serai désormais chargée de la chronique hebdomadaire de conseils pratiques de Miss Myrna.

"Eh bien, voilà qui est cocasse !" Son soupir dit que la vie ne vaut guère d'être vécue dans ces conditions. Pascagoula lui apporte son thé glacé.

"Au moins, c'est un début, dis-je.

— Le début de quoi ? Donner des conseils sur la façon de tenir une maison alors que…" Nouveau soupir, lent et prolongé comme un pneu qui se dégonfle.

Je regarde ailleurs, en me demandant si tout le monde, en ville, pensera la même chose. Ma joie retombe déjà.

"Eugenia, tu ne sais même pas astiquer l'argenterie, comment donneras-tu des conseils aux femmes pour leur ménage ?"

Je serre le dossier sur ma poitrine. Elle a raison, je ne saurai pas répondre à la moindre question. Tout de même : je pensais qu'au moins elle serait fière de moi.

"Et ce n'est pas en restant assise derrière une machine à écrire que tu trouveras quelqu'un, Eugenia. Un peu de bons sens, voyons !"

La colère me prend. Je me redresse. "Tu crois que j'ai *envie* de vivre ici ? Avec *toi* ?" J'éclate d'un rire qui se veut blessant.

J'aperçois l'éclair de souffrance dans son regard. Elle serre les lèvres. Mais je n'ai pas envie de retirer mes paroles parce qu'enfin, *enfin*, j'ai dit quelque chose qu'elle a écouté.

Je reste plantée devant elle, refusant de partir. Je veux entendre ce qu'elle va répondre. Je veux l'entendre dire qu'elle a de la peine.

"Je… Il faut que je te demande quelque chose, Eugenia." Elle tord son mouchoir, grimace. "J'ai lu l'autre jour un article sur… certaines filles qui sont déséquilibrées et ont des idées… contre-nature."

Je ne vois absolument pas de quoi elle veut parler. Je regarde le ventilateur qui tourne au plafond. On l'a mal réglé et il va trop vite. *Claketi-claketi-claketi…*

"Es-tu… est-ce que tu… es attirée par les hommes ? N'as-tu pas des pensées contre-nature pour…" Elle ferme les yeux. "Des jeunes filles ou… des femmes ?"

Je la regarde et je voudrais que ce ventilateur se détache et nous tombe dessus.

"Parce qu'on disait dans cet article qu'il existe un traitement, à base de plantes…

— Maman, dis-je, en fermant les yeux à mon tour. J'ai autant envie d'aller avec des filles que toi d'aller avec… *Jameso*." Je tourne les talons et me dirige vers la porte. Puis je me retourne. "A moins que ce ne soit déjà fait ?"

Maman se redresse, ouvre la bouche comme si elle manquait d'air. Je suis déjà dans l'escalier.

Le lendemain, je classe soigneusement les lettres à Miss Myrna. J'ai trente-cinq dollars dans mon portefeuille – la somme que maman m'alloue chaque mois. Je descends avec un bon sourire chrétien. Le fait d'habiter à la maison m'oblige à emprunter sa voiture chaque fois que je veux quitter Longleaf. Si bien qu'elle me demande chaque fois où je vais. Et que je dois lui mentir jour après jour, ce qui n'est pas forcément désagréable mais quelque peu dégradant à la longue.

"Je vais à l'église, voir si elles n'ont pas besoin d'un coup de main pour l'organisation du catéchisme.

— Oh, ma chérie, c'est formidable ! Prends ton temps avec la voiture."

110

J'ai décidé, hier soir, qu'il me fallait pour ma chronique l'aide d'une professionnelle. J'ai d'abord pensé à Pascagoula, mais je la connais à peine. Et je ne supporterais pas, en outre, que maman mette son nez dans ce que je fais et me harcèle de ses critiques. Yule May, la bonne de Hilly, est si timide que je la vois mal accepter de m'aider. Hormis ces deux-là, la seule bonne que je rencontre assez souvent est Aibileen, celle d'Elizabeth. Aibileen me rappelle un peu Constantine. Mais elle est plus âgée, et semble avoir beaucoup d'expérience.

En allant chez Elizabeth, je m'arrête au magasin de Ben Franklin pour acheter un bloc-notes, une boîte de crayons numéro deux et un calepin bleu. Je dois rendre ma première chronique demain, à deux heures de l'après-midi sur le bureau de Mister Golden.

Elizabeth m'ouvre la porte. "Entre donc, Skeeter !"

Je crains qu'Aibileen ne travaille pas ce jour-là. Elizabeth a un peignoir de bain bleu et de gros rouleaux qui lui font une tête énorme et un corps encore plus fluet. Ses cheveux sont si fins qu'elle ne parvient pas à leur donner du volume malgré ces rouleaux qu'elle porte à longueur de journée.

"Excuse-moi, je ne suis pas présentable ! Mae Mobley m'a tenue debout la moitié de la nuit, et maintenant je ne sais pas où est passée Aibileen !"

J'entre dans le minuscule salon. La maison a des plafonds bas et de petites pièces. Tout semble acheté d'occasion – les rideaux à fleurs aux couleurs délavées, la couverture jetée en travers du canapé. J'ai entendu dire que la nouvelle agence comptable de Raleigh n'était pas une réussite. Peut-être qu'à New York ou ailleurs ça pourrait marcher, mais à Jackson, Mississippi, les gens n'ont pas envie de faire des affaires avec un crétin plein de suffisance comme lui.

La voiture de Hilly est garée devant la maison, mais je ne la vois pas. Elizabeth s'assoit devant la machine à coudre qu'elle pose sur la table de la salle à manger. "J'ai presque fini, dit-elle. Encore quelques points pour cet ourlet…" Elle se lève, brandit une chasuble verte ornée d'un col rond et blanc. "Sois franche, murmure-t-elle, avec un regard qui me supplie du contraire. Est-ce que ça a l'air bricolé ?"

L'ourlet est plus long d'un côté que de l'autre. Il fronce, et l'un des poignets s'effiloche déjà. "Ça paraît à cent pour cent acheté en magasin. Et carrément à La Maison Blanche", dis-je, en citant le nec plus ultra de la confection aux yeux d'Elizabeth : cinq niveaux de vêtements hors de prix dans Canal Street à La Nouvelle-Orléans, tout ce qu'on ne trouverait jamais à Jackson. Elizabeth me décoche un sourire reconnaissant.

Je demande : "Mae Mobley dort ?

— Enfin !" Elizabeth tortille une mèche échappée d'un rouleau, dont l'obstination lui arrache une grimace. Sa voix se fait dure, parfois, quand elle parle de sa fille.

La porte des toilettes s'ouvre dans le couloir et Hilly en sort en disant : "Voilà qui est bien mieux. Chacun chez soi, désormais !"

Elizabeth s'escrime sur l'aiguille de la machine qui semble lui poser des problèmes.

"Dis à Raleigh que j'ai dit *Ne me remerciez pas*", ajoute Hilly, et je suis frappée, à cet instant, par ce que j'entends. Aibileen a désormais ses propres toilettes dans le garage.

Hilly me sourit et je sens qu'elle va parler de sa proposition de loi. Je demande : "Comment va ta mère ? tout en sachant que c'est la dernière chose dont elle désire s'entretenir. Elle est bien installée dans sa maison de retraite ?

— Je crois." Hilly tire le bas du pull rouge sur le bourrelet de sa taille. Elle porte un pantalon écossais rouge et vert qui semble mettre en valeur ses fesses plus rondes et musclées que jamais. "Evidemment, rien de ce que je fais ne trouve grâce à ses yeux. J'ai dû renvoyer la bonne à sa place, après l'avoir surprise alors qu'elle tentait de voler de l'argenterie, pratiquement sous mon nez." Hilly plisse un peu les yeux comme pour affûter son regard. "Personne ne sait pas si cette Minny Jackson travaille quelque part, par hasard ?"

Nous secouons la tête.

"Je doute qu'elle retrouve une place dans cette ville", observe Elizabeth.

Hilly hoche la tête. Je prends une profonde inspiration, pressée de leur dire ce qui m'arrive.

"J'ai trouvé du travail au *Jackson Journal.*" Le silence se fait dans la pièce. Puis soudain Elizabeth pousse un cri aigu. Hilly me sourit avec une telle fierté que je rougis et hausse les épaules, comme si ce n'était rien de si important.

"Ils auraient été idiots de ne pas te prendre, Skeeter Phelan, dit Hilly, en levant son verre de thé glacé pour porter un toast.

— Oui… Hum, est-ce que l'une de vous a déjà lu la chronique de Miss Myrna ?

— Ma foi, non, répond Hilly, mais je suis sûre que toutes les pauvres filles des quartiers sud lisent ça comme si c'étaient les Evangiles."

Elizabeth opine du chef. "Toutes ces malheureuses qui n'ont pas de bonne… c'est certain.

— Cela ne t'ennuierait pas que j'en parle avec Aibileen, pour qu'elle m'aide à répondre à certaines lettres ?"

Elizabeth se fige une seconde. "Aibileen ? *Mon* Aibileen ?

— Je ne peux pas répondre toute seule à ces questions.

— Enfin… Du moment que ça n'interfère pas avec son travail."

Je me tais, surprise par cette attitude. Mais je me rappelle qu'Elizabeth la paie, après tout.

"Et pas aujourd'hui, en tout cas, avec Mae Mobley qui va se lever. Il faudrait que je m'occupe d'elle.

— D'accord. Je pourrais peut-être venir demain matin, alors ?" Je compte mentalement les heures. Si je termine avec Aibileen en milieu de matinée, j'aurai le temps de rentrer chez moi en vitesse pour taper le texte et revenir en ville avant deux heures.

Elizabeth regarde sa bobine de fil vert en fronçant les sourcils. "Quelques minutes, pas plus, n'est-ce pas ? Demain, c'est le jour où on fait l'argenterie.

— Je ne serai pas longue, c'est promis."

Elizabeth commence à me faire penser à ma mère.

Le lendemain matin à dix heures, Elizabeth vient m'ouvrir, me salue d'un hochement de tête comme une maîtresse d'école. "Bon. Et pas trop longtemps. Mae Mobley va se réveiller d'une minute à l'autre."

J'entre dans la cuisine, mon bloc-notes et mes papiers sous le bras. Aibileen me sourit depuis l'évier et je vois briller ses dents en or. Elle est un peu épaisse de la taille, mais quelque chose de doux et d'amical se dégage de son physique. Et elle est beaucoup plus petite que moi, mais qui ne l'est pas ? L'uniforme blanc immaculé fait ressortir sa peau d'un brun profond et luisant. Elle a les sourcils qui grisonnent alors que ses cheveux sont bien noirs.

"Bonjour, Miss Skeeter. Miss Leefolt est toujours sur sa machine ?

— Oui." C'est bizarre, même après plusieurs mois à la maison, d'entendre appeler Elizabeth Miss Leefolt et non Miss Elizabeth ou Miss Fredericks, son nom de jeune fille.

"Je peux… ?" Je montre le réfrigérateur. Mais avant que je ne me serve, Aibileen l'ouvre pour moi.

"Qu'est-ce que vous voulez ? Un Coca ?"

Je fais oui de la tête et elle ouvre la bouteille au décapsuleur fixé sur le comptoir, la vide dans un verre.

"Aibileen…" Je respire un grand coup. "Je me demandais si vous ne pourriez pas m'aider à faire quelque chose." Je lui parle de la chronique, et constate avec soulagement qu'elle sait qui est Miss Myrna.

"Donc, je pourrais peut-être vous lire quelques lettres et vous… vous m'aideriez à répondre. Au début, et ensuite quand je comprendrai mieux…" Je me tais. Je ne serai jamais capable de répondre moi-même à toutes ces questions. Franchement, je n'ai aucune intention de m'initier aux tâches ménagères. "C'est un peu injuste, n'est-ce pas, de prendre vos réponses et de faire comme si elles étaient de moi. Ou plutôt, de Myrna…" Je soupire.

Aibileen secoue la tête. "Ça m'est égal. Mais je suis pas sûre que Miss Leefolt dira rien.

— Elle m'a dit qu'elle était d'accord.

— Pendant mes heures de service ?"

Je fais signe que oui, mais j'entends encore le ton de propriétaire d'Elizabeth.

"Alors, ça va." Aibileen hausse les épaules, regarde la pendule au-dessus de l'évier. "Faudra sûrement que j'arrête quand Mae Mobley va se lever."

Je demande : "On peut s'asseoir ?" en montrant la table.

Aibileen jette un coup d'œil en direction de la porte. "Allez-y, moi je suis bien debout."

J'ai passé la soirée à lire les chroniques de Miss Myrna depuis cinq ans, mais je n'ai pas eu le temps de trier les lettres qui n'ont pas encore reçu de réponse. Je pose mon calepin, le stylo à la main. "Voici une lettre du comté de Rankin.

"Chère Miss Myrna. Mon mari qui est un vrai cochon et qui transpire aussi comme un cochon a des cols de chemise pleins de taches. Comment m'en débarrasser ?"

Magnifique. Une chronique sur le nettoyage et les relations conjugales. Deux choses auxquelles je ne connais absolument rien.

"C'est des taches ou du mari qu'elle veut se débarrasser ?" demande Aibileen.

Je fixe la page blanche. Dans un cas comme dans l'autre, je ne saurais lui dire comment faire.

"Du vinaigre et du savon Pine-Sol. Puis laisser un moment au soleil."

J'écris à toute allure. "Combien de temps ?

— Une heure. Le temps que ça sèche."

Je prends la lettre suivante et elle répond tout aussi vite. Après quatre ou cinq lettres, je souffle, soulagée.

"Merci, Aibileen. Vous ne pouvez pas savoir combien vous me rendez service.

— Il y a pas de problème. Du moment que Miss Leefolt a pas besoin de moi."

Je rassemble mes papiers, bois une dernière gorgée de Coca et m'accorde quelques minutes de détente avant de filer écrire mon article. Elle prend une à une dans un sachet de jeunes crosses de fougère. On entend en sourdine, dans le silence de la pièce, le prêche du révérend Green à la radio.

"Vous connaissiez bien Constantine ? Vous étiez parentes ?

— On… fréquentait la même église." Aibileen change de position devant l'évier.

Une douleur désormais familière se réveille en moi. "Elle n'a même pas laissé une adresse. Je… Je ne peux pas croire qu'elle soit partie de cette façon."

Aibileen ne lève pas les yeux. Elle semble examiner attentivement les crosses de fougère. "Je suis sûre qu'elle a été renvoyée.

— Non, ma mère m'a dit qu'elle était partie. Au mois d'avril. Qu'elle était partie à Chicago vivre avec les siens."

Aibileen prend une nouvelle crosse, rince la longue tige qui s'enroule sur elle-même à l'extrémité. "Non, ma'am", dit-elle, après un silence.

Je mets quelques secondes à comprendre.

"Aibileen, dis-je, en cherchant son regard, vous croyez vraiment qu'on a renvoyé Constantine ?"

Mais Aibileen m'offre un visage aussi impénétrable que le ciel bleu. "C'est sans doute que je me rappelle pas bien", répond-elle, et je vois qu'elle pense en avoir trop dit à une Blanche.

On entend Mae Mobley qui appelle, Aibileen s'excuse et sort. Quelques secondes passent avant que je ne pense à m'en aller.

Quand j'entre dans la maison dix minutes plus tard, maman est en train de lire à la table de la salle à manger.

"Maman, dis-je, en serrant le calepin contre ma poitrine. Tu as *renvoyé* Constantine ?

— J'ai… *quoi* ?"

Mais je sais qu'elle m'a très bien entendue car elle a posé la *Lettre* des Filles de la Révolution*. Il n'y avait qu'une vraie question pour l'arracher à cette captivante littérature.

"Eugenia, je te l'ai dit. Comme sa sœur était malade, elle est partie à Chicago vivre avec les siens. Pourquoi ? Quelqu'un t'a raconté autre chose ?"

* Association des descendantes de la Révolution américaine, de tradition très conservatrice.

Je ne lui dirai pour rien au monde que c'est Aibileen. "Je l'ai entendu cet après-midi. En ville.

— Qui peut parler de ces histoires ?" Maman plisse les yeux derrière ses verres de lunettes. "Certainement une autre négresse.

— Que lui as-tu *fait*, maman ?"

Elle se passe la langue sur les lèvres, me fixe longuement derrière ses doubles foyers. "Tu ne comprendrais pas, Eugenia. Tant que tu n'auras pas eu toi-même une bonne.

— Tu l'as virée ? Pourquoi ?

— C'est sans importance. C'est du passé pour moi et je ne veux plus y penser, pas une minute de plus.

— Maman, elle m'a élevée ! Dis-moi tout de suite ce qui s'est passé !"

J'ai honte de ma voix qui s'étrangle, du ton enfantin que prennent mes questions.

Maman hausse les sourcils, retire ses lunettes. "Une histoire de nègres, c'est tout. Et c'est tout ce que je dirai."

Elle remet ses lunettes sur son nez et approche la *Lettre* des Filles de la Révolution de ses yeux.

Je tremble. Je suis hors de moi. Je grimpe les marches quatre à quatre et m'assois devant ma machine à écrire, stupéfaite que ma mère ait pu chasser quelqu'un qui lui avait rendu le plus grand service de son existence en élevant ses enfants, en m'apprenant la bonté et l'estime de soi. Je parcours ma chambre du regard, les roses du papier peint, les œillets des rideaux, les photos jaunies si familières qu'elles en deviennent presque irregardables. Constantine travaillait dans notre famille depuis vingt-neuf ans.

La semaine suivante, mon père se lève chaque jour avant l'aube. Je me réveille au bruit des moteurs de camions, des moissonneuses-batteuses qui démarrent, des appels à se dépêcher. Les champs sont bruns et desséchés, couverts de tiges de coton mortes, dénudées par le défoliant pour permettre aux machines d'atteindre les graines. C'est la récolte.

Papa ne prend même plus le temps d'aller à l'église pendant cette période, mais le dimanche soir je tombe sur lui dans le couloir plongé dans la pénombre, après son dîner et avant qu'il ne monte se coucher.

"Papa ? Peux-tu me dire ce qui est arrivé à Constantine ?"

Il est épuisé, et soupire avant de répondre.

"Comment maman a-t-elle pu la renvoyer, papa ?

— Comment ? Constantine est partie, ma chérie. Tu sais bien que ta mère ne l'aurait jamais congédiée." Il semble déçu que j'ose poser une telle question.

"Sais-tu où elle est allée ? As-tu son adresse ?"

Il secoue la tête. "Demande à ta mère, elle le saura." Il me tapote l'épaule. "Les gens vont et viennent, Skeeter. Mais j'aurais préféré qu'elle reste ici avec nous."

Il traverse le hall, titubant de fatigue. Comme je le sais trop honnête pour dissimuler quelque chose, je comprends qu'il n'en sait pas plus que moi.

Cette semaine-là et les suivantes, et parfois à deux reprises, je passe chez Elizabeth pour voir Aibileen. Elizabeth se montre de plus en plus distante, pour ne pas dire contrariée. Et tandis que je m'attarde dans la cuisine elle multiplie les apparitions avec de nouvelles tâches pour Aibileen : il faut astiquer les boutons de porte, nettoyer le dessus du réfrigérateur, couper les ongles de Mae Mobley… Aibileen est aimable avec moi, sans plus, et je la sens inquiète. Elle reste devant son évier et ne s'interrompt jamais dans son travail. Je ne tarde pas à avoir de l'avance dans mes chroniques et Mister Golden semble satisfait. Je n'ai pas mis plus de vingt minutes à rédiger les deux premières.

Semaine après semaine, j'interroge Aibileen au sujet de Constantine. Pourrait-elle me trouver son adresse ? A-t-elle une idée du motif de son renvoi ? Y a-t-il eu toute une histoire ? Je n'imagine pas Constantine disant *"Oui ma'am"* et quittant la maison par l'arrière. Je vois bien ma mère lui faisant des reproches pour une cuillère mal astiquée et Constantine lui servant des tartines brûlées pendant toute une semaine. J'en suis réduite à laisser courir mon imagination.

Aibileen se borne à hausser les épaules en disant qu'elle ne sait rien.

Un après-midi, après lui avoir demandé comment faire disparaître de vilaines traces noires sur une baignoire (je n'ai jamais récuré une baignoire de ma vie), je rentre à la maison. Je passe devant le salon. La télévision marche et j'y jette un coup d'œil. Pascagoula est debout, son visage à quinze centimètres de l'écran. J'entends les mots Ole Miss et aperçois des Blancs en tenue sombre groupés face à la caméra, leurs crânes chauves luisants de transpiration. Je m'approche et vois un Noir, à peu près du même âge que moi, debout parmi les Blancs avec des soldats derrière lui. L'image s'élargit et je découvre le bâtiment administratif de ma fac. Le gouverneur Ross Barnett se tient debout, les bras croisés, et regarde le grand Noir dans les yeux. A côté de lui se trouve notre sénateur Whitworth, le père de ce garçon avec lequel Hilly tient tant à me faire sortir.

Je regarde, fascinée. Je ne suis pas excitée, ni déçue, qu'on laisse un Noir entrer à Ole Miss – surprise, seulement. Mais Pascagoula, elle, respire si bruyamment que j'entends son souffle à côté de moi. Elle reste figée sur place et ne voit pas que je suis derrière elle. Roger Sticker, notre correspondant local, est nerveux. Il parle vite, en souriant. "Le président Kennedy a donné ordre au gouverneur d'accepter James Meredith. Je répète, le président des Etats...

120

— Eugenia, Pascagoula ! Eteignez cette télé immédiatement !"

Pascagoula sursaute, se retourne et nous voit. Elle se précipite hors de la pièce, les yeux au sol.

"Je ne supporterai pas ça, Eugenia, dit maman, à voix basse. Je ne te laisserai pas les encourager comme ça !

— Les encourager ? C'est le journal national, maman."

Elle renifle. "Elle et toi ensemble pour regarder ça, c'est malvenu." Puis elle change de chaîne, cherche et s'arrête sur une rediffusion de Lawrence Welk.

"Regarde, c'est beaucoup mieux, non ?"

Par une fraîche journée de septembre, une fois les champs de coton moissonnés et déserts, papa apporte un récepteur de télévision en couleur de marque RCA. Il installe le vieux poste noir et blanc dans la cuisine. Fier et souriant, il branche le nouveau dans le petit salon. Le match de football inter-universités Ole Miss contre LSU emplit la maison de son vacarme pendant tout l'après-midi.

Ma mère, évidemment, est collée à l'image en couleur, soufflant et poussant des oh ! et des ah ! aux exploits des rouge et bleu de notre équipe. Elle a mis un pantalon de laine rouge malgré la chaleur étouffante, et s'est fait un turban de la vieille écharpe de Kappa Alpha, la fraternité de papa. Personne ne parle de James Meredith, l'étudiant noir qu'on a laissé s'inscrire.

Je prends la Cadillac et file en ville. Maman trouve inexplicable que je ne veuille pas regarder l'équipe de ma fac taper dans un ballon. Mais comme Elizabeth et sa petite famille sont chez Hilly pour le match, Aibileen doit être seule chez eux. J'espère qu'elle sera plus à l'aise en l'absence d'Elizabeth. Et j'espère, surtout, qu'elle me dira quelque chose, aussi peu que ce soit, au sujet de Constantine.

121

Aibileen me fait entrer et je la suis dans la cuisine. Elle semble à peine plus détendue que lorsque Elizabeth est dans la maison. Elle regarde la table comme si elle voulait s'y asseoir aujourd'hui. Mais comme je l'y invite, elle répond : "Non, je suis bien comme ça. Allez-y." Elle s'empare d'une tomate et entreprend de l'éplucher avec un couteau au-dessus de l'évier.

Penchée sur le comptoir, je lui pose la dernière devinette : comment empêcher les chiens de fouiller vos poubelles à l'extérieur de la maison quand votre fainéant de mari oublie de les sortir le jour du ramassage parce qu'il a encore bu de cette maudite bière ?

"Mettez simplement un peu d'armoniaque dans ces ordures. Vous serez débarrassée des chiens en un clin d'œil."

Je note, corrige armoniaque en ammoniaque, et prends une autre lettre. Quand je relève la tête, Aibileen semble me sourire.

"C'est pas pour vous offenser, Miss Skeeter, mais… vous trouvez pas ça bizarre d'être la nouvelle Miss Myrna alors que vous savez rien faire dans une maison ?"

Elle ne l'a pas dit comme maman il y a un mois. D'ailleurs j'éclate de rire, et je lui raconte ce que je n'ai révélé à personne, à propos des appels téléphoniques et du curriculum vitae que j'ai envoyé chez Harper & Row ; mon désir d'être écrivain ; le conseil que j'ai reçu d'Elaine Stein. C'est vraiment bien de pouvoir parler à quelqu'un.

Aibileen hoche la tête, fait tourner son couteau autour d'une nouvelle tomate rouge et bien mûre. "Mon fils Treelore, il aimait ça, écrire.

— J'ignorais que vous aviez un fils.

— Il est mort. Ça fait deux ans.

— Oh, je… vraiment je suis désolée…" Pendant un moment, on n'entend plus que le révérend Green et le bruit mat des peaux de tomate tombant dans l'évier.

"Il avait rien que des A en anglais. Après, quand il a été plus grand, il s'est trouvé une machine à écrire et il s'est mis à travailler sur une idée…" Ses épaules s'affaissent sous les épingles qui retiennent les bretelles de l'uniforme. "Il allait écrire un livre, il disait."

Je demande : "Quel genre d'idée ? Enfin, si ça ne vous gêne pas d'en parler…"

Aibileen reste silencieuse un instant. Elle continue à peler ses tomates avec des gestes réguliers. "Il avait lu le livre qui s'appelle *L'Homme invisible*. Après, il disait qu'il allait en écrire un pour montrer comment c'était d'être un Noir au service d'un Blanc dans le Mississippi."

Je regarde ailleurs, sachant que c'est le moment où ma mère changerait de conversation. Le moment où elle sourirait et se mettrait à parler du prix du riz blanc ou de l'argenterie.

"Moi aussi j'ai lu *L'Homme invisible*, après lui, dit Aibileen. Ça m'a bien plu."

Je hoche la tête, mais je ne l'ai pas lu moi-même. Je n'avais jamais pensé qu'Aibileen pouvait aussi être une lectrice.

"Il a écrit presque cinquante pages, dit-elle. Il les a laissées à Frances, sa petite amie."

Aibileen cesse d'éplucher. Elle déglutit avec effort et je vois sa gorge se contracter. "S'il vous plaît, parlez-en à personne, dit-elle, doucement. Il voulait écrire sur son patron blanc." Elle se mord la lèvre et je suis frappée à l'idée qu'elle a encore peur pour lui. Il est mort, mais l'instinct qui lui fait craindre pour son fils est toujours là.

"C'est bien que vous m'en ayez parlé, Aibileen. Je trouve que c'était… une idée courageuse."

Aibileen soutient mon regard un instant. Puis elle prend une autre tomate et approche son couteau. Je la regarde faire, attendant de voir jaillir le jus rouge. Mais elle s'arrête avant de trancher, regarde vers la porte de la cuisine.

"Je trouve que c'est pas juste… que vous sachiez pas ce qui est arrivé à Constantine. Je suis… je suis désolée. Mais je me sens pas le droit de vous en parler."

Je ne dis rien, car je me demande ce qui la pousse à parler ainsi, et je ne veux pas l'arrêter.

"Mais je vous le dis tout de même, c'est quelque chose qui avait à voir avec sa fille. Après qu'elle est venue chez votre maman.

— Sa fille ? Constantine ne m'a jamais dit qu'elle avait une fille !" Je l'ai connue pendant vingt-trois ans. Pourquoi me l'aurait-elle caché ?

"C'était dur pour elle. Le bébé était sorti vraiment… clair."

Je me fige, au souvenir de ce que Constantine m'a dit une fois, il y a des années. "Qu'entendez-vous par « clair » ? Vous voulez dire… blanc ?"

Aibileen hoche la tête, concentrée sur sa tâche. "Il a fallu la cacher, la petite. Je crois qu'on l'a envoyée dans le nord.

— Le père de Constantine était blanc ? dis-je. Oh… Aibileen… Vous ne croyez pas…" Une pensée terrible m'est venue à l'esprit. Le choc est si violent que je ne peux pas finir ma phrase.

Elle secoue la tête. "Non, non ma'am. Pas… ça. Connors, l'homme de Constantine, il était noir. Mais vu qu'elle avait du sang de son père, le Blanc, son bébé est sorti clair. Ça arrive."

J'ai honte d'avoir envisagé le pire. Mais je ne comprends toujours pas. "Pourquoi ne m'a-t-elle rien dit ?" Je n'attends pas vraiment de réponse. "Pourquoi s'en est-elle séparée ?"

Aibileen hoche la tête pour elle-même, comme si elle comprenait. Mais moi, non. "J'ai jamais rien vu d'aussi terrible. Elle m'a dit mille fois qu'elle attendait le jour où elle pourrait la reprendre.

— Vous dites qu'il y a un rapport entre cette fille et le renvoi de Constantine ? Que s'est-il passé ?"

Les traits d'Aibileen se figent. Terminé. Elle montre d'un signe de tête les lettres de Miss Myrna, façon de me signifier qu'elle n'en dira pas plus. Pour le moment, en tout cas.

Cet après-midi-là, je passe chez Hilly qui reçoit pour le match. Il y a de longues Buick et des breaks garés tout le long de la rue. Je me force à entrer, sachant que je serai la seule célibataire. A l'intérieur, le salon est plein de couples sur les canapés, les chaises, les bras des fauteuils. Les épouses se tiennent bien droites et les jambes croisées, et leurs maris se penchent en avant. Tous les regards sont rivés sur le meuble télé en bois verni. Je reste en arrière, échange quelques sourires, des salutations muettes. On n'entend que la voix du commentateur.

"Whoooooa !" Ils hurlent, agitent les bras, les femmes se lèvent et applaudissent à n'en plus finir. Je me ronge une cuticule.

"C'est ça, les Rebels ! Montrez-leur, à ces Tigers !

— Allez les Rebels !" glapit Mary Frances Truly en faisant des bonds dans son twin-set. Je regarde la cuticule qui pend à mon doigt, rose et enflammée. Une lourde odeur de bourbon flotte dans la pièce où je ne vois que laine rouge et alliances de diamants. Je me demande si les femmes s'intéressent réellement au football, ou si elles veulent seulement plaire à leurs maris. Voilà quatre mois que je suis membre de la Ligue, et aucune ne m'a encore dit : "Que penses-tu des Rebs ?"

J'échange quelques mots avec différents couples en me frayant un chemin vers la cuisine. Yule May, la grande et maigre bonne de Hilly, roule de minuscules saucisses dans la pâte. Une autre Noire, plus jeune, lave la vaisselle dans l'évier. Hilly me fait signe de la main tout en discutant avec Deena Doran.

"… les plus exquis petits fours que j'aie jamais goûtés ! Tu dois être la meilleure cuisinière de la Ligue, Deena !"

Et Hilly d'enfourner un dernier morceau de gâteau en hochant la tête avec des grognements appréciateurs.

"Eh bien, merci, Hilly, ils ne sont pas faciles à faire mais je crois que ça vaut la peine." Deena rayonne, quasiment au bord des larmes sous les compliments.

"Tu es d'accord, donc ? Ah, je suis si contente ! La commission Pâtisseries a vraiment besoin de quelqu'un comme toi pour faire de bonnes ventes.

— Et il t'en faudrait combien ?

— Cinq cents, pour demain après-midi."

Le sourire de Deena se crispe. "D'accord. Disons que je vais devoir… y passer la nuit.

— Skeeter, te voici ! s'écrie Hilly, et Deena repart vers la cuisine.

— Je ne pourrai pas rester longtemps, dis-je, probablement trop vite.

— Ecoute, j'ai du nouveau." Hilly me sourit d'un air espiègle. "Il vient, cette fois, c'est sûr. Dans trois semaines."

Je regarde les longs doigts de Yule May qui détache la pâte d'une lame de couteau et je soupire, car j'ai tout de suite compris de qui il s'agit. "Je ne sais pas, Hilly… Tu as déjà essayé si souvent. C'est peut-être un signe. Le mois dernier, quand il s'est décommandé la veille, je m'étais un peu monté la tête. Je ne tiens pas à repasser par là.

— Quoi ? Ne dis pas des choses pareilles !

— Hilly." Je serre les dents, parce qu'il est temps, enfin, que je le lui dise : "Tu sais bien qu'il ne sera pas mon genre.

126

— Regarde-moi", répond-elle. Et j'obéis, parce que nous obéissons toutes à Hilly.

"Hilly, tu ne peux pas me forcer…

— C'est *ton heure*, Skeeter." Elle me prend la main, enfonce son pouce et ses autres doigts dans ma paume aussi fort que Constantine. "*Ton heure* a sonné. Et bon Dieu, je ne te laisserai pas rater une telle opportunité sous prétexte que ta mère a réussi à te persuader que tu n'es pas assez bien pour quelqu'un comme lui !"

Je suis frappée par la dureté des mots, et leur franchise. Mais la ténacité dont mon amie fait preuve à mon égard m'effraie. Hilly et moi avons toujours été dans nos rapports d'une honnêteté sans compromission, même pour des détails. Avec les autres, elle manie le mensonge comme les presbytériens la culpabilité, mais cet accord tacite entre nous est peut-être ce qui nous a permis de rester amies.

Elizabeth fait irruption dans la cuisine avec une assiette vide. Elle sourit, puis s'immobilise, et nous nous regardons toutes les trois.

"Alors ?" demande Elizabeth. Elle pense, à l'évidence, que nous étions en train de parler d'elle.

"Dans trois semaines, donc, me dit Hilly. Tu viendras ?

— Mais oui, bien sûr que tu viendras !" s'écrie Elizabeth.

Je regarde leurs visages souriants et je n'y vois que de l'espoir pour moi. Ce n'est pas l'indiscrétion et le harcèlement de maman, mais un espoir sans arrière-pensées, qui ne m'emprisonne ni ne me blesse. Je suis contrariée, pourtant, que mes amies aient discuté dans mon dos de cette soirée censée décider de mon destin. J'ai horreur de ça, et j'en suis ravie.

Je repars vers la campagne avant la fin du match. La vitre de la portière de la Cadillac est baissée. Dans les champs, le coton semble broyé et calciné. Voilà des semaines que papa a achevé la récolte, mais les bas-côtés sont d'un blanc neigeux à cause du coton qui reste pris dans l'herbe.

Sans descendre de voiture, je jette un coup d'œil à la boîte aux lettres. Il y a *L'Almanach du fermier* et une lettre. Elle vient de Harper & Row. Je tourne dans l'allée, rabats le levier de vitesses sur PARK. C'est une lettre manuscrite, sur un petit carré de papier.

> *Miss Phelan,*
>
> *Vous pouvez évidemment exercer vos talents d'écriture sur des questions aussi plates et consensuelles que l'illettrisme ou la conduite en état d'ivresse. J'avais espéré, toutefois, que vous choisiriez des sujets d'une actualité un peu plus brûlante. Continuez à chercher. Vous pourrez m'écrire à nouveau quand vous aurez trouvé quelque chose d'original.*

Je passe furtivement devant maman dans la salle à manger, et Pascagoula l'invisible qui époussette les tableaux dans le couloir, et je m'élance sur les marches raides et dangereuses de mon escalier. J'ai le visage en feu. Je retiens mes larmes, m'ordonne à moi-même de me calmer et de réfléchir. Le pire, c'est que je n'ai pas de meilleure idée.

Je me jette dans ma prochaine chronique d'art ménager, puis je passe à la *Lettre* de la Ligue. Je mets de côté le projet de loi de Hilly, pour la deuxième semaine consécutive. Au bout d'une heure, je suis debout devant la fenêtre. *Louons maintenant les grands hommes**, mon livre, est posé sur l'appui. Je m'approche pour le ramasser, craignant que le soleil ne fane la couverture avec sa photo en

---

* James Agee et Walker Evans, 1941.

noir et blanc d'une humble famille de miséreux. Le livre est lourd et déjà chaud. Je me demande si j'écrirai jamais quelque chose de valable. Un tant soit peu. Je me retourne en entendant Pascagoula qui frappe à ma porte. C'est alors que l'idée me vient.

Non. Je ne pourrais pas. Ce serait… dépasser les limites.
Mais l'idée ne veut pas s'en aller.

AIBILEEN

CHAPITRE 7

La vague de chaleur a fini par passer vers la mi-octobre et on a un petit dix. Il est froid, le matin, ce siège de toilettes. Je sursaute un peu quand je m'assois. C'est juste une petite pièce qu'ils ont construite dans le garage, avec dedans une cuvette et un petit lavabo fixé au mur. Pour éclairer je tire sur une ficelle. Le papier, il faut le poser par terre.

Quand je travaillais chez Mrs Caulier, le garage était collé à la maison et comme ça j'avais pas besoin de sortir. Ils avaient un local pour les domestiques, avec en plus ma chambre où je dormais quand je faisais la nuit. Ici, je suis forcée de passer par dehors.

Un mardi à midi, je vais derrière sur les marches côté cuisine avec mon déjeuner et je m'assois sur le ciment bien frais. La pelouse de Miss Leefolt vient pas jusqu'ici. Il y a un grand magnolia qui fait de l'ombre sur toute la cour ou presque. Je sais déjà que cet arbre, plus tard, servira de cachette à Mae Mobley. D'ici cinq ans, pour échapper à Miss Leefolt.

Au bout d'un moment Mae Mobley arrive sur les marches. Elle a une moitié de hamburger à la main. Elle lève la tête et elle me sourit, et elle dit : "Bon ça!

— Pourquoi t'es pas dedans avec ta maman ?" je demande, mais je le sais, pourquoi. Elle préfère rester ici avec la bonne plutôt que regarder sa maman qui s'occupe de tout sauf de sa fille. Elle me fait penser à ces poussins qui perdent leur mère et suivent les canards.

Mae Mobley me montre les merles bleus qui se préparent pour l'hiver en pépiant sur la petite fontaine en pierre grise. "Oiseaux !" Elle tend le bras et le sandwich tombe sur la marche. Le vieux chien Aubie, dont personne s'occupe jamais, arrive de nulle part et l'avale d'un coup. C'est pas que j'aime tellement les chiens, mais celui-là fait pitié, vraiment. Je lui donne une petite caresse sur le crâne. Je suis sûre que personne l'a caressé depuis Noël.

En le voyant, Mae Mobley crie et essaie de lui attraper la queue. Elle en prend quelques coups dans la figure avant d'y arriver. Il gémit, le pauvre, et il lui fait son regard de chien battu en tournant carrément la tête vers son derrière, ce qui lui fait remonter les sourcils. Je l'entends presque lui demander de le lâcher. Il est pas du genre à mordre, Aubie.

Elle lâche et je dis : "Où elle est ta queue, Mae Mobley ?" Elle a la bouche ouverte comme si elle en revenait pas de jamais l'avoir vue. Elle tourne comme une toupie pour essayer de la voir.

"T'en as pas, de queue !" Je ris et je la rattrape avant qu'elle tombe de cette marche. Le chien renifle tout autour au cas où il resterait un peu de hamburger.

Ça m'épate toujours de voir comment ces petits croient tout ce qu'on leur dit. L'autre jour, Ted Forrest, un de mes garçons d'il y a longtemps, m'arrête sur le chemin de Jitney et me fait un gros baiser tellement il est content de me voir. C'est un homme, maintenant. Moi, fallait que je retourne chez Miss Leefolt, mais il se met à rire et à se rappeler des choses que je lui faisais quand il était petit garçon. Comme la première fois où son pied s'est endormi et où il s'est plaint que ça le piquait. Je lui ai répondu que son pied ronflait, et voilà tout. Et aussi quand je lui disais de pas boire de café sinon il allait devenir tout noir. Il m'a dit qu'il buvait toujours pas de café et il a vingt et un ans maintenant ! Ça fait toujours plaisir de revoir les gamins qui ont bien grandi.

"Mae Mobley ? Mae Mobley Leefolt !"

Miss Leefolt vient de s'apercevoir que sa fille était plus avec elle. Je crie : "Elle est ici, avec moi, Miss Leefolt !" à travers la porte moustiquaire.

"Je t'ai dit de manger dans ta chaise haute, Mae Mobley. Pourquoi t'ai-je eue toi, alors que toutes mes amies ont des anges, je me le demande !"

Puis le téléphone sonne et je l'entends qui va décrocher.

Je regarde Baby Girl, et je vois son front tout ridé entre les yeux. Elle réfléchit dur à quelque chose.

Je lui touche la joue. "Ça va, baby ?"

Elle dit : "Mae Mo pas gentille."

Rien qu'à sa façon de le dire, comme si c'était la vérité, ça me fait mal en dedans à moi aussi.

"Mae Mobley, je dis, parce que j'ai idée d'essayer quelque chose. T'es une fille intelligente ?"

Elle me regarde comme si elle savait pas.

"T'es une fille intelligente", je répète.

Elle dit : "Mae Mo intelligente !"

Je dis : "T'es une gentille petite fille ?"

Elle me regarde et c'est tout. Elle a deux ans. Elle sait pas encore ce qu'elle est.

Je dis : "T'es une gentille fille", et elle fait oui de la tête et elle répète pour moi. Mais avant que je continue, elle se lève et part en courant après le pauvre chien tout autour de la cour, et elle rit et alors je me demande, qu'est-ce que ça ferait si je lui disais tous les jours quelque chose de bien ?

A la fontaine où les oiseaux se baignent, elle se retourne et elle crie très fort : "Hé, Aibi, je t'aime, Aibi !" et je sens comme un frisson aussi doux qu'un battement d'aile de papillon à la regarder jouer là-dehors. Ce que je sentais quand je gardais Treelore. Et ça me rend triste, de me souvenir.

Ensuite, Mae Mobley s'approche, elle appuie sa joue contre la mienne et elle reste sans bouger, comme si elle savait que j'ai de la peine. Je la serre fort contre moi, je dis tout doucement : "Tu es une fille intelligente. Tu es une gentille fille, Mae Mobley. Tu m'entends ?" Et je le dis encore et encore jusqu'à ce qu'elle répète.

Les semaines suivantes sont vraiment importantes pour Mae Mobley. Si vous y réfléchissez, vous avez sûrement oublié la première fois que vous avez pas fait dans une couche. Avec tous les petits que j'ai élevés, il y en a jamais un qui est venu me dire, Aibileen, je te dois un gros merci pour m'avoir appris à aller au pot.

C'est bizarre. Si on veut les faire aller dans les toilettes avant l'heure, ça les rend fous. Ils peuvent pas comprendre à quoi ça sert et ça les rabaisse dans leur esprit. Baby Girl, je sais qu'elle est prête. Et elle sait qu'elle est prête. Mais mon Dieu, pas au moment où elle me court dans les jambes ! Je la cale bien sur son siège de bébé en bois pour pas que son petit derrière glisse et j'ai pas le dos tourné qu'elle est déjà partie en courant.

"T'as pas envie, Mae Mobley ?

— Non !

— T'as bu deux verres de jus de raisin. Je sais que t'as envie.

— Noooon !

— Si tu y vas, tu auras un biscuit."

On reste un moment à se regarder. Après ça elle se tourne vers la porte. J'entends rien dans le pot. En général, ça me prend deux semaines pour les rendre propres. Mais ça, c'est quand leur maman m'aide. Les petits garçons ont vu leur papa le faire debout, les petites filles ont vu leur maman le faire assise. Mais Miss Leefolt laissera jamais sa fille approcher quand elle va aux toilettes, et voilà le problème.

"Fais un petit peu pour moi, Baby Girl."

Elle serre les lèvres, secoue la tête.

Miss Leefolt est partie chez le coiffeur, sinon je lui demanderais encore de donner l'exemple, même si elle m'a déjà dit non deux fois. La deuxième fois, je voulais lui dire combien de petits j'avais déjà élevés, et elle, combien ? Mais ça s'est fini que j'ai répondu *très bien* comme toujours.

"Je te donnerai deux biscuits", je dis, même, alors que sa mère me crie tout le temps dessus parce que je la fais grossir.

Mae Mobley, elle secoue la tête et elle dit : "Fais, toi !"

C'est pas la première fois que j'entends ça, mais d'habitude je sais m'en sortir. Je sais qu'elle a besoin de voir comment ça se passe pour s'y mettre elle aussi. Je dis : "J'ai pas besoin."

On se regarde. Elle montre le pot du doigt et elle dit : "Toi, fais !"

Puis elle se met à pleurer et à gigoter parce que le bord du pot lui a fait une petite marque sur la fesse et je sais ce qu'il faut que je fasse. Mais comment ? Est-ce que je dois aller au garage dans mes toilettes, ou ici ? Qu'est-ce qui se passera si Miss Leefolt revient et qu'elle me trouve sur son trône ? Elle piquera une crise.

Je lui remets sa couche et on sort pour aller au garage. Avec la pluie, ça sent un peu la vase là-dedans. Et même quand on allume ça reste sombre, et il y a pas un joli papier peint comme dans les toilettes de la maison. En fait, c'est même pas des vrais murs mais des panneaux de contreplaqué cloués ensemble. Je voudrais pas que ça lui fasse peur.

"Voilà, Baby Girl, c'est ici. Les toilettes d'Aibileen."

Elle secoue la tête, elle fait sa bouche toute ronde comme pour dire au revoir. Et elle crie : "Hoouuuuuu !"

Je baisse ma culotte et je fais pipi à toute allure, j'essuie avec le papier et je remonte tout avant qu'elle voie quelque chose. Et puis je tire la chasse.

"Et c'est comme ça qu'on fait", je dis.

Ma foi, elle a pas l'air étonnée. Elle reste la bouche ouverte comme si elle avait vu un miracle. Je sors et j'ai à peine le temps de la voir qu'elle enlève sa couche et grimpe sur le siège comme un petit singe en se tenant comme il faut pour pas tomber, et je l'entends qui fait pipi toute seule.

"Mae Mobley ! Tu fais pipi ! C'est très bien !" Elle sourit et je l'attrape avant qu'elle tombe dans la cuvette. On rentre vite dans la maison et elle a droit à ses deux biscuits.

Un peu plus tard, je la mets sur son pot et elle recommence, pour moi. C'est toujours plus difficile les deux ou trois premières fois. Ce soir-là, j'ai vraiment l'impression d'avoir réussi quelque chose. Pour ce qui est de parler, elle apprend vite, et le mot du jour, on sait déjà ce que c'est.

"Qu'est-ce qu'elle a fait aujourd'hui, Baby Girl ?"

Elle dit : "Pipi !"

— Alors, qu'est-ce qu'on va marquer dans notre journal aujourd'hui à côté de la date ?

— Pipi !

— Et Miss Hilly, elle sent comment ?

— Pipi !"

Je me tais. C'est pas charitable. Et en plus, j'ai peur qu'elle le répète.

A la fin de l'après-midi, Miss Leefolt revient avec les cheveux dressés sur la tête. Elle a fait une permanente et elle sent l'armoniaque.

"Devinez ce que Mae Mobley a fait aujourd'hui ? je dis. Elle est allée aux toilettes toute seule dans la cuvette !

— Oh, c'est formidable !" Elle prend sa fille et la serre dans ses bras, une chose qu'elle oublie trop souvent. Je comprends qu'elle est sincère, vu qu'elle aime pas *du tout* changer les couches, Miss Leefolt.

Je dis : "Il faudra faire bien attention qu'elle aille toujours dans le pot à partir de maintenant. Sinon, ça risque de lui embrouiller les idées."

Miss Leefolt sourit. "Très bien.

— Voyons si elle peut faire encore une fois avant que je parte."

On va dans la salle de bains, je lui enlève sa couche et je la mets sur le siège. Mais Baby Girl arrête pas de secouer la tête.

"Allons, Mae Mobley, tu veux pas faire pipi pour maman ?

— Noooon !"

Finalement, je la remets sur ses pieds. "Ça va. Bravo, tu as déjà bien fait aujourd'hui."

Mais Miss Leefolt la regarde de travers et elle grogne. Avant que je lui aie remis sa couche, Baby Girl part en courant de toutes ses petites jambes. Nous voilà avec un bébé cul nu qui fonce à travers la maison. Elle traverse la cuisine, pousse la porte et file jusqu'au garage vers la porte de *mes* toilettes. On lui court après et Miss Leefolt tend le doigt. Elle peut plus parler, elle crie. "Ce ne sont pas tes toilettes !"

Baby Girl secoue la tête. "Mes toilettes !"

Miss Leefolt l'attrape et lui donne une tape sur la jambe.

"Miss Leefolt, elle sait pas ce qu'elle fait…

— Rentrez dans la maison, Aibileen !"

Je voudrais pas, mais je retourne dans la cuisine. Je reste plantée au milieu, la porte ouverte derrière moi.

"Je ne t'ai pas élevée pour que tu ailles dans les toilettes des Noirs !" Elle chuchote, elle croit que j'entends pas, et moi je pense, *mais madame, vous l'avez pas élevée du tout, votre fille.*

"C'est sale, là-bas, Mae Mobley ! Tu vas attraper des maladies ! Non, non, non !" Et j'entends les claques qui tombent, encore et encore, sur les petites jambes nues.

Au bout d'un moment, Miss Leefolt la ramène dans la maison en la traînant comme un sac de patates. Je peux rien faire, rien que regarder. J'ai le cœur qui me remonte à la gorge. Miss Leefolt jette Mae Mobley devant la télé, elle se précipite dans sa chambre et claque la porte. Je m'approche de Baby Girl et je la prends contre moi. Elle continue à pleurer et elle a l'air complètement perdue.

"Je suis vraiment désolée, Mae Mobley", je lui dis tout doucement à l'oreille. Je m'en veux de l'avoir menée là-bas pour lui apprendre. Mais je sais pas quoi dire, alors je la serre bien fort contre moi.

On reste là à regarder *Li'l Rascals*, le dessin animé, jusqu'à ce que Miss Leefolt ressorte de sa chambre et me demande si c'est pas l'heure de m'en aller. Je fourre la pièce pour le bus dans ma poche, je serre encore un peu Mae Mobley dans mes bras et je lui dis à l'oreille : "T'es une fille *intelligente*. T'es une *gentille* fille."

Une fois en route, je vois pas les grandes maisons des Blancs qui défilent derrière la vitre, je parle pas avec les autres bonnes que je connais. Je revois Baby Girl en train de prendre une fessée à cause de moi. Je la revois en train d'écouter Miss Leefolt lui dire que je suis sale, que j'ai des maladies.

Le bus file dans State Street. On passe le pont Woodrow Wilson et je serre toujours les mâchoires à m'en casser les dents. Je sens cette mauvaise graine qui me pousse à l'intérieur, celle qui s'est plantée après que Treelore est mort. J'ai envie de crier assez fort pour que Baby Girl m'entende, de crier que sale, c'est pas une couleur, que les maladies, c'est pas les Noirs. Je voudrais empêcher que le moment arrive – comme il arrive dans la vie de tout enfant blanc – où elle va se mettre à penser que les Noirs sont moins bien que les Blancs.

Nous voilà dans Farish Street. Je me lève pour descendre au prochain arrêt. Je prie pour que ça soit pas encore le moment pour elle. Qu'il me reste un peu de temps.

Pendant les semaines qui suivent, tout est calme. Mae Mobley met des culottes de grande maintenant. Il y a presque jamais d'accidents. Depuis ce qui s'est passé dans le garage, Miss Leefolt s'intéresse beaucoup à la question. Elle a même laissé Mae Mobley la regarder sur les toilettes, histoire de lui montrer le bon exemple blanc. Mais de temps en temps, quand sa maman est pas là, je surprends Baby Girl qui essaie d'aller dans les miennes. Et des fois, elle y arrive avant que je l'empêche.

"Bonjour, Miss Clark."

Robert Brown, qui fait le jardin de Miss Leefolt, arrive par la cuisine. Il fait beau dehors, et frais. J'ouvre la porte moustiquaire.

"Comment ça va, mon grand ?"

Je lui donne une petite tape sur le bras. "Paraît que tu fais tous les jardins de la rue ?

— Eh oui, ma'am. J'ai deux types qui tondent pour moi." Il sourit. C'est un beau garçon, grand, avec les cheveux courts. Il allait au lycée avec Treelore. Ils étaient copains, ils jouaient au base-ball ensemble. Je lui prends le bras, juste pour le plaisir.

"Et ta grand-maman, comment elle va ?" Je l'adore, Louvenia. Il y a pas plus gentil que cette femme. Ils sont venus à l'enterrement de Treelore, Robert et elle. Ça me rappelle ce qu'il va y avoir cette semaine. Le pire jour de l'année.

"Elle est plus costaud que moi." Il sourit. "Je vais venir chez vous samedi, pour la pelouse."

Treelore passait toujours la tondeuse pour moi. Maintenant c'est Robert qui le fait sans que je le lui demande, et il veut jamais que je le paye. "Merci, Robert. Ça me fait plaisir.

— Si vous avez besoin de quelque chose, vous m'appelez, d'accord, Miss Clark ?

— Merci, mon grand."

J'entends la sonnette et je vois la voiture de Miss Skeeter devant la maison. Ça fait un mois que Miss Skeeter vient toutes les semaines pour me poser les questions de Miss Myrna. Elle me demande pour les traces d'eau dure sur les tissus, et je lui dis crème de tartre. Elle me demande pour dévisser une ampoule cassée dans la douille, et je lui dis une pomme de terre crue. Elle me demande ce qui s'est passé avec son ancienne bonne Constantine, et je dis plus rien. Je croyais que si je lui en disais un peu, comme l'autre fois l'histoire du bébé blanc de Constantine, après elle me laisserait tranquille avec ça. Mais elle continue à me questionner. Je vois bien qu'elle arrive pas à comprendre pourquoi une Noire peut pas élever un enfant blanc de peau dans le Mississippi. Ça doit être une sale vie, et solitaire, quand on est ni d'ici ni de là.

Quand Miss Skeeter arrête de me demander comment on nettoie ceci ou cela ou bien où est passée Constantine, on parle aussi d'autres choses. C'est pas souvent que j'ai fait ça avec mes patronnes ou avec leurs amies. C'est comme ça que je lui ai dit que Treelore avait jamais eu de note en dessous de B +, ou que le nouveau diacre à l'église m'énerve parce qu'il zozote. Des petites choses, mais que d'habitude je dirais pas à un Blanc.

Aujourd'hui j'essaye de lui expliquer la différence entre tremper l'argenterie et l'astiquer au chiffon. Et qu'il y a que chez les gens ordinaires qu'on trempe, vu que tremper ça va plus vite, mais ça marche moins bien.

Miss Skeeter penche la tête de côté et elle fronce les sourcils. "Aibileen, vous vous rappelez cette idée… que Treelore avait ?"

Je fais oui de la tête, je sens un pincement quelque part. J'aurais jamais dû raconter ça à une Blanche.

Miss Skeeter fait les petits yeux comme la fois où elle a sorti cette affaire de toilettes. "J'y ai réfléchi. Je voulais vous en parler…"

Mais avant qu'elle finisse Miss Leefolt entre dans la cuisine et trouve Baby Girl en train de jouer avec le peigne que j'ai dans mon sac, et elle dit qu'il faudrait peut-être que Mae Mobley prenne son bain de bonne heure aujourd'hui. Je dis au revoir à Miss Skeeter et je vais remplir la baignoire.

Ça fait un an que j'y pense et que j'en ai peur et le 8 novembre finit par arriver. J'ai pas dû dormir deux heures. Je me lève au petit jour et je mets une cafetière sur le feu. J'ai mal au dos pour enfiler mes bas. Au moment où je vais sortir le téléphone sonne.

"Juste un bonjour. T'as dormi ?

— Oui, j'ai dormi.

— Ce soir je t'apporterai un gâteau au caramel. Et je veux que tu restes dans ta cuisine et que tu le manges tout entier pour ton dîner." J'essaye de sourire, mais rien. Je remercie Minny.

Il y a trois ans aujourd'hui, Treelore est mort. Mais pour Miss Leefolt, c'est le jour du lessivage des sols. On est à deux semaines de Thanksgiving et j'ai un tas de choses à faire pour être prête. Je passe ma matinée à nettoyer et je rate le journal de midi. Je rate aussi mon feuilleton parce que les dames sont dans le salon pour une réunion en vue de leur vente de charité et j'ai pas le droit d'allumer la télé quand il y a du monde. Et c'est bien comme ça. J'ai tous les muscles qui tremblent de fatigue, mais je veux pas m'arrêter.

Vers quatre heures, Miss Skeeter rentre dans la cuisine. Elle a même pas le temps de dire bonjour que Miss Leefolt rapplique derrière elle. "Aibileen, je viens d'apprendre que Mrs Fredericks arrive demain de Greenwood en voiture et qu'elle va rester ici pour Thanksgiving. Je veux que toute l'argenterie soit bien astiquée et toutes les serviettes de table propres et repassées. Je vous donnerai demain la liste des autres choses à faire."

Miss Leefolt regarde Miss Skeeter en secouant la tête, l'air de dire que personne a une vie de chien comme elle dans cette ville, et elle sort. Je vais chercher l'argenterie dans la salle à manger. Mon *Dieu*, je suis déjà fatiguée et il va falloir être prête pour travailler dimanche soir pendant la vente ! Minny viendra pas. Elle a trop peur de tomber sur Miss Hilly.

Miss Skeeter m'attend toujours dans la cuisine quand je reviens. Elle tient une lettre à Miss Myrna.

Je soupire. "Vous avez une question de nettoyage ? Allez-y.

— Pas vraiment. Je voulais seulement… Je voulais vous demander… l'autre jour…"

Je prends la théière, un peu de crème à récurer Pine Ola sur mon chiffon et je me mets à frotter l'argent autour du motif de rose, sur le bec et sur l'anse. Seigneur, fais qu'on soit vite à demain. J'irai pas au cimetière. Je peux pas, c'est trop dur…

"Aibileen ? Vous ne vous sentez pas bien ?"

J'arrête de frotter, je lève les yeux. Je me rends compte que Miss Skeeter me parle depuis tout à l'heure.

"Excusez-moi, c'est que… je pensais à quelque chose.

— Vous aviez l'air si triste…

— Miss Skeeter…" Je sens les larmes qui me montent aux yeux. Parce que trois ans, c'est pas assez long. Et cent ans ça sera encore trop court. "Ça vous dérangerait pas si on voyait ces questions demain, plutôt ?"

Miss Skeeter va pour dire quelque chose mais elle se retient. "Bien sûr. J'espère que vous irez mieux."

Je finis l'argenterie et les serviettes et je dis à Miss Leefolt que je dois rentrer chez moi bien qu'il reste encore une demi-heure, qu'elle me retiendra sur ma paye. Et comme elle ouvre la bouche pour protester, je lui lâche mon mensonge à voix basse : j'ai vomi. Et elle dit : "Allez-y !" Parce qu'à part sa mère, il y a rien qui fasse plus peur à Miss Leefolt que les maladies des Noirs.

"Bon. Je reviens dans une demi-heure. Je me garerai ici à moins le quart", dit Miss Leefolt par la portière. Elle me dépose au Jitney pour que je prenne tout ce qu'il faut encore pour Thanksgiving, demain.

"Et rapportez-nous le ticket de caisse", dit Miss Fredericks, la vieille et méchante mère de Miss Leefolt. Elles sont assises à l'avant toutes les trois, avec Mae Mobley coincée entre elles, et elle a l'air tellement malheureuse qu'on la dirait en route pour sa piqûre contre le tétanos. Pauvre petite. Miss Fredericks doit rester deux semaines cette fois-ci.

"Et n'oubliez pas la dinde ! dit Miss Leefolt. Et les deux boîtes de sauce aux canneberges !"

Je souris. Ça fait que depuis que Coolidge a été président que je prépare le repas de Thanksgiving chez les Blancs.

"Cesse de gigoter, Mae Mobley, dit Miss Fredericks. Sinon je te pince.

— Miss Leefolt, laissez-moi la prendre avec moi dans le magasin. Elle me donnera un coup de main."

Miss Fredericks veut parler mais Miss Leefolt lui laisse pas le temps. Elle a pas dit : "Prenez-la", que Baby Girl est déjà en train de passer par-dessus les genoux de Miss Fredericks et qu'elle me tend les bras pour que je l'attrape à travers la portière comme si j'étais le Dieu sauveur. Je la cale sur ma hanche et elles repartent vers Fortification Street, et Baby Girl et moi on rigole comme deux gamines.

Je pousse la porte en fer, je prends un chariot et j'assois Mae Mobley devant avec les jambes à travers les trous. Du moment que je porte mon uniforme blanc, on me laisse faire les courses au Jitney. Je regrette le bon vieux temps quand il suffisait d'aller dans Fortification Street pour trouver les paysans avec leurs brouettes qui criaient : "Patates douces, haricots beurre, haricots verts, gombos, crème fraîche, lait, babeurre, fromage, œufs !" Mais au Jitney c'est pas si mal que ça. Ils ont même l'air conditionné depuis quelque temps.

"Allez, Baby Girl. Voyons de quoi on a besoin."

Je prends six patates douces, trois poignées d'haricots verts, et après je vais chercher un jarret fumé chez le boucher. La boutique est illuminée avec la marchandise bien rangée sur les rayons. On est loin de l'ancien Piggly Wiggly avec de la sciure par terre. Il y a surtout des Blanches, elles se sourient, elles sont déjà passées chez le coiffeur, ça se voit à leurs cheveux raides de laque. Et quatre ou cinq bonnes qui font leurs courses, toutes en uniforme blanc.

Mae Mobley dit : "Du violet !" et je la laisse prendre la boîte de sauce. Elle lui sourit comme à une vieille copine. Elle aime tout ce qui est violet. Au rayon sec, je mets un kilo de sel dans le chariot pour faire macérer la dinde. Je compte les heures sur mes doigts, dix, onze, douze. Comme je laisse la volaille quatorze heures dans l'eau salée, je la mettrai dans le seau vers trois heures de l'après-midi. Le lendemain je serai chez Miss Leefolt à cinq heures du matin et je la ferai cuire pendant six heures. J'ai déjà fait deux fournées de galettes de maïs que j'ai mis à rassir sur le comptoir pour qu'elles soient plus croustillantes. J'ai une tarte aux pommes prête à cuire et je ferai mes gâteaux secs dans la matinée.

"Prête pour demain, Aibileen ?" Je me retourne et je vois Fanny Coots. On va à la même église et elle travaille chez Miss Caroline dans Manship Street. Elle dit à Mae Mobley : "Salut mignonne ! Regardez-moi ces petites jambes grassouillettes !" Mae Mobley lèche la boîte de sauce.

Fanny baisse la tête et elle dit : "T'es au courant pour ce qui est arrivé au petit-fils de Louvenia, ce matin ?

— Robert ? Celui qui fait les jardins ?

— Il est allé aux toilettes des Blancs chez Pinchan Lawn and Garden. Paraît qu'il y avait pas d'écriteau. Deux Blancs lui ont couru après et ils l'ont tabassé avec un démonte-pneu."

Oh, non ! Pas Robert. "Il est…"

Fanny secoue la tête. "On sait pas. Il est à l'hôpital. Il paraît qu'il va rester aveugle.

— Mon Dieu, non !" Je ferme les yeux. Louvenia, c'est la plus innocente, la plus gentille personne au monde. Elle a élevé Robert après la mort de sa fille.

"Pauvre Louvenia, dit Fanny. Je me demande pourquoi c'est toujours sur les meilleurs que ça tombe."

Cet après-midi-là, je travaille comme une folle pour hacher les oignons et le céleri, préparer ma farce, ma purée de patates douces, écosser les haricots, astiquer l'argenterie. J'ai appris que les gens iraient chez Louvenia prier pour Robert à cinq heures et demie, mais quand il faut prendre cette dinde de dix kilos pour la mettre dans la saumure c'est tout juste si je peux encore lever les bras.

J'arrête de cuisiner à six heures, deux heures plus tard que d'habitude. Je sens que j'aurai pas la force d'aller frapper à la porte de Louvenia. J'y passerai demain, quand j'aurai fini de préparer la dinde. Je me traîne jusqu'à l'arrêt de bus, j'ai du mal à garder les yeux ouverts. Il y a une grande Cadillac blanche garée devant ma maison. Et Miss Skeeter avec une robe rouge et des souliers rouges assise sur mes marches – un vrai drapeau à elle toute seule.

Je traverse mon jardin tout doucement, en me demandant ce qui se passe maintenant. Miss Skeeter se lève, en serrant son sac contre elle comme si on allait lui prendre. Les Blancs viennent jamais dans mon quartier, sauf pour chercher la bonne et la ramener, et c'est pas moi que ça gêne, au contraire. Je passe mes journées à m'occuper de Blancs. J'ai pas besoin qu'ils viennent regarder comment c'est chez moi.

"J'espère que je ne vous dérange pas en venant ici, elle dit. C'est simplement que… Je ne savais pas où on pourrait discuter sinon ici."

Je m'assois sur la marche, et toutes mes vertèbres me font mal. Et Baby Girl a tellement peur avec sa grand-mère qu'elle m'a fait pipi dessus, et ça sent.

La rue est pleine de gens qui vont chez Louvenia prier pour Robert, et il y a des gamins qui jouent au ballon sur le trottoir. Tout le monde nous regarde en se disant qu'on est sûrement en train de me renvoyer.

"Oui, ma'am, je soupire. Qu'est-ce que je peux faire pour vous ?

— J'ai une idée. Quelque chose que je voudrais écrire. Mais j'aurais besoin de votre aide."

Je reprends ma respiration. Je l'aime bien, Miss Skeeter, mais tout de même ! Un coup de téléphone avant, j'aurais trouvé ça mieux. Elle se permettrait jamais d'arriver sans prévenir chez une Blanche. Mais non, faut qu'elle me tombe dessus comme si elle avait le droit de débouler chez moi bonjour bonsoir comme si de rien était.

"Je voudrais vous interviewer. Sur ce que c'est de travailler comme bonne chez les autres."

Un ballon rouge roule sur quelques mètres dans mon jardin. Le petit Jones, le fils des voisins, traverse la rue en courant pour le rattraper. En voyant Miss Skeeter, il s'arrête net. Après ça il s'approche et il le ramasse. Et puis il repart à toute vitesse comme s'il avait peur qu'elle le mange.

"Comme pour Miss Myrna ? je demande. Des trucs pour le ménage ?

— Non, pas comme Miss Myrna. Je parle d'un livre", dit Miss Skeeter. Elle me regarde avec de grands yeux. Elle est tout excitée. "Avec des témoignages pour montrer ce que c'est de travailler pour une famille blanche. Ce que c'est de travailler, mettons, pour… Elizabeth."

Je me tourne et je la regarde. C'était donc ça qu'elle essayait de me dire depuis deux semaines, dans la cuisine de Miss Leefolt ! "Vous croyez que Miss Leefolt serait d'accord avec ça ? Que je raconte des histoires sur elle ?"

Miss Skeeter baisse les yeux. "Ma foi… non. Je me disais qu'on ne lui en parlerait pas. Il faut aussi que je sois sûre que les autres bonnes acceptent de garder le secret."

Je commence à comprendre ce qu'elle demande. "Les autres bonnes ?

— J'espérais en avoir quatre ou cinq. Pour bien montrer ce qu'être bonne à Jackson veut dire."

Je regarde autour de nous. On est bien en vue là-dehors. Elle se rend pas compte que c'est dangereux, de parler de ça alors que tout le monde nous voit ? "C'est quel genre d'histoires, au juste, que vous voulez ?

— Combien vous gagnez, comment on vous traite, les toilettes, les bébés, tout ce que vous avez vu de bien et de moins bien."

Elle a vraiment l'air excitée, comme si c'était un jeu. Je me demande, une seconde, si c'est elle qui est folle ou moi qui suis trop fatiguée.

"Miss Skeeter, je dis doucement, ça vous paraît pas dangereux ?

— Non, si nous sommes prudentes…

— Chut, s'il vous plaît. Vous savez ce qui se passerait si Miss Leefolt apprenait que j'ai parlé derrière son dos ?

— Nous ne lui dirons rien." Elle baisse la voix elle aussi, mais pas assez. "Ce seront des entretiens privés."

Je la regarde un moment sans rien dire. Elle est malade, ou quoi ? "Vous savez ce qui est arrivé ce matin à ce jeune Noir ? Vous savez qu'ils l'ont frappé à coups de démonte-pneu parce qu'il était allé *par erreur* dans les toilettes des Blancs ?"

Elle continue à me regarder et elle cligne un peu des yeux. "Je sais que les choses ne sont pas faciles, mais…

— Et ma cousine Shinelle dans le comté de Sauter, vous en avez entendu parler ? Ils ont mis le feu à sa voiture parce qu'elle était allée au bureau de vote !"

Elle dit tout bas : "Personne n'a encore écrit un livre comme celui-ci", et je crois qu'elle commence à comprendre, enfin. "Nous pourrions explorer un territoire inconnu. Ouvrir une nouvelle perspective."

Il y a un groupe de bonnes qui vient vers ma maison. Elles ont toutes leur uniforme blanc. Elles me voient assise devant la porte avec une Blanche. Je grince des dents. Je sais déjà que ce soir, mon téléphone va chauffer.

"Miss Skeeter, je dis, lentement, pour lui faire comprendre que c'est sérieux, si je fais ça avec vous, autant mettre tout de suite le feu à ma *propre* maison."

Miss Skeeter commence à se ronger un ongle. "Mais j'ai déjà…" Elle se tait et ferme les yeux. Je vais pour lui demander, vous avez déjà *quoi ?* Mais j'ai peur de ce qu'elle va répondre. Elle fouille dans son sac, sort un bout de papier et écrit son numéro de téléphone dessus.

"Je vous en prie, vous voudrez bien, au moins, y réfléchir ?"

Je soupire, je regarde le jardin, et je dis aussi gentiment que possible : "Non ma'am."

Elle pose le bout de papier entre nous sur la marche, elle se lève et retourne à sa Cadillac. Je suis trop crevée pour me relever. Je reste là sans bouger, à la regarder pendant qu'elle roule doucement jusqu'au bout de la rue. Les gamins qui jouent au foot s'écartent pour la laisser passer, sans rien dire et sans faire un geste, comme si c'était un fourgon mortuaire.

MISS SKEETER

CHAPITRE 8

Je longe Gessum Avenue dans la Cadillac de ma mère. Devant moi, un petit Noir en salopette me regarde avec de grands yeux, un ballon rouge serré contre sa poitrine. Je jette un coup d'œil au rétroviseur. Aibileen est toujours sur les marches de son porche dans son uniforme blanc. Elle ne m'a même pas regardée en disant "Non ma'am" et continue à fixer une plaque d'herbe jaunie dans son jardin.

Je m'étais sans doute imaginé que les choses allaient se passer comme au temps où j'allais chez Constantine, quand les Noirs me saluaient de la main et me souriaient, amicaux et contents de voir la petite Blanche dont le père possédait la grande plantation. Mais ici, des regards silencieux me suivent au passage. En voyant ma voiture approcher, le petit Noir tourne les talons et se sauve derrière une maison voisine de celle d'Aibileen. Cinq ou six personnes de couleur sont rassemblées devant cette maison, avec des sacs et des plateaux. Je me masse les tempes. Je cherche ce que je pourrais dire d'autre pour convaincre Aibileen.

Il y a une semaine, Pascagoula est venue frapper à la porte de ma chambre.

"On vous appelle au téléphone, Miss Skeeter. Ça vient de loin. C'est une certaine Miss… *Stern*, elle dit ?

— Stern ?" ai-je demandé, en réfléchissant à haute voix. Puis j'ai compris. "Ce ne serait pas *Stein,* plutôt ?

— Je… peut-être. Elle est pas facile à comprendre."

J'ai dévalé les marches à la suite de Pascagoula. Je tirais comme une idiote sur mes cheveux trop frisés, comme s'il s'agissait d'une rencontre et non d'un coup de téléphone. En arrivant dans la cuisine, j'ai attrapé au vol l'appareil qui pendait contre le mur.

J'avais tapé la lettre trois semaines plus tôt sur du beau papier blanc filigrané. Trois pages exposant l'idée, les détails, et le mensonge : je disais qu'une bonne noire, respectée et dure à la tâche, avait accepté que je l'interroge afin de montrer dans tous les détails ce qu'était une vie de domestique au service d'une patronne blanche dans notre ville. Il semblait beaucoup plus intéressant de présenter les choses ainsi plutôt que de dire que j'avais *l'intention* de demander son aide à une Noire.

J'ai déroulé le fil jusque dans la réserve et j'ai allumé l'unique ampoule qui y donne de la lumière en tirant sur le cordon de l'interrupteur. Mon vieux truc de lycéenne pour téléphoner en toute tranquillité.

"Allô ? C'est Eugenia à l'appareil.

— Ne raccrochez pas s'il vous plaît, je vous passe la communication." J'ai entendu une série de déclics, puis une voix lointaine, presque masculine, qui disait : "Elaine Stein.

— Allô ? C'est Skeet… Eugenia Phelan, dans le Mississippi.

— Je le sais, Miss Phelan. C'est moi qui vous appelle." J'ai entendu le bruit sec d'une allumette qu'on craque, suivi d'une brève inspiration. "J'ai reçu votre lettre la semaine dernière. Je veux vous en parler.

— Oui, ma'am." Je me suis laissée choir sur un bidon de farine King Biscuit. Le cœur battant, j'ai tendu l'oreille.

150

Les communications avec New York étaient toujours noyées dans un océan de parasites, comme si elles arrivaient de milliers et de milliers de kilomètres.

"Qu'est-ce qui vous a donné cette idée d'interroger des bonnes à tout faire ? Je suis curieuse de le savoir."

Je suis restée une seconde paralysée. Elle ne disait pas bonjour, ne cherchait pas à échanger quelques banalités avant d'entrer dans le vif du sujet. J'ai compris que le mieux était de lui répondre aussi directement qu'elle semblait le souhaiter. "C'est… enfin, j'ai été élevée par une femme de couleur. J'ai vu combien cela pouvait être simple, et combien cela pouvait être compliqué entre les familles et leurs domestiques." Je me suis éclairci la voix. J'étais crispée, comme si j'avais parlé à un professeur.

"Continuez.

— Eh bien…" J'ai pris une seconde pour respirer. "Je voudrais écrire ceci en prenant le point de vue des bonnes. Les Noires d'ici." J'essayais de me représenter les visages de Constantine et d'Aibileen. "Elles élèvent un enfant blanc, et vingt ans après l'enfant devient leur employeur. Le problème, c'est qu'on les aime, et qu'elles nous aiment, et pourtant…" J'avais la gorge sèche et ma voix tremblait. "Nous ne les autorisons même pas à utiliser les toilettes de la maison."

A nouveau le silence.

Je me suis sentie obligée de continuer. "Chacun sait ce que nous, les Blancs, nous en pensons. On a chanté la figure magnifique de la Mammy qui se dévoue toute sa vie pour une famille blanche. Margaret Mitchell a traité de cela. Mais personne n'a jamais demandé à la Mammy ce qu'elle en pensait." La sueur ruisselait sur ma poitrine, tachait mon chemisier en coton.

"Vous voulez donc montrer un aspect des choses dont personne n'a jamais rendu compte, a dit Mrs Stein.

— Oui. Parce que personne n'en parle jamais. Personne ne parle de quoi que ce soit, ici."

Le rire d'Elaine Stein était une sorte de grognement, et elle avait un accent yankee prononcé. "Miss Phelan, j'ai vécu à Atlanta. Pendant six ans, avec mon premier mari."

C'était comme une perche qu'elle me tendait et je l'ai saisie. "Alors… vous savez comment c'est.

— Assez pour en être partie, a-t-elle dit, et je l'ai entendu souffler la fumée de sa cigarette. Ecoutez, j'ai lu votre projet. C'est sans aucun doute… original, mais ça ne marchera pas. Quelle domestique dotée de bon sens acceptera jamais de vous dire la vérité ?"

J'ai vu passer sous la porte les chaussons roses de maman. J'ai tenté de les ignorer. Je ne pouvais pas croire que Mrs Stein ait déjà deviné que j'avais bluffé. "La première que je veux interviewer est… impatiente de tout raconter.

— Miss Phelan, a dit Elaine Stein, et j'ai compris que ce n'était pas une question. Cette Noire a vraiment accepté de vous parler en toute franchise ? Sur ce qu'est sa vie de domestique au service d'une famille blanche ? Parce que ça semble rudement dangereux dans une ville comme Jackson, Mississippi."

Je suis restée un moment interdite, en battant des paupières. Je sentais l'inquiétude me gagner à l'idée qu'Aibileen ne serait peut-être pas aussi facile à convaincre que je l'avais imaginé. Je ne pouvais pas prévoir ce qu'elle me dirait dans une semaine sur les marches de son porche.

"Je les ai vus à la télé quand ils ont tenté d'occuper un arrêt de bus, chez vous, a repris Mrs Stein. On a entassé cinquante-cinq Noirs dans une cellule prévue pour en contenir quatre."

J'ai serré les lèvres. "Elle m'a donné son accord. Oui, elle est d'accord.

152

— Bien. C'est étonnant. Mais vous croyez vraiment qu'après elle d'autres domestiques voudront bien vous parler ? Que se passera-t-il si les patronnes l'apprennent ?

— Les entretiens auront lieu en secret. Etant donné que, comme vous le savez, les choses sont un peu dangereuses ici, en ce moment." A vrai dire, je n'en savais pas grand-chose. Je venais de passer quatre ans enfermée derrière les murs de l'université, à lire Keats et Eudora Welty et à me concentrer sur mes dissertations de fin de trimestre.

"Un peu dangereuses ?" Elle a ri. "Les marches à Bir-mingham, Martin Luther King, les chiens lancés sur des enfants noirs… Ma chère, il n'y a pas de sujet plus brû-lant dans l'actualité. Mais, je suis désolée, ça ne marchera jamais. Pas pour un article, parce qu'aucun journal du Sud ne voudra le publier. Et encore moins pour un livre. Un livre d'*entretiens* ne se vendra pas."

Je me suis entendue faire : "Ah…" et j'ai fermé les yeux. Toute mon excitation retombait d'un coup. J'ai encore fait : "Ah…

— Je vous ai appelée parce que, très franchement, c'est une bonne idée. Mais… je ne vois pas comment on pour-rait en faire un livre.

— Mais… Si…" Mon regard errait à travers la réserve, à la recherche de quelque chose pour susciter à nouveau son intérêt. Peut-être devrais-je en parler dans un article, peut-être pour un magazine…

"Eugenia, à qui parles-tu là-dedans ?" La voix de maman à travers la porte. Elle l'a entrouverte de quelques cen-timètres et je l'ai vivement refermée. J'ai mis ma main sur l'appareil pour dire à voix basse : "Je suis avec Hilly, maman…

— Dans la réserve ? Te voilà à nouveau comme une ado ?

— Enfin, a dit Mrs Stein avec un petit claquement de langue sceptique, voire désapprobateur. Je suppose que je pourrai toujours lire ce que vous obtiendrez. Dieu sait si l'industrie du livre est friande de bavardages.

— Vous feriez cela ? Oh, Mrs Stein…

— Je ne promets rien. Mais… faites vos interviews, et je vous dirai si c'est la peine de continuer."

J'ai émis quelques sons inintelligibles pour finir par : "Merci, Mrs Stein, vous ne pouvez pas savoir à quel point je vous suis reconnaissante.

— Ne me remerciez pas encore. Et appelez Ruth, ma secrétaire, si vous avez besoin de me joindre."

Et elle a raccroché.

Ce mercredi, j'arrive avec une vieille sacoche à la réunion du club de bridge chez Elizabeth. Elle est rouge. Elle est affreuse. Et pour aujourd'hui, elle fera l'affaire.

C'est le seul sac assez grand pour contenir les lettres à Myrna que j'ai pu trouver dans la maison de maman. Le cuir est râpé et craquelé, l'épaisse bandoulière laisse une trace marron sur mon chemisier à l'endroit où elle frotte. C'était le sac de jardinière de grand-mère Claire. Elle y mettait ses outils et il reste encore des graines de tournesol au fond. Il ne va avec rien de ce que je porte, mais je m'en fiche.

"Deux semaines ! dit Hilly, deux doigts levés. Il vient !" Elle sourit, et je souris. "Je serai là", dis-je, et je file à la cuisine avec ma sacoche rouge.

Aibileen est devant l'évier. "'Jour", dit-elle, d'un ton calme. On ne s'est plus vues depuis la semaine dernière, quand je suis allée la trouver chez elle.

Je reste une minute sans rien dire, à la regarder préparer le thé glacé. Je sens à son attitude qu'elle est mal à l'aise, qu'elle redoute peut-être le moment où je vais lui demander une nouvelle fois de m'aider à écrire mon livre. Je sors une liasse de lettres de ménagères et, voyant cela, elle se détend un peu. Tandis que je lui lis une question sur le moyen d'éliminer des taches de moisissure, elle verse un peu de thé dans un verre, le goûte, et ajoute du sucre dans le pichet.

"Ah, avant que j'oublie : j'ai la réponse à la question sur les auréoles." Elle presse un demi citron au-dessus du pichet. "Minny dit qu'il faut les frotter avec un peu de mayonnaise. Et ensuite, mettre ce mari qui vaut rien à la porte." Elle remue encore un peu et goûte. "Minny et les maris, ça fait deux.

— Merci, je note." Je sors, de l'air le plus détaché possible, une enveloppe de mon sac. "Voici. Je voulais vous donner ceci."

Aibileen se crispe à nouveau, comme à mon entrée dans la cuisine. "Qu'est-ce que c'est ?" dit-elle, en regardant l'enveloppe sans y toucher.

"Pour votre aide, dis-je, à mi-voix. J'ai compté cinq dollars par chronique. Ce qui fait trente-cinq dollars en tout."

Son regard retourne aussitôt se fixer sur le pichet de thé. "Non merci, ma'am.

— Prenez-les, je vous en prie, vous les avez gagnés."

J'entends des raclements de chaises dans le living-room, et la voix d'Elizabeth.

"S'il vous plaît, Miss Skeeter. Miss Leefolt va faire une crise si elle apprend que vous me donnez de l'argent, murmure Aibileen.

— Elle n'a pas à le savoir."

Aibileen relève la tête et me regarde. Elle a le blanc des yeux jaune, le regard fatigué. Je sais ce qu'elle pense.

"Je vous l'ai déjà dit, je regrette mais je ne peux pas vous aider pour ce livre, Miss Skeeter."

Je pose l'enveloppe. Je sens que je viens de commettre une terrible erreur.

"S'il vous plaît. Trouvez-vous une autre bonne de couleur. Une jeune. Quelqu'un… d'autre.

— Mais je n'en connais aucune assez bien !" Je suis tentée d'employer le mot *amie*, mais je ne suis pas si naïve. Je sais que nous ne sommes pas des amies.

Hilly passe la tête à la porte. "Viens, Skeeter, je vais distribuer !" Et elle disparaît.

"Je vous en supplie, dit Aibileen. Rangez cet argent, que Miss Leefolt ne le voie pas !"

Je hoche la tête, affreusement gênée, et je remets l'enveloppe dans mon sac. C'est pire que jamais, je le sais. Elle pense qu'il s'agit d'un pourboire pour qu'elle se laisse interviewer. Un pourboire déguisé en geste de bonne volonté et de remerciement. J'ai attendu d'arriver à une certaine somme pour la lui donner, mais c'est vrai, c'est délibérément que j'ai choisi de le faire aujourd'hui. Et maintenant, elle a pris peur pour de bon.

"Chérie, essaie-le un peu sur ta tête. Ça coûte onze dollars. A ce prix-la, ça doit marcher !"

Maman m'a coincée dans la cuisine. Je regarde vers la porte qui donne sur le couloir, puis vers celle qui donne sur la véranda. Maman s'approche, la chose à la main, et je suis frappée par la fragilité de ses poignets, par la minceur de ses bras qui portent le lourd appareil en métal gris. Elle me pousse sur une chaise – elle n'est pas si fragile, finalement – et presse avec un vilain bruit un tube de matière gluante au-dessus de mon crâne. Voilà deux jours qu'elle me poursuit avec son applicateur de gel défrisant.

Elle frotte à deux mains dans mes cheveux. Je sens quasiment l'espoir dans ses doigts. Aucune crème ne pourra redresser mon nez ni me raccourcir de trente centimètres. Aucune ne donnera du caractère à mes sourcils presque transparents, ni des rondeurs à ma charpente trop osseuse. Et mes dents sont déjà parfaitement régulières. C'est donc tout ce qu'il lui reste à rectifier : mes cheveux.

Elle recouvre mon crâne dégoulinant d'un bonnet en plastique, y ajuste un tuyau relié à l'appareil.

"Il y en a pour combien de temps, maman ?"

Elle prend le mode d'emploi entre ses doigts poisseux. "Ils disent : « Recouvrir du Bonnet miraculeux, mettre l'appareil en marche et attendre le miracle. »

— Dix minutes ? Un quart d'heure ?"

J'entends un déclic, l'appareil se met à vrombir de plus en plus fort et une chaleur intense m'enveloppe la tête. Mais il y a soudain un *pop,* le tuyau se détache et se met à sauter en tout sens comme une lance à incendie échappée de sa citerne. Maman pousse un cri, veut l'attraper et le manque. Elle finit tout de même par y arriver et le remet en place.

Elle prend une profonde inspiration, rouvre le mode d'emploi. "Le Bonnet miraculeux doit être maintenu sur la tête pendant deux heures.

— *Deux* heures ?

— Je vais dire à Pascagoula de t'apporter une tasse de thé, ma chérie."

Elle me donne une petite tape sur l'épaule et sort de la cuisine.

Pendant deux heures, je me plonge dans *Life* et fume des cigarettes. J'achève *Ne tirez pas sur l'oiseau moqueur*. Puis je feuillette le *Jackson Journal*. En page quatre, je lis, *Le jeune homme battu pour avoir utilisé des toilettes réservées restera aveugle. Des suspects interrogés.* Cela me dit quelque chose. Puis je me souviens. C'est certainement le voisin d'Aibileen.

Je suis allée deux fois chez Elizabeth cette semaine, avec l'espoir qu'elle n'y serait pas et que je pourrais discuter avec Aibileen, trouver un moyen de la convaincre. Mais Elizabeth était à sa machine à coudre, très affairée, en train de se faire une nouvelle robe pour les fêtes de fin d'année. Une robe verte, légère et bon marché comme les précédentes. Elle a dû tomber sur un coupon de tissu vert en courant les soldes. Je ferais bien une descente à la boutique Kennington pour lui acheter quelque chose d'autre, mais un tel cadeau la mettrait terriblement mal à l'aise.

"Alors, m'a demandé Hilly à ma seconde visite, tu sais ce que tu vas mettre pour ton rendez-vous de samedi ?"

J'ai haussé les épaules. "Il faut que j'aille faire les magasins."

A cet instant, Aibileen est entrée avec du café et a posé le plateau sur la table.

"Merci", a dit Elizabeth, avec un hochement de tête.

"Oui, merci, Aibileen, a dit Hilly, en mettant du sucre dans sa tasse. Permettez-moi de vous dire que vous faites le meilleur café de la ville.

— Merci, ma'am.

— Dites-moi, Aibileen, a continué Hilly, que pensez-vous des nouvelles toilettes qu'on a construites dehors ? C'est tout de même mieux d'avoir un endroit rien que pour soi, n'est-ce pas ?"

Aibileen regardait fixement une fente du bois dans la table de la salle à manger. "Oui, ma'am.

— Vous savez, c'est Mister Holbrook qui a fait faire ces toilettes, Aibileen. Il a envoyé les ouvriers et le matériel."

Hilly souriait. Aibileen restait immobile et silencieuse et j'aurais voulu ne pas être là. *S'il te plaît*, ai-je pensé, *s'il te plaît ne dis pas merci*.

"Oui ma'am." Aibileen a ouvert un tiroir et y a plongé la main, mais Hilly ne la lâchait pas du regard. On voyait bien ce qu'elle attendait.

Quelques secondes sont passées sans que personne ne fasse un geste. Hilly s'est éclairci la gorge et finalement, Aibileen a baissé la tête et a lâché : "Merci, ma'am", d'une voix à peine audible. Puis elle est repartie dans la cuisine. Il ne faut pas s'étonner qu'elle ne veuille plus me parler.

A midi, maman retire le Bonnet miraculeux de ma tête, rince le gel pendant que je me penche sur l'évier de la cuisine. Elle place rapidement une dizaine de rouleaux et m'installe dans sa salle de bains sous le casque sèche-cheveux.

J'émerge une heure plus tard, le visage congestionné, le cuir chevelu douloureux et morte de soif. Maman m'installe face au miroir pour défaire les rouleaux. Puis elle passe la brosse.

Nous regardons, stupéfaites. "Ça alors !" dis-je. Je n'ai qu'une seule pensée : *Le rendez-vous. C'est pour le week-end prochain.*

Maman sourit, choquée. Elle ne me réprimande même pas pour le juron. Mes cheveux sont magnifiques. Le gel défrisant a tenu ses promesses.

CHAPITRE 9

Le samedi, jour de mon rendez-vous avec Stuart Whitworth, je passe encore deux heures sous la machine à défriser (l'effet, apparemment, ne résiste pas au lavage). Une fois mes cheveux séchés, je vais chez Kennington où j'achète les chaussures les plus plates que je peux trouver et une robe moulante en crêpe de Chine. Je déteste faire les magasins, mais c'est une façon d'oublier Mrs Stein et Aibileen pendant un après-midi. Je fais mettre les quatre-vingt cinq dollars sur le compte de maman, qui me supplie toujours d'acheter de quoi m'habiller. ("Quelque chose de flatteur pour ta *taille*.") Je sais qu'elle ne serait absolument pas d'accord avec le décolleté de cette robe. Je n'en ai jamais eu de semblable.

Au moment de quitter le parking de Kennington, une douleur fulgurante à l'estomac m'oblige à m'arrêter. Je m'agrippe au volant gainé de blanc, en me disant pour la énième fois que je suis ridicule de croire à quelque chose qui ne m'arrivera jamais. De m'imaginer qu'il a les yeux bleus alors que je n'ai vu de lui qu'une photo en noir et blanc. Mais la robe, avec ma chevelure transformée, me va vraiment bien. Et je ne peux m'empêcher d'espérer.

Il y a maintenant quatre mois que Hilly m'a montré cette photo, un jour au bord de sa piscine. Hilly se faisait bronzer au soleil et je m'abritais à l'ombre. Mes boutons de chaleur étaient sortis en juillet et n'avaient pas disparu.

"J'ai un tas de choses à faire", ai-je répondu. Hilly était assise sur la margelle avec tous les kilos pris pendant sa grossesse, inexplicablement sûre d'elle dans son maillot de bain noir. Elle avait encore du ventre mais ses jambes restaient fines et jolies.

"Je ne t'ai même pas dit quand il venait, a-t-elle poursuivi. Et il est d'une excellente famille." Elle parlait bien sûr de la sienne, Stuart étant le cousin de William. "Il faut que tu le voies pour te faire une idée."

Je regardai à nouveau la photo. Il avait les yeux clairs, les cheveux châtain et c'était lui le plus grand dans un groupe de garçons photographiés devant un lac. Son corps était à demi caché par les autres. Il devait être handicapé.

"Il n'y a rien qui *cloche* chez lui, a dit Hilly. Demande à Elizabeth, elle l'a rencontré à la vente de l'année dernière, pendant que tu étais à la fac. Sans compter qu'il est sorti très longtemps avec Patricia van Devender.

— Patricia van Devender ? Celle qui a été Miss Ole deux années de suite ?

— Et il a créé sa propre entreprise à Vicksburg. Donc si ça ne marche pas, tu ne le rencontreras pas tous les jours en ville.

— D'accord", ai-je fini par dire, surtout pour me débarrasser d'Hilly.

Il est trois heures passées quand je rentre à la maison avec mes achats. Je dois être chez Hilly à six heures pour y rencontrer Stuart. Je me regarde dans le miroir. Les boucles commencent à se défaire aux extrémités, mais le reste tient. Maman a été enchantée que je lui demande à utiliser de nouveau le défrisant miracle, et ne s'est doutée de rien. Elle ne sait pas que je sors avec un garçon ce soir, et si jamais elle l'apprenait j'en aurais pour trois mois de questions épouvantables du genre : "Il n'a pas appelé ?" et "Qu'as-tu fait de mal ?" au cas où ça n'aurait pas marché.

Maman est en bas dans le petit salon et hurle avec papa devant la télévision qui transmet le match de basket des Rebels. Carlton, mon frère, est sur le canapé avec sa ravissante nouvelle petite amie. Ils sont arrivés de LSU en voiture cet après-midi. Elle est brune, avec une queue de cheval et un chemisier rouge.

Carlton me rejoint dans la cuisine. Il rit et me tire les cheveux comme quand on était gamins. "Alors, sœurette, comment ça va ?" Je lui parle de mon travail au journal, et lui apprends que je suis également rédactrice en chef de la *Lettre* de la Ligue. Je lui dis aussi qu'il devrait revenir à la maison après ses études de droit. "Tu mérites que maman s'occupe aussi de toi. J'en prends plus que ma part ici", dis-je entre mes dents.

Il rit d'un air entendu, mais peut-il réellement comprendre ? Il a trois ans de plus que moi et c'est un grand et beau garçon aux cheveux blonds qui achève sa dernière année à LSU, protégé par trois cents kilomètres de mauvaises routes.

Tandis qu'il rejoint sa petite amie, je cherche les clés de la voiture de maman mais je ne les trouve nulle part. Il est déjà cinq heures moins le quart. Je m'avance sur le seuil de la pièce et m'efforce d'attirer son attention. Je dois attendre qu'elle cesse de bombarder Queue de cheval de questions sur sa famille et l'endroit où elle habite, et elle ne cessera pas tant qu'elle n'aura pas trouvé qu'elles ont au moins une connaissance en commun. Elle veut ensuite savoir à quelle sororité de Vanderbilt la jeune fille appartient, et elle conclut l'interrogatoire en lui demandant ce qu'elle a comme motif d'argenterie. C'est mieux qu'un signe astrologique, dit-elle.

Queue de cheval répond que sa famille a un motif Chantilly, mais qu'elle prendra son propre motif quand elle sera mariée. "Puisque je me considère comme un esprit indépendant et tout." Carlton lui caresse les cheveux et elle se blottit contre lui comme une chatte. Ils me regardent en souriant.

"Quelle chance tu as, Skeeter, me lance Queue de cheval à travers la pièce, de descendre d'une famille qui a un motif François Ier ! Tu le garderas une fois mariée ?

— J'adore le François Ier, dis-je. Je sors tout le temps ces fourchettes, rien que pour les regarder."

Maman me lance un regard dubitatif. Je lui fais signe de me rejoindre dans la cuisine, mais elle met dix minutes à arriver.

"Où sont tes clés, maman, pour l'amour du ciel ? Je suis en retard. Je vais dormir chez Hilly ce soir.

— Quoi ? Mais Carlton est ici ! Que va penser sa nouvelle amie si tu t'en vas parce que tu as mieux à faire ailleurs ?"

Je ne lui ai encore rien dit, sachant que, Carlton ou pas Carlton, on finirait par se disputer.

"Et Pascagoula qui a fait un rôti, et papa qui a préparé du bois pour la cheminée du petit salon !

— Il fait trente degrés dehors, maman.

— Ecoute. Ton frère est ici et j'entends que tu te conduises comme une vraie sœur. Tu ne partiras pas avant d'avoir reçu cette jeune fille longuement et gentiment." Elle regarde sa montre pendant que je me rappelle que j'ai vingt-trois ans. "Je t'en prie, ma chérie", dit-elle. Je soupire et retourne au salon avec un de ses maudits plateaux de mint juleps*.

---

* Long drink bourbon-menthe fraîche, spécialité du Sud.

"Maman, dis-je, en revenant dans la cuisine à cinq heures vingt. Je dois y aller. Où sont tes clés ? Hilly m'attend !

— Mais on n'a même pas eu les saucisses en chemise !

— Hilly a… mal au ventre. Et sa bonne ne vient pas demain. Elle a besoin de moi pour garder les enfants."

Maman pousse un soupir. "Ce qui veut dire, je suppose, que tu iras à l'église avec eux. Moi qui pensais qu'on s'y rendrait en famille. Et qu'on dînerait tous ensemble !

— Maman, s'il te plaît, dis-je, en fouillant dans le panier qui lui sert à ranger ses clés. Je ne *trouve pas* tes clés !

— Tu ne peux pas prendre la Cadillac ce soir. C'est notre voiture du dimanche pour aller à l'église."

Il sera chez Hilly dans dix minutes. J'ai prévu de m'habiller et de me maquiller là-bas pour que maman ne se doute de rien. Je ne peux pas prendre la nouvelle camionnette de papa. Elle est pleine d'engrais et je sais qu'il en aura besoin demain de bonne heure.

"Très bien. Je prendrai donc la vieille camionnette.

— Je crois qu'elle a une remorque. Demande à ton père."

Mais je ne peux pas le demander à papa parce que je ne peux pas lui en parler devant trois personnes qui vont faire des mines désolées parce que je m'en vais. Je prends donc les clés de la vieille camionnette en disant : "Ça ne fait rien. C'est simplement pour aller chez Hilly", et je me précipite dehors pour m'apercevoir que ladite camionnette a non seulement une remorque, mais qu'on a chargé sur cette remorque un tracteur d'une demi-tonne.

Je me rends donc en ville pour ma première sortie avec un garçon depuis deux ans au volant d'une Chevrolet rouge 1941 à quatre vitesses au plancher, flanquée d'une niveleuse John Deere. Le moteur pétarade et donne des à-coups et je me demande s'il ne va pas me lâcher. Des mottes de terre volent derrière moi. Puis le moteur cale, projetant ma robe et mon sac sur le plancher malpropre, et je dois redémarrer à deux reprises.

A cinq heures quarante-cinq, une forme sombre surgit devant moi et je perçois un choc sourd. Je veux m'arrêter, mais on ne freine pas si facilement avec cinq tonnes de machinerie à l'arrière. Je pousse un gémissement et descends de l'engin. A mon grand étonnement, le chat se relève, regarde autour de lui, sonné, et disparaît dans le sous-bois aussi vite qu'il en était sorti.

A six heures moins trois, après une course folle à grands coups de klaxon saluée par les cris des gamins, je m'arrête dans une rue proche de celle de Hilly, étant donné que l'impasse dans laquelle elle habite ne permet pas de garer des machines agricoles. J'attrape mon sac et me rue à l'intérieur sans prendre le temps de frapper, transpirante et hors d'haleine, et ils sont là tous les trois, y compris mon chevalier servant, en train de siroter leur whisky dans le salon.

Je me fige sous leurs regards. William et Stuart se lèvent. Mon Dieu, il est grand, il me dépasse d'au moins dix centimètres ! Hilly ouvre de grands yeux et me prend par le bras. "Les garçons, on revient tout de suite. Profitez-en pour parler de base-ball en nous attendant !"

Elle m'entraîne dans son dressing et on gémit de concert. C'est vraiment trop affreux.

"Skeeter, tu n'as même pas de rouge à lèvres ! Et tu es coiffée comme un épouvantail !

— Je le sais, regarde-moi !" Les effets du défrisant miracle ne sont plus qu'un souvenir. "Il n'y a pas de climatisation dans le camion. J'ai été obligée de rouler avec les vitres baissées."

Je me lave le visage et Hilly me fait asseoir. Elle se met à me peigner comme ma mère, en tordant les mèches sur des rouleaux géants avant de les fixer à la laque.

"Alors ? Que penses-tu de Stuart ?" demande-t-elle.

Je soupire et ferme mes yeux. "Il a l'air beau."

Je commence à me maquiller, ce que je sais à peine faire. Hilly me regarde, essuie tout avec un mouchoir et refait tout. J'enfile la robe noire au grand décolleté, glisse mes pieds dans les Delman noires ultraplates. Hilly me brosse les cheveux sans rien dire. Je me rince les aisselles avec une serviette humide et elle lève les yeux au ciel.

"J'ai failli écraser un chat, dis-je.

— Il a déjà bu deux verres en t'attendant."

Je me lève, lisse les plis de ma robe. "Bon, dis-je. Combien tu me donnes ? Sur dix ?"

Hilly m'examine rapidement des pieds à la tête, s'arrête au décolleté. Elle hausse les sourcils. Je n'ai jamais, de toute ma vie, montré mon décolleté. J'avais plus ou moins oublié que j'en possédais un.

"Six", dit-elle, comme si elle n'en revenait pas elle-même.

On se regarde une seconde sans rien dire. Hilly pousse un petit cri d'étonnement et me sourit. Elle ne m'avait jamais donné une meilleure note que quatre.

Au moment où on entre dans le salon, William pointe son doigt sur Stuart. "Je vais me présenter à cette élection, et avec l'aide de ton père…

— Stuart Whitworth, dit Hilly, je te présente Skeeter Phelan."

Il se lève, et un parfait silence se fait dans ma tête pendant une minute. Je m'offre à son regard, comme on s'inflige une torture à soi-même, tandis qu'il m'examine.

"Stuart a fait ses études à l'université d'Alabama, dit Williams, et il ajoute : fraternité Roll Tide.

— Enchanté." Stuart m'adresse un bref sourire. Puis il boit longuement, jusqu'à ce que j'entende le choc des glaçons contre ses dents. "Alors, on va où ?" demande-t-il en se tournant vers William.

Nous prenons l'Oldsmobile des Holbrook jusqu'à l'hôtel Robert E. Lee. Stuart m'ouvre la portière et s'assoit avec moi à l'arrière, mais se penche aussitôt vers l'avant pour parler de la saison de la chasse au daim avec William pendant toute la durée du trajet.

On se met à table. Il me présente ma chaise et je m'assois, souris, dis merci.

"Vous voulez boire quelque chose ? demande-t-il, sans me regarder.

— Non merci. De l'eau, seulement."

Il se tourne vers la serveuse et dit : "Un double Old Kentucky et une carafe d'eau."

Je pense qu'il en est à son cinquième bourbon, au moins, et je me lance. "Hilly m'a dit que vous étiez dans le pétrole ? Ça doit être intéressant.

— Ça gagne bien. Si c'est ce que vous voulez savoir.

— Oh, je ne…" Mais je me tais, car il tend le cou pour regarder quelque chose. Une femme qui vient d'arriver, une blonde platine au rouge à lèvres écarlate, moulée dans une robe verte.

William pivote sur son siège pour suivre le regard de Stuart, mais se retourne très vite. Il secoue imperceptiblement la tête à l'intention de Stuart et je vois qu'il s'agit de Johnny Foote, l'ancien petit ami de Hilly, accompagné de Celia, sa nouvelle femme. Ils ressortent et William et moi échangeons un regard de connivence, soulagés que Hilly ne les ait pas vus.

"Eh bien, en voilà une qui a chaud aux fesses", dit Stuart entre ses dents, et c'est à partir de là, je crois, que je commence à me moquer éperdument de ce qui peut arriver.

À un moment, Hilly me regarde pour savoir si tout va bien. Je souris comme si tout allait pour le mieux et elle sourit à son tour, rassurée.

"William ! dit Stuart. Le lieutenant-gouverneur vient d'arriver. Allons lui dire un mot avant qu'il ne s'assoie."

Ils se lèvent d'un même mouvement, nous laissant attablées côte à côte comme deux potiches, et nous regardons les couples qui festoient dans la salle de restaurant.

"Alors, dit Stuart en se rasseyant, vous avez déjà vu jouer l'équipe de foot d'Alabama ?" C'est à peine s'il a tourné la tête vers moi pour me parler.

Je n'ai jamais mis les pieds au stade qui se trouve à moins de cinq cents mètres de la maison. "Non, je ne suis pas une fanatique de football." Je jette un coup d'œil à ma montre. Il est à peine sept heures et quart.

"Ah." Il pose un regard concupiscent sur le verre que le serveur vient de lui apporter. On le sent prêt à le vider d'un trait. "Donc, vous faites quoi de vos journées ?

— J'écris… une chronique de conseils ménagers pour le *Jackson Journal*."

Il fronce les sourcils, puis se met à rire. "Des conseils ménagers ! Vous voulez dire… pour faire le ménage ?"

Je réponds d'un hochement de tête.

"Seigneur !" Il secoue son verre. "Je ne vois pas de pire occupation que de lire une chronique sur la façon de récurer sa maison !" Je note qu'il a une dent de devant légèrement de travers. J'ai très envie de le lui faire remarquer, mais il ajoute : "Sauf peut-être de l'écrire !"

Je me contente de le regarder.

"C'est un truc pour trouver un mari, non ? Devenir spécialiste en art ménager ?

— Eh bien, vous êtes un génie. Vous m'avez percée à jour.

— C'est le genre de diplôme qu'on fait passer aux filles à Ole Major ? Doctorat de chasse aux maris ?"

Je le regarde, stupéfaite. Il se prend pour qui ?

"Excusez-moi, mais vous n'êtes pas tombé sur la tête quand vous étiez bébé ?"

Il me fixe en clignant des yeux, puis se met à rire franchement pour la première fois de la soirée.

"Je suppose que vous vous en fichez, dis-je. Mais il fallait bien que je commence par quelque chose si je veux être journaliste." Je crois que je l'ai impressionné, mais il siffle son bourbon et son regard se brouille.

Nous mangeons, et comme je le vois de profil je remarque qu'il a le nez un peu pointu, que ses sourcils sont trop épais et que ses cheveux châtains semblent très rêches. On ne se dit plus grand-chose, en tout cas. Hilly bavarde, fait des tentatives dans notre direction du genre : "Stuart, Skeeter habite sur une plantation tout près de la ville. Je crois que le sénateur est né dans une plantation d'arachide, lui-même ?"

Stuart commande un autre verre.

Je me retrouve aux toilettes avec Hilly, et elle m'adresse un sourire plein d'espoir. "Alors, qu'en penses-tu ?

— Il est… grand", dis-je, étonnée qu'elle n'ait pas vu que mon chevalier servant n'est pas seulement d'une grossièreté inexplicable, mais fin saoul par-dessus le marché.

Le repas s'achève enfin et les deux garçons partagent l'addition. Stuart se lève, m'aide à enfiler ma veste. Il a des manières, au moins.

"Seigneur, je n'ai jamais vu une fille avec des bras aussi longs, dit-il.

— Et moi, je n'ai jamais vu personne qui tenait aussi mal l'alcool.

— Votre veste sent…" Il se penche, renifle, fait une grimace. *"L'engrais."*

Il se dirige d'un pas raide vers les toilettes. Je voudrais qu'il se volatilise.

Le retour en voiture ne prend que trois minutes, mais dans un silence insupportable, et dure une éternité.

On entre chez Hilly. Yule May surgit dans son uniforme blanc et dit : "Tout va bien, ils sont couchés", avant de repartir dans la cuisine. Je m'excuse et file aux toilettes.

"Skeeter, tu ne veux pas raccompagner Stuart chez lui ? me demande William quand je réapparais. Je suis claqué. Pas toi, Hilly ?"

Hilly se tourne vers moi avec l'air de se demander ce que je veux faire. Je croyais avoir répondu d'avance à cette question en restant dix minutes dans les toilettes.

Je me tourne vers Stuart sans le regarder. "Votre… Vous n'avez pas votre voiture ?

— Mon cousin ne me paraît pas en état de conduire", dit William en riant. Tout le monde se tait à nouveau.

"Je suis venue en camionnette, dis-je. Je crains que vous…

— Allons donc ! rétorque William, en donnant une claque dans le dos de Stuart. Il n'a rien contre les camionnettes ! N'est-ce pas, mon vieux ?

— William, intervient Hilly, tu pourrais conduire, toi, et Skeeter rentrerait seule.

— Pas moi, j'ai trop picolé aussi", dit William, alors qu'il vient de nous ramener du restaurant.

Finalement, je me dirige vers la porte. Stuart me suit sans rien dire et ne semble pas s'étonner que je ne me sois pas garée devant la maison de Hilly ou dans sa rue. En arrivant devant la camionnette, on s'arrête tous les deux et on contemple la remorque accrochée à mon véhicule et le tracteur de cinq mètres qui se trouve dessus.

"Vous êtes venue toute seule avec *ça* ?"

Je soupire. D'accord, je suis une grande personne et je ne me suis jamais sentie petite, ni particulièrement féminine, mais ce tracteur… c'est trop.

"Jamais rien vu d'aussi rigolo !" dit-il encore.

Je m'écarte de lui. "Hilly peut vous raccompagner", dis-je.

Il se tourne vers moi et me regarde attentivement pour, je pense, la première fois de la soirée. Je reste là à subir cet examen, et mes yeux s'emplissent de larmes. Je suis trop fatiguée, c'est tout.

Il dit : "Et merde !" et quelque chose dans ses traits, dans tout son corps, semble s'affaisser. "Ecoutez, j'ai dit à Hillary que je n'étais pas prêt pour sortir avec une fille, quelle qu'elle soit.

— Ne vous excusez pas", dis-je, en tournant les talons pour repartir vers la maison.

Dimanche matin je me lève de bonne heure, avant Hilly et William, avant les enfants et avant le départ pour l'église. Je rentre à Longleaf avec le tracteur qui brinquebale derrière moi. L'odeur d'engrais me donne la gueule de bois alors que je n'ai bu que de l'eau pendant la soirée.

La veille, je suis revenue chez Hilly, Stuart toujours sur mes talons. J'ai frappé à la porte de la chambre et j'ai demandé à William, qui avait déjà la bouche pleine de dentifrice, de bien vouloir raccompagner son cousin chez lui. Puis j'ai pris l'escalier pour monter à la chambre d'amis sans lui laisser le temps de répondre.

J'enjambe les chiens de papa affalés sur le porche et entre dans la maison de mes parents. Dès que je vois maman, je me précipite pour la serrer contre moi. Elle tente de se dégager, mais je ne peux plus la lâcher.

"Qu'y a-t-il, Skeeter ? Tu n'as pas attrapé le mal au ventre de Hilly, au moins ?

— Non, je vais très bien." J'aimerais lui raconter ma soirée. Je m'en veux de ne pas avoir été gentille avec elle, de n'avoir besoin d'elle qu'aux moments où tout va mal dans ma vie. Je me sens coupable parce que je voudrais tant que Constantine soit ici, plutôt qu'elle.

Maman tapote mes cheveux ébouriffés par le vent et qui doivent me grandir de cinq ou six centimètres. "Tu es sûre que tu n'as rien ?

— Ça va, maman." Je suis trop épuisée pour résister. J'ai mal partout, comme si quelqu'un m'avait donné des coups de pied dans le ventre. Avec des bottes. Cela ne passera pas facilement.

"Tu sais, dit-elle, en souriant. Je crois que pour Carlton, cette fois, c'est la bonne.

— Tant mieux, maman. Je suis contente pour lui."

Le lendemain matin à onze heures, le téléphone sonne. Par chance, je suis dans la cuisine et je décroche.

"Miss Skeeter ?"

Je me fige, puis je regarde maman qui examine son chéquier sur la table de la salle à manger. Pascagoula est en train de sortir un rôti du four. Je file dans la réserve et referme la porte sur moi.

Je dis à voix basse : "Aibileen ?"

Elle reste silencieuse quelques secondes, puis lâche d'un trait : "Et si… si ce que je vais vous raconter vous plaît pas ? Au sujet des Blancs, je veux dire ?

— Je… Je… Il ne s'agit pas de mon opinion. Ce que je pense n'a pas d'importance.

— Mais comment je peux savoir que vous allez pas vous mettre en colère et vous retourner contre moi ?

— Je ne… Je crois qu'il va falloir… me faire confiance, c'est tout." Je retiens ma respiration. J'espère, j'attends. Il y a un long silence.

"Dieu me pardonne, je crois que je vais le faire.

— Aibileen…" Mon cœur bat follement dans ma poitrine. "Vous ne pouvez pas savoir à quel point je vous suis reconnaissante…

— Miss Skeeter, il faudra qu'on soit très prudentes.

— Nous le serons. Je vous le *promets*.

— Et il faudra changer mon nom. Le mien, celui de Miss Leefolt, et tous les autres.

— Bien sûr !" J'aurais dû le lui dire. "Quand peut-on se voir ? Et *où* ?

— On peut pas faire ça dans le quartier blanc, c'est sûr. Je pense que… Il va falloir venir chez moi.

— Connaissez-vous d'autres bonnes qui pourraient être intéressées ?"

Mrs Stein n'a donné son accord que pour lire un témoignage. Mais je dois être prête, s'il y a la moindre chance que cela lui plaise.

Aibileen reste silencieuse un instant. "Je crois que je pourrais proposer à Minny. Mais elle tient pas tellement à parler des Blancs.

— Minny ? Vous voulez dire… l'ancienne bonne de Mrs Walters", dis-je, soudain consciente de la tournure dangereuse que prennent les choses. Je ne voudrais pas mettre mon nez dans la vie privée d'Elizabeth, mais pas non plus dans celle de Hilly.

"Elle a des histoires à raconter, Minny. Alors, allons-y.

— Aibileen, merci. Oh, merci !

— Oui, ma'am.

— Je… Qu'est-ce qui vous a fait changer d'avis ?"

La réponse fuse, sans une hésitation. "Miss Hilly."

Je n'insiste pas. Je pense au projet de loi de Hilly pour les toilettes des domestiques, à ses accusations de vol à l'encontre de sa bonne, à ses discours sur les maladies des Noirs. Aibileen a lâché son nom comme on crache une noix de pécan véreuse.

MINNY

CHAPITRE 10

Je vais au travail avec une seule idée en tête. C'est le 1er décembre aujourd'hui, et pendant que le reste des Etats-Unis nettoie ses crèches et sort les vieilles chaussettes puantes des Noëls d'avant, j'ai un nouvel homme à m'occuper. Et c'est pas ce vieux Santa Claus et c'est pas le Petit Jésus. C'est Mister Johnny Foote Jr, qui va apprendre le soir de Noël qu'il a Minny Jackson comme bonne.

J'attends le 24 comme un rendez-vous d'amoureux. Je sais pas ce que Mister Johnny va faire quand il découvrira que je travaille ici. Peut-être qu'il dira, très bien, viens quand tu voudras nettoyer ma cuisine, voilà un peu d'argent ! Mais je suis pas si bête. Cette histoire de secret, si on se met à sa place, c'est bien trop louche pour qu'il me la joue comme un gentil Blanc qui demande qu'à me donner une augmentation. Pour Noël, j'ai une bonne chance de me retrouver sans boulot.

Ça me mine, de pas savoir, mais je suis sûre d'une chose, c'est que depuis un mois j'ai décidé qu'il y avait une meilleure façon de mourir que d'avoir une attaque cardiaque à se percher sur la cuvette dans les toilettes d'une Blanche. Surtout que finalement c'était même pas Mister Johnny qui arrivait chez lui ce jour-là, mais le bonhomme qui venait relever le compteur d'électricité.

Mais j'ai pas été vraiment soulagée quand il est reparti. C'est Miss Celia qui m'a fait peur, après, pendant la leçon de cuisine. Elle avait tellement la tremblote qu'elle arrivait même pas à mesurer une cuillerée de sel sans en renverser tout autour.

*

C'est lundi et j'arrête pas de penser au petit-fils de Louvenia Brown. Il est sorti de l'hôpital ce week-end et il est allé habiter chez Louvenia, vu qu'il a plus ses parents et tout. Hier soir, quand je leur ai apporté un gâteau au caramel, Robert avait le bras dans le plâtre et un pansement sur les yeux. J'ai rien pu dire que "Oh, Louvenia !" quand je l'ai vu. Il dormait sur le canapé. Ils lui avaient rasé la moitié du crâne pour l'opération. Et Louvenia, avec tous ses malheurs, elle voulait encore savoir si tout le monde allait bien chez moi. Et quand Robert a commencé à remuer elle m'a demandé si ça me ferait rien de repartir parce que chaque fois qu'il se réveille il se met à crier. Il a peur et tout d'un coup il se rappelle qu'il est aveugle. Elle voulait pas que ça m'impressionne. Résultat, j'arrête pas d'y penser.

"Je vais aller aux commissions", je dis à Miss Celia. Je lui montre la liste. On fait ça tous les lundis. Elle me donne l'argent pour les courses et quand je rentre je lui montre le ticket de caisse. Je veux qu'elle voie qu'il manque pas un penny. Miss Celia hausse juste les épaules mais je garde tous ces tickets dans un tiroir au cas où il y aurait des questions.

Minny :
1. Jambon à l'ananas
2. Pois yeux noirs
3. Patates douces

176

4. Tarte aux pommes
5. Biscuits

Miss Celia :
1. Haricots beurre

"Mais j'ai déjà fait des haricots beurre la semaine dernière !

— Une fois qu'on sait bien cuisiner ça, le reste vient tout seul.

— Ça m'arrange, de toute façon. Je peux m'asseoir et rester tranquille pendant que je les écosse."

Ça fait bientôt trois mois et cette empotée est toujours pas fichue de faire un café. Je sors ma pâte pour préparer la tarte avant d'aller faire les courses.

"Si on faisait une tarte au chocolat, cette fois ? J'adore la tarte au chocolat."

Je serre les dents. "Je sais pas faire la tarte au chocolat." C'est un mensonge. *Jamais. Jamais plus après Miss Hilly.*

"Vous ne savez pas ? Zut alors, moi qui croyais que vous saviez tout faire ! On devrait peut-être chercher une recette.

— Vous avez une autre idée ?

— Eh bien, pourquoi pas cette tarte aux pêches que vous nous avez faite une fois ? elle dit, en se versant un verre de lait. C'était rudement bon, ça !

— J'avais des pêches du Mexique. Chez nous en ce moment, c'est pas la saison.

— Mais j'ai vu une publicité dans le journal !"

Je soupire. C'est jamais facile avec elle, mais au moins elle a laissé tomber le chocolat. "Il y a une chose que vous devez savoir, Miss Celia. Les fruits et les légumes, c'est meilleur quand c'est de saison. On cuisine pas des courges en été, ni des pêches à l'automne, quand on peut pas en acheter au bord de la route. Faisons plutôt une bonne tarte aux noix de pécan.

— Et Johnny s'est régalé avec les pralines que vous aviez faites. Ce jour-là, il a pensé que j'étais la fille la plus intelligente qu'il ait jamais rencontrée !"

Je me penche sur ma pâte pour qu'elle voie pas ma tête. Ça fait deux fois en une minute qu'elle arrive à m'énerver. "Vous voyez pas autre chose qu'on pourrait faire à Mister Johnny comme si c'était vous ?" J'ai peur de mal lui parler, et j'en ai marre de cuisiner et de faire croire que c'est quelqu'un d'autre. Ma cuisine, à part mes gosses, c'est la seule chose dont je suis fière.

"Non, c'est tout." Miss Celia sourit, elle voit même pas que j'ai tellement tiré sur la pâte à tarte qu'il y a cinq grands trous dedans. Encore vingt-quatre jours de cette comédie… Je prie le Seigneur et le diable pour que Mister Johnny s'amène pas avant.

Tous les deux jours, j'entends Miss Celia qui téléphone dans sa chambre aux dames de la société. Ça fait à peine trois semaines qu'elles ont fait leur vente de charité et elle vise déjà celle de l'année prochaine. Ils y sont pas allés, Mister Johnny et elle, j'en aurais entendu parler.

J'ai pas travaillé à la vente cette année, pour la première fois depuis dix ans. C'est pas que j'avais pas besoin d'argent, mais je voulais surtout pas tomber sur Miss Hilly.

"Vous voudrez bien lui dire que Celia Foote a encore appelé ? Je lui ai laissé un message il y a quelques jours…"

Miss Celia prend une petite voix pointue, comme si elle était dans un jeu à la télé. Ça me donne envie de lui arracher le téléphone des mains et de lui dire qu'elle arrête de perdre son temps. D'accord, elle a l'air d'une dévergondée, mais c'est pas la question. A la seconde où j'ai vu cette photo de Mister

Johnny j'ai compris pourquoi elle avait pas de copines. J'ai servi assez de déjeuners du club de bridge pour tout savoir ou presque sur les Blanches de cette ville. Par exemple, que Mister Johnny a laissé tomber Miss Hilly pour Miss Celia quand ils étaient à la fac, et que Miss Hilly a jamais pardonné.

Mercredi soir, j'entre dans l'église. C'est à moitié plein parce qu'il est que sept heures moins le quart et que le chœur commence pas à chanter avant la demie. Mais Aibileen m'a dit de venir de bonne heure. Je me demande de quoi elle veut parler. En tout cas Leroy était de bonne humeur et il s'amusait avec les gosses, alors j'ai pensé si il les veut, qu'il en profite.

J'aperçois Aibileen sur notre banc habituel au quatrième rang côté gauche, juste sous le ventilateur. Comme on est des bonnes paroissiennes on a droit aux bonnes places. Elle a coiffé ses cheveux en arrière avec un petit rouleau sur la nuque. Elle porte une robe bleue à gros boutons que je lui avais encore jamais vue. Aibileen met des choses que les Blanches veulent plus. Ces dames adorent donner leurs vieilleries. Comme d'habitude, elle a l'air grassouillette et comme il faut, mais avec son allure proprette et respectable elle peut toujours vous sortir une grosse blague bien dégueulasse à se pisser dessus.

En remontant l'allée entre les bancs je la vois qui regarde quelque chose et fronce les sourcils. Pendant une seconde je vois la quinzaine d'années qui nous séparent. Après ça elle sourit et sa figure redevient toute lisse et jeune.

"Seigneur, je dis, dès que je suis assise.

— Je sais. Faudrait que quelqu'un lui dise."

Aibileen s'évente la figure avec son mouchoir. C'était au tour de Kiki Brown de faire le ménage ce matin et toute l'église empeste le désodorisant au citron qu'elle fabrique et qu'elle essaye de vendre à vingt-cinq cents le flacon. On tient une feuille de service pour le nettoyage de l'église. Moi, je trouve que Kiki devrait la signer moins souvent et les hommes un peu plus souvent. C'est simple, on a encore jamais vu un homme mettre son nom.

A part l'odeur, l'église a l'air pimpante. Kiki a tellement astiqué les bancs qu'on a mal aux yeux rien qu'à les regarder. L'arbre de Noël est déjà là, à côté de l'autel, avec un tas de guirlandes et une étoile dorée à la pointe. Il y a des vitraux aux fenêtres – la naissance du Christ, Lazare ressuscité d'entre les morts et le sermon à ces crétins de Pharisiens –, mais il en reste sept avec des vitres ordinaires. On continue à ramasser de l'argent pour ceux-là.

"Comment va Benny, avec son asthme ? demande Aibileen.

— Il m'a fait une petite crise hier. Leroy va me l'amener avec les autres dans un moment. Pourvu que le citron les tue pas !

— Leroy !" Aibileen secoue la tête et elle se met à rire. "Dis-lui qu'il a intérêt à bien se tenir. Sinon, je le mettrai sur ma liste de prières.

— Tu devrais. Malheur, planquez tout ce qui se mange !"

C'est cette bêcheuse de Bertrina Bessemer qui s'amène. Elle se penche et elle sourit par-dessus le banc devant nous, et elle a un grand chapeau ridicule avec un oiseau bleu sur la tête. Bertrina, c'est celle qui traite Aibileen d'idiote depuis des années.

"Minny, elle dit, ça m'a fait plaisir de savoir que tu avais trouvé une place.

— Merci, Bertrina.

— Et Aibileen, merci de m'avoir mis sur ta liste de prières. Mon angine va bien mieux. Je t'appellerai ce week-end pour qu'on se voie."

Aibileen sourit, hoche la tête. Bertrina repart.

"Tu devrais mieux choisir les gens pour qui tu pries, je dis.

— Bof, je lui en veux plus, dit Aibileen. Et regarde, elle a un peu maigri.

— Elle dit à tout le monde qu'elle a perdu vingt kilos.

— Grâces à Dieu !

— Sauf qu'il lui en reste encore une centaine à perdre."

Aibileen essaie de garder son sérieux en s'éventant encore plus fort comme pour chasser l'odeur de citron.

"Alors, pourquoi tu m'as fait venir si tôt ? je demande. Je te manquais, ou quoi ?

— Non, c'est rien de grave. C'est juste pour quelque chose qu'on m'a dit.

— Quoi ?"

Aibileen respire un grand coup, regarde autour de nous si on nous écoute pas. On est comme des reines, ici. Il y a toujours des gens pour nous coller.

"Tu la connais, Miss Skeeter ? elle demande.

— Je t'ai dit que je la connaissais, l'autre jour."

Elle baisse encore la voix. "Tu te rappelles, la fois où j'ai trop parlé et où je lui ai dit que Treelore écrivait des histoires sur les Noirs et les Blancs ?

— Oui, je me rappelle. Elle veut te faire un procès pour ça ?

— Non, non. Elle est gentille. Mais elle a eu le culot de me demander si j'avais pas des copines chez les autres bonnes qui voudraient raconter comment ça se passe quand on travaille chez les Blancs. C'est pour mettre dans un livre.

— Et alors, qu'est-ce que t'en dis ?"

Aibileen hoche la tête et elle hausse les sourcils. "Hum.

— Tsss ! Eh bien, réponds-lui que c'est tous les jours fête. Qu'on rêve de passer le week-end chez elles à astiquer l'argenterie.

— Je lui ai répondu qu'il fallait laisser les gens qui écrivent des livres d'histoires raconter ces trucs-là. C'est depuis la nuit des temps que les Blancs empêchent les Noirs de dire ce qu'ils pensent !

— C'est vrai. Dis-lui ça.

— Je lui ai dit. Et qu'elle était cinglée. Je lui ai demandé, et si on disait la vérité ? Si on disait qu'on a trop peur pour demander le salaire minimum ? Que personne paye la Sécurité sociale pour nous ? Et ce que ça nous fait quand la patronne nous traite partout de…"

Aibileen secoue la tête. Je suis contente qu'elle ait pas prononcé le mot.

Elle continue : "Et qu'on adore leurs gamins quand ils sont petits… puis qu'ils deviennent tout comme leur mère !"

Je baisse les yeux et je la vois qui se cramponne à son sac comme si c'était la dernière chose au monde qui lui restait. Aibileen, elle change de place quand les bébés deviennent trop grands et commencent à voir qu'il y a des Blancs et des Noirs. On en parle jamais entre nous.

Elle fait une grimace. "Même si elle change les noms des bonnes et des patronnes…

— Elle est folle si elle s'imagine qu'on va faire quelque chose d'aussi dangereux. Pour *elle* !

— On va pas déballer tout ça !"

Aibileen s'essuie le nez avec son mouchoir. "On va pas dire la vérité à tout le monde !

— Non, sûrement pas", je dis. Mais je m'arrête. Ce mot de *vérité*… Depuis l'âge de quatorze ans j'essaye de dire la vérité aux Blanches sur mon travail chez elles.

"On veut rien changer ici", dit Aibileen, puis on se tait toutes les deux, en pensant à toutes ces choses qu'on veut pas changer. Puis Aibileen me regarde bien en face et elle dit : "Alors. Ça te paraît complètement fou comme idée ?

— Je… c'est juste que…" Et alors, je comprends ce qui se passe. Ça fait seize ans qu'on est amies, depuis le jour où j'ai déménagé de Greenwood pour m'installer à Jackson et où on s'est rencontrées à l'arrêt du bus. Aibileen, je vois au travers. Je la connais comme si je l'avais faite. "T'es en train d'y réfléchir, pas vrai ? T'as *envie* de parler à Miss Skeeter."

Elle hausse les épaules et je comprends que j'ai raison. Mais avant qu'elle avoue, le révérend Johnson s'approche, s'assoit derrière nous et se penche entre nos épaules. "Minny, excuse-moi, je n'ai pas eu l'occasion de te féliciter pour ta nouvelle place."

J'arrange ma robe. "Ma foi, merci, révérend.

— Tu devais être sur la liste de prières d'Aibileen, il dit, en lui donnant une petite tape sur l'épaule.

— C'est sûr ! Je lui ai dit que si ça continue, elle pourra faire payer !"

Le Révérend éclate de rire. Il se lève et repart lentement vers la chaire. Tout le monde se tait. Je peux pas croire qu'Aibileen a envie de dire la vérité à Miss Skeeter.

La vérité.

Ce mot-là, ça me rafraîchit, comme de l'eau qui coulerait sur mon corps tout collant de sueur. Qui refroidirait la chaleur qui m'a brûlée toute ma vie.

La vérité, je me répète dans ma tête, juste pour sentir ça encore une fois.

Le révérend Johnson lève les mains et se met à parler d'une voix douce, profonde. Le chœur commence à fredonner derrière lui *Parler à Jésus* et on se lève tous. Trente secondes plus tard je suis en nage.

"Tu crois que ça t'intéresserait ? chuchote Aibileen. De parler à Miss Skeeter ?"

Je regarde derrière moi et je vois Leroy et les enfants, en retard comme toujours. "Qui, moi ?" je dis, et ma voix résonne dans la musique comme si j'avais parlé dans le silence. Je baisse le ton, mais pas trop.

"Pas question, c'est de la folie !"

*

Sans raison, sauf pour m'embêter, on a une vague de chaleur en décembre. Quand il fait cinq degrés, je transpire déjà comme un verre de thé glacé en plein mois d'août, et ce matin au réveil il fait vingt-neuf. J'ai passé la moitié de ma vie à essayer de moins transpirer : crème Dainty Lady, patates gelées dans les poches, sac de glace sur le crâne (j'ai payé un docteur pour cette prescription idiote), et je continue à mouiller mes habits. Je vais jamais nulle part sans mon éventail des pompes funèbres Farley. Ça marche bien et je l'ai eu gratuit.

Miss Celia, elle profite de l'été en plein hiver. Elle s'installe à côté de la piscine, en peignoir de bain, avec ses affreuses lunettes de soleil à monture blanche. Dieu merci elle reste pas dans la maison. D'abord, je me suis demandé si elle était pas malade de quelque part, et maintenant je me demande si c'est pas de la tête. Pas comme les vieilles dames qui parlent toutes seules, genre Miss Walters, et on sait que c'est rien qu'une maladie de vieillesse, mais du genre folle avec un grand F, à vous faire enfermer à Whitfield avec une camisole de force.

Je la surprends presque tous les jours à traîner dans les chambres vides de l'étage, maintenant. Je l'entends quand elle passe comme un fantôme sur ses petits pieds à l'endroit où le plancher grince dans le couloir. Ça m'est égal – elle est chez elle, après tout. Mais un jour, elle fait ça, et puis elle recommence, et c'est cette façon *sournoise* qu'elle a d'attendre le moment où je suis occupée avec l'aspirateur

184

ou en train de faire un gâteau, qui me rend méfiante. Elle reste six ou huit minutes là-haut et puis elle passe sa petite tête à la porte de la cuisine pour vérifier que je l'ai pas vue redescendre.

"Te mêle pas de ses affaires, dit Leroy. Débrouille-toi seulement pour qu'elle dise à son Mister Johnny que tu fais le ménage dans sa maison." Ça fait deux jours que Leroy passe la soirée dans sa saleté de bistrot derrière l'usine électrique, à picoler après le boulot. Il est pas fou, pourtant. Il sait bien que si je suis virée, la paye tombera pas du ciel.

Après son petit tour en haut, Miss Celia vient s'asseoir à la table de la cuisine au lieu de retourner dans son lit. Si elle pouvait sortir ! Je suis en train de désosser un poulet, j'ai mis le bouillon sur le feu et les boulettes sont prêtes. Je veux pas qu'elle essaye de m'aider pour ça.

"Plus que treize jours et vous direz tout à Mister Johnny", je dis, et comme prévu Miss Celia se lève et file dans sa chambre. Mais avant qu'elle sorte je l'entends qui marmonne entre ses dents : "Faut-il que tu me le rappelles chaque jour que Dieu fait ?"

Je me redresse. C'est la première fois qu'elle se fâche contre moi. Je fais : "Hum, hum", sans même lever la tête, vu que je le lui rappellerai tant que Mister Johnny m'aura pas serré la main en me disant : "Enchanté de vous connaître, Minny."

Puis je m'aperçois que Miss Celia est encore là, debout à la porte. Elle est blanche comme un linge.

"Vous avez encore fait des folies de poulet cru ?"

"Non, je suis… fatiguée, c'est tout."

Mais les gouttes de sueur qui dégoulinent sur son maquillage – ça vire au gris, maintenant – me montrent qu'elle va pas bien du tout. Je l'aide à se mettre au lit et je lui apporte la lotion de Lady Pinkam pour les douleurs féminines. Sur l'étiquette rose on voit la vraie lady avec son turban sur la tête et elle sourit avec l'air de se sentir mieux. Je tends la cuillère à mesurer à Miss Celia, mais elle me prend le flacon et elle boit au goulot, comme une mal élevée qu'elle est.

Après, je me lave les mains. Je sais pas ce qu'elle a, mais espérons que ça s'attrape pas.

Le lendemain de cette matinée où Miss Celia a changé de couleur, c'est le jour des draps et celui que je déteste le plus. Les draps, c'est quelque chose de trop personnel qu'on a pas envie de tripoter quand on est pas de la famille. C'est plein de poils et de croûtes et de bave et de traces de copulation. Mais le pire, c'est les taches de sang. Quand il faut frotter ça à la main, ça me donne envie de dégobiller sur ma planche à laver. Et c'est pareil pour tout ce qui y ressemble. Une fraise écrasée, et me voilà sur la cuvette des toilettes pour le reste de la journée.

Miss Celia connaît le programme du mardi et elle retourne dans son lit pour me laisser travailler. Comme on a une vague de froid depuis ce matin elle peut pas aller à la piscine, et ils ont annoncé que ça allait être encore pire. Mais neuf heures passent, et puis dix, et puis onze, et la porte de sa chambre est toujours fermée. A la fin, j'y vais et je frappe.

"Oui ? elle répond, à travers la porte.

— Bonjour, Miss Celia !

— Bonjour, Minny.

— C'est mardi !"

Non seulement Miss Celia est encore au lit, mais elle est en chemise de nuit, recroquevillée sur les couvertures, et elle a pas un gramme de maquillage sur la figure.

"J'ai les draps à laver et à repasser et faudra ensuite que je m'occupe de cette vieille chemise que vous avez sur le dos. Et après on a cuisine !

— Pas de leçon de cuisine aujourd'hui, Minny." Elle sourit pas du tout, comme elle fait d'habitude quand elle me voit.

"Vous vous sentez pas bien ?

— Apportez-moi un peu d'eau, s'il vous plaît.

— Oui ma'am." Je vais à la cuisine et je remplis un verre au robinet. Elle doit se sentir mal pour de bon, elle m'avait jamais demandé de lui servir quelque chose.

Mais quand je reviens dans la chambre Miss Celia est plus dans son lit et la porte de la salle de bains est fermée. Pourquoi elle m'a demandé de l'eau, alors, si elle était capable de se lever et d'aller dans la salle de bains ? En tout cas je l'ai pas dans les pattes. Je ramasse le pantalon de Mister Johnny par terre et je le jette sur mon épaule. M'est avis que cette femme manque d'exercice à rester comme ça toute la journée enfermée. Bon, maintenant, Minny, laisse tomber, c'est pas tes oignons. Si elle est malade, elle est malade.

"Vous êtes malade ? je demande, à travers la porte de la salle de bains.

— Je… ça va.

— Pendant que vous êtes là-dedans, je vais changer les draps.

— Non, je préfère que vous partiez. Rentrez chez vous pour aujourd'hui, Minny."

Je reste où je suis et je tape du pied sur sa moquette jaune. Je veux pas rentrer chez moi. On est mardi, le jour où on change ces foutus draps. Si je le fais pas aujourd'hui, faudra le faire demain.

"Et si Mister Johnny rentre et qu'il trouve toute la maison en l'air ?

— Il est à la chasse au cerf ce soir. Minny, j'aurais besoin que vous me passiez le téléphone…" Elle a la voix qui tremble et je l'entends à peine. "Tirez le fil jusqu'ici et allez chercher mon répertoire que j'ai laissé dans la cuisine, s'il vous plaît.

— Ça va pas, Miss Celia ?"

Mais elle répond pas, alors je vais chercher le carnet et le téléphone. Je pose tout devant la porte et je frappe.

"Laissez-le là." On dirait qu'elle pleure, maintenant. "Et rentrez chez vous.

— Mais je dois…

— J'ai dit, rentrez chez vous, Minny !"

Je recule devant la porte fermée. Je sens la chaleur qui me monte à la figure. Et si ça brûle, c'est pas parce qu'on m'avait jamais crié dessus. C'est juste que *Miss Celia* m'avait encore jamais crié dessus.

Le lendemain matin, Woody Asap qui annonce la météo sur Channel 12 fait des moulinets tout autour de la carte avec ses mains pleines d'os. Jackson, Mississippi, est complètement givré. D'abord il a plu, après ça a gelé, et puis tout ce qui fait plus de trois centimètres est tombé par terre ce matin. Les branches des arbres, les fils électriques, les auvents des maisons se sont écroulés comme si on les avait plombés. Tout brille comme si on avait balancé dessus des seaux de laque transparente.

Mes gamins collent leurs figures toutes pleines de sommeil contre la radio, et quand ils entendent la boîte annoncer que les routes sont verglacées et l'école fermée, ils se mettent à sauter et à siffler et à pousser des cris de sauvages, et ils se précipitent dehors sans souliers et à moitié nus pour toucher la glace.

Je hurle à la porte : "Rentrez tout de suite et mettez des souliers !" Personne obéit. J'appelle Miss Celia pour la prévenir que je peux pas conduire sur le verglas et pour savoir s'ils ont du courant là-bas. On pourrait croire que je me fiche pas mal d'elle, après qu'elle m'a crié dessus comme si j'étais une négresse des grands chemins.

Mais j'appelle. Et j'entends une grosse voix qui répond : "Aaallô…"

Aïe, j'ai le cœur qui saute.

"Oui ? Qui est à l'appareil ?"

Je raccroche tout doucement le téléphone. C'est sans doute que Mister Johnny travaille pas lui non plus aujourd'hui. Je sais pas comment il a fait pour rentrer chez lui avec la tempête. Ce que je sais, c'est que, même un jour où j'y vais pas, je peux pas m'empêcher d'avoir peur de cet homme. Mais dans onze jours, ça sera fini.

Toute la ville ou presque a dégelé en un jour. Miss Celia est pas couchée quand j'arrive. Elle s'est assise à la table blanche de la cuisine et elle regarde par la fenêtre, et rien qu'à voir sa tête je l'entends qui pense que sa pauvre petite vie vaut pas la peine d'être vécue. C'est le mimosa qu'elle regarde dehors. Il a bien gelé. Il a la moitié des branches cassées et ses longues feuilles pointues sont déjà marron et toutes ramollies.

"'Jour, Minny", elle dit, sans me regarder.

Moi je réponds juste de la tête. J'ai rien à lui dire, après la façon qu'elle m'a traitée avant-hier.

"Finalement, on va pouvoir couper cette affreuse vieille chose, elle dit.

— Allez-y, coupez tout." Comme moi, coupez-moi sans la moindre raison.

Miss Celia se lève et s'approche de l'évier. Elle me prend le bras. "Je suis désolée pour l'autre jour."

Je vois les larmes qui lui montent aux yeux.

"Hum.

— J'étais malade et je sais que ce n'est pas une excuse, mais je me sentais vraiment mal et…"

Et la voilà qui se met à sangloter, comme si de crier après sa bonne était la pire chose qu'elle avait jamais faite.

"Bon, je dis. On va pas en faire une montagne."

Alors elle me met les bras autour du cou et elle me serre contre elle de toutes ses forces. Je lui donne des tapes dans le dos et je me dégage et je lui dis : "Allons, asseyez-vous. Je vais vous faire un café."

Faut croire qu'on devient tous un peu hargneux quand on se sent pas bien.

Le lundi d'après, les feuilles du mimosa ont noirci comme si il avait brûlé au lieu de geler. J'arrive dans la cuisine pour dire à Miss Celia combien de jours il nous reste, mais elle est en train de regarder cet arbre et elle le déteste avec les yeux comme elle déteste la cuisinière. Elle est toute pâle et elle mange rien de ce que je mets devant elle.

Pendant toute la journée, au lieu de rester au lit, elle s'escrime dans l'entrée pour décorer l'arbre de Noël de trois mètres et moi je passe une journée d'enfer à aspirer les aiguilles de pin qui se mettent partout. Après ça elle sort dans le jardin derrière la maison et elle se met à tailler les rosiers et à planter des bulbes de tulipe. Je l'avais jamais vue autant se remuer, jamais. Ensuite elle rentre pour la leçon de cuisine avec les ongles noirs pleins de terre, mais elle sourit toujours pas.

"Encore six jours avant de parler à Mister Johnny", je dis.

Elle reste un moment sans me répondre et puis elle fait, d'une voix plate comme une poêle à frire : "Vous êtes sûre que je dois lui parler ? Je me disais qu'on pourrait peut-être attendre."

Je reste sans bouger avec le babeurre qui me coule des doigts. "Redemandez-le-moi un peu, si je suis sûre !

— D'accord, d'accord."

Elle sort et elle se remet à son passe-temps préféré, qui est de regarder ce mimosa avec sa hache à la main mais sans jamais y toucher.

Le mercredi soir je pense qu'à une chose : plus que quatre-vingt-seize heures. Et j'ai mal au ventre à l'idée qu'après Noël je serai peut-être sans travail. J'aurai plus peur de mourir d'un coup de fusil mais j'aurai bien d'autres soucis. Miss Celia est censée lui parler le soir de Noël après mon départ et avant qu'ils aillent chez la maman de Mister Johnny. Mais elle est tellement bizarre, Miss Celia, que je me demande si elle va pas se dégonfler. Non, ma'am, j'arrête pas de me dire. J'ai l'intention de rester avec elle comme le poil qui colle à la savonnette.

Mais le jeudi quand j'arrive, Miss Celia est même pas là. Je peux pas croire qu'elle est partie. Je m'assois à la table et je me verse une tasse de café.

Je vais dans le jardin. Il fait beau, le soleil brille. Il est affreux ce mimosa tout noir, c'est sûr. Je me demande pourquoi Mister Johnny se décide pas à le couper.

Je m'approche de la fenêtre et je me penche un peu. "Tiens, qu'est-ce que je vois ?" Autour du pied, des petites pousses vertes qui pointent au soleil.

"M'est avis qu'il fait le mort, ce vieil arbre !"

Je prends le carnet qui me sert à noter tout ce qui reste à faire et je le mets dans ma poche, pas pour Miss Celia mais pour moi. Courses à l'épicerie, cadeaux de Noël, choses à acheter pour les gamins. L'asthme de Benny, ça va un peu mieux, mais Leroy est encore rentré hier soir en puant l'alcool. Il m'a poussée un peu fort et je me suis cogné la cuisse contre la table de la cuisine. Si il rentre encore dans cet état ce soir il aura mon poing sur la gueule pour dîner.

Je soupire. Encore soixante-douze heures et je serai libre. Virée peut-être, ou morte quand Leroy le saura, mais libre.

J'essaye de me concentrer sur la semaine qui vient. Demain, il y a un tas de choses à cuisiner, samedi le repas de l'église et dimanche la messe. Et le ménage chez moi, je vais le faire quand ? Et la lessive des gosses ? Sugar, mon aînée, a seize ans et elle s'en sort bien avec les tâches ménagères, mais j'aime bien lui donner un coup de main pendant les week-ends comme ma maman l'a jamais fait. Et Aibileen… Elle m'a encore appelée hier soir pour me demander si j'allais les aider, Miss Skeeter et elle. Je l'adore, Aibileen. Vraiment. Mais je crois qu'elle fait une énorme bêtise en donnant sa confiance à cette Blanche. Et je lui ai dit. Elle risque sa place, sa sécurité. Et puis, pourquoi on aiderait une copine de Miss Hilly ?

Seigneur, je ferais mieux de m'occuper de mon travail.

Je coupe l'ananas pour le jambon et mets tout au four. Après ça je fais la poussière sur les étagères de la salle de chasse, je passe l'aspirateur à l'ours qui me regarde comme si j'étais un serpent. "On est que tous les deux aujourd'hui", je lui dis. Il répond pas, comme d'habitude. Après je prends ma cire et mon chiffon et j'attaque l'escalier en astiquant chaque barreau de rampe au passage. Une fois en haut, je rentre dans la chambre numéro un.

Le ménage du haut me prend environ une heure. Il fait plutôt frisquet. Je frotte, en avant en arrière, en avant en arrière, sur tout ce qui est en bois. Entre la deuxième et la troisième chambre, je redescends pour faire celle de Miss Celia avant qu'elle rentre.

Ça me fait vraiment drôle d'être seule dans cette maison vide. Où elle est passée ? Depuis le temps que je travaille ici elle est sortie trois fois, et en me disant chaque fois où elle allait, et pourquoi, comme si ça m'intéressait de le savoir. Et la voilà maintenant qui file en douce. Ça devrait me faire plaisir. Je devrais être contente de pas avoir cette cinglée dans les pattes. Mais toute seule ici, j'ai comme une impression que je devrais pas y être. Je regarde la petite carpette rose qui cache une tache de sang devant la salle de bains. Aujourd'hui je devais essayer encore une fois de la nettoyer. Je sens un courant d'air, comme si un fantôme traversait la pièce. Je frissonne.

Peut-être que je m'occuperai de cette tache un autre jour.

Le lit est tout en désordre, comme d'habitude. Les draps sont entortillés. On dirait toujours un champ de bataille. J'arrête de me poser des questions. Si on commence à se poser des questions sur les gens dans leur chambre à coucher, on finit par se mêler de ce qui nous regarde pas.

J'enlève une taie d'oreiller. Le mascara de Miss Celia a laissé plein de petits papillons noirs. Je fourre dedans les vêtements qui sont par terre, c'est plus facile à porter. Je ramasse le pantalon de Mister Johnny sur le fauteuil jaune.

Comment je le sais, moi, si c'est propre ou si c'est sale ? Je mets le pantalon avec le reste de toute façon. Ma devise, quand je fais le ménage, c'est : en cas de doute, on lave.

Je traîne mon ballot jusqu'au bureau. Le coup que j'ai reçu à la cuisse me fait mal quand je me baisse pour ramasser une paire de bas de soie de Miss Celia.

"Qui êtes-vous ?"

Je lâche mon ballot.

Je recule et je finis par rencontrer le bureau. Il est debout dans le couloir et il me regarde. Je baisse les yeux, lentement, et je vois qu'il a une hache à la main.

Oh Seigneur ! Je peux pas aller jusqu'à la salle de bains, il est trop près et il y rentrerait avec moi. Je peux pas filer dans le couloir en lui passant devant sans le bousculer, et il a une hache. Le sang me cogne dans la tête tellement j'ai peur. Je suis *coincée*.

Mister Johnny me regarde de toute sa hauteur. Il balance un peu la hache. Puis il penche la tête de côté et il sourit.

Je fais la seule chose que je peux faire. Je prends mon air le plus méchant, je tire sur mes lèvres pour montrer les dents et je crie : "Vous feriez mieux de vous pousser de là, avec votre hache !"

Mister Johnny regarde la hache, comme si il avait oublié qu'elle était là. Puis il me regarde. On reste comme ça une seconde. Je bouge plus, je respire plus.

Il jette un coup d'œil au paquet de linge que j'ai laissé tomber. La jambe de son pantalon kaki dépasse. "Ecoutez, je dis, et les larmes me montent aux yeux. Mister Johnny, j'ai demandé à Miss Celia de vous parler de moi. J'ai dû le lui demander mille fois…"

Mais il se met à rigoler. Il secoue la tête. Il va me découper en tranches et il trouve ça drôle.

"*Ecoutez-moi*. Je lui ai dit…"

Mais il continue à rigoler doucement. "Calmez-vous, ma fille. Je ne vais pas vous sauter dessus. Vous m'avez surpris, c'est tout."

J'halète, en marchant tout doucement vers la salle de bains. Il continue à balancer cette hache.

"Au fait, vous vous appelez comment ?

— Minny", je réponds, mais je sais pas si il entend. Il me reste moins de deux mètres.

"Vous venez ici depuis combien de temps, Minny ?

— Pas longtemps, je dis, et je fais non de la tête.

— *Combien* de temps ?

— Quelques… semaines, je dis, en me mordant la lèvre. Trois mois…"

Maintenant c'est lui qui secoue la tête. "Allons ! Je sais qu'il y a plus longtemps !"

Je regarde la porte de la salle de bains. Ça me servirait à quoi, de m'enfermer là-dedans alors que la serrure marche même pas ? Et alors que ce type a une hache pour démolir la porte ?

Il dit : "Je vous assure que je ne vous en veux pas.

— Et cette hache ?" je dis, entre mes dents.

Il lève les yeux au ciel, puis il la jette sur la moquette et l'envoie valser d'un coup de pied.

"Allons discuter tranquillement dans la cuisine."

Il me tourne le dos et il part. Je regarde la hache, en me demandant si je devrais pas la prendre. Mais rien qu'à la voir, je tremble. Je la pousse sous le lit et je le suis.

Dans la cuisine, je me mets à côté de la porte qui donne sur le jardin et je vérifie qu'elle est pas fermée à clé.

Il dit : "Minny, je vous assure, ça ne me dérange pas que vous soyez ici."

Je regarde ses yeux pour voir s'il ment pas. C'est un grand costaud, un mètre quatre-vingt-dix, au moins. Il a un peu de ventre, mais on sent la force.

"Je suppose que vous allez me virer, maintenant.

— Vous virer ? Vous êtes la meilleure cuisinière que j'aie jamais connue. Regardez le résultat !" Il baisse les yeux sur son ventre en fronçant les sourcils. "Ma parole, je n'avais pas mangé aussi bien depuis l'époque de Cora Blue. Elle m'a pratiquement élevé."

Je respire un grand coup. Qu'il connaisse Cora Blue, ça détend un peu l'atmosphère. "Ses gamins allaient à la même église que moi. Je la connais, je dis.

— Elle me manque, c'est sûr." Il se tourne, ouvre le frigo, regarde dedans, referme.

"Quand Celia revient-elle ? Vous le savez ?

— J'en sais rien. J'ai pensé qu'elle était allée chez le coiffeur.

— Je me suis posé des questions, en mangeant les repas que vous aviez préparés. J'ai pensé qu'elle avait bel et bien appris à cuisiner. Jusqu'à samedi dernier, quand elle a voulu faire des hamburgers…"

Il s'appuie au rebord de l'évier et soupire. "Pourquoi veut-elle me cacher que vous êtes ici ?

— J'en sais rien. Elle a pas voulu me le dire."

Il secoue la tête, regarde la trace noire qui est restée au plafond depuis que Miss Celia a laissé brûler la dinde. "Minny, je me fiche que Celia passe toute sa vie sans lever le petit doigt. Mais elle dit qu'elle veut faire des choses pour moi." Il hausse les sourcils. "Enfin… vous imaginez ce que je mangeais avant votre arrivée ici ?

— Elle apprend. En tout cas… elle essaye."

Mais j'ai du mal à dire ça, il le voit à mon air. Il y a des choses sur lesquelles on peut pas mentir.

"Je me *fiche* qu'elle sache faire la cuisine ou pas. Je veux qu'elle soit ici, c'est tout – il hausse les épaules –, avec moi."

Il s'essuie le front avec sa manche et je comprends pourquoi ses chemises sont toujours si sales aux poignets. Et effectivement il est plutôt pas mal, dans son genre. Pour un Blanc, je veux dire.

"Elle n'a pas l'air heureuse, et voilà tout. Est-ce à cause de moi ? De la maison ? Sommes-nous trop loin de la ville ?

— Je sais pas, Mister Johnny.

— Mais alors, que se passe-t-il ?" Il serre le bord du comptoir à deux mains derrière lui. "Dites-moi. Est-ce…" Il a du mal à avaler sa salive. "… Est-ce qu'elle voit quelqu'un d'autre ?"

Je voudrais pas, mais j'ai de la peine pour lui, je crois qu'il est aussi paumé que moi.

"Mister Johnny, ça me regarde pas, tout ça. Mais je peux vous dire que Miss Celia voit personne en dehors de cette maison."

Il hoche la tête. "Vous avez raison. C'était idiot de ma part, de vous poser cette question."

Je regarde vers la porte. Elle va pas rentrer ? Je me demande ce qu'elle fera si elle trouve Mister Johnny ici.

"Ecoutez, Minny. Ne lui dites pas que vous m'avez vu. Je préfère qu'elle m'en parle quand elle sera prête à le faire."

J'arrive à sourire, pour la première fois. "Vous voulez que je continue comme si de rien ?

— Il faut veiller sur elle. Je n'aime pas la savoir toute seule dans cette grande maison.

— Bon. Comme vous voudrez.

— Ce matin, je suis venu pour lui faire une surprise. Je voulais couper ce mimosa qu'elle déteste tant, puis l'emmener déjeuner en ville… Lui acheter un bijou pour fêter Noël." Il s'approche de la fenêtre pour regarder dehors, et il soupire. "Je crois que je vais aller manger ailleurs.

— Je peux vous préparer quelque chose. Qu'est-ce qui vous ferait plaisir ?"

Il se retourne, il sourit comme un gamin. J'ouvre le frigo et je sors deux ou trois choses.

"Vous vous rappelez ces côtes de porc qu'on a eues l'autre jour ?" Il se ronge un ongle. "Vous pourriez nous en refaire cette semaine ?

— Ce soir pour dîner, si vous voulez. J'en ai dans le congélateur. Et demain vous aurez du poulet avec des boulettes.

— Oh ! Cora Blue nous en faisait aussi !

— Mettez-vous à table et je vais vous donner un bon sandwich au bacon et à la salade que vous prendrez avec vous dans la camionnette.

— Avec du pain grillé ?

— Bien sûr. Si on fait pas griller le pain, c'est pas un vrai sandwich. Et cet après-midi, je ferai mon célèbre gâteau au caramel. Et la semaine prochaine, vous aurez du poisson-chat en friture…"

Je sors le bacon pour le sandwich de Mister Johnny et je prends la poêle. Il me regarde faire avec de grands yeux. Il a un sourire qui lui prend toute la figure. J'emballe le sandwich dans du papier ciré. Enfin quelqu'un pour qui je suis contente de faire à manger.

"Minny, il faut que je vous demande si vous… que fait Celia toute la journée ?"

Je hausse les épaules. "J'ai jamais vu une Blanche rester sans rien faire comme elle. D'habitude elles sont tout le temps à courir partout comme si elles avaient plus de travail que moi.

— Il lui faudrait des amis. J'ai demandé à mon copain Will de lui envoyer sa femme pour lui apprendre à jouer au bridge, la faire participer à un groupe d'activités. Je sais que Hilly anime ces trucs-là."

Je le regarde fixement. Peut-être que si je fais plus un geste, ça sera pas vrai. Puis je demande : "C'est de Miss Holbrook que vous parlez ?

— Vous la connaissez ?

— Hum." Je ravale le démonte-pneu qui s'est coincé dans ma gorge à l'idée de Miss Hilly débarquant dans cette maison. De Miss Celia apprenant la vérité au sujet de la Chose Abominable Epouvantable. Ces deux-là pourront jamais être amies. Mais Miss Hilly ferait n'importe quoi pour Mister Johnny, c'est sûr.

"Je vais appeler Hilly ce soir pour le lui redemander." Il me donne une tape sur l'épaule et moi j'ai ce mot qui me revient, la vérité. Et je pense à Aibileen qui veut tout raconter à Miss Skeeter. Si on apprend la vérité sur moi, je suis foutue. Je suis tombée sur la mauvaise personne, et voilà tout.

"Je vais vous donner le numéro de mon bureau. Vous m'appelleriez si les choses se passaient mal, n'est-ce pas ?

— Mais oui", je dis. Aujourd'hui je commençais à me sentir soulagée, mais voilà la peur qui revient et qui efface tout le reste.

MISS SKEETER

CHAPITRE 11

En principe, c'est encore l'hiver dans la plus grande partie du pays, mais on grince déjà des dents et on se tord les mains dans la maison de ma mère. Les signes du printemps sont arrivés trop tôt. Papa, pris d'une frénésie de semailles, a dû engager des ouvriers supplémentaires pour labourer et conduire les tracteurs qui mettent les graines de coton en terre. Maman a étudié *L'Almanach du fermier*, mais elle n'est guère concernée par les travaux des champs. Elle me donne les mauvaises nouvelles, une main sur le front.

"Ils disent qu'on va avoir l'année la plus pluvieuse depuis très longtemps." Soupir. (Le défrisant miracle n'a plus donné grand-chose après les premiers essais.) "Je vais passer chez Beemon pour acheter de la laque en aérosol, leur nouvelle formule extra-forte."

Elle lève les yeux au-dessus de son *Almanach*, me regarde attentivement. "Qu'est-ce que c'est que cet accoutrement ?"

J'ai ma robe la plus noire sur un collant noir. Avec le foulard noir qui recouvre mes cheveux, je dois plus ressembler à Peter O'Toole dans *Lawrence d'Arabie* qu'à Marlene Dietrich. La hideuse sacoche rouge pend à mon épaule.

"J'ai des courses à faire cet après-midi. Ensuite je dois retrouver… quelques filles. A l'église.

— Un samedi soir ?

— Maman, Dieu se fiche bien du jour de la semaine", dis-je, et je file en vitesse vers la voiture pour couper court à l'interrogatoire. Ce soir, je vais chez Aibileen pour un premier entretien.

J'ai le cœur qui bat. Je roule à toute allure sur les routes poussiéreuses, vers le quartier noir de la ville. Je ne me suis jamais assise à une table avec une Noire qui n'était pas payée pour cela. L'entretien a été repoussé de plus d'un mois. D'abord, à l'approche de Noël, Aibileen travaillait tous les soirs très tard pour emballer les cadeaux et préparer le repas de fête d'Elizabeth. En janvier, je me suis affolée quand elle a attrapé la grippe. Je crains qu'après si longtemps Mrs Stein ne s'intéresse plus à mon projet ou ait complètement oublié qu'elle a accepté de me lire.

La Cadillac roule dans l'obscurité jusqu'à Gessum Avenue, où habite Aibileen. J'aurais préféré prendre la vieille camionnette mais maman aurait eu des soupçons, et papa en avait besoin. Je m'arrête devant un bâtiment abandonné qui a des airs de château hanté, à trois maisons de celle d'Aibileen comme convenu entre nous. La véranda menace de s'effondrer et il n'y a plus de vitres aux fenêtres. Je sors de la voiture. Il fait noir. Je verrouille les portières et m'éloigne rapidement. Je marche tête baissée, et mes talons claquent désagréablement sur les pavés.

Un chien aboie, mes clés tombent par terre. Je jette un coup d'œil alentour avant de les ramasser. Il y a deux groupes de Noirs sur leurs porches, qui observent en se balançant. On ne peut guère me voir en l'absence de réverbères. Je continue à avancer, avec l'impression d'être aussi voyante que ma voiture : grande et blanche.

J'arrive au numéro 25, la maison d'Aibileen. Regarde une dernière fois autour de moi, en regrettant d'avoir dix minutes d'avance. La partie noire de la ville semble si loin alors qu'elle n'est qu'à quelques kilomètres de la partie blanche.

Je frappe doucement. J'entends des pas, une porte qui claque. Aibileen ouvre. "Entrez", dit-elle à voix basse, avant de refermer très vite derrière moi et de donner un tour de clé.

Je n'ai jamais vu Aibileen autrement que dans son uniforme blanc. Ce soir, elle porte une robe verte ourlée de noir. Je ne peux m'empêcher de remarquer que, chez elle, elle se tient plus droite.

"Mettez-vous à l'aise. J'en ai pour une minute."

Malgré l'unique lampe allumée, la pièce est obscure, envahie par les ombres. Les rideaux sont tirés et retenus par des attaches pour ne pas laisser passer la lumière. Je ne sais pas si c'est toujours comme ça, ou seulement pour moi. Je m'assois sur l'étroit canapé. Il y a une table basse recouverte d'un napperon brodé à la main. Le sol est nu. Je m'en veux d'avoir mis une robe aussi chère.

Après quelques minutes Aibileen revient avec sur un plateau une théière, deux tasses dépareillées et des serviettes en papier pliées en triangle. Je sens le parfum de cannelle des biscuits qu'elle a faits elle-même. Le couvercle de la théière glisse dangereusement quand elle verse le thé.

"Désolée, dit-elle, en le rattrapant. C'est la première fois que j'ai une personne blanche chez moi."

Je souris, même si je sais qu'elle n'essayait pas d'être drôle. Je bois une gorgée de thé. Il est fort et amer. "Ce thé est excellent", dis-je.

Elle s'assoit, croise les mains sur ses genoux et me regarde, attendant la suite.

"J'ai pensé que nous pourrions commencer par quelques éléments de votre itinéraire avant de passer aux questions qui m'intéressent", dis-je. Je prends mon calepin et parcours les questions que j'ai préparées. Chacune me paraît

202

soudain tellement bateau, avec un côté terriblement amateur.

"Bien", dis-je. Elle se tient très droite sur le canapé,
tournée vers moi.

"Bon. Pour commencer, hum… quand et où êtes-vous
née ?"

Elle déglutit, hoche la tête. "En 1909. Sur la plantation
Piedmont, dans le comté de Cherokee.

— Saviez-vous, petite fille, que vous seriez bonne un
jour ?

— Oui, ma'am. Oui, je le savais."

Je souris, attendant qu'elle continue. Rien ne vient.

"Et vous le saviez… parce que… ?

— Maman était bonne. Ma grand-maman était esclave
chez des gens.

— Esclave chez des gens. Hum", dis-je. Mais elle se
contente de hocher la tête. Elle garde les mains croisées
sur ses genoux. Regarde les mots que je jette sur la page.

"Avez-vous déjà… rêvé de faire autre chose ?

— Non, dit-elle. Non, ma'am. Jamais." Le silence est
tel que je nous entends respirer.

"Bien. Que ressent-on quand on élève un petit Blanc
pendant que son propre enfant est chez soi…" J'hésite,
gênée par la question. "… et que quelqu'un d'autre s'occupe de lui ?

— Ce que je ressens…" Elle se tient si droite qu'elle
semble souffrir. "Hum… On pourrait peut-être… passer à
la question suivante.

— Ah. Bon." Je regarde mes questions. "Qu'est-ce que
vous préférez en tant que bonne, et qu'est-ce qui vous plaît
moins ?"

Elle lève les yeux et me regarde comme si je lui demandais d'expliquer un gros mot.

"Je… je crois que ce que je préfère, c'est m'occuper des petits", dit-elle, dans un murmure.

"Vous ne voulez… rien… ajouter à cela ?

— Non, ma'am.

— Aibileen, vous n'avez pas à m'appeler ma'am. Pas ici.

— Oui ma'am. Oh, pardon…" Elle porte la main à sa bouche.

On entend des voix fortes dans la rue et nos deux regards se tournent vers la fenêtre. Que se passerait-il si quelqu'un, si des Blancs apprenaient que j'étais ici un samedi soir en train de parler avec Aibileen et qu'elle ne portait pas sa tenue de domestique ? Appelleraient-ils la police pour signaler une rencontre suspecte ? J'en ai soudain la certitude. On nous arrêterait, parce que c'est ce qu'ils font dans ces cas-là. On nous accuserait d'avoir violé la loi sur l'intégration – je lis cela tous les jours dans le journal. On méprise les Blancs qui se réunissent avec des Noirs pour soutenir le mouvement en faveur des droits civiques. Ceci n'a rien à voir avec l'intégration, mais pour quelle autre raison nous rencontrerions-nous ? Je n'ai même pas pensé à apporter quelques lettres à Miss Myrna pour me couvrir.

Aibileen a peur et ne cherche pas à le cacher, je le vois sur son visage. Les bruits de voix diminuent peu à peu en s'éloignant dans la rue. Je pousse un soupir de soulagement mais Aibileen reste tendue. Elle ne quitte pas des yeux les rideaux qui masquent la fenêtre.

Je me penche sur ma liste de questions, à la recherche de ce qui pourrait dissiper la tension que je sens chez elle, et la mienne. Et je ne cesse de penser à tout le temps que j'ai déjà perdu.

"Et que… qu'est-ce qui vous déplaît dans votre travail, disiez-vous ?"

Elle fait un effort pour parler, mais rien ne vient.

"Voulez-vous qu'on parle de la question des toilettes ? Ou d'Eliz… de Miss Leefolt ? Du salaire qu'elle vous donne ? Est-il arrivé qu'elle vous réprimande durement devant Mae Mobley ?"

Aibileen prend une serviette en papier et s'éponge le front. Elle fait à nouveau mine de dire quelque chose, puis se tait.

"Nous avons souvent parlé, Aibileen…"

Elle met une main sur sa bouche. "Je regrette, je…" Elle se lève et sort en courant. Une porte se ferme, les tasses tremblent sur le plateau.

Cinq minutes passent. Quand elle revient, elle presse une serviette sur son front, comme maman quand elle a vomi et qu'elle n'est pas arrivée aux toilettes à temps.

"Je regrette. Je croyais que j'étais… prête à parler."

Je hoche la tête. Je ne sais que faire.

"C'est juste que… Je sais que vous avez dit à cette dame de New York que j'allais… mais…" Elle ferme les yeux. "Désolée. Je crois pas que je pourrai. Je crois que j'ai besoin de m'allonger.

— Demain soir. Je… je vais trouver une meilleure façon de… Essayons encore une fois, et…"

Elle secoue la tête, la main crispée sur sa serviette.

Je reprends ma voiture. Je voudrais me frapper. Pour avoir cru qu'il me suffirait de pousser sa porte et d'exiger des réponses. Pour avoir cru qu'elle allait cesser de se penser comme une bonne sous prétexte que nous étions chez elle, et qu'elle ne portait pas son uniforme.

Je jette un coup d'œil à mon calepin sur le siège de cuir blanc. A côté de son lieu de naissance, j'ai noté une douzaine de mots. Dont un *oui ma'am* et un *non ma'am*.

La voix de Patsy Cline diffusée par Radio WJDX m'accompagne sur la route. Elle chante *Walking After Midnight*.

Quand je m'engage dans l'allée de Hilly, on est passé à *Three Cigarettes in an Ashtray*. L'avion de Patsy Cline s'est écrasé ce matin et, de New York à Seattle en passant par le Mississippi, on la célèbre et on diffuse ses chansons. Je gare la Cadillac et regarde la maison blanche de Hilly et son architecture délirante. Il y a quatre jours qu'Aibileen a vomi au beau milieu de notre entretien et je suis sans nouvelles depuis.

J'entre. La table de bridge est prête dans le salon de style ancien avec son horloge à la sonnerie assourdissante et les rideaux à festons dorés. Elles sont toutes assises – Hilly, Elizabeth et Lou Anne Templeton qui remplace Mrs Walters. Lou Anne fait partie de ces filles qui affichent *en permanence* un grand sourire plein d'entrain. Cela me donne envie de lui planter une épingle quelque part. Et quand on ne regarde pas, elle continue à vous fixer avec ce sourire niais et tout en dents. Et dès que Hilly ouvre la bouche, elle est d'accord avec elle.

Hilly brandit un numéro de *Life* pour nous montrer une maison en Californie. "Ils appellent ça une tanière, comme l'endroit où vivent les bêtes sauvages !

— Ah, quelle horreur !" s'exclame Lou Ann, tout sourire.

On voit sur la photo le sol recouvert d'un mur à l'autre par un tapis de laine à longues mèches, des canapés bas au dessin aérodynamique, des fauteuils en forme d'œufs et des postes de télévision semblables à des soucoupes volantes. Dans le salon de Hilly est accroché le portrait de presque trois mètres de haut d'un général confédéré du temps de la guerre de Sécession. Il trône comme s'il était le grand-père et non un lointain cousin au troisième degré.

"Voilà. C'est exactement comme ça chez Trudy !" dit Elizabeth. J'étais tellement préoccupée par l'interview d'Aibileen que j'ai presque oublié le voyage qu'a fait Elizabeth la semaine dernière pour rendre visite à sa sœur aînée. Trudy est mariée à un banquier et ils viennent de s'installer à Hollywood. Elizabeth est allée y passer trois jours pour voir la nouvelle maison.

"Eh bien, c'est du mauvais goût caractérisé, laisse tomber Hilly. Sans te vexer, Elizabeth.

— C'était comment, Hollywood ? demande Lou Anne.

— Oh, c'était comme un rêve ! Et la maison de Trudy… la télé dans toutes les pièces, un mobilier ultramoderne avec des sièges sur lesquels on ose à peine s'asseoir… On est allés dans tous les grands restaurants fréquentés par les stars, on a bu des Martini et du vin de Bourgogne. Et un soir, Max Factor en personne est venu à notre table et il s'est mis à parler avec Trudy comme s'ils se connaissaient depuis toujours !" Elle secoue la tête. "Comme s'ils se rencontraient en passant à l'épicerie du coin !" Elle soupire.

"Eh bien, à mon avis, c'est tout de même toi la plus jolie de la famille, dit Hilly. Je ne dis pas que Trudy est moche, mais tu es plus gracieuse et c'est toi qui as le plus de classe."

Elizabeth sourit, puis elle fronce à nouveau les sourcils. "Et en plus, elle a une bonne à demeure, chez elle, à *toute heure* de la journée. Je n'avais même pas à me préoccuper de Mae Mobley !"

Je tressaille intérieurement à ces mots, mais personne ne semble y réagir. Hilly regarde Yule May, sa bonne, qui nous ressert du thé. Grande et mince, presque altière, elle a une silhouette qui l'emporte de loin sur celle de sa patronne. Sa vue réveille mon inquiétude au sujet d'Aibileen. J'ai appelé deux fois chez elle pendant la semaine, sans réponse. Je suis certaine qu'elle m'évite. Il faudra sans doute que j'aille la voir chez Elizabeth, que ça plaise ou non à celle-ci.

"Je me disais que l'an prochain on pourrait prendre *Autant en emporte le vent* comme thème de notre vente, dit Hilly. Et on pourrait peut-être louer l'habitation Fair-view pour l'occasion ?

— Quelle bonne idée ! s'exclame Lou Anne.

— Ah, Skeeter, continue Hilly, je sais que tu as été bien malheureuse de rater l'événement, cette année." J'opine de la tête, l'air navrée. J'ai prétendu que j'avais la grippe pour ne pas y aller seule.

"Et croyez-moi, dit Hilly, je ne prendrai plus ce groupe de rock-and-roll qui ne joue que des airs trop rapides pour danser."

Elizabeth me donne une tape sur le bras. Elle a son sac sur les genoux. "J'allais oublier de te remettre ceci. C'est de la part d'Aibileen – pour votre truc de Miss Myrna, je suppose ? Je lui ai tout de même dit que vous ne pourriez pas passer du temps à piapiater là-dessus aujourd'hui, elle a été trop souvent absente en janvier."

Je déplie la feuille qu'elle me tend. C'est écrit à l'encre bleue, d'une très jolie cursive.

Je sais comment empêcher la théière de trembler.

"Mais qui, au nom du ciel, se soucie d'empêcher une théière de trembler ?" demande Elizabeth. Elle a lu, évidemment.

Il me faut deux secondes et un verre de thé glacé avant de comprendre. "Tu ne peux pas savoir comme c'est dif-ficile", lui dis-je.

Deux jours plus tard, je suis assise dans la cuisine de mes parents et j'attends que la nuit tombe. Je capitule et allume une nouvelle cigarette, bien que le ministre de la Santé soit venu hier soir à la télévision pointer un doigt accusateur sur tous les fumeurs et tenter de nous convaincre que le tabac allait nous tuer. Mais maman m'a dit un jour que les baisers avec la langue me rendraient aveugle et j'en viens à croire que ma mère et le ministre de la Santé sont partie prenante d'un vaste complot ourdi pour que personne n'ait jamais ni plaisir ni amusement.

A huit heures, ce soir-là, je m'avance en trébuchant dans la rue d'Aibileen, aussi discrètement que possible mais chargée d'une machine à écrire Corona de vingt-cinq kilos. Je frappe doucement, mourant déjà d'envie d'une autre cigarette pour calmer mes nerfs. Aibileen vient ouvrir et je me glisse à l'intérieur. Elle porte la même robe verte et les mêmes sévères chaussures noires que la dernière fois.

J'essaie de sourire, comme si j'étais certaine que cela va marcher cette fois, malgré l'idée dont elle m'a fait part au téléphone. "On pourrait peut-être… s'asseoir dans la cuisine, cette fois ? Si cela ne vous dérange pas ?

— D'accord. Il y a rien à voir, mais venez."

La cuisine est deux fois plus petite que le salon, et il y fait plus chaud. Un parfum de thé et de citron flotte dans l'air. Le linoléum noir et blanc est usé à force d'être frotté et le plan de travail, juste assez grand pour la théière et les tasses en porcelaine.

Je pose la machine à écrire sur une table rouge au plateau rayé, sous la fenêtre. Aibileen commence à verser l'eau bouillante dans la théière.

"Oh, pas pour moi, merci, dis-je, en attrapant ma sacoche. Je nous ai apporté quelques bouteilles de Coca – si ça vous dit ?" J'ai réfléchi aux moyens de la mettre à l'aise. Règle numéro un : qu'elle ne se sente pas obligée de me servir.

"C'est gentil. Je ne bois jamais mon thé si tôt, d'ailleurs." Elle prend un décapsuleur et deux verres. Je bois directement au goulot. En me voyant elle repousse les verres de côté et fait de même.

J'ai appelé Aibileen après qu'Elizabeth m'a transmis son mot, et je l'ai écoutée, pleine d'espoir, m'exposer son idée : elle propose d'écrire elle-même et de me soumettre ensuite ce qu'elle aura écrit. J'ai tenté de me montrer excitée. Je sais qu'il me faudra tout récrire, et donc perdre encore beaucoup de temps mais j'ai pensé qu'il serait peut-être plus facile de lui expliquer que ce n'était pas la bonne méthode si elle voyait son texte en caractères d'imprimerie.

On échange un sourire. Je bois une gorgée de Coca, lisse mon chemisier. "Donc…" dis-je.

Aibileen a un cahier à spirale devant elle. "Vous voulez… que je lise ?

— Bien sûr."

On prend chacune une profonde inspiration et elle commence à lire d'une voix ferme et assurée.

"Le premier bébé blanc dont je me suis occupée s'appelait Alton Carrington. C'était en 1924 et je venais tout juste d'avoir quinze ans. Alton était un bébé grand et maigre avec des cheveux aussi fins que la soie sur un épi de maïs…"

Je tape pendant qu'elle parle et sa parole est rythmée, plus claire que dans les échanges ordinaires. "Toutes les fenêtres de cette maison crasseuse avaient des vitres qu'on pouvait pas ouvrir parce qu'elles étaient collées par la peinture alors que c'était une grande maison avec une grande pelouse autour. Je savais que l'air y était mauvais, et moi-même j'avais mal au cœur…

— Attendez", dis-je. J'ai tapé *une grande palouse*. Je recouvre de liquide effaceur, souffle pour faire sécher et retape le mot. "Bien. Continuez.

— Quand la maman est morte de la tuberculose six mois plus tard, on m'a gardée pour élever Alton jusqu'à ce que la famille parte s'installer à Memphis. J'adorais ce petit et il m'adorait, et c'est alors que j'ai compris que rendre les enfants fiers d'eux-mêmes, c'était mon truc…"

Soucieuse de ne pas offenser Aibileen, j'avais tenté de la raisonner au téléphone : "Ce n'est pas si facile d'écrire. Et d'ailleurs vous n'en aurez pas le temps, Aibileen, avec un travail à temps complet.

— Ça peut pas être si différent de ce que je fais tous les soirs en écrivant mes prières."

C'était la première chose intéressante qu'elle me disait sur elle depuis que nous parlions de ce projet. "Vous ne priez pas à haute voix, alors ?

— Je l'ai jamais dit à personne. Même à Minny. Je trouve que je dis mieux les choses que je pense en les écrivant.

— C'est donc ce que vous faites pendant les week-ends ? ai-je demandé. Quand vous avez du temps libre ?" J'aimais l'idée de rendre compte de sa vie en dehors du travail, quand elle n'était pas sous les yeux d'Elizabeth Leefolt.

"Oh non, j'écris tous les jours pendant une heure, quelquefois deux. Il y a un tas de gens qui souffrent, qui sont malades, dans cette ville."

J'étais impressionnée. Une heure ou deux… Moi-même, je n'écrivais pas autant certains jours. Je lui ai donc dit que nous allions essayer de relancer ce projet.

Elle reprend sa respiration, boit une gorgée de Coca et se remet à lire.

Elle évoque son tout premier emploi à l'âge de treize ans, quand elle astiquait l'argenterie à la résidence du gouverneur. Elle raconte comment, dès la première matinée, elle s'est trompée en notant la liste des pièces du service servant à vérifier que les domestiques n'avaient rien volé.

"Je suis revenue à la maison ce matin-là, après qu'on m'a renvoyée, et je suis restée dehors avec mes chaussures de travail toutes neuves. Les chaussures qui avaient coûté autant à ma mère qu'un mois d'électricité. C'est à ce moment, je crois, que j'ai compris ce qu'était la honte, et la couleur qu'elle avait. La honte n'est pas noire, comme la saleté, comme je l'avais toujours cru. La honte a la couleur de l'uniforme blanc tout neuf quand votre mère a passé une nuit à repasser pour gagner de quoi vous l'acheter et que vous le lui rapportez sans une tache, sans une trace de travail."

Aibileen lève les yeux et me regarde pour savoir ce que je pense. Je cesse de taper. Je m'étais attendue à des histoires tendres, joliment racontées. Je me rends compte que je risque d'en avoir plus que pour mon argent. Elle a déjà repris sa lecture.

"… et alors j'ai à peine eu le temps d'enfiler ma blouse, que le petit Blanc se coupe les doigts à ce ventilateur que j'ai demandé dix fois à sa mère d'enlever de la fenêtre. J'avais jamais vu autant de rouge sortir d'une personne. Je ramasse les doigts, je prends le gamin et je le mène à l'hôpital des Noirs parce que je ne savais pas où était l'hôpital des Blancs. Mais quand j'arrive, un Noir m'arrête et me dit, *Il est blanc, ce petit ?*" La machine à écrire crépite comme la grêle sur un toit. Aibileen lit vite et je laisse passer mes fautes d'orthographe, ne m'interrompant que pour changer de feuille. Toutes les huit secondes, je renvoie le traîneau attaquer une autre ligne.

"Et moi je dis, *Oui m'sieur* et il dit, *C'est à lui ces doigts blancs ?* Et je dis, *Oui m'sieur !* et il dit, *Tu ferais mieux de leur dire qu'il est métis, parce que le docteur noir voudra jamais opérer un Blanc dans un hôpital de Noirs.* Et alors un policier m'attrape par le bras et me dit, *Regarde ça…*"

Elle se tait. Lève les yeux. Le crépitement des touches s'arrête.

"Quoi ? Le policier vous a dit de regarder *quoi* ?

— C'est tout ce que j'ai écrit. Je voulais pas rater mon bus pour aller au travail, ce matin."

Je pousse le chariot et la machine tinte. Nous échangeons à nouveau un regard. Je crois que ça va peut-être marcher.

CHAPITRE 12

Tous les deux jours, pendant les deux semaines qui suivent, je dis à ma mère que je vais à l'église presbytérienne de Canton pour servir un repas aux nécessiteux. Par bonheur, nous n'y connaissons personne. Evidemment, je serais plutôt censée aller à la première presbytérienne, mais maman n'est pas femme à ergoter sur les choix d'église. Elle m'honore d'un hochement de tête approbateur et me recommande de me laver les mains au savon, après.

Heure après heure, dans sa cuisine, Aibileen lit et je tape. Les détails s'accumulent, des visages d'enfants apparaissent. Je suis d'abord déçue qu'Aibileen monopolise l'écriture que je dois me contenter de mettre en forme. Mais si cela plaît à Mrs Stein, il me restera à rédiger les témoignages des autres bonnes et j'aurai plus de travail qu'il n'en faut. *Si ça lui plaît...* Je me surprends à répéter indéfiniment ces mots dans ma tête, avec l'espoir d'en faire une réalité.

L'écriture d'Aibileen est claire, franche. Je le lui dis.

"Eh oui, mais vous savez bien à qui j'écris..." Elle glousse. "A Dieu !"

Avant ma naissance, elle cueillait le coton à Longleaf, la plantation de ma famille. Elle s'est laissée aller un jour à parler de Constantine sans même que je le lui demande.

"Mon *Dieu* qu'elle chantait bien, Constantine ! Comme un ange du ciel, debout devant l'autel. Ça nous donnait la chair de poule quand on entendait cette voix comme de la soie, puis elle a plus voulu chanter après qu'on l'a obligée à donner son bébé à…" Elle se tait. Me regarde.

Elle dit : "Bon…"

N'insiste pas, me dis-je. Je voudrais entendre tout ce qu'elle sait au sujet de Constantine, mais j'attendrai que nous ayons achevé ces entretiens. Je ne veux mettre aucun obstacle entre nous.

"Des nouvelles de Minny ? Si ça plaît à Mrs Stein, dis-je, en psalmodiant quasiment ces mots familiers, je voudrais bien être prête pour le prochain entretien."

Aibileen secoue la tête. "J'en ai parlé trois fois à Minny et elle continue à dire qu'elle le fera pas. Je pense qu'il faut la croire, maintenant."

Je m'efforce de cacher mon inquiétude. "Vous pourriez peut-être demander à d'autres ? Voir si elles ne seraient pas intéressées ?" Je suis certaine qu'Aibileen aura plus de chances que moi de convaincre quelqu'un.

Elle hoche la tête. "Il y a en encore quelques-unes à qui je pourrais demander. Mais il va lui falloir combien de temps, à cette dame, pour vous dire si ça lui plaît ?"

Je hausse les épaules. "Je n'en sais rien. Si on poste tout la semaine prochaine, on aura peut-être de ses nouvelles vers la mi-février. Mais je ne peux pas le garantir."

Aibileen serre les lèvres, regarde les pages couvertes de son écriture. Il y a chez elle quelque chose que je n'avais pas encore remarqué. De l'anticipation, un petit frémissement d'excitation. J'étais tellement enfermée en moi-même qu'il ne m'est pas venu à l'idée qu'elle pourrait être sensible au fait qu'une éditrice de New York lise son histoire. Je souris et respire à pleins poumons tandis que mon espoir grandit.

A la cinquième séance, Aibileen lit ce qu'elle a écrit sur la mort de Treelore. Elle raconte comment le contremaître blanc a jeté son corps brisé à l'arrière d'une camionnette. "Et ils l'ont laissé tomber en arrivant à l'hôpital des Noirs. C'est une infirmière qui me l'a dit. Elle était dehors. Ils l'ont fait rouler sur le plateau de la camionnette, il est tombé par terre, et le Blanc est reparti." Aibileen ne pleure pas, elle laisse simplement passer un instant pendant que je fixe les touches noires dont la peinture s'écaille sur le clavier de ma machine à écrire.

A la sixième séance, elle me lit le récit de la mort de Treelore. "Je suis entrée chez Miss Leefolt en 1960 quand Mae Mobley avait deux semaines." Je sens qu'elle commence à être en confiance. Elle raconte l'installation des toilettes dans le garage, reconnaît qu'elle est contente de les avoir là désormais. C'est toujours mieux que d'entendre Miss Hilly se plaindre parce qu'elle doit partager les toilettes avec la bonne. Elle m'a entendue, un jour, déclarer que les Noirs allaient trop à l'église. Cela l'a frappée. Je frémis intérieurement en me demandant ce que j'ai pu dire encore sans me douter que la bonne écoutait, ou que cela pouvait la toucher.

Un soir, elle dit : "J'étais en train de penser…" Puis elle se tait.

Je lève les yeux au-dessus de la machine, j'attends. Il a fallu qu'elle vomisse pour me faire comprendre que je devais la laisser prendre son temps.

"Je me disais que je devrais un peu plus lire. Ça m'aiderait pour écrire.

— Allez donc à la bibliothèque de State Street. Ils ont des salles entières d'écrivains du Sud. Faulkner, Eudora Welty…

— Vous savez bien qu'on admet pas les Noirs dans cette bibliothèque."

Je me sens idiote. "Comment ai-je pu l'oublier ?" La bibliothèque des Noirs ne doit pas valoir grand-chose. Ils

215

ont manifesté pacifiquement en s'asseyant devant celle des Blancs voici quelques années, et les journaux en ont parlé. A leur arrivée, la police s'est contentée de lâcher ses bergers allemands. En regardant Aibileen je pense une fois de plus aux risques qu'elle prend en me parlant. "Je me ferai un plaisir d'y prendre des livres pour vous", dis-je.

Aibileen se précipite dans la chambre et revient avec une liste. "Je préfère marquer ceux que je voudrais. Voilà trois mois que je suis sur la liste d'attente pour *Ne tirez pas sur l'oiseau moqueur* à la bibliothèque Carver. Voyons…"

Je la regarde mettre des marques à côté des titres : *Les Ames du peuple noir* de W.E.B. Du Bois, *Poèmes* d'Emily Dickinson (n'importe lesquels), *Les Aventures de Huckleberry Finn*.

"Il y en a que j'ai lus en classe, mais je suis pas arrivée à les finir." Elle continue à marquer, en s'arrêtant pour réfléchir à ceux qu'elle voudrait ensuite.

"Vous voulez un livre… de Sigmund Freud ?

— Ah, les fous… dit-elle. J'adore lire des choses sur la tête et comment elle fonctionne. Vous êtes déjà tombée dans un lac en rêve ? Il dit que c'est une façon de rêver de sa naissance. Miss Frances, chez qui je travaillais en 1957, avait tous ses livres."

Au douzième titre, je n'y tiens plus : "Aibileen, depuis combien de temps vouliez-vous me demander cela ? De sortir ces livres pour vous ?

— Ça fait un moment." Haussement d'épaules. "Je crois que j'osais pas en parler.

— Vous pensiez que… je pourrais refuser ?

— Avec toutes ces règles des Blancs… Comment savoir lesquelles vous suivez et lesquelles vous suivez pas ?"

On se regarde une seconde. "Les règles, j'en ai marre", dis-je.

Aibileen rit doucement et jette un coup d'œil vers la fenêtre. Je me dis que cette révélation doit être bien peu convaincante pour elle.

Je reste quatre jours de suite dans ma chambre face à la machine à écrire. Les vingt pages que j'ai remplies, bourrées de ratures et de passages barrés ou cerclés de rouge, donnent trente et un feuillets proprement dactylographiés sur du beau papier Strathmore blanc. Je rédige une courte biographie de Sarah Ross, nom emprunté par Aibileen à son institutrice décédée depuis plusieurs années. J'indique son âge, le métier de ses parents. Et je complète avec ses récits, exactement comme elle les a écrits elle-même, dans son style clair et direct.

Au troisième jour, maman m'appelle du bas de l'escalier pour savoir au nom du ciel ce que je fais là-haut toute la journée et je réponds sur le même ton, c'est-à-dire en criant, que *je tape juste quelques notes sur l'étude de la Bible. J'écris tout ce que j'aime en Jésus*. Je l'entends dire à papa dans la cuisine, après le dîner : "Elle nous mijote quelque chose." Je me promène à travers la maison avec la Bible blanche de mon baptême, pour faire plus vrai.

Je lis et relis, puis j'apporte les pages à Aibileen dans la soirée et elle fait de même. Elle sourit en hochant la tête aux bons passages quand tout va bien pour tout le monde, mais quand elle arrive aux moins bons, elle ôte ses grosses lunettes à monture noire et dit : "Je sais bien que c'est moi qui l'ai écrit, mais vous tenez vraiment à garder ça, à propos de…"

Et je réponds : "Oui, j'y tiens." Mais je suis moi-même surprise par tout ce qu'on trouve dans ces récits, depuis les réfrigérateurs séparés dans la résidence du gouverneur jusqu'aux Blanches faisant des crises dignes de gamines de deux ans pour un faux pli sur une serviette de table, et aux bébés blancs appelant Aibileen "maman".

A trois heures du matin, après seulement deux marques blanches de corrections sur ce qui compte maintenant vingt-sept pages, je glisse le manuscrit dans une enveloppe jaune. La veille, j'ai appelé le bureau de Mrs Stein. Ruth, sa secrétaire, m'a dit qu'elle était en réunion. Elle a noté mon message : l'entretien avance bien. Mrs Stein n'a pas rappelé aujourd'hui.

Je serre l'enveloppe sur mon cœur et je pleure presque de fatigue, et de doute. Je la poste le lendemain matin. De retour chez moi je m'étends sur mon vieux lit de fer, dévorée d'inquiétude. Que va-t-il se passer… *si ça lui plaît ?* Et si Elizabeth ou Hilly nous surprenait ? Si Aibileen était renvoyée, jetée en prison ? J'ai l'impression de tomber dans un tourbillon obscur et sans fin. Mon Dieu, est-ce qu'ils la battraient comme ils ont battu le jeune Noir surpris dans les toilettes des Blancs ? Qu'ai-je donc fait ? Pourquoi l'avoir exposée à un tel risque ?

Je vais me coucher. Les quinze heures suivantes ne sont qu'un long cauchemar.

Il est treize heure quinze. Hilly et Elizabeth attendent à la table de la salle à manger que Lou Anne veuille bien se montrer. Je n'ai encore rien avalé de la journée hormis la tisane de maman contre les sexualités déviantes et je suis nerveuse, au bord de la nausée. Je tape du pied sous la table. Je suis ainsi depuis dix jours, depuis que j'ai envoyé le témoignage d'Aibileen à Elaine Stein. J'ai rappelé Ruth, une fois, et celle-ci m'a dit qu'elle avait transmis le manuscrit à Mrs Stein quatre jours plus tôt et n'avait encore aucune nouvelle.

"Vous ne trouvez pas que c'est un peu fort ?" Hilly consulte sa montre et fronce les sourcils. C'est la deuxième fois que Lou Anne est en retard. Elle n'en a plus pour long-temps à faire partie de notre groupe, on peut compter sur Hilly pour cela.

Aibileen entre dans le salon et je m'efforce de ne pas trop la regarder. J'ai peur que Hilly ou Elizabeth ne surprenne quelque chose dans mes yeux.

"Cesse de taper du pied, Skeeter. Tu fais trembler la table", dit Hilly.

Aibileen va et vient à travers la pièce, la démarche calme et l'air posé dans son uniforme blanc, et on serait bien en peine, à la voir, de deviner qu'il s'est passé quoi que ce soit entre nous deux. Je pense qu'elle a appris depuis longtemps à ne rien laisser paraître de ses sentiments.

Hilly bat les cartes et les distribue pour une partie de gin rummy. J'essaie de me concentrer sur le jeu, mais de petites choses ne cessent de me venir à l'esprit chaque fois que je regarde Elizabeth – Mae Mobley allant aux toilettes dans le garage, l'interdiction faite à Aibileen de mettre son déjeuner dans le réfrigérateur des Leefolt… Des petits détails dont j'ai connaissance.

Aibileen m'offre un biscuit sur un plateau d'argent. Elle me verse du thé glacé comme si nous étions les étrangères que nous étions destinées à être. Je suis allée chez elle à deux reprises depuis que j'ai expédié le manuscrit à New York, pour lui apporter des livres de la bibliothèque. Elle porte toujours sa robe verte gansée de noir. De temps en temps, elle glisse les pieds hors de ses chaussures sous la table. La dernière fois, elle a sorti un paquet de Montclair et s'est mise à fumer en ma présence, ce qui n'est pas rien, surtout avec ce naturel. J'en ai pris une aussi. Et la voici maintenant qui balaie délicatement les miettes devant moi avec l'ustensile en argent que j'ai offert à Elizabeth et Raleigh pour leur mariage.

"Eh bien, en attendant, j'ai une nouvelle à vous annoncer", dit Elizabeth, et rien qu'à son air et à la main qu'elle pose sur son ventre en baissant modestement la tête j'ai déjà deviné.

"Je suis enceinte." Elle sourit, sa bouche tremble un peu.

"C'est formidable !" dis-je. Je pose mes cartes et lui touche le bras. Elle semble vraiment prête à pleurer. "C'est pour quand ?

— Octobre.

— Eh bien, il était temps ! dit Hilly, en la serrant dans ses bras. Mae Mobley est pratiquement élevée."

Elizabeth allume une cigarette, pousse un soupir. Elle regarde ses cartes. "Nous sommes vraiment très contents."

Pendant qu'on joue quelques parties sans noter le score, Hilly et Elizabeth discutent prénoms. Je m'efforce de participer à la conversation. "J'opte pour Raleigh si c'est un garçon", dis-je. Hilly en vient à la campagne de William. Il se présente aux sénatoriales de mars prochain, bien qu'il n'ait aucune expérience politique. A mon grand soulagement, Elizabeth dit à Aibileen de servir le déjeuner.

Quand Elizabeth revient avec la salade en gelée, Hilly se redresse sur son siège. "Aibileen, j'ai un vieux manteau pour vous et un sac de vêtements de Mrs Walters." Elle se tamponne la bouche avec sa serviette. "Vous irez chercher tout ça dans ma voiture après le déjeuner, d'accord ?

— Oui, ma'am.

— Et n'oubliez pas. Je ne tiens pas à repartir avec.

— Oh, c'est vraiment gentil de la part de Miss Hilly, n'est-ce pas, Aibileen ?" Elizabeth hoche la tête. "Allez chercher ces vêtements dès qu'on aura fini.

— Oui ma'am."

La voix de Hilly s'élève de trois octaves quand elle s'adresse à des Noirs. Elizabeth sourit comme si elle parlait à une enfant, mais certainement pas au sien. Je commence à remarquer certaines choses.

Quand Lou Anne Templeton arrive enfin, nous avons fini les crevettes et la purée de maïs et attaquons le dessert. Hilly est d'une indulgence renversante. Lou Anne s'est mise en retard, après tout, parce qu'elle avait quelque chose à faire pour la Ligue.

Je félicite une nouvelle fois Elizabeth et repars vers ma voiture. Aibileen est sortie pour récupérer le manteau usé de 1942 et les autres vêtements que, pour une raison que j'ignore, Hilly ne veut pas donner à Yule May, sa propre bonne. Hilly me rattrape à grandes enjambées, une enveloppe à la main.

"Pour la *Lettre* de la semaine prochaine. Tu n'oublieras pas de le passer ?"

Je fais signe que non et Hilly retourne à sa voiture. Au moment de rentrer dans la maison, Aibileen se retourne et me regarde. Je forme le mot "rien" avec mes lèvres. Elle répond d'un imperceptible signe de tête et disparaît à l'intérieur.

Ce soir-là, je travaille à la *Lettre* de la Ligue, en regrettant de ne pas travailler plutôt à mon projet. Je parcours le compte-rendu de la dernière réunion et tombe sur l'enveloppe de Hilly. Je l'ouvre. Elle contient un seul feuillet, couvert de l'écriture grasse et contournée de mon amie :

> *Hilly Holbrook présente sa proposition de loi pour des installations sanitaires réservées aux domestiques. Une mesure de prévention des maladies. Installation de toilettes à bon marché dans votre garage ou dans un appentis extérieur pour les maisons ne disposant pas encore de cet important équipement.*

Mesdames, savez-vous que :

— 99 % des maladies des Noirs sont transmises par l'urine.

— Nous pouvons être handicapés à vie par la plupart de ces maladies, faute d'être protégés par les facteurs d'immunité que les Noirs possèdent en raison de leur pigmentation plus foncée.

— Les Blancs sont porteurs de certains germes qui peuvent également être nocifs pour les Noirs. Protégez-vous. Protégez vos enfants. Protégez votre bonne.

Ne nous remerciez pas ! Signé : Les Holbrook.

Le téléphone sonne dans la cuisine et je manque de tomber en me précipitant pour décrocher. Mais Pascagoula a été plus rapide.

"Résidence de Miss Charlotte."

Je vois la minuscule Pascagoula qui hoche la tête et dit : "Oui ma'am, elle est là", et me tend le récepteur.

"Eugenia à l'appareil !" dis-je, très vite. Papa est aux champs et maman avait rendez-vous en ville chez son médecin. Je tire le cordon noir et entortillé du téléphone jusqu'à la table.

è(e wt"Elaine Stein."

Je reprends ma respiration. "Oui ma'am. Vous avez bien reçu ce que je vous ai envoyé ?

— Oui, dit-elle, et elle respire quelques secondes dans l'appareil.

— Cette Sarah Rose. J'aime bien ses histoires. Sa façon de râler sans trop se plaindre."

Je hoche la tête. C'est plutôt positif, il me semble.

"Mais je continue à penser qu'un livre d'entretiens… ne devrait pas marcher, normalement. Ce n'est pas de la fiction, mais ce n'est pas non plus de la non-fiction. C'est peut-être de l'anthropologie, mais c'est affreux d'être classé sous cette étiquette.

— Mais vous… cela vous a plu ?

— Eugenia, dit-elle, en soufflant la fumée de sa cigarette dans le téléphone. Avez-vous vu la couverture de *Life* cette semaine ?"

Je n'ai pas vu de couverture de *Life* depuis un mois, tellement j'étais occupée.

"Martin Luther King, ma chère. Il vient d'annoncer une marche sur Washington et il appelle tous les Noirs d'Amérique à le rejoindre. Tous les Blancs aussi, d'ailleurs. On n'avait pas vu autant de Noirs et de Blancs ensemble depuis *Autant en emporte le vent*.

— Oui, j'ai entendu parler de… cet événement." Je mens. Je regrette de ne pas avoir lu le journal ce week-end. J'ai l'air idiote.

"Alors écrivez, et écrivez vite, c'est le conseil que je vous donne. La marche aura lieu en août. Il faudrait que vous ayez terminé début janvier."

Je reprends mon souffle. Elle veut que j'écrive ! Elle veut… "Vous voulez dire que vous allez le publier ? Si je peux finir avant…

— Je n'ai rien dit de tel, réplique-t-elle sèchement. Je le lirai. J'examine une centaine de manuscrits par mois et je les refuse presque tous.

— Excusez-moi, c'est simplement que… Bon, je vais l'écrire. Ce sera terminé en janvier.

— Et quatre ou cinq entretiens ne feront pas un livre. Il vous en faudra une dizaine, peut-être plus. Vous en avez déjà prévu d'autres, je présume ?

— Quelques-uns…

— Bien. Alors allez-y. Avant que cette affaire de droits civils ne retombe."

Ce soir-là, je vais chez Aibileen. Je lui remets trois nouveaux livres figurant sur sa liste. J'ai mal au dos pour être restée trop longtemps courbée sur ma machine à écrire. J'ai noté cet après-midi les noms de toutes les personnes ayant une bonne (c'est-à-dire toutes mes connaissances) et les noms de leurs bonnes. Mais je ne me souviens pas de tous.

"Merci. Ah, regardez-moi ça !" Elle sourit en tournant la première page de *Walden*, comme si elle était prête à le lire séance tenante.

"J'ai eu Mrs Stein au téléphone cet après-midi", dis-je.

Les mains d'Aibileen se figent sur le livre. "Je savais qu'il y avait un problème. Je l'ai vu à votre tête."

Je prends ma respiration. "Elle dit qu'elle aime beaucoup ce que vous avez écrit. Mais… elle ne dira pas si elle veut le publier tant que nous n'aurons pas *tout* écrit." Je m'efforce de paraître optimiste. "Et il faut qu'on ait fini d'ici la nouvelle année.

— Mais c'est bien, non ?"

Je hoche la tête, essaie de sourire.

"Janvier", murmure Aibileen. Elle se lève et sort de la cuisine. Elle revient avec un calendrier mural, le pose sur la table et fait défiler les mois.

"Ça paraît loin, mais il y a que… deux… quatre… six… dix pages avant d'y arriver. On y sera avant de s'en rendre compte." Elle sourit.

"Elle dit aussi qu'il nous faut interroger au moins dix bonnes avant qu'elle prenne une décision." Il y a dans ma voix une tension que je ne peux plus dissimuler.

"Mais… vous n'avez pas d'autre bonnes à interroger, Miss Skeeter."

Je serre les poings, ferme les yeux. "Je n'ai personne à qui demander, Aibileen", dis-je. Je parle de plus en plus fort. Je viens de passer quatre heures sur ce problème. "A qui pourrais-je m'adresser ? Pascagoula ? Si je lui en parle, ma mère le saura. Ce n'est pas moi qui connais les autres bonnes !"

Aibileen évite mon regard avec une telle promptitude que j'ai envie de pleurer. *Bon Dieu, Skeeter !* Toutes les barrières que j'ai abattues entre nous depuis des mois viennent de ressurgir en quelques secondes, et par ma faute. "Ne m'en veuillez pas, dis-je précipitamment. Ne m'en veuillez pas d'avoir crié.

— Non, non, c'est normal. C'était à moi de trouver les autres.

— Pourquoi pas… la bonne de Lou Anne ? dis-je calmement, en prenant ma liste. Comment s'appelle-t-elle… Louvenia ? Vous la connaissez ?"

Aibileen hoche la tête. "J'ai déjà demandé à Louvenia." Elle garde les yeux baissés. "Son petit-fils est devenu aveugle. Elle dit qu'elle regrette, mais qu'elle doit penser à lui d'abord.

— Et Yule May, la bonne de Hilly ? Vous lui avez parlé ?

— Elle dit qu'elle a déjà trop à faire parce qu'elle veut envoyer ses deux garçons à la fac l'année prochaine.

— Et les autres bonnes qui fréquentent votre église ? Vous ne leur avez pas demandé ?"

Aibileen lève enfin les yeux. "Elles ont toutes des excuses. Mais en fait, elles ont peur, c'est tout.

— Mais combien en avez-vous sollicité ?"

Elle prend son carnet, le feuillette un instant. Je vois ses lèvres remuer tandis qu'elle compte en silence.

"Trente-deux."

J'expire. Je ne m'étais pas rendu compte que je retenais mon souffle.

"C'est… beaucoup", dis-je.

Aibileen, enfin, me regarde bien en face. "Je voulais pas vous le dire." Son front se plisse. "Avant qu'on ait des nouvelles de cette dame…" Elle ôte ses lunettes. Je lis une profonde inquiétude sur ses traits. Elle tente de la cacher sous un sourire tremblant.

"J'ai plus qu'à leur redemander, dit-elle, penchée en avant.

— Bien." Je soupire.

Elle déglutit avec effort, hoche plusieurs fois la tête pour me faire comprendre qu'elle parle sérieusement. "S'il vous plaît, me laissez pas tomber. Laissez-moi encore m'en occuper avec vous."

Je ferme les yeux. Je ne veux plus voir ce visage dévoré par l'inquiétude. Comment ai-je pu élever la voix ? "Aibileen, ça va aller. Nous sommes… ensemble, sur ce projet."

Quelques jours plus tard, je suis dans la cuisine par une chaleur étouffante, en train de fumer une cigarette – une chose dont je semble incapable de me passer ces temps-ci. Je dois être une "droguée". C'est un mot que Mister Golden emploie souvent. "Ces idiots sont des drogués !" Il me convoque de temps en temps à son bureau, épluche les articles du mois, armé d'un stylo à encre rouge, et souligne, et barre, avec force grognements.

"Ça va, dit-il. Et vous, ça va ?

— Ça va.

— Tout va bien, alors." Avant que je ne m'en aille, la réceptionniste obèse me tend mon chèque de dix dollars, ce qui n'est pas mal du tout pour le travail que fait Miss Myrna.

On étouffe dans cette cuisine mais je ne peux pas rester dans ma chambre où je n'ai rien d'autre à faire que me miner parce qu'aucune bonne n'accepte de travailler avec nous. En outre, cette cuisine est la seule pièce dans laquelle je peux fumer parce que c'est la seule à ne pas posséder un ventilateur qui fait voler la cendre partout. Quand j'avais dix ans, papa a tenté d'en installer un sans consulter Constantine. En arrivant elle a montré l'objet du doigt comme s'il avait accroché une Ford au plafond.

"C'est pour que vous n'ayez pas trop chaud dans cette cuisine où vous passez beaucoup de temps, Constantine.

— Ça, pas question. Je travaille pas dans une cuisine avec un ventilateur, Mister Carlton.

— Mais si ! Il n'y a plus qu'à le brancher sur le courant."

Papa est grimpé sur l'échelle. Constantine était en train de verser de l'eau dans une bassine.

"Allez-y, a-t-elle dit, avec un soupir. Branchez-le."

Papa a pressé l'interrupteur. Après quelques secondes, le temps qu'il fallait à l'appareil pour se lancer, la farine a quitté le saladier dans lequel Constantine s'apprêtait à faire sa pâte à gâteau et s'est répandue à travers la pièce, les recettes se sont envolées au-dessus du comptoir et l'une d'elles a pris feu en retombant sur la cuisinière. Constantine a rattrapé d'une main le papier enflammé et l'a jeté dans la bassine d'eau. Il y a toujours un trou dans le plafond à l'endroit où le ventilateur est resté accroché dix minutes.

Dans le journal, le sénateur Whitworth montre le terrain vague qui doit accueillir le chantier de la nouvelle salle de spectacle de la ville. Je tourne la page. J'ai horreur de tout ce qui me rappelle ma sortie avec Stuart Whitworth.

Pascagoula va et vient dans la cuisine. Je la regarde découper de petits ronds de pâte à sablés avec un verre à liqueur qui n'en a jamais contenu une goutte. Derrière moi, des catalogues de Sears, Roebuck & Co maintiennent les volets de la fenêtre ouverts. Des images de fouets à deux dollars, mixers et autres ustensiles de cuisine à acheter par correspondance tremblent au vent, gaufrées et tachetées par une décennie d'intempéries.

Je devrais peut-être solliciter Pascagoula. Maman n'en saurait rien. Mais qui suis-je en train de tromper ? Maman surveille le moindre de ses mouvements et de toute façon Pascagoula a peur de moi, comme si elle risquait en permanence une réprimande. Il faudrait des années pour vaincre cette peur. Le simple bon sens me commande de laisser Pascagoula en dehors de ça.

Le téléphone sonne comme une alarme d'incendie. Pascagoula laisse tomber sa cuillère dans l'évier mais j'attrape le récepteur avant elle.

"Minny va nous aider", dit Aibileen à voix basse.

Je me glisse dans la réserve et me laisse choir sur mon bidon de farine. Je reste cinq secondes sans pourvoir articuler un mot. "Quand ? Quand veut-elle commencer ?

— Jeudi prochain. Mais elle pose… des conditions.

— Lesquelles ?"

Aibileen marque une pause. "Elle dit qu'elle veut pas voir votre Cadillac de ce côté du pont Woodrow Wilson.

— Très bien. Je pense que je pourrai… prendre la camionnette.

— Et elle dit… elle dit que vous devez pas vous asseoir à côté d'elle. Elle veut vous voir toujours de face.

— Je… m'assiérai où elle voudra."

La voix d'Aibileen se fait plus douce. "C'est qu'elle vous connaît pas, c'est tout. En plus, il lui est arrivé une sale histoire avec des Blanches.

— Je ferai tout ce qu'il faudra."

Je ressors de la réserve, radieuse, raccroche le téléphone au mur. Pascagoula m'observe, le verre à liqueur en suspens au-dessus de la pâte. Elle baisse vivement les yeux et reprend sa tâche.

Deux jours plus tard, j'annonce à maman que je vais chercher un nouvel exemplaire de la Bible du roi Jacques parce que le mien est trop abîmé. J'ajoute que je me sens coupable de rouler en Cadillac alors que tant de bébés meurent de faim en Afrique et que j'ai décidé de prendre aujourd'hui la vieille camionnette. Son regard me suit du fond de son fauteuil à bascule. "Où comptes-tu acheter cette nouvelle Bible, au juste ?"

Je cligne des yeux. "On en a commandé une pour moi à l'église."

Elle hoche la tête et ne me quitte pas des yeux pendant tout le temps que je mets à démarrer.

Je vais jusqu'à Farish Street avec une tondeuse à gazon derrière la vieille camionnette au plancher mangé par la rouille. Je vois filer le bitume à travers les trous. Mais cette fois, au moins, je ne tire pas un tracteur.

Aibileen vient m'ouvrir et j'entre. Minny est debout à l'angle le plus reculé du salon, les bras croisés sur son ample poitrine. Je l'ai vue à quelques reprises, les rares fois où Hilly laissait Mrs Walters recevoir le club de bridge chez elle. Minny et Aibileen ont gardé leurs uniformes blancs.

"Bonjour, dis-je, de l'autre extrémité de la pièce. Contente de vous revoir.

— Miss Skeeter." Minny fait un signe de tête. Elle s'assoit et la chaise en bois qu'Aibileen est allée chercher à la cuisine grince sous son poids. Je m'assois le plus loin possible, à l'autre extrémité du canapé, et Aibileen entre nous deux.

Je m'éclaircis la voix, tente un timide sourire. Minny n'y répond pas. Elle est petite, grosse, et musclée. Sa peau est nettement plus foncée que celle d'Aibileen, tendue et luisante comme le cuir d'une paire de chaussures neuves.

"J'ai déjà expliqué à Minny comment on fait pour écrire les témoignages, me dit Aibileen. Vous m'avez aidée à écrire le mien. Et elle va vous raconter des histoires pendant que vous écrirez.

— Et, Minny, dis-je, tout ce que vous dites restera confidentiel. Vous lirez ensuite tout ce qu'on…

— Pourquoi vous croyez que les Noirs ont besoin de votre aide ?" La chaise grince et elle se lève brusquement. "Qu'est-ce que ça peut vous faire tout ça ? A vous, la *Blanche* ?"

Je regarde Aibileen. Jamais une Noire ne m'a parlé sur ce ton.

"On travaille toutes pour la même chose, ici, Minny, dit Aibileen. On parle, c'est tout.

— Et c'est quoi, cette histoire ? Si ça se trouve, vous voulez me faire parler pour m'attirer des ennuis !" Elle montre la fenêtre du doigt. "Medgar Evers, le type de la NAACP* qui habite à côté, ils lui ont fait sauter sa bagnole pendant la nuit ! Parce qu'il avait *parlé*."

J'ai le visage en feu. Je dis lentement : "Nous voulons montrer les choses de votre point de vue… De cette façon les gens comprendront peut-être comment c'est de votre côté. Nous… nous espérons que certaines choses pourront changer autour de nous.

— Qu'est-ce vous croyez changer avec ça ? Vous allez changer la loi pour qu'on soit gentil avec sa bonne ?

— Attendez, dis-je. Je ne veux pas changer de loi. Je parle seulement de comportement et…

— Vous savez ce qui va arriver si on se fait prendre ? Vous savez ce qui m'est arrivé la fois où je me suis trompée

* *National Association for the Advancement of Colored People* : Association de défense des droits civiques des Noirs.

230

de cabine d'essayage chez McRay ? Ils m'ont braquée chez moi avec leurs *pistolets* !"

Un silence tendu règne dans la pièce pendant un instant, troublé par le seul bruit de la pendule Timex marron posée sur l'étagère.

"On ne te force pas à faire ça, Minny, dit Aibileen. Tu peux changer d'avis."

Lentement, avec lassitude, Minny se rassoit sur sa chaise. "Je vais le faire. Je veux être sûre qu'elle comprend que c'est pas un *jeu,* c'est tout."

Je jette un coup d'œil à Aibileen. Elle me répond d'un hochement de tête. Je prends une profonde inspiration. J'ai les mains qui tremblent.

Je commence par les questions sur ses antécédents et on en vient à parler du travail de Minny. Elle répond sans quitter Aibileen des yeux, comme si elle voulait oublier ma présence dans la pièce. Je note tout ce qu'elle dit et mon stylo court sur le papier aussi vite que je le peux. Nous avons pensé que ce serait moins impressionnant que d'utiliser la machine à écrire.

"… Ensuite j'ai eu une place où je travaillais tard tous les soirs. Et vous savez ce qui s'est passé ?"

Je demande : "Quoi ?" bien qu'elle s'adresse toujours à Aibileen.

"*Ah, Minny,* elle disait tout le temps, *tu es la meilleure bonne qu'on ait jamais eue. Ma grosse Minny, on te gardera toujours !* Et puis un jour elle m'annonce qu'elle va me donner une semaine de congés payés. J'avais jamais eu de congés, payés ou pas payés, de toute mon existence. Et quand je reviens une semaine après pour reprendre le travail, ils étaient plus là ! Ils étaient partis à Mobile. Elle a expliqué à quelqu'un qu'elle m'avait rien dit de peur que je trouve une autre place avant qu'elle s'en aille ! Elle pouvait pas vivre un seul jour sans une bonne pour s'occuper d'elle, Miss Poil-dans-la-main !"

Elle se lève soudain, attrape son sac. "Faut que j'y aille. Vous me donnez des palpitations, à me faire parler de ça." Et la voilà qui sort dans un claquement de porte.

Je lève les yeux, essuie la sueur à mes tempes.

"Et encore, elle était de bonne humeur aujourd'hui", dit Aibileen.

CHAPITRE 13

Pendant les deux semaines suivantes, nous occupons toutes les trois les mêmes sièges dans le petit salon chaleureux d'Aibileen. Minny pique des colères et se calme alternativement en racontant son histoire, puis met brutalement fin à l'entretien et repart encore plus furieuse qu'elle est n'arrivée. Je prends un maximum de notes.

À part sa fureur envers les Blancs, Minny aime bien parler de nourriture. "Alors, je commence par mettre les haricots verts, puis je lance la cuisson des côtes de porc parce que les côtes de porc, vous voyez, je les aime bien chaudes."

Un jour, après avoir dit : "… j'avais un bébé blanc au bras, les haricots verts dans la marmite, et…" elle se tait soudain. Me regarde. Tape du pied.

"La moitié de ce que je raconte a rien à voir avec les droits des Noirs. C'est des trucs de tous les jours." Elle m'examine de la tête aux pieds. "On dirait que c'est *la vie*, que vous écrivez."

Mon stylo reste en suspens au-dessus de la feuille. Elle a raison. Je comprends que c'est exactement ce que je voulais. Je lui réponds : "J'espère bien." Elle se lève et déclare qu'elle a d'autres choses à faire, et bien plus importantes, que de se soucier de ce que j'espère.

*

Le lendemain soir, alors que je travaille dans ma chambre, penchée sur la Corona, j'entends soudain maman qui monte l'escalier en toute hâte. Deux secondes plus tard, elle entre. "Eugenia", dit-elle à voix basse.

Je me lève si brusquement que ma chaise manque de tomber. J'essaie de cacher mon travail. "Oui ?

— Ne t'affole pas, mais il y a en bas un homme – *très grand* – qui te demande.

— Qui ?

— Il dit qu'il s'appelle Stuart Whitworth.

— Comment ?

— Il dit que vous avez passé une soirée ensemble il y a quelques temps, mais comment est-ce possible ? Je n'en savais rien !

— Bon Dieu !

— N'invoque pas le nom du Seigneur en vain, Eugenia Phelan. Mets plutôt un peu de rouge à lèvres.

— Crois-moi, maman, dis-je, en mettant tout de même du rouge à lèvres. Le bon Dieu n'aimerait pas ça non plus."

Je me brosse les cheveux, ils sont affreux. Je nettoie même les taches d'encre et de liquide correcteur sur mes mains et mes coudes. Mais je ne changerai pas de tenue, pas pour lui.

Maman m'examine rapidement dans ma salopette et la vieille chemise blanche de papa. "C'est un Whitworth de Greenwood ou un Whitworth de Natchez ?

— C'est le fils du sénateur."

La mâchoire de maman tombe si brusquement qu'elle heurte son rang de perles. Je dévale l'escalier, passant devant notre galerie de portraits d'enfants. Il y a une série de photos de Carlton, dont certaines qui semblent dater d'avant-hier. Les photos de moi s'arrêtent à mes douze ans. "Maman, laisse-nous un peu seuls." Je la regarde qui bat lentement en retraite vers sa chambre, avec un dernier coup d'œil en arrière avant de disparaître.

Je sors. Il est là. Trois mois après notre rencontre. Stuart Whitworth en personne, debout sur ma véranda en pantalon kaki, veste bleue et cravate rouge comme pour un dîner du dimanche.

Crétin.

"Que faites-vous ici ?" Je ne souris pas. Pas à lui.

"Je… je passais.

— Ah. Je vous offre un verre ? A moins que vous ne préfériez toute la bouteille d'Old Kentucky ?"

Il se rembrunit. Il a le front et le nez rouges, comme quelqu'un qui travaille en plein soleil. "Ecoutez, je sais que… qu'il y a déjà un certain temps, mais je suis venu vous faire mes excuses.

— Qui vous envoie ? Hilly ?" Il y a huit rocking-chairs inoccupés sur la véranda. Je ne lui propose pas de s'asseoir.

Il regarde le champ de coton sur lequel le soleil commence à descendre à l'ouest, plonge les mains dans ses poches comme un gamin de douze ans. "Je sais que j'ai été… grossier, ce soir-là, j'y ai beaucoup pensé depuis et…"

Je ris. Je suis gênée. Pourquoi venir me rappeler cela ?

"Ecoutez, dit-il. J'avais dit cent fois à Hilly que je n'étais pas prêt pour sortir à nouveau avec une fille, quelle qu'elle soit. J'en étais même très loin…"

Je serre les dents. Je n'en reviens pas, mais les larmes me montent aux yeux ; c'était il y a des mois. Pourtant, je me souviens de l'humiliation que j'ai éprouvée à me sentir comme un produit de remplacement après m'être emballée de façon aussi ridicule. "Pourquoi êtes-vous venu, alors ?

— Je ne sais pas…" Il secoue la tête. "Vous savez comment c'est, avec Hilly."

Je reste figée, à me demander ce qu'il veut. Il passe la main dans ses cheveux châtains. Il a l'air fatigué.

Je regarde ailleurs parce qu'il est plutôt mignon avec ses airs de petit garçon et ce n'est pas le moment d'avoir ce genre d'idées. Je veux qu'il s'en aille – je ne veux plus de ces sentiments-là, c'est trop affreux. Mais je m'entends demander : "Qu'entendez-vous par « je n'étais pas prêt » ?

— Je n'étais pas prêt, c'est tout. Pas après ce qui m'était arrivé."

Je le regarde. "Vous voulez que je devine ?

— Avec Patricia van Devender. On s'était fiancés l'année dernière, et… Je croyais que vous étiez au courant."

Il se laisse tomber dans un rocking-chair. Je ne m'assieds pas à côté de lui. Mais je ne lui demande pas de s'en aller non plus.

"Quoi, elle vous a laissé tomber pour un autre ?

— Ah !" Il baisse les yeux, se prend la tête à deux mains et murmure : "Si ce n'était que ça."

Je me retiens pour ne pas lui dire ce que j'ai sur le bout de la langue, à savoir qu'il méritait certainement ce qu'elle lui a infligé, mais il fait vraiment peine à voir. Maintenant que son côté hâbleur, buveur et grande gueule a disparu, je me demande s'il est toujours aussi pitoyable.

"On sortait ensemble depuis l'âge de quinze ans. Vous savez ce que c'est, quand on est resté aussi longtemps avec quelqu'un."

En tout cas, je ne sais pas pourquoi j'accepte d'écouter cela, sinon parce que je n'ai rien à perdre. "A vrai dire, je l'ignore. Je ne suis jamais restée longtemps avec quiconque."

Il me regarde, et il a une sorte de rire. "Eh bien, ça doit être ça, alors.

— Quoi, « ça » ?

— Vous êtes… différente. Je n'ai jamais rencontré quelqu'un qui dise exactement ce qu'il pense. Aucune fille, en tout cas.

— Croyez-moi, j'aurais pu en dire *beaucoup* plus."

Il soupire. "Quand j'ai vu votre visage, là-bas, dans la camionnette… Je ne suis pas celui que vous croyez. Je ne suis pas ce pauvre type."

Je regarde ailleurs, gênée. Je commence à comprendre ce qu'il voulait dire : que si je suis différente, ce n'est pas forcément au sens d'anormale, comme une géante. Mais peut-être dans le bon sens.

"Je suis venu voir si vous accepteriez de m'accompagner en ville pour dîner. On pourrait discuter, dit-il, et il se lève. On pourrait… je ne sais pas, moi, on pourrait s'écouter l'un l'autre, cette fois."

Je ne bouge pas, sous le choc. Il me fixe de ses yeux bleu clair comme s'il attendait vraiment quelque chose de ma réponse. Je reprends ma respiration, prête à dire oui – pourquoi refuserais-je ? –, et il attend en se mordant la lèvre inférieure.

Puis je me rappelle la façon dont il m'a traitée comme une moins que rien. Au point de se saouler à mort tellement il se sentait mal avec moi. Je l'entends encore me dire que je sentais l'engrais. Il m'a fallu trois mois pour oublier ce moment.

"Non, dis-je, d'une traite. Merci. Une soirée avec vous ? Je ne peux rien imaginer de pire."

Il hoche la tête, regarde ses pieds. Puis il descend les marches de la véranda.

"Je regrette." La portière de sa voiture est restée ouverte. "C'est ce que j'étais venu dire. Eh bien, c'est fait."

Je suis debout sur la véranda et j'écoute les bruits du soir, le crissement du gravier sous les pas de Stuart, les chiens qui vont et viennent dans le demi-jour. Je pense à Charles Gray, à qui je dois le premier et unique baiser de mon existence. Je me rappelle comment je l'avais repoussé, avec le sentiment confus que ce baiser ne m'était pas destiné.

Stuart entre dans la voiture et la portière claque. La vitre est descendue. Mais il garde les yeux baissés.

Je lance : "Laissez-moi une minute, je vais passer un pull !"

On ne nous dit pas, à nous les filles qui ne sortons jamais avec des garçons, que le souvenir peut être aussi délicieux que ce qui s'est réellement passé. Maman grimpe jusqu'au troisième étage et se campe à côté de mon lit, me dominant de toute sa hauteur, mais je fais semblant de dormir. Parce que je veux me souvenir encore un peu.

Hier soir, nous sommes allés au Robert E. Lee pour dîner. J'avais passé un petit pull bleu pâle et une jupe blanche moulante. J'avais laissé maman me brosser les cheveux avec des gestes fébriles tandis que les instructions pleuvaient.

"Et n'oublie pas de sourire. Les hommes n'aiment pas les filles qui ont tout le temps l'air de broyer du noir, et ne t'assieds pas comme une Indienne sous sa tente, croise les…

— Attends. Les jambes ou les chevilles ?

— Les chevilles. Tu as donc tout oublié des cours de savoir-vivre de Mr Rheimer ? Et n'aie pas peur de lui mentir, dis-lui que tu vas tous les dimanches à l'église, et surtout, ne croque pas les glaçons quand tu bois, c'est affreux. Ah, et si la conversation retombe, parle-lui de ton cousin qui est conseiller municipal à Kosciusko."

Tout en brossant et aplatissant, brossant et aplatissant, maman ne cessait de me demander comment j'avais fait sa connaissance et ce qui s'était passé à notre premier rendez-vous, mais j'ai réussi à lui échapper et à filer dans l'escalier, en proie à mes propres inquiétudes et à ma propre nervosité. Quand Stuart et moi sommes arrivés à l'hôtel et nous sommes assis en dépliant les serviettes sur nos genoux, le serveur nous a annoncé qu'ils ne tarderaient pas à fermer. On pouvait seulement nous servir un dessert.

"Qu'est-ce qui vous ferait plaisir, Skeeter ?" m'a demandé Stuart et je me suis crispée, espérant qu'il n'avait pas l'intention de se saouler à nouveau.

"Un Coca avec des glaçons.

— Non, a-t-il dit en souriant. Je veux dire… dans la vie. Qu'attendez-vous ?"

J'ai poussé un profond soupir, sachant ce que maman m'aurait conseillé de répondre : avoir de beaux enfants pleins de santé, m'occuper de mon mari, une cuisine bien équipée pour préparer des repas sains et néanmoins savoureux. "Je veux être écrivain, ai-je répondu. Journaliste. Romancière, peut-être. Ou les deux."

Il m'a regardée droit dans les yeux.

"J'aime ça, a-t-il dit, et il a continué à me regarder. J'ai beaucoup pensé à vous. Vous êtes intelligente, vous êtes jolie, vous êtes…" Sourire. "Grande."

Jolie ?

Nous avons mangé des soufflés à la fraise et bu un verre de chablis chacun. Il m'a expliqué comment on faisait pour détecter du pétrole sous un champ de coton et je lui ai dit que la réceptionniste et moi étions les seules femmes à travailler pour le journal.

"J'espère que vous écrivez quelque chose de vraiment bien. Quelque chose… qui vous tient à cœur.

— Merci. Je… je l'espère aussi." Je n'ai pas parlé d'Aibileen ni de Mrs Stein.

J'avais rarement eu l'occasion de regarder de près un visage d'homme. J'ai remarqué qu'il avait la peau plus épaisse que la mienne et d'une belle couleur pain brûlé ; les poils blonds et drus semblaient pousser à vue d'œil sur ses joues et sur son menton. Il sentait l'amidon. La résine de pin, plutôt. Et il n'avait pas du tout le nez pointu.

Le serveur bâillait dans un coin de la salle mais nous l'avons ignoré et sommes restés encore un peu pour discuter. Et j'en étais à regretter d'avoir pris un bain le matin sans me laver les cheveux et à me dire avec un immense soulagement qu'au moins je m'étais brossé les dents, quand soudain il m'a embrassée, lentement, à pleine bouche, et mon corps tout entier – ma peau, ma clavicule, mes genoux, absolument tout en moi – s'est éclairé.

Un lundi après-midi, quelques semaines après ma soirée avec Stuart, je passe à la bibliothèque avant la réunion de la Ligue. A l'intérieur, ça sent l'école – ennui, colle, produit désinfectant. Je suis venue chercher des livres pour Aibileen et essayer de savoir si quelqu'un avait déjà écrit quelque chose sur la condition des bonnes.

"Tiens ! Skeeter !"

Seigneur. C'est Susie Pernell. Au lycée, on aurait pu l'élire Miss Commère. "Salut… Susie. Qu'est-ce que tu fais ici ?

— Je travaille pour la commission lecture de la Ligue. Tu ne te rappelais pas ? Tu devrais vraiment t'y mettre toi aussi, Skeeter, on s'amuse bien ! On doit lire les derniers magazines et les derniers dossiers et on plastifie même les cartes de bibliothèque !" Elle pose devant l'énorme appareil comme si elle animait une émission de télé-achat.

"C'est formidable.

— Alors, qu'est-ce que je peux vous proposer, ma'am ? Nous avons des romans policiers, des romans d'amour, une série Apprenez à vous maquiller, Apprenez à vous

coiffer, etc." Elle se tait un instant, sourit. "Comment cultiver ses rosiers, réussir son jardin, décorer son intérieur…

— Je veux simplement jeter un coup d'œil, merci." Je
me sauve, je préfère me débrouiller toute seule. Pas question de lui dire ce que je cherche. Je l'entends déjà chuchoter dans les réunions de la Ligue, *je savais qu'il y avait
quelque chose de pas catholique chez cette Skeeter Phelan,
rien qu'à sa façon de chercher des livres sur les Noirs…*

J'épluche les fiches rangées dans les boîtes, parcours les
rayonnages, mais ne trouve rien sur les domestiques. Au
rayon des ouvrages documentaires, je tombe sur *Frederick
Douglass, un esclave américain*. Je le prends, très contente
de pouvoir l'apporter à Aibileen, mais je m'aperçois en l'ouvrant que la partie centrale a été arrachée. Et quelqu'un a
écrit LIVRE DE NÈGRE au stylo sur la page de garde. Je suis
moins choquée par les mots que par l'écriture, qui est visiblement celle d'un gamin. Je jette un coup d'œil autour de
moi et fourre le livre dans ma sacoche. Mieux vaut cela,
me semble-t-il, que de le remettre sur l'étagère.

Dans la salle consacrée à l'histoire du Mississippi, je
cherche quelque chose qui évoque de près ou de loin les
relations interraciales. Je ne trouve que des ouvrages sur la
guerre de Sécession, des cartes et de vieux annuaires téléphoniques. Je me dresse sur la pointe des pieds pour inspec-
ter la plus haute étagère et j'aperçois une plaquette posée
en travers du *Mississippi River Valley Flood Index*. Une
personne de taille normale ne l'aurait pas vue. C'est une
mince plaquette imprimée sur du papier pelure qui rebique,
retenu par des agrafes. On lit sur la couverture *Recueil des
lois Jim Crow pour le Sud*. Je l'ouvre à la première page et
le papier crisse sous mes doigts.

Il s'agit simplement d'une liste de lois fixant ce que les
Noirs peuvent faire et ne pas faire dans une série d'Etats

du Sud. Je parcours la première page, stupéfaire de trouver cela ici. Les lois n'ont rien de menaçant ni d'amical. Elles sont purement factuelles :

Nul ne doit demander à une femme blanche d'exercer le métier d'infirmière dans un pavillon ou dans une salle où se trouvent des hommes noirs.

Il est illégal pour une personne de race blanche d'épouser une personne de race noire. Tout mariage contrevenant à cette loi sera déclaré nul.

Aucun coiffeur de race noire ne peut coiffer des filles ou des femmes de race blanche.

Le préposé aux inhumations ne doit pas enterrer de personnes de race noire dans un terrain servant à l'inhumation de personnes de race blanche.

Les livres ne doivent pas être échangés entre écoles blanches et écoles noires mais continuer à servir à la race qui les a utilisés en premier.

Je lis rapidement quatre pages, stupéfaite par le nombre de lois qui n'existent que pour nous séparer. Les Noirs et les Blancs n'ont pas le droit de boire aux mêmes fontaines, de fréquenter les mêmes salles de cinéma, les mêmes toilettes publiques, les mêmes terrains de jeux, les mêmes cabines téléphoniques, les mêmes spectacles de cirque. Les Noirs n'ont pas le droit d'entrer dans la même pharmacie que moi ou d'acheter des timbres au même guichet. Je pense à Constantine, le jour où mes parents l'avaient emmenée à Memphis avec nous. La route avait presque disparu sous l'inondation, mais il avait fallu continuer coûte que coûte parce que nous savions qu'aucun hôtel ne voudrait l'accepter. Et je me souviens que personne, dans la voiture, ne s'était décidé à le dire. Nous connaissons tous ces lois, nous vivons ici, mais nous n'en parlons jamais. C'est la première fois que je les vois écrites.

Buffets de fêtes, foires, tables de billard, hôpitaux… Je dois lire deux fois l'article 47, tant il paraît absurde :

La direction devra maintenir un bâtiment séparé sur un terrain séparé pour l'instruction de toutes les personnes aveugles de race noire.

Après quelques minutes, je cesse de lire et je m'apprête à remettre la plaquette en place, en me disant que je n'écris pas un livre sur la législation dans les Etats du Sud et que c'est une perte de temps. Mais soudain je me rends compte, comme si quelque chose cédait dans mon esprit, que rien ne sépare ces lois de la volonté de Hilly de construire des toilettes pour Aibileen dans le garage, sinon les dix minutes nécessaires pour apposer quelques signatures au bas d'un document dans la capitale de l'Etat.

Je vois sur la dernière page la mention *Propriété de la bibliothèque de Droit du Mississippi*. Quelqu'un s'est trompé et a rapporté cette plaquette au mauvais endroit. Je griffonne ma révélation sur un bout de papier que je glisse entre les pages : *Jim Crow ou la proposition de loi de Hilly pour des toilettes séparées, quelle différence ?* et je fourre là plaquette dans ma sacoche. A l'autre extrémité de la salle, Susie éternue derrière son bureau.

Je fonce vers la sortie. J'ai une réunion de la Ligue dans dix minutes. Je salue Susie d'un sourire un peu trop amical. Elle parle au téléphone, à voix basse. J'ai l'impression que les livres volés, dans mon sac, dégagent de la chaleur.

"Skeeter ! appelle Susie, avec des yeux comme des soucoupes, c'est vrai ce qu'on m'a dit, que *tu* étais sortie avec Stuart Whitworth ?" Elle appuie un peu trop sur le *tu* pour que je continue à sourire. Je fais celle qui n'a rien entendu et me hâte de sortir. Le soleil brille. Je n'avais jamais rien volé de toute mon existence. Je ne suis pas mécontente de l'avoir fait au nez et à la barbe de Susie Pernell.

Mes amies et moi avons toutes notre place de prédilection. Elizabeth, penchée sur sa machine à coudre, s'efforce de faire de sa vie un vêtement de confection sans coutures apparentes. Je tape à la machine des phrases bien senties que je n'aurais jamais le culot de prononcer à haute voix. Et Hilly, sur une estrade, explique à soixante-cinq femmes que trois boîtes par personne ne suffiront pas à rassasier tous ces PEAA – traduisez pauvres enfants africains affamés. Mary Joline Walker, toutefois, trouve que trois, c'est beaucoup.

"Et ça ne coûte pas un peu cher, d'expédier ces conserves jusqu'en Ethiopie à l'autre bout du monde ? demande Mary Joline. Il ne serait pas plus raisonnable d'envoyer un chèque, tout simplement ?"

La séance n'est pas encore ouverte officiellement, mais Hilly est déjà sur son podium, une lueur d'excitation dans le regard. Ce n'est pas l'heure habituelle de nos soirées, mais une séance exceptionnelle convoquée par elle. En juin, nombre de membres quittent Jackson pour les vacances d'été. Elle va devoir faire confiance à toute une ville pour fonctionner correctement en son absence, et ce ne sera pas facile.

Hilly lève les yeux au ciel. "On ne peut pas donner d'argent à ces tribus, Mary Joline. La chaîne des Jitney 14 n'a pas de magasins d'alimentation dans le désert ! Et comment saurions-nous s'ils donnent à manger à leurs enfants avec ce qu'on leur enverrait ? Ils seraient capables de prendre notre argent pour s'offrir un tatouage satanique sous la tente du prêtre vaudou du coin !

— Bon…" Mary Joline bat en retraite. Ses traits se sont décomposés, elle a soudain la tête de quelqu'un qui émerge d'un lavage de cerveau. "Je suppose que tu sais mieux que moi ce qu'il faut faire, Hilly." C'est ce regard qui tue qui fait le succès de Hilly comme présidente de Ligue.

Je me fraie un chemin à travers la salle pleine à craquer et une sensation de chaleur m'accompagne comme si on braquait un projecteur sur ma tête pour attirer l'attention générale. Autour de moi on mange des gâteaux, on fume des cigarettes, on boit des sodas basses calories. Toutes ces femmes sont à peu près du même âge que moi. J'en vois qui discutent à voix basse en me lançant des regards en coin.

"Skeeter, dit Liza Presley au moment où je passe devant les pichets de café, on m'a dit que tu étais au restaurant du Robert E. Lee la semaine dernière ?

— C'est vrai ? Tu sors vraiment avec Stuart Whitworth ?" enchaîne Frances Greenbow.

La plupart du temps, ces questions sont plutôt amicales, contrairement à celle de Susie à la bibliothèque. J'essaie tout de même de ne pas penser que lorsqu'une fille comme les autres sort avec un garçon, c'est de l'information, mais quand il s'agit de Skeeter Phelan, cela devient un *événement*.

C'est pourtant vrai. Je sors avec Stuart Whitworth, et depuis trois semaines maintenant. Deux fois au Robert E. Lee si on compte le désastre du premier soir, et trois fois sur ma véranda pour prendre un verre avant qu'il ne reparte chez lui à Vicksburg. Mon père est même resté jusqu'à huit heures pour bavarder avec lui. "Bonsoir, mon garçon. Vous direz au sénateur qu'on a été très contents qu'il démolisse cette taxe sur la propriété agricole." Et Maman ne cesse de trembler, partagée entre la terreur que je gâche tout et le bonheur de constater que, finalement, j'aime les hommes.

Le projecteur blanc de l'étonnement général me suit tandis que je rejoins Hilly.

"Quand allez-vous vous revoir ?" C'est Elizabeth, maintenant, qui m'interroge en tordant une serviette de table, les yeux écarquillés comme si elle voyait un accident de voiture. "Il te l'a dit ?

— Demain soir. Dès qu'il pourra venir.

— Bien." Hilly a le sourire d'un gros gamin devant les cornets de glace dans la vitrine de Seale-Lily. Le bouton qui retient la veste de son tailleur rouge menace de craquer sous la pression. "On pourrait sortir à quatre, alors ?"

Je ne réponds pas. Je ne veux pas d'Hilly et William avec nous. Je veux rester tranquille avec Stuart, tandis qu'il me regarde, et moi seulement. Il a par deux fois, alors que nous étions seuls, repoussé en arrière la mèche qui me tombait sur les yeux. Il ne repoussera plus ma mèche s'ils sont là.

"William appellera Stuart ce soir. Allons au cinéma ensemble !

— D'accord, dis-je dans un soupir.

— Je meurs d'envie de voir *Un monde fou, fou, fou, fou.* C'est certainement très drôle ! dit Hilly. Allons-y tous les quatre, toi et moi, et William et Stuart."

Cette façon de regrouper les noms me paraît suspecte. Comme s'il s'agissait d'assembler William et Stuart plutôt que Stuart et moi. D'accord, je fais de la paranoïa. Mais je suis tout le temps sur mes gardes en ce moment. Il y a deux soirs, un policier m'a arrêtée sitôt franchi le pont du quartier noir. Il a inspecté la cabine de la camionnette avec sa torche, en arrêtant le faisceau sur la grande sacoche rouge. Il a voulu voir mon permis de conduire et m'a demandé où j'allais. "J'apporte un chèque à ma bonne… Constantine. J'ai oublié de la payer." Un autre policier s'est arrêté à son tour et s'est approché de la portière. "Pourquoi m'avez-vous arrêtée ? ai-je demandé, d'une voix un peu trop stridente. Il s'est passé quelque chose ?" J'avais le cœur qui cognait dans ma poitrine. Allaient-ils fouiller mon sac ?

"Des petites ordures de Yankees viennent semer le trouble. Mais on va les attraper, ma'am, a répondu le policier, en caressant sa matraque. Faites ce que vous avez à faire, et évitez de revenir par ici."

En arrivant dans la rue d'Aibileen, je me suis garée plus loin de chez elle que d'habitude. J'ai contourné la maison pour entrer par l'arrière et éviter de me montrer sur le porche. Je tremblais tellement pendant la première heure que j'avais du mal à lire les questions que j'avais préparées pour Minny.

Hilly frappe du marteau pour annoncer la fin imminente de la réunion. Je retourne à mon siège, m'assieds avec la sacoche sur les genoux. Je la tâte à la recherche de la plaquette des lois Jim Crow que j'ai dérobée à la bibliothèque. La sacoche, en fait, contient tout le travail que nous avons fait – les témoignages d'Aibileen et de Minny, le cahier avec le plan des questions, une liste des bonnes à contacter, une réponse cinglante et jamais postée à la proposition de loi de Hilly sur les toilettes – tout ce que je ne peux pas laisser chez moi de peur que maman ne vienne fouiller dans mes affaires. Je garde le tout dans une pochette à fermeture éclair qui fait une bosse à travers la toile du sac.

"Skeeter, ce pantalon en popeline est absolument ravissant. Pourquoi ne l'avais-je jamais vu ?" s'exclame Caroll Ringer, assise quelques chaises plus loin. Je lève les yeux et lui souris en pensant *Parce que je n'ose pas plus que toi porter de vieux vêtements aux réunions.* Maman me harcèle depuis des années avec ces histoires de chiffons, et elles m'agacent toujours autant.

Je sens qu'on me touche l'épaule, me retourne et vois Hilly qui plonge la main dans mon sac, le doigt pointé sur la plaquette. "As-tu tes notes pour la *Lettre* de la semaine prochaine ? C'est ça ?"

Je ne l'ai même pas vue approcher.

"Non, attends ! dis-je, en repoussant la plaquette dans mes papiers. J'ai besoin de… j'ai quelque chose à corriger. Je vais te les apporter."

Je respire.

Sur le podium, Hilly consulte sa montre, joue avec le marteau comme si elle mourait d'envie de s'en servir. Je glisse la sacoche sous mon siège. La réunion commence enfin.

Je note les rendez-vous de la Ligue, les noms de celles qui sont en retard de cotisation, de celles qui n'ont pas encore apporté leurs boîtes de conserve. Le calendrier des activités est plein de réunions de commissions et de fêtes de naissance, et je m'agite sur ma chaise en bois, en espérant que la réunion s'achève bientôt. Je dois rapporter la voiture à mère avant trois heures.

Il est déjà moins le quart lorsque, une heure et demie plus tard, je rejoins en courant la Cadillac. On va me regarder comme une mauvaise élève pour m'être éclipsée avant la fin, mais qu'y a-t-il de pire, le courroux de maman ou celui de Hilly ?

J'arrive à la maison avec cinq minutes d'avance, en fredonnant *Love Me Do*, et en pensant que je devrais m'offrir une jupe courte comme celle que portait Jenny Foushee aujourd'hui. Elle m'a dit qu'elle l'avait achetée à New York chez Bergdorf Goodman. Maman risque de se trouver mal si elle me voit arriver avec une jupe au-dessus du genou, samedi, quand Stuart viendra me chercher.

Je crie dans l'entrée : "Maman, je suis là !"

Je prends un Coca dans le frigo, je souris, je soupire, je me sens bien, je me sens forte. Je me dirige vers la porte pour prendre ma sacoche, prête à rédiger les dernières histoires de Minny. Je devine qu'elle brûle de parler de Celia Foote, mais elle s'arrête toujours *in extremis* et change de sujet. Le téléphone sonne et je décroche, mais c'est pour Pascagoula. Je note un message sur le cahier. De la part de Yule May, la bonne de Hilly.

"Au revoir, Yule May, dis-je, tout en pensant que nous sommes décidément dans une petite ville. Je le lui dirai dès son retour."

Je m'adosse un instant au comptoir. Je voudrais tant que Constantine soit ici, comme avant. Je voudrais tant lui parler, partager avec elle chaque instant de mes journées !

Je pousse encore un soupir, achève mon Coca et vais chercher la sacoche. Elle n'est pas là. Je sors pour regarder dans la voiture, mais elle n'y est pas non plus. Allons bon. Je réfléchis et me dirige vers l'escalier. Je me sens plus jaune que rose, soudain. Suis-je déjà montée ? J'inspecte ma chambre, en vain. Je reste plantée au centre de la pièce silencieuse tandis que la panique remonte le long de mon épine dorsale. Il y a *tout* dans cette sacoche.

Je pense *Maman !* et dévale les marches pour regarder dans le petit salon. Et je comprends soudain que ce n'est pas elle qui l'a : la réponse vient de jaillir à mon esprit, et tout mon corps en est paralysé. J'ai laissé la sacoche au siège de la Ligue. Je ne pensais qu'à ramener sa voiture à maman. Et quand le téléphone se met à sonner contre le mur, je sais déjà que c'est Hilly qui appelle.

J'arrache le récepteur à son support. Maman me lance un au revoir sur le seuil de la maison.

"Allô ?

— Comment as-tu fait pour oublier ce truc qui pèse si lourd ?" demande Hilly. Fouiller dans les affaires des autres ne lui pose aucun problème. A vrai dire, elle adore ça.

Je crie à travers la cuisine : "Maman, attends une seconde !

— Pour l'amour du ciel, Skeeter, qu'est-ce qu'il y a là-dedans ?" demande Hilly. Il faut absolument que je rattrape maman, mais la voix de Hilly est étouffée, comme si elle était déjà penchée pour ouvrir la sacoche.

"Rien ! Seulement… toutes les lettres à Miss Myrna, tu sais.

— Eh bien, je l'ai rapportée chez moi. Viens la récupérer quand tu pourras."

Dehors, maman fait ronfler le moteur.

"Merci de… Garde-la-moi. J'arrive dès que possible."

Je me précipite dehors, mais maman est déjà dans l'allée. Je cherche la vieille camionnette des yeux mais elle n'est plus là non plus, elle doit semer le coton dans quelque champ. J'ai la peur au ventre, telle une brique plate et dure, chauffée au soleil.

Je vois la Cadillac qui ralentit, puis s'arrête avec une secousse. Puis repart. Puis elle fait demi-tour et remonte l'allée en zigzaguant. Par la grâce d'un dieu que je n'ai jamais aimé vraiment, et auquel à plus forte raison je n'ai jamais cru, ma mère est en train de *revenir*.

"C'est incroyable, mais j'ai oublié la cocotte de Sue Anne…"

Je bondis sur le siège du passager et attends qu'elle revienne. Elle pose les mains sur le volant.

"Amène-moi chez Hilly, j'ai quelque chose à y prendre." Je me presse le front des deux mains. "Vite, maman, je vais être en retard !"

La voiture ne bouge pas. "Skeeter, j'ai un million de choses à faire aujourd'hui…"

La panique me serre la gorge. "Maman, s'il te plaît, *démarre*…"

Mais la DeVille reste sur le gravier, cliquetant comme une bombe à retardement.

"Ecoute, dit maman. J'ai certaines affaires personnelles à régler et je ne tiens pas à te traîner avec moi.

— Tu en auras pour cinq minutes. Avance, maman !"

Elle laisse ses mains gantées de blanc sur le volant, et serre les lèvres.

"Il se trouve que j'ai quelque chose d'important et de confidentiel à faire."

Je ne vois pas ce que mère pourrait avoir à faire de plus important que ce qui me jette dans un tel affolement. "Quoi ? Une Mexicaine essaie d'entrer chez les Filles de la Révolution ? On a surpris quelqu'un en train de lire le *New American Dictionary* ?"

Maman soupire et dit : "Bon…" Elle prend son temps pour mettre le levier des vitesses sur DRIVE. "Bon, on y va." On descend l'allée à moins de dix à l'heure pour éviter que le gravier ne frappe la carrosserie. Arrivée au bout de l'allée, elle met son clignotant comme si elle opérait quelqu'un du cerveau et s'engage sur la route. La Cadillac se traîne. Je serre les poings. J'écrase un accélérateur imaginaire. Quand maman conduit, c'est chaque fois la première fois.

Elle grimpe à vingt-cinq kilomètres heure, cramponnée au volant comme si elle faisait du cent soixante-dix.

"Maman, dis-je. Laisse-moi conduire."

Soupir. A ma grande surprise, elle s'arrête dans l'herbe haute du bas-côté.

Je sors et fais le tour de la voiture pendant qu'elle se glisse du côté passager. Je mets le levier sur drive et monte à cent vingt, en priant, *S'il te plaît, Hilly, résiste à la tentation de fouiller dans mes affaires personnelles…*

"Alors, c'est quoi ce grand secret, qu'as-tu donc de si important à faire aujourd'hui ?

— Je… je vais vois le Dr Neal pour des tests. Ce sont des examens de routine, mais je ne veux pas que ton père le sache. Il s'affole chaque fois qu'on va chez le médecin, comme tu le sais.

— Quelle sorte de tests ?

— C'est comme chaque année, on mesure le taux d'iode que j'ai dans le sang, pour mon ulcère. Tu n'as qu'à me déposer à la Clinique baptiste, et tu pourras aller chez Hilly avec la voiture. Je n'aurai pas de problème pour stationner, au moins."

Je la regarde pour savoir si elle m'a tout dit, mais elle se tient bien droite dans sa petite robe bleu pâle impeccablement repassée, les jambes croisées aux chevilles. Je ne me souviens pas qu'elle ait subi des tests l'an passé. Même si je me trouvais à la fac, Constantine m'en aurait informée dans ses lettres. Maman nous les a sans doute cachés.

Nous arrivons à la Clinique baptiste. Je fais le tour de la voiture et l'aide à sortir.

"Eugenia, je t'en prie. Ce n'est pas parce que ceci est une clinique que moi, je suis invalide."

J'ouvre la porte vitrée et elle entre, la tête haute.

"Maman, veux-tu… tu ne veux pas que je t'accompagne ?"

Je sais que je n'en ferai rien, je dois m'occuper de Hilly, mais j'ai du mal, soudain, à l'abandonner ainsi.

"Je t'ai dit que c'était de la *routine*. Va chez Hilly et reviens ici dans une heure."

Je la regarde qui s'éloigne en serrant son sac contre sa poitrine, de plus en plus petite dans le long couloir, et je sais que je devrais tourner les talons et m'en aller. Mais avant de m'y décider je m'étonne de voir à quel point ma mère est devenue frêle et fragile. Elle à qui il suffisait de respirer

pour emplir une pièce de sa présence semble aujourd'hui…
moins qu'elle-même. Elle tourne à un angle et disparaît derrière les murs jaune pâle. Je me retourne une dernière fois
avant de rejoindre la voiture en courant.

Une minute et demie plus tard, je sonne à la porte de
Hilly. En temps normal, je lui parlerais de maman. Mais
je ne veux pas détourner son attention. Ce premier contact
me dira tout. Hilly est une menteuse hors pair, sauf à l'instant où elle va parler.

Elle ouvre la porte. Bouche close, les lèvres serrées. Je
regarde ses mains. Elles sont serrées aussi, les doigts noués
comme des cordes. J'arrive trop tard.

"Eh bien, tu as fait vite", dit-elle, tandis que je la suis
à l'intérieur. Mon cœur bat follement dans ma poitrine. Je
ne sais plus si je respire encore.

"Voilà cet horrible machin. J'espère que tu ne m'en voudras pas, j'ai dû vérifier quelque chose dans le compte-
rendu de la réunion."

Je regarde ma meilleure amie, je cherche à deviner si
elle a lu et ce qu'elle a lu. Mais son sourire est profession-
nel sans être éclatant. Le moment de vérité est passé, elle
ne se trahira plus.

"Je t'offre à boire ?

— Non, ça va."

Puis j'ajoute : "Tu ne voudrais pas échanger quelques
balles au club, tout à l'heure ? Il fait si beau dehors.

— William a une réunion pour sa campagne, et ensuite
on ira voir *Un monde fou, fou, fou, fou*."

Je l'observe. Ne m'a-t-elle pas proposé, il y a une heure,
une sortie à quatre demain soir pour aller voir ce film ? Je
me glisse à l'extrémité de la table de la salle à manger, lentement, comme si je craignais qu'elle ne se jette sur moi en

me voyant bouger trop vite. Elle prend une fourchette en argent dans le buffet, agace les dents de son index.

"Oui. Hum… Il paraît que Spencer Tracy y est divin", dis-je. Je fourrage, l'air détaché, entre les papiers qui sont dans mon sac. Les notes des interviews d'Aibileen et de Minny sont toujours au fond de la poche latérale, couvercle rabattu sur le fermoir. Mais le projet "Toilettes" de Hilly est bien en vue au milieu du sac avec la feuille sur laquelle j'ai écrit *Jim Crow ou la proposition de loi de Hilly pour des toilettes séparées – quelle différence ?* A côté se trouve le brouillon de la *Lettre*, dont Hilly a déjà pris connaissance. Mais la plaquette – les lois ? Je fouille à nouveau. Elle a disparu.

Hilly penche la tête de côté, son regard me scrute. "Tu sais, je pensais à l'instant que le père de Stuart était avec Ross Barnett quand ils ont manifesté pour empêcher cet étudiant noir d'entrer à Ole Miss. Le sénateur Whitworth et le gouverneur Barnett sont très proches."

J'ouvre la bouche pour dire quelque chose, n'importe quoi, mais William Jr, deux ans, entre en titubant sur ses petites jambes.

"Te voilà, toi !" s'écrie Hilly. Elle le prend dans ses bras, l'embrasse dans le cou. "Tu es parfait, mon garçon parfait !" William Jr me regarde et se met à crier.

"Alors, bon film ! dis-je, en me dirigeant vers la porte.

— C'est ça", dit-elle. Je descends les marches. Hilly, sur le seuil, agite la main de William en signe d'au revoir. Elle claque la porte alors que je n'ai même pas atteint ma voiture.

AIBILEEN

CHAPITRE 14

Des situations tendues, j'en ai connu. Mais avec Minny d'un côté de mon salon et Miss Skeeter de l'autre en train de parler de ce que ça fait d'être une Noire qui travaille chez une Blanche... Seigneur, c'est un miracle qu'il n'y ait eu personne de blessé.

On est pas passé loin, tout de même.

La semaine dernière par exemple, quand Miss Skeeter m'a expliqué pourquoi Miss Hilly veut des toilettes séparées pour les Noirs.

"On se croirait au Ku Klux Klan", j'ai dit à Miss Skeeter. On était dans mon salon et les soirées commençaient à être chaudes. Minny était allée dans la cuisine et elle s'était plantée devant le frigo. Elle arrête jamais de transpirer, Minny, sauf cinq minutes en janvier, et encore pas toujours.

"Hilly veut que je publie ce texte dans la *Lettre* de la Ligue, a dit Miss Skeeter, en secouant la tête d'un air dégoûté. Je suis désolée, sans doute que je n'aurais pas dû vous le montrer. Mais je n'ai personne, à part vous, à qui en parler."

Une minute après, Minny revient de la cuisine. Je lance un regard à Miss Skeeter, et elle glisse la feuille sous son calepin. Minny avait pas vraiment l'air calmée. En fait, elle était plus en pétard que jamais.

"Minny, il vous arrive de parler des droits civiques avec Leroy ? demande Miss Skeeter. Quand il rentre du travail ?"

Minny avait un gros bleu au bras, à cause de ce que fait Leroy en rentrant du travail. Il la bouscule, disons.

"Non", a répondu Minny. Elle aime pas qu'on se mêle de ses affaires.

"Vraiment ? Il ne vous dit pas ce qu'il pense des marches et de la ségrégation ? Peut-être qu'à son travail, le patr…

— Laissez tomber Leroy." Minny a croisé les bras pour qu'on voie pas son bleu.

J'ai fait du pied à Miss Skeeter. Mais elle faisait cet air qu'elle prend quand elle a plus qu'une chose en tête.

"Aibileen, vous ne croyez pas qu'il serait intéressant de montrer un peu le point de vue des maris ? Vous, Minny, peut-être que…"

Minny s'est relevée si brusquement que l'abat-jour a tremblé. "J'arrête ! Ça devient trop personnel ! J'ai pas envie de dire aux Blancs tout ce que je pense !

— Minny, d'accord, excusez-moi, a dit Miss Skeeter. Nous ne sommes pas obligées de parler de votre famille.

— Non ! J'ai changé d'avis. Trouvez quelqu'un d'autre pour vendre la mèche !" C'était pas la première fois. Mais ce jour-là, Minny a pris son sac à main, elle a ramassé son éventail qui était tombé sous la chaise, et elle a dit : "Je regrette, Aibi. Mais je peux pas continuer."

A ce moment, la panique m'a pris. Elle allait vraiment partir. C'est pas possible que Minny laisse tomber. C'est la seule bonne, à part moi, qui a accepté de parler.

Alors je me suis penchée pour tirer une feuille cachée sous le calepin de Miss Skeeter. Je l'ai mise sous le nez de Minny.

Elle l'a regardée sans la toucher. "Qu'est-ce que c'est ?"

256

J'ai pris un air idiot et j'ai haussé les épaules. Je voulais qu'elle lise mais je devais surtout pas le montrer, sinon elle refuserait.

Elle a pris la feuille. L'a parcourue. Bientôt, j'ai vu toutes ses dents de devant. Mais elle souriait pas.

Puis elle a regardé Miss Skeeter, longtemps, en silence. Et elle a dit : "Bon. On va peut-être continuer. Mais vous vous mêlez pas de mes affaires, d'accord ?"

Miss Skeeter a fait oui de la tête. Elle apprend, à force.

*

Je prépare mes œufs en salade pour Miss Leefolt et pour le déjeuner de Baby Girl, et j'ajoute des petits cornichons sur le côté pour faire joli. Miss Leefolt se met à la table de la cuisine avec Mae Mobley, elle commence à lui parler du bébé qui va arriver en octobre et elle dit qu'elle voudrait pas être à la clinique pour le tournoi de rentrée d'Ole Miss, et que Mae Mobley aura peut-être un petit frère ou une petite sœur à ce moment-là, et qu'elle se demande comment on va l'appeler. Ça fait plaisir de les voir parler comme ça. Miss Leefolt a passé la moitié de la matinée à cancaner au téléphone avec Miss Hilly, et Baby Girl, c'est à peine si elle l'a regardée. Quand le bébé sera là, faudra pas que Mae Mobley attende grand-chose de sa maman, à part des taloches.

Après le déjeuner, j'emmène Mae Mobley dehors et je remplis la petite piscine en plastique vert. Il fait déjà trente-cinq dans le jardin. Dans le Mississippi, on a le temps le plus impossible de tout le pays. En février, on aura moins dix degrés et on priera pour que le printemps arrive, et le lendemain il se mettra à faire trente pour les neufs mois suivants.

Il y a du soleil. Mae Mobley est assise au milieu de la piscine avec son maillot de bain. Elle commence par enlever le haut. Miss Leefolt sort et elle dit : "Alors, on s'amuse bien ? Je vais appeler Hilly pour qu'elle nous amène Heather et son petit William."

Et en moins de temps qu'il en faut pour le dire, me voilà avec trois petits qui jouent à s'éclabousser et qui s'amusent comme des fous.

Heather, la fille de Miss Hilly, elle est bien mignonne. Elle a six mois de plus que Mae Mobley et Mae Mobley l'adore. Elle a des boucles brunes qui brillent tout autour de la tête et des petites taches de rousseur, et elle parle tout le temps. Elle fait penser à une Miss Hilly en miniature, sauf que chez un enfant ça rend mieux. William, Jr, lui, il a deux ans, les cheveux presque blancs et il dit rien. Il se contente d'aller et venir en se dandinant comme un canard et de suivre les filles dans l'herbe de l'autre côté du jardin, jusqu'à la balançoire qui penche d'un côté quand ça monte trop haut et ça me fait une peur mortelle, puis il revient, et plouf, dans la piscine.

Je dois dire une chose de Miss Hilly, c'est qu'elle adore ses enfants. Elle embrasse Will sur la tête toutes les cinq minutes. Ou elle demande à Heather : "Tu t'amuses bien ? Viens dans les bras de maman !" Elle lui dit tout le temps qu'elle est la plus belle fille du monde. Et Heather adore sa maman, elle aussi. Elle regarde Miss Hilly comme si c'était la statue de la Liberté. Cet amour-là, moi, ça me donne toujours envie de pleurer. Même quand c'est pour Miss Hilly. Parce que ça me rappelle Treelore, et comme il m'aimait. Un enfant qui adore sa maman, je sais ce que ça veut dire.

Nous les adultes, on reste à l'ombre du magnolia pendant que les petits jouent. Je laisse quelques mètres entre les dames et moi, c'est plus convenable. Elles ont des serviettes sur leurs fauteuils en fer forgé qui deviennent brûlants au soleil. Moi je me trouve bien sur le fauteuil pliant en plastique. Ça me garde les jambes au frais.

Je regarde Mae Mobley qui fait la nudiste et qui saute par-dessus le bord de la piscine. Mais je garde un œil sur les dames, aussi. J'ai remarqué que Miss Hilly est toute gentille et contente quand elle parle à Heather ou à William, mais qu'elle a un sourire méprisant dès qu'elle se tourne vers Miss Leefolt.

"Aibileen, apportez-moi encore du thé glacé, vous voulez bien ?" demande Miss Hilly. Je me lève et je vais chercher le pichet dans le réfrigérateur.

En m'approchant, je l'entends qui dit : "C'est ce que je ne comprends pas, vois-tu. Personne n'a envie de s'asseoir sur des toilettes qu'il faut partager avec eux !

— Ce n'est pas faux, dit Miss Leefolt, puis elle lui fait signe de se taire en me voyant approcher pour remplir leurs verres.

— Merci", dit Miss Hilly. Après ça elle me regarde d'un air vraiment perplexe. "Aibileen, vous êtes contente d'avoir vos propres toilettes, n'est-ce pas ?

— Oui ma'am." Elle parle encore de ces chiottes, alors qu'elles sont là depuis six mois.

"Séparés mais égaux, dit Miss Hilly en se tournant vers Miss Leefolt. C'est ce que prône le gouverneur Ross Barnett, et on ne discute pas avec le *gouvernement*."

Miss Leefolt se tape sur la cuisse comme si elle avait la chose la plus intéressante du monde à dire, histoire de changer de sujet. Je pige. Parlons d'autre chose. "Je t'ai raconté ce que Raleigh a dit l'autre jour ?"

Mais Miss Hilly secoue la tête. "Aibileen, vous ne voudriez pas aller dans une école pleine de Blancs, n'est-ce pas ?

— Non ma'am", je marmonne. Je me lève pour retirer le machin qui tient la queue de cheval de Baby Girl. Ces boules en plastique vert s'emmêlent quand elle a les cheveux mouillés. Mais c'est surtout pour lui mettre les mains sur les oreilles et l'empêcher d'entendre ce qu'elles disent. Et, pire, moi qui approuve. Alors je me dis : Pourquoi ? Pourquoi il faudrait que je reste là et que j'approuve ? Et si Mae Mobley doit entendre, elle entendra quelque chose de bon sens. Je prends ma respiration. J'ai le cœur qui bat. Et je dis aussi poliment que je peux : "Pas dans une école avec seulement des Blancs. Mais dans une école où les Blancs et les Noirs sont ensemble."

Miss Hilly et Miss Leefolt me regardent. Je regarde les enfants.

"Mais Aibileen – le sourire de Miss Hilly est glacial –, les Noirs et les Blancs sont si… *différents* !" Elle fronce le nez.

Moi, je sens mes babines qui se retroussent. Bien sûr qu'on est différents ! Tout le monde le sait, que les Noirs et les Blancs se ressemblent pas. Mais on est tous des humains ! Enfin, j'ai jamais entendu dire que Jésus était noir ou qu'il était blanc quand il était là-bas dans son désert !

Mais c'est pas grave, vu que Miss Hilly pense déjà à autre chose. C'est rien, pour elle. Elle a repris ses messes basses avec Miss Leefolt. Un gros nuage qu'on attendait pas cache le soleil. On pourrait bien avoir une averse.

"… le gouvernement a mieux à faire, et si Skeeter s'imagine qu'elle peut s'en sortir avec ces stupidités au sujet des N…

— Maman ! Maman ! Regarde-moi ! crie Heather au bord de la piscine. Regarde mes nattes !

— Je te vois ! Et si William se présente aux élections l'année proch…

— Maman, donne-moi ton peigne ! Je veux jouer à la coiffeuse !

— … je ne peux pas me permettre qu'on nous découvre des amis qui soutiennent les Noirs…

— Mamaaaan ! Ton peigne ! Je veux ton peigne !

— Je l'ai lu. Je l'ai trouvé dans son sac et ça ne va pas se passer comme ça."

Puis Miss Hilly se tait pendant qu'elle cherche le peigne dans son sac à main. On entend le tonnerre au-dessus des quartiers sud et plus loin la cloche qui annonce l'orage. J'essaie de comprendre ce que Miss Hilly vient de dire. *Miss Skeeter. Son sac. Je l'ai lu.*

Je sors les petits de la piscine, je les emmitoufle dans des serviettes. L'orage arrive à grands coups de tonnerre.

Le nuit vient de tomber. Assise dans ma cuisine, je tourne et retourne le stylo entre mes doigts. Mon exemplaire de *Huckleberry Finn*, sorti de la bibliothèque des Blancs, est posé devant moi, mais j'arrive pas à le lire. J'ai un mauvais goût dans la bouche, amer comme le marc de café qu'on avale avec la dernière gorgée. Il faut que je voie Miss Skeeter.

J'ai jamais appelé chez elle, sauf les deux fois où j'avais pas le choix, la première pour lui dire que je travaillerais avec elle pour son livre, et après pour lui dire que Minny allait venir aussi. Mais si c'est sa maman qui décroche ? Ou son papa ? Je suis sûre que leur bonne est déjà partie depuis des heures. Et comment Miss Skeeter pourrait lui expliquer qu'une Noire l'appelle au téléphone ?

Miss Skeeter est venue il y a trois jours pour discuter avec Minny. Tout avait l'air d'aller bien. Pas comme la fois où les policiers l'ont arrêtée, il y a quelques semaines. Elle a pas parlé de Miss Hilly.

Je reste un moment sur ma chaise, à ressasser. Je voudrais que le téléphone sonne. Puis je me lève d'un bond pour courir après un cafard que j'essaye d'écraser avec ma chaussure de travail. C'est le cafard qui gagne. Il file sous le grand sac de supermarché plein de vêtements que Miss Hilly m'a donné et qui est là depuis des mois.

Je regarde le sac, je recommence à tripoter mon stylo. Il faut faire quelque chose pour ce sac. J'ai l'habitude que les dames blanches me donnent des habits – j'en ai ras le bol, des habits de Blanches, ça fait trente ans que je me suis rien acheté. Il me faut toujours un moment avant de m'y sentir à l'aise. Quand Treelore était petit je mettais un vieux manteau à une dame chez qui je travaillais, et Treelore, il me regardait d'un drôle d'air et il se sauvait. Il disait que je sentais la Blanche.

Mais ce sac, c'est différent. Il y a peut-être des choses qui m'iraient là-dedans, mais je pourrais pas les mettre. Ni les donner à des amies. Tout – les culottes, la chemise à petit col blanc, la veste rose avec une tache de gras sur le devant, même les bas – est marqué h w h. en jolies petites lettres rouges. C'est sûrement Yule May qui les a brodées. Si je portais ça, j'aurais l'impression d'être carrément la propriété de Hilly W. Holbrook.

Je me lève et je balance un coup de pied dans le sac, mais le cafard sort pas. Alors je prends mon carnet, avec l'idée de me remettre à mes prières, mais voilà, je suis trop inquiète au sujet de Miss Hilly. Je me demande ce qu'elle a voulu dire par : "Je l'ai lu."

Au bout d'un moment, mes pensées m'emmènent où je voulais pas aller. Je sais très bien ce qui se passerait si les patronnes blanches découvraient qu'on écrit sur elles, et qu'on dit la vérité sur ce qu'elles sont vraiment. Les femmes, c'est pas comme les hommes. Une femme vous battra pas à coups de bâton. Miss Hilly prendra jamais un pistolet pour me tirer dessus. Miss Leefolt viendra pas mettre le feu à ma maison.

Non, elles veulent se garder les mains propres, les Blanches. Alors, elles ont une trousse de petits outils brillants et coupants comme des ongles de sorcières, bien propres et bien rangés comme sur la tablette du dentiste. Et quand elles s'en servent, elles prennent tout leur temps.

La patronne blanche commence par vous mettre à la porte. Vous êtes bien embêtée, mais vous vous dites que vous trouverez toujours une nouvelle place quand les choses se seront calmées, quand la dame finira par oublier. Vous avez un mois de loyer de côté. Les voisins vous apportent des gratins de courge.

Mais une semaine après le renvoi, vous trouvez une petite enveloppe jaune glissée sous la porte. Il y a un papier dedans qui dit AVIS D'EXPULSION. A Jackson, tous les propriétaires sont des Blancs et ils ont tous une femme blanche qui a des amies. Vous commencez à vous affoler. Les jours passent, et toujours pas de travail en vue. Partout où vous vous présentez, on vous claque la porte au nez. Et maintenant, vous avez plus d'endroit où habiter.

Après ça les choses s'accélèrent.

Si vous avez une facture qui traîne pour la voiture, on vous la saisit.

Si vous avez oublié de payer une contravention, vous allez en prison.

Si vous avez une fille, vous pourrez peut-être aller vivre chez elle. Elle est placée chez des Blancs. Mais au bout de quelques jours, elle rentre en disant : "Maman ? On vient de me renvoyer." Elle a l'air choquée, elle a peur, elle comprend pas. Vous êtes bien obligée de lui dire que c'est à cause de vous.

263

Au moins, votre mari a encore du travail. Vous pouvez encore nourrir le bébé.

Puis on met votre mari à la porte. Un autre petit outil brillant et bien coupant.

Ils vous accusent tous les deux, ils pleurent, ils se demandent ce que vous avez fait. Vous vous rappelez même pas. Les semaines passent et rien, pas de travail, pas d'argent, pas de maison.

Un soir, tard, un coup à la porte. Ça sera pas une dame blanche. Elle fait pas elle-même ce genre de chose. Mais pendant le cauchemar, avec les torches, ou les couteaux, ou les coups de pied et les coups de poing, vous comprenez quelque chose que vous avez su toute votre vie : la Blanche oublie jamais.

Et elle continuera tant que vous serez pas morte.

*

Le lendemain matin, Miss Skeeter arrête sa Cadillac dans l'allée de Miss Leefolt. J'ai des morceaux de poulet plein les mains, quelque chose sur le feu et Mae Mobley qui hurle parce qu'elle meurt de faim, mais j'y tiens plus et j'arrive dans le salon avec mes mains sales en l'air.

Miss Skeeter est en train de demander à Miss Leefolt une liste de femmes qui font partie d'une commission et Miss Leefolt dit : "La présidente de la commission Gâteaux secs, c'est Eileen", et Miss Skeeter dit : "Mais la présidente de la commission Gâteaux secs, c'est Roxanne", et Miss Leefolt répond : " Non, Roxanne est vice-présidente des Gâteaux secs et c'est Eileen la présidente", et ce pia-pia-pia pour des gâteaux secs, ça me démoralise tellement que je tends mon doigt plein de poulet pour toucher Miss Skeeter mais j'ose pas. Elles parlent pas de la sacoche, en tout cas.

Et avant que j'aie fait un autre geste, Miss Skeeter est dehors.

Seigneur.

Ce soir-là après le dîner, on se regarde, le cafard et moi, chacun de notre côté du plancher de la cuisine. C'est un gros, presque quatre centimètres. Et noir. Plus noir que moi. Il fait du bruit avec ses ailes. Je prends ma chaussure à la main.

Le téléphone sonne et on sursaute tous les deux.

"Allô, Aibileen ? dit Miss Skeeter, et j'entends une porte qui se ferme. Excusez-moi d'appeler si tard."

Je respire. "Je suis bien contente que vous appeliez.

— Je voulais simplement savoir si vous aviez… des nouvelles. Des autres bonnes, je veux dire."

Elle a une drôle de voix, Miss Skeeter. Tendue, et elle parle en dedans. Ces derniers temps, elle brillait comme une libellule tellement elle était amoureuse. J'ai le cœur qui bat. Mais je ne commence pas tout de suite par les questions. Je sais pas très bien pourquoi.

"J'ai demandé à Corrine qui est placée chez les Cooley. Elle a dit non. Et à Rhonda, et aussi à sa sœur qui sert chez les Miller… mais elles ont refusé elles aussi.

— Et Yule May ? L'avez-vous… vue, récemment ?"

Je me demande si c'est pour ça que je trouve Miss Skeeter bizarre. En fait, je lui ai raconté un bobard. Il y a un mois, je lui ai dit que j'avais parlé à Yule May mais c'était pas vrai. D'accord, je la connais pas bien, Yule May. Mais surtout, elle est bonne chez Miss Hilly Holbrook, et tout ce qui a à voir avec ce nom m'inquiète.

"Pas récemment. Peut-être… Je vais encore essayer." Je mens, je déteste ça.

Je recommence à tripoter mon stylo. Je vais lui parler de ce que Miss Hilly a dit.

"Aibileen…" Sa voix tremble, maintenant. "Je dois vous dire quelque chose."

Miss Skeeter se tait. C'est ce silence qu'on a juste avant que l'orage éclate.

"Qu'est-ce qui se passe, Miss Skeeter ?

— J'ai… oublié ma sacoche. A la Ligue. Hilly l'a ramassée."

Je ferme les yeux, comme si j'entendais mal. "La rouge ?"

Silence.

"Ah… Mon *Dieu !*" Je comprends. Ça commence à sentir mauvais.

"Les interviews étaient à l'intérieur dans la pochette. Sur le côté, dans une chemise. Je crois qu'elle n'a vu que les lois Jim Crow, un… livre que j'avais pris à la bibliothèque, mais… je n'en suis pas sûre.

— Oh, Miss Skeeter !" je dis, et je ferme les yeux. Dieu me protège, Dieu protège *Minny*…

"Je sais, je *sais*", dit Miss Skeeter. Et la voilà qui se met à pleurer dans le téléphone.

"Allons, allons…" Je fais ce que je peux pour ravaler ma colère. C'était un accident, je me dis. C'est pas de la frapper qui nous aidera.

Mais *quand même*.

"Aibileen, je suis tellement désolée…"

Quelques secondes passent. Rien que le cœur qui bat. Mon cerveau se met en marche, doucement, si doucement que ça fait peur, pour trier ce qu'elle m'a dit et ce que je savais déjà.

"Ça s'est passé quand ? je demande.

— Il y a trois jours. Je voulais savoir ce qu'elle avait trouvé avant de vous en parler.

— Vous avez vu Miss Hilly ?

— Très vite, quand je suis allée récupérer la sacoche. Mais j'ai vu Elizabeth et Lou Anne et trois ou quatre autres filles qui connaissent Hilly. Personne n'a fait la moindre allusion. C'est… c'est pour cette raison que je vous ai parlé de Yule May. Je me disais qu'elle avait peut-être entendu quelque chose en travaillant."

Je respire un grand coup, je suis malade de ce que j'ai à lui dire. "Moi, j'ai entendu. Hier. Miss Hilly parlait de ça à Miss Leefolt."

Miss Skeeter ne dit rien. J'ai l'impression d'attendre la brique qui va passer à travers ma fenêtre.

"Elle parlait de Mr Holbrook qui veut se présenter aux élections, et de vous qui soutenez les Noirs, et elle a dit… qu'elle avait lu quelque chose."

Rien que de le dire, je tremble. Et le crayon dans ma main, je le torture.

"Elle n'a pas parlé de bonnes ? demande Miss Skeeter. Je veux dire, c'était seulement à moi qu'elle en voulait, ou elle a cité Minny, ou vous ?

— Non, rien… que vous.

— Bon." J'entends Miss Skeeter souffler dans le téléphone. Elle a l'air embêtée, mais elle sait pas ce qui risque de nous arriver, à Minny et à moi. Elle sait rien des petits outils bien aiguisés des dames blanches. Du coup à la porte, tard, le soir. Elle sait pas qu'il y a des Blancs qui *attendent* avec leurs matraques et leurs allumettes qu'on leur signale un Noir qui a manqué à un autre Blanc. N'importe quoi fera l'affaire, même si c'est une dispute de rien du tout.

"Je… je ne peux pas l'affirmer à cent pour cent, dit Miss Skeeter, mais si Hilly savait quelque chose au sujet du livre ou de vous et surtout de Minny, elle l'aurait déjà dit à tout le monde."

Je réfléchis, je voudrais bien la croire. "C'est vrai que Minny Jackson, elle l'aime pas beaucoup.

— Aibileen", dit Miss Skeeter, et je sens qu'elle va encore craquer. Elle parle lentement, pour se calmer, et ça fait encore plus peur. "On peut tout laisser tomber. Si vous voulez arrêter, je le comprendrai tout à fait."

Si je dis que je veux plus le faire, tout ce que j'ai écrit et que j'ai encore à écrire existera jamais. Je pense, non. Je veux pas qu'on arrête. Je le pense si fort que j'en reviens pas moi-même.

"Si Miss Hilly est au courant, elle est au courant, je dis, et c'est pas d'arrêter maintenant qui nous sauvera."

Je vois pas et j'entends pas Miss Hilly pendant deux jours. Même quand je tiens pas un crayon, mes doigts le tripotent, dans ma poche, sur le comptoir de la cuisine, je tape comme avec une baguette de tambour. Il faut que je sache ce qu'il y a dans la tête de Miss Hilly.

Miss Leefolt laisse trois messages pour Miss Hilly à Yule May, mais Miss Hilly est tout le temps au bureau de Mister Holbrook – le QG de campagne, elle l'appelle. Miss Leefolt soupire, raccroche le téléphone comme si elle savait plus comment son cerveau va fonctionner si Miss Hilly vient pas pousser le bouton PENSER. Baby Girl demande dix fois de suite quand Heather va venir s'amuser avec elle dans la piscine en plastique. Je pense qu'elles deviendront bonnes copines en grandissant, avec Miss Hilly pour leur apprendre la vie. Pendant l'après-midi on va traîner dans le jardin, main dans la main, en se demandant quand Miss Hilly va revenir.

Au bout d'un moment, Miss Leefolt va au magasin de tissus. Elle dit qu'elle veut recouvrir quelque chose. Quoi, elle le sait pas. Mae Mobley me regarde et je crois qu'on pense la même chose : cette femme nous recouvrirait toutes les deux si elle pouvait.

Je suis obligée de rester très tard ce soir-là. Je fais manger Baby Girl et je la mets au lit, vu que Mister et Miss Leefolt sont allés voir un film au Lamar. Mister Leefolt avait promis à sa femme de l'amener et elle lui a rappelé, alors qu'il restait plus que la dernière séance. Quand ils reviennent, ils bâillent et dehors les criquets criquettent. Chez d'autres patrons j'aurais dormi dans la chambre de bonne, mais ici il y en a pas. Je traîne un peu en me disant que Mister Leefolt va proposer de me ramener chez moi en voiture, mais il file tout droit se coucher.

Dehors, dans le noir, je vais jusqu'à Riverside, à environ dix minutes à pied, parce qu'il y a un bus qui passe pour ramasser les ouvriers de l'usine à eau. Le vent souffle assez fort pour chasser les moustiques. Je m'assois dans l'herbe sous un réverbère en bordure du jardin public. Le bus arrive. Il y a que quatre personnes dedans, deux Noirs et deux Blancs. Tous des hommes. J'en connais aucun. Je m'assois contre la vitre derrière un Noir tout gringalet. Il a un costume marron et un chapeau marron, et il est à peu près de mon âge.

On traverse le pont, direction l'hôpital des Noirs, où le bus repart dans l'autre sens. Je sors mon carnet de prières pour écrire deux ou trois choses. Je me concentre sur Mae Mobley et j'essaye de chasser Miss Hilly de mon esprit. *Montre-moi Seigneur comment apprendre à Baby Girl à être bonne, à s'aimer elle-même, à aimer les autres, tant que je suis avec elle…*

Je lève les yeux. Le bus est arrêté au milieu de la chaussée. Je me penche dans la rangée pour voir vers l'avant. Il y a un peu plus loin des lumières bleues qui clignotent dans le noir, des gens debout tout autour, un barrage.

Le chauffeur blanc regarde devant lui. Il coupe le moteur et mon siège arrête de trembler, ce qui fait une impression bizarre. Il enfonce sa casquette sur son crâne, saute de son siège. "Bougez pas. Je vais voir ce qui se passe."

On bouge pas, on dit rien, on attend. J'entends un chien qui aboie. Pas un chien comme on en a chez soi mais un de ces molosses qui ont toujours l'air de vous aboyer dessus même quand ils se taisent. Au bout de cinq minutes, le chauffeur revient dans le bus, remet le contact. Il donne un petit coup de klaxon, fait un signe de la main par la fenêtre et part très lentement en marche arrière.

"Qu'est-ce qui se passe là-bas ?" lui demande le Noir assis devant moi.

Le chauffeur répond pas. Il continue à reculer. Les lumières bleues rapetissent, bientôt on entend plus le chien aboyer. Le chauffeur fait demi-tour dans Farish Street. Au coin de rue suivante il s'arrête et il gueule sans se retourner : "Les Noirs, terminus pour vous !" Puis : "Les Blancs, vous me dites où vous voulez aller. Je vous rapprocherai le plus possible."

Le Noir se retourne vers moi. Je crois qu'on a tous les deux un mauvais pressentiment. Comme il se lève, je me lève aussi. Je le suis vers l'avant. Il y a un silence effrayant. On entend que le bruit de nos pieds.

Un Blanc se penche vers le chauffeur. "Qu'est-ce qui se passe ?"

Je descends du bus derrière le Noir. J'entends le chauffeur qui dit derrière moi : "Je sais pas. C'est un nègre qui a pris une balle. Vous allez où ?"

La porte se referme en soufflant. *Oh Seigneur, fais que ce soit pas l'un des miens !*

Pas un bruit dans Farish Street, personne à part nous deux. Le type me regarde. "Ça va ? Vous êtes près de chez vous ?

— Ça va aller, je suis pas loin." Ma maison est à sept rues d'ici.

"Vous voulez que je vous accompagne ?"

Plutôt, oui. Mais je secoue la tête. "Non, merci. Ça va aller."

Là-bas, un fourgon de la télé traverse à toute allure le carrefour où le bus a fait demi-tour. Je vois WLBT-TV en grosses lettres sur la portière.

"Mon *Dieu*, j'espère que c'est pas aussi grave que…" Mais le type est plus là. Me voilà seule, pas un chat en vue. Les gens disent qu'ils ont senti quelque chose comme ça juste avant de se faire agresser. En deux secondes, mes bas frottent si vite l'un contre l'autre que ça fait un bruit de fermeture Eclair. J'aperçois trois personnes, devant, qui marchent aussi vite que moi. Elles bifurquent toutes les trois, entrent dans des maisons, ferment la porte.

Vrai, j'ai pas envie d'être seule une seconde de plus. Je coupe entre la maison de Mule Cato et l'arrière d'un atelier de mécanique auto, puis à travers le jardin Oney Black. Je trébuche sur un tuyau d'arrosage dans l'obscurité. Je me sens comme une voleuse. Je vois des lumières allumées dans les maisons, des têtes qui se penchent, des lampes qui devraient être éteintes à cette heure. Je sais pas ce qui se passe, mais tout le monde en parle, ou écoute.

Je vois enfin la maison de Minny avec la cuisine allumée. La porte de derrière est ouverte mais la porte moustiquaire fermée. Elle grince quand je la pousse. Minny est assise à la table avec les cinq gamins : Leroy Junior, Sugar, Felicia, Kindra et Benny. Je suppose que Leroy Senior est parti au travail. Ils ont tous les yeux sur la grosse radio au milieu de la table. Une onde de parasites rentre avec moi.

"Qu'est-ce que c'est ?" je demande. Minny fronce les sourcils, tripote le bouton des stations. Je regarde autour de moi et en une seconde je vois tout : une tranche de jambon rouge ratatinée dans sa poêle. Une boîte de conserve sur le comptoir, son couvercle relevé. Des assiettes sales dans l'évier. Je reconnais pas la cuisine de Minny.

"Qu'est-ce qu'il y a ?"

On entend tout d'un coup le type de la radio qui braille : *"... presque dix ans comme secrétaire de la section locale de la NAACP. L'hôpital n'a encore communiqué aucune information mais les blessures seraient apparemment...*

— Qui c'est ?" je demande.

Minny me regarde comme si j'avais plus toute ma tête. "Medgar Evers. Où t'étais ?

— Medgar Evers ? Qu'est-ce qui s'est passé ?" J'ai rencontré Myrlie Evers, sa femme, à l'automne dernier, quand elle est venue à notre église avec les parents de Mary Bone. Elle avait une belle écharpe rouge et noir autour du cou. Je me rappelle qu'elle m'a regardée dans les yeux, en souriant comme si elle était vraiment contente de me voir. Medgar Evers, c'est un peu une célébrité dans le coin, vu son importance à la NAACP.

"Assieds-toi", dit Minny. Je m'assois sur une chaise en bois. Ils ont tous des têtes lugubres, et ils quittent pas la radio des yeux. Le poste est gros comme la moitié d'un moteur de voiture, tout en bois, avec quatre boutons. Même Kindra se tait, sur les genoux de Sugar.

"C'est le KKK qui l'a descendu. Devant sa maison. Il y a une heure."

Je sens un picotement dans ma colonne vertébrale. "Il habite où ?

— Dans Guynes Street, répond Minny. Les docteurs l'ont transporté à notre hôpital.

— Je... j'ai vu", je dis, en pensant au bus. Guynes Street est à cinq minutes d'ici en voiture.

"... les témoins parlent d'un seul homme, un Blanc, qui est sorti des fourrés. La rumeur parle du Ku Klux Klan..."

Tout le monde se met à parler en même temps dans la radio, il y a des gens qui crient, toute une agitation. Je me crispe comme si quelqu'un nous regardait de dehors. Quelqu'un de blanc. Le kkk était ici, il y a quelques minutes, pour traquer un Noir. J'ai envie de fermer cette porte.

"*On m'annonce à l'instant*, dit le journaliste, essoufflé, *que Medgar Evers est mort.*"

"*Medgar Evers…*" On dirait qu'on le bouscule, qu'il a du monde autour de lui. "*On vient de me l'apprendre. Est mort.*"

Oh, mon *Dieu* !

Minny se tourne vers Leroy Junior. Elle dit à voix basse, et calme : "Emmène tes frères et tes sœurs dans la chambre. Mettez-vous au lit. Et restez-y."

Ça fait toujours peur quand quelqu'un qui crie tout le temps se met à parler doucement.

Je vois bien que Leroy Junior voudrait rester. Il la regarde et ils disparaissent tous, vite et sans un mot. Le type de la radio se calme lui aussi. Le poste, pendant une seconde, est plus qu'un tas de bois et de fils. Le type dit encore "*Medgar Evers,* et on a l'impression que sa voix recule dans le fond, *secrétaire de la section locale de la* naacp, *est mort.*" Un soupir. "*Medgar Evers est mort.*"

J'avale une pleine bouche de salive et je regarde les traces de graisse de bacon, de mains de bébés et de fumée des Pall Mall de Leroy qui jaunissent sur le mur de Minny. Pas de photos ni de calendriers, ici. J'essaye de pas penser. Je veux pas penser à des Noirs qui meurent. Ça me rappelle Treelore.

Minny serre les poings. Et les dents. "Ils l'ont descendu *devant ses enfants*, Aibileen !

— On va prier pour Evers, on va prier pour Myrlie…" Mais ça sonne tellement creux que je me tais.

"A la radio, ils ont dit que toute la famille s'est sauvée de la maison en entendant les coups de feu. Qu'il saignait et qu'il titubait, que les enfants étaient pleins de sang…" Elle tape du poing sur la table et ça fait trembler la grosse radio.

Je retiens ma respiration, mais j'ai la tête qui tourne. C'est à moi d'être forte. Il faut les empêcher de craquer.

"Ça changera jamais dans cette ville, Aibileen. On vit dans un enfer, on est *pris au piège*. Nos *gosses* sont pris au piège !"

Le type de la radio se remet à parler fort. *"… partout des policiers, qui bloquent la rue ! Mr Thompson, le maire, devrait donner sous peu une conférence de presse."*

J'étouffe. Les larmes coulent. Ce qui me tue, c'est tous ces Blancs autour du quartier noir. Des Blancs avec des armes à feu pointées sur les Noirs. Qui va protéger les nôtres ? Il y a pas de policiers noirs.

Minny fixe la porte par laquelle les enfants viennent de sortir. La sueur dégouline de chaque côté de sa figure.

"Et à nous, qu'est-ce qu'ils nous feront, Aibileen ? S'ils nous attrapent…"

Je reprends ma respiration. Elle parle du livre. "Tu le sais comme moi. Ça se passera mal.

— Mais qu'est-ce qu'ils nous feront ? Ils nous attacheront derrière une camionnette pour nous traîner ? Ils me tireront dessus dans mon jardin sous les yeux de mes enfants ? Ou ils nous feront crever de faim ?"

On entend la voix du maire à la radio, il dit qu'il est désolé pour l'épouse et les enfants d'Evers. Je regarde la porte ouverte sur l'arrière de la maison et j'ai encore l'impression qu'on nous observe, avec cette voix de Blanc dans la pièce.

"C'est pas… nous, on s'occupe pas des droits civiques. On raconte comment les choses se passent vraiment, c'est tout."

Je coupe la radio et je prends la main de Minny dans la mienne. On reste comme ça, Minny qui regarde le papillon de nuit marron collé au mur, moi la tranche de viande rouge qui se dessèche dans la poêle.

Au fond des yeux de Minny, toute la solitude du monde. Elle murmure : "Je voudrais que Leroy soit là."

Je crois pas que ces mots aient déjà été prononcés dans cette maison.

Pendant des jours et des jours, Jackson, Mississippi, est comme une casserole d'eau bouillante. A la télé, chez Miss Leefolt, des foules noires défilent dans High Street le lendemain des obsèques de Mister Evers. Trois cents arrestations. Le journal des Noirs dit que des milliers de gens sont venus assister au service funèbre, mais les Blancs se comptaient sur les doigts d'une main. Les policiers savent qui a fait le coup, mais ils donneront son nom à personne.

J'apprends que les Evers veulent pas enterrer Medgar dans le Mississippi. Son corps va aller à Washington et il reposera au cimetière d'Arlington, et je pense que Myrlie en est très fière. Il y a de quoi. Mais je préférerais qu'il soit ici, plus près. Je lis dans le journal que même le président des Etats-Unis a dit à Thompson, le maire, qu'il devait faire mieux. Nommer une commission avec des Noirs et des Blancs pour arranger les choses. Mais le maire a répondu – au *président Kennedy* : "Je ne nommerai pas de commission biraciale. Ne nous racontons pas d'histoires. Je crois à la séparation des races, et ça sera comme ça et pas autrement."

Quelques jours plus tard, le maire revient parler à la radio. "Jackson, Mississippi, est ce qu'il y a de plus proche du paradis, il dit. Et ça le restera pour le reste de notre existence."

C'est la deuxième fois que Jackson, Mississippi, est dans *Life*. Mais cette fois, on fait la couverture.

CHAPITRE 15

Pas un mot sur Medgar Evers dans la maison de Miss Leefolt. Je change de station quand elle rentre de son déjeuner
en ville. On fait comme si c'était un bel après-midi d'été
comme les autres.

Le lendemain des obsèques d'Evers, la maman de Miss
Leefolt nous rend visite. Elle habite à Greenwood, Mississippi, et elle se rend à La Nouvelle-Orléans en voiture.
Elle rentre toujours sans frapper, Miss Fredericks, et elle
déboule dans le salon où je suis en train de repasser. Elle
me lance un sourire au citron. Je vais prévenir Miss Leefolt.

"Maman ! Tu es en avance ! Tu as dû te lever à l'aube
ce matin, j'espère que tu n'es pas fatiguée", dit Miss
Leefolt, en se précipitant dans le salon pour ramasser
tout ce qui traîne aussi vite qu'elle peut. Elle me jette un
regard qui dit, *vraiment !* Je remets les chemises froissées de Mister Leefolt dans la corbeille et je prends un
mouchoir pour débarbouiller la figure pleine de confiture de Baby Girl.

"Et comme tu as l'air fraîche et chic ce matin, maman !"
Elle sourit tellement, Miss Leefolt, que les yeux lui sortent
de la tête. "Tu es contente de venir faire les magasins ?"

A voir la Buick qu'elle conduit et ses jolies chaussures
à boucle, je pense que Miss Fredericks a beaucoup plus
d'argent que Mister et Miss Leefolt.

"J'avais besoin d'une halte. Et j'espérais que tu m'emmènerais déjeuner au Robert E. Lee", dit Miss Fredericks. Je sais pas comment cette femme peut se supporter elle-même. J'ai entendu Mister et Miss Leefolt se disputer parce que chaque fois qu'elle vient, elle se fait emmener dans les meilleurs restaurants de la ville et quand l'addition arrive elle bouge pas et laisse Miss Leefolt payer.

"Et si on demandait à Aibileen de nous préparer à déjeuner ici ? J'ai un jambon excellent, vraiment, et aussi…

— Je me suis arrêtée pour aller déjeuner. Pas pour manger ici.

— Très bien. Très bien, maman. Laisse-moi le temps de prendre mon sac."

Miss Fredericks regarde Mae Mobley qui joue par terre avec sa poupée Claudia. Elle se penche pour l'embrasser et elle dit : "Alors, Mae Mobley, elle te plaît, cette robe à smocks que je t'ai envoyée la semaine dernière ?

— Ouais", fait Baby Girl à grand-maman. J'ai été obligée de montrer à Miss Leefolt qu'elle la serrait à la taille. Elle se fait rondelette, Baby Girl.

Miss Fredericks fait les gros yeux à Mae Mobley. "Tu dois dire *Oui, ma'am*, jeune fille. Tu m'entends ?"

Mae Mobley, fait une tête sinistre et elle dit : "Oui, ma'am." Mais je sais ce qu'elle pense : *Formidable. J'avais bien besoin de ça aujourd'hui. Encore une qui m'aime pas dans cette maison.*

Elles s'en vont. En sortant, Miss Fredericks pince le bras de Miss Leefolt par-derrière. "Tu ne sais pas choisir tes bonnes, Elizabeth. C'est son travail aussi, de veiller à ce que Mae Mobley ait de *bonnes manières*.

— Oui, maman, on va s'en occuper.

— Tu ne peux pas embaucher n'importe qui en comptant sur la chance."

Au bout d'un moment, je prépare pour Mae Mobley ce sandwich au jambon que Miss Fredericks est trop bien pour manger. Mais Mae Mobley prend une bouchée, puis elle le repousse.

"Je me sens pas bien. J'ai mal à la gorge, Aibi."

Je sais ce que c'est, et je sais comment ça se soigne. Baby Girl a attrapé un rhume. Je fais chauffer un peu d'eau avec du miel, et quelques gouttes de citron pour parfumer. Mais ce que cette petite fille veut surtout, c'est une histoire pour l'aider à s'endormir. Je la prends aux bras. Mon Dieu, elle se fait lourde ! Trois ans dans quelques mois, et ronde comme un potiron.

Tous les après-midi on s'assoit dans le fauteuil à bascule, Baby Girl et moi, pour qu'elle fasse sa sieste. Je lui dis, tu es gentille, tu es intelligente, tu es importante. Mais elle grandit et je sais que bientôt, ces mots-là suffiront pas.

"Aibi ? Tu me lis une histoire ?"

Je cherche dans le livre celle que je vais lui lire. Je peux pas lire une fois de plus *Georges le petit curieux* parce qu'elle veut plus l'entendre. Pas plus que *Chicken Little* ou *Madeline*.

Alors on se balance un moment dans notre fauteuil. Mae Mobley pose la tête sur mon uniforme. On regarde la pluie qui tombe dans un reste d'eau au fond de la piscine en plastique vert. Je dis une prière pour Myrlie Evers. J'aurais voulu pouvoir m'absenter de mon travail pour assister aux funérailles. Je pense à son fils de dix ans. Quelqu'un m'a dit qu'il avait pleuré en silence du début à la fin. Je me balance et je prie, je suis affreusement triste, et tout d'un coup, je sais pas comment, les mots me viennent.

"Il était une fois deux petites filles. L'une avait la peau noire, l'autre la peau blanche."

Mae Mobley lève les yeux vers moi. Elle écoute.

"La petite fille noire dit à la petite fille blanche : « Pourquoi as-tu la peau si claire ? » La petite fille blanche répondit : « Je n'en sais rien. Pourquoi ta peau est-elle si noire ? A ton avis, qu'est-ce que ça veut dire ? »

"Mais aucune de ces petites filles ne connaissait la réponse. Alors, la petite fille blanche dit : « Eh bien, voyons. Tu as des cheveux, j'ai des cheveux. »" J'ébouriffe un peu les cheveux de Mae Mobley.

"La petite fille noire dit : « J'ai un nez, tu as un nez .»" Je lui pince doucement le nez. Elle tend la main et me fait pareil.

"La petite fille blanche dit : « Tu as des doigts de pied, j'ai des doigts de pieds »", et je chatouille les doigts de pied de Mae Mobley, mais elle peut pas me faire la même chose parce que j'ai mes chaussures de travail blanches.

"« Donc, on est pareilles ! On n'est pas de la même couleur et c'est tout », dit la petite fille noire. La petite fille blanche dit qu'elle était d'accord et elles devinrent amies. Fin."

Baby Girl se contente de me regarder. Seigneur, c'était une histoire triste ou je m'y connais pas. Même pas une histoire d'ailleurs, il s'y passe rien. Mais Mae Mobley sourit et elle dit : "Raconte-la encore."

Alors je recommence. La quatrième fois, elle s'endort. Je lui dis tout doucement à l'oreille : "J'en aurai une meilleure la prochaine fois."

"C'est tout ce que nous avons comme serviettes, Aibileen ? Celle-ci est bien, mais je ne peux pas prendre ce vieux chiffon, j'aurais trop honte ! Je crois que nous nous contenterons de celle-ci."

Miss Leefolt est dans tous ses états. Ils sont pas au Club de natation, Mister Leefolt et elle, même pas à celui de la vieille piscine de Broadmore. Miss Hilly a appelé ce matin pour lui demander si elle voulait venir se baigner au Jackson Country Club avec Baby Girl, et une invitation comme celle-là, Miss Leefolt a dû en avoir une ou deux fois, pas plus. Je crois que j'y suis allée plus souvent qu'elle.

On donne pas d'argent, là-bas. Il faut être membre du club, et on fait tout marquer sur son compte. Et je sais que Miss Hilly, elle aime pas payer pour les autres. Je suppose qu'elle a d'autres amies avec qui elle vient à la piscine et qui sont toutes membres.

On a toujours pas entendu parler de la fameuse sacoche. Et ça fait cinq jours que j'ai pas vu Miss Hilly. Miss Skeeter l'a pas vue non plus, ce qui va pas du tout. En principe, elles sont très amies. Miss Skeeter a fini le premier chapitre de Minny hier soir. L'histoire de Miss Walters comme on l'a racontée, c'est pas rien, et si Miss Hilly la lisait je sais pas ce qui nous arriverait. Tout ce que j'espère, c'est que si Miss Skeeter apprend quelque chose elle aura pas peur de me le dire.

Je mets son bikini jaune à Baby Girl. "Il faut garder ton haut, aujourd'hui. On accepte pas les bébés tout nus au Country Club." Ni les Nègres, ni les Juifs. J'ai été placée chez les Goldman. Les Juifs de Jackson vont se baigner au Colonial Country Club, les Nègres au lac May.

Au moment où je donne une tartine de beurre de cacahuète à Baby Girl, le téléphone sonne.

"Résidence de Miss Leefolt.

— Aibileen, bonjour, c'est Skeeter. Elizabeth est là ?

— Bonjour Miss Skeeter", je dis, et je me tourne vers Miss Leefolt pour lui passer l'appareil, mais elle agite sa main au lieu de le prendre et je lis sur ses lèvres *Non, je ne suis pas là !*

Je réponds : "Elle... est sortie, Miss Skeeter" en regardant Miss Leefolt droit dans les yeux pendant que je dis son mensonge. Je comprends pas. Miss Skeeter est membre du club, elle pourrait l'inviter sans problème.

A midi, on grimpe toutes les trois dans la Ford Fairlane bleue de Miss Leefolt. A côté de nous sur la banquette arrière, j'ai un thermos de jus de pomme, du fromage en tranches, des cacahuètes et deux bouteilles de Coca – on les boira comme du café, vu qu'elles seront brûlantes. Miss Leefolt doit se douter que Miss Hilly insistera pas pour nous amener au snack. Dieu seul sait pourquoi elle l'a invitée aujourd'hui.

Baby Girl grimpe sur mes genoux. Je descends la vitre et l'air chaud nous souffle à la figure. Miss Leefolt arrête pas de se recoiffer dans le rétroviseur. Elle conduit à coups de freins et d'accélérateur, ça me donne mal au cœur, et je voudrais bien qu'elle laisse ses mains sur le volant.

On passe devant le grand magasin Ben Franklin Five and Dime, puis devant le Seale-Lily où on achète des glaces sans descendre de voiture – pour nous les Noirs, ils ont un guichet avec vitre coulissante à l'arrière. Je transpire des jambes avec Baby Girl sur moi. Au bout d'un moment on roule sur une route pleine de bosses avec des pâturages de chaque côté et des vaches qui chassent les mouches à coups de queue. On en compte trente-six, mais Mae continue à crier *"Dix !"* parce qu'elle sait pas compter plus loin.

Un quart d'heure plus tard à peu près, on s'engage sur une allée pavée et on s'arrête. Le club est un bâtiment bas tout en longueur avec des buissons épineux autour, pas du tout aussi luxueux que les gens disent. Il y a un tas de places de parking libres devant, mais Miss Leefolt réfléchit une seconde, puis elle se gare beaucoup plus loin.

En posant le pied sur le bitume on sent la chaleur qui nous enveloppe. Je tiens le sachet en papier d'une main, Mae Mobley de l'autre, et on traverse le parking qui fume au soleil. Avec les lignes qu'on a peintes par terre pour guider les voitures, on a l'impression d'être sur un gril et de rôtir comme des épis de maïs. Je sens la peau de ma figure qui brûle et qui tire. Baby Girl se fait traîner, elle a l'air sonnée comme si elle venait de prendre une gifle. Miss Leefolt avance en soufflant et en fronçant les sourcils sans quitter la porte des yeux – elle est encore à vingt mètres, et je me demande pourquoi elle s'est garée si loin. J'ai le cuir chevelu qui cuit à l'endroit de la raie, puis ça me démange, impossible de me gratter vu que j'ai les deux mains prises, et tout d'un coup, psshhtt ! quelqu'un éteint la flamme. On est à l'ombre, il fait frais, c'est le paradis.

Comme Miss Leefolt regarde autour de nous, aveuglée et tout intimidée, je montre une porte sur le côté. "La piscine, c'est par là, ma'am."

Elle a l'air contente que je connaisse, ça lui évite de demander comme une pauvresse.

On pousse la porte, et on reprend le soleil dans les yeux, mais c'est joli et il fait moins chaud. La piscine est d'un bleu éclatant. Les tentes à rayures noires et blanches ont l'air propres. Ça sent la lessive. Il y a des gamins qui rient et qui sautent dans l'eau en faisant des éclaboussures et des dames allongées tout autour avec leurs maillots de bain et leurs lunettes de soleil, et qui lisent des magazines.

Miss Leefolt met la main devant ses yeux et regarde tout autour si elle voit Miss Hilly. Elle a un chapeau blanc avec les bords qui pendent, une robe noire et blanche à pois, et des claquettes aux pieds qui font une pointure de trop. Elle fronce les sourcils parce qu'elle se sent pas à sa place, elle sourit parce qu'elle veut pas que ça se sache.

"La voilà !"

On suit Miss Leefolt autour de la piscine jusqu'à l'endroit où Miss Hilly attend dans son maillot rouge sur une chaise longue. Elle regarde nager ses enfants. Je vois deux bonnes que je connais pas avec d'autres familles, mais pas Yule May.

"Vous voilà tous, dit Miss Hilly. Eh bien, Mae Mobley, tu es un vrai patapouf avec ce bikini ! Aibileen, les enfants sont au petit bain. Vous pouvez vous asseoir à l'ombre pour les surveiller. Ne laissez pas William lancer de l'eau sur les filles."

Miss Leefolt se met sur une chaise longue à côté de Miss Hilly et moi à la table, sous un parasol, pas très loin des deux dames. Je me dépêche d'enlever mes bas pour avoir moins chaud aux jambes. Je suis assez bien placée pour entendre ce qu'elles se disent.

"Yule May…" Miss Hilly secoue la tête. "Elle a encore pris sa journée. Crois-moi, cette fille exagère."

Bon, voilà déjà un mystère d'expliqué. Miss Hilly a invité Miss Leefolt à la piscine parce qu'elle savait qu'elle viendrait avec moi.

Miss Hilly remet du beurre de cacao sur ses jambes grassouillettes déjà bien bronzées, et l'étale soigneusement. Elle a la peau tellement grasse qu'elle brille. "Je suis si contente d'aller sur la côte, elle dit. Trois semaines de plage !

— Je voudrais bien que la famille de Raleigh ait une maison là-bas", dit Miss Leefolt en soupirant. Elle remonte un peu sa jupe pour mettre ses genoux tout blancs au soleil. Comme elle est enceinte, elle peut pas porter de maillot de bain.

"Evidemment, nous devons payer le bus pour avoir Yule May là-bas pendant les week-ends. *Huit* dollars ! Je devrais les retenir sur sa paie."

Les gamins crient pour aller dans le grand bassin. Je prends la bouée de Mae dans le sac, je la gonfle et je la passe autour de son petit ventre. Miss Hilly m'en donne deux autres pour William et Heather. Ils sautent dans le grand bassin et ils flottent comme trois bouchons au bout d'un fil de pêche. Miss Hilly me regarde et dit : "Ils ne sont pas mignons ?" et je réponds en hochant la tête. Bien sûr qu'ils sont mignons. Même Miss Leefolt a l'air de le penser.

Elles parlent et j'écoute, mais pas de Miss Skeeter ni de la sacoche. Au bout d'un moment, Miss Hilly m'envoie au snack chercher du Coca à la cerise pour tout le monde, même pour moi. Les criquets se mettent à chanter dans les arbres, l'ombre se rafraîchit et je sens que mes yeux, qui ne quittent pas les gamins dans l'eau, commencent à se fermer.

"Aibi, regarde-moi, regarde-moi !" Je ferme à moitié les yeux pour me concentrer sur Mae Mobley qui barbote.

Et voilà que j'aperçois Miss Skeeter, de l'autre côté du bassin, derrière la clôture. Elle a sa jupe de tennis et sa raquette à la main. Elle regarde Miss Hilly et Miss Leefolt en penchant la tête de côté comme si elle cherchait à comprendre quelque chose. Miss Hilly et Miss Leefolt, elles la voient pas, elles continuent à parler de vacances à Biloxi. Je vois Miss Skeeter qui s'approche de la clôture, puis qui fait le tour de la piscine. Elle se plante devant elles et elles ne la voient toujours pas.

"Salut, vous deux !" dit Miss Skeeter. Elle a de la sueur qui lui coule sur les bras et la figure rouge et un peu gonflée à cause du soleil.

Miss Hilly lève les yeux, mais elle reste sur sa chaise longue sans lâcher son magazine. Miss Leefolt saute sur ses pieds.

"Salut Skeeter ! Tu sais, je ne… on voulait t'appeler…" Elle sourit à s'en faire sauter les dents de devant.

"Salut, Elizabeth.

— Tu étais au tennis ? demande Miss Leefolt, en hochant la tête comme une poupée sur un tableau de bord. Tu joues avec qui ?

— J'ai fait quelques balles toute seule contre le mur d'entraînement", dit Miss Skeeter. Elle souffle pour chasser une mèche sur son front, mais la mèche est collée. Elle reste quand même debout au soleil.

"Hilly, dit Miss Skeeter, Yule May t'a dit que j'avais appelé ?"

Hilly sourit, mais un peu crispée. "Elle n'est pas venue aujourd'hui.

— Je t'ai appelée hier, aussi.

— Ecoute, Skeeter, je n'avais pas le temps. Depuis mercredi je ne quitte pas le quartier général de campagne. J'ai rempli des enveloppes pour tout ce que Jackson compte de Blancs, à peu de chose près.

— D'accord", fait Miss Skeeter, en hochant la tête. Puis elle regarde Miss Hilly en face et elle dit : "Hilly, est-ce qu'on est… Est-ce que j'ai… fait quelque chose qui t'a déplu ?" Je sens mes doigts qui recommencent à tripoter cette espèce de stylo invisible.

Miss Hilly referme son journal, le pose sur le ciment pour pas y mettre de gras. "On discutera de ça plus tard, Skeeter."

Miss Leefolt se rassoit vite. Elle prend le *Good Housekeeping** de Miss Hilly et elle se met à lire comme si elle avait jamais rien vu d'aussi important.

"Très bien, dit Miss Skeeter, en haussant les épaules. Je me disais simplement qu'on pourrait parler… enfin… de ce qui ne va pas, avant que tu ne partes en vacances."

Miss Hilly a l'air de vouloir protester, mais elle pousse un soupir long d'un kilomètre. "Si tu me disais simplement la vérité, Skeeter ?

— La vérité ? A quel sujet ?

— Ecoute. J'ai trouvé ce truc."

---

* Sur l'art de bien tenir son intérieur.

J'ai la gorge serrée. Miss Hilly essaye de parler doucement, mais c'est pas son fort.

Miss Skeeter la quitte pas des yeux. Elle est vraiment calme, elle me regarde pas. "Quel truc ?

— Dans ta sacoche, en cherchant le procès-verbal de la réunion. Et, Skeeter…" Elle lève les yeux au ciel et elle les rabaisse. "Je n'arrive pas à y croire. Je ne sais plus…

— Hilly, de quoi parles-tu ? Qu'as-tu vu dans ma sacoche ?"

Je cherche où sont passés les petits, mon *Dieu*, j'ai failli les oublier ! Il me semble que je vais tourner de l'œil à écouter ça.

"Ces lois que tu trimballais ? Sur…" Miss Hilly se retourne vers moi. Je regarde la piscine et rien d'autre. "… ce que ces gens peuvent et ne peuvent pas faire, et franchement – elle parle pas, elle siffle – je trouve que c'est vraiment stupide de ta part si tu te crois plus maligne que notre gouvernement. Plus maligne que Ross Barnett.

— Quand ai-je dit ne serait-ce qu'un seul mot au sujet de Ross Barnett ?"

Miss Hilly tend le doigt comme pour l'accuser. Miss Leefolt regarde toujours la même page, la même ligne, le même mot. Je vois toute la scène du coin de l'œil.

"Tu n'es pas une femme politique, Skeeter Phelan.

— Ma foi, toi non plus, Hilly."

Et voilà Miss Hilly qui se lève. "Je devrais devenir sous peu femme de politicien, si tu ne t'en mêles pas. Comment William sera-t-il jamais élu à Washington si on nous découvre des amis intégrationnistes ?

— A Washington ?" Miss Skeeter roule des yeux. "William se présente au sénat de cet Etat, Hilly. Et il n'est pas sûr de l'emporter."

Oh, mon *Dieu* ! Je regarde Miss Skeeter. Pourquoi vous faites ça ? Pourquoi vous la cherchez ?

Malheur, elle est furieuse maintenant, Miss Hilly. Elle redresse la tête d'un coup sec. "Tu sais aussi bien que moi qu'il y a dans cette ville d'honnêtes citoyens, des Blancs, qui paient leurs impôts et qui te combattront à mort là-dessus. Tu voudrais laisser ces gens se baigner dans nos piscines ? Mettre leurs pattes sur tout dans nos épiceries ?"

Miss Skeeter regarde Miss Hilly, longtemps, avec insistance. Puis elle me regarde une demi-seconde et elle voit la prière dans mes yeux. Ses épaules retombent un peu. "Oh, Hilly, ce n'est qu'une brochure ! Je l'ai trouvée à la bibliothèque. Je n'essaie pas de changer les lois. Je l'ai prise pour la *lire*, c'est tout."

Miss Hilly comprend tout de suite. "Mais à partir du moment où tu t'intéresses à ces lois – elle fait claquer l'élastique de son maillot qui lui est remonté sur les fesses –, je suis bien obligée de me demander ce que tu fais d'*autre*."

Miss Skeeter regarde ailleurs et se passe la langue sur les lèvres. "Hilly. Tu es la personne au monde qui me connaît le mieux. Si j'étais engagée dans quelque chose, tu le saurais à la seconde."

Miss Hilly se contente de la regarder. Alors Miss Skeeter lui prend la main et la serre dans les siennes. "Je m'inquiète pour toi. Tu disparais toute une semaine, tu te tues au travail pour cette campagne. Regarde." Elle retourne la main de Miss Hilly. "Tu t'es fait une ampoule avec ces enveloppes."

Alors, tout doucement, le corps de Miss Hilly a l'air de se ramollir, c'est comme si elle retombait sur elle-même. Elle jette un coup d'œil à Miss Leefolt pour voir si elle écoute pas, et elle dit entre ses dents : "On a mis tellement d'argent dans cette campagne… si William ne gagne pas… je travaille jour et nuit et…"

288

Miss Skeeter met la main sur l'épaule de Miss Hilly et lui dit quelque chose. Miss Hilly fait oui de la tête et elle lui sourit d'un air épuisé.

Puis Miss Skeeter leur dit qu'elle doit s'en aller. Elle repart en zigzaguant entre les serviettes et les chaises longues. Miss Leefolt regarde Miss Hilly avec des yeux ronds, comme si elle avait peur de lui poser des questions

Je retombe sur ma chaise et je souris à Mae Mobley qui fait la toupie dans l'eau avec sa bouée. J'essaye de chasser le mal de tête en me frottant les tempes. De l'autre côté du bassin, Miss Skeeter me regarde. Autour de nous, tout le monde se prélasse et rit et discute en fermant les yeux au soleil, et personne se doute que la Noire et la Blanche à la raquette de tennis pensent la même chose : on est folles de se sentir un peu soulagées ?

CHAPITRE 16

Un an après la mort de Treelore, à peu près, j'ai commencé à assister aux réunions de paroissiens à mon église. Au début, je pense, c'était pour passer le temps. Pour être moins seule le soir. Même si Shirley Boon m'énerve un peu avec son grand sourire de Madame Je-sais-tout. Minny, elle aime pas Shirley non plus, mais elle vient quand même parce que ça la sort de chez elle. Mais ce soir Benny a son asthme et elle sera pas là.

Ces derniers temps, on parle plus des droits civiques que de garder les rues propres ou de qui va s'occuper de la bourse aux vêtements. Il y a rien d'agressif, on discute, on prie. Mais depuis qu'on a tué Mr Evers, il y a une semaine, la colère gronde chez beaucoup de Noirs de cette ville. En particulier chez les jeunes, qui sont pas résignés et sont pas près de l'être. Il y a eu des rassemblements toute la semaine. On m'a dit que les gens étaient furieux, qu'ils criaient, qu'ils pleuraient. C'est la première fois que je reviens à l'église depuis le meurtre.

Je descends au sous-sol. D'habitude il y fait moins chaud qu'en haut, mais ce soir c'est pas le cas. Les gens mettent des glaçons dans leur café. Je regarde autour de moi si je connais quelqu'un, avec l'idée de demander à d'autres bonnes de venir nous aider pour le livre maintenant qu'on a feinté Miss Hilly, à ce qu'on dirait. Ça en fait déjà trente-cinq qui disent non et j'ai l'impression de vendre quelque chose que personne veut acheter. Quelque chose de gros et qui pue, comme Kiki Brown avec sa cire soi-disant parfumée au citron. Mais là où on se ressemble vraiment, avec Kiki, c'est que moi aussi je suis fière de ce que je vends. C'est plus fort que moi. On raconte des histoires qui ont besoin d'être racontées.

Je voudrais que Minny puisse m'aider. Elle sait s'y prendre pour embobiner le client. Mais on l'a décidé depuis le début, personne doit savoir que Minny est sur ce coup-là. C'est trop risqué pour sa famille. Par contre, on s'est mises d'accord pour dire que c'est avec Miss Skeeter. Personne voudrait marcher sans savoir qui est la Blanche, elles se demanderaient toutes si elles la connaissent ou si elles ont pas travaillé pour elle. Mais Miss Skeeter, elle peut pas se mettre en avant. Elles prendraient peur avant qu'elle ait ouvert la bouche. C'était donc à moi d'y aller, et il a pas fallu plus de cinq ou six bonnes pour que toutes les autres soient au courant et sachent ce que je vais leur demander avant que je sorte trois mots. Elle disent que ça vaut pas la peine. Elles me demandent pourquoi je prends des risques pareils alors qu'il peut rien en sortir de bon. Je crois que les gens commencent à se dire que cette brave Aibileen a fini par perdre la boule.

Toutes les chaises pliantes sont occupées ce soir. On est plus d'une cinquantaine, surtout des femmes.

"Assieds-toi à côté de moi, Aibileen, dit Bertrina Bessemer. Goldella, laisse ta chaise aux anciens."

Goldella se lève en vitesse et me fait signe de m'asseoir. Bertrina, au moins, elle me traite pas comme si j'étais folle.

Je m'installe. Ce soir, Shirley Boon est assise et le diacre est debout devant nous. Il dit qu'il nous faut une séance de prière tranquille. Il parle de cicatrice, d'apaisement. Ça me fait plaisir. On ferme les yeux et le diacre nous emmène dans une prière pour Myrlie, pour ses fils. Il y en a qui murmurent, qui parlent doucement à Dieu, et une force tranquille remplit la salle, comme le bourdonnement des abeilles au-dessus du miel. Je dis mes prières pour moi-même. A la fin, je respire un grand coup et j'attends les autres. En rentrant chez moi, j'écrirai mes prières. Ça vaut le temps qu'on y passe.

Yule May, la bonne de Miss Hilly, est assise devant moi. On la reconnaît facilement, même de dos, avec ses cheveux magnifiques. Il paraît qu'elle est instruite, qu'elle a presque fini la fac. C'est vrai qu'on a un tas de gens intelligents avec des diplômes d'université dans notre église. Des docteurs, des avocats, et Mr Cross, le propriétaire du *Southern Times*, le journal des Noirs qui sort une fois par semaine. Mais Yule May, c'est probablement la bonne la plus instruite de la paroisse. De la voir, ça me fait penser à tout ce qui va pas chez moi et que je dois corriger.

Le diacre rouvre les yeux et nous regarde très calmement. "Les prières que nous dis…

— Diacre Thoroughgood !" crie une grosse voix en plein dans le silence. Je me retourne – tout le monde se retourne – et c'est Jessup, le petit-fils de Plantain Fidelia, debout sur le seuil. Il a vingt-deux ou vingt-trois ans, de grandes mains, et il serre les poings.

"On veut savoir que qu'on va *faire* pour ça !"

Le diacre prend un air contrarié, comme si il avait déjà discuté avec Jessup. "Ce soir, nous allons élever nos prières vers le Seigneur. Nous marcherons pacifiquement dans les rues de Jackson mardi. Et en août, je vous emmènerai à Washington pour marcher avec le Dr King.

"Ça suffit pas ! dit Jessup, en se frappant la main de son poing. Ils lui ont tiré dans le dos, ils l'ont abattu comme un chien !

— Jessup !" Le diacre lève la main. "Ce soir, on prie. Pour les siens. Pour les avocats qui s'occupent de l'affaire. Je comprends ta colère, mon fils, mais…

— On prie ? Vous croyez qu'on va se contenter de s'asseoir et de prier ?"

Il nous regarde tous sur nos chaises.

"Vous croyez tous que la prière va empêcher les Blancs de nous tuer ?"

Personne répond, même pas le diacre. Jessup se retourne et s'en va. On entend ses pas dans l'escalier, et quand il traverse l'église au-dessus de nous.

La salle est complètement silencieuse. Le diacre fixe quelque chose au-dessus de nos têtes. C'est bizarre. Thoroughgood n'est pas homme à ne pas vous regarder en face. Tout le monde a les yeux sur lui, tout le monde se demande ce qu'il pense qui fait qu'il peut pas nous regarder. Puis je vois Yule May qui secoue la tête, à peine, mais quand même, et je me dis que le diacre et Yule May sont en train de penser la même chose. Ils pensent à la question qu'a posée Jessup. Et Yule May, elle, elle y répond.

La réunion se termine à huit heures. Ceux qui ont des petits à la maison s'en vont, et les autres, on va se servir du café dans la pièce du fond. Ça parle pas beaucoup. Les gens sont calmes. Je prends mon élan et je vais rejoindre Yule devant le percolateur. Je veux juste me débarrasser de ce mensonge qui me colle et qui brûle comme une piqûre d'ortie. J'ai demandé à aucune autre pendant la réunion. Je passerai la pommade à personne, ce soir.

Yule May me salue de la tête et elle sourit poliment. Elle a dans les quarante ans mais elle reste grande et mince avec une jolie silhouette, la taille bien prise dans son uniforme blanc. Elle porte toujours des boucles d'oreilles, des petits anneaux d'or.

293

"On m'a dit que les jumeaux iront à l'université de Tougaloo, l'an prochain ? Félicitations.

— J'espère. Il faut qu'on mette encore un peu d'argent de côté. Deux à la fois, c'est beaucoup.

— T'es allée à l'université toi-même, non ?"

Yule May hoche la tête. "A Jackson.

— Moi, j'ai adoré les études. Lire, écrire… sauf les maths. C'était pas mon truc."

Yule May sourit. "Moi, c'était l'anglais ma matière préférée. L'écriture.

— J'écris… un peu, moi aussi."

Yule May me regarde dans les yeux et je comprends qu'elle sait ce que je vais lui dire. Je vois en une seconde la honte qu'elle subit tous les jours en travaillant dans cette maison. Et la peur. Je suis trop gênée pour continuer.

Mais Yule May attend pas que je continue. "Je suis au courant de ce que vous faites avec cette amie de Miss Hilly.

— C'est bon, Yule May, je sais que tu peux pas…

— C'est… un risque que je ne peux pas prendre en ce moment. On est tout près d'avoir assez d'argent.

— Je comprends." Je souris, pour qu'elle sache que je vais pas insister. Mais elle bouge pas.

"Les noms… Vous changez les noms, on m'a dit ?"

C'est la question qu'elles posent toutes, parce qu'elles veulent savoir.

"Bien sûr. Et aussi le nom de la ville."

Elle regarde à ses pieds. "Donc, si je lui racontais mes histoires de bonne chez des Blancs, elle les écrirait ? Et elle les publierait ?"

Je hoche la tête. "Ce qu'on veut, c'est avoir toute sorte de témoignages. Avec les bonnes choses, et les mauvaises. On travaille avec… une autre bonne, en ce moment."

Yule May se passe la langue sur les lèvres, comme si elle se voyait déjà en train de raconter sa vie de bonne chez Miss Hilly.

"Est-ce qu'on pourrait… en reparler ? Quand j'aurai un peu de temps ?

— Bien sûr", je dis, et je vois dans ses yeux qu'elle cherche pas seulement à être aimable.

— Excuse-moi, mais Henry et les garçons m'attendent. Je peux t'appeler ? Pour en parler discrètement ?

— N'importe quand. Quand tu voudras."

Elle pose la main sur mon bras et me regarde encore une fois droit dans les yeux. J'arrive pas à y croire. C'est comme si elle attendait depuis longtemps que je lui demande.

Elle est déjà à la porte. Je reste encore une minute dans mon coin, à boire ce café trop chaud par la chaleur qu'il fait. Je ris et je baragouine toute seule, et tant pis si tout le monde me croit encore plus folle que je suis.

MINNY

CHAPITRE 17

"Sortez d'ici, que je nettoie !"

Miss Celia tire les draps sur sa poitrine comme si elle avait peur que je la jette du lit. Voilà neuf mois que je suis ici et je sais toujours pas si elle est malade dans son corps ou si elle est cramée dans sa tête à force de se teindre les cheveux. Elle a pas l'air d'aller mieux que quand j'ai commencé. Elle a pris un peu de ventre, elle a les joues moins creuses qu'avant quand elle se laissait mourir de faim et Mister Johnny avec elle.

A un moment, Miss Celia passait son temps à travailler au jardin mais maintenant elle recommence à traîner au lit comme une cinglée qu'elle est. Moi, ça m'allait qu'elle reste planquée dans sa chambre. Mais depuis que j'ai fait connaissance avec Mister Johnny, je suis prête à travailler pour de bon. Et bon Dieu, je suis prête aussi à remettre Miss Celia sur ses pieds.

"Vous me rendez folle à traîner dans cette maison vingt-quatre heures sur vingt-quatre. Debout ! Allez couper ce pauvre mimosa que vous détestez tant", je dis, parce que Mister Johnny y a toujours pas touché.

Mais comme Miss Celia bouge pas de son matelas je comprends qu'il est temps de sortir l'artillerie. "Alors, qu'est-ce que vous attendez pour parler de moi à Mister Johnny ?"

Ça, ça la fait bouger. De temps en temps, je le lui demande rien que pour m'amuser.

J'arrive pas à croire que cette comédie continue depuis aussi longtemps, avec Mister Johnny qui sait que je suis ici, et Miss Celia qui tourne et qui vire comme une marionnette et qui se croit toujours dans son histoire à dormir debout. On avait dit qu'elle lui parlerait à Noël dernier délai, et quand Noël est arrivé ça m'a pas étonnée qu'elle me supplie de lui laisser un peu plus de temps. Oh, je l'ai traitée de tous les noms, mais cette idiote s'est mise à pleurnicher alors j'ai arrêté juste pour qu'elle la ferme et je lui ai dit que c'était son cadeau de Noël. Elle devrait avoir une chaussette pleine de charbon au pied du sapin pour tous les mensonges qu'elle a dits.

Dieu merci, Miss Hilly est pas venue jouer au bridge, malgré que Mister Johnny a encore essayé il y a deux semaines. Je le sais parce qu'Aibileen m'a dit qu'elle avait entendu Miss Hilly et Miss Leefolt qui riaient en parlant de ça. Miss Celia est devenue sérieuse comme tout et elle m'a demandé ce qu'elle pourrait faire à manger si elles venaient. Elle a commandé un livre par la poste pour apprendre à jouer, *Le Bridge pour les débutants*. Elle aurait mieux fait de demander *Le Bridge pour les cervelles de moineau*. Le livre est arrivé ce matin au courrier et elle l'avait pas lu deux minutes qu'elle demandait déjà : "Vous m'apprendrez à jouer, Minny ? Ce manuel de bridge est complètement idiot.

— Je sais pas jouer.

— Mais si, vous savez !

— Comment vous savez si je sais ?"

Je me suis mise à faire tout un raffut de casseroles tellement cette couverture rouge m'énervait. J'ai plus à m'en faire pour Mister Johnny et maintenant j'ai peur que Miss Hilly s'amène et qu'elle me débine. Elle dira à Miss Celia ce que j'ai fait, c'est sûr. Zut ! Je me retrouverai à la porte à cause de ça.

"Je le sais parce que Miss Walters m'a dit que vous faisiez des parties avec elle le samedi matin, pour l'entraîner."

Je me jette sur une grosse marmite pour la nettoyer. Ça fait un boucan d'enfer.

"Jouer aux cartes, c'est jouer avec le diable, je dis. Et j'ai déjà bien assez à faire comme ça.

— Mais je n'y arriverai jamais, avec toutes ces dames qui vont vouloir m'apprendre. Si vous me montriez juste un peu ?

— Non."

Miss Celia pousse un petit soupir. "C'est parce que je suis une si mauvaise cuisinière, n'est-ce pas ? Vous me croyez incapable d'apprendre quoi que ce soit.

— Qu'est-ce que vous ferez si Miss Hilly et les autres dames disent à votre mari que vous avez pris une bonne ? Vous avez pas peur de vous retrouver toute nue ?

— J'y ai déjà pensé. Je dirai à Johnny que je fais venir quelqu'un une journée pour que tout soit propre et rangé quand ces dames arrivent.

— Ah.

— Ensuite je lui dirai que vous me plaisez tellement que je veux vous prendre à plein temps. Enfin, c'est ce que je pourrai lui dire d'ici... quelques mois."

Je me suis mise à suer. "Vous savez quand elles vont venir, ces dames, pour jouer au bridge ?

— J'attends que Hilly me rappelle. Johnny avait prévenu son mari que j'allais téléphoner. J'ai laissé deux messages, elle devrait donc me rappeler d'un moment à l'autre."

On en reste là et je me demande comment empêcher ça. Je regarde le téléphone en priant le ciel pour qu'il sonne plus jamais.

Le lendemain matin, quand j'arrive pour prendre mon service, Miss Celia sort de sa chambre. Je me dis qu'elle va traîner dans les pièces du premier comme elle a recommencé à faire depuis quelque temps, et puis je l'entends qui parle au téléphone dans la cuisine et demande Miss Hilly. Je me sens mal pour de bon.

"Je voulais simplement savoir si on pourrait se retrouver pour une partie de bridge", elle dit, toute joyeuse, et je reste sans bouger jusqu'à ce que je comprenne que c'est pas à Miss Hilly qu'elle parle mais à Yule May, sa bonne. Elle dicte son numéro de téléphone comme si elle faisait de la publicité à la radio pour une serpillière miracle : "Emerson deux-six-six-zéro-neuf !"

Et trente secondes après elle appelle un autre numéro qu'elle lit au dos de ce foutu journal, comme si elle avait l'habitude de faire ça un jour sur deux. Je sais ce que c'est, c'est la *Lettre* des dames de la Ligue, et à voir dans l'état qu'elle est je parie qu'elle l'a ramassée par terre dans le parking de ce club. La feuille est râpeuse comme du papier de verre et toute décolorée comme si elle était restée sous une averse après être tombée de la poche de quelqu'un.

Pour le moment, personne l'a encore rappelée mais elle saute sur le téléphone comme le chien sur le nègre chaque fois qu'il se met à sonner. C'est toujours Mister Johnny.

"Très bien… dites-lui… que j'ai encore appelé", dit Miss Celia.

Je l'entends qui raccroche tout doucement. Si je m'en fichais pas, mais justement je m'en fiche, je lui dirais que ces dames valent pas la peine. "Ces dames, elles valent pas la peine, Miss Celia", je m'entends lui dire pour de bon. Mais elle fait comme si de rien. Elle retourne dans la chambre et elle ferme la porte.

Je me dis que je vais frapper pour voir si elle a besoin de rien. Mais j'ai autre chose à faire que m'inquiéter pour Miss Celia et ses problèmes de popularité. Il y a Medgar Evers qu'ils ont descendu sur le porche de sa maison, et Felicia qui réclame son permis de conduire depuis qu'elle a ses quinze ans – c'est une bonne fille, Felicia, mais moi j'étais pas beaucoup plus vieille quand je suis tombée enceinte de Leroy Junior, et je me rappelle d'une certaine Buick qui a été pour quelque chose dans cette affaire. Et par-dessus le marché, il y a Miss Skeeter et ses histoires.

Vers la fin du mois de juin, une vague de chaleur à trente-huit degrés nous tombe dessus et elle reste. C'est comme si on avait versé une bouteille d'eau chaude sur le quartier noir pour le chauffer à dix degrés de plus que le reste de Jackson. Il fait tellement chaud que le coq de Mister Dunn rentre chez moi pour se mettre sous le ventilateur de la cuisine. Quand j'arrive il me regarde avec l'air de dire, Je bougerai pas de là, madame. Il préfère prendre des coups de balai plutôt que retourner dans la fournaise.

Du côté du comté de Madison, la chaleur fait officiellement de Miss Celia la personne la plus paresseuse des Etats-Unis d'Amérique. Elle va même plus chercher le courrier à la boîte, c'est moi qui dois le faire. Elle a même trop chaud pour se traîner jusqu'à la piscine. Et ça me pose un problème.

Vous voyez, je pense que si le bon Dieu avait voulu que des Blancs et des Noirs restent aussi longtemps ensemble et aussi près pendant la journée, il nous aurait fait incapables de voir la couleur. Et pendant que Miss Celia y va de ses "bonjour", et "contente de vous voir" et tout ça, je me dis, comment elle a fait pour arriver à son âge sans savoir qu'il y a des limites à pas dépasser, et où elles sont, ces limites ?

Déjà, quand on est une poule de luxe, on appelle pas tout le temps comme ça les dames de la société au téléphone. Et elle s'assoit avec moi pour déjeuner depuis mon premier jour ici. Je veux pas dire dans la même pièce, mais à la même table. La petite, sous la fenêtre. Les Blanches chez qui j'ai travaillé, elles mangeaient dans la salle à manger le plus loin possible de la bonne. Et ça m'allait très bien.

Miss Celia, elle dit : "Mais pourquoi ? Je ne veux pas aller là-bas toute seule alors que je peux manger ici avec vous."

C'est incroyable tout ce qu'elle *sait pas*.

Les autres Blanches savent toutes qu'il y a un moment dans le mois où on *doit pas* parler à Minny. Même Miss Walters savait quand la chaudière commençait à bouillir. Elle sentait l'odeur de brûlé et elle filait direct vers la porte avec sa canne. Elle laissait même pas Miss Hilly venir.

La semaine dernière, alors qu'on est en pleine chaleur de juin, ça sentait le sucre et le beurre comme à Noël dans toute la maison de Miss Celia. J'étais crispée comme toujours quand je tourne mon sucre pour le caramel. Je lui ai demandé trois fois, *très poliment*, si je pourrais pas le finir sans elle, mais rien à faire. Elle voulait rester avec moi. Elle disait qu'elle se sentait trop seule dans sa chambre à longueur de journée.

J'ai essayé de faire comme si elle était pas là. Le problème, c'est que j'ai besoin de me parler à moi-même quand je fais un gâteau au caramel, sinon je m'énerve.

J'ai dit : "C'est la journée de juin la plus chaude de l'histoire. Quarante degrés à l'ombre."

Et elle a dit : "Vous avez la climatisation chez vous ? Nous, nous l'avons, Dieu merci. Moi qui ai grandi sans, je sais ce que c'est que la chaleur."

Et j'ai répondu : "On a pas de quoi se payer la clim'. Ces machins-là, ça vous bouffe du courant comme la vermine le coton." Je me suis mise à tourner plus vite parce que le sucre commençait à roussir et c'est le moment où il faut bien faire attention, et j'ai dit comme ça sans réfléchir : "On est déjà en retard pour la facture d'électricité", et vous savez ce qu'elle a répondu ? Elle a dit : "Oh Minny, je voudrais bien vous prêter l'argent, mais Johnny m'a posé un tas de questions récemment", et j'ai voulu lui expliquer que chaque fois qu'un Noir se plaignait du prix de la vie ça voulait pas dire qu'il mendiait de l'argent mais avant que j'aie dit un mot j'avais brûlé mon foutu caramel.

Dimanche à l'église, Shirley Boon se lève devant la congrégation. Quand elle parle elle a les lèvres qui claquent comme un drapeau, et elle nous rappelle que la réunion Préoccupations de la Communauté aura lieu mercredi soir pour discuter d'un sit-in au snack Woolworth d'Amite Street. Et cette grosse commère me montre du doigt en disant : "C'est à sept heures, alors soyez pas en retard. Pas d'excuse !" Elle me fait penser à une institutrice blanche, grosse et moche. Du genre que personne a jamais voulu épouser.

"Tu viendras mercredi ?" me demande Aibileen. On rentre à pied à trois heures, en pleine chaleur. J'ai mon éventail à la main. A voir comment je l'agite, on croirait qu'il a un moteur.

"J'ai pas le temps, je réponds.

— Tu vas encore me laisser y aller toute seule ? Allez, j'apporterai du pain d'épice et…

— Je te dis que j'ai pas le temps."

Aibileen hoche la tête. "Bon." Et elle continue à marcher sans rien dire.

"C'est Benny… il risque de me faire encore une crise d'asthme. Je veux pas le laisser.

— Hum. Fais-moi signe quand tu seras prête à me dire la vraie raison."

On prend Gessum Street, on passe devant une voiture morte d'un coup de chaleur au milieu de la chaussée. "Ah, dit Aibileen, j'allais oublier. Miss Skeeter voudrait venir plus tôt mardi soir. Vers sept heures, ça te va ?

— Seigneur, je dis, et je recommence à m'énerver. Qu'est-ce que je fais ? Faut pas être folle pour dire comme ça tous les secrets de la race noire à une Blanche ?

— C'est Miss Skeeter. Elle est pas comme les autres.

— J'ai l'impression de parler dans mon dos ! Je l'ai déjà rencontrée au moins cinq fois, Miss Skeeter. C'est pas plus facile pour ça.

— Tu préfères arrêter ? demande Aibileen. Je veux pas que tu te sentes obligée."

Je réponds pas.

"Tu m'entends ?

— C'est que… je voudrais bien que les choses s'arrangent, pour les gosses, je dis. Mais c'est malheureux que ça soye une Blanche qui fasse ça.

— Viens à la réunion avec moi mercredi. On en reparlera", dit Aibileen, avec un petit sourire.

Je savais qu'elle allait pas laisser tomber. Je soupire. "Je vais avoir des ennuis, hein ?

— Avec qui ?

— Shirley Boon. A la dernière réunion, tout le monde se tenait la main en priant pour qu'on laisse les Noirs aller dans les toilettes des Blancs, et s'asseoir sur un tabouret au snack de Woolworth, et ils souriaient comme si le monde allait être tout neuf et tout brillant et moi… j'ai craqué. J'ai dit à Shirley Boon que, de toute façon, son cul tiendrait jamais sur un tabouret du Woolworth.

— Ah, bon ? Et qu'est-ce qu'elle a répondu, Shirley ?"

Je prends ma voix d'institutrice. *"Si t'as rien de plus aimable à dire, tu ferais mieux de rien dire du tout !"*

On arrive chez Aibileen. Je la regarde. Elle est violette tellement elle se retient de rire.

"C'est pas drôle, je dis.

— Je suis contente de t'avoir comme amie, Minny Jackson !"

Et elle me serre dans ses bras jusqu'à ce que je lève les yeux au ciel en disant que je dois y aller.

Je continue et je tourne au coin de la rue. Je voulais pas qu'Aibileen le sache. Je veux pas qu'on sache à quel point j'ai besoin de ces histoires de bonnes de Miss Skeeter. Maintenant que je peux plus aller aux réunions de Shirley Boon, c'est à peu près tout ce qui me reste. Et je dis pas que les séances avec Miss Skeeter sont un plaisir. Chaque fois qu'on se retrouve, je gémis, je me plains, je me mets en pétard et je fais des crises. Mais voilà : je parle de moi, du travail, et je raconte mes histoires. J'ai l'impression que ça servira à quelque chose. Quand je repars, le bloc de ciment que j'ai sur l'estomac s'est un peu ramolli, ou il a fondu, et je peux respirer pendant quelques jours.

Et je sais qu'il y a un tas d'autres choses que je pourrais faire en plus de raconter mes histoires ou d'aller aux réunions de Shirley Boon – les grandes manifestations en ville, les marches à Birmingham, les rassemblements pour faire voter les gens… Mais la vérité, c'est que voter, ça me fait pas trop envie. Ni manger à un comptoir avec des Blancs. Mais je voudrais que, dans dix ans, une Blanche traite pas mes filles de garces en les accusant de voler l'argenterie.

Chez moi ce soir, je mets les haricots à bouillir et le jambon dans la poêle.

Je dis à ma fille de six ans : "Kindra, appelle-les tous. On va manger."

Elle hurle "A taaaaaaaaaaable !" sans bouger d'un centimètre.

"Appelle ton papa poliment ! je crie. C'est depuis quand qu'on crie comme ça dans ma maison ?"

Elle me regarde et elle lève les yeux au ciel comme si on lui demandait la chose la plus bête au monde. Puis elle va jusqu'à l'entrée en tapant des pieds et elle crie : "A taaaaaaaaaaaaaaable !

— *Kindra !*"

La cuisine est le seul endroit de la maison où on tient tous ensemble. Leroy et moi on a notre chambre au fond, à côté il y en a une petite pour Leroy Junior et Benny, et on a transformé le devant du salon en chambre pour Felicia, Sugar et Kindra. Alors il reste la cuisine. Sauf quand il fait un froid mortel, la porte est toujours ouverte et la moustiquaire rabattue pour laisser les mouches dehors. Et on entend tout le temps les gosses qui crient, et les voitures, et les voisins, et les chiens qui aboient.

Leroy arrive et s'assoit à côté de Benny, qui a sept ans. Felicia remplit les verres avec du lait ou de l'eau. Kindra apporte une assiette d'haricots et de jambon à son papa, et elle revient à la cuisinière en chercher une autre. Je la lui donne.

"Pour Benny, celle-là, je dis.
— Benny, lève-toi et aide ta maman ! dit Leroy.
— Benny a son asthme. Il a rien besoin de faire."

Mais mon gentil petit garçon se lève et prend l'assiette pour Kindra. Et ils savent travailler, mes gosses.

Tout le monde est à table sauf moi. Ils sont que trois à la maison ce soir. Leroy Junior, qui finit son lycée cette année, fait les paquets au Jitney 14. C'est le magasin d'alimentation des Blancs dans le quartier de Miss Hilly. Sugar, ma fille aînée, qui est en neuvième, garde le bébé de notre voisine Tallulah qui travaille tard. Quand Sugar va finir, elle rentrera à pied à la maison et elle conduira son papa à l'usine de tuyaux où il fait la nuit, puis elle ira chercher Leroy Junior au magasin. Et Leroy Senior rentrera de l'usine à quatre heures du matin avec le mari de Tallulah. Tout roule.

Leroy mange, mais il a les yeux sur le *Jackson Journal* posé à côté de son assiette. On peut pas vraiment dire qu'il ait bon caractère au réveil. Je jette un coup d'œil et je vois que le sit-in au Drug Store est en première page. C'est pas le groupe de Shirley, c'est des gens de Greenwood. On voit une bande d'ados blancs debout derrière les cinq manifestants qui restent perchés sur leurs tabourets pendant qu'ils leur donnent des coups et leur versent du ketchup, du sel et de la moutarde sur la tête.

"Mais qu'est-ce qu'ils font ?" Felicia montre la photo. "Ils se laissent attaquer sans répondre ?

— C'est ça qu'ils sont censés faire, répond Leroy.

— J'ai envie de cracher quand je vois cette photo, je dis.

— On en parlera plus tard." Leroy replie le journal en quatre et le coince sous sa cuisse.

Felicia dit à Benny, assez fort pour qu'on l'entende : "Heureusement que maman était pas sur un de ces tabourets. Il leur resterait plus une dent, à ces Blancs.

— Et maman serait à la prison de Parchman", dit Benny, pour tout le monde.

Kindra met le poing sur sa hanche. "Non, non ! On mettra pas maman en prison ! Je les frapperai à coups de bâton, ces Blancs, jusqu'à ce qu'ils saignent !"

Leroy pointe le doigt sur elle, puis sur Benny. "Je veux pas entendre un seul mot là-dessus en dehors d'ici. C'est

306

trop dangereux. Vous m'entendez ? Benny ? Felicia ?" Puis il se tourne vers Kindra. "Tu m'entends ?"

Benny et Felicia, ils font oui de la tête, le nez dans leur assiette. Je suis bien embêtée d'avoir provoqué ça et je lance un regard à Kindra pour lui dire tais-toi. Mais mademoiselle fait claquer sa fourchette dans son assiette et se lève. "Je les déteste, ces gens ! Et je le dirai à tout le monde si ça me fait plaisir !"

Je lui cours après, je la rattrape dans l'entrée et je la ramène sur sa chaise comme un sac de patates.

"Je regrette, papa, dit Felicia, parce qu'elle a un caractère à toujours s'accuser pour tout le monde. Et je me charge de Kindra. Elle sait pas ce qu'elle dit."

Mais Leroy donne un coup de poing sur la table. "Personne ira se fourrer là-dedans ! Vous m'entendez, tous ?" Et il regarde ses enfants. Je me tourne vers la cuisinière pour qu'il voie pas ma tête. Que Dieu me protège, si jamais il découvre ce que je fais avec Miss Skeeter.

Pendant toute la semaine, j'entends Miss Celia qui téléphone dans sa chambre et laisse des messages chez Miss Hilly, chez Elizabeth Leefolt, chez Miss Parker, aux deux sœurs Caldwell et à dix autres dames de la société. Elle appelle même chez Miss Skeeter, ce qui me plaît pas du tout. Je l'ai dit à Miss Skeeter : la rappelez pas, surtout. C'est déjà assez embrouillé comme ça.

Et ce qui m'énerve le plus, c'est après. Quand elle a fini d'appeler tout le monde comme une idiote, elle raccroche puis elle décroche tout de suite pour écouter la tonalité. Elle veut être sûre que ça marche.

"Mais il marche, ce téléphone !" je dis. Elle continue à me sourire comme elle fait maintenant depuis un mois, comme si elle avait les poches pleines de billets de banque.

"Qu'est-ce qui vous met de si bonne humeur ? je lui demande, à la fin. C'est Mister Johnny qui est gentil avec vous, ou quoi ?" Je me prépare pour la suite : "Vous allez lui parler de moi ?" Mais elle me prend de vitesse.

"Oh oui, ça, il est gentil ! Et je vais bientôt lui parler de vous.

— Très bien", je dis, et je le pense. J'en ai marre de cette comédie. J'imagine qu'elle sourit à Mister Johnny en lui apportant mes côtes de porc, et que ce brave homme est obligé de faire comme s'il était fier d'elle alors qu'il sait très bien que c'est moi qui fais la cuisine. Elle se rend ridicule, elle rend son mari ridicule et elle fait de moi une menteuse.

Elle demande : "Minny, vous voulez bien aller me chercher le courrier ?" alors qu'elle est toute habillée et que j'ai les mains pleines de beurre et le mixer qui tourne. Elle est comme les Philistins qui comptent leurs pas le dimanche. Sauf qu'ici, c'est tous les jours dimanche.

Je me lave les mains et je vais à la boîte, un demi-litre de sueur aller-retour. Il fait jamais que trente-sept degrés dehors, si vous voyez ce que je veux dire. Il y a deux paquets dans l'herbe au pied de la boîte aux lettres. Je l'ai déjà vue avec ces gros cartons marron, je suppose que c'est des produits de beauté qu'elle commande. Mais quand je les soulève, ça me paraît bien lourd. Et ça tinte dedans, comme si je portais des bouteilles de Coca.

"Quelque chose pour vous, Miss Celia !" Je pose les cartons par terre dans la cuisine.

Je l'ai jamais vue se lever aussi vite. Pour tout dire, la seule chose qu'elle fait vite c'est s'habiller. "Ah, c'est mon…" Elle bredouille quelque chose, soulève la boîte, file jusqu'à sa chambre et j'entends claquer la porte.

Une heure plus tard, je vais dans la chambre pour aspirer les tapis. Pas de Miss Celia dans le lit ni dans la salle de bains. Je sais qu'elle est pas non plus dans la cuisine ni dans le living-room ou à la piscine et je viens juste de passer l'aspirateur dans le petit salon et dans le bar. Ça veut dire qu'elle est quelque part en haut. Dans ces pièces qui me filent la chair de poule.

Avant qu'on me vire parce que j'avais accusé le directeur de porter une perruque, je faisais le ménage des salles de bal à l'hôtel Robert E. Lee. Ces grandes salles désertes avec les serviettes tachées de rouge à lèvres sur les tables et des restes de parfum dans l'air me donnaient la frousse. Comme les pièces du haut dans la maison de Miss Celia. Il y a même un berceau ancien avec le vieux bonnet de bébé de Mister Johnny et un hochet en argent que j'entends tinter tout seul des fois, parole d'honneur. Et c'est en pensant à ce petit bruit que je me demande s'il aurait pas un rapport avec les colis et sa manie de monter en douce tous les deux jours dans les pièces du haut.

Je me dis qu'il est temps d'y aller voir par moi-même.

Le lendemain, je surveille Miss Celia du coin de l'œil et j'attends le moment où elle va monter. Vers deux heures de l'après-midi elle passe la tête à la porte de la cuisine et elle me fait un drôle de sourire. Une minute plus tard, j'entends des craquements au-dessus de ma tête.

Je file tout doucement vers l'escalier. J'ai beau marcher sur la pointe des pieds, les assiettes tremblent dans le buffet, le plancher grince… J'attaque les marches, lentement, et j'entends ma respiration. Une fois en haut, je prends le long couloir. Je passe devant des portes de chambres ouvertes, une, deux, trois. La quatrième, celle du fond, est tirée mais il reste une fente de deux ou trois centimètres. Je m'approche. Et je la vois à travers la fente.

Elle est assise sur un des lits jumeaux jaunes à côté de la fenêtre et elle sourit plus du tout. Le carton que j'ai rapporté de la boîte aux lettres est ouvert et je vois sur le lit une dizaine de bouteilles pleines d'un liquide foncé. Je sens comme une brûlure qui me prend par-derrière et me remonte lentement jusqu'au menton et dans la bouche. Ces bouteilles plates, je les connais. J'ai passé douze ans à m'occuper d'un bon à rien buveur de bière et quand mon père, ce fainéant qui me bouffait la vie, est enfin mort, j'ai juré devant Dieu avec des larmes plein les yeux que j'en épouserais jamais un comme lui. Et pourtant c'est ce que j'ai fait.

Et m'y revoilà, avec une ivrogne sur les bras. Ces bouteilles-là viennent même pas d'un magasin, elles sont bouchées à la cire rouge comme celles que mon oncle Toad prenait pour son eau-de-vie de contrebande. Maman me disait toujours que les vrais alcooliques, comme mon papa, boivent de la bibine faite maison parce que c'est plus fort. Je sais maintenant qu'elle est aussi dingo que mon papa et que Leroy quand il va à l'Old Crow, sauf qu'elle, elle me court pas après avec la poêle à frire.

Miss Celia prend une bouteille et elle la regarde comme si elle voyait Jésus-Christ en personne dedans et qu'elle pouvait pas attendre une seconde de plus pour être sauvée. Elle la débouche, elle boit une gorgée et elle soupire. Puis elle siffle trois grandes gorgées d'affilée et elle retombe sur ses beaux oreillers.

Je me mets à trembler de tout mon corps en voyant comment sa figure se détend. Elle était tellement pressée d'avoir sa dose qu'elle a même pas fermé la porte. Je serre les dents pour pas lui crier dessus. Finalement, je me force à redescendre.

Quand Miss Celia arrive en bas dix minutes après, elle s'assoit à la table de la cuisine et me demande si je suis prête à manger.

"Il y a des côtes de porc dans le frigo. Moi je déjeune pas aujourd'hui", je réponds. Et je sors.

Ce jour-là Miss Celia passe l'après-midi dans sa salle de bains, assise sur les toilettes. Elle a posé le sèche-cheveux derrière elle sur le réservoir de la chasse et elle a branché le casque. Elle a fait une décoloration. Avec ce machin sur la tête, elle entendrait pas exploser une bombe A.

Je remonte avec ma cire et mes chiffons et j'ouvre le placard. Il y a deux douzaines de flasques de whisky planquées derrière deux mauvaises couvertures que Miss Celia a dû rapporter avec elle du comté de Tunica. Pas d'étiquette sur les bouteilles, juste la marque OLD KENTUCKY sur le verre. Il en reste douze pleines, prêtes pour demain. Et douze vides de la semaine dernière. Comme ces foutues chambres. Pas étonnant qu'elle ait pas d'enfant, cette idiote.

Le premier jeudi de juillet, à midi, Miss Celia se lève et descend pour sa leçon de cuisine. Elle a mis un pull blanc tellement moulant qu'elle est toute boudinée. Aucun doute, de semaine en semaine elle est de plus en plus serrée dans ses vêtements.

On reste chacune à sa place, moi à la cuisinière, elle sur son tabouret. Je lui ai à peine dit un mot depuis que j'ai vu ces bouteilles la semaine dernière. Je suis pas en colère. Je suis hors de moi. Mais je me suis juré six fois pendant les six jours qui sont passés depuis d'appliquer la règle numéro un de maman. Si je lui en parle, ça voudra dire que je m'en fais pour elle, et je m'en fais pas. C'est pas mes affaires si cette folle est une fainéante et une ivrogne.

On pose le poulet cru sur la plaque. Faut maintenant que je rappelle pour la je sais pas combientième fois à la folle du logis qu'elle doit se laver les mains avant de nous tuer toutes les deux.

311

Je regarde grésiller le poulet en essayant d'oublier qu'elle est là. Le poulet frit me redonne toujours goût à la vie, un peu. J'oublie presque que je travaille pour une saoularde. Quand c'est cuit, j'en mets la plus grande partie au réfrigérateur pour le repas du soir. Et le reste dans une assiette pour notre déjeuner. Elle s'installe en face de moi à la table de la cuisine, comme d'habitude.

"Prenez le blanc", elle dit, en me regardant avec ses gros yeux bleus.

"Je mange la patte et la cuisse", je réponds, en les prenant. Je feuillette le *Jackson Journal* jusqu'à la page des informations locales. Puis je le lève devant moi, comme ça pas besoin de la regarder.

"Mais il n'y a presque pas de chair dessus !

— C'est bon. Bien gras." Je continue à lire en essayant de l'ignorer.

"Eh bien, elle dit, je crois que nous sommes faites pour manger du poulet ensemble." Et au bout d'une minute, elle ajoute : "Vous savez, Minny, c'est une chance pour moi de vous avoir comme amie."

Je sens un gros haut-le-cœur qui me remonte dans la gorge. J'abaisse mon journal et je la regarde. "Non, ma'am. On est pas des amies.

— Enfin… bien sûr que si !" Elle sourit comme si elle me faisait un grand cadeau.

"Non, Miss Celia."

Elle me regarde en battant de ses faux cils. Arrête, Minny, me dit la petite voix dans ma tête. Mais je sais déjà que je vais pas pouvoir. Je serre les poings, preuve que je tiendrai pas une minute de plus.

"C'est…" Elle baisse les yeux sur son poulet. "Parce que vous êtes noire ? Ou parce que… vous ne voulez pas être amie avec moi ?

— Il y a tellement de raisons, que vous soyez blanche et moi noire ça en fait partie."

Elle sourit plus du tout. "Mais… pourquoi ?

— Parce que l'autre jour quand je vous ai dit que j'étais en retard pour ma facture de courant c'était pas pour vous demander de l'argent.

— Oh, Minny…

— Parce que vous me faites même pas la politesse de dire à votre mari que je travaille ici. Parce que ça me rend folle de vous voir traîner dans cette maison vingt-quatre heures sur vingt-quatre.

— Vous ne comprenez pas. Je ne *peux pas*. Je ne peux pas sortir.

— Mais tout ça, c'est rien à côté de ce que je sais maintenant."

Sa figure pâlit d'un cran sous le maquillage.

"Moi qui vous croyais en train de mourir du cancer, ou malade de la tête ! Cette pauvre Miss Celia !

— Je sais que ce n'est pas facile.

— Je sais que vous êtes pas malade. Je vous ai vue là-haut avec ces bouteilles. Vous m'avez bien eue, mais c'est fini maintenant.

— Des bouteilles ? Oh mon Dieu, Minny, je…

— Je devrais toutes les vider dans le lavabo. Je devrais le dire tout de suite à Mister Johnny…"

Elle se lève en renversant sa chaise. "Si jamais vous…

— Vous dites que vous voulez des gosses mais avec ce que vous picolez on pourrait empoisonner un éléphant !

— Si vous le lui dites, je vous mets à la porte, Minny !" Elle a les larmes aux yeux. "Si vous touchez à ces bouteilles, je vous renvoie immédiatement !"

Mais le sang m'est monté à la tête et je peux plus me taire. "Me renvoyer ? Qui d'autre viendra travailler ici en secret pendant que vous vous bourrez la gueule à longueur de journée ?

— Vous croyez que je ne peux pas vous renvoyer ? Vous finissez votre service aujourd'hui, Minny !" Elle crie en pointant le doigt sur moi. "Mangez votre poulet et rentrez chez vous !"

Elle ramasse son assiette de blanc et elle se précipite dehors. J'entends l'assiette qui claque sur la belle table de la salle à manger, les pieds de la chaise qui raclent par terre. Je me laisse retomber sur la mienne parce que j'ai les genoux qui tremblent, et je regarde mon poulet.

Je viens encore de perdre ma place.

Le samedi matin je me réveille avec le mal au crâne et la langue à vif. J'ai dû me la mordre toute la nuit.

Leroy me jette des regards en coin parce qu'il sait qu'il se passe quelque chose. Il l'a deviné hier soir au dîner et il l'a senti en rentrant à quatre heures du matin.

"Qu'est-ce qui te tracasse ? T'as des ennuis au boulot, c'est ça ? il me demande, pour la troisième fois.

— J'ai rien qui me tracasse à part cinq gosses et un mari. J'en peux plus, de vous tous !"

J'ai sûrement pas besoin qu'il apprenne ce que j'ai dit à une patronne blanche, et que j'ai encore perdu une place. J'enfile ma robe de maison violette et je file dans la cuisine. Je la nettoie comme jamais.

"Maman, où tu vas ? crie Kindra. J'ai faim !

— Maman va chez Aibileen. Elle a besoin d'être avec quelqu'un qui lui demande pas quelque chose toutes les cinq minutes !" Je passe devant Sugar assise sur les marches. "Sugar, va donner un casse-croûte à Kindra !

— Elle a déjà mangé. Il y a une demi-heure.

— Eh bien, elle a encore faim !"

Je traverse Tick Road et je prends Farish Street. Aibileen habite à deux rues de chez nous. Il fait une chaleur d'enfer et la toile goudronnée du toit fume déjà, mais il y a des gosses dans la rue qui jouent au ballon, qui tapent dans des boîtes de conserve et qui sautent à la corde. Et tous les trois pas quelqu'un me dit : "Salut, Minny !" Je réponds d'un signe de tête, mais je fais pas l'aimable. Pas aujourd'hui.

Je coupe par le jardin d'Ida Peek. Chez Aibileen, la porte de la cuisine est ouverte. Je la trouve assise à sa table en train de lire un des livres que Miss Skeeter lui apporte de la bibliothèque. Elle lève la tête en entendant la porte moustiquaire. Je crois qu'elle voit tout de suite que je suis furieuse.

"Seigneur, qu'est-ce qui se passe, Minny ?

— Celia Rae Foote." Je m'assois en face d'elle. Elle se lève pour me verser du café.

"Qu'est-ce qu'elle a fait ?"

Je lui raconte l'histoire des bouteilles. Je sais pas pourquoi je lui en avais pas parlé, depuis une semaine et demie que c'est arrivé. Je voulais peut-être pas qu'elle sache quelque chose de si affreux sur Miss Celia. Peut-être que j'étais embêtée parce que c'est Aibileen qui m'a trouvé cette place. Mais aujourd'hui j'en ai tellement plein le dos que je lâche tout.

"Et alors elle m'a virée.

— Oh, mon *Dieu*, Minny !

— Elle a dit qu'elle allait trouver une autre bonne. Mais qui va aller travailler chez elle ? Une gamine de la campagne qui habite dans le coin, qui saura même pas qu'on sert à gauche et qu'on débarrasse à droite…

— T'as pensé à t'excuser ? Tu devrais peut-être y aller lundi matin et parler à…

— Je m'excuse pas à une ivrogne. Je me suis jamais excusée à mon papa et je vais pas m'excuser à elle."

On se tait. Je repousse mon café et je regarde un taon qui bourdonne contre la porte moustiquaire en cognant sa vilaine tête de plus en plus fort, *whap, whap, whap,* jusqu'à ce qu'il tombe sur la marche. Il se met à tourner sur lui-même à toute vitesse comme un imbécile.

"Je dors plus. Je mange plus.

— Cette Celia, à mon avis, c'est la pire que tu as jamais eue.

— Elles sont toutes pires les unes que les autres. Et elle, c'est la championne.

— Tu te rappelles la fois où Miss Walters t'a fait payer un verre en cristal que tu avais cassé ? Dix dollars de retenue sur la paye ? Et après tu t'es aperçue qu'on les vendait trois dollars pièce chez Carter ?

— Hum.

— Et tu te rappelles ce cinglé de Mister Charlie, celui qui te traitait de négresse avec l'air de trouver ça drôle ? Et sa femme, celle qui te faisait déjeuner dehors en plein mois de janvier ? Même le jour où il a neigé ?

— J'ai froid rien que d'y repenser.

— Et…" Aibileen rigole et essaie de parler en même temps. "Miss Roberta ? Celle qui t'a fait asseoir dans la cuisine pour essayer une nouvelle teinture sur tes cheveux ?" Aibileen s'éponge les yeux. "Seigneur, une Noire avec des cheveux bleus, j'avais jamais vu ça ! Leroy disait que t'avais l'air d'une créature de l'espace !

— Il y a pas de quoi rire. Ça m'a pris trois semaines et vingt-cinq dollars pour ravoir mes cheveux bruns."

Aibileen secoue la tête, reprend sa respiration avec un dernier "Hiiiiiiiiii !" et boit une gorgée de café.

"Mais cette Miss Celia, elle dit, comment elle te traite ? Combien elle te paye pour que tu supportes Mister Johnny, et pour les leçons de cuisine ? Moitié moins que toutes les autres, sûrement !

— Tu sais bien qu'elle me paye double.

— Ah, c'est vrai. Mais bon, avec tous ses amis qui viennent, et toi qui passes ton temps à nettoyer derrière…"

Je la regarde et je dis rien.

"Et leurs dix gamins !" Aibileen met une serviette sur sa bouche pour cacher son rire. "Ils doivent te rendre folle à crier toute la journée, à mettre du désordre partout dans cette vieille baraque…

— Je crois que tu t'es fait comprendre, Aibileen."

Elle sourit et me donne une petite tape sur le bras. "Excuse-moi, ma chérie. Mais tu es ma meilleure amie. Et je crois que tu tiens quelque chose de pas mal du tout, là-bas. Alors, qu'est-ce que ça peut faire si elle boit un ou deux petits coups pour passer le temps ? Tu vas aller la voir lundi."

Je sens toute ma figure qui se crispe. "Tu crois qu'elle va me demander de revenir ? Après tout ce que j'ai dit ?

— Personne voudra aller chez elle. Et elle le sait.

— Oui. C'est une abrutie. Mais elle est pas idiote."

Je rentre chez moi. Je dis pas à Leroy ce qui me tracasse, mais j'y pense toute la journée et tout le week-end. J'ai été virée plus de fois que j'ai de doigts. Je prie Dieu pour que lundi je retrouve ma place.

CHAPITRE 18

Le lundi matin, je pars au travail et je répète en conduisant pendant tout le trajet. *Je sais que j'ai été insolente…* J'entre dans la cuisine. *Et je sais que c'était déplacé…* Je pose mon sac sur la chaise, *et… et…* Là, c'est le plus dur. *Excusez-moi.*

Je rassemble tout mon courage en entendant Miss Celia qui arrive à travers la maison. Je sais pas à quoi m'attendre, si elle va être furieuse, ou froide, si elle va me re-renvoyer comme si elle avait rien entendu. Tout ce que je sais, c'est que je dois parler *la première.*

"'Jour", elle dit. Elle est encore en chemise de nuit. Elle s'est même pas brossé les cheveux, ni maquillée.

"Miss Celia, j'ai… quelque chose à vous dire…"

Elle pousse un gémissement, se passe les mains sur le ventre.

"Vous… êtes pas bien ?

— Non." Elle met une galette et un peu de jambon dans une assiette, puis elle enlève le jambon.

"Miss Celia, je voulais vous dire…"

Mais elle ressort pendant que je parle et je comprends que mes affaires vont pas s'arranger.

Je me mets au travail. Peut-être que je suis idiote de faire comme si j'étais toujours employée ici. Peut-être qu'elle me payera pas ma journée. Après le déjeuner j'allume la radio

318

et j'attaque le repassage. D'habitude Miss Celia vient me regarder faire, mais pas aujourd'hui. Quand l'émission de Miss Christine, *Le monde comme il va*, est finie, je l'attends un moment dans la cuisine mais elle vient pas pour sa leçon. La porte de la chambre reste fermée, c'est deux heures et je vois pas ce que je pourrais faire à part le ménage dans leur chambre, justement. J'ai tellement la frousse que ça me fait mal au ventre. Je regrette de pas lui avoir sorti mon petit discours ce matin pendant que je pouvais.

Finalement, je file au fond de la maison et je regarde la porte fermée. Je frappe. Pas de réponse. Je me décide à ouvrir.

Mais le lit est vide. Me voilà devant la porte de la salle de bains.

"Je dois faire le ménage là-dedans !" Pas de réponse, mais je sais qu'elle est là. Je la sens derrière cette porte. Je transpire. Je veux en finir avec ces foutues excuses.

Je fais le tour de la chambre avec mon sac à linge et je ramasse un week-end de linge sale. La porte est fermée et on entend pas un bruit. Je sais que cette salle de bains est un vrai foutoir. Je tends l'oreille, je guette un signe de vie tout en faisant le lit. J'ai jamais rien vu d'aussi moche que ce traversin jaune bourré d'un seul côté comme un gros hot-dog prêt à éclater. Je le bats et je l'aplatis comme je peux sur le matelas et je tire bien sur le couvre-lit pour le défroisser.

J'essuie la table de nuit, je range les *Look* en pile de son côté, avec le manuel de bridge qu'elle a commandé. J'arrange les livres du côté de Mister Johnny. Il lit beaucoup. Je prends *Ne tirez pas sur l'oiseau moqueur* et je le retourne.

Tiens ! Un livre avec des Noirs. Ça me fait penser qu'un jour je verrai peut-être le livre de Miss Skeeter sur une table de nuit. Pas avec mon vrai nom, c'est sûr.

Enfin, j'entends du bruit, quelque chose qui frotte contre la porte. "Miss Celia ! Je suis là ! Je voulais vous dire…" Rien.

Je me dis que ce qui se passe là-dedans, ça me regarde pas. Puis je crie : "Je suis venue pour faire mon travail et m'en aller avant que Mister Johnny arrive avec le pistolet !" J'espère que ça va la faire sortir. Mais non.

"Miss Celia, il y a un peu de sirop de Lady-a-Pinkam sous le lavabo. Buvez-le, et sortez pour que je puisse faire mon travail !"

Finalement, je me tais et je fixe la porte. Je suis virée ou pas ? Et si je le suis pas, qu'est-ce que je dois faire si elle est tellement saoule qu'elle m'entend pas ? Mister Johnny m'a dit de m'occuper d'elle. Je suis pas sûre qu'il sera content de moi quand il va la trouver raide bourrée dans la baignoire.

"Miss Celia, dites quelque chose, si vous êtes toujours vivante !

— Je vais bien."

Mais rien qu'à sa voix, elle a pas l'air.

"Il est presque trois heures !" J'attends, plantée au milieu de la chambre. "Mister Johnny va pas tarder à rentrer !"

Faut que je sache ce qui se passe là-dedans. Si elle est ivre morte. Et si je suis pas virée, j'ai besoin de faire le ménage, sinon Mister Johnny pensera que la bonne secrète se la coule douce et il me virera une deuxième fois.

"Allons, Miss Celia ? Vous avez encore raté votre coloration ? Je vous ai aidée à la refaire l'autre fois, vous vous rappelez ? On l'a bien rattrapée."

La poignée tourne. Tout doucement, la porte s'ouvre. Miss Celia est assise par terre. Elle a les genoux pliés sous sa chemise de nuit.

J'avance un peu. Elle a le teint blanc bleu, la même couleur que l'adoucisseur de linge.

Et je vois aussi le sang dans la cuvette des toilettes. Beaucoup de sang.

"Vous avez mal au ventre, Miss Celia ?" je demande tout doucement. Je sens mes narines qui se soulèvent.

Miss Celia se retourne. Le bas de sa chemise de nuit blanche est rouge tout autour, comme s'il avait trempé dans la cuvette.

"Vous voulez que j'appelle Mister Johnny ?" J'ai beau essayer, je peux pas m'empêcher de regarder tout ce sang plein la cuvette. Parce qu'il y a quelque chose qui flotte là-dedans. Quelque chose… de solide.

"*Non !* dit Miss Celia en fixant le mur. Apportez-moi… mon répertoire."

Je fonce jusqu'à la cuisine, j'attrape le carnet sur la table, je reviens à toute vitesse. Mais quand je le tends à Miss Celia elle le repousse avec la main.

"S'il vous plaît, appelez, elle dit. A T, pour le Dr Tate. Je ne peux pas le faire moi-même."

Je cherche dans les pages du carnet. Je sais qui c'est, le Dr Tate. Il soigne presque toutes les femmes chez qui j'ai travaillé. C'est aussi lui qui donne à Elaine Fairley son "traitement spécial" tous les mardis pendant que sa femme est chez le coiffeur. *Taft… Taggert… Tann. Voilà Tate, merci mon Dieu.*

J'ai la main qui tremble sur le clavier. Une Blanche répond.

"Celia Foote, route 22, comté de Madison, j'arrive à lui dire tout d'une traite. Oui ma'am, beaucoup, beaucoup de sang qui coule… Il va savoir venir ici ?" Elle répond que oui bien sûr et elle raccroche.

"Il va venir ? demande Miss Celia.

— Il arrive." Je sens la nausée qui me reprend. Il va me falloir un bon moment avant que je puisse nettoyer ces toilettes sans avoir des haut-le-cœur.

"Vous voulez un Coca ? Je vais vous chercher un Coca."

Je vais à la cuisine et je prends une bouteille dans le frigo. Je reviens, je la pose sur le carrelage et je me recule le plus loin que je peux de ce truc plein de sang, mais sans laisser Miss Celia toute seule.

"Si je vous aidais à vous recoucher, Miss Celia ? Vous croyez que vous pouvez vous mettre debout ?"

Miss Celia se penche en avant, essaye de se lever. Je m'avance pour l'aider et je vois tout le sang qui a coulé sous sa chemise de nuit et qui fait une espèce de soupe rouge et épaisse entre les carreaux bleus. Ces taches-là seront pas faciles à enlever.

Au moment où je l'aide à se remettre sur ses pieds Miss Celia glisse dans la flaque de sang, se rattrape au bord de la cuvette. "Laissez-moi. Je veux rester ici.

— D'accord." Je recule dans la chambre. "Le Dr Tate va pas tarder à arriver. On l'a prévenu chez lui.

— Venez ici, restez avec moi, Minny, s'il vous plaît !"

Mais une bouffée d'air tiède et puant sort de cette cuvette. Après avoir un peu réfléchi je m'assois par terre avec une fesse dans la salle de bains et l'autre dans la chambre. Et d'où je suis, je le sens. Ça pue la viande, le hamburger qui décongèle sur le comptoir. A le dire comme ça, la panique me prend.

"Venez par ici, Miss Celia, il vous faut un peu d'air frais.

— Je ne veux pas mettre de sang sur le tapis… Johnny le verrait." Les veines ont l'air noires sous la peau de Miss Celia. Sa figure est encore plus blanche.

"Vous avez mauvaise mine. Buvez un peu de Coca."

Elle boit une gorgée, et elle dit : "Ah, Minny…

— Ça fait combien de temps que vous saignez ?

— Depuis ce matin, elle répond, et elle se met à pleurer sur son bras.

— C'est bon, ça va aller mieux", je dis, et ça semble bien calme et bien rassurant à entendre mais en dedans j'ai le cœur qui bat. C'est sûr, le Dr Tate va soigner Miss Celia, mais la chose dans la cuvette ? Qu'est-ce que je dois faire ? Tirer la chasse ? Et si ça reste coincé dans les tuyaux ? Faudra que ça passe. Oh, *Dieu*, comment je pourrais me forcer à faire une chose pareille ?

"Il y a tellement de sang, elle gémit, en s'appuyant sur moi. Pourquoi tant de sang cette fois ?"

Je lève le menton et je regarde, juste un peu, dans la cuvette. Mais je suis obligée de vite baisser les yeux.

"Il ne faut pas que Johnny le voie, Minny. Oh Seigneur, quand... quelle heure est-il ?

— Trois heures moins cinq. On a encore un peu de temps.

— Qu'est-ce qu'on peut faire ?" demande Miss Celia.

On. Dieu me pardonne, mais je voudrais bien qu'on mette moins de "on" dans tout ça.

Je ferme les yeux et je dis : "Je crois qu'une de nous deux va être obligée de tout lui dire."

Miss Celia me regarde avec ses yeux bordés de rouge. "Et vous allez le mettre... où ?"

Je peux pas la regarder. "Dans... la poubelle, je pense.

— Je vous en prie, faites-le tout de suite !" Miss Celia se cache la figure sur les genoux comme si elle avait honte.

Même plus de *on* maintenant. Maintenant c'est *faites*-le. Commencez par repêcher mon bébé mort dans la cuvette des toilettes.

Est-ce que j'ai le choix ?

J'entends un gémissement qui sort de moi. J'ai mal aux fesses, assise comme ça sur le carrelage. Je bouge, je me racle la gorge, j'essaye de penser à autre chose. Tout de même, j'ai déjà fait pire que ça, non ? Je cherche, je trouve rien, mais il y a forcément quelque chose !

"Je vous en prie, dit Miss Celia. Je ne peux plus… le regarder.

— Très bien." Je hoche la tête comme si je savais ce que je fais. "Je vais m'occuper de ça."

Je me lève et j'essaye de penser pratique. Je sais où je vais le mettre – dans le seau qui est à côté de la cuvette. Puis je jetterai tout dehors. Mais avec quoi je le sors ? Avec les mains ?

Je me mords la lèvre, je veux rester calme. Je ferais peut-être mieux d'attendre et c'est tout. Peut-être… peut-être que le docteur voudra l'emmener ! L'examiner. Si je peux faire que Miss Celia pense à autre chose pendant quelques minutes, je serai peut-être débarrassée du problème.

"On va s'en occuper, je réponds, avec mon ton rassurant. Vous étiez à combien, d'après vous ?" Je me rapproche de la cuvette, mais j'ose pas m'arrêter de parler.

"Cinq mois ? Je ne sais pas…" Miss Celia se cache la figure avec une serviette. "J'étais en train de prendre ma douche et j'ai senti que ça tirait vers le bas. Ça faisait mal, aussi. Alors je me suis assise sur les toilettes et il a glissé. Comme s'il voulait être *hors de moi*." Elle se remet à sangloter, je vois ses épaules qui se secouent.

J'abaisse doucement le couvercle de la cuvette et je me rassois par terre.

"Comme s'il avait préféré mourir plutôt que de rester en moi une minute de plus !

— Attendez, c'est la volonté de Dieu et c'est tout. Vous avez quelque chose qui va pas à l'intérieur, mais ça s'arrangera, c'est la loi de la nature. La deuxième fois vous y arriverez."

Mais je pense aux bouteilles et je sens la colère qui revient.

"C'était… la deuxième fois.

324

— Oh Seigneur Dieu !

— On s'est mariés parce que j'étais enceinte, dit Miss Celia. Mais… il a glissé aussi."

J'y tiens plus. "Mais alors, ma parole, pourquoi vous buvez comme ça ? Vous savez bien que vous pouvez pas garder un bébé avec une pinte de whisky dans le ventre !

— Du whisky ?"

Ah, pitié ! Je peux même pas la regarder avec ses yeux qui disent "quel whisky ?" Ça sent moins mauvais, en tout cas, avec le couvercle rabattu. Il arrive quand, ce foutu docteur ?

"Vous avez cru que je…" Elle secoue la tête. "C'est de la lotion tonique." Elle ferme les yeux. "Préparée par un Indien Choctaw du côté de la paroisse de Feliciana Parish.

Un Choctaw ? Je cligne des yeux. Elle est encore plus abrutie que je croyais. "On peut pas se fier à ces Indiens ! Vous savez qu'on leur a empoisonné leur maïs ? Qui vous dit qu'il essaye pas de vous empoisonner vous ?

— Le Dr Tate dit que c'est rien que de l'eau et du sirop." Et elle repart à pleurer dans sa serviette. "Mais il fallait bien que j'essaie. Il le *fallait*."

Ma foi, j'en reviens pas, c'est tout mon corps qui se détend tellement je suis soulagée. "Vous pouvez prendre votre temps, Miss Celia, y a rien de mal à ça. Vous pouvez me croire, j'ai eu cinq gosses.

— Mais Johnny en veut tout de suite. Oh, Minny…" Elle secoue la tête. "Qu'est-ce qu'il va faire de moi ?

— Il s'en remettra, et puis voilà. Il se rappellera plus de ces bébés, les hommes sont très forts pour ça. Il aura qu'à attendre le suivant.

— Il n'était pas au courant, pour celui-ci. Ni pour le précédent.

— Vous m'avez dit qu'il vous avait épousé à cause de ça.

— La première fois, oui." Miss Celia pousse un gros soupir. "Mais aujourd'hui c'est… la quatrième."

Elle s'arrête de pleurer et j'ai plus rien de gentil à lui dire. On reste une minute à se demander pourquoi les choses sont comme elles sont et pas autrement.

Elle parle à voix basse comme pour elle-même : "Je me disais toujours que si je prenais quelqu'un à la maison pour le ménage et la cuisine je pourrais peut-être le garder." Et elle pleure dans la serviette. "Je voulais qu'il ressemble à Johnny, ce bébé !

— Il est bel homme, Mister Johnny. Il a de beaux cheveux…"

Miss Celia abaisse la serviette. Je fais un geste avec la main, je me rends compte de ce que je viens de dire.

"Vous le connaissez ?"

Je regarde autour de moi, je cherche un mensonge, mais finalement je me contente de soupirer. "Il est au courant, Mister Johnny. Il est venu ici et il m'a vue.

— *Quoi ?*

— Oui, ma'am. Il m'a demandé de rien vous dire et comme ça vous continuez à penser qu'il est fier de vous. Il vous aime tellement, Miss Celia, je l'ai vu sur sa figure.

— Mais… il sait depuis quand ?

— Quelques… mois.

— Des mois ? Il était contrarié que j'aie menti ?

— Ma parole, pas du tout. Il m'a même appelée chez moi plus tard pour être sûr que j'avais pas l'idée de partir. Il m'a dit qu'il avait peur de mourir de faim si je m'en allais.

— Oh Minny ! Je m'excuse. Vraiment, je m'excuse pour tout.

— J'ai connu pire." Je pense au coup de la teinture bleue pour les cheveux. A l'époque où je mangeais dehors en plein hiver. Et à maintenant. Il y a toujours un bébé dans la cuvette et il va falloir que quelqu'un s'en occupe.

"Je ne sais pas quoi faire, Minny.

— Le Dr Tate vous a dit de pas vous décourager, alors je pense qu'il faut pas vous décourager.

— Il crie ! Il dit que je perds mon temps au lit." Elle secoue la tête. "C'est un méchant homme, il est affreux."

Elle se tamponne les yeux avec la serviette. "J'en peux plus !" Et plus elle pleure, plus je la vois blanchir.

J'essaye de lui faire boire quelques gorgées de Coca mais elle refuse. C'est à peine si elle arrive à lever la main pour dire non.

"Je vais… je ne me sens pas bien. Je…"

J'attrape la poubelle et je regarde Miss Celia vomir dedans. Puis je sens quelque chose d'humide, je regarde et je vois le sang qui coule tellement fort maintenant qu'il est arrivé jusqu'à l'endroit où je suis assise. Chaque fois qu'elle veut se lever, le sang coule plus fort. Il lui faudrait une ambulance mais depuis vingt-cinq ans que je travaille chez les autres personne m'a jamais dit ce qu'il fallait faire quand votre patronne blanche tourne de l'œil et vous tombe dessus.

Je crie : "Allons, Miss Celia !" mais elle est en boule à côté de moi dans sa chemise blanche et je peux rien faire que trembler et attendre.

Les minutes passent. Puis j'entends la sonnette. Je pose la tête de Miss Celia sur une serviette, je retire mes chaussures pour pas laisser des traces de sang dans toute la maison et je me précipite sur la porte.

"Elle s'est évanouie !" je dis au docteur, et l'infirmière me bouscule au passage et file au fond de la maison avec l'air de savoir où elle va. Elle sort les sels pour les mettre sous le nez de Miss Celia et Miss Celia sursaute, pousse un petit cri et ouvre les yeux.

L'infirmière m'aide à lui enlever sa chemise de nuit pleine de sang. Elle a les yeux ouverts mais elle tient pas debout. Je mets des vieilles serviettes sur le lit et on l'allonge. Je vais dans la cuisine où le docteur se lave les mains.

"Elle est dans la chambre", je dis. *Pas dans la cuisine, espèce de serpent.* Il va vers la cinquantaine, le Dr Tate, et il me dépasse d'un bon demi-mètre. Il a la peau vraiment blanche et une figure en lame de couteau qui laisse jamais voir quelque chose qui ressemble à un sentiment. Il va dans la chambre.

Au moment où il ouvre la porte, je le prends par le bras. "Elle veut pas le dire à son mari. Il saura rien, d'accord ?".

Il me regarde comme une négresse et il répond : "Vous ne croyez pas que ça le regarde ?" Puis il entre dans la chambre et il me claque la porte au nez.

Je descends et je marche de long en large dans la cuisine. Une demi-heure se passe, puis une heure, et j'ai une peur affreuse que Mister Johnny rentre et découvre tout, que le Dr Tate l'appelle, qu'ils laissent le bébé dans la cuvette pour que je me débrouille avec. J'en ai le sang qui me bat dans la tête. Finalement, le Dr Tate pousse la porte.

"Elle va mieux ?

— Elle est en pleine crise de nerfs. Je lui ai donné un cachet pour la calmer."

L'infirmière nous passe devant et sort par la cuisine avec une boîte en fer-blanc. Je respire, il me semble que c'est la première fois depuis des heures.

"Surveillez-la demain, il dit, et il me tend un sachet blanc en papier. Donnez-lui un autre cachet si elle est trop agitée. Elle va encore saigner. Mais ne m'appelez que si c'est grave.

— Vous direz rien à Mister Johnny, n'est-ce pas, docteur Tate ?"

Il siffle d'un air dégoûté. "Veillez à ce qu'elle ne rate pas son rendez-vous vendredi. Je ne prendrai pas ma voiture pour venir jusqu'ici sous prétexte qu'elle est trop paresseuse pour se déplacer."

Et il s'en va en faisant claquer la porte.

Cinq heures à la pendule de la cuisine. Mister Johnny sera là dans une demi-heure. J'attrape l'eau de Javel, les chiffons et un seau.

MISS SKEETER

CHAPITRE 19

Nous sommes en 1963. L'Ere de l'espace, dit-on. Un homme a tourné autour de la Terre dans un vaisseau spatial. On a inventé une pilule pour que les femmes mariées ne tombent pas enceintes. On ouvre les boîtes de bière d'un seul doigt et non au décapsuleur. Mais la maison de mes parents est aussi chaude qu'en 1899, année où mon arrière-grand-père l'a construite.

Je demande : "Maman, s'il te plaît, quand aurons-nous l'air conditionné ?

— Nous avons vécu jusqu'ici sans fraîcheur électrique et je n'ai aucune intention de mettre ces affreux appareils à mes fenêtres."

Et c'est ainsi qu'en cette fin du mois de juin je suis forcée de quitter ma chambre sous les toits pour un divan sur la véranda qui se trouve à l'arrière de la maison. Quand Carlton et moi étions petits, Constantine y dormait avec nous pendant l'été chaque fois que papa et maman se rendaient à de lointains mariages. Constantine mettait une antique chemise de nuit blanche qui la couvrait des orteils au menton, même quand il faisait une chaleur accablante. Elle chantait pour nous endormir. Sa voix était si belle que je ne comprenais pas pourquoi elle ne prenait pas de leçons. Maman disait toujours qu'on ne pouvait rien apprendre sans leçons. Je ne parviens pas à croire qu'elle était là, sur cette véranda, et qu'elle n'y est plus. Et on ne veut rien me dire. Je me demande si je la reverrai un jour.

A côté de mon lit, la machine à écrire trône sur une table de toilette émaillée mais rouillée. Ma sacoche rouge est dessous. Je prends le mouchoir de papa et m'essuie le front, presse de la glace salée sur mes poignets. Même sur cette véranda à l'ombre, la température passe de trente et un à trente-trois degrés avant d'atteindre trente-sept. Heureusement, Stuart ne vient pas pendant la journée, au pire de la chaleur.

Je regarde fixement le clavier et je n'ai rien à faire, rien à écrire. Le témoignage de Minny est terminé et déjà dactylographié. C'est une impression désagréable. Il y a une quinzaine de jours, Aibileen m'a annoncé que Yule May, la bonne de Hilly, allait peut-être se joindre à nous, qu'elle semblait de plus en plus intéressée chaque fois qu'Aibileen lui parlait. Mais après le meurtre de Medgar Evers, les arrestations de Noirs et les passages à tabac par les policiers, je suis certaine qu'elle est morte de peur.

Je devrais peut-être aller chez Hilly pour en parler moi-même à Yule May. Mais Aibileen a raison, je risque de lui faire encore plus peur et de compromettre nos chances.

Sous la maison, les chiens bâillent et gémissent dans la chaleur. Il y en a un qui aboie faiblement quand les ouvriers de papa, cinq Noirs, arrivent sur le plateau d'un camion. Les hommes sautent à terre par l'arrière en soulevant de la poussière. Ils restent un instant sans bouger, le visage figé, hagard. Le chef d'équipe a noué un tissu rouge qui protège son front noir, ses lèvres, sa nuque. Je me demande comment il font pour tenir debout en plein soleil par cette chaleur.

La couverture de *Life* frémit au passage d'un maigre courant d'air. Audrey Hepburn sourit sans la moindre gouttelette de sueur sur sa lèvre supérieure. Je prends la revue et feuillette les pages froissées, m'arrête sur l'histoire de la cosmonaute soviétique. Je sais déjà ce qu'il y a après : au verso de sa photo, celle de Carl Roberts, un instituteur noir de Pelahatchie, à une quarantaine de kilomètres d'ici. "En avril dernier, Carl Roberts a dit à des journalistes de Washington ce qu'était la condition d'un Noir dans le Mississippi, en décrivant le gouverneur comme « un personnage pitoyable doté d'une morale de prostituée ». On a retrouvé Roberts pendu à un pacanier, son corps marqué au fer rouge."

On a tué Roberts parce qu'il avait *parlé*. Quand je pense combien il me semblait facile, il y a trois mois, de trouver une dizaine de bonnes pour les faire parler… Comme si elles avaient attendu sans raison depuis si longtemps pour raconter leurs histoires à une Blanche. Quelle idiote j'étais !

Quand la chaleur me devient insupportable, je me réfugie dans le seul endroit frais de Longleaf. Je mets le contact, remonte ma robe sur mes sous-vêtements et règle la ventilation à la puissance maximum. La tête renversée en arrière, je laisse le monde s'éloigner dans les odeurs mêlées du fréon et du cuir de la Cadillac. J'entends une camionnette qui s'arrête dans l'allée mais n'ouvre pas les yeux. Une seconde après, la portière du passager s'ouvre.

"Bon Dieu qu'il fait frais là-dedans !"

Je rabats précipitamment ma robe. "Que fais-tu ici ?"

Stuart referme la portière, pose un baiser rapide sur mes lèvres. "Je n'ai qu'une minute. Je file sur la côte pour une réunion.

— Et pour combien de temps ?

— Trois jours. Je dois y retrouver un type du conseil d'administration de la Mississippi Oil and Gas. Je regrette de ne pas l'avoir su plus tôt."

Il me prend la main et sourit. On sort ensemble deux fois par semaine depuis deux mois, et je ne compte pas l'horrible soirée de la première fois. C'est sans doute une histoire courte pour les autres filles, mais c'est la plus longue que j'aie jamais vécue, et pour le moment, la meilleure.

"Tu veux venir ?

— A Biloxi ? Maintenant ?

— Maintenant", dit-il. Il pose la main sur ma jambe et je sens la fraîcheur de sa paume. Comme toujours, je sursaute un peu. Je baisse les yeux sur sa main, puis les lève pour m'assurer que maman n'est pas en train de nous épier.

"Allons, on crève de chaud ici ! Je vais loger à l'Edgewater, juste sur la plage."

Je ris et c'est bon de rire après m'être tant inquiétée ces dernières semaines. "Tu veux dire à l'Edgewater… ensemble ? Dans la même chambre ?"

Il hoche la tête. "Tu crois que tu pourrais te sauver ?"

Elizabeth serait horrifiée à l'idée qu'on puisse partager une chambre avec un homme avant le mariage. Hilly me dirait que je suis idiote de seulement y penser. Elles se sont cramponnées à leur virginité avec l'énergie d'un enfant qui refuse de partager son jouet. N'empêche, j'y réfléchis.

Stuart se rapproche de moi. Il sent le pin, le tabac blond et les savonnettes de luxe qu'on n'a jamais vues dans ma famille. "Maman ferait une crise, Stuart, et j'ai du travail…" Mais Dieu qu'il sent bon ! Il me regarde comme s'il allait me manger toute crue et je frissonne au souffle du ventilateur de la Cadillac.

"C'est sûr ?" murmure-t-il, et il m'embrasse, sur la bouche, moins poliment cette fois. Sa main repose toujours sur le quart supérieur de ma cuisse et je me demande une fois de plus s'il était le même avec son ex-fiancée Patricia. Je ne sais même pas s'ils ont couché ensemble. La seule pensée de ces deux-là se touchant me donne mal au cœur et je m'écarte de lui.

"Je ne peux pas… C'est tout, dis-je. Tu sais que je ne pourrais pas dire la vérité à ma mère."

Il pousse un long soupir désolé, et j'adore la tête qu'il fait à cet instant, la déception qui se peint sur ses traits. Je comprends maintenant pourquoi les filles résistent, pour le plaisir que leur donnent ces mines déconfites.

"Ne lui mens pas, dit-il. Tu sais bien que j'ai horreur du mensonge.

— Tu m'appelleras de l'hôtel ?

— Bien sûr. Je regrette d'avoir à m'en aller aussi vite. Ah, et j'ai failli oublier ! Maman et papa vous invitent tous à dîner samedi soir dans trois semaines."

Je me redresse sur la banquette. Je n'ai encore jamais rencontré ses parents. "Que veux-tu dire par « tous » ?

— Toi et tes parents. Venez en ville faire connaissance avec ma famille.

— Mais… pourquoi nous tous ?"

Il hausse les épaules. "Mes parents veulent les connaître. Et je veux qu'ils te connaissent.

— Mais…

— Désolé, baby, dit-il, en repoussant une mèche derrière mon oreille. Il faut que j'y aille. Je t'appelle demain soir ?"

Je fais oui de la tête. Il replonge dans la fournaise, rejoint sa camionnette et démarre, en saluant de la main papa qui arrive sur l'allée poussiéreuse.

Je reste seule dans la Cadillac, et je m'inquiète. Un dîner chez le sénateur du Mississippi. Avec maman posant un millier de questions. L'air désespérée par mon attitude. Parlant de mon compte épargne…

Après trois nuits étouffantes et interminables, sans nouvelles de Yule May ni d'aucune autre bonne, Stuart revient, directement de sa conférence sur la côte. Je n'en peux plus de rester assise devant cette machine à écrire à ne taper que la *Lettre* pour la Ligue et les chroniques de Miss Myrna. Je me précipite dans l'escalier et il me serre entre ses bras comme si on ne s'était pas vus depuis des semaines.

Stuart tout bronzé sous sa chemise blanche froissée dans le dos après une longue route, les manches retroussées… Il arbore un sourire perpétuel, presque diabolique. Assis bien droits, face à face dans le petit salon, nous nous regardons. Nous attendons que maman aille se coucher. Papa est déjà monté, à la tombée de la nuit.

Stuart ne me quitte pas des yeux pendant que maman parle, parle, de la chaleur, de Carlton qui a enfin trouvé LA femme de sa vie.

"Et nous sommes positivement enchantés à l'idée de dîner avec vos parents, Stuart. N'oubliez pas de le dire à votre mère.

— Oui, ma'am. Soyez certaine que je le lui dirai."

Il me sourit à nouveau, à travers la pièce. Il y a chez lui une foule de choses que j'adore. Il me regarde dans les yeux quand nous discutons. Il a la paume des mains calleuse mais les ongles propres et coupés ras. J'adore le contact un peu rêche de sa main sur ma nuque. Et je mentirais si je ne disais pas que j'apprécie énormément d'avoir quelqu'un pour m'accompagner aux mariages et aux soirées. De ne plus avoir à supporter le regard de Raleigh Leefolt quand il comprend que je vais encore sortir avec eux. Ses airs maussades et ahuris quand il doit se charger de mon manteau avec celui d'Elizabeth, ou m'apporter un verre.

Et j'adore Stuart quand il vient à la maison. A la seconde où il entre, je suis protégée, exemptée de tout. Maman ne peut me critiquer devant lui de crainte qu'il ne remarque lui-même mes défauts. Elle ne peut me harceler en sa présence car elle sait que je me conduirais mal, que je me plaindrais. Au risque de compromettre mes chances. Tout le jeu consiste pour elle à ne montrer qu'un côté de sa fille, afin que les autres côtés ne se révèlent que lorsqu'il sera "trop tard".

A neuf heures et demie, enfin, maman lisse sa jupe, replie lentement et impeccablement une couverture comme une lettre précieuse. "Bon, je crois qu'il est temps d'aller au lit. Je vous laisse, jeunes gens. Eugenia ?" Elle me regarde. "Pas trop tard, n'est-ce pas ?"

Je souris gentiment. J'ai vingt-trois ans, bon Dieu ! "Bien sûr, maman."

Elle sort et on se rassoit, en souriant, sans se quitter des yeux.

On attend.

Maman inspecte une dernière fois la cuisine, ferme une fenêtre, fait couler de l'eau. Un instant plus tard nous entendons la porte de sa chambre qui se referme. Stuart se lève et dit : "Viens." Il traverse la pièce en deux enjambées, plaque mes mains sur ses hanches et prend ma bouche comme si j'étais la source à laquelle il a attendu de boire toute la journée. J'ai entendu des filles dire qu'elles se sentaient fondre. Mais moi j'ai l'impression de m'élever, de devenir encore plus grande et d'apercevoir au-delà d'une haie des paysages et des couleurs que je n'avais jamais vus.

Je suis obligée de m'écarter. J'ai des choses à dire. "Viens. Assieds-toi."

Nous voilà côte à côte sur le canapé. Il veut encore m'embrasser, mais je tourne la tête. J'essaie de ne pas m'attarder sur l'éclat que prennent ses yeux bleus sur une peau hâlée. Ni sur le fait que, sur ses avant-bras, les poils blonds ont doré.

"Stuart…" Je m'éclaircis la voix, prête pour la question redoutée entre toutes. "Quand tu as rompu tes fiançailles, tes parents ont-ils été déçus ? Quoi qu'il se soit passé avec Patricia ?"

Je vois aussitôt une crispation autour de sa bouche. Il me regarde bien en face. "Maman a été déçue. Elles étaient proches."

Je regrette déjà de m'être lancée, mais j'ai besoin de savoir. "Proches comment ?"

Il parcourt la pièce d'un bref regard. "Tu n'aurais pas quelque chose à boire ? Du bourbon ?"

Je vais dans la cuisine et je remplis un verre avec le flacon que Pascagoula utilise pour ses recettes, et beaucoup d'eau. Stuart m'a fait clairement comprendre dès le premier jour où il est venu sur la véranda que sa fiancée n'était pas un bon sujet de conversation. Mais je veux savoir ce qui s'est passé. Pas seulement par curiosité. Je ne suis jamais sortie avec un garçon. J'ai besoin qu'on me dise ce qui provoque une rupture définitive. Combien de règles on peut enfreindre avant de se faire répudier, et même, pour commencer, quelles sont ces règles.

"Donc, elles étaient amies ?"

Je vais rencontrer sa mère dans quinze jours. La mienne a déjà prévu que nous irions demain faire des achats chez Kennington.

Il boit longuement, fronce les sourcils. "Elles s'enfermaient pour prendre des notes sur la décoration florale, et parler de qui épousait qui." Il n'y a plus trace du sourire espiègle. "Maman a été assez secouée quand tout a… foiré.

— Et donc… elle va me comparer à Patricia ?"

Il me regarde une seconde en clignant des yeux. "Sans doute.

— Formidable. Je brûle d'impatience.

— Maman est seulement… protectrice. Elle craint que je ne sois blessé à nouveau.

— Où est Patricia maintenant ? Elle vit toujours ici, ou… ?

— Non. Elle est partie. Elle s'est installée en Californie. On ne pourrait pas parler d'autre chose, maintenant ?"

Je soupire, me laisse retomber contre le dossier du canapé.

"Tes parents savent-ils ce qui s'est passé ? Autrement dit, suis-je censée le savoir ?" Je sens monter une bouffée de colère devant sa réticence à me parler d'un sujet aussi important.

"Skeeter, je te l'ai déjà dit, je déteste parler de…" Mais il serre les dents, baisse la voix. "Papa ne connaît qu'une partie de l'histoire. Maman sait tout, comme les parents de Patricia. Et elle, bien sûr." Il vide son verre. "Elle sait ce qu'elle a fait, ça c'est sûr.

— Stuart, je voudrais seulement être au courant, pour ne pas faire la même chose."

Il me regarde et tente de rire, mais émet plutôt un grognement. "En un milliard d'années tu ne ferais jamais ce qu'elle a fait.

— Quoi ? Qu'a-t-elle fait ?

— Skeeter." Il soupire et pose son verre. "Je suis fatigué. Je ferais mieux de rentrer chez moi."

En entrant dans la cuisine le lendemain matin, je redoute la journée qui s'annonce. Maman est dans sa chambre et se prépare pour notre tournée des magasins. Il s'agit de nous habiller pour le dîner chez les Whitworth. J'ai mis un jean et un chemisier par-dessus.

"'Jour, Pascagoula.

–'Jour, Miss Skeeter. Vous voulez votre petit-déjeuner comme d'habitude ?

— Oui, s'il vous plaît."

Pascagoula est petite et vive. Je lui ai dit en juin dernier que j'aimais le café fort et les toasts très légèrement beurrés et elle ne m'a plus posé la question. De ce point de vue, elle ressemble à Constantine qui n'oubliait jamais rien pour nous. Je me demande combien de petits déjeuners de Blanches elle a imprimés dans sa mémoire. Je me demande ce que cela doit être de passer sa vie à essayer de se rappeler comment tel ou tel veut le beurre sur ses toasts, la quantité d'amidon sur ses cols de chemise, et à quelle fréquence il faut changer ses draps.

Elle pose le café devant moi. Elle ne me le tend pas. Aibileen m'a dit que cela ne se faisait pas, car alors les mains risquent de se toucher. Je ne me rappelle pas comment faisait Constantine.

"Merci, dis-je, beaucoup."

Elle me regarde une seconde, cligne des yeux, sourit légèrement. "De… rien." Je me rends compte que je viens de la remercier sincèrement pour la première fois. Elle paraît gênée.

"Skeeter, tu es prête ?" Maman m'appelle du fond de la maison. Je crie que oui, je suis prête. J'avale mon toast en souhaitant que cette expédition soit la plus courte possible. J'ai dix ans de trop pour que ma mère vienne encore avec moi acheter mes vêtements. Je lève les yeux et surprends le regard de Pascagoula qui m'observe de l'évier. Elle tourne la tête.

Je parcours le *Jackson Journal* posé sur la table. Ma prochaine chronique de Miss Myrna ne sortira pas avant lundi, pour dévoiler les mystères des taches de calcaire. On parle dans les pages d'informations générales d'une nouvelle pilule, appelée Valium pour aider les femmes à affronter les problèmes du quotidien. Seigneur, j'en prendrais bien tout de suite une dizaine.

Je lève les yeux et, surprise, vois Pascagoula juste à côté de moi.

"Vous… vous voulez quelque chose, Pascagoula ?

— Il faut que je vous dise, Miss Skeeter. Au sujet de…

— Tu ne peux pas aller chez Kennington en salopette !" lance maman, du seuil de la pièce. Pascagoula disparaît comme par enchantement. Elle a repris sa place devant l'évier et tire un tuyau en caoutchouc noir du robinet au lave-vaisselle.

"Monte et mets quelque chose de plus convenable.

— Maman, c'est comme ça que je m'habille. Il faudrait se mettre en grande tenue pour aller acheter des vêtements ?

— Eugenia, s'il te plaît, ne rends pas les choses plus difficiles qu'elles ne le sont déjà."

Maman repart dans sa chambre mais je sais que je ne suis pas quitte. Le *whoooouchhh* du lave-vaisselle emplit la cuisine. Le sol vibre sous mes pieds nus et je trouve ce bruit apaisant, assez fort pour recouvrir une conversation. Je regarde Pascagoula à l'évier.

Elle jette un coup d'œil vers la porte. Elle est minuscule, la moitié de moi pratiquement. Et ses manières sont timides. Je baisse la tête pour lui parler. Elle se rapproche un peu.

"Yule May c'est ma *cousine*", dit-elle, par-dessus le bruit de la machine. Elle murmure maintenant, mais le ton n'a rien de timide.

"Je… je ne le savais pas.

— On est proches parentes et elle vient chez moi tous les quinze jours pour savoir si tout va bien. Elle m'a dit ce que vous faites." Elle ferme à demi les yeux, et je pense qu'elle va me demander de laisser sa cousine tranquille.

"Je… nous changeons tous les noms. Elle vous l'a dit, n'est-ce pas ? Je ne veux pas attirer d'ennuis à quiconque.

— Samedi elle m'a dit qu'elle va vous aider. Elle a essayé d'appeler Aibileen mais elle a pas pu l'avoir. Je voulais vous prévenir plus tôt mais…" Nouveau regard vers la porte.

Je suis stupéfaite. "Elle va… ? Vous dites qu'elle veut… ?" Je me lève. Je ne peux m'empêcher de demander : "Pascagoula, vous… vous ne voulez pas m'aider vous aussi ?"

Elle me regarde longuement, avec calme. "Vous voulez dire… que je vous raconte comment ça se passe avec… votre maman ?"

Nous nous regardons, avec sans doute la même pensée. La gêne, pour elle, de raconter, et ma gêne à écouter.

"Pas avec maman, dis-je, très vite. Dans vos autres places, avant celle-ci.

— C'est la première fois que je travaille dans une famille. J'ai commencé en servant le déjeuner à la maison de retraite. Avant qu'ils déménagent à Flowood.

— Et maman a accepté de vous prendre alors que c'était votre première place chez des particuliers ?"

Pascagoula fixe le linoléum. Sa timidité a repris le dessus. "Personne veut travailler chez elle, dit-elle. Depuis ce qui s'est passé avec Constantine."

Je pose lentement la main sur la table. "Qu'avez-vous pensé de… ça ?"

Pascagoula m'offre un visage totalement inexpressif. Elle cligne plusieurs fois des yeux, elle a une longueur d'avance. "Je sais rien là-dessus. Je voulais juste vous prévenir de ce que Yule May a dit." Elle va vers le réfrigérateur, l'ouvre et s'y plonge.

Je pousse un long et profond soupir. Une chose à la fois.

La virée dans les magasins avec maman est moins insupportable que d'habitude, probablement parce que je suis de bonne humeur après avoir eu des nouvelles de Yule May. Maman s'assoit dans un fauteuil du salon d'essayage et je choisis le premier tailleur Lady Day que j'essaie, en popeline bleu pâle avec une veste à col rond. On le laisse au magasin pour faire rallonger l'ourlet de la jupe. Je suis étonnée que maman n'essaie rien. Au bout d'une demi-heure à peine elle se déclare fatiguée et je nous ramène à Longleaf. Maman file directement à sa chambre pour faire un somme.

Sitôt rentrée j'appelle chez Elizabeth, le cœur battant, mais c'est Elizabeth qui répond. Je n'ose pas demander Aibileen. Après le cauchemar de la sacoche, je me suis juré de redoubler de prudence.

J'attends donc jusqu'au soir, et j'appelle Aibileen en espérant qu'elle sera chez elle. Assise sur un tonneau de farine, les doigts triturant un sac de riz. Elle décroche à la première sonnerie.

"Elle va nous aider, Aibileen. Yule May, oui, elle l'a dit !

— Qu'est-ce que vous dites ? Depuis quand vous le savez ?

— C'est Pascagoula qui me l'a répété cet après-midi. Yule May n'est pas arrivée à vous joindre.

— Seigneur, mon téléphone était coupé parce que je suis un peu en retard ce mois-ci. Vous avez parlé à Yule May ?

— Non. J'ai pensé préférable que vous lui parliez d'abord.

— Ce qui est bizarre, c'est que j'ai appelé chez Miss Hilly cet après-midi, de chez Miss Leefolt, mais elle a dit que Yule May travaillait plus là et elle a raccroché. J'ai essayé de me renseigner dans le quartier en demandant aux uns aux autres, mais personne ne sait rien.

— Hilly l'a renvoyée ?

— Je sais pas. C'est peut-être elle qui est partie… J'espère.

— Je vais appeler Hilly et je le saurai. Mon Dieu, j'espère qu'il n'y a rien de grave.

342

— En tout cas, mon téléphone remarche. Je vais continuer à appeler Yule May."

J'appelle chez Hilly, quatre fois, mais le téléphone sonne dans le vide. J'appelle Elizabeth, qui me dit que Hilly est à Port Gibson pour la soirée. Le père de William est malade.

"Il n'y aurait pas eu un problème… avec sa bonne ? dis-je, du ton le plus détaché possible.

— Oui, elle a dit quelque chose au sujet de Yule May, mais elle était en retard et devait encore charger la voiture."

Je passe le reste de la soirée sur la véranda, à l'arrière de la maison, à ressasser mon inquiétude quant aux histoires que Yule May pourrait raconter sur Hilly. Malgré nos différends, Hilly reste l'une de mes amies les plus proches. Mais le livre, maintenant qu'il avance à nouveau, est plus important que tout.

Je m'étends sur le divan à minuit. Les criquets chantent derrière l'écran grillagé. Je laisse mon corps s'enfoncer dans le mince matelas, contre les ressorts. Mes pieds qui dépassent à l'extrémité dansent et s'agitent pour exprimer le soulagement, c'est la première fois depuis des mois. Ce n'est pas une douzaine de bonnes, mais c'est une de plus.

Le lendemain à midi je m'assois devant la télévision pour regarder les informations. Charles Warring est à l'écran. Il m'annonce que soixante soldats américains ont été tués au Vietnam. Quelle tristesse. Soixante hommes sont morts loin de ceux qu'ils aimaient. C'est à cause de Stuart, je pense, que cela me touche à ce point, mais le plus effrayant, c'est l'excitation du journaliste à nous faire part de ce malheur.

Je prends une cigarette et la repose. J'essaie de ne pas fumer, mais je suis inquiète pour ce soir. Maman me harcèle pour que je renonce au tabac et je sais que je devrais arrêter, mais je n'ai pas l'impression de risquer ma vie à cause de cela. Je voudrais interroger Pascagoula à propos de Yule May et en savoir plus sur ce que celle-ci lui a dit, mais Pascagoula a appelé ce matin pour prévenir qu'elle avait un problème et ne viendrait que l'après-midi.

J'entends maman qui aide Jameso à faire de la glace sur la véranda de la cuisine. Même quand je suis dans l'autre véranda à l'avant de la maison j'entends encore le bruit des glaçons et du sel que l'on broie. C'est un bruit délicieux qui me donne envie d'en avoir tout de suite, mais ce ne sera pas prêt avant des heures. Personne, évidemment, ne se lance dans une telle opération en pleine journée et par une chaleur pareille, mais maman en a décidé ainsi, elle veut de la glace à la pêche et tant pis pour la température.

Je sors par la cuisine pour les regarder faire. La grosse sorbetière en argent est froide et transpirante. Le plancher de la véranda vibre. Jameso, assis sur un seau retourné, maintient l'engin entre ses genoux et tourne la manivelle en bois avec des mains gantées. De la vapeur s'élève au-dessus.

"Pascagoula est arrivée ? demande maman, en ajoutant de la crème.

— Pas encore." Maman est en nage. Elle repousse une mèche derrière son oreille. "Je vais verser la crème, maman. Tu as trop chaud."

A la télévision Roger Sticker est planté devant la poste de Jackson avec le même sourire idiot que le reporter de guerre. "… ce système moderne d'adresse postale a pour nom de code Z-Z-ZIP, je dis bien Z-Z-ZIP, qui consiste en cinq chiffres à inscrire au bas de votre enveloppe…"

Il brandit une lettre pour nous montrer où inscrire le fameux code. Un homme en salopette et à la bouche édentée dit : "Y a personne qui se servira de ces lettres. Les gens savent toujours pas se servir du téléphone !"

J'entends la porte d'entrée qui se referme. Une minute passe et Pascagoula entre dans le petit salon.

"Maman est derrière sur la véranda", dis-je, mais Pascagoula ne sourit pas, ne lève même pas les yeux. Elle se contente de me tendre une petite enveloppe.

"Elle voulait la mettre à la poste mais je lui ai dit que je vous la donnerais."

Mon nom figure sur l'enveloppe mais il n'y a aucune mention de l'expéditeur au verso. Et certainement pas de code ZIP. Pascagoula sort sur la véranda arrière.

J'ouvre l'enveloppe et déplie la lettre. Elle est écrite à l'encre noire sur les lignes bleues d'un papier d'écolier.

Chère Miss Skeeter,

Je veux que vous sachiez combien je suis désolée de ne pas pouvoir vous aider pour votre projet de livre. Mais maintenant je ne peux pas et je voulais dire pourquoi. Comme vous le savez, j'étais placée chez une amie à vous. Je n'aimais pas travailler chez elle et j'ai souvent voulu la quitter mais je n'osais pas. J'avais peur de ne plus trouver de travail à cause de ce qu'elle dirait ensuite.

Vous ignorez sans doute qu'après le lycée je suis allée à la fac. J'aurais obtenu mon diplôme si je n'avais pas décidé de me marier. C'est l'un de mes rares regrets dans l'existence, de ne pas avoir eu ce diplôme. Mais j'ai des jumeaux grâce auxquels cette vie mérite d'être vécue. Mon mari et moi avons économisé pendant dix ans pour les envoyer à l'université de Tougaloo mais, bien qu'on ait travaillé dur lui et moi, on n'avait pas encore assez pour les deux. Mes garçons sont aussi intelligents et aussi avides de s'instruire l'un que l'autre. Mais nous n'avions assez d'argent que pour un, et je vous le demande, comment choisir lequel de vos fils ira faire des études et lequel devra se mettre au travail et étaler du goudron sur les routes ? Comment dire à l'un des deux que vous l'aimez autant que l'autre mais que c'est à celui-ci que vous avez décidé de donner sa chance ? Vous ne pouvez pas faire cela. Il faut trouver un moyen. N'importe lequel.

Je crois que vous pouvez considérer cette lettre comme un aveu. J'ai volé cette femme. Une affreuse bague ornée d'un rubis, avec l'espoir que son prix couvrirait ce qui nous manquait pour inscrire nos deux fils à la fac. Elle ne la portait jamais et j'avais le sentiment qu'elle m'était redevable pour tout ce que j'avais subi à son service. Maintenant, bien sûr, aucun de mes fils ne pourra faire d'études. L'amende fixée par le tribunal représente presque toute la somme que nous avions économisée.

Sincèrement vôtre,

Yule May Crookle

Quartier des femmes n° 9, pénitencier d'Etat du Mississippi

Le pénitencier. Je frissonne. Je cherche Pascagoula des yeux mais elle a quitté la pièce. Je veux lui demander quand cela s'est passé, comment cela a-t-il pu arriver aussi vite ? Mais Pascagoula est sortie pour aider maman. Nous ne pouvons pas parler ici. Je me sens malade, au bord de la nausée. J'éteins la télévision.

Je pense à Yule May, je l'imagine dans sa prison en train d'écrire cette lettre. Je crois même savoir de quelle bague il s'agissait – la mère d'Hilly la lui avait offerte pour ses dix-huit ans. Hilly l'avait fait estimer quelques années plus tard, pour découvrir que la pierre n'était même pas un rubis, tout juste un grenat, et ne valait pratiquement

rien. A dater de ce jour elle ne l'avait plus jamais portée.
Je serre les poings.

Le bruit obstiné de la sorbetière me donne l'impression
qu'on broie des os derrière la maison. Je vais dans la cuisine pour attendre Pascagoula, et avoir des réponses à mes
questions. J'en parle à papa et lui demande s'il peut faire
quelque chose, s'il connaît des avocats qui seraient prêts
à assister Yule May.

A huit heures du soir, je suis sur le porche d'Aibileen.
Nous avions fixé ce rendez-vous pour un premier entretien
avec Yule May. L'entretien n'aura pas lieu mais j'ai décidé
de venir de toute façon. Il pleut, le vent souffle fort, je serre
mon imperméable autour de moi et tiens ma sacoche d'une
main ferme. Je me suis dit toute la journée que j'allais appeler Aibileen pour discuter de la situation, mais je ne me suis
pas résolue à le faire. Au lieu de cela, j'ai quasiment traîné
Pascagoula dans l'escalier pour que maman ne nous entende
pas parler et je l'ai interrogée. "Yule May avait un très bon
avocat, m'a-t-elle répondu, mais tout le monde a dit que
la femme du juge était une amie de Miss Holbrook. Pour
un petit vol comme celui-là, la peine est d'habitude de six
mois, mais Miss Holbrook a réussi à obtenir quatre ans. Le
procès était bouclé avant d'avoir commencé.

— Je pourrais en parler à mon père. Il pourrait essayer
de lui trouver… un avocat blanc."

Pascagoula secoue la tête. "*C'était* un avocat blanc."

A l'instant où je frappe à la porte d'Aibileen, une bouffée de honte m'envahit. Je ne devrais pas penser à mes
propres problèmes alors que Yule May est en prison, mais
je sais ce que cela signifie pour le livre. Hier les bonnes
avaient peur de nous aider, mais je crois que désormais
elles seront terrifiées.

La porte s'ouvre et je me trouve face à un Noir. Le col de sa chemise d'ecclésiastique brille. J'entends Aibileen dire : "Ça va, révérend." Il a une brève hésitation, mais s'écarte pour me laisser entrer.

Je m'avance d'un pas et découvre une bonne vingtaine de personnes entassées dans le minuscule salon et jusque dans l'entrée. Aibileen est allée chercher les chaises de la cuisine, mais la plupart sont debout. J'aperçois Minny dans un angle. Elle a gardé son uniforme. Je reconnais à côté d'elle Louvenia, la bonne de Lou Anne Templeton, mais toutes les autres me sont inconnues.

"Bonjour, Miss Skeeter", murmure Aibileen. Elle a son uniforme blanc et ses chaussures orthopédiques.

"Je…" Je me retourne vers la porte. "Je peux revenir plus tard."

Aibileen secoue la tête. "Il est arrivé quelque chose de terrible à Yule May.

— Je sais", dis-je. Le silence règne dans la pièce, à part quelques toux vite étouffées. Il y a des cahiers de cantiques empilés sur la petite table en bois.

"Je l'ai appris seulement aujourd'hui, dit Aibileen. Elle a été arrêtée lundi, et mise en prison mardi. Il paraît que le procès a duré quinze minutes.

— Elle m'a fait passer une lettre, dis-je. Elle me parle de ses fils. C'est Pascagoula qui me l'a remise.

— Elle vous a dit qu'il lui manquait soixante-dix dollars pour inscrire ses fils ? Alors elle a demandé un prêt à Miss Hilly, vous voyez. Elle la rembourserait en lui donnant une certaine somme toutes les semaines. Mais Miss Hilly a refusé. Elle lui a dit qu'un vrai chrétien faisait pas la charité à ceux qui sont valides et bien portants. Elle lui a dit qu'il valait mieux qu'ils apprennent à se débrouiller par eux-mêmes."

Seigneur, j'imagine Hilly en train de débiter ces horreurs. J'ai du mal à regarder Aibileen en face.

"Mais les églises se sont mises ensemble pour envoyer les gosses à la fac."

Le même silence règne, et je discute à voix basse avec Aibileen. "Vous croyez que je pourrais faire quelque chose ? Aider d'une manière ou d'une autre ? De l'argent ou…

— Non. L'église organise une collecte pour payer l'avocat. Et pour qu'il continue à la défendre." Aibileen garde la tête basse. Je suis certaine qu'elle a de la peine pour Yule May, mais elle sait aussi que c'en est fini du livre. "Ils seront en troisième année quand elle sortira. Le tribunal l'a condamnée à quatre ans et à quatre cents dollars d'amende.

— Je suis tellement désolée, Aibileen !" Je parcours du regard les gens massés dans la pièce, qui baissent les yeux comme s'ils craignaient de se brûler en me regardant. Je les baisse à mon tour.

"Elle est mauvaise, cette femme !" lance Minny, de l'autre côté du canapé, et je tressaille, en espérant qu'elle ne parle pas de moi.

"Hilly Holbrook nous a été envoyée par le diable pour détruire des vies et faire le plus de mal possible !" continue Minny. Puis elle s'essuie le nez d'un revers de manche.

"Minny, c'est bon, intervient le révérend. On trouvera quelque chose à faire pour elle." Je regarde tous ces visages aux traits tirés en me demandant ce que ça pourrait bien être.

Le silence retombe, insupportable. L'air est brûlant et sent le café. Je ressens quelque chose comme une profonde singularité dans cet endroit où j'avais fini par être presque à l'aise. Je sens la chaleur de l'antipathie et de la culpabilité.

Le révérend au crâne chauve s'essuie les yeux avec un mouchoir. "Merci, Aibileen, de nous avoir accueillis dans ta maison pour prier." Les gens commencent à s'agiter, à se dire bonsoir avec des hochements de tête solennels. On ramasse les sacs, on remet les chapeaux. Le révérend ouvre la porte, laissant s'engouffrer un air chargé d'humidité. Une femme aux cheveux blancs bouclés, vêtue d'un imperméable noir, le suit de près, mais s'arrête soudain à l'endroit où je me tiens avec ma sacoche rouge. Son imperméable s'entrouvre sur l'éclat de l'uniforme blanc.

"Miss Skeeter, dit-elle, sans un sourire, je vais vous aider pour ces témoignages."

Je regarde Aibileen. Elle hausse les sourcils, ouvre la bouche. Je me retourne vers la femme mais elle se dirige déjà vers la porte.

"Euh, merci… à vous, dis-je.

— Moi aussi, Miss Skeeter. Je vais vous aider." Une femme en manteau rouge s'éloigne très vite, sans même croiser mon regard.

A la cinquième, je commence à compter. Cinq. Six. Sept. Je hoche la tête chaque fois, incapable de dire autre chose que merci. Merci. Oui, merci, à chacune. Mon soulagement a un goût amer. Il aura fallu que Yule May soit emprisonnée pour en arriver là.

Huit. Neuf. Dix. Onze. Aucune ne sourit en m'offrant son aide. La pièce se vide, à l'exception de Minny. Elle se tient dans l'angle le plus éloigné, debout et les bras croisés. Quand tout le monde est sorti elle lève les yeux et son regard croise le mien une fraction de seconde avant de dévier vers les rideaux marron tendus en travers de la fenêtre. Mais je vois dans le frémissement de ses lèvres comme une douceur sous la colère. C'est grâce à Minny, tout cela.

Comme tout le monde est en voyage notre groupe ne s'est plus réuni depuis un mois pour jouer au bridge. Nous nous retrouvons le mercredi chez Lou Anne Templeton, avec force "comment vas-tu", "comme je suis contente de te voir" et autres petites tapes amicales.

"Ma pauvre Lou Anne, avec ce chapeau et ces manches longues par une chaleur pareille ! C'est encore ton eczéma ?" demande Elizabeth à Lou Anne qui nous reçoit dans une grande robe de laine grise.

Lou Anne se regarde en baissant la tête, visiblement embarrassée. "Oui, c'est de pire en pire."

Je ne parviens pas à approcher Hilly jusqu'à ce qu'elle vienne vers moi. Je recule sous son étreinte mais elle ne semble pas le remarquer. Pourtant, pendant la partie, elle ne cesse de me regarder avec attention.

"Que vas-tu faire ? demande Elizabeth à Hilly. Tu peux amener les enfants n'importe quand, mais… enfin…" Avant la réunion du club de bridge, Hilly a laissé Heather et William chez Elizabeth pour qu'Aibileen les garde pendant que nous jouerions. Mais je connais déjà le message contenu dans le sourire un peu amer d'Elizabeth : elle vénère Hilly, mais ne tient pas à partager sa bonne avec quiconque.

"Je le savais. J'ai su que cette fille était une voleuse le jour où elle a commencé chez moi." En racontant l'histoire de Yule May, Hilly décrit un grand cercle avec son index pour indiquer une grosse pierre, et la valeur inestimable de ce "rubis".

"Je l'ai surprise en train de prendre le lait après la date de péremption, et c'est toujours comme ça que ça commence, vous savez. D'abord la poudre à laver, puis on passe aux serviettes de table et aux vêtements. Le temps de vous en apercevoir et ce sont les bijoux de famille qu'elles vont mettre au clou pour se payer à boire. Dieu sait ce qu'elle aura pris d'autre !"

Je lutte contre l'envie de casser l'un après l'autre ces doigts qui volettent, mais je tiens ma langue. Laissons-lui croire que tout est pour le mieux. C'est plus sûr pour tout le monde.

La partie finie, je me précipite chez moi pour me préparer à repartir ce soir chez Aibileen. Je suis contente qu'il n'y ait pas âme qui vive dans la maison. Je feuillette rapidement les messages que Pascagoula a notés pour moi. Patsy, ma partenaire au tennis, Celia Foote, que je connais à peine… Pourquoi la femme de John Foote m'appelle-t-elle ? Minny m'a fait jurer de ne jamais la rappeler, et je n'ai pas le temps d'y penser. Je dois me préparer pour les entretiens.

A six heures du soir je suis assise à la table dans la cuisine d'Aibileen. Nous sommes convenues que je viendrais plus tôt jusqu'à ce que nous ayons terminé. Tous les deux jours une nouvelle Noire viendra frapper à la porte d'Aibileen, s'asseoir à cette table avec moi et me livrer son témoignage. Onze bonnes ont accepté de nous parler, sans compter Aibileen et Minny. Ce qui nous en fait treize alors que Mrs Stein en a demandé douze, donc je pense que nous avons de la chance. Aibileen écoute, debout au fond de la cuisine. La première des bonnes s'appelle Alice. Je ne demande pas les noms de famille.

J'explique à Alice qu'il s'agit d'un recueil de témoignages authentiques sur les bonnes et leur travail dans des familles blanches. Je lui tends une enveloppe qui contient quarante dollars provenant de ce que j'ai économisé sur mes piges en tant que Miss Myrna, sur l'argent que je reçois chaque mois et sur celui que maman m'a mis de force dans la main pour des rendez-vous à l'institut de beauté auxquels je ne suis jamais allée.

"Il y a un risque que ça ne soit jamais publié, dis-je à chacune. Et même si ça l'est, ça ne rapportera que très peu d'argent." Je parle les yeux baissés, honteuse sans savoir pourquoi. Comme si j'avais, en tant que Blanche, le devoir de les aider.

"Aibileen nous l'a bien dit, répondent plusieurs. C'est pas pour ça qu'on le fait."

Je leur répète ce qu'elle ont déjà décidé entre elles. Elles doivent garder secrète leur identité auprès de toute personne ne faisant pas partie du groupe. Leurs noms seront changés. Comme celui de la ville et ceux des familles pour lesquelles elles ont travaillé. Je voudrais bien glisser, en guise de dernière question : "Au fait, connaissiez-vous Constantine Bates ?" mais je suis pratiquement sûre qu'Aibileen me dirait que ce n'est pas une bonne idée. Elles ont assez peur comme cela.

"Eula, elle va rester fermée comme une mauvaise huître." Aibileen me prépare avant chaque entretien. Elle craint autant que moi je les effraie avant même de commencer. "Vous énervez pas si elle dit pas grand-chose."

Eula, la mauvaise huître, ne s'est pas encore assise qu'elle est déjà en train de parler, avant que je ne lui explique quoi que ce soit, et continue ce soir-là jusqu'à minuit.

"Je leur ai demandé une augmentation et ils me l'ont donnée. Quand j'ai eu besoin d'une maison, ils m'en ont acheté une. Le Dr Tucker est venu chez moi en personne pour retirer une balle dans le bras de mon mari parce qu'il avait peur que Henry attrape quelque chose à la clinique des Noirs. Je travaille depuis quarante-quatre ans chez le Dr Tucker et Miss Sissy. Ils ont été vraiment bons avec moi. A elle, je lui lave la tête tous les vendredis. J'ai jamais vu cette femme se laver la tête toute seule." Elle se tait pour la première fois de la soirée, semble inquiète et solitaire. "Je sais pas comment elle fera pour ses cheveux si je meurs avant elle."

J'essaie de ne pas trop sourire. Je ne veux pas non plus avoir l'air méfiante. Alice, Fanny Amos et Winnie sont timides, ont besoin qu'on les guide, parlent les yeux baissés. Flora Lou et Cleontine laissent les portes grandes ouvertes et les mots se bousculent tandis que je tape aussi vite que je peux, en leur demandant toutes les cinq minutes : "S'il vous plaît, moins vite, ralentissez !" Mais il y a aussi un nombre surprenant de témoignages positifs. Et toutes, à un moment, se tournent vers Aibileen comme pour demander, *Tu en es sûre ? Je peux vraiment dire ça à une Blanche ?*

"Aibileen ? Qu'est-ce qui arrivera si… si c'est publié et que des gens découvrent qui on est ? demande la timide Winnie. Qu'est-ce que tu crois qu'on nous fera ?"

Nos regards dessinent un triangle dans la cuisine. Je respire un grand coup, prête à la rassurer en lui expliquant notre prudence.

"Le cousin de mon mari… ils lui ont coupé la langue. Il y a déjà un bon moment. Parce qu'il avait parlé du Klan à des gens de Washington. Vous croyez qu'ils nous couperont la langue ? Pour vous avoir parlé ?"

Je ne sais que répondre. La *langue*… Mon Dieu, ce n'était pas exactement ce qui m'était venu à l'esprit. Je n'avais pensé qu'à la prison, des fausses accusations peut-être, des amendes… "Je… nous sommes extrêmement prudentes", dis-je, mais le ton est faible et peu convaincant. Je regarde Aibileen, elle paraît inquiète elle aussi.

"On peut pas savoir à l'avance, Winnie, dit-elle doucement. Mais ça sera pas comme ce qu'on voit à la télé. Une Blanche agit pas comme un Blanc."

Je regarde Aibileen. Nous n'avons jamais vraiment parlé de ce qui pourrait arriver, elle ne m'a jamais dit comment elle voyait les choses, concrètement. Je veux changer de sujet. A quoi bon évoquer cela.

"Non." Winnie secoue la tête. "Je crois que non. C'est vrai qu'avec une Blanche ça risque d'être pire."

"Où vas-tu ?" me lance maman depuis le petit salon. J'ai ma sacoche et les clés de la camionnette.

Je réponds sans m'arrêter : "Au cinéma !

— Tu y es déjà allée hier soir ! Viens ici, Eugenia."

Je rebrousse chemin et me campe sur le seuil. L'ulcère de maman s'est réveillé. Elle n'a pris qu'un bouillon de poule au dîner et elle me fait de la peine. Papa est allé se coucher depuis une heure, mais je ne peux pas rester avec elle. "Excuse-moi, maman, mais je suis en retard. Veux-tu que je t'apporte quelque chose ?

— Quel film et avec qui ? Tu es sortie presque tous les soirs, cette semaine.

— Je sors avec… des filles. Je serai de retour à dix heures. Comment te sens-tu ?

— Ça va." Elle soupire. "Eh bien, vas-y."

En allant prendre la camionnette je me sens coupable de la laisser seule alors qu'elle ne va pas bien. Dieu merci, Stuart est au Texas : je ne vois pas comment je pourrais lui mentir aussi facilement. Il est venu passer la soirée il y a trois jours, et nous sommes restés sur la véranda à écouter les criquets. J'avais travaillé très tard la nuit précédente et je luttais pour garder les yeux ouverts, mais je ne voulais pas qu'il parte. Je me suis allongée et j'ai posé la tête sur ses genoux. Il a pris ma main et l'a passée sur son visage contre la barbe naissante.

"Quand me feras-tu lire quelque chose de toi ? a-t-il demandé.

— Tu peux lire la dernière chronique de Miss Myrna. Il y a un beau passage sur les traces de rouille."

Il sourit, secoue la tête. "Non, je veux lire… ce que tu penses. Et quelque chose me dit que ça n'a rien à voir avec les tâches ménagères."

Je me suis demandé à cet instant s'il ne se doutait pas que je lui cachais quelque chose. J'avais affreusement peur qu'il ne découvre le projet de livre de témoignages, et j'étais en même temps ravie qu'il s'intéresse à ce que je fais.

"Quand tu seras prête. Je ne veux pas te forcer.

— Un jour, peut-être…" Je sentais mes yeux se fermer.

"Dors, baby, a-t-il dit, en écartant les cheveux de mon visage. Laisse-moi seulement rester là un moment, avec toi."

Stuart étant maintenant absent pour les six prochains jours, je peux me concentrer sur les entretiens. Je vais chaque soir chez Aibileen, et je suis chaque soir inquiète comme au premier jour. Les femmes sont grandes, petites, la peau d'un noir de jais ou d'un brun caramel. Quand on est trop claire, m'explique-t-on, on n'a aucune chance de trouver une place. Plus on est noire, mieux c'est. La conversation devient par moments très terre à terre, on se plaint des salaires misérables, des horaires, des gamins insupportables. Mais il y a aussi des histoires de bébés qu'on a vu mourir dans ses bras. Et le souvenir de ce regard vide et en même temps très doux dans leurs yeux bleus soudain éteints.

"Olivia, elle s'appelait. Un tout petit bébé avec des mains minuscules qui s'accrochaient à mes doigts, et elle respirait très fort, dit Fanny Amos. Il y avait même pas sa maman, elle était partie acheter du Mentholatum. Il restait que le papa et moi. Il a pas voulu que je la pose et il m'a demandé de la garder en attendant le docteur. Le bébé s'est refroidi dans mes bras."

Il y a une haine clairement affichée pour les Blanches, et il y a aussi un amour inexplicable. Faye Belle, qui a le teint gris et souffre de tremblements, ne se souvient plus de son âge. Elle raconte ses histoires comme on déplie une étoffe délicate. Elle se revoit cachée dans une malle-cabine avec une petite fille blanche tandis que les soldats yankees vont et viennent à travers la maison. Il y a vingt ans, la même petite fille devenue une vieille femme est morte dans ses bras. Chacune parlait d'amour et de meilleure amie. La mort n'y pouvait rien changer. La couleur ne comptait pas. Le petit-fils de la Blanche verse toujours une pension à Faye Belle. Quand elle se sent d'attaque, elle va parfois chez lui pour nettoyer la cuisine.

Le cinquième entretien a lieu avec Louvenia. C'est la bonne de Lou Anne Templeton et je la connais parce qu'elle me sert lors des réunions du club de bridge. Louvenia me raconte que son petit-fils, Robert, a perdu la vue après avoir été battu par un Blanc qui l'avait surpris dans les toilettes des Blancs. Je me souviens d'avoir lu cela dans le journal tandis que Louvenia attend en hochant la tête que j'aie fini de taper. Pas la moindre trace de colère dans sa voix. J'apprends que Lou Anne, que je trouve ennuyeuse et sans saveur et à qui je n'ai jamais prêté attention, lui a offert deux semaines de congés payés pour qu'elle puisse s'occuper de son petit-fils. Elle lui a apporté à sept reprises des plats tout préparés pendant cette période. Sitôt prévenue de ce qui était arrivé à Robert, elle a conduit Louvenia à la clinique des Noirs où on l'avait amené et y est restée six heures avec elle pour attendre la fin de l'opération. Lou Anne n'a jamais parlé de cela à aucune d'entre nous. Et je comprends parfaitement pourquoi.

Il y a de la colère aussi, quand elles parlent des Blancs qui ont essayé de les toucher. Winnie a été forcée maintes et maintes fois. Cleontine raconte qu'elle s'est défendue avec tant de rage que l'homme a eu le visage en sang et n'a plus jamais essayé. Mais c'est la dichotomie affection-mépris qui m'étonne toujours. La plupart de ces femmes sont invitées au mariage des enfants, mais seulement dans leur uniforme blanc. Je savais déjà tout cela, mais l'entendre de la bouche de ces Noires est comme l'entendre pour la première fois.

Nous restons plusieurs minutes incapables de prononcer un mot après le départ de Gretchen.

"Continuons, dit Aibileen. Celle-là... on ne va pas la compter."

Gretchen est la cousine de Yule May. Elle était présente à la séance de prière chez Aibileen la semaine dernière, mais elle fréquente une autre église.

"Je ne comprends pas pourquoi elle a accepté, si..." J'ai envie de rentrer chez moi. J'ai la nuque raide et les doigts qui tremblent à force de taper, et après avoir entendu Gretchen.

"Je suis désolée. Je ne me doutais pas qu'elle allait dire ça.

— Ce n'est pas votre faute, Aibileen.

En fait, je voudrais lui demander ce qu'il y a de vrai dans ce qu'a dit Gretchen. Mais je ne peux pas. Je ne peux pas la regarder en face.

J'ai expliqué les "règles" à Gretchen, exactement comme je l'ai fait avec toutes les autres. Elle m'a écoutée et s'est calée contre le dossier de sa chaise. J'ai pensé qu'elle réfléchissait à une histoire qu'elle voulait me raconter. Mais elle a dit : "Regardez-vous. Encore une Blanche qui essaye de se faire du fric sur le dos des Noirs !"

Ne sachant trop que répondre, j'ai jeté un coup d'œil à Aibileen. N'avais-je pas été claire sur la question de l'argent ? Aibileen penchait la tête de côté comme si elle doutait d'avoir bien entendu.

"Vous croyez que tout le monde va lire ce truc ?" Gretchen s'est mise à rire. Elle avait un air bien net dans son uniforme blanc. Elle avait mis du rouge à lèvres du même rose que le mien et celui de mes amies. Elle était jeune. Elle parlait d'un ton calme et détaché, comme une Blanche. Je ne saurais dire pourquoi, mais cela m'a mise mal à l'aise.

"Elles ont été bien gentilles, n'est-ce pas, toutes les Noires que vous avez fait parler ?

— Oui, ai-je dit. Très gentilles."

Gretchen m'a regardée droit dans les yeux. "Elles vous détestent. Vous le savez, n'est-ce pas ? Elles détestent tout ce que vous êtes. Mais vous êtes tellement bête que vous croyez leur rendre service.

— Vous n'êtes pas obligée de faire ça. Vous avez librement accepté...

— Vous voulez savoir ce qu'une Blanche a jamais fait de plus gentil pour moi ? Elle m'a donné son quignon de pain. Les Noires qui viennent ici, elles se fichent de vous, et c'est tout. Elles ne vous diront jamais la vérité, ma petite demoiselle.

— Vous n'avez pas la moindre idée de ce que les autres m'ont dit."

J'étais surprise par la violence de ma réaction et par sa promptitude.

"Dites-le, dites-le, ce mot qui vous vient à l'esprit chaque fois que vous en voyez entrer une. *Négresse !*"

Aibileen s'est levée de son tabouret. "Ça suffit, Gretchen. Rentre chez toi.

— Et toi, Aibileen, tu veux que je te dise ? Tu es aussi bête qu'elle !

— *Sors de chez moi*", a sifflé Aibileen, en montrant la porte.

Gretchen est partie, mais elle m'a jeté à travers la moustiquaire un regard de colère qui m'a glacé le sang.

Deux jours plus tard, je m'assieds face à Callie. Ses cheveux bouclés sont presque entièrement blancs. Elle a soixante-sept ans et a gardé son uniforme. Elle est carrée d'épaules et si corpulente que son corps déborde de la

chaise. Je suis encore nerveuse après l'incident avec Gretchen.

J'attends qu'Aibileen ait préparé son thé. Il y a un sac
d'épicerie dans un coin de la cuisine. Il est plein de vêtements et un pantalon blanc est posé dessus. La maison
d'Aibileen est toujours impeccablement propre et rangée.
J'ignore pourquoi elle ne fait rien de ce sac.

Callie se met à parler, lentement, et je commence à taper.
Elle regarde au loin comme si elle voyait un film défiler
derrière moi avec les scènes qu'elle décrit.

"J'ai travaillé trente-huit ans chez Miss Margaret. Sa
fille a eu la colique quand elle était bébé et il fallait la porter pour qu'elle ait plus mal, c'était la seule façon. Alors je
me suis mis un tissu autour de la taille et je l'ai portée toute
l'année comme ça. Ça me cassait le dos. Je mettais des glaçons tous les soirs pour me soulager, et encore aujourd'hui.
Mais cette petite, je l'adorais. Et j'adorais Miss Margaret."

Elle boit une gorgée de thé pendant que je tape ses derniers mots. Je lève les yeux et elle reprend.

"Miss Margaret, elle me faisait toujours mettre un foulard sur la tête, soi-disant qu'elle savait que les Noirs se
lavaient pas les cheveux. Quand elle est morte de problèmes de femmes quelques années après, je suis allée aux
obsèques. Son mari m'a serrée dans ses bras, il a pleuré
sur mon épaule. A la fin, il m'a donné une enveloppe. J'ai
trouvé dedans une lettre que Miss Margaret avait écrite et
qui disait : « Merci d'avoir empêché mon bébé de souffrir.
Je ne l'ai jamais oublié. »"

Callie ôte ses lunettes à grosse monture et s'essuie les
yeux.

"Si les Blanches lisent mon histoire, je veux qu'elles
sachent ça. Dire merci quand on le pense pour de bon, quand
on se rappelle que quelqu'un a vraiment fait quelque chose

pour vous – elle secoue la tête, baisse les yeux sur la table au plateau rayé et écorché –, ça fait tellement de bien."

Callie lève les yeux vers moi, mais je ne peux pas croiser son regard.

"J'ai besoin d'une minute", dis-je. Je me presse le front. Je ne peux pas m'empêcher de penser à Constantine. Je ne l'ai jamais remerciée, pas comme je l'aurais dû. L'idée que je ne le pourrai peut-être pas toujours ne m'a jamais effleurée.

"Ça va, Miss Skeeter ?

— Ça… va, dis-je. Reprenons."

Callie entame une autre histoire. La boîte à chaussures jaune Scholl est posée derrière elle sur le comptoir, pleine d'enveloppes. A part Gretchen, toutes les femmes ont demandé que l'argent serve à financer les études des jumeaux de Yule May.

CHAPITRE 20

La famille Phelan, tendue, attend sur les marches en brique de la maison du sénateur Whitworth. C'est en plein centre-ville, dans North Street, une grande bâtisse à la façade ornée de colonnes, entourée de parfaits buissons d'azalées. Des lanternes à gaz clignotent malgré le soleil brûlant de dix-huit heures.

Je ne peux pas m'empêcher de répéter à voix basse et pour la énième fois : "Maman, s'il te plaît, n'oublie pas ce que je t'ai dit.

— Je t'ai promis que je ne n'en parlerais pas, ma chérie." Elle effleure les épingles qui retiennent ses cheveux. "Sauf à bon escient."

Je porte la jupe Lady Day bleu pâle avec la veste assortie. Papa a le complet bleu qu'il met pour les enterrements, maman, une robe blanche toute droite. Je me trouve l'air d'une fille de la campagne qui a ressorti sa tenue de noces et je pense soudain, affolée, que nous sommes tous trop habillés pour la circonstance. Et maman va ressortir l'affreux compte épargne de sa fille comme une paysanne en visite à la ville.

"Papa, desserre ta ceinture, ça fait remonter ton pantalon."

Il se tourne vers moi en fronçant les sourcils, regarde son pantalon. Je n'ai jamais dit à mon père ce qu'il devait faire. La porte s'ouvre.

"Bonsoir." Une Noire en uniforme blanc. "Vous êtes attendus."

Nous pénétrons dans le hall d'entrée et je vois d'abord le grand chandelier qui brille de toutes ses lumières. Je suis du regard la courbe majestueuse de l'escalier monumental. Nous sommes à l'intérieur d'une coquille Saint-Jacques géante.

"Eh bien, bonsoir !"

Je sors de ma contemplation. Mrs Whitworth vient vers nous, les bras tendus, accompagnée par le claquement de ses talons. Elle porte le même ensemble que moi mais, Dieu merci, en rouge foncé. Quand elle hoche la tête, ses cheveux blonds grisonnants ne bougent pas d'un millimètre.

"Bonjour, Mrs Whitworth. Je suis Charlotte Boudreau Cantrelle Phelan. Merci de nous avoir invités.

— Tout le plaisir est pour moi, dit Mrs Whitworth, en serrant la main de mes parents. Moi, c'est Francine. Soyez les bienvenus !"

Elle se tourne vers moi. "Et vous devez être Eugenia ? Eh bien, je suis contente de vous connaître enfin !"

Elle me prend le bras et me regarde dans les yeux. Les siens sont bleus, très beaux, comme de l'eau glacée. Le visage est charnu. Elle est presque aussi grande que moi sur ses talons gainés de soie.

Je dis : "Enchantée de faire votre connaissance. Stuart m'a beaucoup parlé de vous et du sénateur Whitworth."

Elle sourit et sa main descend le long de mon bras. Quelque chose de pointu, sur sa bague, m'écorche dans ce mouvement et je retiens ma respiration.

"La voilà donc !" Derrière Mrs Whitworth, un individu de haute taille, au torse épais, se précipite vers moi. Il m'empoigne, me serre violemment contre sa poitrine et me rejette aussitôt. "J'ai dit à Little Stu il y a un mois de nous amener sa copine. Mais pour tout dire…" Il baisse la voix. "… il n'est pas très vaillant, depuis l'autre."

Je le regarde en clignant des yeux. "Enchantée de vous connaître."

Le sénateur part d'un grand rire. "Je vous taquine, n'est-ce pas !" dit-il, et me revoilà écrasée contre sa poitrine en même temps qu'il me donne une claque dans le dos. Je souris, tente de reprendre ma respiration. Je me rappelle qu'il n'a que des fils.

Il se tourne vers maman, s'incline cérémonieusement et tend la main.

"Bonjour, sénateur Whitworth. Je suis Charlotte.

— Enchanté de vous connaître, Charlotte. Et appelez-moi Stooley. Tous mes amis m'appellent comme ça.

— Sénateur, dit papa, en lui secouant vigoureusement la main, nous vous remercions pour votre intervention au sujet de cette loi agricole. Ça fait une sacrée différence.

— Et comment ! Ce Billups voulait s'essuyer les pieds dessus et je lui ai dit, Chico, si le Mississippi n'a plus de coton, le Mississippi n'a plus *rien du tout* !"

Il donne une grande claque sur l'épaule de papa, qui me paraît soudain tout petit à côté de lui.

"Venez donc, dit le sénateur. Je ne peux pas parler de politique si je n'ai pas un verre à la main !"

Il s'achemine lourdement vers le salon. Papa le suit et je frémis en voyant le mince trait de boue à l'arrière de sa chaussure. Il aurait suffi d'un coup de chiffon pour l'éliminer, mais papa n'a pas l'habitude de porter des mocassins le samedi.

Maman le suit et je ferme la marche en jetant au passage un dernier coup d'œil au formidable chandelier. Je surprends le regard de la bonne qui m'observe de la porte. Je lui souris et elle hoche la tête. Puis elle hoche à nouveau la tête et baisse les yeux.

Ah. Je pense *elle sait,* et ma nervosité monte de plusieurs crans. J'ai la gorge serrée. Je reste sans bouger, pétrifiée de constater que ma vie n'est plus que duplicité. Cette femme va peut-être venir chez Aibileen et me parler de sa vie au service du sénateur et de son épouse.

"Stuart n'est pas encore rentré de Shreveport ! dit la voix puissante du sénateur. Je crois qu'il a une grosse affaire qui s'annonce, là-bas."

J'essaie de ne plus penser à la bonne, je prends une profonde inspiration et je souris comme si tout allait bien, très bien. Comme si j'avais déjà rencontré mille fois les parents de mes petits amis.

Nous entrons dans une pièce de réception décorée de moulures compliquées. Il y a des canapés de velours vert et une telle accumulation de gros meubles qu'on voit à peine le sol.

"Que puis-je vous offrir à boire ?" Mister Whitworth sourit comme s'il proposait des bonbons à des enfants. Il a le front large et les épaules d'un joueur de foot sur le retour. Ses sourcils sont épais et broussailleux. Ils s'agitent quand il parle.

Papa demande une tasse de café, maman et moi du thé glacé. Le sourire du sénateur retombe, il se retourne et, d'un regard, demande à la bonne de servir ces boissons tristement banales. Puis il va dans un angle de la pièce emplir deux verres d'un liquide ambré pour lui et pour sa femme. Le canapé en velours grince sous son poids quand il revient s'asseoir.

"Votre maison est absolument ravissante. On m'a dit que c'était le clou de la visite ?" dit maman. C'est la phrase qu'elle rêve de prononcer depuis qu'elle a reçu cette invitation à dîner. Elle fait partie depuis toujours du Conseil des bâtiments historiques du comté de Ridgeland, mais elle parle toujours de leur visite guidée du Jackson historique comme du "nec plus ultra" comparée à celle qu'organise son comité. "Est-ce que vous faites des démonstrations en costume dans ces occasions ?"

Le sénateur et Mrs Whitworth échangent un regard. Puis Mrs Whitworth sourit. "Nous nous sommes retirés du programme cette année. C'était… trop, tout simplement.

— Vous n'y êtes plus ? Mais c'est l'une des demeures les plus importantes de Jackson ! Le général Sherman aurait déclaré qu'elle était trop jolie pour qu'on la brûle."

Mrs Whitworth se contente de hocher la tête. Elle a dix ans de moins que ma mère mais paraît plus vieille, surtout quand ses traits s'allongent et qu'elle prend, comme maintenant, un air revêche.

"Vous devez certainement vous sentir des obligations vis-à-vis de l'histoire…" insiste maman, et je lui lance un regard qui dit, laisse tomber.

Tout le monde se tait un instant, puis le sénateur éclate d'un gros rire. "Il y a eu une embrouille, dit-il. La mère de Patricia van Devender est présidente du conseil, alors après tout ce… grabuge avec les enfants, on a décidé d'arrêter les visites."

Je regarde la porte en priant pour que Stuart arrive vite. C'est la deuxième fois qu'*elle* surgit dans la conversation. Mrs Whitworth fusille le sénateur du regard.

"Mais enfin, qu'est-ce qu'on doit faire, Francine ? Ne plus jamais prononcer son nom ?" Il se tourne vers nous. "Rendez-vous compte, on avait fait construire un pavillon dans le jardin spécialement pour le mariage !"

Mrs Whitworth laisse échapper un long soupir excédé et je me souviens de Stuart me disant que son père ne savait pas tout. Ce qu'elle sait, elle, doit être bien plus grave qu'un simple "grabuge".

"Eugenia, Mrs Whitworth sourit, je crois savoir que vous voulez devenir écrivain. Quelle sorte de choses aimez-vous écrire ?"

Je remets mon sourire. Voilà un autre bon sujet de conversation. "Je rédige la chronique de Miss Myrna dans le *Jackson Journal*. Elle paraît le lundi.

— Ah, je crois bien que Bessie lit cela, n'est-ce pas, Stooley ? Il faudra que je le lui demande quand j'irai à la cuisine.

— Ma foi, même si elle ne la lit pas elle doit la connaître ! dit le sénateur en riant.

— Stuart nous a dit que vous vouliez traiter des sujets plus sérieux. Il y en a un en particulier ?"

Tous m'observent maintenant, y compris la bonne, une autre que celle qui nous a ouvert la porte, en me tendant un verre de thé. J'évite de regarder son visage, trop effrayée de ce que je pourrais y voir. "Je travaille sur… plusieurs sujets.

— Eugenia écrit sur la vie de Jésus-Christ", intervient soudain maman, et je me rappelle le mensonge que j'ai fait récemment en parlant de "recherches" à propos de mes sorties quotidiennes.

"Bien, dit Mrs Whitworth en opinant gravement du chef. Voilà un sujet tout à fait sérieux."

Je tente de sourire, honteuse de ma propre voix. "Et tellement… important, n'est-ce pas ?" Je jette un coup d'œil à ma mère. Elle rayonne.

La porte d'entrée claque, faisant tinter tous les verres des lampes et des lustres.

"Excusez-moi, je suis en retard !" Stuart s'approche à grandes enjambées en enfilant sa veste bleue sur sa chemise froissée après le trajet en voiture. Nous nous levons tous et sa mère tend les bras, mais il vient directement vers moi, pose les mains sur mes épaules et m'embrasse sur la joue.

"Désolé", murmure-t-il, et je respire car je commence un peu à me détendre. Je me retourne et vois sa mère qui sourit comme si je venais de lui arracher sa plus belle serviette de table pour y essuyer mes mains sales.

"Sers-toi un verre", dit le sénateur. Après s'être exécuté, Stuart s'assoit à côté de moi sur le canapé, me prend la main et ne la lâche plus.

Mrs Whitworth regarde nos mains enlacées et dit : "Charlotte, voulez-vous que je vous fasse visiter la maison à toutes les deux ?"

Je suis pendant un quart d'heure Mrs Whitworth et maman à travers une succession de pièces trop richement meublées. Dans le grand salon, maman reste sans voix devant un trou à l'intérieur duquel on a laissé la balle incrustée dans le bois. Des lettres de soldats confédérés sont posées sur un bureau du XVIIIe siècle, ainsi que des lunettes et des mouchoirs de l'époque. Nous sommes dans un musée dédié à la guerre de Sécession et je me demande ce qu'a été l'enfance de Stuart dans cette maison où l'on ne peut rien toucher.

Au deuxième étage, maman s'extasie devant le lit à baldaquin dans lequel Robert E. Lee a dormi. Nous redescendons enfin par un escalier "dérobé" et je m'attarde devant les photos de famille qui décorent le couloir. Stuart tout petit tenant un ballon rouge, en compagnie de ses deux frères. Stuart dans sa robe de baptême aux bras d'une Noire en uniforme blanc.

Maman et Mrs Whitworth s'éloignent dans le couloir, mais je continue à regarder car il y a quelque chose de terriblement attachant dans le visage de Stuart petit garçon. Il avait les joues pleines et les yeux bleus de sa mère, et les cheveux blond paille. Le revoici, à neuf ou dix ans, posant avec un fusil et un canard. A quinze ans, à côté d'un cerf abattu. C'est déjà un beau garçon à l'air décidé. Dieu fasse qu'il ne voie jamais mes photos d'adolescente.

Un peu plus loin, c'est une cérémonie de remise de diplômes. Stuart très fier dans son uniforme du lycée militaire. Je remarque au centre du mur un espace vide avec un rectangle de papier peint légèrement plus foncé. On a retiré un cadre.

J'entends la voix tendue de Stuart :"Papa, ça suffit avec…" Et tout de suite après, le silence.

"Le dîner est servi", annonce une bonne, et je retourne dans le salon, puis je passe dans la salle à manger où nous nous retrouvons tous autour d'une longue table. Les Phelan sont assis d'un côté, les Whitworth de l'autre. Je suis placée en diagonale par rapport à Stuart, aussi loin de lui que possible. Autour de la pièce, les panneaux lambrissés offrent des scènes de la vie quotidienne avant la guerre de Sécession : nègres cueillant gaiement le coton, chevaux tirant des charrettes, hauts personnages à barbe blanche sur les marches de notre Capitole. Nous attendons le sénateur qui s'attarde dans le salon. "J'arrive, commencez sans moi !" J'entends tinter les glaçons et le bruit de la bouteille qu'il repose à deux reprises avant de venir enfin s'asseoir en bout de table.

On sert la salade Waldorf. Stuart regarde dans ma direction et me sourit toutes les deux minutes. Le sénateur Whitworth se penche vers mon père et dit : "Je suis parti de rien, vous savez. Mon père faisait sécher des cacahuètes pour onze cents la livre dans le comté de Jefferson, Mississippi."

Papa secoue la tête. "Il n'y a pas plus pauvre que le comté de Jefferson."

Je regarde maman qui coupe dans son assiette un minuscule morceau de pomme. Elle hésite, le mâche longuement et réprime une grimace en l'avalant. Elle ne me permettrait pas de dire aux parents de Stuart qu'elle souffre de l'estomac. Au contraire, elle accable Mrs Whitworth de compliments sur la cuisine. Pour maman, ce dîner marque une étape importante dans le jeu qui a pour nom : "Ma fille parviendra-t-elle à mettre le grappin sur votre fils ?"

"Ces *jeunes gens* se plaisent beaucoup ensemble, dit-elle en souriant. Stuart vient nous voir au moins deux fois par semaine.

— Vraiment ? dit Mrs Whitworth.

— Nous serions enchantés si vous acceptiez de venir dîner à la plantation et faire un tour dans le verger, un de ces jours." Je regarde maman. Elle aime employer ce mot désuet pour parler de la ferme. Et le "verger" consiste en un pommier stérile et un poirier attaqué par le ver.

Mais j'ai vu le sourire de Mrs Whitworth se crisper. "Deux fois par semaine ? Stuart, je ne me doutais absolument pas que tu allais là-bas aussi souvent ?"

La fourchette de Stuart s'arrête à mi-course. Il jette un regard craintif à sa mère.

"Vous êtes bien jeunes, sourit Mrs Whitworth. Amusez-vous. Vous avez tout le temps d'être sérieux."

Le sénateur s'appuie des deux coudes sur la table. "Et celle qui vous dit ça a quasiment fait elle-même la demande en mariage la dernière fois, tellement elle était pressée !

— *Papa !*" dit Stuart, les dents serrées, en reposant bruyamment sa fourchette dans son assiette.

Tout le monde semble se figer dans le silence, mais maman continue à mâcher méthodiquement pour réduire les aliments solides en purée. Je tâte l'écorchure qui a laissé une marque rose sur mon bras.

La bonne dépose dans nos assiettes du poulet en gelée surmonté d'une bonne quantité de mayonnaise et nous sourions tous, enchantés de cette diversion. Pendant que nous mangeons, papa et le sénateur parlent prix du coton, parasites du coton. Je vois à sa tête que Stuart en veut encore à son père d'avoir parlé de Patricia. Je le regarde toutes les dix secondes, mais sa colère ne retombe pas. Je me demande si c'est de cela qu'ils discutaient un peu plus tôt, pendant que j'étais dans le couloir.

Le sénateur se renverse contre le dossier de son siège. "Vous avez vu cet article dans *Life* ? Avant celui sur Medgar Evers, sur – c'était quoi, son nom – Carl… Roberts ?"

Je lève les yeux, surprise, car c'est à moi que le sénateur a posé la question. Je bats des paupières pour cacher ma confusion, et j'espère qu'il en parle à cause de mon travail au journal. "Ils… on l'a lynché. Pour avoir dit que le gouverneur était…" Je m'arrête, non parce que j'ai oublié les mots mais parce que je me les rappelle.

"Un individu *lamentable*, complète le sénateur, *avec une morale de putain*."

Je respire. L'attention générale s'est détournée de moi. Je regarde Stuart, curieuse de sa réaction. Je ne lui ai jamais demandé sa position sur les droits civiques. Mais je crois qu'il n'a même pas écouté la conversation. C'est une colère froide que je lis maintenant sur ses lèvres serrées.

Mon père s'éclaircit la voix. "Je vais être franc, dit-il. Ça me rend malade quand j'entends parler de ce genre de brutalités." Papa a posé sa fourchette sans faire de bruit. Il regarde le sénateur Whitworth bien en face. "J'ai vingt-cinq nègres qui travaillent dans mes champs et si quelqu'un posait seulement la main sur eux, ou sur leur femme ou sur leurs gosses…" Le regard de papa ne lâche pas celui du sénateur. Puis il baisse les yeux. "J'ai honte, parfois, sénateur. Honte de ce qui se passe dans le Mississippi."

Maman le regarde avec de grand yeux. Je suis sidérée par ce que je viens d'entendre. Et encore plus sidérée qu'il ait exprimé son opinion à la table de ce politicien. Chez nous, les journaux sont pliés et posés de manière à cacher les photos, on change de chaîne quand la télévision aborde les questions de race. Je me sens fière de mon père, soudain, pour plusieurs raisons. Et je jurerais même que, l'espace d'une seconde, maman l'est aussi, malgré sa crainte qu'il n'ait compromis mon avenir. Je regarde Stuart. Il y a de l'inquiétude sur ses traits. Mais la nature de cette inquiétude, je ne la connais pas

Le sénateur se tourne vers papa en clignant des yeux. "Je vais vous dire une chose, Carlton." Il fait tinter les glaçons dans son verre. "Bessie, apportez-m'en un autre, s'il vous plaît!" Il tend son verre à la bonne. Elle revient très vite avec un verre plein.

"C'était pas très malin de dire ça de notre gouverneur, continue le sénateur.

— Là-dessus, je suis tout à fait d'accord, répond mon père.

— Mais ces derniers temps, je me suis posé la question. Est-ce que c'était vrai?

— *Stooley*", siffle Mrs Whitworth. Mais elle se remet aussitôt à sourire. "Vois-tu, Stooley, dit-elle, comme on s'adresse à un enfant, nos hôtes n'ont que faire de tes histoires de politique pendant…

— Laisse-moi dire ce que je pense, Francine. J'en ai pas le droit de neuf heures du matin à cinq heures du soir, alors laisse-moi dire ce que je pense dans ma propre maison!"

Le sourire de Mrs Whitworth demeure, mais ses joues se colorent légèrement de rose. Elle regarde fixement les fleurs du centre de table. Stuart contemple son assiette avec la même colère froide. Il ne m'a pas regardée une seule fois depuis l'arrivée du poulet. Puis quelqu'un rompt le silence en parlant du temps et la conversation repart.

Le repas achevé, on nous invite à nous rendre sur la véranda pour le café. Stuart et moi restons en arrière dans le couloir. Je lui touche le bras mais il s'écarte.

"J'étais sûr qu'il allait se saouler et parler à tort et à travers !

— Tout va bien, Stuart", dis-je, en pensant qu'il fait allusion aux propos du sénateur sur la politique.

Mais Stuart est en nage et semble fiévreux. "Patricia par-ci et Patricia par-là pendant toute la soirée ! Il en a parlé combien de fois ?

— Oublie ça, Stuart. Ça ne fait rien."

Il se passe la main dans les cheveux et regarde tout sauf moi. Je commence à sentir que pour lui, je ne suis peut-être pas là moi-même. Et je comprends soudain ce que je savais depuis le début de la soirée. Il me regarde mais c'est à elle qu'il pense. Elle est partout. Dans la colère que je vois dans son regard, sur la langue de Mr et Mrs Whitworth, sur ce mur d'où l'on a retiré sa photo.

Je lui dis que j'ai besoin d'aller à la salle de bains.

Il m'accompagne dans le couloir. "Retrouvons-nous derrière la maison", dit-il, mais sans un sourire. Je me regarde dans le miroir de la salle de bains et me dis que ce n'est que l'affaire d'un soir. Tout ira bien quand nous serons sortis de cette maison.

En revenant je passe par le salon, où le sénateur est en train de se servir un autre verre. Il parle tout seul, se tamponne le menton, regarde autour de lui si quelqu'un l'a vu renverser sa boisson. Je tente de passer sur la pointe des pieds avant qu'il m'aperçoive.

"Vous voilà !" Je me croyais tirée d'affaire. Je recule sur le seuil et son visage s'éclaire. "Qu'y a-t-il ? Vous êtes perdue ?" Il me rejoint dans le couloir.

"Non monsieur, j'allais simplement… retrouver les autres.

— Venez par ici, petite." Il m'entoure de ses bras et les effluves de bourbon me brûlent les yeux. Le plastron de sa chemise en est trempé. "Alors, vous vous amusez bien ?

— Oui monsieur. Merci.

— Ecoutez, faut pas avoir peur de la maman de Stuart. Elle est un peu trop protectrice, c'est tout.

— Oh, non, elle a été… très gentille. Tout va bien." Je regarde à l'autre bout du couloir, d'où leurs voix nous parviennent.

Il soupire, suit mon regard. "Ça a été vraiment dur, avec Stuart. Je suppose qu'il vous a dit ce qui s'était passé."

Je fais oui de la tête. J'ai des picotements sur la peau.

"Ah oui, dur. Très dur !" Et soudain, il sourit. "Regardez ! Regardez qui vient nous dire bonjour !" Il se baisse pour ramasser un minuscule chien blanc qu'il drape autour de son bras comme une serviette éponge. "Dis bonjour, Dixie ! dit-il d'un ton câlin. Dis bonjour à Miss Eugenia !" Le chien se débat, détourne la tête pour échapper à l'odeur qui se dégage de la chemise.

Le sénateur me fixe d'un regard inexpressif. Je crois qu'il a oublié ce que je fais ici.

"J'allais les retrouver dans le jardin, dis-je.

— Venez, venez par ici." Il me tire par l'épaule, me fait passer à travers une porte lambrissée. Je pénètre dans une petite pièce en partie occupée par un bureau massif et dans laquelle une lumière jaune éclaire faiblement des murs vert sombre. Il pousse la porte qui se referme derrière moi et je me sens immédiatement dans une atmosphère confinée, étouffante.

"Voilà. Ils disent tous que je parle trop quand j'ai un peu bu mais…" Il me regarde avec attention. "Je veux vous dire une chose."

Le chien, calmé par les émanations, a renoncé à lutter. J'ai soudain une folle envie de voir Stuart, de lui parler, comme si chaque seconde que je passe loin de lui me le faisait perdre un peu plus. Je recule.

"Je crois… que je devrais aller retrouver…" Je tends la main vers la poignée de la porte, consciente d'être affreusement malpolie, mais je ne peux pas rester plus longtemps dans cette odeur d'alcool et de cigare.

Le sénateur pousse un soupir, hoche la tête tandis que je saisis la poignée. "Ah. Vous aussi, hum…" Il s'appuie au bureau, l'air vaincu.

Je commence à ouvrir la porte mais il a le même air que Stuart le jour où celui-ci est arrivé sur la véranda de mes parents. Je me sens obligée de demander : "Que voulez-vous dire, sénateur, par « vous aussi » ?"

Le sénateur regarde, sur le mur du bureau, le portrait géant et glacial de Mrs Whitworth qui semble le surveiller. "Je le vois. Je le vois bien. A votre regard." Il part d'un petit rire amer. "Et moi qui espérais que vous auriez peut-être un peu de sympathie pour le vieux. Enfin, si vous faites un jour partie de cette vieille famille…"

A mon tour de le regarder tandis que ses mots vibrent encore à mes oreilles… si vous faites partie de cette vieille famille.

"Je… vous ne m'êtes pas antipathique, monsieur, dis-je, en pivotant sur mes talons plats.

— Je ne veux pas vous accabler avec nos problèmes, mais les choses se sont assez mal passées ici, Eugenia. Nous étions malades d'inquiétude l'année dernière après cette histoire. Avec l'autre…" Il secoue la tête, baisse les yeux sur le verre qui n'a pas quitté sa main. "Stuart… Il est carrément parti en laissant son appartement de Jackson, il a tout emporté dans la maison de campagne de Vicksburg.

— Je sais qu'il a été très… bouleversé, dis-je, alors qu'en vérité je ne sais rien du tout.

— La mort n'est pas pire. Bon Dieu, je prenais la voiture, j'allais le voir et il restait assis devant la fenêtre à casser des noix de pécan ! Il les mangeait même pas, il les jetait dans la poubelle. Il parlait pas, il nous a rien dit à sa maman et à moi pendant… des mois."

Il se recroqueville sur lui-même, cette espèce de géant au torse de taureau, et je suis partagée entre l'envie de fuir et celle de le consoler tant il me semble pitoyable. Mais il relève la tête, me fixe de ses yeux injectés de sang et dit : "Il me semble que c'est hier que je lui apprenais à charger son premier fusil, à étrangler sa première tourterelle. Mais depuis l'histoire avec cette fille, il… n'est plus le même. Il ne veut rien me dire. Et moi je veux savoir, c'est tout. C'est mon fils, non ? Enfin, je crois. Mais franchement, je n'en suis pas si sûr."

Il fixe le vide. Je commence à me dire que je ne connais pas Stuart. Si ceci lui a fait tellement mal, et s'il ne peut même pas m'en parler, alors que suis-je pour lui ? Une simple diversion ? Quelque chose qui l'accompagne pour l'empêcher de penser à ce qui le mine réellement de l'intérieur ?

Je regarde le sénateur, cherche ce que je pourrais lui dire pour le réconforter – ma mère saurait faire cela. Mais un sinistre silence s'éternise.

"Francine m'arracherait les yeux si elle savait que je vous ai parlé de ça.

— Ça ne fait rien, monsieur. Je ne vous en veux absolument pas."

Il semble épuisé par tout cela mais tente de sourire. "Merci, ma chère. Allez rejoindre mon fils. On se retrouvera dehors dans un moment."

Je fais le tour de la maison à la recherche de Stuart. Des éclairs strient le ciel, nous offrant des visions étranges du jardin saisi dans une lumière éclatante aussitôt remplacée par l'obscurité. On aperçoit, tel un squelette, la charpente du fameux pavillon au fond d'une allée. Le verre de sherry que j'ai bu après le dîner m'a donné mal au cœur.

Le sénateur sort. Curieusement, il paraît moins ivre dans une chemise propre, plissée et repassée exactement comme la précédente. Maman et Mrs Whitworth font quelques pas dans le jardin et admirent un rosier d'une variété rare qui grimpe sur la véranda. Stuart pose la main sur mon épaule. Il a l'air d'aller mieux, moi je vais plus mal.

"On pourrait peut-être… ?" Je montre la porte et il me suit à l'intérieur. Je m'arrête dans le couloir au pied de l'escalier dérobé.

"Il y a beaucoup de choses de toi que j'ignore, Stuart."

Il montre, derrière moi, le mur couvert de photographies avec son espace vide. "Eh bien, tout est là.

— Stuart, ton père m'a dit…" Je cherche mes mots.

"Quoi ?

— Il m'a dit à quel point tu avais souffert. A cause de Patricia.

— Il ne sait *rien du tout*. Il ne sait pas de qui il s'agissait, ni de quoi, ni…"

Il s'adosse au mur, croise les bras, et je vois la colère qui revient, s'empare à nouveau de lui et l'enferme dans sa violence.

"Stuart. Tu n'es pas obligé de tout me dire maintenant. Mais il faudra bien, tôt ou tard, qu'on discute de tout ça." Je suis surprise de m'entendre parler avec tant d'assurance alors que je ne suis pas du tout sûre de moi.

Il me regarde longuement dans les yeux, hausse les épaules.

"Elle a couché avec un autre. Voilà.

— Quelqu'un… que tu connaissais ?

377

— Personne ne le connaissait. C'était l'un de ces parasites qui traînent à la fac et qui harcèlent les profs à propos des lois d'intégration. Bref, voilà ce qu'elle a fait.

— Tu veux dire… que c'était un activiste ? Pour les droits civiques ?

— C'est ça. Tu le sais, maintenant.

— Il était… noir ?" J'ai la gorge qui se serre à l'idée des conséquences, car même pour moi ce serait quelque chose d'affreux, de catastrophique.

"Non, il n'était pas noir. C'était un petit salopard, un Yankee venu de New York comme ceux qu'on voit à la télé avec leurs cheveux longs et leurs insignes pour la paix."

Je cherche désespérément la question à poser maintenant mais ne trouve rien.

"Et tu sais ce qu'il y avait de plus insensé, Skeeter ? J'aurais pu passer l'éponge. Elle me l'a demandé, elle m'a dit combien elle regrettait. Mais je savais que si jamais on apprenait qui était ce type, et que la belle-fille du sénateur Whitworth avait couché avec un putain d'activiste yankee, il ne s'en relèverait pas." Il claque des doigts. "Terminée, sa carrière !

— Mais ton père, à table tout à l'heure, a dit qu'à son avis Ross Barnett avait tort.

— Tu sais bien que ce n'est pas si simple. Ce qui compte, ce n'est pas ce qu'il pense, c'est ce que le Mississippi pense. Il se présente au sénat des Etats-Unis cet automne, et pour mon malheur, je le sais.

— C'est donc à cause de ton père que tu as rompu avec elle ?

— Non, j'ai rompu avec elle parce qu'elle m'avait trompé." Il regarde ses mains et je vois la honte qui le ronge. "Mais je n'ai pas renoué à cause… de mon père.

— Stuart… es-tu encore amoureux d'elle ?" Je m'efforce de sourire comme s'il s'agissait d'une question anodine alors que j'ai l'impression de me vider de tout mon sang, et peur de m'évanouir en prononçant ces mots.

Il se tasse un peu, adossé au papier peint à motifs dorés. Sa voix se fait plus douce.

"Tu ne ferais jamais cela, toi. Mentir. Ni à moi, ni à quiconque."

Il ne se doute pas du nombre de personnes auxquelles je mens. Mais c'est un autre problème.

"Réponds-moi, Stuart. Tu l'aimes encore ?"

Il se frotte les tempes, les paupières. Je me dis qu'il ne veut pas me laisser voir son regard.

"Je crois que nous devrions faire une pause", dit-il.

Je tends la main vers lui malgré moi, mais il se recule. "J'ai besoin de temps, Skeeter. Et d'espace, sans doute. J'ai besoin de travailler, d'extraire du pétrole et… de remettre de l'ordre dans ma tête."

Je sens ma bouche qui s'ouvre toute seule. J'entends les voix assourdies de nos parents qui nous appellent sur la véranda. Il est temps de repartir.

Je lui emboîte le pas. Les Whitworth s'arrêtent dans le grand hall d'entrée tandis que les Phelan se dirigent vers la porte. Je les écoute les uns et les autres, dans un semi-coma, promettre de se revoir, la prochaine fois chez les Phelan. Je leur dis bonsoir, merci, et ma voix sonne étrangement à mes oreilles. Stuart agite la main et me sourit sur les marches du perron pour que nos parents ne se doutent de rien.

CHAPITRE 21

Nous sommes dans le petit salon, maman, papa et moi, et nous regardons la boîte métallique argentée fixée à la fenêtre. C'est gros comme un moteur de camion, étincelant de chromes, rutilant comme l'espoir des temps modernes. Le nom du fabricant figure dessus : *Fedders*.

"Qui sont-ils, ces Fedders ? demande maman. D'où viennent-ils ?

— Vas-y, tourne le bouton, Charlotte.

— Ah, je ne peux pas. C'est trop moche !

— Bon Dieu, maman, le Dr Neal a dit que tu en avais besoin. Recule." Mes parents me fusillent du regard. Ils ne se doutent pas du soulagement que j'attends de cet appareil, comme ils ignorent que Stuart a rompu avec moi après le dîner chez les Whitworth, et qu'il ne se passe pas une minute sans que je sente cette blessure qui me consume. Il me semble que je pourrais prendre feu.

Je mets le bouton sur 1. Au-dessus de nos têtes, le lustre clignote. Le ventilateur monte lentement en puissance, comme s'il gravissait une pente. Je regarde quelques petites mèches qui se soulèvent sur la tête de maman.

"Oh, mon Dieu…" dit maman en fermant les yeux. Elle est très fatiguée ces derniers temps et son ulcère empire. Le Dr Neal a déclaré qu'en maintenant de la fraîcheur dans la maison on lui apporterait au moins un meilleur confort.

"Il n'est même pas au maximum", dis-je, et je mets le bouton sur 2. L'air souffle un peu plus fort, devient un peu plus frais et nous sourions tous les trois tandis que la sueur s'évapore sur nos fronts.

"Eh bien, essayons jusqu'au bout", dit papa. Il tourne jusqu'à 3, qui est le maximum, le plus froid, le plus merveilleux des réglages, et maman laisse fuser un petit rire. Nous sommes plantés devant la chose, la bouche ouverte comme prêts à la manger. La lumière retrouve toute son intensité, le vrombissement se fait plus fort, nos sourires s'élargissent, puis tout s'arrête d'un coup. Plus rien. L'obscurité.

"Que… mais que se passe-t-il ?" demande maman.

Papa regarde au plafond. Il va dans l'entrée. "Cet engin de malheur a fait sauter les plombs !"

Maman s'évente la gorge avec son mouchoir. "Pour l'amour du ciel, Carlton, remets-le en marche !"

J'entends pendant une heure papa et Jameso qui vont et viennent sur la véranda, actionnent des interrupteurs et ferraillent avec divers outils. La réparation effectuée, et après avoir écouté un laïus de papa nous recommandant de ne jamais régler l'appareil sur 3 sinon il ferait sauter toute la maison, maman et moi regardons une brume glacée recouvrir les fenêtres. Maman s'assoupit dans son fauteuil bleu après avoir tiré une couverture verte sur sa poitrine. J'attends qu'elle s'endorme en guettant le moment où son front se plisse tandis qu'elle se met à ronfler en sourdine. Je vais sur la pointe des pieds éteindre toutes les lampes, la télévision et tout ce que le rez-de-chaussée compte de dévoreurs de courant à l'exception du réfrigérateur. Je me mets devant la fenêtre, déboutonne mon chemisier, et tourne lentement le bouton jusqu'à 3. Je ne veux plus rien sentir. Je veux geler à l'intérieur. Que le froid me frappe directement au cœur.

Il se passe environ trois secondes avant que le compteur ne saute.

Pendant les deux semaines qui suivent, je me plonge dans le travail sur les entretiens. Je laisse ma machine à écrire sur la véranda arrière où je dors et travaille pratiquement toute la journée et une partie de la nuit. A travers le fin grillage, le jardin et les champs prennent un aspect brumeux. Je me retrouve par moments en train de contempler les champs mais je ne suis pas là. Je suis dans les vieilles cuisines de Jackson avec les bonnes qui étouffent de chaleur et transpirent sous leur uniforme blanc. Je sens les petits corps des bébés blancs et leur respiration tout contre moi. Je ressens ce qu'a ressenti Constantine le jour où maman m'a ramenée de la clinique et m'a tendue à elle. Je laisse leurs souvenirs de Noires me sortir de mon existence misérable.

"Skeeter, voilà des semaines que nous sommes sans nouvelles de Stuart, me dit maman pour la énième fois. Vous n'êtes pas fâchés, n'est-ce pas ?"

Je rédige ma chronique de Miss Myrna. Après avoir eu trois mois d'avance, j'ai failli louper cette semaine la date limite de remise de la copie. "Il va bien, maman. Il n'est pas obligé d'appeler toutes les cinq minutes !" Mais j'adoucis ma voix. Elle semble plus maigre de jour en jour. La vue de sa clavicule décharnée suffit à tempérer l'agacement que provoquent ses remarques. "Il voyage, maman, c'est tout."

Cela paraît la calmer pour le moment et je dis la même chose à Elizabeth, comme à Hilly en y ajoutant quelques détails et en me pinçant le bras pour supporter son sourire insipide. Mais à moi-même, je ne sais que dire. Stuart a besoin d'"espace" et de "temps" comme s'il s'agissait de sciences physiques et non d'une relation humaine.

Aussi, plutôt que de m'apitoyer sur moi-même à longueur de journée, je travaille. Je tape. Je transpire. Qui aurait cru qu'un cœur brisé pouvait vous brûler à ce point ? Quand maman va se reposer dans son lit, j'approche mon fauteuil du climatiseur et je le contemple. En juillet, il se transforme en sanctuaire. Je surprends Pascagoula qui feint de passer le chiffon à poussière d'une main tout en offrant de l'autre ses tresses au courant d'air. Les climatiseurs ne sont pas tout à fait une invention récente, mais tous les magasins qui en ont un le signalent dans leur vitrine et dans leur publicité. Je fais une affichette pour la maison Phelan et l'accroche à la poignée de la porte d'entrée : MAISON CLIMATISÉE. Maman sourit, mais prétend qu'elle ne trouve pas ça drôle.

Un soir, l'un des rares où je suis à la maison, je m'attable pour dîner avec mes parents. Maman chipote dans son assiette. Elle a tenté tout l'après-midi de me cacher qu'elle vomissait. Elle se pince l'arête du nez pour lutter contre son mal de tête. "Je me disais que le 25, peut-être... ce serait trop tôt, à votre avis, pour les inviter ici ?" Je ne peux toujours pas me résoudre à lui dire que Stuart et moi avons rompu.

Mais je devine à son teint que maman est au plus mal ce soir. Elle est blême et je vois les efforts qu'il lui en coûte pour rester assise. Je lui prends la main. "Voyons... Je suis certaine que le 25 serait parfait, maman..." Elle sourit pour la première fois de la journée.

*

Aibileen, dans sa cuisine, sourit à la pile de feuilles posée sur la table. Trois centimètres d'épaisseur de texte en interligne double. Cela commence à ressembler à quelque chose qui pourrait être posé sur une étagère. Aibileen est aussi épuisée que moi, certainement plus, même, car elle travaille toute la journée et rentre chez elle chaque soir pour les entretiens.

"Regardez ça, dit-elle. C'est presque un livre !"

Je hoche la tête, essaye de sourire, mais il reste beaucoup de travail. On est début août et, même si nous ne devons rendre le manuscrit qu'à la fin janvier, il nous reste cinq entretiens avant de finir. J'ai, avec l'aide d'Aibileen, mis en forme, raccourci et rédigé cinq chapitres dont celui de Minny, mais ils ont encore besoin d'être revus. Celui d'Aibileen, heureusement, est terminé. Il fait vingt et une pages. C'est simple, et magnifiquement écrit.

Il y a plusieurs dizaines de faux noms, de Blancs comme de Noirs, et par moments on a du mal à s'y retrouver. Depuis le début, Aibileen est Sarah Ross. Minny a choisi Gertrude Black pour une raison que j'ignore. J'ai choisi Anonyme, mais Elaine Stein ne le sait pas encore. Notre ville s'appelle Niceville, Mississippi, parce qu'elle n'existe pas, mais nous avons décidé qu'un véritable nom d'Etat susciterait plus d'intérêt. Et comme le Mississippi se trouve être le pire, nous nous sommes dit que son choix s'imposait.

Une petite brise entre par la fenêtre et les dernières feuilles de la pile se soulèvent. Nous plaquons la main dessus toutes les deux en même temps.

"Vous croyez… qu'elle voudra le publier ? demande Aibileen. Quand on aura fini ?"

Je voudrais sourire à Aibileen, me montrer confiante. "Je l'espère bien, dis-je, avec tout l'enthousiasme dont je suis capable. L'idée avait l'air de l'intéresser et elle… enfin, avec la marche qui doit avoir lieu et…"

J'entends ma propre voix qui baisse. Je ne sais absolument pas si Mrs Stein voudra publier cela. Mais ce que je sais, c'est que la responsabilité de ce travail repose sur mes épaules et que, je le vois à leur détermination, à leurs traits émaciés, les bonnes veulent que ce livre soit publié. Elles tremblent, elles regardent vers la porte toutes les cinq minutes de crainte d'être surprises à parler avec moi. Elles ont peur qu'on ne les frappe comme on a frappé le petit-fils de Louvenia, ou qu'on ne les abatte devant chez elles comme on a abattu Medgar Evers. Les risques qu'elles prennent prouvent qu'elles désirent être publiées et qu'elles le désirent ardemment.

Je ne me sens plus protégée sous prétexte que je suis blanche. Je jette souvent des regards en arrière quand je me rends en camionnette chez Aibileen. Le policier qui m'a arrêtée voici quelques mois est mon aide-mémoire : désormais, je suis une menace pour toutes les familles blanches de cette ville. Même si beaucoup de ces histoires sont belles, ce seront les autres qui retiendront leur attention. Elles leur échaufferont le sang et leur feront serrer les poings. Nous devons garder là-dessus un secret absolu.

J'ai fait exprès d'arriver cinq minutes en retard à la réunion de la Ligue, ce lundi soir. C'est la première depuis un mois : Hilly étant en vacances sur la côte, elle n'aurait jamais pris le risque de laisser une réunion se tenir sans elle. Elle est bronzée et fin prête pour présider. Elle tient son marteau comme une arme. Autour de moi, les femmes se sont assises et fument des cigarettes en les secouant au-dessus des cendriers posés sur le sol. Je ronge mes ongles pour me retenir d'en prendre une. Je ne fume plus depuis six jours.

Outre l'absence de cigarette entre mes doigts, les visages des femmes qui m'entourent me rendent nerveuse. J'en ai vite repéré sept qui ont un lien avec quelqu'un dans le livre, quand elles n'y figurent pas elles-mêmes. Je veux sortir d'ici au plus vite et me remettre au travail, mais deux longues et pénibles heures se passent avant que Hilly n'abatte enfin son marteau. A ce stade, elle semble elle-même fatiguée d'entendre sa propre voix.

Toutes se lèvent et s'étirent. Quelques-unes sortent aussitôt, pressées de rejoindre leurs maris. D'autres s'attardent – celles qui ont des cuisines pleines d'enfants et dont la bonne est repartie chez elle. Je me hâte de rassembler mes affaires, espérant que je n'aurai pas à parler à quiconque, en particulier à Hilly.

Mais avant que je n'aie pu m'échapper, Elizabeth croise mon regard et me fait signe. Je me sens coupable de ne pas être allée la voir. Elle s'agrippe au dossier d'une chaise pour se relever. Elle est enceinte de six mois et tient mal sur ses jambes à cause des tranquillisants qu'on lui fait prendre.

"Comment te sens-tu, Elizabeth?"

Son corps est exactement le même, hormis le ventre énorme et dilaté. "Ça se passe mieux cette fois?

— Non, mon Dieu, c'est affreux, et j'en ai encore pour trois mois!"

Nous nous taisons toutes deux. Elizabeth laisse échapper un léger renvoi, jette un coup d'œil à sa montre. Puis elle ramasse son sac, prête à s'en aller, mais me prend soudain la main et dit en baissant la voix. "J'ai appris, pour Stuart et toi. Je suis vraiment désolée."

Je baisse les yeux. Je ne m'étonne pas qu'elle sache, mais plutôt qu'il ait fallu aussi longtemps pour que tout le monde soit au courant. Je n'ai rien dit à quiconque, mais Stuart a sans doute parlé. Ce matin encore, j'ai dû mentir à maman et lui expliquer que les Whitworth ne seraient pas en ville le 25, jour où elle voulait *les avoir*. "Excuse-moi de ne pas te l'avoir dit, Elizabeth. Mais je n'aime pas en parler.

— Je comprends. Ah, zut, il faut que j'y aille, Raleigh est seul avec la petite, il est sûrement en train de piquer une crise." Elle lance un dernier regard à Hilly. Hilly sourit et l'excuse d'un hochement de tête.

Je rassemble prestement mes notes et me dirige vers la sortie. A la seconde où je vais passer la porte, je m'entends appeler.

"Une seconde, tu veux bien, Skeeter?"

Je soupire, me retourne et fais face à Hilly. Elle porte un ensemble marin bleu foncé, le genre de chose qu'on achète pour une gamine de cinq ans. Les plis bâillent autour de ses hanches comme un soufflet d'accordéon. La salle s'est vidée, il ne reste plus que nous.

"Si nous parlions de ceci, ma'am?" Elle brandit la dernière *Lettre* et je devine ce qui va suivre.

"Je n'ai pas le temps. Ma mère est malade…

— Je t'ai dit il y a *cinq mois* de publier ma proposition de loi, et tu n'as toujours pas suivi mes instructions."

Je la regarde, en proie à une colère aussi violente que soudaine. Tout ce que je refoule depuis des mois me remonte à la gorge.

"Je ne publierai *pas* cette proposition de loi."

Elle soutient mon regard sans broncher. "Je veux la voir dans la *Lettre* avant les élections." Elle pointe le doigt vers le plafond. "Sinon, j'en référerai à qui de droit, ma chère.

— Si tu essayes de me faire expulser de la Ligue, j'appellerai moi-même Genevieve von Hapsburg à New York", dis-je, d'une voix sifflante, car il se trouve que je connais cette Genevieve qu'elle admire beaucoup. C'est la plus jeune présidente de l'histoire de la Ligue, et peut-être la seule personne qui inspire de la crainte à Hilly. Mais Hilly ne semble pas prête à céder.

"Pour lui dire quoi, Skeeter? Que tu ne fais pas ton boulot? Que tu te promènes avec de la propagande des activistes noirs?"

Je suis bien trop furieuse pour me laisser démonter par ces propos. "Tu vas me rendre ce que tu m'as pris, Hilly. Ça ne t'appartient pas.

— Bien sûr que je te l'ai pris. Tu n'as pas à avoir de telles choses sur toi. Si quelqu'un l'avait vu?

— Qui es-tu pour me dire ce que je dois avoir ou ne pas…

— C'est mon devoir, Skeeter! Tu sais aussi bien que moi que les gens n'achèteront même pas une tranche de quatre-quarts à une organisation qui accueille des intégrationnistes parmi ses membres!

— Hilly." J'ai besoin de l'entendre le dire. "A *qui* va exactement cet argent, de toute façon?"

Elle lève les yeux au ciel. "Aux enfants d'Afrique menacés par la famine."

Je lui laisse le temps d'apprécier l'ironie de la chose : elle envoie de l'argent aux Noirs d'Afrique, mais pas dans notre propre ville. Mais je pense à autre chose. "Je vais appeler tout de suite Genevieve et je lui dirai quelle hypocrite tu es."

Hilly se redresse. Je songe, une seconde, que j'ai peut-être fendu sa cuirasse avec ces mots. Mais elle se passe la langue sur les lèvres, prend bruyamment son inspiration et lâche : "Pas étonnant que Stuart Whitworth t'ait laissée tomber."

Je serre les dents pour ne pas lui laisser voir l'effet de ces paroles sur moi. Mais à l'intérieur, je m'effondre lentement et inexorablement. Tout m'échappe et se désintègre. "Je veux récupérer ces textes, dis-je d'une voix tremblante.

— Alors, mets cette proposition de loi dans la *Lettre*."

Je tourne les talons et sors, balance ma sacoche dans la Cadillac et allume une cigarette.

La lumière est éteinte chez maman quand j'arrive à la maison, et j'en suis soulagée. Je traverse le hall sur la pointe des pieds jusqu'à la véranda arrière et referme en douceur la porte moustiquaire qui grince. Puis je m'assieds devant ma machine à écrire.

Mais je ne peux pas taper. Je regarde les minuscules carrés gris du grillage. Je les regarde si intensément que je passe au travers. Je sens quelque chose qui cède en moi. Je suis vaporeuse. Je suis folle. Et sourde. Sourde à ce téléphone imbécile qui reste muet. Sourde à ma mère qui vomit quelque part dans la maison. A sa voix qui me parvient par la fenêtre ouverte : "Ça va, Carlton, c'est passé !" J'entends tout et pourtant, je n'entends rien. Rien qu'un bourdonnement strident dans mes oreilles.

Je prends mon sac, en sors la proposition de loi de Hilly Holbrook. La feuille pend, déjà ramollie par l'humidité de l'air. Une mite se pose dans un angle et repart aussitôt, la poudre de ses ailes laissant une petite trace brune.

Je commence à taper les textes de la *Lettre* en frappant lentement, brutalement sur chaque touche : Sarah Shelby épouse Robert Pryor ; vous êtes invitées au défilé de vêtements d'enfants de Kathryn Simpson ; un thé en l'honneur de nos fidèles donateurs. Puis je tape la proposition de loi de Hilly. Je le mets en page deux, face aux photos des dernières activités de la Ligue. Là, chacun la verra après s'être admiré soi-même au cours de la kermesse d'été. Tout en tapant, je ne pense qu'à une chose : *Et Constantine, que penserait-elle de moi ?*

AIBILEEN

CHAPITRE 22

"Quel âge tu as aujourd'hui, grande fille ?"

Mae Mobley est encore au lit. Elle me tend deux doigts, à moitié endormie, et elle dit : "Mae Mo deux !

— Eh non, c'est trois aujourd'hui !" Je redresse un de ses doigts et je récite ce que mon père me disait à mes anniversaires : "Trois petits soldats sortent de bon matin…"

Elle est dans un lit de grande parce qu'on prépare la nursery pour l'arrivée du nouveau bébé. "L'année prochaine, on dira quatre petits soldats !"

Elle fronce le nez parce qu'il va falloir qu'elle se rappelle de dire Mae Mobley trois, alors qu'elle a dit toute sa vie à tout le monde Mae Mobley deux. Quand on est petit, on vous pose deux questions, toujours les mêmes, comment tu t'appelles et quel âge tu as. Alors vous avez intérêt à répondre juste.

Elle dit : "Je suis Mae Mobley trois", puis elle saute du lit avec sa tignasse en bataille. Cette tache sans cheveux qu'elle avait bébé est en train de revenir. Je peux la cacher quelques minutes en brossant, mais pas plus longtemps. Elle les a fins et ils restent pas bouclés. Le soir, ils sont raides. Ça me dérange pas si elle est pas jolie, mais j'essaye de bien l'arranger pour sa maman.

"Viens dans la cuisine, je dis. On va te faire un petit-déjeuner d'anniversaire."

390

Miss Leefolt est chez le coiffeur. Ça la gêne pas de pas être là le matin où sa fille se réveille pour le premier anniversaire qu'elle se rappellera. Au moins, Baby Girl a ce qu'elle voulait. Miss Leefolt m'a appelée dans sa chambre pour me montrer une grande boîte posée par terre.

"Elle va être contente, non ? Elle marche, elle parle et elle pleure, même."

C'est une boîte à pois roses avec de la cellophane sur le devant, et dedans une poupée grande comme Mae Mobley. Nom, Allison. Elle a des boucles blondes et les yeux bleus. Et une robe rose à fanfreluches. Chaque fois que la publicité passe à la télé Mae Mobley se précipite dessus, attrape les deux côtés de l'écran, met sa figure tout près et regarde, sérieuse comme un pape. En regardant ce jouet, Miss Leefolt fait une tête comme si elle allait se mettre à pleurer. Je crois que sa mère lui a jamais donné ce qu'elle voulait quand elle était petite.

Je vais dans la cuisine pour préparer un peu de purée de maïs et je pose des petits marshmallows dessus. Je mets tout ça au four pour que ça soit un peu croustillant, et j'ajoute une fraise coupée en morceaux. C'est tout ce que c'est le maïs, un support. Pour tout ce qui se mange.

Les trois petites bougies roses que j'ai apportées de chez moi sont dans ma poche. Je les sors et je défais le papier ciré que j'ai mis autour pour pas qu'elles arrivent toutes tordues. Quand c'est prêt, je pose l'assiette sur la petite table recouverte de linoléum blanc au milieu de la pièce et j'avance le mini fauteuil de Mae Mobley.

Je dis : "Bon anniversaire, Mae Mobley deux !"

Elle rit et elle dit : "Je suis Mae Mobley trois !

— Et comment ! Souffle les trois bougies maintenant, Baby Girl. Sinon elle vont fondre dans ton petit-déjeuner."

Elle regarde les petites flammes, en souriant.

"Souffle, grande fille !"

Elle les éteint d'un coup. Elle suce le maïs collé sur les bougies et elle se met à manger. Au bout d'un moment, elle me sourit et elle dit : "Quel âge t'as ?

— Aibileen a cinquante-trois ans."

Elle ouvre de grands yeux. Je pourrais aussi bien en avoir mille.

"T'as… des anniversaires ?

— Oui !" Je ris. "C'est malheureux, mais j'en ai. C'est la semaine prochaine, mon anniversaire." Je peux pas croire que je vais avoir cinquante-quatre ans. Ils sont passés où ?

"Et des bébés ? T'as des bébés ?"

Je ris. "J'en ai eu dix-sept !"

Elle sait pas encore compter jusqu'à dix-sept, mais elle comprend que c'est beaucoup.

"On pourrait remplir toute la cuisine avec", je dis.

Elle ouvre tout ronds ses grands yeux marrons. "Où ils sont, les bébés ?

— Dans toute la ville. Tous les bébés que j'ai eu à m'occuper.

— Pourquoi ils viennent pas s'amuser avec moi ?

— Parce qu'ils sont presque tous grands. Il y en a qui ont déjà des bébés à eux."

Ma parole, elle est perdue. Elle fait celle qui réfléchit, comme si elle voulait compter. A la fin, je dis : "Tu en fais partie toi aussi. Tous les petits que j'ai gardés, je les compte comme si c'étaient les miens."

Elle hoche la tête, croise les bras.

J'attaque la vaisselle. Il y aura que la famille ce soir au repas d'anniversaire et je dois faire les gâteaux. Je commence par celui à la fraise avec glaçage au sirop de fraise. Ils feraient un repas rien que de fraises, si ça dépendait que de Mae Mobley. Puis je fais l'autre gâteau.

"Faisons un gâteau au chocolat", a dit Miss Leefolt hier. Enceinte de sept mois et il lui faut des gâteaux au chocolat.

Moi j'avais tout prévu depuis la semaine dernière. Et tout était prêt. Ces choses-là, c'est trop important pour me tomber dessus la veille. "Hum. Et pourquoi pas à la fraise ? C'est ce qu'elle préfère, Mae Mobley, vous savez.

— Oh non, elle veut du chocolat ! Je dois aller faire des courses demain et je prendrai tout ce qu'il vous faut."

Du chocolat, mon œil. Donc, j'en ferai deux. Et comme ça elle aura deux fois trois bougies à souffler.

Je nettoie l'assiette de maïs et je lui donne un peu de jus de raisin. Elle a apporté sa vieille poupée dans la cuisine, celle qu'elle appelle Claudia, qui a les cheveux peints et qui ferme les yeux. Elle pousse aussi un petit gémissement à fendre l'âme quand on la laisse tomber par terre.

"C'est ton bébé", je dis. Elle lui donne des tapes dans le dos comme pour chasser la poussière et elle fait oui de la tête.

Puis elle dit : "Aibi, t'es ma vraie maman." Elle me regarde même pas, elle le dit comme si elle parlait de la pluie et du beau temps.

Je me mets à genoux à côté d'elle. "Ta maman est chez le coiffeur. Baby Girl, tu sais bien qui est ta maman."

Mais elle secoue la tête en serrant la poupée dans ses bras et elle dit : "Je suis *ton* bébé !

— Mae Mobley, tu sais bien que c'était pour rire quand je t'ai dit que j'avais eu dix-sept enfants, pas vrai ? C'est pas vraiment les miens. Moi, j'en ai eu qu'un."

Elle dit : "Je sais. C'est moi ton vrai bébé. Les autres, c'est pas vrai."

J'en ai eu, des petits perturbés. John Green Dudley : le premier mot qui est sorti de la bouche de ce garçon était maman, et c'était moi qu'il regardait. Après quoi il s'est

393

mis à appeler tout le monde maman, y compris la vraie et aussi son papa. Il a fait ça longtemps sans que ça gêne personne. Mais tout de même, quand il a commencé à mettre les jupes plissées de sa sœur et du parfum N° 5 Chanel on s'est tous un peu inquiétés.

J'ai servi trop longtemps chez les Dudley – plus de six ans. Son père l'emmenait dans le garage et il le fouettait avec le tuyau d'arrosage en caoutchouc jusqu'à en plus pouvoir pour faire sortir la fille de ce garçon. Treelore s'étouffait à moitié tellement je le serrais fort dans mes bras en rentrant à la maison. Quand on a commencé à chercher des histoires pour le livre, Miss Skeeter m'a demandé de lui raconter le plus mauvais souvenir de ma vie de bonne. Je lui ai dit que c'était le jour du bébé mort-né. Mais c'était pas celui-là. Ç'a été tous les jours de 1941 à 1947 quand j'attendais derrière la porte la fin de la raclée. Je me reproche devant Dieu de jamais avoir dit à John Green Dudley qu'il irait pas en enfer. Qu'il était pas un monstre de foire parce qu'il aimait mieux les garçons. Je regrette devant Dieu de pas lui avoir mis les mots qu'il fallait dans les oreilles comme j'essaye de le faire avec Mae Mobley. Au lieu de ça, je restais dans la cuisine en attendant de passer de la pommade sur les marques de tuyau.

On entend Miss Leefolt qui se gare sous l'abri à voitures. J'ai un peu peur qu'elle entende cette histoire de vraie maman. Mae Mobley aussi est inquiète. Elle se met à battre des ailes comme un poulet. "Elle va me donner la fessée !"

C'est donc qu'elle le lui a déjà dit, et que Miss Leefolt a pas du tout aimé ça.

Quand Miss Leefolt entre avec sa belle coiffure, Mae Mobley lui dit même pas bonjour et elle se sauve dans sa chambre. Comme si elle avait peur que sa maman entende ce qu'elle a dans la tête.

Le repas d'anniversaire de Mae Mobley s'est bien passé, en tout cas d'après ce que Miss Leefolt me dit le lendemain. En arrivant ce vendredi matin, je vois les trois quarts du gâteau au chocolat sur le comptoir. Le gâteau à la fraise est tout parti. L'après-midi, Miss Skeeter vient pour donner des papiers à Miss Leefolt. Dès que Miss Leefolt sort pour aller aux toilettes, Miss Skeeter me rejoint dans la cuisine.

Je demande : "Ça tient toujours pour ce soir ?

— Ça tient toujours. Je serai là." Elle sourit plus beaucoup, Miss Skeeter, depuis qu'ils ont cassé avec Mister Stuart. J'entends tout le temps Miss Hilly et Miss Leefolt parler de ça.

Miss Skeeter prend un Coca dans le frigo et elle dit à voix basse : "Ce soir on va finir l'interview de Winnie et je la mettrai en forme pendant le week-end. Mais on ne pourra pas se voir avant jeudi. J'ai promis à maman de la conduire à Natchez lundi pour un truc des Filles de la Révolution". Miss Skeeter regarde au plafond comme quand elle réfléchit à quelque chose d'important. "Je serai absente trois jours, d'accord ?

— Très bien, je dis. Vous avez besoin de vous arrêter un peu."

Elle repart vers le salon, puis elle se retourne et elle dit : "N'oubliez pas. Je m'absente lundi matin pour trois jours. D'accord ?

— Oui, ma'am", je réponds, et je me demande pourquoi elle a besoin de le dire deux fois.

C'est pas encore huit heures et demie, lundi, et le téléphone sonne déjà sans arrêt.

"Résidence de Miss…

— *Passez-moi Elizabeth !*"

Je vais chercher Miss Leefolt. Elle se lève et arrive dans la cuisine en chemise de nuit. C'est à croire que Miss Hilly parle dans un mégaphone plutôt que dans un téléphone, tellement j'entends tout.

"Tu es passée devant ma maison?

— Quoi? De quoi parles…

— *Elle a mis la proposition de loi pour les toilettes dans la* Lettre*. J'avais dit très exactement qu'il fallait déposer les vieux vêtements chez moi, pas…*

— Laisse-moi prendre mon… courrier. Je ne sais pas de quoi tu…

— *Si je la trouve, je la tue de mes propres mains!"*

J'ai l'impression que le téléphone s'écrase dans l'oreille de Miss Leefolt : Miss Hilly a raccroché. Elle reste une seconde à le regarder, puis elle enfile une robe de chambre par-dessus sa chemise de nuit. "Il faut que j'y aille, elle dit, en cherchant ses clés. Je reviens tout de suite."

Elle sort en courant, tout enceinte qu'elle est, se cale au volant de sa voiture et démarre comme un boulet de canon. Je regarde Mae Mobley et elle me regarde.

"Me demande pas, Baby Girl. Je sais rien moi non plus."

Tout ce que je sais, c'est que Miss Hilly, son mari et ses enfants sont revenus ce matin de leur week-end à Memphis. Chaque fois que Miss Hilly s'en va, Miss Leefolt parle que de ça : où elle est partie et quand elle va revenir…

Au bout d'un moment je dis : "Viens, Baby Girl, on va faire un tour pour savoir ce qui se passe."

On remonte Devine Street, on tourne à gauche et encore à gauche, et on prend Myrtle Street où Miss Hilly a sa maison. Même au mois d'août, c'est une promenade agréable vu qu'il fait pas encore trop chaud. Il y a des oiseaux qui chantent et qui nous passent devant comme des flèches. Mae Mobley lâche pas ma main, on balance les bras en marchant, on est contentes toutes les deux. Un tas de voitures nous dépassent aujourd'hui, et je trouve ça bizarre vu que Myrtle est une impasse.

On longe le dernier virage avant la grande maison blanche de Miss Hilly, et là…

Mae Mobley montre la maison du doigt et elle rit. "Regarde, regarde, Aibi !"

J'ai jamais vu une chose pareille de ma vie. Il y en a des dizaines. Des cuvettes de toilettes ! Au beau milieu de la pelouse de Miss Hilly. De toutes les formes et de toutes les tailles. Des bleues, des roses, des blanches… Avec ou sans lunette, avec ou sans réservoir pour la chasse d'eau. Des modernes, des vieilles avec la chaîne. On dirait presque une foule de gens, à voir comment certaines se parlent avec leur lunette relevée pendant que les autres écoutent sous leur lunette rabattue.

On descend dans le fossé parce qu'il y a de plus en plus de voitures dans cette impasse. Les gens arrivent, tournent autour du petit rond-point de pelouse au bout de la rue et repartent. Il y en a qui se tordent de rire et qui disent : "Regarde la maison de Hilly ! Regarde tout ça !" et qui s'arrêtent devant ces cuvettes comme s'ils en avaient jamais vu avant.

"Une, deux, trois !" Mae Mobley commence à les compter. Quand elle arrive à douze, c'est moi qui continue. "Vingt-neuf, trente, trente et une, trente-deux cuvettes, Baby Girl !"

On s'approche encore un peu, et je vois qu'il y en a plein le jardin et encore deux dans l'allée du garage, comme un couple. Et une autre sur les marches du perron qui a l'air d'attendre que Miss Hilly lui ouvre la porte.

"Tu trouves pas qu'elle est rigolote celle-là, avec…"

Cette fois, Baby Girl m'a lâché la main, elle court dans le jardin vers la cuvette rose et elle soulève la lunette. J'ai pas le temps de faire un geste qu'elle a déjà baissé sa culotte et s'est assise dessus pour faire pipi, et me voilà en train de lui courir après pendant qu'une dizaine de voitures klaxonnent et qu'un type prend des photos.

La voiture de Miss Leefolt est dans l'allée derrière celle de Miss Hilly, mais on les voit pas. Elles sont sûrement dedans à se lamenter et à se demander ce qu'elles vont faire avec tout ça. Les rideaux sont tirés et je vois rien qui bouge. Je croise les doigts, pourvu qu'elles aient pas vu Baby Girl en train de faire ses besoins devant tout Jackson ! Il faut vite repartir.

Tout le long du chemin, Baby Girl arrête pas de poser des questions au sujet de ces cuvettes. Qu'est-ce qu'elles font là ? Comment elles sont arrivées ? Est-ce qu'elle pourrait aller voir Heather et s'amuser encore un peu avec ?

Quand j'arrive chez Miss Leefolt, le téléphone sonne et ça dure toute la matinée. Je réponds pas. J'attends que ça s'arrête un moment pour appeler Minny. Mais Miss Leefolt déboule dans la cuisine en claquant la porte, elle décroche et elle se met à parler comme une mitraillette. Moi j'écoute, et il me faut pas longtemps pour comprendre toute l'histoire en recollant les pièces et les morceaux.

Miss Skeeter a bien mis la proposition de loi de Miss Hilly dans leur *Lettre*. Ça expliquait toutes les raisons pour que les Blancs et les Noirs se servent pas des mêmes toilettes. Et dessous, elle a mis l'appel pour la collecte de vêtements, en tout cas ça aurait dû être ça. Sauf qu'au lieu de vieux vêtements, elle a tapé quelque chose comme "Déposez vos vieilles toilettes au 228 Myrtle Street. Nous serons absents, mais laissez-les devant la porte." Elle a juste mis un mot pour un autre. Je pense que c'est ce qu'elle dira, en tout cas.

Malheureusement pour Miss Hilly, il s'est pas passé grand-chose d'autre ces jours-ci. Rien au Vietnam, pas de manifestation contre la conscription. Les journalistes ont déjà dit tout ce qu'ils pouvaient dire sur l'église qui a explosé en Alabama, sur le meurtre de ces pauvres jeunes filles noires. Le lendemain, la photo de la maison de Miss Hilly avec toutes ses cuvettes de toilettes est sur la première page du *Jackson Journal*. Je dois dire que c'est assez comique. Je regrette seulement que ça soit pas en couleur parce qu'on aurait pu s'amuser à comparer tous ces bleus et ces roses et ces blancs. Et on aurait appelé ça la déségrégation des cuvettes de toilettes.

Le titre dit : PRENEZ UN SIÈGE ! et il y a pas d'article avec. Rien que la photo et deux lignes de légende : "La maison de Hilly Holbrook ce matin, un spectacle à ne pas manquer."

Et c'est à croire qu'il y a pas qu'à Jackson qu'il se passe pas grand-chose. C'est pareil dans tous les Etats-Unis. Lottie Freeman, qui travaille à la résidence du gouverneur où on reçoit tous les journaux, m'a dit qu'elle avait vu la photo dans les pages "Vie quotidienne" du *New York Times*. Et dans celui-là comme dans tous les autres, c'était chaque fois : "La maison de Hilly et William Holbrook à Jackson, Mississippi."

*

On a beaucoup parlé au téléphone chez Miss Leefolt pendant ce week-end et je l'ai beaucoup vue baisser la tête comme quand elle prend un savon de Miss Hilly. Cette histoire de cuvettes me donne autant envie de rire que de pleurer. C'est un sacré risque qu'elle a pris, Miss Skeeter, en se mettant Miss Hilly à dos. Elle rentre chez elle ce soir, et j'espère qu'elle va m'appeler. Je crois que je comprends maintenant pourquoi elle était partie à Natchez.

Le jeudi matin arrive et je suis toujours sans nouvelles de Miss Skeeter. Je me mets à mon repassage dans le salon.

Miss Leefolt arrive avec Miss Hilly et elles s'assoient à la table de la salle à manger. J'ai l'impression qu'elle va plus beaucoup chez elle, Miss Hilly. Je baisse le son de la télé, et j'ouvre en grand mes oreilles.

"Voilà ce dont je t'ai parlé." Miss Hilly prend un petit livre et elle l'ouvre. Elle lit en suivant avec le doigt. Miss Leefolt suit avec elle et elle secoue la tête.

"Tu sais ce que ça signifie, n'est-ce pas ? Elle veut changer ces lois. Pourquoi aurait-elle eu ça avec elle, sinon ?

— Je n'arrive pas à le croire, dit Miss Leefolt.

— Je ne peux pas prouver que c'est elle qui a mis toutes ces cuvettes chez moi. Mais *ça* – elle soulève le livre et le frappe avec son doigt –, c'est bien la preuve qu'elle mijote quelque chose. Et j'ai l'intention d'en parler à Stuart Whitworth.

— Mais ils ne sont plus ensemble ?

— Peut-être, mais faut qu'il sache. Au cas où il serait tenté de se rabibocher. C'est la carrière du sénateur Whitworth qui est en jeu.

— Mais c'était peut-être une simple erreur, dans la *Lettre*. Peut-être qu'elle…

— *Elizabeth*." Hilly fait un grand geste du bras. "Je ne parle pas des cuvettes de toilettes. Je parle des lois de ce grand Etat. Et je te pose la question : veux-tu voir Mae Mobley à côté d'un petit Noir en cours d'anglais ?" Miss Hilly me regarde du coin de l'œil pendant que je repasse et elle baisse la voix. Mais parler doucement, c'est pas son fort. "Tu veux que des nègres viennent habiter à côté de chez toi ? Qu'ils te mettent la main aux fesses quand tu passeras dans la rue ?"

Je jette un coup d'œil et je vois que Miss Leefolt commence à comprendre. Elle se redresse avec un petit air offusqué.

"William a piqué une colère en voyant ce qu'elle avait fait chez nous et je ne peux plus la laisser salir mon nom en la fréquentant alors que les élections approchent. J'ai déjà demandé à Jeanie Caldwell de prendre sa place au club de bridge.

— Tu la renvoies du club ?

— Et comment ! Et je songe à l'expulser de la Ligue, aussi.

— Tu peux faire ça ?

— Bien sûr que je peux ! Mais j'ai réfléchi, et je préfère qu'elle vienne et qu'elle voie à quel point elle s'est rendue ridicule." Miss Hilly hoche la tête. "Il faut qu'elle apprenne qu'elle ne peut pas se conduire comme ça. Disons qu'entre nous, c'est une chose, mais devant tout le monde… elle va vers de sérieux ennuis.

— C'est vrai. Il y a des racistes dans cette ville", dit Miss Leefolt.

Miss Hilly hoche la tête. "Oh oui ! Et ils ne sont pas loin."

Au bout d'un moment, elles se lèvent et partent en voiture. Je suis contente de plus voir leurs têtes.

A midi, Mister Leefolt revient pour déjeuner, ce qui est rare. Il s'installe à la petite table. "Aibileen, préparez-moi quelque chose, s'il vous plaît." Il prend le journal et le défroisse pour lire. "Un peu de rôti.

— Oui monsieur." Je mets un set de table et des couverts. Il est grand et maigre, et bientôt il sera complètement chauve. Il lui reste une couronne de cheveux bruns autour du crâne et plus rien au milieu.

"Vous comptez rester pour aider Elizabeth quand le bébé sera là ?" il demande, tout en lisant son journal. En général, il me voit même pas.

"Oui monsieur.

— Parce qu'on m'a dit que vous changiez souvent de place.

— Oui monsieur." C'est vrai. Les bonnes restent souvent toute leur vie dans la même famille, mais pas moi. J'ai mes raisons pour changer quand les enfants arrivent à huit ou neuf ans. Il m'a fallu du temps pour comprendre ça. "Je travaille mieux avec les enfants jeunes.

— C'est donc que vous ne vous considérez pas comme une bonne. Vous êtes plutôt une sorte de nurse pour les petits." Il pose son journal et il me regarde. "Vous êtes une spécialiste, comme moi."

Je dis rien, je me contente de faire un petit signe de tête.

"Moi, voyez-vous, je m'occupe uniquement de la fiscalité des entreprises, et pas des déclarations de revenu des particuliers."

Je commence à m'inquiéter. Depuis trois ans que je suis ici, il m'avait jamais parlé autant.

"Ça ne doit pas être facile de trouver une autre place chaque fois que les enfants arrivent à l'âge d'aller à l'école.

— Il y a toujours quelque chose qui se présente."

Il répond pas. Je sors le rôti du four.

"Il faut toujours avoir de bonnes références, n'est-ce pas, pour changer d'employeurs comme vous le faites?

— Oui monsieur.

— Il paraît que vous connaissez Skeeter Phelan. La vieille amie d'Elizabeth."

Je baisse la tête et je commence à couper des tranches de viande, lentement, lentement. J'ai le cœur qui bat trois fois plus vite.

"Elle me demande des trucs de nettoyage de temps en temps. Pour ses articles.

— Ah bon?

— Oui monsieur. Elle me demande des trucs, c'est tout.

— Je ne veux plus que vous parliez à cette fille, ni pour lui donner des trucs, ni même pour lui dire bonjour, vous m'entendez ?

— Oui monsieur.

— Si j'apprends que vous vous êtes parlé, vous aurez des ennuis. C'est compris ?

— Oui monsieur", je dis doucement. Je me demande ce qu'il sait.

Il reprend son journal. "Mettez-moi cette viande dans un sandwich. Avec un peu de mayonnaise. Et ne faites pas trop griller le pain, je ne l'aime pas sec."

Ce soir-là on s'assoit Minny et moi à la table de ma cuisine. J'ai les mains qui se sont mises à trembler dans l'après-midi et ça s'est pas arrêté depuis.

"Sale crétin de Blanc ! dit Minny.

— Si seulement je savais à quoi il pensait."

On frappe à la porte de derrière et on se regarde, Minny et moi. Je connais qu'une personne pour frapper comme ça, toutes les autres entrent directement. J'ouvre et c'est Miss Skeeter. "Minny est ici", je lui dis doucement, parce qu'il vaut toujours mieux être prévenu quand on entre dans une pièce et que Minny y est déjà.

Je suis contente qu'elle soit venue. J'ai tellement de choses à lui dire que je sais plus par où commencer. Et je suis étonnée de lui voir presque un sourire. Je me dis qu'elle a pas encore vu Miss Hilly.

"Bonjour, Minny", elle dit en entrant.

Minny regarde vers la fenêtre. "Bonjour, Miss Skeeter."

Avant que j'aie sorti un mot, Miss Skeeter s'assoit et elle se met à parler.

"J'ai réfléchi pendant mon absence, Aibileen. Je pense que nous devrions commencer par votre chapitre." Elle sort des papiers de son affreuse sacoche rouge. "Et on mettrait celui de Louvenia à la place de celui de Faye Belle, pour ne pas avoir trois histoires dramatiques à la suite. On verra plus tard pour le reste mais Minny, je crois vraiment qu'on finira avec vous.

— Miss Skeeter… j'ai des choses à vous dire, je commence.

— Je vais y aller", dit Minny, et elle fronce les sourcils comme si elle tenait plus sur sa chaise. Elle sort, mais en passant elle donne une petite tape sur l'épaule de Miss Skeeter, très vite, en regardant droit devant elle comme si de rien n'était. Et la voilà partie.

"Vous étiez pas en ville, Miss Skeeter?" Je me frotte la nuque.

Je lui raconte comment Miss Hilly a sorti ce petit livre pour le montrer à Miss Leefolt. Et Dieu sait à combien de gens elle l'a fait voir depuis.

Miss Skeeter hoche la tête et elle dit : "Hilly, j'en fais mon affaire. Ceci ne vous concerne pas, ni vous ni les autres bonnes, et le livre non plus."

Alors je lui répète ce que Mister Leefolt m'a dit, comme quoi je dois plus parler avec elle pour les articles de Miss Myrna. J'aurais pas voulu lui raconter ça, mais elle l'entendra de toute façon et je préfère qu'elle l'entende de moi.

Elle écoute et elle pose quelques questions. Quand j'ai fini, elle dit : "Il est très remonté, Raleigh. Il va falloir que je redouble de prudence quand j'irai chez Elizabeth. Je ne viendrai plus vous retrouver dans la cuisine." Je vois bien que ça la touche pas beaucoup, ce qui se passe. Le problème avec ses amies. Le fait qu'on doit craindre le pire. Je lui répète ce que Miss Hilly a dit, comme quoi elle voulait la voir souffrir à la prochaine réunion de la Ligue. Je lui dis qu'elle est renvoyée du club de bridge, et aussi que

Miss Hilly va en parler à Mister Stuart au cas "où il serait tenté de se rabibocher" avec elle.

Skeeter regarde ailleurs, elle essaie de sourire. "Rien de tout ça ne me touche, je m'en fiche de toute façon." Elle rit, et ça me fait mal de l'entendre. Parce que personne s'en fiche, qu'il soit blanc ou noir. Au fond de nous-mêmes, ça nous touche toutes.

"C'est juste que… je voulais vous le dire avant que vous l'entendiez en ville, je dis. Pour vous prévenir. Et que vous fassiez attention."

Elle se mord la lèvre et elle hoche la tête. "Merci, Aibileen."

CHAPITRE 23

L'été roule derrière nous comme une épandeuse à goudron. Tout ce que Jackson compte de Noirs se retrouve devant les écrans de télé pour regarder Martin Luther King qui se dresse dans la capitale de la nation et nous dit qu'il a fait un rêve. Je le regarde moi aussi, dans le sous-sol de notre église. Notre révérend Johnson est monté là-bas pour la marche et je scrute la foule à la recherche de son visage. Je peux pas croire qu'ils sont aussi nombreux – deux cent cinquante *mille*! Et le plus fort, c'est qu'il y a soixante mille *Blancs* là-dedans.

"Le Mississippi et le reste du monde, c'est pas la même chose", dit le diacre, et tout le monde est d'accord parce que c'est bien vrai.

Octobre et septembre passent et chaque fois que je vois Miss Skeeter elle a l'air un peu plus maigre et c'est un peu plus difficile de la regarder dans les yeux. Elle essaye de sourire comme si c'était pas si dur de plus avoir d'amies.

Un jour, en octobre, Miss Hilly vient chez Miss Leefolt et elle se met à la table de la salle à manger. Miss Leefolt est tellement enceinte qu'elle a plus les yeux en face des trous. Et Miss Hilly a un gros col en fourrure autour du cou alors que dehors il fait quinze. Elle boit son thé avec le petit doigt en l'air et elle dit : "Skeeter s'est crue maligne en faisant jeter toutes ces cuvettes de toilettes devant chez moi, mais en fait, c'est une opération qui marche bien. On en a déjà installé trois dans des garages et dans des abris de jardin. Même William dit que, mine de rien, elle nous a rendu service."

Je répéterai pas ça à Miss Skeeter. Je lui dirai pas que, finalement, elle a servi la cause qu'elle voulait combattre. D'ailleurs, je comprends que ça serait inutile quand j'entends Miss Hilly qui dit : "J'ai décidé hier soir d'envoyer un mot à Skeeter pour la remercier et lui dire qu'elle nous a aidés à faire avancer ce projet de loi beaucoup plus vite que prévu."

Avec Miss Leefolt qui passe son temps à coudre pour le bébé qui va arriver, Mae Mobley et moi on est ensemble toute la journée. Elle devient trop lourde pour que je la porte, ou alors c'est moi, mais je lui fais plein de câlins à la place.

Elle me chuchote à l'oreille : "S'il te plaît, mon histoire secrète !" avec son grand sourire. C'est comme ça maintenant, dès que je la lève elle veut son histoire secrète. Des histoires que j'invente.

Mais Miss Leefolt arrive avec son sac au bras, prête à sortir. "Mae Mobley, je te laisse. Viens serrer maman dans tes bras."

Mais Mae Mobley bouge pas.

Miss Leefolt a la main sur la hanche et elle attend. "Vas-y, Mae Mobley", je dis doucement. Je la pousse un peu et elle y va et elle la serre très, très fort, avec comme qui dirait l'énergie du désespoir, mais Miss Leefolt est déjà en train de chercher les clés dans son sac, et elle se dégage. Ça a pas l'air de beaucoup gêner Mae Mobley, moins qu'avant en tout cas, et c'est bien ça qui fait peine à voir.

"Allez, Aibi, elle me dit, dès que sa maman est sortie. Mon histoire secrète, maintenant !"

On va dans sa chambre, où on aime bien rester. Je m'assois dans le grand fauteuil et elle me grimpe dessus, elle sourit, elle se trémousse un peu sur mes genoux. "Raconte, raconte l'histoire du papier cadeau marron !" Elle est excitée qu'elle en tient pas en place. Elle saute par terre, puis elle remonte.

C'est son histoire préférée parce que, quand je la raconte, elle a deux cadeaux. Je prends du papier d'emballage marron de l'épicerie Piggly Wiggly et je mets un petit quelque chose dedans, par exemple un bonbon. Puis je prends du papier blanc du drugstore Cole qui est près de chez moi et j'y mets autre chose. Elle prend ça très au sérieux et elle défait les paquets pendant que je lui explique que c'est pas la couleur de l'emballage qui compte mais ce qu'il y a dedans.

"On va en raconter une autre aujourd'hui", je dis. Mais d'abord j'écoute, pour être sûre que Miss Leefolt est bien partie. La voie est libre.

"Aujourd'hui, je vais te raconter l'histoire d'un extra-terrestre." Elle adore les histoires d'extra-terrestres. Son émission de télé préférée, c'est *Mon Martien favori*. Je sors les bonnets à antennes que j'ai fabriqués hier soir avec du papier alu et je nous les attache sur la tête. Un pour elle et un pour moi. On a vraiment l'air de deux cinglées, comme ça.

"Un jour, un Martien plein de sagesse descendit sur la Terre pour nous apprendre une ou deux choses.

— Un Martien ? Grand comment ?

— Oh, environ deux mètres.

— Comment il s'appelait ?

— Martien Luther King."

Elle respire un grand coup et pose sa tête sur mon épaule. Je sens son petit cœur de trois ans qui bat comme des ailes de papillon contre mon uniforme blanc.

"C'était un très gentil Martien, ce Luther King, exactement comme nous, avec un nez, une bouche et des cheveux sur la tête, mais les gens le regardaient parfois d'un drôle d'air, et je crois qu'il y en avait aussi qui étaient carrément méchants avec lui."

Je pourrais m'attirer des *tas* d'ennuis, surtout avec Miss Leefolt, en lui racontant ces petites histoires. Mais Mae Mobley sait très bien que si on les appelle nos "histoires secrètes", c'est qu'on doit les répéter à personne.

"Pourquoi, Aibi ? Pourquoi ils étaient méchants avec lui ?
— Parce qu'il était vert."

Le téléphone de Miss Leefolt a sonné deux fois ce matin et je l'ai laissé sonner. La première fois parce que j'essayais de rattraper Baby Girl qui courait toute nue dans le jardin et la deuxième parce que j'étais dans les toilettes du garage. Et vu que Miss Leefolt a trois semaines de retard – oui, trois – sur son terme, je compte pas sur elle pour sauter sur le téléphone. Mais elle risque pas de m'engueuler vu que je pouvais pas y aller moi non plus. Seigneur, j'aurais dû m'en douter en me levant ce matin.

Hier soir j'ai travaillé sur les témoignages avec Miss Skeeter jusqu'à minuit moins le quart. Je suis complètement crevée, mais on a fini le numéro huit et ça veut dire qu'il nous en reste encore quatre. Le dernier délai, c'est le mois de janvier et je sais pas si on va y arriver.

Comme on est déjà au troisième mercredi d'octobre, c'est à Miss Leefolt de recevoir le club de bridge. Tout a changé depuis que Miss Skeeter a été renvoyée. Il y a Miss Jeanie Caldwell, celle qui appelle tout le monde mon chou, et Miss Lou Anne, qui a remplacé Miss Walters, et elles sont toutes bien polies et comme il faut et pendant deux heures tout le monde est d'accord avec tout le monde. C'est plus très amusant de les écouter.

Au moment où je sers le dernier thé, *dring,* on sonne à la porte. Je me dépêche d'y aller, histoire de montrer à Miss Leefolt que je suis pas aussi lente qu'elle l'a dit.

J'ouvre, et le premier mot qui me vient, c'est : *rose.* Je l'ai jamais vue mais j'en ai assez souvent parlé avec Minny pour savoir que c'est elle. Vous en connaissez beaucoup qui sont capables de mettre des pulls roses ultramoulants avec d'aussi gros seins ?

"Bonjour", elle fait, en se passant la langue sur le rouge à lèvres. Comme elle me tend la main je crois qu'elle veut me donner quelque chose. Je fais pareil et elle me donne une drôle de petite poignée de main.

"Je suis Celia Foote et je voudrais voir Miss Elizabeth Leefolt, s'il vous plaît."

Je reste tellement baba devant tout ce rose que je mets un moment à réaliser la catastrophe que ça risque d'être pour moi. Et pour Minny. D'accord, ça commence à faire longtemps, mais les mensonges, ça a la vie dure.

"Je… elle…" Je pourrais lui dire qu'il y a personne mais la table de bridge est à moins de deux mètres derrière moi. Je me retourne et je vois les quatre dames qui regardent vers la porte, bouche bée, comme pour avaler les mouches. Miss Caldwell dit quelque chose à l'oreille de Miss Hilly. Miss Leefolt se lève tant bien que mal et elle y va d'un sourire.

"Bonjour Celia, elle dit. Ça faisait longtemps…"

Miss Celia se racle la gorge et elle dit un peu trop fort : "Bonjour, Elizabeth ! Je suis venue vous voir pour…" Elle regarde les autres dames autour de la table.

"Ah, non, je dérange. Je… je repasserai. Plus tard.

— Mais non ! Que puis-je pour vous ?" demande Miss Leefolt.

Miss Celia respire un grand coup dans son tout petit pull rose, et je crois qu'on pense toutes que ça va craquer d'une seconde à l'autre.

"Je suis venue vous proposer mon aide pour la vente en faveur des enfants d'Afrique."

Miss Leefolt sourit et elle fait : "Ah. Eh bien…

— Je suis assez douée pour arranger les fleurs, enfin, c'est ce que tout le monde disait à Sugar Ditch, même ma bonne, après avoir dit que j'étais la pire des cuisinières qu'elle ait jamais vue." Elle glousse un peu et je retiens ma respiration au mot *bonne*. Puis elle reprend son sérieux. "Mais je peux aussi faire des enveloppes, coller des timbres et…"

Miss Hilly se lève. "Vraiment, nous n'avons plus besoin d'aide, mais nous serions ravies si Johnny et vous pouviez venir à la vente, Celia."

Miss Celia sourit et elle a l'air tellement reconnaissante que ça vous fend le cœur. A condition d'en avoir un.

"Oh, merci ! Avec *grand* plaisir !

— C'est un vendredi soir, le quinze novembre, à…

–… à l'Hôtel Robert E. Lee, dit Miss Celia. Je suis tout à fait au courant.

— Et nous serions ravies de vous vendre quelques billets. Johnny viendra avec vous, n'est-ce pas ? Donne-lui des billets, Elizabeth.

— Et si je peux aider en quoi que ce soit…

— Non, non. Hilly sourit. Nous nous sommes occupées de tout."

Miss Leefolt revient avec une enveloppe. Elle en sort deux billets, mais Miss Hilly la lui prend des mains.

"Pendant que vous y êtes, Celia, vous pourriez en prendre quelques-uns pour vos amis ?"

Miss Celia reste une seconde sans bouger. "Euh… D'accord.

— Je vous en mets une dizaine ? Deux pour Johnny et vous et huit pour vos amis. Comme ça vous aurez une table rien que pour vous."

Miss Celia a le sourire qui commence à trembler. "Je pense que deux suffiront."

Miss Hilly prend deux billets et rend l'enveloppe à Miss Leefolt, qui va la ranger dans sa chambre.

"Attendez que je vous fasse un chèque. C'est une chance, j'ai sur moi ce vieux chéquier qui prend tellement de place. J'ai promis à Minny, ma bonne, de lui rapporter un jambon."

Miss Celia s'escrime pour faire le chèque sur son genou. Je fais tout ce que je peux pour rester calme, en priant le ciel que Miss Hilly ait pas entendu ce qu'elle vient de dire. Elle lui tend le chèque mais Miss Hilly a la figure toute chiffonnée tellement elle réfléchit.

"Qui ? Qui est votre bonne, vous disiez ?

— Minny Jackson. Ah, zut, voilà que ça m'a échappé !" Miss Celia met la main devant sa bouche. "Elizabeth m'a fait jurer de ne jamais dire que c'était elle qui me l'avait recommandée…

— Elizabeth… a recommandé Minny Jackson ?"

Miss Leefolt revient de la chambre. "Aibileen, elle est réveillée. Allez la chercher. Je ne peux rien soulever, avec mon dos."

Je file dans la chambre de Mae Mobley mais quand j'arrive elle s'est rendormie. Je retourne vite dans la salle à manger. Miss Hilly est en train de refermer la porte d'entrée.

Miss Hilly se rassoit. Elle a la tête du chat qui vient de croquer le canari.

"Aibileen, elle dit, allez préparer la salade, maintenant. Tout le monde attend."

Je vais dans la cuisine. Quand je reviens, les assiettes pour la salade tremblent sur mon plateau.

"… tu veux dire celle qui a volé à ta mère tous ses couverts en argent et…

— … je pensais que toute la ville savait que cette négresse est une voleuse…

— … pour rien au monde je l'aurais recommandée…

— … vous avez vu ce qu'elle avait sur elle ? Mais pour qui elle se…

— … Je le saurai, quoi qu'il m'en coûte", dit Miss Hilly.

MINNY

CHAPITRE 24

Je suis devant l'évier de la cuisine et j'attends le retour de Miss Celia. Cette folle s'est réveillée ce matin, a enfilé son pull rose le plus serré de tous, et c'est rien de le dire, et elle a crié : "Je file tout de suite chez Elizabeth Leefolt pendant que j'en ai le courage, Minny !" Elle est partie dans sa Bel Air décapotable avec sa jupe coincée dans la portière.

J'avais déjà les nerfs en pelote quand ça a sonné. Aibileen était tellement affolée qu'elle en bégayait au téléphone. Non seulement Miss Celia a dit aux dames que je travaille pour elle, mais elle leur a dit que c'était Miss Leefolt qui m'avait recommandée. Et c'est tout ce qu'Aibileen a entendu. Autant dire qu'il leur faudra pas cinq minutes, à cette bande de commères, pour tout comprendre.

Alors maintenant, j'ai plus qu'à attendre. Attendre pour savoir si ma meilleure amie au monde va se faire virer pour m'avoir trouvé une place. Miss Hilly a raconté tous ses mensonges à Miss Leefolt, comme quoi je serais une voleuse. Je regrette pas cette Chose Abominable Epouvantable que je lui ai faite. Mais maintenant qu'elle a envoyé sa bonne en prison, je me demande ce que cette dame va me faire à moi.

C'est seulement à quatre heures dix, alors que je devrais être partie depuis une heure, que je vois arriver la voiture de Miss Celia. Elle se dépêche pour remonter l'allée comme si elle avait quelque chose à me dire.

"Minny, elle crie, il est affreusement tard !

— Qu'est-ce qui s'est passé chez Miss Leefolt ?" J'essaye même pas de ruser. Je veux savoir.

"Vite, allez-vous-en s'il vous plaît ! Johnny va arriver d'une minute à l'autre." Elle me pousse vers la buanderie où je laisse mes affaires.

"On en parlera demain", elle dit, mais pour une fois, j'ai pas envie de rentrer chez moi. Je veux savoir ce que Miss Hilly a dit sur moi. Apprendre que votre bonne est une voleuse, c'est comme d'apprendre que l'instituteur de votre gosse est un pédophile. On leur laisse pas le bénéfice du doute, on s'en débarrasse tout de suite.

Mais Miss Celia veut rien me dire. Elle me fait taire parce qu'elle veut continuer sa comédie avec Mister Johnny. Il sait que je suis ici, mais il sait pas qu'elle sait qu'il sait. C'est complètement ridicule et à cause de ça je suis obligée de filer à quatre heures dix et je vais passer la nuit à me demander ce que Miss Hilly a bien pu dire.

Le lendemain matin Aibileen me téléphone avant que je parte au travail.

"J'ai appelé cette pauvre Fanny ce matin parce que je savais que t'avais dû te ronger les sangs toute la nuit." Cette pauvre Fanny, c'est la nouvelle bonne de Miss Hilly. On devrait l'appeler cette folle de Fanny depuis qu'elle travaille là-bas. "D'après ce qu'elle les a entendues dire, Miss Leefolt et Miss Hilly pensent que c'est toi qui as téléphoné à Miss Celia pour te recommander toi-même en te faisant passer pour une autre."

Eh bien… Je souffle. "Je suis contente pour toi, je dis. C'est pas toi qui vas avoir des ennuis. Et maintenant, Miss Hilly peut me traiter de menteuse *et* de voleuse.

— T'en fais pas pour moi, dit Aibileen. Essaye seulement d'empêcher Miss Hilly de parler à ta patronne."

En arrivant chez elle, je croise Miss Celia qui se dépêche de sortir parce qu'elle a des courses à faire. Elle va s'acheter une robe pour la vente du mois prochain. Elle me dit qu'elle veut arriver la première au magasin. C'est pas comme avant quand elle était enceinte. Maintenant elle pense plus qu'à sortir de la maison.

Je vais nettoyer les fauteuils de jardin. En me voyant arriver les oiseaux se taisent tous en même temps et s'envolent en faisant trembler le buisson de camélias. Au printemps, Miss Celia m'embêtait tout le temps pour que je cueille ces fleurs. Mais je les connais, les camélias. Quand on fait un bouquet avec, même si ils sont tellement frais qu'ils ont encore l'air de bouger, on a pas le temps de les sentir qu'on voit qu'on a fait entrer une armée d'acariens dans la maison.

J'entends un bruit de branche cassée, puis un autre, derrière les fourrés. Je reste sans bouger. On est à des kilomètres au milieu de rien et personne nous entendrait crier. J'écoute. Plus rien. Je me dis que c'est encore la frousse de voir arriver Mister Johnny. A moins que je devienne paranoïaque à force de travailler pour ce livre avec Miss Skeeter. On s'est vues hier soir et j'en tremble encore.

Je me remets à nettoyer mes fauteuils autour de la piscine, je ramasse les magazines de Miss Celia et les mouchoirs qu'elle laisse traîner partout. Le téléphone se met à sonner dans la maison. Je suis pas censée répondre puisque soi-disant je suis pas là, à cause du gros mensonge de Miss Celia à Mister Johnny. Mais ça continue à sonner et c'est peut-être Aibileen qui a des nouvelles à me donner. Je rentre, en refermant la porte d'un coup de pied.

"Résidence de Miss Celia." Seigneur, j'espère que c'est pas elle qui appelle.

"Ici Hilly Holbrook. Qui est à l'appareil ?"

Mon sang fait qu'un tour, à croire qu'il me tombe jusque dans les pieds, et tout le reste est vide pendant une seconde.

Je prends une grosse voix. "C'est Doreena. La bonne de Miss Celia." *Doreena ? Qu'est-ce qui me prend, c'est le nom de ma sœur !*

"Doreena… Je croyais que c'était Minny Jackson, la bonne de Miss Celia ?

— Elle… est partie.

— Ah bon ? Passez-moi Mrs Foote.

— Elle… est pas là non plus. Sur la côte pour…" Je réfléchis à cent à l'heure pour trouver quelque chose à dire.

"Ah. Elle revient quand ?

— Dans looongtemps.

— Bon, quand elle rentrera, dites-lui que j'ai appelé. Hilly Holbrook, Emerson trois-soixante-huit-quarante.

— Oui ma'am. Je lui dirai." Dans environ cent ans.

Je me retiens au bord du comptoir pour attendre que mon cœur se calme. C'est pas que Miss Hilly pourra pas me trouver si elle veut, elle a qu'à regarder à Minny Jackson dans l'annuaire et elle aura mon adresse. Et même, je pourrais dire à Miss Celia qu'elle a appelé, et que je suis pas une voleuse. Peut-être qu'elle me croirait. Mais c'est la Chose Abominable Epouvantable qui gâche tout.

Quatre heures après, Miss Celia arrive avec cinq gros cartons sur les bras. Je l'aide à les porter dans sa chambre et je reste derrière la porte sans faire de bruit pour savoir si elle appelle toutes ces dames comme elle fait tous les jours. Je l'entends décrocher le téléphone. Mais elle raccroche vite. Elle écoute la tonalité, cette idiote, pour être sûre que ça marche au cas où on essayerait de la rappeler.

Ça a beau être la troisième semaine d'octobre, on se croirait encore dans un sèche-linge. La pelouse du jardin de Miss Celia est bien verte. Les dahlias orange ont l'air de sourire bêtement au soleil comme s'ils étaient bourrés. Et la nuit ces saletés de moustiques viennent se gaver de sang, mes tampons à sueur sont passés à trois cents la boîte, et mon ventilateur électrique est par terre dans la cuisine, en mille morceaux.

Ça fait trois jours que Miss Hilly a appelé. J'arrive une heure plus tôt que d'habitude. J'ai demandé à Sugar d'accompagner les petits à l'école. Le percolateur dernier cri moud le café, l'eau coule dans le pichet. Je m'adosse au comptoir. Du calme. C'est ce que j'ai attendu toute la nuit.

Le frigo se remet à ronronner. Je mets ma main dessus pour sentir la vibration.

"Mais vous êtes très en avance, Minny !"

J'ouvre le frigo et j'y plonge la tête la première. "Bonjour", je dis. J'ai qu'une phrase dans la tête : *Pas encore*.

Je tripote les artichauts qui me piquent les doigts. Quand je reste penchée comme ça, j'ai encore plus mal à la tête. "Je vais faire un rôti pour Mister Johnny et pour vous et je vais… préparer…" Mais j'ai la voix qui déraille.

"*Minny !* Que s'est-il passé ?"

J'ai même pas vu que Miss Celia avait fait le tour du frigo. J'ai la figure toute crispée. La plaie s'est rouverte, c'est du sang chaud qui coule et ça pique comme un coup de rasoir. D'habitude, les traces de coups se voient pas.

"Asseyez-vous. Vous êtes tombée ?" Elle est debout devant moi, la main sur la hanche, dans sa chemise de nuit rose. "Vous vous êtes encore pris les pieds dans le fil du ventilateur ?

— Ça va", je dis, en me tournant pour qu'elle voie pas. Mais elle suit le mouvement et elle regarde la blessure en écarquillant les yeux comme si elle avait jamais rien vu d'aussi horrible. Une de mes patronnes m'a dit, une fois, que le sang avait l'air plus rouge sur une personne noire. Je prends un tampon en coton dans ma poche pour le mettre sur ma joue.

"C'est rien, je dis. Je me suis cognée dans la baignoire.

— Minny, ça saigne ! Je crois qu'il vous faut des points. Je vais appeler le Dr Neal." Elle attrape le téléphone sur le mur, puis elle le raccroche. "C'est vrai, il est à la chasse avec Johnny. J'appelle le Dr Steele, alors.

— Miss Celia. J'ai pas besoin de docteur.

— Vous avez besoin de soins, Minny", elle dit, en reprenant le téléphone.

Il faut vraiment que ça soit moi qui le lui dise ? "Ces docteurs-là, ils voudront pas venir pour une Noire, Miss Celia."

Elle re-raccroche.

Je me retourne vers l'évier. Je pense, *Ça regarde personne, fais ton boulot et c'est tout,* mais j'ai pas fermé l'œil de la nuit. Leroy a pas arrêté de me crier dessus, il m'a jeté le sucrier à la figure, il a balancé mes habits sur la véranda. Qu'il aille boire au Thunderbird, passe encore, mais… *oh.* J'ai tellement honte que j'en tomberais par terre. Il était pas allé au Thunderbird cette fois. Il était pas saoul quand il m'a frappée.

"Sortez de la cuisine, Miss Celia. Laissez-moi faire mon travail", je dis, parce que j'ai besoin d'être un peu seule. D'abord, j'ai cru qu'il avait découvert que je travaillais avec Miss Skeeter. Je voyais pas d'autre raison pour qu'il me frappe comme ça. Mais il a pas dit un mot là-dessus. Il m'a frappée pour le plaisir, c'est tout.

"Minny ? dit Miss Celia, en regardant la blessure. Vous vous êtes vraiment fait ça dans la baignoire ?"

J'ouvre le robinet pour faire un peu de bruit. "Je vous l'ai dit. D'accord ?"

Elle me regarde avec un air de pas y croire et elle pointe son doigt sur moi. "Bon. Mais je vais vous préparer une tasse de café, et vous prendrez votre journée, d'accord ?"

Elle s'approche de la machine à café pour remplir deux grandes tasses. Puis elle se retourne vers moi. "Je ne sais pas comment vous l'aimez, Minny ?"

Je lève les yeux au ciel. "Comme vous."

Elle met deux sucres dans chaque tasse. Elle me donne mon café et elle se plante devant la fenêtre sans rien dire pendant que j'attaque la vaisselle de la veille. Je voudrais bien qu'elle me laisse tranquille.

"Vous savez, Minny, elle dit doucement dans mon dos. A moi vous pouvez tout dire."

Je continue ma vaisselle mais je sens que j'ai le nez qui commence à enfler.

"J'ai assisté à bien des choses, avant, quand je vivais à Sugar Ditch. En fait…"

Je relève la tête et je vais pour lui dire de se mêler de ses affaires, mais elle fait, d'une drôle de voix : "Il faut qu'on appelle la police, Minny."

Je pose ma tasse tellement vite que ça éclabousse tout autour. "Ecoutez, je veux pas qu'on mêle la police à…"

Elle montre quelque chose dehors. "Il y a un homme, Minny. Là !"

Je m'approche pour regarder. Un homme. Un homme *tout nu* dans les azalées. Je cligne des yeux tellement j'y crois pas. Il est grand, et blanc. Il est debout et il nous tourne le dos, à cinq ou six mètres. Il a des cheveux bruns et longs tout emmêlés comme un clochard. Et même de dos, je vois qu'il est en train de se toucher.

"C'est qui ?" Miss Celia me chuchote à l'oreille. "Qu'est-ce qu'il fait ici ?"

L'homme se retourne, comme si il nous avait entendues. On reste toutes les deux bouche bée. Il tient son machin comme si il offrait un sandwich à un mendiant.

"Oh… mon *Dieu* !" fait Miss Celia.

Je vois ses yeux, il regarde la fenêtre, tout droit dans les miens. Je frissonne. On dirait qu'il me connaît, moi, Minny Jackson ! Il me fixe en retroussant les lèvres comme si je méritais tous les jours de poisse que j'ai eus dans ma vie, toutes mes nuits sans sommeil, tous les coups que Leroy m'a déjà donnés. Tout ça et Dieu sait quoi encore.

Et il se met à se frapper du poing dans la paume de l'autre main, lentement. Bang. Bang. Bang. Comme s'il savait exactement ce qu'il va me faire. La douleur revient, ça recommence à me lancer dans l'œil.

"Il faut appeler la police" chuchote Miss Celia. Elle regarde le téléphone mais il est à l'autre bout de la cuisine et elle bouge pas d'un centimètre.

"Il va leur falloir trois quarts d'heure pour arriver ici, je dis. Il aura le temps d'enfoncer la porte !"

Je me précipite vers la porte de la maison et je la ferme à clé, en me baissant pour passer devant la fenêtre. Puis je m'approche de la petite fenêtre carrée de la porte qui donne sur l'arrière pour jeter un coup d'œil dehors. Miss Celia se met à côté de la grande fenêtre pour faire la même chose.

L'homme nu avance petit à petit vers la maison. Il monte les marches. Il essaye d'ouvrir et je regarde la poignée tourner avec le cœur qui cogne dans ma poitrine. J'entends Miss Celia qui parle au téléphone. "Police ? Quelqu'un cherche à entrer chez nous ! Un homme ! Un homme nu qui essaye de…"

Je saute en arrière, juste à temps pour éviter la pierre au moment où elle passe à travers la petite fenêtre, et je reçois des éclats de verre dans la figure. Par la grande fenêtre, je vois le type qui recule comme s'il cherchait ce qu'il va encore pouvoir casser pour rentrer. *Seigneur*, je prie, *je veux pas faire ça, m'oblige pas à faire ça…*

Il nous regarde toujours à travers la fenêtre. Et je sais qu'on va pas pouvoir rester là à l'attendre. Il a qu'à casser une des portes-fenêtres pour entrer.

Seigneur, je sais ce que j'ai à faire. Il faut sortir. Et frapper la première.

"Restez ici, Miss Celia", je dis, avec ma voix qui tremblote. J'ai qu'à prendre le couteau de chasse de Mister Johnny, qui est toujours dans l'étui à côté de l'ours. Mais la lame est courte, il faudra que je m'approche, alors je prends le balai en plus. Je jette un œil dehors. Il est au milieu du jardin et il regarde la maison. Il réfléchit.

J'ouvre la porte et je sors. Il me sourit à travers le jardin. Il a deux dents. Il arrête de se taper dans la main et il recommence à se branler, doucement, machinalement.

"Fermez la porte à clé, je dis, sans me retourner. Et laissez-la fermée." J'entends le *clic* dans la serrure.

Je passe le couteau sous la ceinture de mon uniforme, et je vérifie qu'il tient bien. Puis je prends le balai à deux mains.

"Sortez d'ici, imbécile !" je crie. Mais le type bouge pas. Je m'approche de quelques pas. Lui aussi, et je m'entends prier, *Seigneur, protège-moi de ce type à poil…*

"J'ai un couteau !" je hurle. Je fais encore quelques pas et lui aussi. Me voilà à trois mètres de lui. C'est moi qui souffle comme ça ? On se regarde.

"Hé, la grosse négresse !" il crie, avec une drôle de voix aiguë, et il se branle encore plus lentement en me regardant.

Je respire un grand coup, je fonce et je frappe avec le balai. Je le rate de justesse et il fait un saut de côté. Je recommence et il part en courant vers la maison. Il fonce tout droit sur la porte de la cuisine, où on voit la tête de Miss Celia à la fenêtre.

"Elle peut pas m'attraper la négresse, elle est trop grosse la négresse !" J'arrive sur les marches et je panique en pensant qu'il va essayer d'enfoncer la porte, mais il file sur le côté, sans lâcher ce machin énorme qui lui pend dans la main.

"Allez-vous-en!" je crie. Comme j'ai très mal tout d'un coup, je comprends que ma blessure vient de se rouvrir.

Je lui cours après entre les fourrés et la piscine, j'ai la poitrine qui se soulève et j'arrive plus à respirer. Comme il ralentit pour pas tomber dans l'eau, j'arrive à m'approcher et je lui mets un grand coup par-derrière. *Paf!* Le manche se casse et la brosse part dans les airs.

"Même pas mal!" Il secoue la main entre ses jambes en écartant les genoux. "Tu veux goûter la quéquette, négresse? Viens, viens goûter!"

Je le repousse vers le jardin mais il est trop grand et il va trop vite et moi je fatigue. Je le rate à chaque coup et j'arrive même plus à courir. Je m'arrête, je me penche en avant pour reprendre ma respiration, le manche à balai cassé à la main. Je cherche le couteau des yeux. Il a *disparu*.

Dès que je me redresse, *paf!* Je chancelle sous le coup. Ça se met à sonner très fort dans ma tête et je tiens plus sur mes jambes. Je mets la main sur mon oreille mais ça sonne encore plus fort. Il m'a frappée du côté où j'ai cette blessure.

Il se rapproche et je ferme les yeux, je sais ce qui va m'arriver et il faudrait que je me sauve mais je peux pas. Où il est, ce couteau? C'est lui qui l'a? Cette sonnerie, c'est un cauchemar.

J'entends une voix qui dit : "Partez d'ici ou je vous tue!" mais ça résonne comme si on parlait dans un bidon. Je suis à moitié sourde maintenant. J'ouvre les yeux. Je vois Miss Celia dans sa chemise de nuit en satin rose. Elle a un tisonnier à la main. Je le connais. Il est lourd, et pointu.

"Elle veut y goûter aussi, la Blanche?" Il secoue son machin vers elle et elle s'approche lentement, comme un chat. Je reprends ma respiration. Le type saute à droite, à gauche, en rigolant et en montrant ses gencives sans dents. Mais Miss Celia continue à avancer.

Au bout d'un moment il s'arrête et il fronce les sourcils. Il a l'air déçu que Miss Celia fasse rien. Elle court pas, elle saute pas, elle crie pas. Il regarde vers moi. "Et toi, la négresse ? T'es trop fatiguée pour…"

Crac !

La mâchoire du type part de côté et le sang gicle de sa bouche. Il titube, il tourne sur lui-même comme une toupie, et Miss Celia lui met un coup de l'autre côté de la figure comme pour rétablir l'équilibre.

L'homme fait plusieurs pas en trébuchant sans regarder nulle part. Et il tombe à plat ventre.

"Mon Dieu, vous… vous l'avez eu…" je dis, mais derrière ma tête j'entends la petite voix calme qui dit, *c'est vraiment en train d'arriver ?* Cette Blanche est vraiment en train de frapper un Blanc pour me sauver moi ? Ou alors c'est lui qui m'a fracassé la cervelle et je suis morte par terre ?

J'essaye d'y voir clair. Elle montre les dents, Miss Celia. Elle lève son tisonnier et, *bang !* sur les jambes du type.

C'est pas ça qui est train d'arriver, je me dis. C'est pas possible.

Et *bang !* sur les épaules, maintenant, et à chaque coup elle fait *han !*

"Vous… vous l'avez eu, je vous dis, Miss Celia !" Mais on voit bien qu'elle me croit pas. Même avec mes oreilles qui sonnent, j'ai l'impression d'entendre craquer des os de poulet. Je me redresse, je me force à regarder avant que ça finisse en assassinat. "Il est par terre, il est par terre, Miss Celia ! je dis. D'ailleurs il…" J'essaye de lui prendre le tisonnier. "… il est peut-être mort !"

Je finis par le lui enlever et le tisonnier atterrit dans l'herbe. Miss Celia recule et crache par terre. Le sang a giclé sur sa chemise de nuit en satin rose. Le tissu lui colle aux jambes.

"Il n'est pas mort, elle dit.

— C'est tout comme, je dis.

— Il vous a fait mal, Minny ? elle demande, mais sans le quitter des yeux. Vous êtes blessée ?"

Je sens le sang qui me coule sur la tempe mais je sais que c'est à cause du sucrier et que ça vient de se rouvrir. "Pas autant que lui avec ce que vous lui avez mis", je réponds.

Le type pousse un gémissement et on saute toutes les deux en arrière. J'attrape le tisonnier et le manche à balai. Je préfère les avoir plutôt qu'elle.

Il roule sur le côté. Il a la figure en sang et les yeux fermés et tout bouffis. Il a aussi la mâchoire décrochée qui pend, mais il arrive quand même à se relever. Et le voilà qui s'en va, tout flageolant sur ses jambes que ça fait peine à voir. Il se retourne même pas. On le regarde s'enfoncer dans les fourrés pleins d'épines et disparaître sous les arbres.

"Il ira pas loin, je dis, sans lâcher le tisonnier, avec la trempe que vous lui avez mise.

— Vous croyez ?"

Je la regarde. "On aurait dit Joe Louis avec un démonte-pneu !"

Elle chasse une mèche blonde de sa figure et elle me regarde comme si elle pouvait pas croire que je suis blessée. Tout d'un coup, je pense que je devrais la remercier mais rien à faire je trouve pas de mots. C'est complètement nouveau, ce qui nous arrive.

Tout ce que je peux dire, c'est : "Vous aviez l'air drôlement… sûre de vous.

— Je savais me battre, à une époque." Elle regarde vers la forêt, se passe la main sur le front pour chasser la sueur. "Si vous m'aviez connue il y a dix ans…"

Elle est pas maquillée, pas coiffée, sa chemise de nuit a l'air d'une vieille robe du temps jadis. Elle respire un grand coup par le nez et je vois ce qu'elle veut dire. Je vois la petite Blanche, la fille des rues qu'elle était il y a dix ans. Elle était forte, celle-là. Elle se laissait pas faire.

Miss Celia repart vers la maison et je la suis. Je trouve le couteau au pied des rosiers et je le ramasse. Seigneur, si ce type l'avait pris, on était mortes. Je vais dans la chambre d'amis pour nettoyer la plaie et j'y mets un pansement. J'ai toujours mal à la tête, encore plus même. En ressortant j'entends Miss Celia qui parle au téléphone avec un policier du comté de Madison.

Tout en me lavant les mains, je me dis que c'est incroyable quand on y pense, comme une sale journée peut le devenir encore plus. J'essaye de revenir dans la réalité. Peut-être que j'irai dormir chez ma sœur Octavia ce soir, histoire de montrer à Leroy que c'est fini, que je me laisserai plus faire par personne. Je vais dans la cuisine, je mets les haricots à bouillir. De qui je me moque ? Je sais déjà que ce soir je rentrerai à la maison.

J'entends Miss Celia qui raccroche. Puis qui fait son petit truc pitoyable pour vérifier qu'il y a toujours la tonalité, des fois que quelqu'un voudrait l'appeler.

Cet après-midi, j'ai fait quelque chose d'affreux. J'étais dans ma voiture et j'ai dépassé Aibileen qui allait de chez elle à l'arrêt de bus à pied. Elle m'a fait signe, et moi, j'ai fait semblant de pas voir ma meilleure amie au bord de la route dans son uniforme blanc.

En arrivant chez moi je me suis mis un sachet de glace sur l'œil. Les gosses étaient pas là et Leroy dormait encore dans la chambre du fond. Je sais plus quoi faire avec tout ça : Leroy, Miss Hilly... Que je me sois fait boxer par un

Blanc à poil ce matin, c'est pas le pire. Je m'assois et je regarde le gras qui s'est mis sur les murs jaunes de ma cuisine. Pourquoi j'arrive jamais à les avoir propres ?

"Alors, Minny *Jackson* ? Tu te crois trop bien pour prendre cette brave Aibileen dans ta voiture ?"

Je soupire et je me tourne pour qu'elle voie ma tête.

Elle fait : "Oh."

Je me retourne vers le mur.

"Aibileen, je dis, et je m'entends soupirer. Tu vas pas me croire si je te raconte ma journée.

— Viens chez moi. Je te ferai un café."

Ce pansement blanc sur mon œil, on voit que ça. Avant de sortir, je l'enlève et je le fourre dans ma poche avec le sachet de glace. Il y en a dans le voisinage pour qui un coquard à l'œil, ça se remarque même pas. Mais j'ai de bons enfants, des pneus à ma voiture et un congélateur. Je suis fière de ma famille et la honte que j'ai de cet œil, c'est bien pire que la douleur.

Je suis Aibileen à travers les cours et les jardins pour éviter la circulation, et les regards. Ça me fait plaisir qu'elle me connaisse aussi bien.

Dans sa petite cuisine, elle met le café en route pour moi, le thé pour elle.

"Alors, qu'est-ce que tu vas faire pour ça ?" elle demande, et je comprends qu'elle parle de l'œil. La question, c'est pas de savoir si je vais quitter Leroy. Chez les Noirs, il y a beaucoup d'hommes qui abandonnent leur famille comme on jette ses ordures à la poubelle, mais les femmes font pas ça. On doit penser aux gosses.

"Je me disais que je pourrais aller chez ma sœur. Mais je pourrais pas prendre les enfants avec moi. Faut qu'ils aillent à l'école.

— Ils peuvent manquer quelques jours, c'est pas grave. Si c'est pour te protéger."

Je remets le pansement et j'appuie sur le sachet de glace pour que l'enflure se voie moins quand mes gosses vont rentrer ce soir.

"Tu as encore dit à Miss Celia que tu avais glissé dans la baignoire?

— Oui, mais elle a compris.

— Pourquoi, qu'est-ce qu'elle a dit?

— C'est ce qu'elle a fait, plutôt." Et je raconte à Aibileen comment Miss Celia a tabassé le nudiste ce matin avec le tisonnier. Il me semble que c'était il y a dix ans.

"Si c'était un Noir, dit Aibileen, il serait déjà mort. La police aurait lancé une alerte dans les cinquante-trois Etats.

— Avec ses talons hauts et ses frisettes, elle était à deux doigts de le tuer", je dis.

Ça la fait rire, Aibileen. "Comment il appelait ça, déjà?

— Sa quéquette. Ce crétin de Blanc!" Je me retiens de sourire parce que je sais que la plaie va se remettre à saigner.

"Mon Dieu, Minny, il t'en arrive des choses!

— Mais comment ça se fait? Elle se défend sans problème contre ce fou, et en même temps elle court après Miss Hilly comme si elle cherchait les coups!" Je dis ça alors qu'en ce moment c'est bien le dernier de mes soucis si Miss Celia a de la peine. Mais ça me fait du bien de parler de la vie complètement ratée de quelqu'un d'autre.

Aibileen sourit. "On croirait presque que ça te touche.

— Elle les voit pas, c'est tout. Les *limites*, je veux dire. Ni entre elle et moi, ni entre elle et Hilly."

Aibileen boit une longue gorgée de thé. Finalement, je la regarde. "Pourquoi t'es si calme? Je sais bien que t'as ton avis sur tout ça.

— Tu vas me dire que je fais de la philosophie.

— Vas-y. J'ai pas peur de la philosophie.

— C'est pas vrai.

— Alors ?

— Tu parles de quelque chose qui existe pas."

Je secoue la tête. "Non seulement il y a des limites, mais tu sais aussi bien que moi où elles passent.

— Avant, j'y croyais. Plus maintenant. On les a dans la tête, c'est tout. C'est les gens comme Miss Hilly qui passent leur temps à nous faire croire qu'elles existent. Mais c'est faux.

— Je sais bien qu'elles existent, puisqu'on est puni quand on les dépasse, je dis. Moi, en tout cas.

— Un tas de gens pensent que si on répond à son mari, on dépasse la limite. Tu y crois, à celle-là ?

— Tu sais bien que c'est pas de ce genre de limite que je parle.

— Parce qu'elle existe pas. Sauf dans la tête de Leroy. Les limites entre les Blancs et les Noirs, c'est pareil. Il y a des gens qui les ont tracées, il y a longtemps. Et ça vaut pour les sales Blancs et pour les soi-disant dames de la société."

Quand je revois Miss Celia en train de sortir de la maison avec ce tisonnier alors qu'elle aurait pu rester cachée derrière la porte, je sais plus. Ça me fait un pincement au cœur. Je voudrais lui faire comprendre ce qui se passe avec Miss Hilly, mais comment expliquer ça à une folle comme elle ?

"Donc, tu dis qu'il y a pas de limite, non plus, entre une bonne et sa patronne ?"

Aibileen secoue la tête. "C'est des *positions*, rien de plus, comme sur un échiquier. Qui travaille pour qui, c'est sans importance.

— Donc, je dépasse pas la limite si je dis la vérité à Miss Celia ? Qu'elle est pas assez bien pour Miss Hilly ?" Je reprends ma tasse. Je fais des efforts pour expliquer ça, mais c'est pas facile de penser avec ces élancements qui me tapent au cerveau. "Mais attends… Si je lui dis que Miss

429

Hilly et elle jouent pas dans la même catégorie… c'est pas une façon de dire qu'il y *a* une limite ?"

Aibileen se met à rire. Elle me donne une petite tape sur la main. "Tout ce que je dis, c'est que la bonté, c'est sans limite.

— Hum." Je remets la glace contre ma tempe. "Bon, je vais peut-être essayer de lui expliquer ça. Avant qu'elle aille à cette vente et qu'elle se rende ridicule tout en rose avec ses frisettes et ses fanfreluches.

— Tu y vas cette année ?

— Si il doit y avoir Miss Celia dans la même pièce avec Miss Hilly qui lui dit des horreurs sur moi, je veux être là. Sans compter que Sugar espère se faire un peu d'argent pour Noël. Et ça serait bien qu'elle apprenne à servir dans les réceptions.

— Moi aussi j'y serai, dit Aibileen. Ça fait trois mois que Miss Leefolt me demande de faire une charlotte pour la vente.

— Ce truc tout mou, encore ? Qu'est-ce qu'ils ont, les Blancs, à tellement aimer les charlottes ? Je peux faire dix gâteaux meilleurs que ça !

— Ils trouvent que ça fait vraiment européen. J'ai de la peine pour Miss Skeeter. Je sais qu'elle a pas envie d'y aller, mais Miss Hilly lui a dit que si elle y était pas, elle perdrait son boulot pour la Ligue."

Je finis le bon café d'Aibileen en regardant le soleil qui se couche. L'air qui rentre par la fenêtre est déjà plus frais.

"Je crois que je vais y aller", je dis, mais je resterais bien ici pour le reste de mon existence, tellement on est bien dans la petite cuisine d'Aibileen pendant qu'elle vous explique le monde. C'est ça qui est bien avec Aibileen, elle prend les choses les plus compliquées et en un rien de temps elle vous les arrange et vous les simplifie tellement que vous pouvez les mettre dans votre poche.

"Tu veux venir ici avec les gosses ?

— Non." J'enlève le pansement. "Je veux qu'il me voie, je dis, les yeux dans ma tasse à café. Je veux qu'il voie ce qu'il a fait à sa femme.

— Appelle-moi si il s'énerve. D'accord ?

— J'ai pas besoin de téléphone. Tu l'entendras d'ici demander pitié."

Le thermomètre qui est sur la fenêtre dans la cuisine de Miss Celia tombe de vingt-six à douze degrés en moins d'une heure. Une vague de froid nous apporte de l'air frais du Canada ou de Chicago ou d'ailleurs. Tout en cueillant des pois, je pense qu'on respire le même air que les gens de Chicago ont respiré il y a deux ans. Je me demande si quand je pense sans savoir pourquoi à Sears, Roebuck and Co ou au Shake'n Bake ça serait pas parce que quelqu'un de l'Illinois y a pensé deux ans plus tôt. Ça m'évite pendant cinq secondes de ressasser mes soucis.

Ça m'a pris quelques jours, mais maintenant j'ai un plan. Il est peut-être pas formidable, mais c'est toujours ça. Je sais qu'à chaque minute qui passe Miss Celia risque d'appeler Miss Hilly. Si j'attends encore, elles se verront à la vente la semaine prochaine. Ça me fait mal au cœur quand je pense que Miss Celia court après ces femmes comme si c'étaient ses meilleures amies, et je vois d'ici la tête qu'elle va faire sous le maquillage quand elle entendra parler de moi. Ce matin j'ai vu la liste de Miss Celia à côté de son lit. Elle a marqué les choses à penser pour la vente : se faire faire les ongles. Aller chercher des collants. Faire nettoyer le smoking. Appeler Hilly.

"Minny, ça ne fait pas trop vulgaire, cette teinte de cheveux ?"

Je la regarde sans rien dire.

"Demain je vais chez Fanny Mae pour refaire la couleur." Elle est assise à la table de la cuisine et elle a étalé une poignée d'échantillons de teinture comme des cartes à jouer. "Qu'est-ce qui est mieux à votre avis ? « Beurre frais » ou « Marilyn Monroe » ?

— Pourquoi vous aimez pas votre couleur naturelle ?" C'est pas que j'aie la moindre idée de ce que ça peut être, mais c'est sûrement pas le cuivre ni le blanc maladif que je vois sur les cartes.

"Je trouve que ce « Beurre frais » fait un peu plus habillé. Non ?

— Si vous voulez vous faire une tête de grosse dinde…"

Miss Celia part d'un petit rire. Elle croit que je plaisante. "Ah, il faut que je vous montre le nouveau vernis à ongles !" Elle fouille dans son sac, trouve un flacon d'un rose tellement rose qu'on en boirait. Elle l'ouvre et commence à se le passer sur les ongles.

"S'il vous plaît, Miss Celia, faites un peu attention à la table, elle…

— Regardez, c'est joli, non ? Et j'ai trouvé deux robes qui vont parfaitement avec !"

Elle sort et revient avec deux robes rose vif. Elles tombent jusque par terre et elles sont couvertes de paillettes et de sequins et fendues jusqu'en haut de la jambe, avec des bretelles aussi fines que de la ficelle à coudre la volaille. Elles vont la massacrer, les autres, à cette soirée.

"Laquelle vous préférez ?"

Je montre celle qui a pas le grand décolleté.

"Ah… Je choisirais plutôt l'autre, voyez-vous. Ecoutez le joli *sshhh* qu'elle fait quand on marche." Elle balance la robe d'un côté et de l'autre pour que j'écoute.

Je la vois d'ici avec ça sur le dos, en train de faire *sshhh* à cette soirée. Elles vont la traiter de poule ou de fille à soldats ou quelque chose du genre et elle se rendra compte de rien. Elle entendra que le *ssshhh*.

"Vous savez, Miss Celia, je commence, en parlant pas trop vite comme si ça me venait à mesure, au lieu d'appeler toutes ces dames vous feriez peut-être mieux de téléphoner à Skeeter Phelan. Il paraît qu'elle est très gentille."

J'en ai parlé à Miss Skeeter il y a quelques jours et je lui ai demandé comme un service d'essayer d'être gentille avec Miss Celia et de pas la laisser entre les pattes de ces dames. Jusqu'à présent je lui disais de surtout pas rappeler Miss Celia. Mais maintenant, j'ai plus le choix.

"Je pense que vous pourriez bien vous entendre, Miss Skeeter et vous, je dis, et j'y vais de mon plus grand sourire.

— Oh, non!" Miss Celia me regarde avec de grands yeux. Elle a ses deux robes de reine des saloons sur les bras. "Vous ne savez pas? Les membres de la Ligue ne peuvent pas la souffrir, cette Skeeter."

Je serre les poings. "Vous l'avez déjà rencontrée?

— Oh, j'en ai entendu parler chez Fanny Mae pendant que j'étais sous le casque. Elles disaient toutes que c'était une honte pour la ville. Il paraît que c'est elle qui a mis toutes les cuvettes de toilettes devant la maison de Hilly Holbrook. Vous vous rappelez la photo dans le journal, il y a un mois?"

Je serre les dents pour retenir les paroles qui me viennent. "J'ai *dit*, vous l'avez déjà rencontrée?

— Ma foi, non. Mais pour que toutes ces filles la détestent, il faut qu'elle soit… bref, elle…" Elle baisse la voix comme si elle se rendait compte de ce qu'elle est en train de dire.

Mal au cœur, dégoût, incrédulité… Tout ça se mélange et m'étouffe comme un roulé au jambon. Je me retiens de finir cette phrase à sa place, et je me retourne vers l'évier.

Je m'essuie les mains si fort que ça me fait mal. Je savais qu'elle était bête, mais je l'aurais jamais crue hypocrite, en plus.

"Minny? dit Miss Celia, derrière moi.

— Ma'am?"

Elle parle doucement, mais j'entends la honte dans sa voix. "Elle ne m'ont même pas dit d'entrer. Elles m'ont laissée sur les marches comme une marchande d'aspirateurs."

Je me retourne. Elle a les yeux baissés.

"Pourquoi, Minny?" elle dit, d'une si petite voix que je l'entends à peine.

Qu'est-ce que je peux répondre à ça? Vos habits, vos cheveux, vos nichons dans vos pulls trop petits? Je me rappelle ce qu'Aibileen a dit au sujet des limites et de la bonté. Et je me rappelle ce qu'Aibileen a entendu chez Miss Leefolt quand les dames de la Ligue disaient pourquoi elles l'aimaient pas. C'est la seule raison que je peux lui donner si je veux pas être méchante.

"Parce que la première fois que vous êtes tombée enceinte, elles l'ont su. Ça les a énervées qu'un de leurs copains vous mette en cloque.

— Elles l'ont *su?*

— Eh oui, surtout que Miss Hilly et Mister Johnny étaient ensemble depuis longtemps."

Elle me regarde en battant des paupières. "Johnny m'a dit qu'ils étaient sortis ensemble… mais ça a vraiment duré si longtemps?"

Je hausse les épaules comme si j'en savais rien, mais je le sais très bien. Il y a huit ans, quand je suis rentrée chez Miss Walters, Miss Hilly arrêtait pas de dire que Mister Johnny et elle allaient bientôt se marier.

Je dis: "A mon avis, c'est quand il vous a rencontrée qu'ils ont rompu."

J'attends un moment pour lui laisser le temps de comprendre que sa vie mondaine, elle peut faire une croix dessus. Que c'est plus la peine d'appeler les dames de la Ligue. Mais elle fronce les sourcils, Miss Celia, elle réfléchit comme si elle faisait des hautes mathématiques. Et la voilà qui sourit comme si elle avait trouvé la solution.

"Donc, Hilly… doit penser que je fricotais déjà avec Johnny pendant qu'ils étaient ensemble.

— Possible. Et d'après ce qu'on m'a dit, Miss Hilly en pince toujours pour lui. Elle s'est jamais consolée de l'avoir perdu." Moi, je pense qu'une personne normale, normalement, déteste une femme qui rêve de lui piquer son mari. Mais j'ai oublié que Miss Celia et une personne normale, ça fait deux.

"Mais alors, je la comprends si elle ne peut pas me souffrir ! elle dit, tout sourire. Ce n'est pas moi qu'elles détestent toutes, c'est ce qu'elles croient que j'ai fait !

— Quoi ? Elles vous détestent parce que pour elles, vous êtes peut-être blanche, mais vous êtes de la racaille blanche !

— Eh bien, il va falloir que je m'explique avec Hilly et qu'elle sache que je ne suis pas une voleuse de maris. Je lui en parlerai vendredi soir, d'ailleurs, puisqu'on va se voir à la vente."

Elle sourit comme si elle venait de découvrir le remède contre la polio.

A ce stade, j'ai plus la force de me battre.

*

Le vendredi de la vente, je travaille tard pour faire le ménage à fond dans toute la maison. Puis je mets un plat de côtes de porc à frire. Je me suis dit que plus les parquets brilleraient et plus les vitres seraient propres, plus j'aurais de chances de garder ma place. Mais aussi que ce que je pouvais faire de plus intelligent si Mister Johnny avait son mot à dire, c'était encore de lui mettre mes côtes de porc sous le nez.

Comme il est pas censé rentrer avant six heures ce soir, à quatre heures et demie je donne un dernier coup d'éponge sur le plan de travail puis je rejoins Miss Celia dans la chambre où elle se prépare depuis des heures. J'aime bien faire leur lit et nettoyer la salle de bains en dernier pour que ça soit impeccable quand Mister Johnny arrive.

"Mais enfin, Miss Celia, qu'est-ce qui se passe ici?" Il y a des bas qui pendent sur les dossiers des fauteuils, des sacs à main par terre, assez de bijoux pour décorer une armée entière de courtisanes, quarante-cinq paires de souliers à talons haut, des tricots de corps, des sous-vêtements, des manteaux, des culottes, des soutiens-gorge et une bouteille de vin blanc à moitié vide sur la commode sans rien dessous.

Je commence à ramasser tous ces trucs en soie ridicules pour les mettre en tas sur un fauteuil. Que je puisse passer l'aspirateur, au moins.

"Quelle heure est-il, Minny? elle demande, dans la salle de bains. Johnny sera ici à six heures, vous savez.

— C'est même pas cinq heures, je réponds, mais je vais être obligée de partir bientôt." Je dois récupérer Sugar, et être à la soirée avec elle à six heures et demie pour le service.

"Ah, Minny, ce que je suis excitée!" J'entends la robe qui fait *ssshhh* derrière moi. "Alors, qu'en pensez-vous?"

Je me retourne. "Oh mon Dieu!" Je suis aveuglée. Les sequins rose vif et argent descendent de ses nichons XXL jusqu'à ses doigts de pied rose vif.

"Miss Celia, je dis doucement. Remontez un peu tout ça avant que ça tombe pour de bon."

Elle se secoue pour remonter la robe. "C'est pas magnifique? C'est pas la plus jolie chose que vous ayez jamais vue? Je me sens comme une vedette de Hollywood!"

Elle clignote des faux cils. Elle a les lèvres peintes, les joues rouges, toute la figure plâtrée au fond de teint, sans parler de la permanente bouffante qui lui fait une tête de loup beurre frais. La jupe est fendue jusqu'à la cuisse, si haut que je tourne la tête tellement ça me gêne de regarder. Tout ça suinte le sexe, le sexe et encore le sexe.

"Où vous avez trouvé ces ongles?

— Chez Beauty Box ce matin. Oh, Minny, je suis tellement nerveuse, j'ai le trac!"

Elle s'envoie une grande rasade de vin blanc et elle titube un peu sur ses talons hauts.

"Vous avez mangé quelque chose aujourd'hui?

— Rien. Je suis trop nerveuse pour manger! Et ces boucles d'oreilles? Est-ce qu'elles bougent bien?

— Enlevez cette robe, et je vais vous préparer quelque chose en vitesse.

— Oh non, je ne veux pas avoir du ventre. D'ailleurs, je ne pourrais rien avaler!"

Je tends la main vers la bouteille de vin sur la commode à cent mille dollars mais elle l'attrape avant moi et verse ce qui reste dans son verre. Puis elle me donne la bouteille vide en souriant. Je ramasse son manteau de fourrure par terre. Elle s'est bien habituée à avoir une bonne.

Quand elle m'a montré ces robes il y a quatre jours, j'ai bien vu qu'elles faisaient mauvais genre. Et bien entendu elle a choisi celle avec le décolleté plongeant. Mais j'avais pas idée de ce que ça allait donner avec elle dedans. Ça éclate de partout comme un grain de maïs dans la friture. J'ai quand même douze ventes au compteur, et je sais pas si j'y ai déjà vu un coude nu, encore moins des seins et des épaules.

Elle va dans sa salle de bains pour ajouter du rouge sur ses joues déjà bien rouges comme ça.

"Miss Celia, je dis, et je ferme les yeux en priant pour trouver les mots qu'il faut. Ce soir, quand vous allez rencontrer Miss Hilly…"

Elle se sourit dans la glace. "J'ai tout prévu ! Pendant que Johnny sera aux toilettes, j'irai lui parler. Je lui dirai qu'ils avaient déjà rompu quand Johnny et moi avons commencé à sortir ensemble."

Je soupire. "C'est pas ce que je voulais… C'est… qu'elle risque de vous parler de… moi."

Elle ressort de la salle de bains. "Vous voulez que je salue Hilly de votre part ? Après tout vous avez travaillé des années chez sa maman ?"

Je la regarde dans sa robe rose, tellement pleine de vin qu'elle en louche presque. Elle rote un peu. C'est vraiment pas la peine de lui dire ça maintenant, dans l'état où elle est.

"Non ma'am. Lui dites rien." Je soupire.

Elle me prend dans ses bras. "A ce soir ! Je suis contente de savoir que vous y serez aussi, ça me fera quelqu'un à qui parler.

— Je serai à la cuisine, Miss Celia.

— Ah, il faut encore que je trouve cette espèce d'épingle…" Elle repart vers la commode et farfouille dans tout ce que je viens de ranger.

Reste chez toi, idiote. C'est tout ce que j'ai envie de lui dire, mais je me tais. C'est trop tard. Avec Miss Hilly à la barre, c'est trop tard pour Miss Celia, et allez savoir si c'est pas trop tard pour moi.

LA VENTE

CHAPITRE 25

Le bal et la vente de charité annuels de la Ligue sont connus comme "La Vente" par tous ceux qui habitent dans un rayon de dix kilomètres autour du centre de Jackson. A sept heures, un soir du mois de novembre, les invités arrivent pour le cocktail à l'hôtel Robert E. Lee. A huit heures on ouvre les portes de la salle de bal. On a tendu les fenêtres de tissu vert piqué de bouquets de houx véritable.

Les listes d'objets proposés aux enchères sont posées sur les tables, le long des fenêtres, avec leur prix de départ. Ils ont été offerts par les membres de la Ligue et par les commerçants locaux, et on espère que la vente rapportera cette année six mille dollars, soit cinq cents de plus que celle de l'an passé. Le produit ira aux pauvres enfants d'Afrique victimes de la famine.

Au centre de la salle, sous un gigantesque lustre, vingt-huit tables sont dressées pour le dîner qui sera servi à neuf heures. Une piste de danse et une estrade pour l'orchestre se trouvent sur le côté, face au podium du haut duquel Hilly Holbrook doit prononcer son discours.

Après le dîner, on dansera. Les maris seront parfois ivres, mais jamais leurs épouses qui sont membres de la Ligue. Chacune d'entre elles se considère comme une hôtesse et on les entendra se demander mutuellement : "Tout se passe bien ? Hilly a dit quelque chose ?" Tout le monde sait que c'est la soirée de Hilly.

A sept heures précises, les couples franchissent la grande porte d'entrée de l'hôtel. On donne les imperméables et les manteaux de fourrure aux Noirs en complet gris. Hilly, qui est là depuis six heures, porte une robe longue en taffetas marron. Un haut col de dentelle monte à l'assaut de sa gorge, la coupe ample dissimule ses formes et les manches serrées recouvrent ses bras jusqu'aux poignets. On ne voit de sa personne que le visage et les doigts.

Quelques femmes portent des robes plus osées et l'on aperçoit ici et là des épaules nues, mais les longs gants de cuir fin indiquent clairement qu'elles n'ont qu'un nombre limité de centimètres carrés de chair à montrer. Il y a chaque année, bien sûr, quelques invitées assez hardies pour laisser entrevoir une jambe ou un décolleté plus profond. Mais on ne dit rien. Celles-là ne font pas partie des membres.

Celia Foote et Johnny arrivent plus tard que prévu, à sept heures vingt-cinq. En rentrant du travail, Johnny est venu sur le seuil de la chambre, a regardé attentivement sa femme avant même d'avoir posé sa serviette. "Celia, tu ne crois pas que cette robe risque d'être un peu trop… hum… dénudée ?"

Celia l'a poussé vers la salle de bains. "Oh, Johnny, vous ne connaissez rien à la mode, vous les hommes ! Dépêche-toi de te préparer."

Johnny a renoncé à la faire changer d'avis. Ils étaient déjà en retard.

Ils entrent derrière le docteur et Mrs Ball. Les Ball se dirigent vers la gauche, Johnny fait un pas vers la droite, et Celia reste un instant seule sous les bouquets de houx dans sa robe rose étincelante.

Dans la salle, l'air semble se figer. Les hommes qui sirotaient leur whisky s'arrêtent à mi-gorgée en voyant cette apparition toute rose à la porte. Il faut une seconde pour que l'image se précise. Ils regardent, mais ne voient pas, pas encore. Mais comme elle s'avère réelle – réelle la peau, réel le décolleté, un peu moins réelle peut-être la blondeur – leurs visages s'éclairent lentement. Tous semblent penser la même chose : *enfin...* Mais ils se rembrunissent en sentant les ongles de leurs épouses, qui regardent aussi, s'enfoncer dans leur bras. Une lueur de regret passe dans leur regard (elle ne me laisse jamais m'amuser), on se rappelle sa jeunesse (pourquoi ne suis-je pas allé en Californie cet été-là ?), on pense à ses premières amours (Roxanne...). Tout ceci ne dure que cinq secondes, puis c'est terminé et ils continuent à regarder.

William Holbrook renverse la moitié de son Martini-gin sur une paire de souliers vernis. Les pieds qui occupent ces souliers sont ceux du plus gros contributeur à sa campagne.

"Oh, Claiborne, excusez mon mari, il est tellement maladroit ! s'écrie Hilly. William, donne-lui donc un mouchoir !" Mais aucun des deux hommes ne bouge. Ils sont visiblement intéressés par autre chose.

Hilly suit leurs regards et arrive sur Celia. Le centimètre carré de peau visible sur son cou se tend.

"Vous avez vu sa poitrine, à celle-là ? s'écrie un vieux schnock probablement sourd. J'en oublierais presque mes soixante-quinze printemps !"

Eleanor Causwell, l'épouse, cofondatrice de la Ligue, fronce les sourcils. "Les seins, dit-elle, une main sur les

441

siens, sont faits pour la chambre et pour l'allaitement. Et la dignité, ça existe aussi.

— Mais enfin, Eleanor, que veux-tu qu'elle fasse? Qu'elle les laisse à la maison?

— Je-veux-qu'elle-les-couvre."

Celia prend le bras de Johnny tandis qu'ils se fraient un chemin à travers la salle. Elle avance d'un pas mal assuré, sans qu'on sache si c'est à cause de l'alcool ou de ses talons hauts. Ils échangent quelques mots avec d'autres couples au passage. Elle rougit à plusieurs reprises, en baissant les yeux pour regarder sa tenue. "Johnny, tu ne crois pas que je fais un peu trop habillée? L'invitation disait tenue de soirée, mais toutes ces femmes ont l'air d'aller à l'église."

Johnny lui adresse un sourire bienveillant. Il ne lui répondrait pour rien au monde : "Je te l'avais bien dit." Il se contente de chuchoter : "Tu es superbe. Mais si tu as froid, je peux te passer ma veste.

— Je ne vais pas mettre une veste d'homme sur une robe du soir, dit-elle en soupirant. Merci quand même, chéri."

Johnny lui prend la main pour la presser dans la sienne, va lui chercher un autre verre au bar – son cinquième, mais il l'ignore. "Essaye de faire des connaissances. Je reviens tout de suite." Il part vers les toilettes.

Celia reste seule. Elle tire un peu sur son décolleté pour remonter le corsage.

"… *il y a un trou au fond du seau, chère Liza, chère Liza…*" Elle fredonne le vieil air country en tapant du pied et en cherchant du regard une tête connue. Dressée sur la pointe de ses chaussures, elle fait soudain de grands gestes par-dessus la foule des invités. "Bonjour Hilly! Hou-hou!"

Hilly, en pleine conversation à quelques mètres de là, lève la tête, sourit, fait un signe bref. Mais à l'instant où Celia va la rejoindre, elle s'éloigne.

Celia s'immobilise, boit une gorgée. Autour d'elle, de petits groupes compacts se sont formés et on discute, on rit, se dit-elle, de toutes ces choses dont on discute et dont on rit quand on se retrouve dans des soirées.

Elle appelle : "Hé, Julia !" Elles se sont rencontrées l'une des rares fois où Johnny et elle sont sortis dans le monde aux premiers temps de leur mariage.

"Celia, Celia Foote, vous vous souvenez ? Comment ça va ? J'adore cette robe, où l'avez-vous trouvée ? Chez Jewel Taylor ?

— Non, nous sommes allés à La Nouvelle-Orléans, Warren et moi, il y a quelques mois…" Julia regarde autour d'elle mais il n'y a personne à proximité pour la secourir. "Et vous êtes vraiment… éclatante, ce soir."

Celia se rapproche. "Euh… J'ai posé la question à Johnny, mais vous savez comment sont les hommes. Vous ne me trouvez pas un peu trop habillée ?"

Julia rit, mais son regard fuit celui de Celia. "Oh non. Vous êtes absolument *parfaite*."

Une amie de la Ligue prend Julia par le bras. "Julia, venez par ici une seconde, on a besoin de vous, excusez-nous." Elles s'éloignent, leurs têtes se rapprochent, et Celia est à nouveau seule.

Quelques minutes plus tard, les portes de sa salle à manger s'ouvrent. La foule se déplace. Les invités cherchent et trouvent leur place grâce aux petites cartes qu'on leur a remises, et des "Oh !" et des "Ah !" fusent autour des tables disposées le long des murs. Elles sont chargées de pièces d'argenterie, de tabliers d'enfants brodés main, de mouchoirs, de linge de table

443

monogrammé. Il y a même un service à thé miniature importé d'Allemagne.

Minny, tout au fond, essuie des verres. Elle dit en baissant la voix : "Aibileen, la voilà."

Aibileen lève les yeux et reconnaît la jeune femme qui est venue un mois plus tôt frapper à la porte de Miss Leefolt. "Eh bien. Ces dames ont intérêt à tenir leurs maris, ce soir", dit-elle.

Minny manie le torchon avec des gestes vifs. "Préviens-moi si tu la vois parler avec Miss Hilly.

— Compte sur moi. J'ai fait une super prière pour toi aujourd'hui.

— Regarde, voilà Miss Walters. Une vraie chauve-souris ! Et Miss Skeeter qui arrive."

Skeeter a une robe de velours noir à manches longues et col montant qui fait ressortir la blondeur de ses cheveux, et elle a mis du rouge à lèvres. Elle est venue seule et se tient à l'écart de la foule des invités avec l'air de s'ennuyer. Puis elle aperçoit Minny et Aibileen. Toutes les trois détournent le regard en même temps.

Clara, l'une des bonnes chargées du service, s'approche de la table et prend un verre. "Aibileen, dit-elle à mi-voix, sans cesser d'essuyer son verre, c'est celle-là ?

— Qui, celle-là ?

— Celle qui fait parler les bonnes ? Pourquoi elle fait ça ? Pourquoi ça l'intéresse ? Il paraît qu'elle vient chez toi toutes les semaines ?"

Aibileen baisse la tête. "Ecoute, ça doit rester secret."

Minny regarde ailleurs. Personne, en dehors du groupe, ne sait qu'elle participe à ce travail. On ne connaît qu'Aibileen.

Clara hoche la tête. "Je dirai rien à personne."

Skeeter jette quelques notes sur son carnet pour l'article à paraître dans la *Lettre*. Elle parcourt la salle du regard, s'arrête sur les tentures, les bouquets de houx, la gerbe de roses rouges et de feuilles de magnolia séchées qui décore chaque table en son centre. Elle voit Elizabeth, non loin d'elle, qui cherche quelque chose dans son sac à main. Elle a accouché il n'y a pas un mois et semble épuisée. Skeeter regarde Celia Foote qui s'approche d'Elizabeth. En la voyant, celle-ci se met à tousser, la main sur sa gorge, comme pour se protéger de quelque agression.

"Tu ne sais plus très bien où te tourner, Elizabeth ?

— Quoi ? Ah, Skeeter, comment vas-tu ? dit Elizabeth avec un bref sourire. J'étais… il fait affreusement chaud ici. Je crois que j'ai besoin de respirer un peu d'air frais."

Skeeter suit des yeux Elizabeth qui s'enfuit et Celia Foote qui la poursuit dans son affreuse robe. *Le voilà, le véritable article,* songe Skeeter. *Ce n'est pas la décoration florale ni le nombre de plis sur le derrière de Hilly Holbrook. Cette année, ce sera Celia Foote ou la Catastrophe vestimentaire.*

Quelques instants plus tard on annonce le dîner et chacun rejoint la place qui lui est assignée. Celia et Johnny sont assis avec des couples étrangers à la ville, des amis d'amis qui ne sont en réalité amis avec personne. Skeeter se retrouve cette année avec d'autres couples de Jackson, mais pas à la table de Hilly, la présidente, ni même à celle d'Elizabeth, la secrétaire. La salle s'emplit à nouveau du bruit des conversations. On s'émerveille sur la soirée, on s'émerveille sur le chateaubriand. Après le plat principal, Hilly grimpe sur le podium. Les applaudissements éclatent tandis qu'elle sourit à la cantonade.

"Bonsoir. Et merci mille fois d'être venus ce soir. Le dîner vous plaît ?"

445

Hochements de tête et murmures d'approbation.

"Avant d'attaquer les annonces, je voudrais remercier aussi tous ceux qui ont œuvré pour faire de cette soirée une réussite." Sans se retourner, Hilly fait un grand geste vers la partie gauche de la salle, où deux dizaines de Noires sont alignées dans leur uniforme blanc. Il y a une dizaine de Noirs derrière elles, en smoking gris et blanc.

"Applaudissons tout particulièrement les bonnes, pour le magnifique repas qu'elles ont préparé et servi, et pour les desserts qu'elles ont préparés en vue des enchères." Hilly prend une carte et lit. "Elles soutiennent, à leur façon, les efforts de la Ligue en faveur des pauvres enfants d'Afrique victimes de la famine, une cause qui est aussi, je n'en doute pas, chère à leur cœur."

Les Blancs attablés applaudissent les bonnes et les serveurs. Certains serveurs sourient en remerciement. Mais la plupart regardent dans le vide par-dessus les têtes des invités.

"Nous voudrions aussi remercier ceux qui ne sont pas membres de la Ligue et qui sont présents ici ce soir. Merci, car vous avez donné de votre temps et de votre peine et vous nous avez grandement facilité la tâche."

Les applaudissements sont plus clairsemés et quelques sourires et hochements de tête polis s'échangent entre membres et non-membres. *Quel dommage*, semblent penser les membres, *quel dommage que vous n'ayez pas le bon goût de rejoindre notre ligue*. Hilly continue à saluer et à remercier les uns et les autres de sa voix musicale aux accents patriotiques. On sert le café et les maris boivent le leur mais la plupart des femmes ne quittent pas Hilly des yeux. "… merci à la quincaillerie Boone… sans oublier le supermarché Ben Franklin…" Et pour conclure : "Enfin, ne l'oublions pas, un grand merci au généreux anonyme qui nous a offert, hum, du *matériel* afin de soutenir notre proposition de loi pour les installations sanitaires réservées aux domestiques."

Quelques rires nerveux saluent ces derniers mots, et les têtes se tournent pour voir si Skeeter Phelan a eu le culot de venir.

"J'aurais aimé qu'au lieu d'être si timide vous vous leviez pour accepter notre reconnaissance. Sans vous, nous n'aurions pas pu procéder à un si grand nombre d'installations."

Skeeter, stoïque, le visage inexpressif, ne quitte pas le podium des yeux. Hilly achève sur un sourire bref mais éclatant : "Et n'oubliez pas de voter Holbrook !"

Des rires plus amicaux saluent le spot publicitaire.

"Que dis-tu, Virginia ?" Hilly se penche vers la salle en faisant mine de tendre l'oreille, puis se redresse. "Non, je ne me présente pas avec lui ! Mais, messieurs les membres du Congrès présents ici ce soir, sachez que si vous ne réglez pas cette question des écoles séparées, je m'en chargerai moi-même !"

Nouveaux rires. Le sénateur et Mrs Whitworth, assis à la table de la présidente, opinent en souriant. Et à sa table au fond de la salle, Skeeter baisse la tête. Ils se sont brièvement parlé pendant le cocktail, mais Hilly a entraîné le sénateur à l'écart avant qu'il ne lui donne une deuxième accolade. Stuart n'est pas venu.

Le repas et le discours achevés, les gens se lèvent pour danser, les maris prennent le chemin du bar. On se bouscule un peu devant les tables où sont exposés les lots vendus aux enchères. Deux aïeules se disputent le service à thé ancien. Quelqu'un a lancé une rumeur d'après laquelle il aurait appartenu à la famille royale d'Angleterre avant d'être emporté clandestinement à travers l'Allemagne dans une charrette tirée par un âne pour finir chez l'antiquaire de Fairview Street. Le prix grimpe très vite de quinze à quatre-vingt-huit dollars.

Johnny bâille dans un coin à côté du bar. Celia a soudain de grosses rides sur le front et les sourcils qui se rejoignent. "Tu as entendu ses remerciements aux non-membres, alors qu'elle m'avait dit qu'elles n'avaient pas besoin d'aide ? Je n'en croyais pas mes oreilles !

— Eh bien, tu pourras donner un coup de main l'an prochain", répond Johnny.

Celia aperçoit Hilly qui, à cet instant, n'a qu'un petit nombre de personnes autour d'elle.

"Je reviens tout de suite, Johnny.

— Oui, et après on se tire. J'en ai marre de ce déguisement."

Richard Cross, qui est membre de la même société de chasse que Johnny, lui donne une claque dans le dos. Ils échangent quelques mots et éclatent de rire en parcourant la salle du regard.

Celia parvient presque jusqu'à Hilly, mais celle-ci se glisse derrière le podium. Celia recule, comme si elle craignait de l'approcher à l'endroit où elle est apparue un instant plus tôt dans toute sa puissance.

Celia s'engouffre dans les toilettes des dames et Hilly reparaît aussitôt à l'angle du podium.

"Alors, Johnny Foote ? dit-elle. Je suis surprise de te voir ici. Tout le monde sait que tu as horreur des grandes soirées." Elle lui a pris le bras et le serre.

Johnny pousse un soupir. "Tu sais que c'est demain l'ouverture de la chasse au cerf ?"

Hilly lui décoche un sourire de ses lèvres auburn. La couleur est si parfaitement assortie à celle de sa robe qu'elle a certainement mis des jours à la trouver.

"Tout le monde me dit ça, je suis fatiguée de l'entendre. Tu peux tout de même te priver d'une journée de chasse, Johnny Foote ! Tu en as manqué plus d'une pour moi."

Johnny lève les yeux au ciel. "Celia, en tout cas, n'aurait manqué cette soirée pour rien au monde.

— Mais *où* est donc passée ta femme ?" demande Hilly. Elle n'a pas lâché le bras de Johnny et le serre un peu plus fort. "Ne me dis pas qu'elle est au jeu de fléchettes en train de servir des hamburgers !"

Johnny se rembrunit. C'est là qu'ils se sont connus jadis.

"Ah, je te taquine ! On est sortis assez longtemps ensemble pour se le permettre, n'est-ce pas ?"

Avant que Johnny ne puisse répondre, quelqu'un tape sur l'épaule de Hilly et elle se retourne en riant vers un couple d'invités. Johnny soupire en voyant Celia qui revient vers lui. "Bon, dit-il à Richard, on va pouvoir rentrer chez nous. Je dois être debout – il jette un coup d'œil à sa montre – dans cinq heures."

Richard regarde fixement Celia qui approche. Elle s'arrête et se penche pour ramasser la serviette qu'elle vient de laisser tomber, offrant une vue plongeante sur sa poitrine. "Ça a dû te changer, Johnny, de passer de Hilly à Celia."

Johnny hoche la tête. "Disons que je suis passé de l'Antarctique à Hawaii."

Richard rit. "Disons que c'est comme se coucher au séminaire et de se réveiller à Ole Miss !" Et ils éclatent de rire ensemble.

Richard baisse la voix. "Ou comme pour un gamin manger de la glace pour la première fois."

Johnny le regarde. Il ne rit plus. "C'est de ma femme que tu parles, Richard.

— Excuse-moi, Johnny, dit Richard en baissant les yeux. Je ne voulais pas te blesser."

Celia s'approche et soupire avec un sourire désappointé.

"Salut, Celia, comment vas-tu? demande Richard. Tu es vraiment superbe, ce soir.

— Merci, Richard." Elle tente d'étouffer un violent hoquet et fronce les sourcils en mettant un mouchoir sur sa bouche.

"Tu es pompette? demande Johnny.

— Elle s'amuse, c'est tout, n'est-ce pas, Celia? dit Richard. D'ailleurs, je vais te préparer quelque chose que tu vas adorer. Ça s'appelle un Alabama Slammer.

— Et après, on s'en va", dit Johnny à son ami.

Trois Alabama Slammer plus tard, on proclame les gagnants des enchères muettes. Susie Pernell monte sur le podium tandis que les gens boivent et fument autour des tables, dansent sur des musiques de Glenn Miller et de Frankie Valli, discutent par-dessus le bruit du micro. Chaque gagnant reçoit son prix avec enthousiasme comme s'il ne l'avait pas payé deux ou trois fois sa valeur marchande. Les nappes et les chemises de nuit brodées main partent pour des sommes astronomiques. Les vieux couverts de service en argent sont très appréciés pour aller à la pêche aux œufs durs, séparer les piments des olives, briser les pattes des cailles rôties. Puis viennent les desserts : gâteaux, carrés de praline, meringues… Et bien sûr la tarte de Minny.

"… et la gagnante de la tarte au chocolat mondialement célèbre de Minny Jackson est… Hilly Holbrook!"

On applaudit encore un peu, non seulement parce que Minny Jackson est connue pour ses pâtisseries, mais parce que le nom de Hilly provoque automatiquement des applaudissements.

Hilly, qui était en pleine conversation, se retourne. "Quoi? C'était mon nom? Mais je n'ai pas participé aux enchères!"

Elle ne le fait jamais, pense Skeeter, assise à l'écart, seule.

"Hilly, vous avez gagné la tarte de Minny Jackson!" dit une femme, à sa gauche.

Hilly scrute la foule.

Minny, qui a entendu son nom associé à celui de Hilly, tend soudain l'oreille. Elle tient une tasse à café sale d'une main et de l'autre un lourd plateau en argent. Mais elle reste figée.

Hilly la voit mais ne bouge pas non plus, se contentant d'un mince sourire. "Bon… C'est gentil, n'est-ce pas? Quelqu'un m'a sans doute inscrite pour cette tarte."

Elle ne quitte pas Minny des yeux et Minny sent ce regard sur elle. Elle finit d'empiler les tasses sur son plateau et file à la cuisine aussi vite qu'elle peut.

"Eh bien, félicitations, Hilly, je ne savais pas que vous aimiez tellement les tartes de Minny!" La voix de Celia est anormalement aiguë. Hilly ne l'a pas vue arriver derrière elle. En s'approchant, Celia accroche un pied de chaise et trébuche. Quelques rires fusent.

Hilly la regarde venir sans faire un geste. "Celia, c'est une plaisanterie?"

Skeeter s'approche elle aussi. Tout cela l'ennuie à mourir. Elle est fatiguée de voir les regards fuyants d'anciens amis qui n'osent plus lui adresser la parole. La présence de Celia aura été le seul événement intéressant de la soirée.

"Hilly, dit Celia, en saisissant le bras de la présidente. J'essaye de vous parler depuis le début de la soirée. Je crois qu'il y a eu un manque de communication entre nous, et je suis sûre que si je vous *explique*…

— Qu'avez-vous fait? Lâchez-moi", dit Hilly entre ses dents. Elle secoue la tête, tente de se dégager.

Mais Celia la tient par la manche et ne lâche pas. "Non, attendez! Vous devez m'écouter…"

Hilly s'écarte, mais Celia tient bon. Les deux femmes luttent un instant, Hilly cherchant à s'échapper, Celia la retenant, et on entend distinctement le bruit d'une longue déchirure.

Celia regarde le lambeau d'étoffe rouge sombre entre ses doigts. Elle a déchiré la manche, dénudant le bras de Hilly jusqu'au coude.

Hilly regarde à son tour, porte la main à son poignet. "Que cherchez-vous? dit-elle, d'une voix qui n'est plus qu'un grondement. C'est cette négresse qui vous a poussée à faire ça? Parce que quoi qu'elle ait pu vous dire et quoi que vous ayez répété à tout le monde…"

Plusieurs personnes se sont approchées. Les gens écoutent, regardent Hilly, et l'inquiétude se lit sur tous les visages.

"Ce que j'ai répété? Je ne sais pas de quoi vous…"

C'est au tour de Hilly de saisir le bras de Celia. "A *qui* l'avez-vous dit?" demande-t-elle. Elle semble prête à mordre.

"Minny m'a expliqué pourquoi vous ne voulez pas qu'on soit amies."

Susie Pernell, qui continue à annoncer les gagnants, parle plus fort au micro, obligeant Celia à élever elle-même la voix. "Je sais ce que vous croyez! Vous croyez qu'on vous a trompée dans votre dos, Johnny et moi!" crie-t-elle.

452

Quelqu'un, dans le groupe des curieux, lâche un commentaire aussitôt salué par des rires. Il y a des applaudissements à l'autre bout de la salle. A l'instant où Susie Pernell pose le micro pour jeter un coup d'œil à ses notes, Celia s'écrie, encore plus fort : "C'est *après* votre rupture que je suis tombée enceinte !" Les mots résonnent à travers la salle, suivis par quelques secondes d'un lourd silence.

Les femmes qui les entourent font des mines dégoûtées. Certaines se mettent à rire. "La femme de Johnny est *saoule* !" lance quelqu'un.

Celia regarde autour d'elle. Elle essuie la sueur qui perle à son front et laisse des traînées dans son maquillage. "Je ne vous en veux pas de ne pas m'aimer, si vous croyez que Johnny vous a trompée avec moi.

— Johnny n'aurait jamais…

–… et je m'excuse de ce que j'ai dit, pour la tarte… Je pensais que vous étiez contente de l'avoir gagnée."

Hilly se penche, ramasse nerveusement son bouton en forme de perle. Elle se rapproche de Celia pour que celle-ci soit seule à l'entendre. "Dites à votre négresse que si elle parle à quiconque de cette tarte, je m'occuperai d'elle. Vous vous êtes crue maligne en prenant cette enchère à mon nom, n'est-ce pas ? Pourquoi ? Vous croyez qu'en me faisant chanter vous pourrez entrer à la Ligue ?

— Quoi ?

— Dites-moi *immédiatement* à qui d'autre vous avez p…

— Je n'ai parlé de cette tarte à personne, je…

— *Menteuse !*" dit Hilly. Mais elle se redresse aussitôt et sourit. "Voici Johnny. Johnny, je crois que votre femme a besoin de *soins*." Et de fusiller du regard les femmes qui l'entourent, comme si elles étaient toutes impliquées dans le complot.

"Celia, qu'y a-t-il?" demande Johnny.

Celia se tourne vers lui, puis vers Hilly, l'air furieux. "Elle dit n'importe quoi, elle me traite de… menteuse et elle m'accuse d'avoir signé à sa place pour cette tarte, et…"

Celia se tait, cherche du regard quelqu'un de connu. Elle a des larmes plein les yeux. Puis elle gémit, secouée par un haut-le-cœur, et vomit sur la moquette.

"Et merde!" lâche Johnny, en la tirant en arrière.

Celia le repousse. Elle court vers les toilettes et Johnny la suit.

Hilly reste figée, les poings serrés. Elle a le visage cramoisi, presque de la couleur de sa robe. Elle fait quelques pas pour prendre un serveur par le bras. "Nettoyez ceci avant que ça ne sente."

Elle est soudain entourée de femmes aux mines bouleversées qui posent des questions, tendent les bras comme pour la soutenir.

"On m'avait dit que Celia avait un problème d'alcoolisme, mais elle ment, en plus?" dit-elle à l'une des Susie. C'est la rumeur qu'elle voulait lancer au sujet de Minny, au cas où l'histoire de la tarte se répandrait. "Comment appelez-vous cela?

— De la mythomanie?w

— Exactement. Voilà, c'est une mythomane!" Hilly s'éloigne avec sa suite. "Celia a forcé Johnny au mariage en lui disant qu'elle était enceinte. Je crois qu'elle était déjà mythomane à cette époque."

Après le départ de Celia et Johnny, la fête s'achève rapidement. Les épouses qui font partie de la Ligue semblent épuisées à force de sourire. On parle des enchères, des baby-sitters à raccompagner, mais surtout de Celia Foote vomissant au beau milieu de la soirée.

La salle est presque déserte quand Hilly monte sur le podium. Elle feuillette nerveusement les listes de noms inscrits pour les enchères. Ses lèvres remuent en silence, et elle continue à lancer des regards autour d'elle et à hocher la tête. Elle perd le fil, pousse une exclamation rageuse parce qu'elle est obligée de recommencer.

"Hilly, je rentre chez toi."

Hilly lève les yeux. C'est Mrs Walters, sa mère, plus frêle que jamais dans sa tenue de soirée. Sa longue robe bleu ciel ornée de perles date des années quarante. Une orchidée bleue est épinglée sur sa clavicule. Une Noire en uniforme blanc ne la quitte pas d'une semelle.

"Ecoute, maman, n'ouvre pas le réfrigérateur ce soir. Je ne tiens pas à m'occuper de toi toute la nuit pour cause d'indigestion. Tu rentres et tu te couches, d'accord?

— Je pourrai tout de même avoir un peu de la tarte de Minny?"

Hilly fixe sa mère entre ses paupières à demi fermées. "Cette *tarte* est dans la poubelle.

— Mais pourquoi l'as-tu jetée? C'est pour toi que je l'ai gagnée!"

Hilly reste quelques secondes sans faire un geste. "*Toi?* Tu as signé pour moi?

— Je ne me rappelle peut-être pas mon nom ou le pays dans lequel je vis, mais toi et cette tarte, c'est quelque chose que je n'oublierai jamais.

— Espèce de vieille… Ah, à quoi bon?" Hilly jette les feuilles qu'elle tient à la main et qui s'envolent autour d'elle dans toutes les directions.

Mrs Walters s'éloigne en claudiquant vers la sortie, l'infirmière noire sur ses talons. "Eh bien, tous aux abris, Bessie. Ma fille est à nouveau furieuse contre moi."

MINNY

CHAPITRE 26

Le samedi matin, je suis crevée et j'ai mal partout. J'entre dans la cuisine où Sugar est en train de compter ses vingt-cinq dollars, l'argent qu'elle a gagné la veille à la vente. Le téléphone sonne et elle saute dessus comme la grenouille sur le moucheron. Elle a un petit copain et il faut pas que maman le sache.

"Oui monsieur, dit Sugar d'une petite voix, et elle me le passe.

— Allô?

— Ici Johnny Foote. Je suis à la chasse mais je voulais vous dire que Celia ne va pas bien du tout. Ça s'est mal passé pour elle, hier soir.

— Oui monsieur, je sais.

— Vous en avez donc entendu parler?" Il soupire. "Alors, faites attention à elle cette semaine, vous voulez bien, Minny? Je ne serai pas là et… je ne sais pas… Appelez-moi si ça ne s'arrange pas. Je reviendrai plus tôt s'il le faut.

— Comptez sur moi. Ça va aller."

J'ai pas vu ce qui s'est passé à la soirée, mais on me l'a raconté pendant que j'étais à la cuisine. Les bonnes et les serveurs parlaient que de ça.

"T'as vu? m'a dit Farina. Cette grosse tout en rose chez qui tu travailles, elle était ronde comme un Injun le jour de la paye."

Je relève la tête au-dessus de mon évier et je vois Sugar qui me vient dessus avec la main sur la hanche. "Oui, maman, elle a dégobillé par terre, y'en avait partout. Et *tout le monde* l'a vue !" Puis Sugar se retourne vers les autres en rigolant. Elle a pas vu la calotte arriver. Ça fait de la mousse de savon qui vole partout.

"La ferme, Sugar !" Je la pousse dans un coin. "Que je t'entende plus jamais parler comme ça de la dame qui te met le manger dans la bouche et tes habits sur le dos ! Tu m'entends ?"

Sugar baisse la tête et je me remets à ma vaisselle, mais je l'entends qui dit entre ses dents : "C'est ce que tu fais tout le temps."

Je me retourne et je lui mets mon doigt tout dégoulinant sous le nez. "J'ai le droit, moi, je le gagne tous les jours en travaillant pour cette imbécile !"

Le lundi, quand j'arrive, Miss Celia est encore au lit avec le drap sur la figure.

"'Jour, Miss Celia !"

Mais elle roule sur le côté et elle me répond même pas.

A midi, je lui apporte des sandwiches au jambon sur un plateau.

"Je n'ai pas faim, elle dit, en se mettant la tête sous l'oreiller.

— Qu'est-ce que vous allez faire, rester couchée comme ça toute la journée ?" je demande, même si je l'ai déjà vue faire ça des tas de fois. Mais c'est pas pareil. Elle a pas de maquillage sur la figure, ni de sourire non plus.

"S'il vous plaît, laissez-moi tranquille."

Je commence à lui dire qu'il faut qu'elle se lève, qu'elle mette ses habits à la noix et qu'elle oublie tout ça, mais ça fait pitié de la voir dans cet état. Je me tais. Je suis pas psychiatre, et elle compte pas sur moi pour ça.

Le mardi matin, Miss Celia est toujours au lit. Le plateau de sandwiches est resté par terre et elle y a pas touché. Elle a une chemise de nuit bleue minable avec le col en dentelle tout déchiré qui doit dater du temps où elle vivait dans le comté de Tunica. Et des traces noires comme du charbon sur le front.

"Allons, laissez-moi prendre ces draps. Le feuilleton va commencer et Miss Julia va avoir des ennuis. Vous croirez jamais ce que cette idiote a fait hier avec le Dr Bigmouth."

Mais elle bouge pas.

Un peu plus tard, je lui apporte un plateau avec un peu de tourte au poulet. J'ai envie de lui crier de se secouer et d'aller à la cuisine manger pour de bon, mais je dis : "Miss Celia, je sais bien que c'était affreux ce qui s'est passé à la vente mais tout de même, vous pouvez pas rester toute votre vie à vous apitoyer sur vous-même."

Elle se lève et elle va s'enfermer dans la salle de bains.

Je commence à défaire le lit. Puis je ramasse tous les mouchoirs sales et les verres qui traînent sur la table de nuit. Il y a une pile de courrier sur la petite table. Elle est allée à la boîte aux lettres, au moins. Je soulève la pile pour essuyer et je vois les lettres HWH en haut d'une carte. J'ai même pas le temps de réfléchir que j'ai déjà tout lu :

Chère Celia

Nous serions heureux à la Ligue si, plutôt que de me rembourser pour la robe que vous avez déchirée, nous recevions une donation d'au moins deux cents dollars. Veuillez par ailleurs, à l'avenir, vous abstenir de proposer votre aide en tant que non-membre, votre nom figurant désormais sur une liste probatoire.

Vous voudrez bien rédiger le chèque à l'ordre du comité local de la Ligue.

Sincèrement vôtre,
Hilly Holbrook,
Présidente et directrice générale

Le mercredi matin, Miss Celia est toujours sous les couvertures. Je fais ce que j'ai à faire dans la cuisine et j'essaye de me réjouir de pas l'avoir dans les pattes. Mais j'y arrive pas, parce que le téléphone sonne toute la matinée et pour la première fois depuis que j'ai commencé, Miss Celia répond pas. A la dixième fois, j'en peux plus, je décroche.

Je vais dans sa chambre et je lui dis : "C'est Mister Johnny.

— Quoi ? Il n'est pas censé savoir que je sais qu'il sait que vous êtes là."

Je pousse un gros soupir pour lui faire comprendre que je me fiche pas mal de faire durer ce mensonge. "Il m'a déjà appelée chez moi. C'est fini, la comédie, Miss Celia."

Elle ferme les yeux. "Dites-lui que je dors."

Je reprends le téléphone, je la regarde bien en face et j'annonce à Mister Johnny qu'elle est sous sa douche.

"Oui monsieur, ça va", je dis, sans la lâcher des yeux.

Je raccroche et je lui fais mon regard noir. "Il veut savoir comment vous allez.

— J'ai compris.

— J'ai menti pour vous, vous savez."

Elle remet l'oreiller sur sa tête.

Le lendemain après-midi, je me dis que je supporterai pas ça une minute de plus. Ça fait une semaine que Miss Celia a pas bougé de son lit. Elle a les joues creuses et ses cheveux couleur beurre frais ont l'air gras. En plus ça commence à sentir dans la chambre, comme quand les gens sont sales. Je parie qu'elle s'est pas lavée depuis vendredi.

"Miss Celia ?"

459

Elle me regarde mais elle sourit pas, elle dit rien.

"Mister Johnny va rentrer ce soir et je lui ai dit que je m'occupais de vous. Qu'est-ce qu'il va penser si il vous trouve couchée avec cette vieille chemise de nuit dégueulasse que vous avez toujours pas quittée ?"

Je l'entends qui renifle, puis elle a une espèce de hoquet et elle se met à pleurer toutes les larmes de son corps. "Rien de tout ça ne serait arrivé si j'étais restée à ma place. Il aurait dû faire un bon mariage. Il aurait dû épouser… *Hilly* !

— Allons, Miss Celia. C'est pas…

— Comment elle m'a regardée, Hilly… comme si j'étais *rien du tout*. Un tas de saleté au bord de la route !

— Mais ça compte pas, Miss Hilly et comment elle vous regarde. C'est pas elle qui va décider ce que vous êtes.

— Je ne suis pas faite pour cette vie, je n'ai pas besoin d'une table pour douze invités ! Même en les suppliant, je n'aurai jamais douze personnes ici !"

Je secoue la tête. La voilà qui recommence à se plaindre comme si elle était la femme la plus malheureuse du monde.

"Pourquoi me déteste-t-elle autant ? Elle ne me connaît même pas ! elle crie. Et ce n'est pas seulement à cause de Johnny. Elle m'a traitée de menteuse, elle m'a accusée de lui avoir fait gagner… cette *tarte* !" Elle frappe avec ses poings sur ses genoux. "Sans ça, je n'aurais jamais vomi !

— Quelle tarte ?

— C'est Hi… Hi… Hilly qui a gagné votre tarte. Et elle m'a accusée d'avoir signé à sa place. Pour lui… faire une farce !" Elle gémit, elle sanglote. "Pourquoi aurais-je fait ça ? Pourquoi aurais-je inscrit son nom sur une liste ?"

J'y mets le temps mais je commence à comprendre ce qui se passe. Je sais pas qui est la personne qui a signé à la place de Hilly pour cette tarte, mais je sais pourquoi elle est prête à lui arracher les yeux.

Je regarde vers la porte. La petite voix dans ma tête me dit, *Va-t'en, Minny. Tire-toi d'ici.* Mais je regarde Miss Celia qui chiale dans sa vieille chemise de nuit, et voilà la culpabilité qui me tombe dessus comme un bloc de béton.

"Je ne peux plus faire ça à Johnny. C'est décidé, Minny, je m'en vais. Je retourne à Sugar Ditch !

— Vous allez quitter votre mari parce que vous avez gerbé au milieu d'une soirée ?" *Minute*, je pense. Miss Celia peut pas quitter Mister Johnny comme ça – sinon moi, qu'est-ce que je deviens ?

Seigneur, je crois que c'est le moment. Le moment de lui dire la seule chose au monde que je veux dire à personne. Je vais perdre ma place de toute façon, alors autant risquer le coup.

"Miss Celia…" Je m'assois dans le coin sur le fauteuil jaune. Je me suis jamais assise nulle part dans cette maison sauf à la cuisine et dans les toilettes, mais aujourd'hui, c'est spécial.

"Je sais pourquoi Miss Hilly vous en veut tant pour cette tarte", je dis.

Elle se mouche – un vrai coup de trompette – et elle me regarde.

"Je lui ai fait quelque chose. Quelque chose d'affreux. D'épouvantable." J'ai le cœur qui bat rien que d'y penser. Je peux pas rester dans ce fauteuil pour lui raconter l'histoire. Je me lève et je m'approche du lit.

"Quoi ?" Elle renifle. "Que s'est-il passé, Minny ?

— Miss Hilly, elle m'a appelée chez moi l'année dernière, quand je travaillais encore chez Miss Walters. Pour me dire qu'elle mettait Miss Walters à la maison de retraite des vieilles dames. Ça m'a fait peur, j'ai cinq gamins à nourrir, vous savez. Et Leroy qui faisait déjà les deux huit à l'usine."

J'ai du mal à parler, j'ai une brûlure qui me remonte dans la poitrine. "Je sais que c'était pas chrétien, ce que j'ai fait. Mais comment on peut envoyer sa vieille mère au milieu de gens qu'elle connaît pas ? Une femme qui fait des choses pareilles, vous avez l'impression que c'est *bien* de lui faire du mal !"

Miss Celia s'assoit sur le lit et elle s'essuie le nez. Elle a l'air de m'écouter, maintenant.

"J'ai passé trois semaines à chercher du travail. Tous les jours. Je suis allée chez Miss Child. Elle a dit non. Je suis allée chez les Rawley, il m'ont pas voulue non plus. Chez les Riches, chez les Smith, et même chez les Thibodeaux, les catholiques qui ont sept enfants. Rien !

— Oh, Minny… C'est affreux !"

Je serre les dents. "Quand j'étais toute petite, ma maman me disait toujours qu'il fallait pas être insolente. Mais je l'ai pas écoutée, et toute la ville savait que j'avais une grande gueule. Je me suis dit que c'était à cause de ça si personne voulait de moi.

"Quand j'ai vu qu'il me restait plus que deux jours chez Miss Walters et que j'avais toujours pas de travail, j'ai commencé à avoir peur pour de bon. Avec Benny et son asthme, et Sugar qui va encore à l'école et Kindra et… on était déjà juste, question argent. C'est là que Miss Hilly est venue me voir chez Miss Walters.

"« Venez travailler chez moi, Minny. Je vous donnerai vingt-cinq cents de plus que maman. » C'était la « carotte », comme elle a dit, comme si j'étais une mule. Moi en entendant ça je serre les poings. Comme si j'avais eu dans l'idée de prendre sa place à ma copine Yule May Crookle ! Miss Hilly, elle croit que tout le monde est aussi faux jeton qu'elle."

Je m'essuie la figure. Je transpire. Miss Celia m'écoute avec la bouche ouverte, elle a l'air ahurie de ce que je dis.

"Moi je réponds : « Non merci, Miss Hilly. » Alors elle dit qu'elle me payera cinquante cents de plus et je répète : « Non ma'am, merci bien. » Alors elle me met plus bas que terre, Miss Celia. Elle se met à dire qu'elle sait que je suis allée chez les Child et chez les Rawley et chez tous les autres et que personne a voulu de moi. Elle dit que c'est parce qu'elle a prévenu tout le monde que j'étais une voleuse. J'ai jamais rien pris de ma vie mais elle a raconté ça dans toute la ville et personne veut plus embaucher une négresse voleuse avec une grande gueule, et je pourrais aussi bien travailler pour elle gratuit.

"Et voilà pourquoi j'ai fini par faire ça."

Miss Celia me regarde en clignant les yeux. "Quoi, Minny ?

— D'abord, je lui ait dit qu'elle pouvait toujours manger ma merde."

Miss Celia a l'air de plus en plus ahurie.

"Après ça, je rentre chez moi. Je fais une tarte au chocolat. J'y mets du sucre, du chocolat de chez Baker et de la vraie vanille que ma cousine m'a rapportée du Mexique.

"Je retourne chez Miss Walters, parce que je sais que Miss Hilly y est toujours. Elle attend que la maison de retraite vienne chercher sa maman et comme ça elle pourra vendre la maison et prendre l'argenterie et tout ce qui lui revient.

"En me voyant poser la tarte sur le comptoir, Miss Hilly sourit. Elle croit que c'est pour faire la paix, pour lui montrer que je regrette ce que j'ai dit. Je la regarde. Je la regarde la manger. Deux gros morceaux. Elle s'empiffre comme si elle avait jamais rien mangé d'aussi bon. Puis elle dit : « Je savais bien que vous changeriez d'avis, Minny. Je savais que je finirais par avoir ce que je voulais. » Et elle rit, avec son air chochotte, comme si elle s'amusait bien avec tout ça.

"Alors Miss Walters dit qu'elle a une petite faim elle aussi et qu'elle en voudrait bien un morceau, de cette tarte. Et moi je lui dis : « Non ma'am, je l'ai faite avec une recette spéciale pour Miss Hilly. »

"Miss Hilly dit : « Maman peut en manger un peu si elle veut. Mais seulement un petit morceau. Qu'est-ce qui donne ce bon goût, Minny ? »

"Moi je réponds : « C'est la bonne vanille du Mexique », et je continue. Je lui explique tout ce que j'y ai mis d'autre spécialement pour elle."

Miss Celia continue à m'écouter et elle est muette comme une pierre mais j'ose pas la regarder en face.

"Miss Walters, elle en est restée la bouche ouverte ! Personne disait plus rien. J'aurais pu sortir avant qu'elles s'aperçoivent que j'étais plus là. Mais alors Miss Walters se met à rire. Elle rit tellement qu'elle manque d'en tomber de sa chaise. Elle dit : « Hilly, voilà ce que tu as gagné. Et à ta place, je n'irais plus raconter partout des horreurs, parce que tout le monde saura que tu es la patronne qui a mangé deux tranches de merde de Minny ! »"

Je regarde Miss Celia. Elle me regarde en écarquillant les yeux, dégoûtée. Je commence à paniquer de lui avoir raconté ça. Elle aura plus jamais confiance en moi. Je retourne m'asseoir sur le fauteuil jaune.

"Le soir de la vente, Miss Hilly a cru que vous connaissiez l'histoire, et que vous vous moquiez d'elle. Elle vous serait jamais tombée dessus si j'avais pas fait ça."

Miss Celia me regarde. Elle dit rien.

"Mais vous devez savoir une chose. Si vous quittez Mister Johnny, alors c'est Miss Hilly qui aura gagné. Elle aura gagné sur vous et elle aura gagné sur moi…" Je secoue la tête en pensant à Yule May qui est en prison et à Miss Skeeter qui a plus d'amis.

Miss Celia reste encore un moment sans rien dire. Après elle ouvre la bouche pour parler, et elle la referme.

Finalement, elle dit : "Merci. De… m'avoir dit ça."

Elle se laisse retomber sur son lit. Mais avant de refermer la porte, je vois qu'elle a les yeux bien ouverts.

Le lendemain matin quand j'arrive, Miss Celia a réussi à se lever, elle s'est lavé la tête et elle s'est maquillée comme d'habitude. Comme il fait froid dehors, elle a remis un de ses pulls trop serrés.

"Contente que Mister Johnny soit de retour ?" je demande. C'est pas que ça m'intéresse, mais je veux savoir si elle a toujours l'idée de s'en aller.

Mais Miss Celia dit pas grand-chose. Elle est fatiguée, ça se voit à ses yeux. Elle sourit plus pour tout et n'importe quoi. Elle montre quelque chose du doigt à travers la fenêtre. "Je crois que je vais planter une rangée de rosiers. Le long de la clôture.

— Ça fleurit quand ?

— On devrait voir quelque chose au printemps."

Je pense que c'est bon signe si elle pense à l'avenir. Quelqu'un qui voudrait s'en aller se donnerait pas la peine de planter des rosiers qui fleuriront pas avant l'année prochaine.

Miss Celia passe le reste de la journée dans le jardin à s'occuper des chrysanthèmes. Le lendemain matin en arrivant je la trouve dans la cuisine. Elle a pris le journal mais elle regarde le mimosa dehors. Il pleut et il fait frisquet.

"'Jour, Miss Celia.

— Salut, Minny." Elle continue à regarder cet arbre, un stylo entre les doigts. Il s'est mis à pleuvoir.

"Qu'est-ce que vous voulez pour déjeuner aujourd'hui ? On a du rôti de bœuf, et il reste un peu de chausson au poulet…" Je m'adosse au frigo. Il faut que je prenne une décision pour Leroy. *Ou tu arrêtes de me taper, ou je pars. Et je prendrai pas les gosses avec moi.* C'est pas vrai, pour les gosses, mais c'est ça qui devrait lui faire peur.

"Je ne veux rien."

Miss Celia se lève, elle enlève un de ses souliers rouges à talon haut, puis l'autre. Elle s'étire le dos, sans quitter le mimosa des yeux. Elle fait craquer ses articulations. Puis elle sort.

Je la vois dehors par la fenêtre, puis je vois la hache. Ça me fait un peu peur, personne aime voir une dame aussi dérangée avec une hache à la main. Elle la lève très haut, comme une batte, et elle frappe comme au base-ball.

"Ma'am, vous allez prendre froid !" Il lui pleut dessus mais elle y fait pas attention. Elle continue à donner des coups de hache. Les feuilles tombent et elles s'accrochent dans ses cheveux.

Je pose l'assiette de rôti de bœuf sur la table de la cuisine et je regarde, avec la peur que ça finisse mal. Elle serre les lèvres, elle essuie la pluie qui lui coule dans les yeux. Elle a pas l'air de se fatiguer, au contraire, elle tape de plus en plus fort.

"Miss Celia, je crie, restez pas comme ça sous la pluie ! Laissez Mister Johnny s'en occuper quand il va rentrer !"

Mais elle en a rien à faire. Elle a déjà coupé le tronc à moitié et l'arbre commence à bouger, saoul comme mon papa en son temps. Finalement, je me laisse tomber sur la chaise où elle était assise pour lire son journal. Et en soulevant le journal, je vois le mot de Miss Hilly et le chèque de deux cents dollars de Miss Celia. Et en bas du chèque, dans la petite case réservée pour la correspondance, Miss Celia a écrit de sa jolie écriture ronde, *Deux tranches pour Hilly.*

J'entends un cri de triomphe dehors et je vois l'arbre qui tombe. Elle a des feuilles et des brindilles plein ses cheveux beurre frais.

MISS SKEETER

CHAPITRE 27

Je regarde le téléphone dans la cuisine. Personne n'a appelé depuis si longtemps que ce n'est plus qu'une chose morte fixée au mur. Il y a partout une sorte d'attente silencieuse – à la bibliothèque quand je vais chercher maman, dans High Street où j'achète de l'encre pour ma machine à écrire, dans notre propre maison. L'assassinat du président Kennedy, il y a moins de deux semaines, a laissé le monde comme abasourdi. On a l'impression que personne ne veut rompre le silence. Rien ne semble assez important pour cela.

Les rares fois où le téléphone a sonné c'était le Dr Neal qui appelait avec de nouveaux résultats d'analyses pour maman, toujours mauvais, ou bien des gens de la famille qui voulaient de ses nouvelles. Et pourtant il m'arrive encore de penser *Stuart* en entendant la sonnerie, alors qu'il ne s'est plus manifesté depuis cinq mois. Si bien que j'ai fini par craquer et dire à maman que nous avions rompu.

Je prends une profonde inspiration, compose le zéro et m'enferme dans la réserve. Je donne le numéro à l'opératrice et attends.

"Editions Harper & Row, à qui voulez-vous parler?

— A Elaine Stein, s'il vous plaît."

J'attends que sa secrétaire prenne la communication, en regrettant de ne pas avoir téléphoné plus tôt. Mais je ne me sentais pas d'appeler pendant la semaine qui a suivi la mort de Kennedy et j'avais entendu dire que la plupart des entreprises étaient fermées. Puis est arrivée la semaine de Thanksgiving, et on m'a dit au standard que son bureau ne répondait pas. J'appelle enfin, une semaine plus tard que prévu.

"Elaine Stein à l'appareil."

Je cligne des yeux, surprise. Ce n'est pas sa secrétaire. "Mrs Stein, excusez-moi, c'est Eugenia Phelan. De Jackson, Mississippi.

— Ah… Eugenia." Elle soupire, visiblement contrariée d'avoir décroché elle-même.

"J'appelle pour vous dire que le manuscrit sera prêt au début de l'année. Je vous l'enverrai vers le quinze janvier." Je souris, contente d'avoir récité d'une seule traite les phrases que j'avais répétées.

Un silence. Je l'entends souffler la fumée de sa cigarette. Je change de position sur mon baril de farine. "Je suis… C'est moi qui écris sur les Noires dans le Mississippi.

— Oui, je m'en souviens", dit-elle, et je ne suis pas certaine que ce soit vrai. Mais elle ajoute : "C'est vous qui avez écrit pour nous proposer vos services. Où en est ce projet ?

— J'ai presque terminé. Il ne nous reste plus que deux entretiens à compléter et je voulais savoir si je dois vous envoyer le texte directement, ou à votre secrétaire.

— Mais janvier, ça ne va pas.

— Eugenia ? Tu es là ?"

C'est maman qui appelle.

Je mets la main sur l'appareil. "Un instant, maman !"

Je sais que si je ne réponds pas, elle entrera ici.

"La dernière réunion des éditeurs a lieu le 21 décembre, continue Mrs Stein. Si vous voulez avoir une chance d'être lue, il faut que j'aie votre manuscrit en mains d'ici là. Sinon, il ira sur la Pile. Vous ne voulez pas être sur la Pile, Miss Phelan.

— Mais… vous m'aviez dit janvier…" On est le 2 décembre. Ce qui ne me laisse plus que dix-neuf jours pour tout finir.

"Le 21 décembre, c'est le jour où tout le monde part en vacances, et quand le mois de janvier arrive nous croulons sous les projets de nos propres auteurs et journalistes. Quand on est une totale inconnue comme vous, Miss Phelan, il faut absolument passer avant le 21. Absolument."

J'ai la gorge serrée. "Je ne sais pas si…

— A propos, c'est à votre mère que vous parliez ? Vous habitez toujours chez vos parents ?"

Je réfléchis à un mensonge – elle est venue me voir, elle ne faisait que passer… Je ne veux pas que Mrs Stein sache que je n'ai rien fait de ma vie. Mais je réponds avec un soupir : "Oui. Je suis toujours chez mes parents.

— Et la Noire qui vous a élevée, je suppose qu'elle est toujours là ?

— Non, elle est partie.

— Hum. Dommage. Savez-vous ce qu'elle est devenue ? Je me disais à l'instant qu'il vous faudrait un chapitre sur votre bonne."

Je ferme les yeux. Je lutte pour ne pas me troubler. "Je… je n'en sais rien, franchement.

— Eh bien, renseignez-vous et tâchez d'ajouter cela. Ça donnera une touche personnelle à l'ensemble.

— Oui ma'am", dis-je, alors que je ne sais absolument pas comment je pourrai achever les deux entretiens qui manquent encore, et à plus forte raison ajouter un chapitre sur Constantine. L'idée d'écrire quelque chose sur elle me fait regretter une fois de plus, douloureusement, qu'elle ne soit plus là.

"Au revoir, Mrs Phelan. J'espère que vous aurez fini à temps, dit-elle. Mais avant de raccrocher elle murmure : Et pour l'amour de Dieu, vous êtes une femme instruite de vingt-quatre ans. Prenez un appartement."

Je sors de la réserve, accablée par cette affaire de délai et par l'insistance de Mrs Stein pour inclure Constantine dans le livre. Je sais que je dois me mettre tout de suite au travail, mais je vais d'abord voir maman dans sa chambre. Depuis trois mois, son état ne fait qu'empirer. Elle a encore perdu du poids et il ne se passe pas un jour sans qu'elle vomisse. Le Dr Neal lui-même a paru surpris la semaine dernière quand je l'ai amenée à son rendez-vous.

Elle me regarde du fond de son lit. "Tu ne vas pas à ton club de bridge, aujourd'hui ?

— C'est annulé. Le bébé d'Elizabeth a la colique." Un mensonge. Il s'en est tant dit ici que la pièce en est pleine. "Comment te sens-tu, maman ?" La vieille cuvette en fer émaillé est posée à côté du lit. "Tu as vomi ?

— Je vais bien. Ne plisse pas le front comme ça, Eugenia. C'est mauvais pour le teint."

Maman ignore toujours que j'ai été expulsée du club de bridge, ou que Patsy Joiner a une nouvelle partenaire de tennis. On ne m'invite plus aux cocktails, aux fêtes de naissance, ni dans tous les endroits où Hilly risque de se trouver. Sauf aux réunions de la Ligue. Dans ces cas-là, les conversations sont des plus brèves : elles se limitent aux sujets concernant la *Lettre*. J'essaye de me convaincre que cela m'est égal. Je me mets à ma machine à écrire et j'y passe la plupart de mes journées. Je me dis que c'est ce qu'on gagne à déposer trente et une cuvettes de toilettes devant la maison de la femme la plus populaire de la ville. Les gens ont tendance, ensuite, à ne plus vous traiter de la même façon.

Il y aura bientôt quatre mois que la porte s'est fermée entre Hilly et moi, une porte faite d'une glace si épaisse qu'il faudrait pour la faire fondre une centaine d'étés du Mississippi. Non pas que j'aie été surprise des conséquences de mon acte. Je n'aurais pas cru qu'elles dureraient aussi longtemps, c'est tout.

La voix de Hilly au téléphone était grave, et basse, comme si elle avait hurlé toute la matinée. "Tu es malade, m'a-t-elle dit. Ne me parle plus, ne me regarde pas. Ne dis plus bonjour à mes enfants.

— C'était une coquille d'imprimerie, Hilly.

— Je vais me rendre moi-même chez le sénateur Whitworth et le prévenir que tu serais un boulet pour sa campagne à Washington. Une tache sur sa réputation, si jamais tu devais te rapprocher de Stuart !"

J'ai tressailli en entendant ce nom, bien qu'on ait déjà rompu depuis des semaines. Je l'imaginais regardant ailleurs, se moquant bien de ce que je pouvais faire désormais.

"Tu as fait de mon jardin une espèce d'attraction. Depuis combien de temps attendais-tu l'occasion de nous humilier, moi et ma famille ?"

Ce que Hilly ne comprenait pas, c'était que je n'avais rien prémédité de tout cela. En commençant à taper sa proposition de loi pour la *Lettre*, avec des mots comme *maladie*, *protégez-vous* et *ne nous remerciez pas!* j'avais senti quelque chose céder en moi, un peu comme une pastèque qui se fend, fraîche et douce et apaisante. J'avais toujours pensé que la folie est quelque chose de sombre et d'amer, mais elle peut être comme une pluie bienfaisante si on s'y abandonne. J'avais offert quarante dollars à chacun des deux frères de Pascagoula pour transporter ces cuvettes au rebut sur la pelouse de Hilly et ils avaient peur, mais ils étaient prêts à le faire. Je me rappelais combien cette nuit était sombre. Je me souvenais de m'être félicitée en voyant qu'un certain nombre de vieux immeubles étaient désaffectés et qu'il y avait une telle quantité de cuvettes à la décharge. J'avais rêvé à deux reprises, depuis, que j'y retournais pour recommencer. Je ne le regrette pas, mais je ne me sens plus aussi chanceuse, désormais.

"Et tu te dis *chrétienne*!" a ajouté Hilly pour conclure. Et j'ai pensé : *Mon Dieu, comment en suis-je arrivée là ?*

En novembre, Stooley Whitworth a été élu. Mais William Holbrook ne l'a pas été. Je suis certaine que Hilly me tient pour responsable de cet échec. Et qu'elle s'en veut, en outre, d'avoir déployé tant d'efforts pour me pousser dans les bras de Stuart.

Quelques heures après avoir eu Mrs Stein au téléphone, j'entre dans la chambre de maman sur la pointe des pieds pour voir comment elle va. Papa dort déjà à côté d'elle. Il y a un verre de lait sur la table de chevet de ma mère. Elle est assise, adossée à ses oreillers, mais ses yeux sont fermés. Elle les ouvre à la seconde où j'entre.

"Je peux t'apporter quelque chose, maman ?

— Je suis là uniquement parce que le Dr Neal m'a dit de me reposer. Où vas-tu, Eugenia ? Il est presque sept heures.

— Je ne resterai pas longtemps dehors. Je vais faire un tour en voiture, c'est tout." Je l'embrasse, en espérant qu'elle ne posera pas d'autres questions. Quand je referme la porte, elle s'est déjà assoupie.

Je conduis vite à travers la ville. Je redoute le moment où je vais devoir informer Aibileen du nouveau délai. La vieille camionnette tremble et encaisse avec fracas les trous de la chaussée. Elle est de plus en plus mal en point après les fatigues d'une nouvelle saison du coton. Je me cogne presque la tête contre le toit parce qu'on a trop tendu les ressorts de mon siège et je suis obligée de conduire avec la vitre baissée et le bras à l'extérieur pour empêcher la portière de brinquebaler. Il y a un nouvel éclat en forme de soleil couchant dans le verre du pare-brise.

Je m'arrête à un feu dans State Street, face à l'usine de papier. En levant les yeux, je vois Elizabeth, Mae Mobley et Raleigh qui se serrent sur le siège avant de leur Corvair, en route pour quelque dîner. Je me fige sans oser les regarder à nouveau et de crainte qu'elle ne m'aperçoive et ne se demande ce que je fais là dans cette camionnette. Je les laisse filer devant moi en suivant des yeux leurs feux de position et je lutte contre l'émotion qui me serre la gorge. Il y a longtemps que je n'ai pas parlé à Elizabeth.

Après l'affaire des cuvettes, nous avons tenté de rester amies. Nous nous sommes téléphoné deux ou trois fois. Mais elle a cessé de me dire bonjour et d'échanger des banalités aux réunions de la Ligue, parce que Hilly l'aurait vue. La dernière fois que je suis passée chez elle, c'était il y a un mois.

"Quand je vois Mae Mobley aussi grande, je n'en reviens pas", ai-je dit. Mae Mobley a souri timidement, cachée derrière les jambes de sa mère. Elle avait grandi mais restait grassouillette comme un bébé.

"Elle pousse comme la mauvaise herbe", a répondu Elizabeth, en regardant par la fenêtre. Et j'ai pensé, comme c'est bizarre de comparer son enfant à de la mauvaise herbe.

Elizabeth était encore en robe de chambre et avait retrouvé sa minceur d'avant la grossesse. Son sourire restait crispé. Elle jetait sans cesse des coups d'œil à sa montre et portait la main toutes les cinq secondes aux bigoudis qu'elle avait sur la tête. Nous étions debout dans la cuisine.

"Si on allait déjeuner au club?" ai-je proposé. A cet instant, Aibileen est entrée dans la cuisine. J'ai aperçu de l'argenterie et une nappe en dentelle dans la salle à manger.

"Je ne veux pas te chasser mais… Nous devons retrouver maman chez Jewel Taylor." Elle a regardé à nouveau vers la fenêtre. "Tu sais comme elle a horreur d'attendre." De figé qu'il était, son sourire est devenu trop grand.

"Oh, excuse-moi, je m'en voudrais de te mettre en retard !" Je lui ai donné une petite tape sur l'épaule et me suis dirigée vers la porte. Et soudain, j'ai compris. Comment avais-je pu être aussi bête ? C'était un mercredi, à midi. Le club de bridge.

Je suis repartie en marche arrière avec la Cadillac, désolée de l'avoir mise dans l'embarras. En tournant au bout de l'allée, j'ai aperçu son visage écrasé contre la vitre tandis qu'elle me regardait. Et la vérité m'est apparue : elle ne craignait pas de m'avoir fait de la peine. Elizabeth Leefolt craignait d'être vue avec moi.

Je me gare dans la rue d'Aibileen mais à plusieurs maisons de la sienne, sachant que nous devons redoubler de prudence. Hilly ne se risquerait jamais dans cette partie de la ville, mais elle représente désormais une menace pour nous toutes et j'ai l'impression qu'elle a des yeux partout. Je sais qu'elle se frotterait les mains si elle me surprenait ici. Je sais de quoi elle serait capable afin de me punir pour le reste de mon existence.

Les soirées sont froides en décembre et une pluie fine commence à tomber. Je baisse la tête et presse le pas. J'ai encore à l'esprit ma brève conversation avec Mrs Stein. J'ai tenté de faire une liste de tout ce qu'il restait à faire. Mais je dois maintenant demander une nouvelle fois à Aibileen ce qui est arrivé à Constantine, et c'est le plus difficile. Je ne peux pas raconter l'histoire de Constantine si j'ignore les faits. Me limiter à une partie de l'histoire serait contraire à l'objet même du livre. Cela reviendrait à cacher la vérité.

Je me précipite dans la cuisine d'Aibileen. Rien qu'à la tête que je fais, elle doit se douter que quelque chose ne va pas.

"Qu'est-ce qu'il y a? On vous a vue?

— Non, dis-je en sortant les feuilles de ma sacoche. J'ai eu Mrs Stein au téléphone ce matin." Je lui dis tout ce que je sais, sans oublier le délai, et "la Pile".

"Bon…" Aibileen compte mentalement, comme je l'ai fait moi-même tout l'après-midi. "Ça nous laisse donc deux semaines et demie au lieu de six. Mon *Dieu*, c'est pas assez! Il faut encore qu'on finisse le témoignage de Louvenia et qu'on relise celui de Faye Belle – et le chapitre de Minny, qui est pas encore… Miss Skeeter, on a même pas trouvé le titre pour le moment!"

Je me prends la tête à deux mains. J'ai l'impression de couler. "Ce n'est pas tout, dis-je. Elle… veut que j'écrive sur Constantine. Elle m'a demandé… ce qui lui était arrivé."

Aibileen pose sa tasse de café.

"Je ne peux rien faire si je ne sais pas ce qui s'est passé, Aibileen. Alors si vous ne pouvez pas me le dire… Je me demandais si quelqu'un d'autre le pourrait."

Aibileen secoue la tête. "Sûrement, dit-elle. Mais je veux pas que quelqu'un d'autre vous raconte cette histoire.

— Alors… ce sera vous?"

Aibileen ôte ses lunettes aux verres fumés, s'essuie les yeux. Elle les remet, et je m'attends à lui voir des traits fatigués. Elle a travaillé toute la journée et elle va devoir travailler encore plus dur pour finir ce livre dans les délais, ou du moins essayer. Je m'agite sur ma chaise dans l'attente de sa réponse.

Mais elle n'a pas l'air fatiguée du tout. Elle se tient bien droite et relève la tête d'un air de défi. "Je vais l'écrire. Laissez-moi quelques jours. Je vous dirai exactement ce qui est arrivé à Constantine."

Je travaille quinze heures d'affilée sur le témoignage de Louvenia. Le jeudi soir, je me rends à la réunion de la Ligue. Je ne me tiens plus d'impatience, il faut que je sorte de cette maison, j'ai les nerfs en pelote et je me ronge d'inquiétude à l'idée de ce délai à respecter. Le parfum de l'arbre de Noël commence à être entêtant, celui des oranges qu'on met à confire m'écœure. Maman a tout le temps froid et on a l'impression de baigner dans une cuve de beurre fondu.

Je m'arrête en haut des marches, respire à pleins poumons l'air pur de l'hiver. C'est lamentable, mais je suis contente d'avoir gardé la *Lettre*. Une fois par semaine, j'ai l'impression de participer à quelque chose. Et qui sait, ce sera peut-être différent cette fois, avec les vacances qui commencent.

Mais à la seconde où je pénètre dans la salle les dos se tournent. Mon exclusion est tangible, c'est un mur de béton dressé autour de moi. Hilly m'adresse un sourire narquois et tourne la tête pour parler à quelqu'un. Je me glisse dans la petite foule et aperçois Elizabeth. Elle sourit, je lui fais signe de la main. Je voudrais lui parler de maman, lui faire part de mon inquiétude, mais au moment où je m'approche elle tourne les talons, baisse la tête et s'éloigne. Je vais m'asseoir. Voilà qui est nouveau de sa part, ici.

Au lieu de ma place habituelle à l'avant, je m'installe au fond de la salle, furieuse qu'Elizabeth ne m'ait même pas saluée. Rachel Cole est à côté de moi. Rachel vient très rarement aux réunions. Elle a trois enfants, prépare un diplôme d'anglais à l'université de Millsaps. Je regrette que nous ne soyons pas vraiment amies mais je sais qu'elle est trop occupée pour cela. De l'autre côté, c'est Leslie Fullerbean avec sa choucroute de cheveux laqués – elle risque sa vie chaque fois qu'elle allume une cigarette. J'ai l'impression que si je lui pressais le crâne l'aérosol lui sortirait par la bouche.

Elles ont presque toutes les jambes croisées et une cigarette à la main. La fumée forme des volutes au plafond. Voilà deux mois que j'ai arrêté et la fumée me donne mal au cœur. Hilly monte sur l'estrade pour annoncer la prochaine collecte (vêtements, conserves, livres et argent), puis arrive son moment préféré, celui de *la liste,* où elle donne les noms de toutes celles qui sont en retard pour leur cotisation, qui ont sauté des réunions ou ont manqué à leurs obligations philanthropiques. Je figure toujours sur la liste, ces derniers temps, pour une raison ou pour une autre.

Hilly porte une robe trapèze sous une cape à la Sherlock Holmes malgré la chaleur étouffante qui règne dans la salle. Elle rejette de temps en temps la cape en arrière comme si celle-ci la gênait, mais on sent avant tout le plaisir du geste. Mary Nell, son assistante, se tient à côté d'elle et lui fait passer ses notes. La blonde Mary Nell fait penser à un pékinois, ce petit chien dont on ne voit que les pattes minuscules et le nez pointant sous la fourrure.

"Nous devons maintenant débattre d'un sujet passionnant, annonce Hilly en parcourant la feuille que lui tend le pékinois. Le comité a décidé que notre *Lettre* devait se moderniser."

Je me redresse sur mon siège. Ne serait-ce pas à moi d'en décider ?

"Pour commencer, la *Lettre* ne sera plus hebdomadaire mais mensuelle. Quatre numéros par mois, avec les timbres qui viennent de passer à six cents, c'était trop. Et nous ajoutons une chronique de mode pour parler des plus belles toilettes portées par nos membres, ainsi qu'une chronique sur le maquillage avec les dernières tendances. Ah, et la liste, bien sûr. Elle y sera aussi." Elle hoche la tête tandis que son regard s'arrête tour à tour sur quelques membres.

"Et comme j'ai gardé le meilleur pour la fin, nous avons aussi décidé que cette nouvelle *Lettre* s'appellerait désormais *La Pipelette*. Comme le magazine européen que lisent là-bas toutes les dames de la société.

— Quel joli nom ! s'exclame Mary Lou White, et Hilly est si fière d'elle-même qu'elle en oublie d'abattre son marteau pour lui rappeler qu'elle doit attendre son tour pour parler.

— Bien. Il nous faut maintenant choisir une rédactrice en chef pour notre nouveau mensuel. Y a-t-il des candidates ?"

Quelques mains se lèvent. Je ne bronche pas.

"Jeanie Price, une suggestion ?

— Je propose Hilly. Je vote pour Hilly Holbrook.

— Comme c'est gentil ! Bon, et les autres ?"

Rachel Cole Brant se tourne vers moi et me regarde comme pour dire, *Je n'en crois pas mes yeux ni mes oreilles !* Evidemment : c'est sans doute la seule, dans cette salle, à ignorer qu'il y a un problème entre Hilly et moi.

"Des volontaires pour assister…" Hilly baisse les yeux comme si elle ne savait plus très bien qui vient d'être proposée. "… Hilly Holbrook à la rédaction ?

— D'accord pour être numéro deux !

— Moi pour être numéro trois !"

Bang-bang. Le marteau retombe et je ne suis plus rédactrice en chef.

"Mais, Skeeter, ce n'est pas ton poste ? demande Rachel.

— *C'était* mon poste."

Je file directement vers la sortie dès la fin de la réunion. Personne ne m'adresse la parole, personne ne me regarde en face. Je garde la tête haute.

Hilly et Elizabeth discutent dans l'entrée. Hilly rejette en arrière sa masse de cheveux bruns et me décoche un sourire diplomatique avant de tourner les talons pour s'adresser à quelqu'un d'autre. Elizabeth ne bouge pas. Je sens au passage sa main qui m'effleure le bras.

"Salut, Elizabeth, dis-je à mi-voix.

— Je suis désolée, Skeeter", dit-elle. Nos regards se rencontrent enfin. Puis le sien s'échappe à nouveau. Je descends les marches vers le parking mal éclairé. J'ai cru qu'elle avait autre chose à me dire, mais je me trompais, sans doute.

Je ne rentre pas directement chez moi après la réunion de la Ligue. J'ai descendu toutes les vitres de la Cadillac pour laisser l'air me fouetter le visage. Il fait froid et chaud à la fois. Je sais qu'il me faut rentrer pour travailler sur les témoignages, mais je m'engage sur la chaussée plus large de State Street et je roule… Je ne me suis jamais sentie aussi vide de toute mon existence. Je ne peux m'empêcher de penser à tout ce qui me tombe sur la tête. Je ne tiendrai jamais ce délai, mes amis me méprisent, Stuart est parti, maman est…

Je ne sais pas ce qu'elle est, mais nous avons tous compris qu'il ne s'agissait pas d'un simple ulcère à l'estomac.

Le Sun and Sand Bar est fermé et je ralentis pour passer devant. C'est étonnant comme une enseigne au néon peut paraître morte une fois éteinte. Je longe le grand immeuble de Lamar Life, passe les feux orange clignotants. Il n'est que huit heures du soir mais tout le monde est déjà couché. Tout le monde dort dans cette ville, dans tous les sens du terme.

"Si seulement je pouvais partir d'ici", dis-je, et ma voix que nul ne peut entendre rend un son étrange. Je m'imagine vue de très haut, comme dans un film. Me voici désormais parmi ces gens qui traînent la nuit dans leur voiture. Mon Dieu, je suis le Boo Radley de Jackson, Mississippi, comme dans *Ne tirez pas sur l'oiseau moqueur*.

Je branche la radio pour avoir du bruit, du bruit plein les oreilles. *It's My Party* passe et je cherche autre chose. Je commence à détester ces chansons pour adolescents qui parlent d'amour et de rien. Je tombe entre deux vagues de parasites sur Memphis WKPO et j'entends une voix traînante et vaguement alcoolisée qui chante vite dans un style blues. J'entre dans le parking du magasin ToteStore pour écouter. Je n'ai jamais rien entendu d'aussi bon.

> *… you'll sink like a stone*
> *For the times they are a-changin'…*

Une voix caverneuse m'informe qu'il s'appelle Bob Dylan, mais au moment où la chanson suivante commence, le son disparaît. J'éprouve un soulagement inexplicable. Comme si j'avais entendu quelque chose venant du futur.

J'entre dans une cabine téléphonique à l'intérieur du magasin, glisse une pièce dans l'appareil et appelle maman. Je sais qu'elle va attendre jusqu'à mon retour.

"Allô ?" C'est la voix de papa à huit heures et quart du soir.

"Papa ? Que fais-tu debout ? Il s'est passé quelque chose ?

— Il faut rentrer, ma chérie."

La lumière du réverbère paraît soudain éblouissante, la nuit terriblement froide. "C'est maman ? Elle ne va pas bien ?

— Voilà presque deux heures que Stuart est sur la véranda. Il t'attend."

Stuart ? C'est absurde. "Mais maman… elle…

— Oh, maman va bien. Un peu mieux, même. Mais rentre, Skeeter, et occupe-toi de Stuart."

Le trajet ne m'a jamais paru aussi long. Dix minutes plus tard je m'arrête devant la maison et aperçois Stuart assis sur les marches de la véranda. Papa est dans un rocking-chair. Ils se lèvent tous deux au moment où je coupe le contact.

"Bonsoir, papa", dis-je. Je ne regarde pas Stuart. "Où est maman ?

— Elle dort, je viens d'aller la voir." Mon père bâille. Depuis dix ans, je ne l'ai jamais vu debout au-delà de sept heures. "Bonsoir, vous deux, et n'oubliez pas d'éteindre quand vous aurez fini."

Papa rentre dans la maison et nous voici seuls, Stuart et moi. La nuit est noire et silencieuse. Je ne vois pas les étoiles, ni la lune, pas même un chien dans le jardin.

Je m'entends demander d'une petite voix : "Que fais-tu ici ?

— Je suis venu pour te parler."

Je m'assieds sur la plus haute marche, la tête entre les bras. "Si tu as quelque chose à dire, dis-le vite. Je commençais à aller mieux. J'ai entendu une chanson il y a dix minutes et je me suis presque sentie bien."

Il se rapproche, mais pas assez pour que nous nous touchions. C'est pourtant ce que je voudrais.

"Je suis venu te dire quelque chose. Je suis venu te dire que je l'ai revue."

Je relève la tête. Le premier mot qui me vient à l'esprit est *égoïste*. Espèce de sale égoïste qui viens ici pour me parler de Patricia.

"Je suis allé à San Francisco. Il y a deux semaines. J'ai pris ma camionnette, j'ai roulé pendant trois jours et j'ai frappé à la porte de l'appartement dont sa mère m'avait donné l'adresse."

Je me couvre le visage des deux mains. Je ne vois rien d'autre que Stuart écartant *ses* cheveux comme il le faisait avec moi. "Je ne veux pas le savoir.

— Je lui ai dit que mentir de cette façon, c'était ce qu'on pouvait faire de pire à quelqu'un. Elle a complètement changé d'allure. Elle avait une robe longue à l'ancienne avec l'emblème de la paix dessus, les cheveux longs et pas le moindre rouge à lèvres. Et elle s'est mise à rire en me voyant. Et elle m'a traité de putain." Il se frotte brutalement les yeux de ses poings fermés. "Elle, elle qui s'est déshabillée pour cet autre type, m'a dit que j'étais une putain pour mon père, une putain pour le Mississippi !

— Pourquoi me racontes-tu cela ?" Je serre les poings moi aussi. J'ai un goût de métal dans la bouche. Je me suis mordu la langue.

"C'est pour toi que je suis allé jusque là-bas. Je savais que je devais m'enlever cette fille de la tête. Et c'est ce que j'ai fait, Skeeter. J'ai fait deux mille kilomètres, et encore deux mille au retour, et je viens te le dire. Voilà. C'est fini.

— C'est bien, Stuart. Tant mieux pour toi."

Il se rapproche encore et se penche pour que je le regarde. J'ai le cœur au bord des lèvres, littéralement, car son haleine empeste le bourbon. Et pourtant, je meurs d'envie de me lover tout entière entre ses bras. Je l'aime et le déteste à la fois.

"Rentre chez toi, dis-je, et je n'en crois pas mes oreilles. Je n'ai plus de place pour toi en moi.

— Je ne le crois pas.

— Tu viens trop tard, Stuart.

— Je peux revenir dimanche ? Pour qu'on discute encore ?"

Je hausse les épaules, les yeux pleins de larmes. Je ne le laisserai pas me rejeter une deuxième fois. J'en ai déjà trop souffert avec lui, avec mes amis. Je serais stupide de m'y exposer une nouvelle fois.

"Ce que tu fais ne m'intéresse pas."

Je me réveille à cinq heures du matin et me mets au travail sur les témoignages. Il reste dix-sept jours et je travaille jour et nuit avec une rapidité et une efficacité que je ne me connaissais pas. J'achève le chapitre de Louvenia deux fois plus vite que les précédents et, en proie à un violent mal de tête, éteins la lumière au moment où un premier rayon de soleil darde à la fenêtre. Si Aibileen me donne l'histoire de Constantine au début de la semaine prochaine, j'arriverai peut-être à boucler le tout.

Puis je m'aperçois qu'il ne me reste pas dix-sept jours. Comment ai-je pu être assez stupide pour oublier le temps que mettra mon courrier avant d'atteindre New York ?

J'en pleurerais, si j'avais le temps.

Je me réveille quelques heures plus tard et me replonge dans le travail. Il est cinq heures de l'après-midi quand j'entends un bruit de moteur et vois Stuart sortir de sa camionnette. Je m'arrache à ma machine à écrire et descends.

"Bonjour, dis-je, sans franchir le seuil.

— Skeeter…" Il hoche la tête. Il n'était pas si timide, me semble-t-il, deux jours auparavant. "Bonjour, Mister Phelan.

— Salut, mon garçon." Papa se lève de son fauteuil. "Je vous laisse, les enfants.

— Reste, papa. Stuart, je regrette, mais je suis occupée aujourd'hui. Tu peux t'asseoir et discuter avec papa autant que tu voudras."

Je rentre dans la maison et passe devant la cuisine où maman est attablée devant un verre de lait.

"Ce n'est pas Stuart que je viens de voir ?"

Je vais dans la salle à manger. Je me mets un peu en retrait de la fenêtre, où il ne peut pas me voir. Je le regarde monter dans sa camionnette et partir. Et je reste là à regarder.

Ce soir, comme d'habitude, je vais chez Aibileen. Je lui parle du délai ramené à dix jours, et elle semble au bord des larmes. Puis je lui tends le chapitre sur Louvenia pour qu'elle le lise – celui que j'ai rédigé à toute vitesse. Minny est attablée avec nous et boit un Coca en regardant par la fenêtre. Je ne savais pas qu'elle serait là ce soir et je voudrais bien qu'elle nous laisse travailler.

Aibileen repose les feuilles. "Je trouve que ce chapitre est très bon. Je l'ai lu aussi facilement que ceux que vous avez mis plus longtemps à écrire."

Je soupire en pensant à ce qu'il reste à faire. "Il faut trouver un titre", dis-je, en me massant les tempes. J'y ai réfléchi et j'en ai déjà quelques-uns. Il me semble qu'on pourrait prendre *Les Domestiques noires et les familles du Sud qui les emploient.*

"Comment? fait Minny, en me regardant pour la première fois.

— C'est assez complet, vous ne trouvez pas?

— Ça fait manche à balai dans le cul.

— Ce n'est pas de la fiction, Minny. C'est de la sociologie. Il faut être précis.

— Ça veut pas dire assommant, dit Minny.

— Aibileen…" J'espère régler cette question ce soir. "Qu'en pensez-vous?"

Aibileen hausse les épaules et je vois déjà qu'elle affiche son sourire de pacificatrice. Apparemment, elle est obligée de calmer le jeu chaque fois que Minny et moi nous trouvons dans la même pièce. "C'est un bon titre. Mais ça risque d'être fatigant de taper ça en haut de chaque page", dit-elle. Je lui ai dit que c'était l'usage.

"Ma foi, on pourrait un peu le raccourcir…" dis-je, en prenant mon stylo.

Aibileen se gratte le bout du nez. "Et si on l'appelait tout simplement *Les Bonnes?*

— Les bonnes… répète Minny, comme si elle n'avait jamais entendu ce mot.

— Les bonnes, dis-je à mon tour.

Aibileen hausse les épaules, baisse les yeux d'un air gêné. "C'est pas pour vous prendre votre idée, mais… Comme vous le savez, j'aime bien simplifier les choses, n'est-ce pas?

— Les bonnes, je crois que ça me va", dit Minny, et elle croise les bras.

"Les bonnes, ça me plaît bien", dis-je. Et c'est vrai. "Je crois qu'il faudra tout de même mettre le reste en sous-titre, pour qu'on sache de quoi il s'agit, mais c'est un bon titre. Ça devrait marcher.

— Ça tombe bien, dit Minny. Vu que si ce truc est publié, Dieu sait qu'on aura besoin que ça marche."

Le dimanche après-midi, à J - 8, je descends de ma chambre, clignant des yeux et mal assurée sur mes jambes après une journée à fixer les caractères typographiques qui s'inscrivent sur ma feuille. J'étais presque contente d'entendre la camionnette de Stuart remonter notre allée. Je me masse les paupières. Je vais peut-être m'asseoir avec lui un moment, me changer les idées avant une nouvelle nuit de travail.

Stuart descend de son véhicule à la carrosserie éclaboussée de boue. Il a gardé sa cravate du dimanche et j'essaye vainement de ne pas le trouver beau. J'écarte les bras. Il fait une chaleur ridicule, quand on sait que Noël est dans moins de trois semaines. Maman somnole sur la véranda au fond d'un rocking-chair, emmitouflée dans une couverture.

"Bonjour, Mrs Phelan. Comment allez-vous aujourd'hui?" demande Stuart.

Maman le salue d'un hochement de tête régalien. "Bien. Merci de vous en inquiéter." La froideur du ton me surprend. Elle se replonge dans sa lettre d'information des Filles de la Révolution et je souris malgré moi. Maman sait qu'il est déjà passé mais elle n'en a pas dit un mot. Je me demande quand elle va se décider.

"Bonjour", me dit-il d'un ton calme, et on s'assied au bas des marches. Nous regardons en silence Sherman, le chat, qui furète autour d'un arbre, sa queue fouettant l'air, à la poursuite de quelque créature invisible à nos yeux.

Stuart me met la main sur l'épaule. "Je ne peux pas rester aujourd'hui. Je vais à Dallas pour rencontrer des producteurs de pétrole et j'y resterai trois jours. Je voulais te le dire.

— Très bien, dis-je, en haussant les épaules comme si je m'en fichais éperdument.

— Très bien", dit-il, et il repart vers sa camionnette.

Il a tout juste disparu que maman, derrière moi, s'éclaircit la voix. Je ne me retourne pas. Je ne veux pas qu'elle voie la déception sur mon visage.

"Vas-y, maman, dis-je à mi-voix. Dis ce que tu as envie de dire.

— Ne le laisse pas te rabaisser."

Cette fois je me retourne et lui lance un regard méfiant, même si elle semble si fragile sous la couverture de laine. Malheur à celui qui a un jour sous-estimé ma mère.

"Si Stuart ne sait pas à quel point la fille que j'ai élevée est gentille et intelligente, il n'a qu'à s'en retourner d'où il vient." Elle regarde au loin, les paupières à demi closes. "Franchement, il ne me plaît pas beaucoup, ce Stuart. Il ne sait pas la chance qu'il a de t'avoir rencontrée."

Je laisse les paroles de maman se poser entre nous comme on laisse fondre sur sa langue un délicieux bonbon. Puis je me force à remonter les marches. Je me dirige vers la porte. Il y a encore tout ce travail à faire, et pas assez de temps.

"Merci, maman." Je l'embrasse tendrement sur la joue avant d'entrer.

Je suis épuisée et irritable. Depuis quarante-huit heures je ne fais que taper à la machine. Je suis abrutie, la tête pleine d'histoires de vies qui ne sont pas la mienne. L'encre me pique les yeux. J'ai les doigts striés de petites coupures provoquées par le papier. Qui se douterait que l'encre et le papier peuvent être aussi cruels ?

A J-6, je vais chez Aibileen. Elle s'est mise en congé un jour de semaine, au grand déplaisir d'Elizabeth. Je vois qu'elle sait de quoi nous devons parler avant même que je ne le lui dise. Elle me laisse dans la cuisine et revient avec une lettre à la main.

"Avant que je vous donne ça… Je crois que je dois vous dire certaines choses. Pour vous aider à comprendre."

Je hoche la tête. Je suis crispée sur ma chaise. J'ai envie de déchirer cette enveloppe et d'en finir.

Aibileen a posé son calepin sur la table de la cuisine. Je la regarde aligner ses deux crayons jaunes. "Vous vous rappelez, je vous ai dit que Constantine avait une fille. Elle s'appelait Lulabelle. Elle était née blanche comme neige. Avec des cheveux blonds comme paille. Pas bouclés comme les autres. Tout raides.

— Elle était vraiment blanche ?" C'est la question que je me pose depuis le jour où Aibileen m'a parlé de la fille de Constantine, il y a déjà pas mal de temps, dans la cuisine d'Elizabeth. J'imagine la surprise de Constantine découvrant que l'enfant qu'elle a porté est blanc.

Aibileen hoche la tête. "Quand Lulabelle a eu quatre ans, Constantine…" Elle change de position sur sa chaise. "Elle l'a amenée dans un… orphelinat. A Chicago.

— Un *orphelinat* ? Vous voulez dire… qu'elle a abandonné sa petite fille ?" Sachant combien Constantine m'aimait, je ne peux qu'imaginer combien elle devait aimer sa propre enfant.

Aibileen me regarde bien en face. Il y a dans ses yeux quelque chose que je vois rarement – de la colère, de l'antipathie. "Beaucoup de Noires sont obligées d'abandonner leurs enfants, Miss Skeeter. Elles s'en séparent parce qu'elles doivent travailler chez des Blancs."

Je baisse les yeux. Je me demande si Constantine n'a pas pu garder sa fille parce qu'elle était chez nous.

"Mais le plus souvent, elles les confient à des parents. L'orphelinat… c'est autre chose.

— Pourquoi n'a-t-elle pas envoyé la petite chez sa sœur ? Ou chez un autre membre de sa famille ?

— Sa sœur… elle ne pouvait pas la prendre. Quand vous êtes noire et que vous avez la peau blanche… dans le Mississippi, c'est comme si vous étiez de nulle part. C'était dur pour Constantine. Elle… les gens la regardaient. Les Blancs l'arrêtaient dans la rue pour lui demander ce qu'elle faisait avec cette petite Blanche. Les policiers l'arrêtaient dans State Street et ils lui disaient de mettre son uniforme. Même les Noirs… ils la traitaient comme si elle avait fait quelque chose de mal. Elle avait de la peine à trouver quelqu'un pour garder Lulabelle pendant qu'elle était au travail. Elle a fini qu'elle voulait plus la faire sortir.

— Elle travaillait déjà pour ma mère, à cette époque ?

— Oui, depuis quelques années. C'est là qu'elle avait connu Connor, le père. Il était employé sur votre ferme, et il habitait à Hotstack." Aibileen secoue la tête. "Les gens étaient étonnés. Il y en avait à l'église qui voyaient pas ça d'un bon œil. Surtout quand on a su que le bébé était né blanc. Même si le père était aussi noir que moi.

— Je suis certaine que maman n'appréciait pas beaucoup, elle non plus." Elle devait être au courant, je n'en doute pas. Elle se renseignait toujours sur les domestiques noires et sur leur situation – elle savait où elles habitaient, si elles étaient mariées, combien d'enfants elles avaient. Elle voulait savoir qui étaient les gens qui allaient et venaient sur sa propriété.

"C'était un orphelinat noir ou un orphelinat blanc?" Je me demande si Constantine n'a pas voulu tout simplement une vie meilleure pour sa fille. Elle pensait peut-être qu'elle serait adoptée par une famille blanche.

"Noir. Les orphelinats blancs ne l'auraient pas prise, on m'a dit. Je pense qu'ils savaient… peut-être qu'ils avaient déjà vu des choses de ce genre.

"Il paraît que le jour où Constantine est allée prendre le train pour l'emmener à Chicago, il y avait des Blancs sur le quai qui les regardaient et qui voulaient savoir pourquoi cette petite Blanche montait dans le wagon des Noirs. Et quand Constantine l'a laissée là-bas… à quatre ans on est… grand déjà, pour être abandonné… Lulabelle criait. C'est Constantine qui l'a dit à quelqu'un, à l'église. Elle a dit que Lula criait et qu'elle se débattait. Elle voulait sa maman. Mais Constantine, même avec ça dans les oreilles… elle l'a laissée."

J'écoute, et je commence à comprendre ce qu'Aibileen est en train de me dire. Si je n'avais pas la mère que j'ai, je n'y aurais peut-être pas pensé. "Elle l'a abandonnée parce qu'elle… avait honte? Honte parce que sa fille était blanche?"

Aibileen ouvre la bouche pour protester, puis elle la referme, baisse les yeux. "Quelques années plus tard, Constantine a appelé l'orphelinat, elle leur a dit qu'elle avait fait une bêtise, qu'elle voulait la reprendre. Mais Lula était déjà adoptée. Elle était plus là. Constantine disait toujours que d'avoir donné son enfant, c'était la pire bêtise qu'elle avait fait dans sa vie." Aibileen se laisse retomber contre le dossier de sa chaise. "Et elle disait que si Lula revenait un jour, elle la laisserait plus jamais s'en aller."

Je me tais. J'ai le cœur qui saigne pour Constantine. Je commence à me demander avec anxiété, quel rapport avec ma mère ?

"Il doit y avoir deux ans, Constantine reçoit une lettre de Lulabelle. Je crois qu'elle avait vingt-cinq ans à l'époque, et elle disait que ses parents adoptifs lui avaient donné l'adresse. Elles commencent à s'écrire. Lulabelle lui dit qu'elle veut venir et rester un moment avec elle. Constantine, mon Dieu, elle était tellement nerveuse qu'elle en marchait plus droit. Trop nerveuse pour manger, même l'eau elle en buvait pas. Elle rendait tout. Je l'avais mise sur ma liste de prières."

Deux ans. J'étais à la fac. Pourquoi Constantine ne m'a-t-elle rien dit dans les lettres qu'elle m'écrivait ?

"Elle a pris toutes ses économies pour acheter des nouveaux habits à Lulabelle, des trucs pour les cheveux, elle a fait faire une parure pour le lit de Lula par le groupe des brodeuses de la paroisse. A la prière, elle nous a dit : « Et si elle me déteste ? Elle va me demander pourquoi je l'ai abandonnée, et si je lui dis la vérité… elle me détestera d'avoir fait ça. »"

Aibileen lève les yeux par-dessus sa tasse de thé, sourit un peu. "Elle nous a dit : « Il me tarde que Skeeter la rencontre, quand elle reviendra de la fac. » Je savais pas qui c'était, Skeeter, à l'époque."

Je me souviens de la dernière lettre de Constantine. Elle écrivait qu'elle avait une surprise pour moi. Je comprends maintenant qu'elle voulait me présenter sa fille. Je ravale les sanglots qui me montent à la gorge. "Que s'est-il passé quand Lulabelle est venue la voir ?"

Aibileen fait glisser l'enveloppe vers moi sur la table. "Lisez cette partie quand vous serez chez vous, je crois que c'est mieux."

Sitôt arrivée, je monte dans ma chambre. Je n'attends même pas d'être assise pour ouvrir l'enveloppe qu'Aibileen m'a remise. Elle a écrit au crayon, recto verso, sur des feuilles arrachées à un cahier.

Ensuite, je reprends les huit pages que j'ai déjà écrites : les promenades à Hotstack avec Constantine, les puzzles qu'on faisait ensemble, la façon qu'elle avait d'appuyer avec le pouce dans la paume ma main. Je prends une profonde inspiration et pose les mains sur le clavier. Je n'ai plus de temps à perdre. Je dois achever son histoire.

J'écris, comme me l'a dit Aibileen, qu'elle avait une fille et a été obligée de s'en séparer afin de pouvoir travailler chez nous – je nous ai baptisés les Miller, en souvenir de Henry, mon préféré parmi les auteurs interdits. Je ne dis pas que la fille de Constantine était née blanche comme neige ; je veux seulement montrer que l'amour que Constantine avait pour moi est né avec l'absence de cette enfant. C'est peut-être à cela qu'il devait d'être si unique, si profond. Peu importait que je sois blanche. Elle voulait que sa fille lui soit rendue, je voulais que maman ne soit pas déçue par moi.

Je continue à écrire pendant deux jours pour raconter mon enfance, mes années de fac, pendant lesquelles nous nous écrivions chaque semaine. Puis je m'arrête. J'entends maman qui tousse au rez-de-chaussée. J'entends les pas de papa qui va auprès d'elle. J'allume une cigarette et l'écrase aussitôt, en me disant *Ne recommence pas*. J'entends couler l'eau des toilettes qui emporte encore à travers la maison un peu du corps de ma mère. J'allume une autre cigarette et la fume jusqu'au mégot. Je ne peux pas écrire ce qui se trouve dans la lettre d'Aibileen.

Dans l'après-midi, je l'appelle chez elle. "Je ne peux pas mettre ça dans le livre, lui dis-je. Ce qui concerne maman et Constantine… Je vais arrêter au moment où j'entre à la fac. Je…

— Miss Skeeter…

— Je sais que je le devrais. Je sais que je devrais m'exposer comme vous avez accepté de le faire, vous et Minny et toutes les autres, mais je ne peux pas faire ça à ma mère.

— C'est pas ce qu'on attend de vous, Miss Skeeter. Personne. En fait, j'aurais pas beaucoup de respect pour vous si vous le faisiez."

Le lendemain soir, je descends à la cuisine pour me faire du thé.

"Eugenia ? C'est toi ?"

J'entre dans la chambre de maman. Papa n'est pas encore couché. J'entends la télévision dans le salon. "Me voici, maman."

Elle est dans son lit à six heures du soir, la cuvette blanche à côté d'elle. "Tu as pleuré ? Tu sais bien que c'est mauvais pour ta peau, ma chérie."

Je m'assieds sur le fauteuil en rotin à côté du lit. Je me demande par où commencer. Une partie de moi-même comprend pourquoi maman a agi comme elle l'a fait car, à vrai dire, qui n'aurait pas été furieux de ce qu'avait fait Lulabelle ? Mais j'ai besoin d'entendre sa version de l'histoire. Si Aibileen a omis de mentionner quelque chose, quoi que ce soit, qui puisse racheter maman à mes yeux, je veux le savoir.

"Je veux parler de Constantine, dis-je.

— Oh, Eugenia… dit-elle, d'un ton de reproche, et elle me prend la main. Il y a bientôt deux ans…

— Maman." Je me force à la regarder dans les yeux. Elle est affreusement maigre, l'os de sa clavicule pointe sous la peau, mais son regard reste aussi vif que jamais. "Que s'est-il passé ? Qu'est-il arrivé à sa fille ?"

Sa mâchoire se crispe, elle est surprise, je le vois bien, que je connaisse l'existence de cette fille. Je m'attends à ce qu'elle refuse d'en parler, comme toujours. Elle laisse échapper un long soupir, rapproche un peu la cuvette blanche et dit : "Constantine l'a envoyée vivre à Chicago. Elle ne pouvait pas s'occuper d'elle."

Je hoche la tête et attends la suite.

"Ils ne sont pas comme nous, tu sais. Ces gens font des enfants et s'inquiètent des conséquences quand il est trop tard."

Ils, *ces gens*… Voilà qui me rappelle Hilly. Maman le voit à ma tête.

"Ecoute. J'ai été bonne avec Constantine. Oh, il arrivait souvent qu'elle se rebiffe, qu'elle me réponde, je m'y étais faite. Mais cette fois-là, Skeeter, elle ne m'a pas laissé le choix.

— Je sais, maman. Je sais ce qui s'est passé.

— Qui te l'a dit ? Qui d'autre est au courant ?" Je vois dans son regard la montée de la paranoïa. Ce qu'elle redoutait le plus est en train de se produire, et j'ai de la peine pour elle.

"Je ne te dirai jamais de qui je le tiens. Tout ce que je peux dire c'est que ce n'est pas de quelqu'un… d'important à tes yeux. Je ne t'aurais jamais crue capable d'une chose pareille, maman.

— Comment oses-tu me juger, après ce qu'elle a fait ? Est-ce que tu sais vraiment ce qui s'est passé ? Est-ce que tu étais là ?" Je vois dans son regard la fureur ancienne d'une femme obstinée qui survit depuis des années avec un ulcère hémorragique.

"Cette fille…" Elle pointe un doigt décharné sur mon visage. "Cette fille est venue ici. Ce jour-là, j'avais tout le comité des Filles de la Révolution à la maison. Toi tu étais à la fac, on sonnait sans cesse à la porte, et Constantine était à la cuisine pour refaire le café parce le vieux percolateur, qui ne marchait plus, nous avait brûlé deux pichets." Maman chasse d'un geste le souvenir du café brûlé. "Elles étaient toutes dans le salon en train de manger des gâteaux, *quatre-vingt-quinze personnes* dans la maison et cette fille qui va prendre le café avec elles ! Elle parle à Sarah von Sistern, elle se balade d'une pièce à l'autre en se goinfrant de gâteaux, et la voilà qui remplit un questionnaire pour devenir *membre !*"

Je hoche la tête. J'ignorais peut-être ces détails, mais ils ne changent rien à l'essentiel.

"Elle avait l'air aussi blanche que n'importe qui, et elle le savait. Elle savait très bien ce qu'elle faisait. J'ai dit, *Comment allez-vous ?* Elle s'est mise à rire et elle a dit, *Bien*, et moi, *Comment vous appelez-vous ?* et elle, *Vous voulez dire que vous ne le savez pas ? Je suis Lulabelle Bates ! Je suis grande maintenant, et me voilà revenue chez maman. J'y suis depuis hier matin*. Et hop, un autre gâteau !

— Bates", dis-je. Je ne connaissais pas non plus ce détail, même s'il est insignifiant. "Elle avait donc pris le nom de Constantine.

— Dieu merci, personne ne l'a entendue. Mais je la vois ensuite qui aborde Phoebe Miller, la présidente des Filles de la Révolution pour les Etats du Sud. Alors je la pousse dans la cuisine et je lui dis, *Lulabelle, vous ne pouvez pas rester ici. Il faut vous en aller*. Elle le prend de haut et elle me répond, *Quoi, vous ne voulez pas de Noirs dans votre salon sauf pour faire le ménage ?* A ce moment, Constantine entre dans la cuisine et elle a l'air aussi choquée que moi. Je dis, *Lulabelle, sortez d'ici avant que je n'appelle Mister Phelan*, mais elle ne bouge pas. Elle me répond que quand je la croyais blanche je la traitais poliment. Et qu'à

Chicago elle fait partie d'un groupe de Noirs. C'est alors que je dis à Constantine, *Faites immédiatement sortir votre fille de ma maison.*"

Maman a les yeux profondément enfoncés dans leurs orbites, les narines enflammées.

"Alors, Constantine ordonne à Lulabelle de l'attendre derrière la maison et Lulabelle répond, *Très bien, j'allais partir de toute façon*, mais elle va dans le salon et je l'arrête, évidemment. *Ah, non*, je dis, *passez par l'arrière, pas par devant avec les invités blancs !* Je n'allais pas laisser les Filles de la Révolution découvrir tout ça. J'ai donc dit à cette fille grossière, dont la maman recevait à chaque Noël dix dollars de prime de notre main, qu'elle ne mettrait plus *jamais* les pieds dans cette propriété. Et sais-tu ce qu'elle a fait ?"

Je pense, *oui*, mais je reste impassible. Je cherche toujours le chemin de sa rédemption.

"Elle a craché. Elle m'a craché à la figure. Une négresse, dans ma maison ! Essayant de tout faire comme les Blancs !"

Je frémis. Qui a jamais eu le culot de cracher à la figure de ma mère ?

"J'ai dit à Constantine que cette fille ferait bien de ne plus se montrer ici. Ni à Hotstack, ni dans le Mississippi. Et que je ne tolérerais pas qu'elle reste en contact avec Lulabelle tant que ton père paierait le loyer de sa maison.

— Mais c'était Lulabelle qui s'était mal conduite, pas Constantine ?

— Et si elle était restée, il n'était pas question que cette fille se promène dans tout Jackson en se faisant passer pour une Blanche alors qu'elle était noire et en disant à tout le monde qu'elle était allée à Longleaf pour une soirée des Filles de la Révolution. Je remercie Dieu que personne n'en ait rien su. Elle a voulu me faire honte dans ma propre maison, Eugenia. A cinq minutes près, elle se faisait accepter comme *membre* des Filles de la Révolution par Phoebe Miller !

— Mais Constantine… Elle était restée vingt ans sans voir sa fille. On ne peut pas… interdire à quelqu'un de voir son enfant ?"

Mais maman est tout à son histoire. "Constantine croyait qu'elle pourrait me faire changer d'avis. *Miss Phelan, je vous en prie, laissez-la rester, elle ne viendra plus de ce côté, ça fait si longtemps que je l'avais plus vue…*

"Et cette Lulabelle, les mains sur les hanches, disant : « Ouais, mon père est mort et ma mère était trop malade pour s'occuper de moi quand j'étais bébé. Elle a été obligée de m'abandonner. Vous ne pouvez pas nous séparer. »"

Maman baisse la voix. Elle semble maintenant très factuelle. "Je regardais Constantine et j'avais tellement honte pour elle… Tomber enceinte pour commencer, et ensuite mentir…"

J'ai chaud et j'ai mal au cœur. Je voudrais en finir.

Maman ferme à demi les yeux. "Il est temps que tu voies les choses telles qu'elles sont réellement, Eugenia. Tu idolâtres trop Constantine. Depuis toujours." Son doigt se tend à nouveau vers moi. "Ce ne sont pas des gens *comme nous*."

Je ne peux pas la regarder. Je ferme les yeux. "Et ensuite, que s'est-il passé, maman ?

— J'ai carrément demandé à Constantine : « C'est cela que vous lui avez dit ? C'est comme cela que vous couvrez vos propres erreurs ? »"

Cette partie-là, j'espérais qu'elle n'était pas vraie. Qu'Aibileen s'était trompée.

"J'ai dit la vérité à Lulabelle. Je lui ai dit : « Votre père n'est pas *mort*. Il est parti le lendemain de votre naissance.

Et votre maman n'a jamais été malade de sa vie. Elle vous a abandonnée parce que vous étiez trop blanche. Elle ne vous voulait pas.»

— Tu ne pouvais pas lui laisser croire ce que Constantine lui avait dit ? Elle avait une peur affreuse que sa fille la repousse, c'est pour ça qu'elle lui avait menti.

— Il fallait que Lulabeen sache la vérité. Et qu'elle retourne à Chicago, où était sa place."

Je me prends la tête à deux mains. Il n'y a pas le plus petit motif de rédemption dans cette histoire. Je sais pourquoi Aibileen n'a pas voulu me la raconter. Un enfant ne devrait jamais entendre de telles choses sur sa mère.

"Je n'aurais jamais cru que Constantine partirait dans l'Illinois avec elle, Eugenia. Très franchement, j'ai été… navrée de la voir s'en aller.

— Pas du tout", dis-je.

J'imagine Constantine à Chicago, confinée dans un minuscule appartement après avoir vécu cinquante ans ici. Comme elle a dû se sentir seule ! Et ses genoux, dans ce froid, comme ils devaient la faire souffrir !

"Oui, j'étais navrée, Eugenia. Et bien que je lui aie demandé de ne pas t'écrire, elle l'aurait certainement fait si elle en avait eu le temps.

— Le temps ?

— Constantine est morte, Skeeter. Je lui ai envoyé un chèque pour son anniversaire à l'adresse que j'avais trouvée pour sa fille, mais Lulabelle… l'a renvoyé. Avec un certificat de décès.

— Constantine…" Je pleure. "Si seulement j'avais su ! Pourquoi ne m'as-tu rien dit, maman ?"

Maman renifle, en regardant droit devant elle. Elle s'essuie les yeux d'un geste vif. "Parce que je savais que tu m'en voudrais alors que… ce n'était pas de ma faute.

— Quand est-elle morte ? Depuis quand était-elle à Chicago ?"

Maman rapproche encore la bassine. "Trois semaines."

Aibileen m'ouvre la porte de sa cuisine. Minny est attablée devant son café. Elle descend la manche de sa robe à mon entrée mais j'ai le temps de voir le bord du pansement blanc qu'elle porte au bras. Elle marmonne un bonjour et replonge le nez dans sa tasse.

Je pose le manuscrit sur la table.

"Si je le poste ce matin, il restera six jours. On va peut-être y arriver, finalement !" Je souris à travers ma fatigue.

"Mon *Dieu*, c'est pas rien, ça… Regardez toutes ces pages…" Aibileen sourit aussi sur son tabouret. "Deux cent soixante-six !

— Il ne nous reste plus… qu'à attendre", dis-je, et nous contemplons toutes les trois la pile de feuilles.

"Enfin !" dit Minny. Je devine sur ses traits quelque chose qui n'est pas tout à fait un sourire, mais plutôt de la satisfaction.

Le silence envahit la pièce. Derrière la fenêtre, il fait nuit. Le bureau de poste est déjà fermé, mais j'ai voulu leur montrer le manuscrit complet avant de l'envoyer. Jusque-là, je n'apportais qu'un chapitre à la fois.

"Et si on apprend que c'est nous ?" demande calmement Aibileen.

Minny regarde par-dessus sa tasse.

"Si les gens s'aperçoivent que Niceville, c'est Jackson, ou si ils apprennent qui…

— Ils trouveront jamais, dit Minny. Des villes comme Jackson, il y en a des centaines."

Voilà un certain temps que nous n'avons pas abordé ce sujet, et hormis la remarque de Winnie sur les langues de vipère, nous n'avons pas vraiment discuté des conséquences possibles, sinon du fait que les bonnes risquaient de perdre leur place. Au cours des huit mois qui viennent de s'écouler, nous n'avons eu qu'une idée en tête : achever ce livre.

"Minny, il faut que tu penses à tes enfants, dit Aibileen. Et Leroy… s'il apprend…"

Le regard assuré de Minny fait place à une expression furtive, vaguement paranoïaque. "Leroy, il sera fou de rage. Alors…" Elle tire à nouveau sur sa manche. "Fou de rage, et puis triste, si les Blancs m'attrapent.

— Vous croyez qu'on devrait chercher un endroit où aller… si ça tourne mal ?" demande Aibileen.

Elles réfléchissent un instant, puis secouent la tête. "Je sais pas où on irait, dit Minny.

— Vous devriez y penser vous aussi, Miss Skeeter. Pour vous, ajoute Aibileen.

— Je ne peux pas laisser ma mère." J'étais debout jusque-là, et je me laisse choir sur une chaise. "Aibileen, vous croyez réellement qu'on pourrait… nous faire du mal ? Comme ce qu'on lit dans les journaux ?"

Elle me regarde en penchant la tête de côté, fronce les sourcils comme pour dire qu'il y a un malentendu entre nous. "Ils nous battront. Ils s'amèneront ici avec des battes de base-ball. Il ne nous tueront peut-être pas, mais…

— Mais… qui pourrait faire ça ? Les Blanches dont il est question… ne pourraient pas nous attaquer. N'est-ce pas ?

— Miss Skeeter, vous ne savez pas que les Blancs adorent *protéger* les Blanches dans leur ville ?"

J'ai la chair de poule. Ce n'est pas pour moi que je crains, mais je tremble maintenant à l'idée de ce que j'ai fait à Aibileen, à Minny, à Louvenia, à Faye Belle et aux huit autres. Le livre est devant nous sur la table. J'ai envie de le fourrer dans ma sacoche pour le cacher.

Je me tourne vers Minny parce que, sans trop savoir pourquoi, je crois qu'elle est la seule parmi nous qui comprenne vraiment ce qui pourrait arriver. Mais elle ne répond pas à mon regard. Elle est perdue dans ses pensées. Son pouce passe et repasse sur ses lèvres.

"Minny ? Qu'en pensez-vous ?"

Elle ne lâche pas la fenêtre des yeux, hoche la tête à ses propres pensées. "Je crois qu'il nous faudrait une *assurance*.

— Ça, il y en a pas, dit Aibileen. Pas pour nous.

— Et si on mettait la Chose Abominable Epouvantable dans le livre ? dit Minny.

— C'est impossible, Minny, répond Aibileen. On serait repérées.

— Mais si on la met, Miss Hilly pourra plus laisser personne dire que le livre se passe à Jackson. *Personne* doit savoir ce qui lui est arrivé. Et si quelqu'un commence à s'en douter elle fera tout pour l'embrouiller.

— Mon Dieu, Minny, s'inquiète Aibileen, c'est trop risqué. On peut pas savoir ce qu'elle fera, cette femme !

— Personne connaît l'histoire à part Miss Hilly et sa mère, dit Minny. Et Miss Celia, mais elle a pas d'amis pour en parler."

Je demande : "Que s'est-il passé ? C'était vraiment *si* abominable ?"

Aibileen me regarde. Je hausse les sourcils.

"Ce qui s'est passé, elle l'avouera jamais, dit Minny à Aibileen. Elle voudra pas non plus qu'on vous repère, toi et Miss Leefolt, parce que ça serait trop près d'elle. Moi je vous le dis : Miss Hilly, c'est notre meilleure protection."

Aibileen secoue la tête, puis la hoche, puis la secoue à nouveau. Nous la regardons et attendons.

"Si on met la Chose Abominable Epouvantable dans le livre et que les gens *apprennent* que ça s'est passé entre toi et Miss Hilly, alors c'est toi qui auras des ennuis pour de bon." Aibileen frissonne. "Et quand je dis des ennuis…

— Il y a un risque et il va falloir que je le prenne. Je suis déjà décidée. Ou bien vous mettez ça dans le livre, ou bien vous enlevez tout mon chapitre."

Aibileen et Minny s'affrontent un instant du regard. Nous ne pouvons pas retirer le chapitre sur Minny. C'est le dernier du livre. Il parle d'une femme renvoyée dix-neuf fois dans la même ville. Et de ce que c'est d'essayer sans cesse de refouler sa colère sans jamais y parvenir. Il commence avec les règles énoncées par sa mère quand on travaille chez une Blanche et va jusqu'à son renvoi de chez Miss Walters. J'ai envie de dire quelque chose, mais je m'abstiens.

Finalement, Aibileen pousse un soupir. "Très bien. Je crois qu'il vaut mieux lui raconter, alors."

Minny me lance un regard perçant. Je sors un stylo et mon calepin.

"Si je vous le dis, c'est seulement pour le livre, vous savez. On est pas là pour se faire des confidences.

— Je vais nous refaire du café", annonce Aibileen.

Sur la route qui me ramène à Longleaf, je frissonne encore en pensant à l'histoire de Minny. Je ne sais pas ce qui était le plus sûr, de l'inclure ou de l'écarter. Sans compter que si je ne suis pas capable de l'écrire à temps pour poster le manuscrit demain matin nous aurons encore un jour de retard. J'imagine la fureur sur le visage de Hilly, la haine qu'elle voue toujours à Minny. Je connais bien ma vieille amie. Si nous sommes découvertes, Hilly sera la plus acharnée de nos ennemis. Et même si nous ne le sommes pas, le fait que nous ayons raconté cette histoire de tarte la jettera dans la pire colère qu'on lui ait jamais connue. Mais Minny a raison, ce sera aussi, pour nous, la meilleure des "assurances".

Tous les trois cents mètres, je regarde derrière moi. Je respecte scrupuleusement la vitesse limitée et je prends les petites routes. Les mots *Ils nous battront* sonnent encore à mes oreilles.

Je passe la nuit à écrire, et la journée suivante, en grimaçant aux détails de l'histoire de Minny. A quatre heures de l'après-midi je jette le manuscrit dans une grande enveloppe rigide que j'enveloppe à son tour de papier kraft. En général, les courriers mettent sept ou huit jours pour parvenir à New York. Il faudrait que celui-ci y soit dans six jours pour respecter le délai.

Je fonce jusqu'à la poste, sachant qu'elle ferme à quatre heures et demie, à tombeau ouvert malgré ma crainte de la police, et je me précipite au guichet. Je n'ai pas dormi depuis la veille. Je suis littéralement hirsute. Le postier me regarde avec de grands yeux.

"Ça souffle, dehors?

— S'il vous plaît. Pouvez-vous expédier cela aujourd'hui? C'est pour New York."

Il regarde l'adresse. "Le camion est déjà parti, ma'am. Je suis obligé d'attendre demain."

Il met un coup de tampon sur le colis et je rentre chez moi.

Sitôt arrivée, je file dans la réserve pour appeler le bureau d'Elaine Stein. Sa secrétaire me la passe et je lui annonce d'une voix étranglée que je viens de poster le manuscrit.

"La dernière conférence des éditeurs a lieu dans six jours, Eugenia. Je dois non seulement le recevoir à temps, mais le recevoir assez vite pour avoir le temps de le lire. Je dirais qu'il y a peu de chances."

Il n'y a rien à ajouter, et je murmure: "Je le sais. Merci en tout cas." Et j'ajoute: "Joyeux Noël, Mrs Stein.

— Nous appelons ça Hanoukka, mais merci tout de même, Miss Phelan."

CHAPITRE 28

Après avoir raccroché, je vais sur la véranda et je regarde les champs sous le froid. Je suis tellement fourbue que je n'ai pas remarqué la voiture du Dr Neal dans l'allée. Il est sans doute arrivé pendant que j'étais à la poste. J'attends, adossée à la rampe, qu'il ressorte de chez maman. De l'entrée, je vois au fond du couloir que la porte de sa chambre est fermée.

Au bout d'un moment, le Dr Neal referme doucement et me rejoint sur la véranda.

"Je lui ai donné quelque chose contre la douleur, dit-il.

— La… douleur? Maman a encore vomi ce matin?"

Le vieux Dr Neal me fixe de ses yeux bleu délavé. Longuement, comme s'il ne se décidait pas à me dire quelque chose. "Ta mère a un cancer, Eugenia. Sur la paroi de l'estomac."

Je tends la main pour m'appuyer au mur de la maison. Je suis abasourdie, et pourtant, ne le savais-je pas déjà?

"Elle ne voulait pas t'en parler." Il secoue la tête. "Mais comme elle refuse d'aller à l'hôpital, il faut bien que tu le saches. Les prochains mois vont être… difficiles." Il hausse les sourcils. "Pour elle et pour toi.

— Quelques mois? C'est… tout?" Je porte la main à ma bouche et m'entends gémir.

"Peut-être plus, peut-être moins, mon petit." Il secoue la tête. "Encore que, connaissant ta mère…" Il jette un coup d'œil vers la maison. "Elle va se battre comme une enragée."

504

Je suis sonnée, incapable de parler.

"Appelle-moi à n'importe quelle heure, Eugenia. Au cabinet ou chez moi."

Je rentre, jusqu'à la chambre de maman. Papa est sur le canapé à côté du lit, le regard dans le vide. Maman est assise, bien droite. Elle lève les yeux au ciel en me voyant.

"Eh bien, je suppose qu'il t'a mise au courant."

Les larmes me coulent sur le menton. Je lui prends les mains.

"Depuis quand le sais-tu ?

— Depuis deux mois environ.

— Oh, *maman*…

— Arrête ça, Eugenia. On n'y peut rien.

— Mais je ne peux pas… je ne peux pas rester assise à te regarder…" Je n'arrive même pas à prononcer le mot. Tous les mots sont trop horribles.

"Tu ne vas certainement pas rester assise ici. Carlton sera bientôt avocat et toi…" Elle secoue la main, son doigt pointé sur moi. "Ne crois pas que tu pourras te laisser aller quand je ne serai plus là. Je vais appeler Fanny Mae dès que je pourrai marcher jusqu'à la cuisine et fixer tes rendez-vous chez le coiffeur jusqu'en 1975."

Je me laisse tomber sur le canapé et papa m'entoure de son bras. Je m'appuie contre lui et je pleure.

Le sapin de Noël dressé voici une semaine par Jameso perd des aiguilles chaque fois qu'on entre dans le petit salon. Nous sommes encore à six jours de Noël, mais personne ne se donne la peine de l'arroser. Les quelques cadeaux que maman a achetés et empaquetés en juillet attendent au pied du tronc. Il y a visiblement une cravate, quelque chose de petit et de carré pour Carlton, et pour moi un lourd paquet que je soupçonne de cacher une nouvelle Bible. Maintenant que tout le monde est au courant du cancer de maman, c'est comme si les quelques fils qui la retenaient avaient lâché. Les ficelles de la marionnette sont rompues, et même sa tête semble en équilibre instable sur ses épaules. Elle peut encore, au mieux, se lever pour aller aux toilettes ou s'asseoir sur la véranda quelques minutes chaque jour.

L'après-midi, je vais lui chercher son courrier. Le magazine *Good Housekeeping*, bible de la maîtresse de maison, des lettres paroissiales, les dernières nouvelles des Filles de la Révolution.

"Comment vas-tu ?" Je repousse ses cheveux en arrière et elle ferme les yeux comme pour accueillir la sensation. C'est elle l'enfant désormais, et moi la mère.

"Ça va."

Pascagoula entre. Elle pose un plateau avec du bouillon sur la table. Maman secoue à peine la tête quand elle ressort, en fixant du regard le couloir désert.

"Ah, non, dit-elle avec une grimace. Je ne peux pas manger.

— Tu n'es pas obligée de manger tout de suite, maman. Plus tard.

— Ce n'est pas pareil avec Pascagoula, n'est-ce pas ?

— Non. Ce n'est pas pareil." C'est la première fois qu'elle fait allusion à Constantine depuis notre pénible discussion.

"On dit que c'est comme le véritable amour. Une bonne comme elle, on n'y a droit qu'une fois."

J'opine de la tête. Comme je voudrais ajouter cela au livre ! Mais il est trop tard, bien sûr, le livre est déjà parti. Je n'y peux rien, nul n'y peut rien, il ne reste qu'une chose à faire : attendre la suite.

Noël est sinistre, chaud et pluvieux. Papa sort toutes les demi-heures de la chambre de maman, regarde par la fenêtre et demande : "Il n'est pas là ?" Carlton, mon frère, arrive ce soir en voiture de la fac de droit et nous serons tous deux soulagés. Maman a souffert toute la journée de vomissements et de haut-le-cœur. Elle parvient tout juste à garder les yeux ouverts, mais ne peut pas dormir.

"Charlotte, c'est l'hôpital qu'il vous faut", a dit le Dr Neal cet après-midi. Et il l'a répété je ne sais combien de fois au cours de la semaine. "Laissez-moi au moins vous envoyer une infirmière qui restera avec vous.

— Charles Neal, a répondu maman, sans même lever la tête de son oreiller, je ne passerai pas mes derniers jours à l'hôpital, et je ne ferai pas non plus de ma maison un hôpital."

Le Dr Neal s'est contenté de soupirer et a laissé de nouveaux médicaments à papa en lui expliquant comment les administrer.

"Mais ils vont l'aider ? ai-je entendu mon père chuchoter dans le couloir. Elle va aller mieux ?"

Le Dr Neal lui a mis sa main sur l'épaule. "Non, Carlton."

A six heures du soir, mon frère arrive enfin.

"Salut, Skeeter !" Il me serre contre lui. Il est tout chiffonné après le long trajet en voiture, mais beau dans son pull torsadé aux couleurs de l'université. Et il sent bon l'air frais. Je suis contente d'avoir une personne de plus ici. "Jésus, pourquoi fait-il aussi chaud dans cette maison ?

— Elle a froid, dis-je, d'un ton calme. Tout le temps."

Je l'accompagne au fond du couloir. Il se penche pour la prendre dans ses bras, avec douceur. Il se retourne le temps d'un regard, et je vois le choc sur son visage. Je me détourne. Je mets la main sur ma bouche pour ne pas pleurer car si je commence je ne pourrai plus arrêter. Le regard de Carlton m'en dit plus que je ne voudrais savoir.

En voyant arriver Stuart le jour de Noël, je le laisse m'embrasser, mais je lui dis : "C'est seulement parce que ma mère est mourante."

J'entends maman qui appelle : "Eugenia !" C'est le jour de l'An et je suis venue chercher du thé dans la cuisine. Noël est passé et Jameso a emporté l'arbre ce matin. Il y a encore des aiguilles de pin dans toute la maison mais je me suis décidée à enlever toutes les décorations et à les ranger dans le placard. C'était fatigant et terriblement frustrant de les emballer tant bien que mal comme maman aime le faire, afin qu'elles puissent resservir l'an prochain. Je préfère ne pas m'appesantir sur la futilité de la chose.

Je suis sans nouvelles de Mrs Stein et j'appelle Aibileen pour le lui dire, et pour le plaisir de parler de cela à quelqu'un. "J'arrête pas de penser à d'autres choses qu'on pourrait mettre, dit-elle. Puis je me rappelle qu'on a déjà tout envoyé.

— Moi, c'est la même chose, dis-je. Je vous préviens dès que j'ai du nouveau."

Je retourne à la chambre de maman. Elle est adossée à ses oreillers. Par l'effet de la gravité, avons-nous appris, la position assise aide à lutter contre les vomissements. La bassine blanche en fer émaillé reste posée à côté d'elle.

"Maman, dis-je. Que puis-je t'apporter ?

— Eugenia, tu ne peux pas aller chez les Holbrook pour le jour de l'An avec ce pantalon." Quand maman bat des paupières, elle garde les yeux fermés une seconde de trop. Elle est à bout de forces, un squelette dans une chemise de nuit blanche ornée d'absurdes rubans et autres dentelles empesées. Son cou flotte dans le grand col comme celui d'un cygne. Elle ne peut s'alimenter qu'à l'aide d'une pipette. Elle a complètement perdu le sens de l'odorat.

Mais elle se doute, même sans me voir, que ma tenue n'est pas convenable.

"Ils ont annulé leur soirée, maman." Elle se rappelle peut-être la soirée de Hilly l'an passé. D'après ce que m'a dit Stuart, toutes les fêtes avaient été annulées pour cause de mort du président. Non pas qu'on m'ait invitée, d'ailleurs. Ce soir, Stuart doit venir pour regarder Dick Clark à la télévision.

Maman met sa petite main décharnée sur la mienne. Elle est si maigre que les articulations saillent sous la peau. A onze ans je portais des robes à sa taille.

Elle me regarde d'un air détaché. "Je crois que tu devrais mettre ce pantalon sur la liste, maintenant.

— Mais il est confortable, et chaud, et..."

Elle secoue la tête, referme les yeux. "Excuse-moi, Skeeter."

Il n'y a plus jamais de disputes. "Ce n'est rien", dis-je, avec un soupir.

Elle sort une liasse de papiers de quelque poche invisible – elle en a cousu dans tous ses vêtements – dans laquelle elle garde des cachets contre les vomissements, des mouchoirs, et ces minuscules listes dictatoriales. Je m'étonne en voyant de quelle main ferme elle note sur la liste : "Ne pas porter : pantalon gris, informe, de coupe masculine." Puis elle sourit, satisfaite.

Cela peut sembler macabre, mais quand maman a compris qu'une fois morte elle ne pourrait plus me dire comment m'habiller, elle a imaginé cet ingénieux dispositif posthume. Elle pense qu'ainsi je n'irai pas m'acheter toute seule des vêtements importables. Elle a probablement raison.

"Tu n'as toujours pas vomi?" dis-je, parce qu'il est quatre heures et qu'elle a déjà pris deux bols de soupe sans être malade une seule fois de la journée. Habituellement, elle aurait déjà vomi trois fois à cette heure.

"Pas une fois", dit-elle. Puis elle ferme les yeux et quelques secondes plus tard, elle dort.

Le jour de l'An, je descends pour préparer les pois yeux noirs porte-bonheur. Pascagoula les a mis à tremper la veille au soir. Elle m'a montré comment les cuire à feu vif avec le jarret de porc. L'opération se fait en deux temps trois mouvements, mais tout le monde a l'air de s'inquiéter en me voyant au fourneau. Je me souviens que Constantine venait toujours nous préparer les pois yeux noirs du 1er janvier, même quand c'était son jour de congé. Elle en cuisait une grande marmite mais posait un pois unique dans chaque assiette et vérifiait que nous le mangions bien. Puis elle faisait la vaisselle et rentrait chez elle. Mais Pascagoula n'a pas proposé de venir et, pensant qu'elle était en famille, je ne le lui ai pas demandé.

Nous étions tous tristes que Carlton ait dû repartir ce matin. C'était bien d'avoir mon frère et de pouvoir discuter avec lui. Ses derniers mots avant de m'embrasser et de prendre la route pour la fac ont été : "Ne mets pas le feu à la maison." Puis il a ajouté : "J'appelle demain, pour savoir comment elle va."

Après avoir éteint la flamme de la cuisinière, je sors sur la véranda. Papa, accoudé à la rampe, roule des graines de coton entre ses doigts. Il regarde les champs nus qui ne seront pas ensemencés avant un mois.

"Papa, tu viens déjeuner ? Les pois sont prêts."

Il se retourne. Le sourire est mince, les traits émaciés.

"Ce médicament qu'ils lui ont prescrit…" Il étudie ses graines. "J'ai l'impression que ça marche. Elle dit sans cesse qu'elle se sent mieux."

Je secoue la tête, incrédule. Il ne peut pas croire cela !

"Voilà deux jours qu'elle en prend et elle n'a vomi qu'une seule fois.

— Oh, papa! Non… ce n'est que… Papa, elle n'est pas guérie."

Mais il a un regard absent et je me demande s'il m'entend seulement.

"Je sais bien que tu serais mieux ailleurs, Skeeter." Il y a des larmes dans ses yeux. "Mais il ne se passe pas de jour sans que je remercie Dieu que tu sois avec elle."

J'opine, honteuse à la pensée qu'il croie à un choix de ma part. Je le serre dans mes bras. "Moi aussi je suis contente d'être ici, papa."

A la réouverture du club, la première semaine de janvier, je mets ma jupe et je prends ma raquette. Je traverse le snack-bar en ignorant Patsy Joiner, mon ex-partenaire qui m'a laissée tomber, et trois autres filles qui fument toutes, assises aux tables en fer forgé. Elles se penchent pour chuchoter à mon passage. Je vais sécher la réunion de la Ligue ce soir, et je n'irai plus jamais d'ailleurs. J'ai laissé tomber il y a deux jours en envoyant une lettre de démission.

Je fais claquer la balle contre le tableau noir et m'efforce de ne penser à rien. Je me suis surprise à prier ces derniers temps, moi qui n'ai jamais été quelqu'un de très religieux. J'adresse d'interminables prières à Dieu en le suppliant d'apporter un peu de soulagement à maman, à moi des nouvelles de mon livre, et lui demandant même, parfois, que faire avec Stuart. Je me surprends souvent à prier sans même le savoir.

En revenant du club, je vois le Dr Neal qui s'arrête derrière moi avec sa voiture. Je l'accompagne à la chambre de maman, où papa attend, et ils referment la porte sur eux. Je reste plantée dans le couloir, à aller et venir comme un enfant. Voilà quatre jours que maman n'a plus rejeté cette bile verdâtre. Elle mange tous les jours ses céréales et en a même redemandé.

Le Dr Neal sort, papa reste sur sa chaise à côté du lit et je raccompagne le docteur.

"Elle vous l'a dit ? Elle vous a dit qu'elle se sentait mieux ?"

Il fait oui puis non de la tête. "Il serait inutile de l'hospitaliser pour des rayons X. Ce serait trop dur pour elle.

— Mais… est-elle… ? Se pourrait-il qu'elle aille mieux ?

— J'ai déjà vu cela, Eugenia. Les gens ont parfois une rémission. C'est un cadeau du ciel, je crois. Ainsi, ils peuvent régler leurs affaires. Mais c'est tout, mon petit. N'espérez pas plus.

— Mais vous avez vu sa mine ? Elle a l'air beaucoup mieux et elle garde la nourriture…

Il secoue la tête.

"Faites ce que vous pourrez pour lui apporter un peu de bien-être."

Ce premier vendredi de 1964, je n'y tiens plus. Je tire le téléphone dans la réserve. Maman dort, après avoir pris un deuxième bol de porridge. Sa porte est ouverte pour que j'entende si elle appelle.

"Bureau d'Elaine Stein.

— Bonjour. C'est Eugenia Phelan. Puis-je lui parler ?

— Je regrette, Miss Phelan, mais Mrs Stein ne prend aucun appel concernant sa sélection de manuscrits.

— Ah. Mais… pouvez-vous me dire si elle a bien reçu le mien ? Je l'ai posté juste avant la date limite, et…

— Un instant, je vous prie."

Le silence. Elle revient après une minute.

"Je vous confirme que nous avons reçu votre envoi pendant les vacances. Quelqu'un de notre bureau vous fera part de la décision de Mrs Stein quand elle l'aura prise. Merci d'avoir appelé."

Clic.

Quelques jours plus tard, après un après-midi épuisant à répondre aux lettres à Miss Myrna, je m'assois avec Stuart dans le petit salon. Je suis contente de le voir et de rompre, pour une fois, le silence qui règne dans cette maison. Nous regardons tranquillement la télévision. Une publicité pour les cigarettes Tareyton passe à l'écran, celle dans laquelle la fille qui fume a un œil au beurre noir : Les fumeurs de cigarettes Tareyton sont prêts à se battre plutôt que d'en changer !

Nous nous voyons maintenant une fois par semaine. Nous sommes allés une fois au cinéma après Noël, et une autre fois dîner en ville. Mais le plus souvent il vient à la maison parce que je ne veux pas laisser maman. Avec moi, il se montre hésitant et respectueux, pour ne pas dire timide. Je vois cette timidité dans son regard, et la panique que je ressentais en sa présence a disparu. Nous n'abordons aucun sujet sérieux. Il me parle de l'été qu'il a passé, pendant qu'il était à la fac, à travailler sur les puits de pétrole du golfe du Mexique. On se douchait à l'eau salée. L'océan était d'un bleu cristallin jusque dans ses profondeurs. Les hommes étaient soumis à un travail harassant pour nourrir leurs familles, mais Stuart, fils de riches parents, retournerait ensuite à ses études. C'était la première fois, m'a-t-il dit, qu'il avait l'occasion de travailler vraiment dur.

"Je suis content d'avoir participé à ces forages, à l'époque. Je ne pourrais plus le faire aujourd'hui", a-t-il ajouté. Il en parle comme si tout cela ne datait pas de cinq ans mais d'une éternité. Il me paraît plus vieux que je ne le pensais.

Je demande : "Pourquoi ne le ferais-tu pas aujourd'hui ?" car je m'interroge moi-même sur mon avenir. J'aime bien entendre les autres parler des possibilités qui s'offrent à eux.

Il me regarde en fronçant les sourcils. "Parce que je ne pourrais pas te laisser."

Je glisse rapidement là-dessus pour ne pas m'avouer à quel point j'ai plaisir à l'entendre.

La publicité s'achève et nous regardons les informations. Il y a eu un accrochage au Vietnam. Le journaliste a l'air de penser que l'affaire s'est réglée sans trop de dégâts.

"Ecoute, dit Stuart, après un silence. Je n'ai pas voulu en parler jusqu'ici mais… je sais ce qu'on raconte en ville. A ton sujet. Et je m'en fiche. Je voulais seulement que tu le saches."

Je pense aussitôt *le livre*. Il a entendu quelque chose. Mon corps tout entier se crispe. "Qu'as-tu entendu ?

— Tu le sais bien. Ce canular que tu as monté pour Hilly."

Je me détends un peu. Je n'en ai parlé à personne sauf à Hilly elle-même. Je me demande si elle l'a appelé comme elle m'en avait menacé.

"Et je comprends très bien comment les gens ont pris ça. Ils te voient comme une cinglée de libérale et te croient mêlée à toute cette agitation."

Je contemple mes mains. Je reste inquiète de ce qu'on a pu lui dire, et un peu agacée, aussi. "Comment sais-tu, lui dis-je, à quoi je suis et ne suis pas mêlée ?

— Je te connais, Skeeter, dit-il d'une voix douce. Tu es trop intelligente pour te laisser entraîner dans ce genre de chose. C'est ce que j'ai répondu."

Je hoche la tête, m'efforce de sourire. Quoi qu'il s'imagine "connaître" de moi, je ne peux m'empêcher d'apprécier le fait que quelqu'un tienne suffisamment à ma petite personne pour me défendre.

"On n'est pas obligés d'en reparler, dit-il. Je voulais que tu saches. C'est tout."

Le samedi soir, je vais dire bonsoir à maman. J'ai mis un long manteau pour qu'elle ne voie pas ma tenue, et je

514

laisse la lumière éteinte pour échapper aux commentaires sur ma coiffure. Son état n'a guère évolué. Elle ne semble pas plus mal – les vomissements ne sont pas revenus –, mais sa peau est grisâtre. Elle a commencé à perdre ses cheveux. Je lui prends les mains, lui effleure la joue.

"Papa, tu m'appelles au restaurant si tu as besoin de moi ?

— Oui, Skeeter. Amuse-toi bien."

Je monte dans la voiture de Stuart et il m'emmène dîner au Robert E. Lee. La salle est pleine de robes multicolores, de roses, du tintement des couverts en argent. Il y a de l'excitation dans l'air, le sentiment que les choses sont presque revenues à la normale après l'assassinat du président Kennedy ; 1964 est flambant neuf. Les regards qui se tournent vers nous sont nombreux.

"Tu as l'air… différente", dit Stuart. Je devine qu'il a gardé pour lui cette remarque pendant toute la soirée, et il semble plus dérouté qu'impressionné. "Cette robe est… tellement courte."

Je hoche la tête et repousse mes cheveux en arrière. Comme il avait l'habitude de le faire.

Ce matin, j'ai dit à maman que je sortais faire des achats. Puis elle m'a paru si fatiguée que j'ai vite changé d'avis. "Je ne devrais peut-être pas sortir."

Mais je l'avais dit. Maman m'a envoyée chercher le gros carnet de chèques. Elle a détaché un chèque vierge, puis m'a tendu un billet de cent dollars qu'elle avait plié sur le côté de son portefeuille. Comme si au seul mot d'*achats* elle s'était sentie mieux.

"Ne regarde pas à la dépense. Et pas de pantalons. Faistoi aider par Miss LaVole. Elle sait comment les jeunes filles doivent s'habiller."

Mais l'idée de l'odeur de café et de naphtaline de Miss LaVole et de ses vieilles mains ridées sur moi m'étant insupportable, j'ai filé directement à travers le centre pour prendre l'autoroute 51 en direction de La Nouvelle-Orléans. Je ne me sentais pas trop coupable de laisser maman aussi longtemps, sachant que le Dr Neal devait venir et que papa allait rester avec elle toute la journée.

Trois heures plus tard, j'entrais dans le grand magasin La Maison Blanche sur Canal Street. J'y étais venue je ne sais combien de fois avec ma mère et deux fois avec Elizabeth et Hilly, et j'étais fascinée par les sols dallés de marbre, les kilomètres de gants et de chapeaux et toutes ces dames bien poudrées qui paraissaient si heureuses, si bien dans leur peau. Sans me laisser le temps de demander quelqu'un, un homme mince m'a dit : "Suivez-moi, tout est en haut", et m'a emmenée au troisième étage, en ascenseur, à une salle qui annonçait VÊTEMENTS MODERNES POUR FEMME.

"Qu'est-ce que tout cela ?" ai-je demandé. Il y avait des dizaines de femmes, de la musique de rock-and-roll, des coupes de champagne et des lumières scintillantes.

"Emilio Pucci, ma chérie. Enfin !" L'homme a reculé d'un pas et a dit : "Vous êtes venue pour la présentation de la collection ? Vous avez une invitation, n'est-ce pas ?

— Hum, oui, je l'ai quelque part…" Mais il s'est désintéressé de moi tandis que je faisais mine de chercher dans mon sac.

Tout autour de moi, les vêtements semblaient avoir pris racine et fleuri sur leurs cintres. Je me suis mise à rire en pensant à Miss LaVole. Pas de costumes d'œufs de Pâques, ici. Des fleurs ! Des rayures éclatantes ! Et des jupes ultracourtes *découvrant la cuisse* ! C'était électrisant, provoquant, ahurissant. Le nommé Emilio Pucci n'avait pas froid aux yeux ! J'ai acheté, avec mon chèque en blanc, assez de vêtements pour occuper le siège arrière de la Cadillac. J'ai ensuite payé quarante-quatre dollars dans Morning Street pour qu'on me fasse des cheveux lisses et un ton plus clairs. Ils avaient poussé pendant l'hiver et pris une couleur eau-de-vaisselle-sale. A quatre heures je repassais le pont sur le lac Pontchartrain et la radio diffusait la musique d'un groupe appelé les Rolling Stones tandis que le vent soulevait mes cheveux raides, et j'ai pensé, *Ce soir je laisse tomber l'armure pour que tout redevienne comme avant avec Stuart.*

Stuart et moi mangeons notre chateaubriand en souriant, en bavardant. Il regarde les autres tables, parle des clients qu'il connaît. Mais personne ne se lève pour nous saluer.

"A un nouveau départ", dit-il, en levant son verre.

J'acquiesce, avec l'envie de lui répondre que tous les départs sont nouveaux. Mais je me contente de sourire et d'accompagner son toast avec mon deuxième verre de vin. Je n'ai jamais beaucoup aimé l'alcool, jusqu'à ce jour.

Après le dîner, nous apercevons en passant dans l'entrée le sénateur et Mrs Whitworth à une table. Ils prennent un verre. Autour d'eux, on boit et on discute. Ils sont revenus passer le week-end, m'a déjà dit Stuart, et c'est la première fois depuis leur installation à Washington.

"Stuart, tes parents sont là. Tu ne vas pas les saluer ?"

Mais Stuart m'entraîne vers la sortie et me pousse pratiquement dehors.

"Je ne veux pas que maman te voie avec ce genre de robe, dit-il. Elle te va à merveille, mais…" Il baisse les yeux vers la jupe. "Ce n'était peut-être pas ce qu'il y avait de mieux pour ce soir." Sur le trajet du retour, je pense à Elizabeth avec ses rouleaux sur la tête, tremblant que la bande du club de bridge me voie. Pourquoi les gens ont-ils toujours honte de moi ?

Il est onze heures quand nous arrivons à Longleaf. Je tire sur ma jupe. Stuart a raison, elle est trop courte. Comme la lumière est éteinte dans la chambre de mes parents, nous nous asseyons sur le canapé.

Je me frotte les yeux et je bâille. Quand je les rouvre, il tient une bague entre ses doigts.

"Oh… mon Dieu.

— Je voulais te l'offrir au restaurant mais…" Il sourit. "C'est mieux ici."

Je touche la bague. Elle est froide et magnifique. Trois rubis enchâssés autour d'un diamant. Je lève les yeux vers lui avec une brusque sensation de chaleur et rejette mon pull en arrière sur mes épaules. Je souris et retiens mes larmes en même temps.

"J'ai quelque chose à te dire, Stuart. Tu me promets de ne le répéter à personne ?"

Il me regarde en riant. "Minute ! Tu as dit oui ?

— Oui, mais…" Je veux d'abord savoir quelque chose. "Tu me donnes ta parole ?"

Il soupire, semble déçu de me voir gâcher ce moment. "Bien sûr. Tu as ma parole."

Je suis sous le choc de sa demande mais j'essaye d'expliquer de mon mieux. Je lui livre tous les faits et les détails que je peux lui livrer en toute sécurité sur le livre et sur ce que j'ai fait depuis un an. Je ne donne aucun nom. Il a beau m'avoir demandé ma main, je ne le connais pas assez pour lui faire totalement confiance.

"C'est donc ce que tu écrivais depuis un an ? Ce n'était pas… sur Jésus-Christ ?

— Non Stuart. Non… pas sur Jésus."

Pendant que je lui raconte que Hilly a trouvé les lois Jim Crow dans mon sac, je vois son menton s'affaisser et je comprends que je ne fais que confirmer ce qu'elle lui a déjà appris – et que, dans sa confiance et sa naïveté, il a refusé de croire.

"Les gens qui parlaient de toi, je leur ai dit qu'ils se trompaient complètement. Et pourtant… ils avaient raison."

Quand je lui parle des domestiques noires qui sont venues me donner leur accord après la réunion de prière, c'est avec une certaine fierté pour ce que nous avons fait. Il fixe le fond de son verre de bourbon.

Je lui dis ensuite que le manuscrit a été envoyé à New York. Et que s'ils décident de le publier il sortira, d'après mes prévisions, dans huit mois ou peut-être avant. Juste au moment, je pense à part moi, où des fiançailles se transforment en mariage.

"Il a été écrit anonymement, dis-je. Mais avec Hilly dans les parages, il y a de bonnes chances pour qu'on sache que j'y suis pour quelque chose."

Mais il ne hoche pas la tête, ne fait pas le geste de repousser les cheveux derrière mes oreilles, et la bague de sa grand-mère est entre nous sur le canapé en velours de maman, telle une ridicule métaphore. Nous nous taisons tous les deux. Son regard ne croise même pas le mien. Il passe à six centimètres, à droite de mon visage.

Au bout d'un moment, il dit : "Je… ne comprends pas pourquoi tu fais ça, c'est tout. Pourquoi tu t'y intéresses seulement, Skeeter."

Je me hérisse, regarde à nouveau la bague. Brillante, coupante.

"Je ne… ce n'est pas ce que je voulais dire. Ce que je voulais dire, c'est, pourquoi, alors que tout va bien ici ? Pourquoi créer des problèmes ?"

Je comprends à sa voix qu'il attend en toute sincérité une réponse de moi. Mais comment lui expliquer ? C'est un brave garçon, Stuart. Même si je sais que j'ai eu raison de faire ce que j'ai fait, je peux comprendre sa confusion et ses doutes.

"Je ne crée pas de problèmes, Stuart. Les problèmes sont déjà là."

Mais visiblement, ce n'est pas la réponse qu'il espérait. "Je ne sais pas qui tu es."

Je baisse les yeux. Je l'entends encore me dire exactement le contraire il y a un instant. "Je crois que nous en aurons pour le restant de nos jours avant de remédier à ça", dis-je, en essayant de sourire.

"Je ne crois pas… que je peux épouser quelqu'un que je ne connais pas."

Je bloque ma respiration, ouvre la bouche pour parler, mais il me faut un moment avant d'articuler, pour moi plus que pour lui : "Il fallait que je le dise. Il fallait que tu saches."

Il me regarde longuement en silence. "Tu as ma parole. Je n'en parlerai à personne", dit-il, et je le crois.

Il se lève. Me lance un dernier regard perdu. Ramasse la bague et sort.

Ce soir-là, après le départ de Stuart, j'erre de pièce en pièce, la bouche sèche, froide. C'est ce froid que j'ai réclamé au ciel la première fois que Stuart m'a quittée. Je l'ai eu.

A minuit, j'entends la voix de maman qui m'appelle de sa chambre.

"Eugenia ? C'est toi ?"

Je longe le couloir. La porte est entrebâillée et maman est en train de se lever dans sa chemise de nuit blanche empesée. Ses cheveux lui tombent sur les épaules. Je suis frappée par sa beauté. La lumière qui est restée allumée sur la véranda à l'arrière de la maison crée un halo autour de son corps. Elle sourit et elle a gardé son nouveau dentier, celui que lui a fait le Dr Simon quand les acides de son estomac ont commencé à lui ronger les dents. Son sourire est encore plus éclatant que sur ses photos de petite fille.

"Maman, de quoi as-tu besoin? Ça ne va pas?

— Viens ici, Eugenia. J'ai quelque chose à te dire."

Je m'approche sans faire de bruit. Papa est une énorme masse endormie, le dos tourné vers elle. Je pourrais, me dis-je, lui donner une version améliorée de cette soirée. Nous savons tous qu'il n'y en a plus pour longtemps. Je pourrais la rendre heureuse pour le reste de ses jours en faisant comme si le mariage était proche.

"Moi aussi j'ai quelque chose à te dire, maman.

— Ah bon? C'est toi qui commences.

— Stuart m'a demandée en mariage", dis-je, avec un sourire de circonstance. Puis je panique en pensant qu'elle va demander à voir la bague.

"Je le sais, dit-elle.

— Tu le sais?

— Bien sûr. Il est venu il y a quinze jours nous demander ta main."

Il y a deux semaines? J'en ris presque. Evidemment, maman a été la première informée d'une chose aussi importante. Je suis contente qu'elle ait déjà eu tout ce temps pour s'en réjouir.

"A moi maintenant, Eugenia." Le halo qui l'enveloppe est étrangement phosphorescent. Il vient de la véranda, mais je m'étonne de ne jamais l'avoir vu jusqu'ici. Elle saisit ma main au vol, avec la poigne vigoureuse d'une mère tenant sa fille nouvellement fiancée. Papa remue, puis se dresse sur son séant.

"Qu'y a-t-il? Tu es malade?

— Non, Carlton. Je vais bien. Je te l'ai dit."

Il opine du chef, complètement comateux, ferme les yeux, et il n'est pas rallongé qu'il dort déjà.

"Alors, maman ?

— J'ai longuement discuté avec ton père et j'ai pris une décision."

Seigneur. Je l'imagine expliquant tout à Stuart, le jour où il est venu demander ma main : "C'est au sujet du compte épargne ?"

"Non, ce n'est pas ça", dit-elle, et je pense, Alors c'est en rapport avec *le mariage*. Je suis affreusement triste à l'idée que maman ne verra pas ce mariage, non seulement parce qu'elle sera morte, mais parce qu'il n'aura pas lieu. Et j'éprouve en même temps un soulagement coupable de ne pas avoir à subir cela avec elle.

"Bon. Tu auras remarqué, je pense, que les choses vont beaucoup mieux depuis deux semaines, dit-elle. Je sais ce qu'a dit le Dr Neal, qu'il s'agissait d'une rémission, et Dieu sait quelles sornettes encore…" Elle tousse et son corps minuscule se casse. Je lui tends un mouchoir. Elle fronce les sourcils, se tamponne les lèvres.

"Mais comme je le disais, j'ai pris une décision."

J'écoute, presque aussi comateuse que mon père un instant plus tôt.

"J'ai décidé de ne pas mourir.

— Oh, maman ! Mon Dieu, s'il te plaît…

— Trop tard, dit-elle, en écartant ma main. Ma décision est prise."

Elle fait glisser ses paumes l'une sur l'autre d'un geste vif, comme pour chasser le cancer. Elle est bien droite dans sa chemise de nuit, le halo électrique illuminant sa chevelure, et je lève les yeux au ciel malgré moi. Quelle sottise de ma part. Bien sûr : elle va mettre face à la mort le même entêtement qu'elle a mis dans tous les détails de son existence.

*

Nous sommes le 18 janvier 1964. Je porte une robe trapèze noire. J'ai les ongles rongés. Je crois que je me rappellerai chaque seconde de cette journée. Comme les gens se rappellent le sandwich qu'ils étaient en train de manger ou la chanson qui passait à la radio quand ils ont appris que Kennedy avait été assassiné.

J'entre dans ce lieu qui m'est devenu si familier : la cuisine d'Aibileen. Il fait déjà nuit dehors et l'ampoule jaune semble briller d'un éclat particulier. Je regarde Minny et elle me regarde. Aibileen se glisse entre nous comme pour faire écran.

"Harper & Row veut le publier, dis-je.

— C'est une blague ? dit Minny.

— Je les ai eus au téléphone cet après-midi."

Aibileen pousse un *whhhooo* d'une puissance dont je ne l'aurais jamais crue capable. "Seigneur, j'arrive pas à y croire !" crie-t-elle, et nous tombons dans les bras l'une de l'autre, puis c'est au tour de Minny et Aibileen. Minny lance un regard dans ma direction.

"Asseyez-vous, toutes les deux ! dit Aibileen. Miss Skeeter, expliquez-moi ce qu'elle a dit ? Qu'est-ce qu'on fait maintenant ? Seigneur, le café est même pas prêt !"

Nous nous asseyons et elles se penchent toutes les deux vers moi sans me quitter des yeux. J'ai attendu quatre heures, chez moi, avec cette nouvelle. Mrs Stein m'a dit très clairement qu'il s'agissait d'un tout petit contrat. Qu'il ne fallait pas trop en espérer, peut-être même rien. Je me sens obligée de le répéter à Aibileen pour qu'elle ne soit pas trop déçue. C'est à peine si je me suis demandé moi-même ce que je devais en penser.

"Ecoutez, elle m'a dit de ne pas trop m'exciter. Qu'ils allaient en faire un très, *très* petit tirage."

Je m'attends à voir Aibileen se rembrunir, mais elle rit, et tente de cacher son rire avec sa main.

"Probablement quelques milliers d'exemplaires."

Aibileen presse sa main plus fort sur sa bouche.

"*Minable*… c'est le mot que Mrs Stein a employé pour parler du tirage."

Aibileen a le visage congestionné. Elle glousse entre ses doigts. Visiblement, elle ne comprend pas.

"Elle a dit aussi que l'avance était la plus petite qu'ils aient jamais versée…" Je fais ce que je peux pour garder mon sérieux mais c'est impossible car Aibileen est tout près d'éclater. Les larmes lui montent aux yeux.

"Petite… comment, l'avance?" demande-t-elle, toujours derrière sa main.

"Huit cents dollars, dis-je. A diviser en treize."

Aibileen éclate carrément de rire. Je ne peux m'empêcher de rire avec elle. Mais c'est absurde. Quelques milliers d'exemplaires et 61,50 dollars par personne?

Les larmes ruissellent sur le visage d'Aibileen et elle laisse finalement tomber sa tête sur la table. "Je sais pas pourquoi je ris. Ça paraît tellement comique, tout d'un coup!"

Minny nous regarde, lève les yeux au ciel. "Je *savais* que vous étiez cinglées. Toutes les deux!"

Je m'efforce de n'oublier aucun détail. Je n'ai guère fait mieux au téléphone que la fois précédente avec Mrs Stein. Son ton semblait si neutre, presque indifférent. Et moi? Suis-je restée professionnelle en posant des questions pertinentes? Ai-je pensé à la remercier de se risquer sur un tel sujet? Non. Au lieu de rire, je me suis mise à bafouiller au téléphone, à pleurer comme une gamine à qui on administre un vaccin anti polio.

"Calmez-vous, Miss Phelan, a-t-elle dit, le livre a peu de chances d'être un best-seller, mais j'ai continué à sangloter pendant qu'elle me donnait des explications. Nous n'offrons que quatre cents dollars d'avance et encore quatre cents quand ce sera terminé… vous… écoutez ?

— Oui oui, ma'am.

— Et il y a encore du travail sur le texte. Le chapitre de Sarah est excellent", a-t-elle dit, et je le répète à Aibileen qui continue à pouffer.

Aibileen se mouche, s'essuie les yeux, sourit. On finit par se calmer en buvant le café que Minny est allée nous préparer.

"Elle aime beaucoup Gertrude, aussi", dis-je à Minny. Je reprends la feuille sur laquelle j'ai noté ce que je ne voulais pas oublier. "Elle m'a dit : « Gertrude, c'est vraiment le cauchemar de la Blanche du sud. Je l'adore. »"

Minny me regarde droit dans les yeux, une seconde. Un sourire enfantin illumine ses traits. "Elle a dit ça ? De moi ?"

Aibileen rit. "Elle est à huit cents kilomètres d'ici et c'est comme si elle te connaissait !

— Elle m'a prévenue que ça ne sortirait pas avant huit mois. Vers août."

Aibileen sourit toujours. Comme si tout ce que je dis ne pouvait que la réjouir. Et franchement, je lui en suis reconnaissante. Je savais qu'elle serait excitée, mais je redoutais aussi une pointe de déception. Je me rends compte en la voyant que je ne suis absolument pas déçue moi-même. Je suis heureuse, tout simplement.

Nous discutons encore quelques minutes en buvant du thé et du café. Puis je jette un coup d'œil à ma montre. "J'ai dit à papa que je serais de retour dans une heure." Il est à la maison avec maman. J'ai pris le risque de lui laisser le numéro d'Aibileen, au cas où, en lui disant que j'allais chez une amie du nom de Sarah.

Elles me raccompagnent toutes les deux jusqu'à la porte, ce qui est nouveau de la part de Minny. Je promets à Aibileen de l'appeler dès que j'aurai reçu les notes que Mrs Stein doit m'envoyer.

"Donc, dans six mois, on saura enfin ce qui va se passer, dit Minny. Du bon, du mauvais, ou rien du tout.

— Peut-être rien du tout, dis-je, en me demandant si quelqu'un achètera jamais ce livre.

— Ma foi, moi j'attends du bon", dit Aibileen.

Minny croise les bras. "Vaut mieux que je m'attende à du mauvais, alors. Faut bien que quelqu'un s'en charge."

Minny ne semble pas s'inquiéter des ventes du livre. Elle se demande surtout ce qui va se passer quand les femmes de Jackson liront ce que nous avons écrit sur elles.

AIBILEEN

CHAPITRE 29

La chaleur est partout. Ça fait maintenant une semaine qu'on a trente-sept degrés et quatre-vingt-dix pour cent d'humidité. Un peu plus, et on nage. Impossible de faire sécher mes draps sur le fil, et ma porte d'entrée ferme plus tellement elle a gonflé. C'est pas le moment de monter des œufs en neige. Même ma perruque d'église commence à frisotter.

Ce matin, j'arrive même pas à enfiler mes bas. J'ai les jambes trop enflées. Je me dis que je les mettrai une fois que je serai chez Miss Leefolt, dans l'air conditionné. C'est sûrement un record de chaleur, vu que depuis quarante et un ans que je sers chez des Blancs c'est la première fois que je vais au travail sans bas.

Mais la maison de Miss Leefolt est encore plus chaude que la mienne. "Aibileen, mettez le thé à infuser et… les assiettes à salade, essuyez-les tout de suite…" Elle vient même pas dans la cuisine, aujourd'hui. Elle est dans le salon et elle a mis une chaise contre l'arrivée d'air de la clim', comme ça le peu de fraîcheur qui passe encore lui souffle sur son jupon. C'est tout ce qu'elle a, son jupon et ses boucles d'oreilles. J'ai déjà servi chez des Blanches qui sortaient de la chambre avec rien sur elles que leur personnalité, mais pas Miss Leefolt.

De temps en temps, le moteur de la clim' fait *phhhiiiiihh*. Comme si il laissait tomber. Miss Leefolt a déjà appelé deux fois le réparateur et il a dit qu'il venait, mais j'y crois pas. Il fait trop chaud.

"Et n'oubliez pas… ce machin en argent, là… le distributeur de cornichons, il est dans le…"

Mais elle s'arrête avant d'avoir fini, comme si il faisait trop chaud même pour me donner des ordres. Et quand je dis chaud, c'est chaud. A croire que toute la ville est assommée. Dans les rues c'est calme comme avant la tornade. A moins que ça soit moi qui tiens plus en place à cause de ce livre.

"Vous croyez qu'il faudrait annuler le club de bridge? je demande depuis la cuisine.

— Non, tout est… déjà prêt, elle répond, mais je sais qu'elle a pas toute sa tête.

— Je vais essayer encore une fois de battre cette crème. Après j'irai dans le garage. Pour mettre mes bas.

— Oh, ne vous en faites pas pour ça, Aibileen. Il fait trop chaud pour porter des bas." Miss Leefolt finit par laisser tomber sa bouche de ventilation et elle se traîne jusqu'à la cuisine avec son éventail du restaurant chinois Chow Chow. "Mon Dieu, il doit faire cinq degrés de plus ici que dans la salle à manger!

— Le four va s'éteindre dans une minute. Les petits sont sortis pour jouer."

Miss Leefolt regarde par la fenêtre les enfants qui s'amusent avec l'arrosage automatique. Mae Mobley est en culotte et Ross – je l'appelle Tit'homme – a sa couche. Il a même pas un an et il marche comme un grand. Je crois que je l'ai jamais vu à quatre pattes.

"Je ne sais pas comment ils font pour rester là dehors", dit Miss Leefolt.

Mae Mobley adore jouer avec son frère et s'occuper de lui comme si elle était sa maman. Mais elle veut plus rester dans la maison avec nous. Ma Baby Girl va tous les matins à la petite école baptiste Broadmoore. Sauf qu'aujourd'hui c'est la fête du travail, jour de congé pour le monde entier, donc il y a pas classe. Je sais pas combien de jours il me reste à passer avec elle.

"Regardez-les", dit Miss Leefolt, et je m'approche de la fenêtre. Le jet d'eau monte jusqu'en haut des arbres et ça leur fait des arcs-en-ciel. Mae Mobley a pris Tit'homme par la main et ils restent sans bouger en fermant les yeux sous les éclaboussures, comme pour un baptême.

"C'est quelque chose ces deux-là, elle dit avec un soupir, comme si elle venait juste de réaliser ça.

— C'est sûr", je réponds, et je pense qu'on a partagé un moment, Miss Leefolt et moi, en regardant par la fenêtre ces gamins qu'on adore toutes les deux. Du coup, je me demande si les choses auraient pas un tout petit peu changé. On est en 1964, tout de même. En ville, maintenant, on laisse les Noirs s'asseoir au comptoir du Woolworth.

A ce moment j'ai le cœur qui se serre, et je me demande si je suis pas allée trop loin. Parce que lorsque le livre va sortir, si on apprend qu'il est de nous, sans doute que je reverrai plus ces petits. Qui me dit que j'aurai seulement le temps d'embrasser Mae Mobley, et de lui dire une dernière fois qu'elle est une fille bien ? Et Tit'homme ? Qui lui racontera l'histoire de Martien Luther King, l'extra-terrestre vert ?

J'ai déjà pensé vingt fois à tout ça. Mais aujourd'hui je commence à sentir que c'est vrai. Je touche la vitre comme si je les touchais. Si elle apprend… Ah, ils vont me manquer, ces petits !

Je lève les yeux et je vois le regard de Miss Leefolt sur mes jambes nues. Je crois qu'elle est intriguée, vous savez. Je parie qu'elle a jamais vu des jambes noires de si près. Puis elle fronce les sourcils. Elle fait les gros yeux à Mae

Mobley. Baby Girl s'est barbouillé le front avec de l'herbe et de la boue. Et maintenant elle décore son petit frère et je reconnais cet air dégoûté qu'elle prend, Miss Leefolt, pour regarder sa propre fille. Jamais pour Tit'homme, seulement pour Mae Mobley. Elle lui réserve.

"Elle esquinte tout le jardin ! elle dit.

— Je vais les chercher. Je m'occuperai de…

— Et vous ne pouvez pas nous servir comme ça, avec vos… avec les jambes à l'air !

— Je vous ai dit…

— Hilly sera ici dans cinq minutes et regardez dans quel état elle s'est mise !"

Elle crie. Je crois que Mae Mobley l'a entendue à travers la fenêtre parce qu'elle a regardé vers nous et elle a plus bougé. Fini les sourires. Elle reste comme ça une seconde puis elle se met à essuyer tout doucement la boue sur sa figure.

Je mets un tablier parce qu'il va falloir passer ces gamins au jet. Puis je vais dans le garage enfiler mes bas. Le livre sort dans quatre jours. Ça sera pas trop tôt.

*

On a toutes vécu dans l'attente. Moi, Minny, Miss Skeeter et toutes les bonnes qui sont dans le livre. Il me semble qu'on vient de passer sept mois à attendre que l'eau boue dans une casserole invisible. Au bout du troisième mois, on a arrêté d'en parler. Ça nous énervait trop.

Mais depuis quinze jours que je cache une joie secrète et une peur secrète, je mets encore plus longtemps à cirer les parquets, et le lavage des sous-vêtements devient une course en montagne. Sans parler du repassage, qui me prend un temps fou. Mais quoi faire ? On est toutes à peu près sûres que personne dira rien tout de suite après. Comme Mrs Stein l'a expliqué à Miss Skeeter, ce livre va pas devenir un best-seller et "il faut pas trop en attendre". Miss Skeeter dit qu'il faut peut-être rien attendre du tout, que dans le Sud c'est presque tout le monde qui est "réprimé". Même si ça leur fait quelque chose, ils diront peut-être pas un mot. Ils retiendront leur respiration en attendant que ça passe, comme quand il y a une fuite de gaz.

Minny dit : "Oui, j'espère qu'elle va se retenir de respirer et qu'elle explosera au-dessus du comté de Hinds !" Elle parle de Miss Hilly. Je voudrais que Minny ait envie d'un changement en direction de la bonté, mais Minny c'est Minny, et ça reste Minny.

"Tu veux manger quelque chose, Baby Girl ?" je demande, jeudi, quand elle rentre de l'école. Ah, c'est une grande fille ! Quatre ans, déjà. Et grande pour son âge – les gens lui donnent souvent cinq ou six ans. Avec cette maman si maigre, Mae Mobley est boulotte. Et question cheveux, c'est pas ça. Elle a voulu se faire une coupe toute seule avec ses ciseaux à papier et vous savez ce qui arrive dans ces cas-là. Miss Leefolt a été obligée de l'amener au coiffeur pour dames, mais ils ont pas pu y faire grand-chose. C'est toujours court d'un côté avec presque rien sur le front.

Je lui donne un petit truc sans calories, c'est tout ce que Miss Leefolt m'autorise à lui faire manger. Des biscuits salés et du thon, ou de la gelée sans chantilly.

"Qu'est-ce que t'as appris aujourd'hui ?" je demande, comme si elle allait à la vraie école. L'autre jour, elle a répondu : "Les Pèlerins. Quand ils sont arrivés il y avait rien qui poussait alors ils ont mangé les Indiens."

Moi je sais que ces Pèlerins ont pas mangé d'Indiens. Mais c'est pas le problème. Le problème, c'est qu'il faut faire attention à ce qu'on met dans la tête de ces petits. Elle reçoit toujours sa leçon d'Aibileen toutes les semaines, son histoire secrète. Quand Tit'homme sera assez grand pour écouter, je lui en raconterai à lui aussi. Enfin, si je travaille toujours ici. Mais je crois que ça sera pas la même chose avec Tit'homme. Il m'adore, mais il est comme un animal sauvage. Il m'arrive dessus et il se jette contre mes genoux puis il file pour s'occuper d'autre chose. Mais même si j'arrive pas à faire ça avec lui comme avec Mae Mobley, je m'inquiéterai pas trop. Ce que je sais, c'est que j'aurai commencé et ce petit garçon, même s'il sait pas encore dire un mot, il écoute Mae Mobley, il écoute tout ce qu'elle dit.

Aujourd'hui, quand je lui demande ce qu'elle a appris, Mae Mobley répond juste : "Rien.

— Tu l'aimes, ta maîtresse ?

— Elle est jolie.

— Bien. Toi aussi t'es jolie, Mae Mobley.

— Pourquoi t'es noire, Aibileen ?"

J'ai déjà entendu quelques fois cette question dans la bouche de mes autres petits Blancs. Je me contentais de rire, mais aujourd'hui je veux régler ça avec elle. "Parce que Dieu m'a faite noire, je dis. Et il y pas d'autre raison au monde.

— Miss Taylor dit toujours que les enfants noirs peuvent pas venir à mon école parce qu'ils sont pas assez intelligents."

Je fais le tour du comptoir pour m'approcher. Je lui relève le menton et je lui caresse ses drôles de cheveux coupés tout de travers. "Tu me trouves bête ?

— Non." Elle chuchote comme pour montrer qu'elle y croit très fort. Elle a l'air de regretter ce qu'elle a dit.

"Qu'est-ce que ça t'apprend sur Miss Taylor, alors ?"

Elle cligne des yeux pour montrer qu'elle écoute bien.

"Ça veut dire que Miss Taylor a pas toujours raison", je dis.

Elle me prend par le cou. "Toi, t'as plus raison que Miss Taylor, Aibi." Je fonds. Ma coupe est pleine. C'est nouveau pour moi d'entendre ça.

A quatre heures, cet après-midi-là, je marche aussi vite que je peux de l'arrêt du bus à l'église. J'attends dedans, en regardant par la fenêtre. Au bout de dix minutes à essayer de respirer et à tapoter avec mes doigts sur la pierre, je vois la voiture qui s'arrête. Une Blanche en sort et elle me regarde droit dans les yeux. Cette dame, elle ressemble aux hippies que j'ai vus à la télé chez Miss Leefolt. Elle a une robe blanche courte et des sandales. Des cheveux longs sans laque, sans rien. Avec le poids, ils ont défrisé. Je ris derrière ma main, j'ai envie de sortir et de la prendre dans mes bras. J'ai pas revu Miss Skeeter en personne depuis six mois, depuis qu'on a fini les corrections pour Mrs Stein et qu'on lui a tout envoyé.

Miss Skeeter sort un grand carton qu'elle avait à l'arrière et le porte jusqu'à la porte de l'église, comme si elle venait donner des vieux habits. Elle s'arrête une seconde et elle regarde la porte, puis elle remonte dans sa voiture et elle s'en va. Ça me rend triste qu'elle soit obligée de faire ça comme ça, mais on veut pas que tout se sache avant d'avoir commencé.

Dès qu'elle est partie je me dépêche de rentrer le carton, je sors un livre et je le regarde. Je me retiens même pas de pleurer. C'est le plus joli livre que j'aie jamais vu. La couverture est bleu pâle, couleur du ciel, avec un grand oiseau blanc – la colombe de la paix – qui va d'un bord à l'autre. Le titre, *Les Bonnes,* est écrit au milieu en lettres noires. La seule chose qui me gêne, c'est ce qu'il y a en dessous à la place du nom de l'auteur : *Anonyme*. J'aurais préféré que Miss Skeeter puisse y mettre son nom, mais c'était trop risqué.

Demain, je porterai des exemplaires à toutes les femmes qui nous ont donné leur témoignage. Miss Skeeter en portera un pour Yule May au pénitencier d'Etat. C'est beaucoup à cause d'elle que les autres bonnes ont accepté de participer. Mais j'ai peur que Yule May le reçoive pas. Il paraît que les prisonnières reçoivent une fois sur dix les colis qu'on leur envoie parce que les gardiennes les prennent pour elles. Miss Skeeter dit qu'elle va en donner dix pour être sûre qu'elle en aura un.

J'emporte le gros carton chez moi, je sors un livre et je pousse le carton sous mon lit. Puis je cours chez Minny. Elle est enceinte de six mois, Minny, mais ça se voit même pas. Je la trouve à la table de sa cuisine devant un verre de lait. Leroy dort au fond, et Benny, Sugar et Kindra cassent des cacahuètes dans la cour. Je souris et je lui tends son exemplaire.

Elle jette un coup d'œil. "Je la trouve bien, la colombe.

— Miss Skeeter dit que la colombe de la paix est le symbole de l'avenir. En Californie les gens la mettent sur leurs habits.

— Je me fiche des gens de la Californie, dit Minny, en regardant la couverture. Tout ce qui compte pour moi c'est ce que les gens de Jackson, Mississippi, vont dire."

Le livre sera demain dans les librairies. Deux mille cinq cents exemplaires pour le Mississippi et l'autre moitié dans tous les Etats-Unis. C'est bien plus que ce que Mrs Stein avait annoncé, mais maintenant que les marches pour la liberté ont commencé, et depuis que des militants des droits civiques ont disparu avec leur voiture ici, dans le Mississippi, elle dit que les gens s'intéressent de plus en plus à ce qui se passe dans notre Etat.

"Il y aura combien d'exemplaires à la bibliothèque des Blancs de Jackson? demande Minny. Zéro?"

Je souris. "Trois exemplaires. Miss Skeeter me l'a dit au téléphone ce matin."

Même Minny a l'air de pas en revenir. Ça fait à peine deux mois que la bibliothèque blanche laisse entrer les Noirs. J'y suis déjà allée deux fois.

Minny ouvre le livre et se met à lire. Les gosses rentrent, elle leur dit ce qu'ils doivent faire mais elle lève même pas les yeux de sa page. J'ai déjà tout lu je sais pas combien de fois depuis bientôt un an qu'on y travaille. Mais Minny disait toujours qu'elle attendrait de voir le livre avec sa couverture, pour pas se gâcher le plaisir.

Je m'assois un moment avec elle. Elle sourit de temps en temps. Elle rit un peu. Mais surtout, elle grogne. Je lui demande pas pourquoi. Je la laisse avec son livre et je rentre chez moi. Ensuite j'écris toutes mes prières. Je me couche avec le livre sur l'oreiller à côté de ma tête.

Le lendemain au travail, impossible de penser à autre chose. Je me demande comment mon livre va être exposé dans les librairies. Je passe la serpillière, je repasse, je change des couches, mais j'entends pas un mot dans la maison de Miss Leefolt. C'est comme si j'avais jamais écrit de livre. Je sais pas ce que j'attendais – une agitation, quelque chose –, mais c'est juste un jour comme les autres, avec la chaleur et les mouches qui bourdonnent contre la porte moustiquaire.

Ce soir-là, six bonnes qui témoignent dans le livre me téléphonent pour savoir si quelqu'un a dit quelque chose. Miss Skeeter est la dernière à appeler. "Je suis allée chez Bookworm cet après-midi. J'y suis restée un moment, mais personne ne l'a regardé.

— Eula dit qu'elle est allée à la librairie noire. Même chose.

— Bon…" Elle soupire.

Mais de tout le long du week-end, puis de la semaine qui suit, on en entend pas parler. Il y a toujours les mêmes bouquins sur la table de nuit de Miss Leefolt : *Le savoir-vivre* de France Benton, *Peyton Place,* et la vieille Bible qu'elle laisse là pour faire bien.

Le mercredi, toujours pas une ride sur l'eau. Pas une seule personne pour acheter un exemplaire à la librairie blanche. A celle de Farish Street ils disent qu'ils en ont vendu une douzaine, ce qui est bien. Mais c'est peut-être les autres bonnes qui les achètent pour leurs amis.

Le jeudi, septième jour, avant que je parte pour aller au travail mon téléphone sonne.

"J'ai des nouvelles, dit Miss Skeeter, tout doucement.

— Qu'est ce qui se passe ?

— Mrs Stein m'a appelée pour me dire qu'on va passer à l'émission de Dennis James.

— *People Will Talk* ?* A la télé ?

— Ils vont faire la critique de notre livre. Et elle a dit aussi qu'il serait sur Channel 3 jeudi prochain à une heure."

Seigneur, on va être sur wlbt-tv ! C'est une émission locale de Jackson, qui passe en couleur tout de suite après les informations de midi.

"Vous croyez que ça sera une bonne critique ou une mauvaise ?

— Je n'en sais rien. Je ne sais même pas si Dennis James lit les livres ou s'il se contente de rapporter ce qu'on lui en dit."

* Littéralement : Les gens vont (en) parler.

536

Je suis excitée et terrifiée en même temps. Il *va* forcément se passer quelque chose après ça.

"Mrs Stein m'a dit que quelqu'un du service de publicité de Harper & Row avait dû nous prendre en pitié et donner quelques coups de fil. Elle m'a dit aussi que c'était la première fois qu'elle sortait un livre avec un budget publicitaire égal à *zéro*."

On rit toutes les deux, mais il y a de l'inquiétude dans ce rire.

"J'espère que vous pourrez regarder la télé chez Elizabeth. Sinon, je vous appellerai et je vous répéterai tout."

*

Le vendredi soir, une semaine après la sortie du livre, je me prépare avant d'aller à l'église. Le diacre Thomas m'a appelée dans la matinée pour me demander si je pouvais venir à la réunion spéciale qu'ils organisent, mais quand je lui ai demandé à quel sujet il a répondu qu'il était pressé et qu'il était obligé de me laisser. Minny dit qu'elle a reçu le même appel. Donc, je repasse une jolie robe de Miss Greenlee et je vais chercher Minny pour qu'on y aille ensemble.

La maison de Minny, comme d'habitude, a l'air d'un poulailler qui brûle. Minny a hurlé, des choses ont volé dans tous les sens, les gamins piaillent à qui mieux mieux. Je remarque pour la première fois le ventre de Minny qui pousse sous sa robe et ça me soulage que ça se voie enfin. Leroy arrête de la frapper quand elle est enceinte. Et elle le sait, Minny, alors je crois qu'il y aura encore un tas de bébés après celui-là.

"Kindra! Bouge tes fesses! Qu'est-ce que tu fais par terre? crie Minny. Vous avez intérêt que ces haricots soient cuits quand votre papa va se réveiller!"

Kindra – elle a sept ans maintenant – s'approche de la cuisinière en prenant ses grands airs, avec son derrière rebondi et son nez pointu. Les casseroles valsent. "Pourquoi c'est à moi de faire le dîner ? C'est au tour de Sugar !

— Parce que Sugar est chez Miss Celia et que toi, tu tiens à ta vie !"

Benny entre et il me met ses bras autour de ma taille. Il sourit pour me montrer la dent qui manque, et il repart en courant.

"Kindra, baisse ce gaz avant de mettre le feu à la maison !

— On ferait bien d'y aller, Minny, je dis, parce que je comprends que ça peut continuer toute la soirée comme ça. On va être en retard."

La semaine dernière, Minny a commencé à prendre Sugar avec elle à son travail. Elle l'entraîne pour qu'elle la remplace quand le bébé va arriver. Ce soir, Miss Celia a demandé à Sugar de rester plus tard et elle a dit qu'elle la raccompagnerait.

"Kindra, que je voie pas *un seul* haricot dans cet évier quand je rentrerai ! Nettoie tout comme il faut !" Minny l'embrasse. "Et toi, Benny, va dire à papa qu'il ferait bien de se sortir du lit maintenant !

— Mais, maman, pourquoi c'est moi qui…

— Vas-y, sois courageux, mais t'approche pas trop quand il va se lever."

On sort et on a déjà marché un moment quand on entend la gueulante de Leroy après Benny qui l'a réveillé. J'accélère pour pas qu'on y retourne donner à Leroy ce qu'il mérite.

"Je suis contente qu'on aille à l'église ce soir", dit Minny avec un soupir. On tourne dans Farish Street, on monte les marches. "Ça me fait une heure sans penser à tout ça."

Dès qu'on a passé l'entrée, un des frères Brown se précipite pour fermer à clé derrière nous. J'allais demander

538

pourquoi, et j'aurais eu peur si j'avais eu le temps, mais les trente et quelques paroissiens qui sont dans la salle se mettent à applaudir. Minny et moi, on applaudit avec eux. On se dit que quelqu'un a été reçu à la fac ou un truc comme ça.

"Qui on applaudit?" je demande à Rachel Johnson. C'est la femme du révérend.

Elle éclate de rire, puis elle se tait et elle se penche vers moi.

"C'est toi qu'on applaudit, ma chérie." Elle plonge dans son sac et sort un livre. Le livre. Je regarde tout autour et ils ont tous un livre à la main. Tous les responsables et les diacres de l'église sont là.

Le révérend Johnson vient vers moi. "Aibileen, c'est un moment important pour vous et pour l'église.

— Vous avez dévalisé la librairie!" je dis, et tout le monde rit, mais poliment, si vous voyez ce que je veux dire.

"Chère Aibileen, sachez que, pour votre sécurité, ce sera ce soir la seule fois où l'église vous dira sa reconnaissance pour ce que vous avez fait. Je sais que de nombreuses personnes vous ont aidée pour ce livre, mais on m'a dit que sans vous il n'aurait jamais vu le jour."

Je souris à Minny, et je comprends qu'elle est derrière tout ça.

"Un message discret a été adressé à tous les membres de la congrégation et de la communauté. Si l'un d'entre nous sait qui est dans ce livre ou qui l'a écrit, il ne doit pas en parler. Sauf ce soir. Nous ne pouvions pas laisser passer ceci sans le fêter d'une façon ou d'une autre.

Il me tend le livre. "Sachant que vous ne pouviez pas le signer de votre nom, nous l'avons tous signé pour vous. Je l'ouvre et je vois non pas trente ou quarante noms mais des centaines, peut-être cinq cents, sur la première page après la couverture et sur la suivante, et encore la suivante, et sur celles de la fin, et à l'intérieur dans les marges. Il y a tous ceux de mon église et aussi des gens d'autres églises. Alors, je craque. Deux années de travail, d'efforts et d'espoir me reviennent d'un coup. Et les voilà qui se mettent tous en rang d'oignon et qui s'approchent pour me serrer dans leurs bras en me disant que je suis courageuse. Je leur réponds qu'il y a un tas d'autres gens aussi courageux. Ça me plaît pas d'attirer toute l'attention mais je suis tellement contente qu'ils aient pas dit d'autre nom que le mien. Je veux pas leur attirer des ennuis à toutes. Je crois même que personne se doute que Minny est dans le coup.

"Il risque d'y avoir des moments difficiles, me dit le révérend Johnson. Si c'est le cas, l'église vous apportera toute l'aide possible."

Je pleure devant tout le monde. Je me tourne vers Minny, et je la vois qui rit. C'est drôle comme les gens ont des façons différentes de montrer leurs sentiments. Je me demande ce que Miss Skeeter ferait si elle était ici et ça me rend un peu triste. Je sais qu'il y aura personne dans cette ville pour lui signer le livre et lui dire qu'elle est courageuse. Personne pour lui promettre de l'aider.

Le révérend me tend une boîte emballée dans du papier blanc avec du ruban autour, du ruban bleu comme le livre. Il pose la main dessus comme pour une bénédiction. "Ça, c'est pour la dame blanche. Dites-lui que nous l'aimons, comme quelqu'un de notre famille."

Le jeudi, je me réveille avec le soleil et je pars au travail de bonne heure. C'est un grand jour. Je me dépêche de faire ce que j'ai à faire dans la cuisine. A une heure, j'installe mon repassage devant la télé de Miss Leefolt et je la mets sur Channel 3. Tit'homme fait sa sieste et Mae Mobley est à l'école.

J'essaye de repasser mais j'ai les doigts qui tremblent et le tissu sort tout chiffonné. Je le remouille et je recommence. Et plisse, et fronce, et plisse, et fronce…

Enfin, c'est l'heure.

Dennis James arrive. Il commence par nous dire de quoi il va parler aujourd'hui. Il a les cheveux noirs et il s'est mis tellement de gomina que ça bouge pas d'un millimètre. Ce type a l'accent du Sud et j'ai jamais entendu personne parler aussi vite. On se croirait sur le grand huit. Je suis tellement nerveuse que j'ai peur de vomir sur le costume pour l'église de Mister Raleigh.

"… et pour finir l'émission, nous vous présenterons notre critique de livres." Après une publicité, le présentateur parle d'Elvis Presley. Puis de la nouvelle autoroute 55 qu'ils veulent construire pour traverser Jackson et filer jusqu'à La Nouvelle-Orléans. Et à 13 h 22 une femme vient s'asseoir à côté de lui. Elle s'appelle Joline French et c'est la critique littéraire.

A cette seconde, Miss Leefolt rentre. Elle s'est habillée pour la Ligue avec les talons qui claquent et elle fonce tout droit dans le salon.

"Que je suis contente que cette vague de chaleur soit passée, j'en sauterais de joie !"

Mister Dennis est en train de causer d'un livre qui s'appelle *Little Big Man*. Je veux faire celle qui est d'accord avec elle mais je sens bien que j'ai la figure raide tout d'un coup. "Je… attendez, je vais éteindre ça.

— Non, laissez ! dit Miss Leefolt. C'est Joline French qui passe ! Je ferais bien de prévenir Hilly."

Elle file à la cuisine, elle prend le téléphone et elle tombe sur Ernestine, la troisième bonne de Miss Hilly en un mois. Elle a plus qu'un bras, Ernestine. Question recrutement, ça devient de plus en plus dur pour Miss Hilly.

"Ernestine, c'est Miss Elizabeth… Ah, elle n'est pas là? Eh bien, dès qu'elle rentre dites-lui que notre copine de la fac passe à la télé… C'est cela, merci."

Miss Leefolt revient ventre à terre dans le salon et se met sur le canapé, mais ils passent de la publicité. J'ai du mal à respirer. Qu'est-ce qui lui prend? On a jamais regardé la télé ensemble, et c'est aujourd'hui qu'elle se plante là – devant, comme si elle s'y voyait en personne!

La publicité finit d'un coup. Et voilà Mister Dennis avec mon livre à la main! L'oiseau blanc a l'air comme s'il allait s'envoler. Dennis lève le livre et il met son doigt sur le mot *Anonyme*. J'ai plus de fierté que de peur pendant deux secondes. J'ai envie de crier, *C'est mon livre! C'est mon livre à la télé!* Mais j'ai intérêt à me tenir, à faire comme si je regardais un machin enquiquinant. J'étouffe!

"… intitulé *Les Bonnes*, avec d'authentiques témoignages de domestiques du Mississippi…

— Ah, je voudrais que Hilly soit chez elle! Qui pourrais-je appeler? Regardez les adorables chaussures qu'elle a! Je suis sûre qu'elle les a achetées chez Papagallo."

S'il te plaît, ferme-la! Je tourne un peu le bouton, puis je regrette d'avoir fait ça. Et s'ils se mettaient à parler d'elle? Elle reconnaîtrait sa propre vie, Miss Leefolt?

"… lu hier soir et c'est maintenant ma femme qui le lit…" Mister Dennis parle comme un commissaire-priseur, en riant, avec les sourcils qui montent et qui descendent, et en montrant notre livre… "C'est réellement touchant. Eclairant, dirais-je. Les auteurs l'ont situé dans la cité fictive de Niceville, mais qui sait?" Il se couvre à moitié la bouche et il chuchote, bien fort: "Ce pourrait être Jackson!"

Pardon?

"Attention, je ne dis pas que c'est Jackson, ce pourrait être n'importe où, mais on ne sait jamais, il faut acheter ce livre et vérifier que vous n'êtes pas dedans, ha! ha! ha!"

Je suis paralysée, je sens un picotement dans ma nuque. On a *rien* mis là-dedans qui montre que c'est Jackson. Dis-moi encore que ça pourrait être n'importe où, Mister Dennis!

Je vois Miss Leefolt qui sourit à sa copine de la télé comme si l'autre idiote pouvait la voir, et Mister Dennis qui rit et qui cause alors que la Miss Joline est congestionnée comme un feu de circulation et qu'elle en bafouille presque. "… une honte pour le Sud! Une honte pour les braves femmes du Sud qui ont passé leur vie à prendre soin de leur bonne! Je sais que pour ma part je traite la mienne comme un membre de la famille et que toutes mes amies font de même."

Miss Leefolt pousse un gémissement. "Pourquoi elle fronce les sourcils, comme ça, à la télé? Joline!" Elle se penche en avant pour tapoter l'écran sur le front de Miss Joline. "Joline! Ne fronce pas les sourcils! Ça t'enlaidit!

— Joline, avez-vous lu la fin? Cette histoire de tarte? Si Bessie Mae, ma bonne, écoute… Bessie Mae, j'ai du respect pour le travail que vous accomplissez jour après jour. Mais je me passerai désormais de tarte au chocolat! Ha! ha! ha!"

Mais Miss Joline brandit le livre comme si elle voulait le brûler. "N'achetez pas ce livre! Habitantes de Jackson, n'encouragez pas ces calomnies avec l'argent durement gagné par vos époux…

— Quoi?" demande Miss Leefolt à Mister Dennis. Et puis *paf*, une autre page de publicité.

Miss Leefolt se tourne vers moi. "De quoi parlaient-ils?"

Je réponds pas. J'ai le cœur qui galope.

"Mon amie Joline avait un livre à la main, n'est-ce pas ?

— Oui, ma'am.

— C'était comment, le titre ? *Les Bonnes*, ou quelque chose comme ça ?"

J'appuie sur un col de chemise à Mister Raleigh avec la pointe de mon fer. Il faut que j'appelle Minny, et Miss Skeeter, pour savoir si elles ont entendu. Mais Miss Leefolt reste plantée devant moi en attendant que je réponde et je sais qu'elle laissera pas tomber. Elle laisse jamais tomber.

"Ils n'ont pas dit que ça parlait de Jackson ?"

Je lève pas le nez de mon repassage.

"Il me semble qu'ils ont dit Jackson. Mais pourquoi ne veulent-ils pas qu'on l'achète ?"

Ma main tremble sur le fer. Qu'est-ce qui m'arrive ? Je continue à repasser en essayant d'éviter les faux plis, mais c'est un vrai désastre.

Une seconde après c'est la fin de la publicité et revoilà Mister Dennis James avec le livre et Miss Joline toujours aussi rouge. "C'est tout pour aujourd'hui, il dit, mais n'oubliez pas d'acheter ou de commander vos exemplaires de *Little Big Man* et des *Bonnes* à notre sponsor, la librairie de State Street. Et voyez par vous-même si on y parle ou non de Jackson !" Puis la musique arrive et il crie : "Au revoir, le Mississippi !"

Miss Leefolt se tourne vers moi et elle dit : "Vous voyez ? Je vous ai bien dit qu'il avait parlé de Jackson !" Et cinq minutes plus tard elle est déjà dehors pour s'acheter le livre que j'ai écrit sur elle.

MINNY

CHAPITRE 30

Dès que l'émission est finie j'attrape la télécommande et j'éteins. Mon feuilleton va commencer, mais je m'en fiche. Dr Strong et Miss Julia se passeront de moi aujourd'hui.

J'ai envie d'appeler ce Dennis James au téléphone et de lui dire, *Qu'est-ce que vous avez, à répandre des mensonges comme ça ? Pour qui vous vous prenez ? Vous pouvez pas dire à tout le monde que notre livre est sur Jackson ! Vous savez pas de quelle ville on parle !*

Je vais vous dire ce qu'il fait, cet imbécile. Il *voudrait* que ça soit sur Jackson. Il voudrait que Jackson, Mississippi, soit une ville assez intéressante pour qu'on écrive un livre entier dessus, et même si c'est bien Jackson... il en sait rien, *lui* !

Je fonce à la cuisine pour appeler Aibileen, mais après deux essais c'est toujours occupé. Je reviens dans le salon, je rebranche le fer et je prends une chemise blanche de Mister Johnny dans la corbeille. Je me demande pour la millionième fois ce qui va se passer quand Miss Hilly lira le dernier chapitre. Elle peut se mettre au travail tout de suite pour dire à tout le monde que ça se passe pas chez nous. Et elle peut toujours appeler Miss Celia cet après-midi pour lui demander de me virer, Miss Celia fera pas ça. La haine pour Miss Hilly, c'est la seule chose que j'ai en commun avec cette cinglée. Mais ce que fera Hilly le jour où il y aura plus ça, j'en sais rien. Ça sera la guerre entre nous deux, moi et Miss Hilly. Les autres resteront en dehors.

Ah, me voilà de mauvaise humeur… De l'endroit où je repasse, je vois Miss Celia dans le jardin, avec un pantalon en satin rose sexy-sexy et des gants noirs en plastique. Je lui ai dit cent fois d'arrêter de bêcher la terre en grande toilette. Mais elle écoute rien.

Devant la piscine, la pelouse est pleine de râteaux et d'un tas d'outils de jardinage. Miss Celia, pour le moment, se contente de creuser et de planter encore des fleurs. Comme si Mister Johnny avait pas embauché un jardinier à plein temps le mois dernier. Il espérait que ça serait un genre de protection après la visite du type à poil, mais le bonhomme est tellement vieux qu'il est plié comme un trombone, et pas plus gros. Je me sens tout le temps obligée de regarder si il nous a pas fait une attaque au milieu des plates-bandes. Je crois que Mister Johnny s'est pas senti le cœur de le renvoyer chez lui pour en prendre un plus jeune.

J'ajoute de l'amidon sur le col de Mister Johnny. J'entends Miss Celia qui crie des ordres sur la façon de planter. "Ces hydrangeas, mettons-leur un peu de fer. D'accord, John Willis?

— Oui, ma'am!" répond John Willis.

— Ferme-la, Miss, je pense. A entendre comment elle lui gueule, il doit penser que c'est elle, la sourde.

Le téléphone sonne et je me précipite pour décrocher.

"Ah, Minny!" C'est Aibileen. "Ils ont deviné pour la ville, dans rien de temps ils auront deviné pour les personnes.

— C'est un crétin, ce type, voilà ce que c'est!

— Comment savoir si Miss Hilly l'a lu, seulement?" dit Aibileen, trop fort. J'espère que Miss Leefolt entend pas. "Seigneur, on aurait dû réfléchir à ça, Minny."

J'avais jamais entendu Aibileen parler comme ça. C'est comme si elle était moi et que moi j'étais elle. "Ecoute, je dis, parce que je commence à comprendre quelque chose. Maintenant que Mister Dennis en a fait tout un plat, on *sait* qu'elle va le lire. Toute la ville va le lire." Rien qu'en disant ça je me rends compte que c'est vrai. "Mais pleure pas, parce que ce qui arrive, peut-être que c'est exactement ce qui doit arriver."

J'ai pas raccroché depuis cinq minutes que le téléphone de Miss Celia sonne. "Résidence de Miss…

— Je viens d'avoir Louvenia", dit Aibileen, tout doucement. "Miss Lou Anne est rentrée chez elle avec un exemplaire pour elle et un autre pour sa meilleure amie, Hilly Holbrook."

Nous y voilà.

Toute la nuit, je vous jure, je sens que Miss Hilly lit le livre. J'entends les mots dans ma tête avec sa voix froide de Blanche. A deux heures, je sors du lit pour ouvrir le mien et j'essaye de deviner à quel chapitre elle est. Le premier, le deuxième, le dixième ? Je fixe le bleu de la couverture. J'ai jamais vu un livre d'une aussi jolie couleur. J'essuie une tache.

Puis je le planque dans la poche de mon manteau d'hiver que je porte jamais. J'ai pas lu un seul livre depuis que j'ai épousé Leroy et je tiens pas à ce qu'il me soupçonne. Et je me recouche, en me disant que je peux pas savoir où elle en est. Ce que je sais, en tout cas, c'est qu'elle est pas encore arrivée à son chapitre. Je le sais parce que j'ai pas encore entendu crier dans ma tête.

Le lendemain matin, croyez-moi, je suis contente d'aller au travail. C'est le jour des parquets et je veux pas penser à autre chose. Je grimpe dans ma voiture et je file dans le comté de Madison. Miss Celia est allée voir un nouveau docteur hier après-midi, pour savoir si elle pouvait avoir des enfants. Au moins, cette folle a eu assez de bon sens pour laisser tomber le Dr Tate.

Je peux me garer devant la maison maintenant, puisque Miss Celia a décidé d'arrêter la comédie et de dire à Mister Johnny ce qu'il savait déjà. La première chose que je vois, c'est la camionnette de Mister Johnny. J'attends un peu dans ma voiture. Il est jamais là quand j'arrive.

Je rentre, je me plante au milieu de la cuisine et je regarde. Quelqu'un a déjà fait du café. J'entends une voix d'homme dans la salle à manger. Il se passe quelque chose.

Je m'approche de la porte. C'est bien Mister Johnny qui est encore chez lui à 8 h 30 du matin un jour de semaine, et une voix dans ma tête me dit, *Repasse vite cette porte*. Miss Hilly l'a appelé pour lui dire que j'étais une voleuse. Et il sait, pour le livre.

"Minny ?"

C'est Miss Celia qui appelle.

Je pousse la porte battante, tout doucement, et je jette un œil. Miss Celia est assise au bout de la table et Mister Johnny à côté d'elle. Ils lèvent la tête quand j'arrive.

Mister Johnny est plus blanc que l'albinos qui habite derrière chez Miss Walters.

Il dit : "Minny, vous pouvez m'apporter un verre d'eau, s'il vous plaît ?" et j'ai un mauvais pressentiment.

Je vais lui chercher son verre d'eau. Quand je le pose sur la nappe, Mister Johnny se lève. Il me regarde. Longtemps. Seigneur, c'est maintenant.

"Je lui ai dit, pour le bébé, dit Miss Celia. Pour tous les bébés.

— Minny, sans vous je la perdais, dit Mister Johnny, en me prenant les mains. Dieu merci, vous étiez là !"

Je regarde Miss Celia et elle a des yeux morts. Je sais déjà ce que le docteur lui a dit. Je le vois. Il y aura plus de bébés. Mister Johnny me presse les mains, puis il va vers elle. Il se laisse glisser au pied de sa chaise et il met la tête sur ses genoux. Elle lui caresse les cheveux.

"Ne me quitte pas. Ne me quitte jamais, Celia."

Il pleure.

"Dis-le-lui, Johnny. Répète à Minny ce que tu m'as dit."

Mister Johnny relève la tête. Il a les cheveux tout ébouriffés et il me regarde. "Vous aurez toujours du travail ici, Minny. Pour le reste de votre vie si vous le désirez."

Je tends la main vers la porte, mais Miss Celia dit, d'une voix douce comme tout : "Restez un peu ici, Minny. Vous voulez bien ?"

Je m'appuie à la porte parce que le bébé commence à peser pour de bon. Et je me demande pourquoi elle en a si peu alors que moi j'en ai tant. Il pleure. Elle pleure. On est trois imbéciles à pleurer dans cette salle à manger.

"Ecoute, je dis à Leroy dans la cuisine, deux jours après. T'appuies sur le bouton et tu changes de chaîne et t'as même pas besoin de te lever de ton fauteuil."

Leroy lâche pas son journal des yeux. "C'est idiot, Minny.

— Miss Celia en a une, ça s'appelle une télécommande. C'est grand comme la moitié d'un pain."

Leroy secoue la tête. "Quels fainéants, ces Blancs ! Il peuvent même pas tourner un bouton ?

— Paraît qu'on verra bientôt des gens s'envoler vers la Lune", je dis. J'écoute même pas ce qui sort de ma bouche. J'attends le cri. Elle a toujours pas fini de lire ?

"Qu'est-ce qu'on a pour dîner ? demande Leroy.

— Ouais, maman, qu'est-ce qu'on mange ce soir ?" demande Kindra.

J'entends une voiture qui s'arrête dans l'allée. J'écoute et la cuillère glisse au fond de la casserole d'haricots. "Du porridge.

— Je mange pas de porridge au dîner! dit Leroy.

— J'en ai déjà eu au petit-déjeuner! pleurniche Kindra.

— Je voulais dire du jambon. Et des haricots." Je vais fermer la porte sur la cour et je mets le verrou. Je regarde encore une fois par la fenêtre. La voiture repart. Elle a juste fait demi-tour.

Leroy se lève et rouvre la porte de toutes ses forces. "On crève de chaud, ici!" Il s'approche de la cuisinière. "Qu'est-ce t'as, ça va pas? il gueule, à trois centimètres de ma figure.

— Rien", je dis, et je me recule un peu. D'habitude, il m'embête pas quand je suis enceinte. Mais il se rapproche. Il me serre le bras et il me fait mal.

"Qu'est-ce que t'as fait, encore?

— Je… j'ai rien fait. Je suis crevée, c'est tout."

Il serre plus fort. Ça commence à me brûler. "T'es pas fatiguée! Pas jusqu'au dixième mois!

— J'ai rien fait du tout, Leroy. Va t'asseoir, que je te donne ton dîner."

Il me regarde un long moment puis il me lâche. Moi je peux pas le regarder en face.

AIBILEEN

CHAPITRE 31

Chaque fois que Miss Leefolt va faire des achats ou qu'elle va dans le jardin ou même aux toilettes, je regarde sur sa table de nuit. Je fais semblant de passer le chiffon à poussière mais en réalité je veux voir si le marque-page de la première église presbytérienne est toujours au même endroit ou si il a avancé. Ça fait cinq jours qu'elle lit et elle en est encore à la page quatorze du *premier* chapitre. Il lui reste deux cent trente-cinq pages. Mon *Dieu*, mais qu'elle est lente !

Et j'ai envie de lui dire, vous savez que ça parle de Miss Skeeter, ce que vous lisez ? De son enfance avec Constantine ? Je suis morte de peur, mais je voudrais lui dire, continue à lire, ma grande, parce qu'au chapitre deux, c'est de *toi* qu'on parle.

De voir ce livre dans la maison, ça me rend nerveuse comme une chatte. J'ai passé la semaine à tourner autour sur la pointe des pieds. A un moment, Tit'homme s'est approché par derrière pour me toucher la jambe et j'ai failli sauter en dehors de mes godasses. Le pire c'est le jeudi, quand Miss Hilly est là. Elles se mettent à la table de la salle à manger et elles travaillent pour la vente. De temps en temps elles lèvent la tête en souriant et elles me demandent de leur apporter un thé glacé ou un sandwich à la mayonnaise.

Miss Hilly est venue deux fois dans la cuisine pour appeler Ernestine, sa bonne. "Vous avez bien fait tremper la robe à smocks de Heather comme je vous l'ai demandé? Hum. Et vous avez passé l'aspirateur sur le canapé? Non? Alors faites-le, et tout de suite."

En allant ramasser leurs assiettes j'entends Miss Hilly qui dit : "J'en suis au chapitre sept", et je reste bloquée, avec les assiettes qui tremblent à la main. Miss Leefolt me lance un regard.

Mais Miss Hilly secoue son doigt au nez de Miss Leefolt. "Et je pense qu'ils ont raison à la télé, on *sent* qu'on est à Jackson, c'est tout.

— Ah, bon?" fait Miss Leefolt.

Miss Hilly se penche pour parler moins fort. "Je parie que j'en connais même quelques-unes, de ces négresses.

— Tu le crois, vraiment?" demande Miss Leefolt, et j'ai comme un coup de froid dans tout le corps. C'est à peine si je peux mettre un pied devant l'autre jusqu'à la cuisine. "Je n'en ai pas lu beaucoup…

— Moi, oui. Et tu veux que je te dise?" Miss Hilly sourit, avec un air sournois que c'est pas possible. "Je les trouverai toutes jusqu'à la dernière!"

Le lendemain matin je frôle l'hyperventilation à l'arrêt de bus en pensant à ce que Miss Hilly va faire quand elle arrivera à son chapitre, et en me demandant si Miss Leefolt a déjà lu le chapitre deux. En rentrant chez elle, je la trouve en train de lire sur la table de sa cuisine. Elle me tend Tit'homme qui est sur ses genoux sans quitter sa page des yeux. Puis elle part au fond de la maison, mais elle continue à lire en marchant. Elle ne peut plus s'arrêter, depuis que Miss Hilly a montré de l'intérêt.

Je vais dans sa chambre quelques minutes plus tard pour ramasser le linge sale. Comme Miss Leefolt est aux toilettes, j'ouvre le livre à l'endroit du marque-page. Elle en est déjà au chapitre six. Celui de Winnie. Celui où la patronne blanche attrape la maladie des vieux et appelle la police tous les matins parce qu'une Noire vient d'entrer dans sa maison. Ça veut dire que Miss Leefolt a lu sa partie et qu'elle a *continué*.

J'ai la frousse mais je peux pas m'empêcher de lever les yeux au ciel. Je suis sûre que Miss Leefolt a pas vu une seconde que ça parlait d'elle. Dieu merci, mais tout de même ! Elle devait secouer la tête hier soir dans son lit en lisant l'histoire de cette malheureuse qui sait pas aimer son propre enfant.

Dès que Miss Leefolt sort pour son rendez-vous chez le coiffeur, j'appelle Minny. En ce moment, on passe notre temps à faire grimper la note de téléphone de nos patronnes.

"T'as rien entendu dire ? je demande.

— Rien. Et Miss Leefolt, elle a fini le sien ?

— Non, mais elle a lu jusqu'à Winnie hier soir. Miss Celia l'a pas acheté ?

— Elle regarde que des niaiseries à la télé. *J'arrive !* hurle Minny. Elle est encore coincée sous son casque, cette folle. Je lui ai pourtant dit de pas se mettre la tête là-dedans quand elle a ses rouleaux.

— Appelle-moi si tu entends parler. Je ferai pareil de mon côté.

— Il va se passer quelque chose, Aibileen. C'est obligé."

Cet après-midi-là, je vais au Jitney chercher des fruits et du fromage blanc pour Mae Mobley. C'est encore raté pour mon feuilleton. Miss Taylor a encore frappé. Aujourd'hui, Baby Girl est sortie de sa piscine en forme de voiture et elle a foncé tout droit dans sa chambre pour se jeter sur son lit. "Qu'est-ce qui va pas, Baby ? Qu'est-ce qui se passe ?

— Je me suis peinte en noir.

— Qu'est-ce que tu racontes ? T'as fait ça avec tes feutres ?" Je lui ai pris la main mais elle avait pas d'encre sur les doigts.

"Miss Taylor nous a dit de dessiner ce qui nous plaît le plus en nous."

J'ai vu une feuille froissée dans sa main. Je l'ai retournée, et ma Baby Girl s'était bien dessinée toute noire.

"Elle a dit que noir c'était sale et que c'était vilain." Et la voilà avec la tête dans l'oreiller et qui pleure toutes les larmes de son corps.

Miss Taylor. Avec tout le temps que j'ai passé à expliquer à Mae Mobley qu'on devait aimer tout le monde et jamais juger sur la couleur ! Ça me fait comme un coup de poing dans le ventre. Qui se souvient pas de sa première maîtresse d'école ? Peut-être qu'on oublie ce qu'elle nous a appris, mais je vous le dis, j'ai élevé assez de petits pour savoir qu'elle *compte*.

Au Jitney, au moins, il fait frais. Je m'en veux parce que ce matin j'ai oublié d'acheter son petit goûter à Mae Mobley. Et je me dépêche pour qu'elle reste pas trop longtemps toute seule avec sa maman. Elle a planqué la feuille sous son lit pour pas lui montrer.

Je prends deux boîtes de thon au rayon des conserves. Et en cherchant de la gelée en poudre je tombe sur ma douce Louvenia dans son uniforme blanc. Elle cherche du beurre de cacahuète. Louvenia, pour moi, c'est le chapitre sept et ça le restera jusqu'à la fin de mes jours.

"Comment il va, Robert ?" je demande, en lui prenant le bras. Louvenia travaille chez Miss Lou Anne et l'après-midi elle mène Robert à l'école des aveugles pour qu'il apprenne à lire avec les doigts. Et j'ai jamais entendu Louvenia se plaindre une seule fois.

"Il apprend à se débrouiller, elle répond. Et toi ? Ça va ?

— Un peu inquiète, c'est tout. T'as rien entendu dire ?"

Elle fait non de la tête. "Mais ma patronne l'a lu." Miss Lou Anne fait partie du club de bridge de Miss Leefolt. Elle a été très gentille avec Louvenia après l'accident de Robert.

On descend l'allée du magasin avec nos paniers. Deux Blanches sont en train de discuter au rayon des biscuits secs. Leurs têtes me disent quelque chose mais je connais pas leurs noms. Quand elles nous voient approcher elles baissent la voix en nous jetant des coups d'œil. C'est bizarre comme elles sourient pas.

"Excusez-moi", je dis, en passant. Et on a pas fait un mètre que j'en entends une qui dit : "C'est la négresse qui travaille chez Elizabeth…" Un chariot passe et couvre pendant quelques secondes le bruit de leur conversation, puis l'autre répond : "Je crois que vous avez raison, c'est sûrement elle…"

Louvenia et moi, on continue tranquillement et sans se retourner mais j'ai des picotements dans la nuque en entendant claquer les talons des deux dames qui s'éloignent. Je sais que Louvenia en a entendu plus que moi, vu qu'elle a des oreilles plus jeunes que les miennes. On se sépare au bout de l'allée, puis on se retourne et on se regarde.

J'ai bien entendu ? je demande, avec les yeux.

Oui tu as bien entendu, répond Louvenia.

Je vous en prie, Miss Hilly, *lisez* ! Lisez aussi vite que le vent !

MINNY

CHAPITRE 32

Encore un jour qui passe et j'entends toujours la voix de Miss Hilly qui lit les mots, qui lit les lignes. Mais pas le cri. Pas encore. Elle doit plus être très loin.

Aibileen m'a répété ce que les dames ont dit hier au Jitney mais j'ai rien entendu d'autre depuis. J'arrête pas de laisser tomber des choses ce soir, j'ai cassé mon dernier verre doseur et Leroy m'a lancé un de ces regards… Pour le moment les gosses sont tous dans la cuisine en train de faire leurs devoirs.

Je fais un bond en voyant Aibileen derrière la porte moustiquaire. Elle met un doigt sur ses lèvres et elle me fait signe de la tête. Puis elle disparaît.

"Kindra, prends ces assiettes, Sugar, surveille les haricots, Felicia, fais signer cette interro à papa, maman a besoin de prendre l'air." Et *pffuitt*, je file derrière la porte moustiquaire.

Aibileen attend sur le côté de la maison dans son uniforme blanc.

Je demande : "Qu'est-ce qui se passe ?" J'entends Leroy dedans qui dit : "Un F ?" Il touchera pas aux gosses. Il gueule, mais c'est fait pour ça, les pères, et c'est tout.

"Ernestine la manchote a appelé et elle a dit que Miss Hilly parle à toute la ville de celles qui ont écrit le livre. Elle dit aux patronnes blanches de renvoyer leurs bonnes et elle sait même pas de qui elle parle !" Aibileen a l'air complètement tourneboulée, elle en tremble. Elle tortille un tissu blanc entre ses doigts. Je crois qu'elle se rend même pas compte qu'elle est sortie de chez elle avec sa serviette de table.

"Qu'est-ce qu'elle raconte ?

— Elle a dit à Miss Sinclair de renvoyer Annabelle. Alors Miss Sinclair l'a renvoyée, et elle lui a pris ses clés de voiture parce qu'elle lui avait avancé la moitié du crédit pour l'acheter. Annabelle a déjà presque tout remboursé, mais elle a plus de voiture.

— La *sorcière*, je dis, entre mes dents.

— C'est pas tout, Minny."

J'entends qu'on marche avec des bottes dans la cuisine. "Dépêche-toi, sinon Leroy va nous attraper à cancaner.

— Miss Hilly a dit à Miss Lou Anne : « Ta Louvenia, elle est dans le coup. Je le sais et il faut que tu la renvoies. Tu devrais la faire mettre en prison, cette négresse. »

— Mais elle a jamais rien dit de mal sur Miss Lou Anne, Louvenia ! Et elle a Robert à s'occuper ! Qu'est-ce qu'elle a répondu, Miss Lou Anne ?"

Aibileen se mord la lèvre. Elle secoue la tête et je vois les larmes qui coulent sur sa figure.

"Elle a répondu… qu'elle allait réfléchir.

— A quoi ? Au renvoi ou à la prison ?"

Aibileen hausse les épaules. "Aux deux, je pense.

— Jésus-Christ ! J'ai envie de donner des coups de pied dans quelque chose. Dans *quelqu'un* !

— Minny, et si Miss Hilly finissait jamais de le lire ?

— Je sais pas, Aibileen. Je sais pas…"

Aibileen regarde vers la porte et je vois Leroy qui nous espionne derrière la moustiquaire. Il reste là sans rien dire jusqu'à ce qu'Aibileen s'en aille.

Ce matin-là, Leroy s'écroule dans le lit à cinq heures et demie. Le sommier qui grince et la sale odeur de l'alcool me réveillent. Je serre les dents et je prie pour qu'il cherche pas la bagarre. Je suis trop fatiguée pour ça. C'est vrai que je dormais pas, je me faisais du souci à cause d'Aibileen et des nouvelles qu'elle m'a apportées. Pour Miss Hilly, Louvenia sera qu'une clé de plus accrochée à sa ceinture de sorcière.

Leroy gigote et se tourne et se retourne. Que sa femme enceinte arrive pas à dormir c'est pas ça qui le dérange. Et une fois qu'il est bien calé, ce crétin, je l'entends qui chuchote.

"C'est quoi ce grand secret, Minny ?"

Je sens qu'il me regarde et il me souffle son alcool sur l'épaule. Je bronche pas.

"Tu sais bien que je le saurai. Je finis toujours par savoir."

Sa respiration ralentit en dix secondes et elle s'arrête presque, et il jette un bras par-dessus moi. Je prie : *Merci pour ce bébé*. Parce que c'est ce qui me protège et rien d'autre, ce bébé dans mon ventre. C'est ça, l'horrible vérité.

Je reste sans bouger, sauf les dents, et je réfléchis, je me pose des questions, je m'inquiète. Leroy se doute de quelque chose. Il a entendu parler du livre comme tout le monde mais il sait pas que sa femme a participé, Dieu merci. Les gens pensent sûrement que ça m'est égal s'il le sait – ah, je me doute bien de ce qu'ils pensent, les gens ! Ils pensent que la terrible Minny, elle est assez forte pour se défendre toute seule. Mais ils savent pas comme je suis lamentable dès que Leroy commence à taper. J'ose pas rendre les coups. J'ai peur qu'il me laisse si je fais ça. Je sais que c'est idiot et je m'en veux tellement d'être si faible ! Comment je peux aimer un homme qui me bat comme plâtre ? Un abruti, un ivrogne ? Un jour, je lui ai demandé : "Pourquoi ?

Pourquoi tu me frappes ?" Il s'est penché et il m'a regardée bien en face.

"Si je te frappais pas, Minny, qui *sait* ce que tu deviendrais."

J'étais coincée comme un chien dans un coin de la chambre. Il me frappait avec sa ceinture. C'était la première fois que j'y avais vraiment réfléchi.

Qui sait ce que je deviendrais si Leroy arrêtait de me battre.

Le lendemain soir j'envoie tout le monde se coucher de bonne heure, y compris moi. Leroy est à l'usine jusqu'à cinq heures et je me sens bien lourde pour un sixième mois. Seigneur, c'est peut-être des jumeaux. Je vais pas payer un docteur pour entendre des choses pareilles. Je sais que le bébé est plus gros que tous les autres à leur naissance et que j'en suis à peine au sixième mois, et c'est tout.

Je dors comme une souche. Je rêve que je suis assise à une longue table en bois et qu'il y a une fête. Je mords dans une grosse cuisse de dinde rôtie.

Je m'assois d'un coup sur le lit. Je respire vite et fort. "Qui est là ?"

J'ai le cœur qui cogne dans la poitrine. Je regarde la chambre dans le noir autour de moi. Minuit et demi. Leroy est pas encore rentré, Dieu merci. Mais quelque chose m'a réveillée, c'est sûr.

Et je comprends ce que c'était. J'ai entendu ce que j'attendais. Ce qu'on attendait toutes.

J'ai entendu le cri de Miss Hilly.

MISS SKEETER

CHAPITRE 33

J'ouvre les yeux. Je halète. Je suis en nage. Le papier peint à ramages serpente sur le mur. Qu'est-ce qui m'a réveillée ?

Je sors du lit et j'écoute. Ce n'était pas ma mère. Ce n'était pas un cri aigu. C'était un cri, semblable au bruit d'une pièce de tissu que l'on déchire en deux.

Je m'assieds sur mon lit, la main pressée sur le cœur. Il bat encore fort. Rien ne se passe comme nous l'avions prévu. Les gens savent que le livre parle de Jackson. J'avais oublié, je n'en reviens pas, le temps que met toujours Hilly à lire un livre. Je parierais qu'elle prétend en avoir déjà lu deux fois plus qu'elle ne l'a fait vraiment. Les choses sont en train d'échapper à tout contrôle. Une bonne, Annabelle, a été renvoyée, des Blanches échangent des rumeurs sur Aibileen et Louvenia, et Dieu sait sur qui d'autre encore. Et par une ironie du sort, je me ronge les sangs en attendant que Hilly parle, alors que je suis la seule de cette ville à qui, désormais, ce qu'elle dira est complètement égal.

Et si ce livre était une épouvantable erreur ?

Je respire profondément, avec peine. J'essaye de penser à l'avenir, non au présent. J'ai envoyé il y a un mois quinze curriculum vitae à Dallas, Memphis, Birmingham, dans cinq autre villes et de nouveau à New York. Mrs Stein m'a dit que je pouvais me recommander d'elle, ce qui est sans doute la seule chose remarquable de toute la page. J'y ai ajouté les postes que j'ai occupés depuis un an :

Chroniqueuse pour le Jackson Journal.

Rédactrice en chef de la Lettre de la Ligue à Jackson.

Auteur du livre Les Bonnes*, ouvrage polémique sur les domestiques noires et leurs employeurs blancs,* Harper & Row.

Je n'ai pas joint le livre. Mais maintenant, même si je décrochais un emploi dans une grande ville, je ne pourrais pas abandonner Aibileen au milieu de cette tempête. Alors que les choses se passent si mal.

Mais, mon Dieu, il faut que je quitte le Mississippi ! En dehors de maman et de papa, je n'ai rien à faire ici. Je n'ai plus rien, plus d'amis, plus de travail auquel je tienne vraiment, plus de Stuart. En envoyant ma candidature au *New York Post*, au *New York Times*, au *Harper's Magazine*, au *New Yorker*, j'ai retrouvé cet élan, ce désir d'être là-bas qui était déjà le mien à la fac. Pas à Dallas, ni à Memphis, mais à New York, où sont, dit-on, les écrivains. Mais je suis sans nouvelles depuis. Et si je ne partais jamais ? Si j'étais coincée ? Ici ? Pour toujours ?

Je me recouche et regarde les premiers rayons du soleil poindre à la fenêtre. Ce cri déchirant, je m'en rends compte maintenant, c'était *moi*.

J'attends au drugstore Brent qu'on me donne la crème de jour et la savonnette Vinolia de maman, tandis que Mr Roberts se penche sur l'ordonnance. Maman dit qu'elle n'a plus besoin de médicaments, que le meilleur traitement contre son cancer est d'avoir une fille qui ne veut pas couper ses cheveux et porte même le dimanche des robes trop courtes au-dessus du genou, car Dieu sait à quelle vulgarité je me laisserais aller si elle venait à mourir.

Je ne lui en suis que plus reconnaissante. S'il a fallu mon énième rabibochage avec Stuart pour lui rendre le goût de vivre, le fait de me voir à nouveau seule l'a encore plus stimulée. Elle était visiblement déçue de notre rupture, mais a superbement rebondi, allant jusqu'à organiser une rencontre avec un cousin éloigné âgé de trente-cinq ans, très beau et manifestement homosexuel. "Maman, ai-je dit quand il est reparti après le dîner, stupéfaite qu'elle n'ait rien vu, il est…" Puis je me suis tue et lui ai tapoté la main. "Il m'a dit que je n'étais pas son genre."

Je me hâte de ressortir du drugstore avant de tomber sur une connaissance. Je devrais m'être habituée à ma solitude, depuis le temps, mais il n'en est rien. Les amis me manquent. Pas Hilly, mais parfois Elizabeth, la gentille Elizabeth des années de lycée. C'est devenu vraiment pénible une fois que, le livre achevé, j'ai renoncé à aller chez Aibileen. Nous avons décidé que c'était trop risqué. Aller chez elle, discuter avec elle, voilà ce qui me manque le plus.

Je l'ai au téléphone tous les deux ou trois jours, mais ce n'est pas la même chose. Pendant qu'elle me répète ce qui se dit en ville, j'invoque le ciel en silence : *Je vous en prie, faites qu'il en sorte quelque chose de bon.* Mais jusqu'ici, rien. On cancane, on fait du livre un jeu de devinettes, et Hilly accuse des gens à tort. C'est moi qui ai dit aux bonnes que nous ne serions pas découvertes, et je suis responsable de ce qui se passe.

La clochette retentit à l'entrée du magasin. J'aperçois Elizabeth et Lou Anne Templeton et je plonge sur les crèmes de beauté en espérant qu'elles ne me verront pas. Puis je jette un coup d'œil par-dessus une étagère. Elles se dirigent vers le coin déjeuner, serrées l'une contre l'autre comme des écolières. Lou Anne arbore son habituelle tenue d'été à manches longues et son éternel sourire. Je me demande si elle sait qu'elle est dans le livre, elle aussi.

Elizabeth a les cheveux bouffants sur le front et le reste du crâne caché sous un foulard, le foulard jaune que je lui ai offert pour ses vingt-trois ans. Je reste un moment sans bouger, saisie par l'étrangeté de tout cela, par le fait que je sois en train de les observer en sachant ce que je sais. Elle a lu hier soir jusqu'au chapitre neuf, m'a dit Aibileen, et ne se doute toujours pas une seconde que ce qu'elle lit parle d'elle et de ses amies.

"Skeeter? appelle Mrs Roberts, du haut de son estrade derrière la caisse. La prescription de votre maman est prête!"

Pour sortir, je dois passer derrière Elizabeth et Lou Anne assises au comptoir. Elles me tournent le dos mais je vois leurs regards qui me suivent dans le miroir. Elles baissent les yeux en même temps.

Je paie pour les médicaments et les crèmes de maman et repars à travers les rayons. Au moment où je tente de fuir par le fond du magasin, Lou Anne Templeton surgit derrière les brosses à cheveux.

"Skeeter, dit-elle, tu as une minute?"

La surprise me cloue sur place. Personne ne m'a demandé une seconde, encore moins une minute, depuis plus de huit mois. "Euh, bien sûr…"

Lou Anne jette un coup d'œil au-delà de la vitrine et j'aperçois Elizabeth qui rejoint sa voiture, un milk-shake à la main. Lou Anne me fait signe d'approcher à côté des shampooings et des gels démêlants. "Et ta maman? J'espère qu'elle va mieux?" Le sourire de Lou Anne est moins radieux que d'habitude. Elle tire sur les manches de sa robe alors qu'une mince pellicule de transpiration fait luire son front.

"Elle va bien. Elle est toujours… en rémission.

— Ça me fait tellement plaisir…" Nous nous faisons face, embarrassées. Lou Anne reprend sa respiration. "Ça fait longtemps que nous ne nous sommes pas parlé, mais – elle baisse la voix – j'ai pensé qu'il fallait que tu saches ce que Hilly dit partout. Elle dit que tu as écrit un livre… sur les bonnes."

Je réponds très vite : "Il paraît que c'est un ouvrage anonyme", car je me demande si je dois laisser voir que je l'ai lu moi-même. Les librairies ont été dévalisées et il y a une liste d'attente de deux mois à la bibliothèque.

Elle lève la main comme pour m'arrêter. "Je ne veux pas savoir si c'est vrai, mais, Hilly…" Elle se rapproche encore. "Hilly Holbrook m'a appelée l'autre jour pour me dire de renvoyer Louvenia, ma bonne." Elle serre les mâchoires, fait non de la tête.

S'il te plaît. S'il te plaît, ne dis pas que tu l'as renvoyée.

"Tu sais Skeeter, Louvenia…" Lou Anne me regarde droit dans les yeux. "C'est la seule raison pour laquelle j'arrive encore à me lever certains jours."

Je ne réponds pas. C'est peut-être un piège ourdi par Hilly.

"Je sais ce que tu penses. Que je suis idiote… que j'approuve tout ce que dit Hilly." Ses yeux s'emplissent de larmes, sa lèvre tremble. "Les médecins veulent que j'aille à Memphis pour… un *traitement de choc*…" Elle cache son visage mais une larme coule entre ses doigts. "Pour la dépression et à cause de… des tentatives", dit-elle, d'une voix à peine audible.

Je regarde les manches longues et je me demande si c'est cela qu'elle cache. J'espère me tromper, mais je frissonne.

"Evidemment, Henry dit que je dois me retaper ou partir." Elle fait mine de s'éloigner, s'efforce de sourire, mais la tristesse recouvre aussitôt ses traits.

"Skeeter, Louvenia est la femme la plus courageuse que je connaisse. Malgré ses propres malheurs, elle prend le temps de me parler. Elle m'aide jour après jour à tenir le coup. J'ai lu ce qu'elle a écrit sur moi, sur ce que j'ai fait pour elle et pour son petit-fils, et je ne m'étais jamais sentie aussi reconnaissante. Rien, depuis des mois, ne m'avait autant fait plaisir."

Je ne sais que dire. C'est la première fois que j'entends quelque chose de positif sur le livre et je voudrais qu'elle m'en dise plus. Je pense qu'Aibileen n'a pas entendu cela elle non plus. Et je suis inquiète aussi, car visiblement, Lou Anne sait.

"Si c'est toi qui l'as écrit, si ce que dit Hilly est vrai, je veux simplement que tu saches que je ne renverrai jamais Louvenia. J'ai répondu que j'allais y réfléchir, mais si Hilly Holbrook insiste je lui dirai en face qu'elle a bien mérité cette tarte, et plus encore.

— Comment… qu'est-ce qui te fait penser qu'il s'agissait de Hilly?" *Notre protection, notre assurance n'existe plus si le secret de la tarte est éventé.*

"C'était peut-être elle, ou peut-être pas. Mais c'est ce qui se raconte." Lou Anne secoue la tête. "Ce matin, pourtant, je l'ai entendue dire que ce livre ne parlait pas de Jackson. Va savoir pourquoi."

Je reprends mon souffle et murmure : "Dieu merci!"

— Bon. Henry ne va pas tarder à rentrer…" Elle remonte la bride de son sac sur son épaule et se lève du même mouvement. Le sourire est revenu sur son visage, tel un masque.

Elle pivote en direction de la porte, mais se retourne vers moi en l'ouvrant. "Et je vais te dire autre chose, Skeeter. Hilly Holbrook n'aura pas ma voix à l'élection de la présidente de la Ligue en janvier prochain. Ni jamais, d'ailleurs."

Sur ce, elle s'en va, saluée par un tintement de clochette.

Je reste un moment derrière la vitrine. Dehors, une pluie fine s'est mise à tomber, voilant l'éclat des voitures rutilantes et rendant la chaussée noire et glissante. Je regarde Lou Anne qui se hâte sur le parking et je pense, *Il y a chez un être tant des choses que nous ignorons…* Je me demande si je n'aurais pas pu l'aider un tant soit peu à passer ses journées, si j'avais essayé. Si j'avais essayé d'être un peu plus gentille avec elle. N'était-ce pas le sujet du livre ? Amener les femmes à comprendre. *Nous sommes simplement deux personnes. Il n'y a pas tant de choses qui nous séparent. Pas autant que je l'aurais cru.*

Mais Lou Anne avait compris le sujet du livre avant même de l'avoir lu. Celle qui ne comprenait pas en l'occurrence, c'était moi.

*

Ce soir-là, j'appelle quatre fois Aibileen, mais sa ligne est occupée. Je raccroche et reste un moment assise dans la réserve, face aux bocaux de confiture de figue préparés par Constantine avant que le figuier ne meure. Aibileen m'a dit que les bonnes ne parlaient plus que du livre et de tout ce qui se passait autour. Son téléphone sonne six ou sept fois chaque soir.

Je soupire. On est mercredi. Demain j'apporte au journal ma chronique de Miss Myrna, rédigée il y a six semaines. Comme je n'avais rien à faire, je me suis remise à les préparer d'avance et j'en ai deux douzaines toutes prêtes. Après cela il ne reste rien pour m'occuper l'esprit. Sinon l'inquiétude.

Parfois, quand je m'ennuie, je ne peux m'empêcher de penser à ce que serait ma vie si je n'avais pas écrit ce livre. Le lundi je jouerais au bridge. Et demain soir j'irais à une réunion de la Ligue et je rédigerais la *Lettre*. Puis, vendredi soir, Stuart viendrait me chercher pour aller dîner et nous resterions éveillés très tard, et le lendemain je serais fatiguée pour mon cours de tennis du samedi. Fatiguée et contente, et… *frustrée*.

Parce que cet après-midi-là j'aurais écouté Hilly traiter sa bonne de voleuse sans dire un mot ni faire un geste. Parce qu'Elizabeth aurait tiré trop brutalement le bras de son enfant et que j'aurais regardé ailleurs comme si je n'avais rien vu. Et, étant fiancée à Stuart, je ne porterais pas de jupes courtes, les cheveux courts seulement, et ne pourrais me livrer à aucune activité dangereuse comme d'écrire un livre sur les domestiques noires. J'aurais trop peur qu'il ne désapprouve. Certes, je ne me mentirai jamais à moi-même en prétendant avoir changé la mentalité de personnes comme Hilly et Elizabeth, mais au moins n'ai-je pas à faire semblant d'être d'accord avec elles.

Je sors de ce réduit étouffant dans une sorte de panique. J'enfile mes sandales et vais marcher dans la nuit tiède. La lune est pleine et il y a juste assez de lumière. J'ai oublié de regarder dans la boîte aux lettres ce matin alors que je suis la seule à le faire chaque jour. Je l'ouvre. Il n'y a qu'une seule lettre. Elle vient de Harper & Row, c'est certainement Mrs Stein. Je suis étonnée qu'elle m'écrive ici alors que tout ce qui concerne le livre et les contrats arrive dans une boîte postale. Comme il fait trop sombre pour lire, je glisse l'enveloppe dans la poche de mon jean.

Au lieu de remonter l'allée, je coupe à travers le "verger" en foulant l'herbe tendre et en évitant les premières poires qui sont déjà tombées. C'est à nouveau septembre et je suis ici. Encore. Même Stuart est parti. Il y a quelque temps, on pouvait lire dans un article consacré au sénateur que son fils avait transféré sa compagnie pétrolière à

La Nouvelle-Orléans afin de passer plus de temps sur les plates-formes en mer.

J'entends rouler sur le gravier. Une voiture arrive dans l'allée mais, je ne sais pourquoi, elle avance tous feux éteints.

Hilly Holbrook est au volant.

Je la regarde arrêter la vieille Oldsmobile devant la maison et couper le contact, mais elle reste à l'intérieur. La véranda est éclairée, et la lumière jaune clignote sous l'assaut des insectes. Appuyée au volant, elle semble chercher à savoir qui est là. Que veut-elle, bon Dieu ? Je l'observe un instant, puis je pense, Vas-y la première. Vas-y avant qu'elle agisse, quelles que soient ses intentions.

Je m'avance lentement à travers le jardin. Elle allume une cigarette, jette l'allumette dans notre allée.

Je m'approche de la voiture par derrière, et elle ne me voit pas.

"Tu attends quelqu'un ?"

Hilly sursaute et lâche sa cigarette sur le gravier. Elle s'extrait de la voiture, claque la portière et recule face à moi.

"Ne t'approche pas d'un centimètre", dit-elle.

Je reste donc où je suis et me contente de la regarder. Qui ne la regarderait pas ? Elle est complètement décoiffée, une mèche dressée vers le ciel. Son chemisier est à moitié ouvert, son embonpoint tirant dangereusement sur les boutonnières, et je note qu'elle a encore pris du poids. Et elle a… un vilain bouton à la commissure des lèvres. Enflammé sous la croûte. Je ne lui en avais pas vu de semblable depuis la fac, après que Johnny avait rompu avec elle.

Elle me toise de la tête aux pieds. "Qu'est-ce que tu es devenue, une sorte de hippie, maintenant ? Dieu, que ta mère doit avoir honte !

— Hilly, pourquoi es-tu ici ?

— Pour te dire que j'ai pris contact avec mon avocate, Hibbie Goodman, qui est aussi la spécialiste numéro un en matière de diffamation dans le Mississippi, et que tu es dans de sales draps, miss. Tu sais que tu vas aller en prison ?

— Tu ne peux rien prouver, Hilly." J'ai déjà discuté de cette question avec le service juridique de Harper & Row. Nous avons été très prudentes malgré notre ignorance.

"Je ne doute pas que pour écrire ça, il a fallu que tu sois la personne la plus vulgaire de cette ville. S'acoquiner avec des nègres…"

Comment avons-nous pu être amies ? C'est sidérant. Je songe à rentrer et à fermer la porte à clé. Mais elle tient une enveloppe, ce qui m'inquiète.

"Je sais qu'il y a eu beaucoup de bavardages en ville, Hilly, et toute sorte de rumeurs…

— Oh, ce ne sont pas les bavardages qui me gênent ! Tout le monde sait qu'il ne s'agit pas de Jackson. C'est une ville que tu as inventée dans ta petite tête malade, et je sais qui t'a aidée, aussi."

Elle est visiblement au courant pour Minny, et pour Louvenia. Je le savais déjà. Mais pour Aibileen ? Et les autres ?

Elle agite l'enveloppe dans ma direction avec un bruit de papier froissé. "Je suis ici pour informer ta mère de ce que tu as *fait*.

— Tu veux parler de moi à ma *mère* ?" Je ris mais à vrai dire, maman ne sait rien de tout cela. Et je ne veux pas que ça change. Elle serait mortifiée et aurait honte de moi, et… je regarde l'enveloppe. Et si ça la faisait rechuter ?

"J'en ai bien l'intention." Hilly monte les marches, la tête haute.

Je la suis de près jusqu'à la porte d'entrée. Hilly l'ouvre et entre dans la maison comme chez elle.

"Hilly, je ne t'ai pas invitée, dis-je, en lui prenant le bras. Tu vas…"

Maman apparaît à l'angle du mur et je lâche le bras.

"Tiens, Hilly !" Elle a son peignoir de bain et sa canne tremble quand elle marche. "Il y avait si longtemps, ma chère !"

Hilly cligne plusieurs fois des yeux. Je ne sais si elle est plus choquée par l'apparence de ma mère que ma mère par son arrivée. Les beaux cheveux bruns de maman sont désormais blancs et clairsemés. La main qui tremble sur sa canne paraît sans doute squelettique à quelqu'un qui ne l'a pas vue depuis longtemps. Pire, elle n'a pas toutes ses dents mais seulement celles de devant, ce qui lui fait des joues creuses, affreuses à voir.

"Mrs Phelan, je suis venue pour…

— Hilly, vous êtes malade ? Vous avez une sale mine !"

Hilly se passe la langue sur les lèvres. "Ma foi, je… je n'ai pas eu le temps de m'arranger avant de…"

Maman l'écoute en secouant la tête. "Hilly, *ma chérie* ! Aucun jeune mari n'a envie de se réveiller pour voir *ça*. Regardez vos cheveux… Et ceci…" Maman fronce les sourcils en scrutant l'affreux bouton de plus près. "Ceci n'a rien d'attirant, ma chère."

Je ne quitte pas la lettre des yeux. Maman pointe son doigt vers moi. "Demain j'appelle Fanny Mae et je prends rendez-vous pour vous deux.

— Mrs Phelan, ce n'est pas…

— Ne me remerciez pas, dit maman. C'est le moins que je puisse faire pour vous, maintenant que votre chère mère n'est plus là pour vous guider. Sur ce, je vais me coucher."

Et maman de repartir cahin-caha vers sa chambre. "Ne traînez pas trop, les filles !"

Hilly reste plantée une seconde, bouche bée. Puis elle repart vers la porte, l'ouvre à la volée et sort. La lettre n'a pas quitté sa main.

"Tu es dans de sales draps, Skeeter, et pour la vie, me siffle-t-elle, la bouche serrée comme un poing. Et tes négresses ?

— Mais de qui veux-tu parler au juste, Hilly ? dis-je. Tu ne sais rien.

— Ah bon ? Je ne sais rien ? Cette Louvenia, par exemple ? Je me suis occupée d'elle. Celle-là, Lou Anne est prête à lui régler son compte." La mèche dressée sur sa tête tremble quand elle parle.

"Et dis à cette Aibileen que la prochaine fois qu'elle veut écrire quelque chose sur ma chère amie Elizabeth, elle s'abstienne de…" Elle s'interrompt avec un sourire cruel : "Tu te souviens d'Elizabeth ? Tu étais à son mariage."

J'ai envie de la frapper en entendant le nom d'Aibileen. Mais elle continue. "Disons simplement qu'Aibileen aurait pu être plus maligne et ne pas parler de la fente en forme de L dans la table d'Elizabeth."

Mon cœur cesse de battre. Cette saleté de fente. Comment ai-je pu être assez bête pour laisser passer ça ?

"Et ne crois pas que j'oublie Minny Jackson. J'ai de *magnifiques* projets pour cette négresse.

— Fais attention, Hilly, dis-je entre mes dents. Ce n'est pas le moment de te trahir si tu ne veux pas mourir de ridicule." Je parle avec beaucoup d'assurance mais je tremble intérieurement et me demande ce que sont ces projets.

Elle me fixe avec des yeux exorbités. "CE N'EST PAS MOI QUI AI MANGÉ CETTE TARTE !"

Puis elle tourne les talons et part vers sa voiture, ouvre sèchement la portière. "Dis à ces négresses qu'elles ont intérêt à regarder derrière elles. Elles verront ce qui va leur arriver !"

Je compose le numéro d'Aibileen d'une main tremblante. J'emporte l'appareil dans la réserve et ferme la porte. De l'autre main, je tiens la lettre de Harper & Row. On se croirait à minuit mais il n'est que huit heures et demie.

Aibileen décroche et je lâche tout à trac : "Hilly est venue ici ce soir et elle *sait*.

— Miss Hilly ? Qu'est-ce qu'elle sait ?"

J'entends la voix de Minny en arrière-fond. "Hilly ? Qu'est-ce qui se passe avec Miss Hilly ?

— Minny est ici, dit Aibileen.

— Eh bien, je crois qu'il faut qu'elle sache, elle aussi", dis-je, mais j'aurais préféré qu'Aibileen la mette au courant plus tard, sans moi. Je raconte la descente de Hilly ici, puis j'attends qu'elle ait tout répété à Minny. C'est encore pire de l'entendre dans sa voix.

Elle reprend le téléphone et pousse un soupir. "C'est cette fente dans la table d'Elizabeth, dis-je. C'est à cause de ça que Hilly a compris.

— Seigneur, cette fente ! Et c'est moi qui en ai parlé ? J'arrive pas à le croire.

— C'est moi qui n'aurais jamais dû laisser passer ce détail. Si vous saviez comme je m'en veux, Aibileen !

— Vous croyez que Miss Hilly va dire à Miss Leefolt que j'ai écrit sur elle ?

— Elle peut pas ! hurle Minny. Si elle fait ça, elle reconnaît qu'on parle bien de Jackson !"

Je comprends à quel point le plan de Minny pour faire taire Hilly était bon. "Elle a raison, dis-je. Je crois que Hilly est terrifiée, Aibileen. Elle ne sait plus quoi faire. Elle est allée jusqu'à menacer de me dénoncer à ma *mère*."

Passé le choc de la confrontation avec Hilly et de ses menaces, j'ai presque envie de rire à cette pensée. C'est le dernier de nos soucis. Si ma mère a survécu à mes fiançailles brisées, elle pourrait encaisser cela. A moi de m'en débrouiller le moment venu.

"Je crois que tout ce qu'on peut faire, c'est attendre", dit Aibileen, mais on la sent inquiète. Ce n'est peut-être pas le meilleur moment pour leur donner les autres nouvelles, mais je ne peux pas les garder pour moi.

"J'ai reçu… une lettre aujourd'hui. De chez Harper & Row. J'ai cru que c'était de Mrs Stein, mais ce n'était pas d'elle.

— C'est quoi, alors ?

— C'est une offre de travail au *Harper's Magazine*, à New York. Comme… assistante d'édition. Je suis pratiquement sûre que c'est Mrs Stein qui m'a trouvé ça.

— C'est formidable !" s'exclame Aibileen. Puis : "Minny, Miss Skeeter a reçu une offre d'emploi à New York !

— Aibileen, je ne peux pas l'accepter. Je voulais seulement que vous le sachiez. Je…" Je suis contente de pouvoir, au moins, le dire à Aibileen.

"Comment ça, vous pouvez pas accepter ? C'était votre rêve !

— Je ne peux pas m'en aller maintenant, alors que les choses se passent de plus en plus mal. Je ne vous laisserai pas.

— Mais… ça se passera mal de toute façon, que vous soyez là ou pas !"

Mon Dieu, j'ai envie de pleurer à l'entendre dire cela. Je laisse échapper un gémissement.

"On sait pas ce qui va se passer, Miss Skeeter. Il faut le prendre, ce travail."

Je ne sais que faire, vraiment. Une partie de moi-même me dit que je n'aurais pas dû en parler à Aibileen car sa réponse était prévisible, mais il fallait que je le dise à quelqu'un.

Je l'entends qui chuchote pour Minny : "Elle dit qu'elle va refuser.

— Miss Skeeter, reprend Aibileen au téléphone, je veux pas vous retourner le couteau dans la plaie, mais... c'est pas une vie pour vous à Jackson. Votre maman va mieux et..."

J'entends qu'on parle à voix basse et qu'on se passe l'appareil, et c'est soudain la voix de Minny. "Ecoutez-moi, Miss Skeeter. Moi je vais m'occuper d'Aibileen et elle s'occupera de moi. Mais vous, vous avez plus rien que des ennemis à la Ligue et une maman qui va finir par vous rendre alcoolique. Vous avez coupé tous les ponts, comme on dit. Et vous trouverez *jamais* un autre fiancé dans cette ville et tout le monde le sait. Alors c'est le moment ou jamais de vous magner votre petit cul blanc ! Traînez pas pour filer à New York, *courez-y* !"

Et Minny de me raccrocher au nez. Je contemple le récepteur muet dans ma main, la lettre que je tiens dans l'autre. *Vraiment ?* C'est la première fois que je l'envisage pour de bon. *En serai-je capable ?*

Minny a raison, et Aibileen aussi. Je n'ai plus rien ici, que ma mère et mon père, et nos rapports ne peuvent que se dégrader si je reste avec eux, mais...

Adossée aux étagères, je ferme les yeux. Je pars. Je pars pour New York.

AIBILEEN

CHAPITRE 34

Il y a des drôles de taches aujourd'hui sur les couverts en argent de Miss Leefolt. Ça doit être à cause de l'humidité dans l'air. Je fais le tour de la table de bridge et je frotte encore une fois chaque couvert, et je vérifie qu'il est bien là. Tit'homme s'est mis à chiper des choses, des cuillères, des dessous de bouteille et des épingles à cheveux. Il les planque dans sa couche. Un changement de couche, des fois, ça tourne à la chasse au trésor.

Le téléphone sonne et je vais dans la cuisine pour répondre.

"J'ai attrapé un petit truc au passage, aujourd'hui, dit Minny.

— Qu'est-ce que t'as entendu ?

— Miss Renfroe dit qu'elle sait que c'est Miss Hilly qui a mangé de cette tarte." Minny glousse mais mon cœur bat déjà dix fois plus vite.

"Mon Dieu, dans dix minutes elle est ici, Miss Hilly. Elle a intérêt à éteindre le feu vite fait." Ça me fait drôle de penser qu'on est dans son camp pour cette fois. Ça m'embrouille.

"J'ai appelé Ernestine la manch…" mais Minny se tait brusquement. Miss Celia a dû entrer.

"Ça va, elle est partie. J'ai appelé Ernestine la manchote et elle m'a dit que Miss Hilly a gueulé toute la journée au téléphone. Et Miss Clara, elle sait pour Fanny Amos.

— Elle l'a virée ?" Miss Clara a envoyé le fils de Fanny Amos à la fac, ça fait partie des belles histoires.

"Non, non ! Elle est restée la bouche ouverte et le livre à la main.

— Dieu merci ! Rappelle-moi si tu entends encore des choses, je dis. Et t'en fais pas si c'est Miss Leefolt qui répond. Tu lui dis que c'est au sujet de ma sœur qui est malade." Me punissez pas pour ce mensonge, Seigneur. Une sœur malade, il me manquerait plus que ça.

Quelques minutes plus tard, c'est la sonnette de l'entrée. Je fais celle qui a rien entendu. J'ai trop peur de voir la tête de Miss Hilly après ce qu'elle a dit à Miss Skeeter. J'en reviens pas d'avoir parlé de cette fente. Je vais dans mes toilettes, je m'assois et je pense à ce qui va arriver si je suis obligée de quitter Mae Mobley. *Seigneur, je prie, si je dois la laisser, donne-lui quelqu'un de bien.* La laisse pas seule avec cette Miss Taylor qui lui dit que les Noirs sont sales et avec sa grand-mère qui la force à dire merci à tout bout de champ et avec Miss Leefolt qui est si froide avec elle. Ça continue à sonner, mais je bouge pas. Je le ferai demain, je me dis. Je dirai au revoir à Mae Mobley, juste au cas où.

En revenant, j'entends toutes ces dames qui parlent à la table de bridge. C'est la voix de Miss Hilly la plus forte. Je colle mon oreille à la porte de la cuisine. J'ai peur d'y aller.

"... Niceville n'est *pas* Jackson ! Ce livre, c'est de la saleté, et rien d'autre ! Je suis sûre que c'est une négresse qui a fait ça !"

J'entends un raclement de chaise et je comprends que Miss Leefolt vient me chercher. Faut y aller.

J'ouvre la porte. J'ai le pichet de thé glacé à la main. Je fais le tour de la table. Je regarde la pointe de mes souliers.

"Il paraît que celle qui s'appelle Betty pourrait bien être Charlene", dit Miss Jeanie en ouvrant ses grands yeux. A côté d'elle, Miss Lou Anne regarde comme si tout ça lui était égal. Je lui donnerais bien une petite tape sur l'épaule. Je voudrais lui dire comme je suis contente qu'elle soit la patronne de Louvenia, mais je sais que c'est impossible. Miss Leefolt, je sais pas ce qu'elle pense, à part qu'elle a son air renfrogné comme d'habitude. Mais Miss Hilly, elle est pas rouge, elle est carrément violette comme une prune.

"Et la bonne du chapitre quatre ? continue Miss Jeanie. J'ai entendu dire par Sissy Tucker que…

— Ce livre ne parle pas de Jackson !" hurle Miss Hilly, et je sursaute en lui versant le thé. Une goutte tombe dans son assiette vide. Elle lève les yeux et, comme un aimant, mon regard rencontre le sien.

Elle dit froidement, mais pas fort : "Vous en avez renversé, Aibileen.

— Excusez-moi, je…

— Essuyez."

J'essuie en tremblant, avec le torchon qui me sert à tenir le pichet.

Elle me regarde. Je suis obligée de baisser les yeux. Je sens le secret brûlant entre nous. "Donnez-moi une autre assiette. Que vous n'aurez pas souillée avec votre chiffon sale."

Je lui apporte une autre assiette. Elle la regarde, renifle, se tourne vers Miss Leefolt et dit : "On ne peut même pas leur *apprendre* à être propres."

Je suis obligée de rester tard chez Miss Leefolt. Pendant que Mae Mobley dort, je sors mon cahier de prières et j'écris ma liste. Je suis rudement contente pour Miss Skeeter. Elle a appelé ce matin pour dire qu'elle avait accepté cette place. Elle déménage pour New York cette semaine! Mais Seigneur, je peux pas m'empêcher de sursauter chaque fois que j'entends un bruit en pensant que c'est Miss Leefolt qui rentre et qui va me dire qu'elle connaît la vérité. Une fois chez moi, je suis trop nerveuse pour me mettre au lit. Je vais jusque chez Minny en marchant dans le noir et je frappe à la porte de sa cuisine. Elle est assise à sa table avec le journal. C'est le seul moment de la journée où elle est pas en train de courir partout pour nettoyer quelque chose ou faire manger quelqu'un ou remettre quelqu'un d'autre sur le droit chemin. La maison est tellement calme que je me demande si il est pas arrivé quelque chose.

"Il y a plus personne?"

Elle hausse les épaules. "Ou ça trime, ou ça dort."

Je tire une chaise pour m'asseoir. "Je voudrais savoir ce qui va se passer, c'est tout, je dis. D'accord, je devrais être contente que ça m'a pas encore explosé à la figure, mais c'est d'attendre qui me rend folle.

— Ça va arriver. Bientôt, dit Minny, comme si on parlait du café qu'on boit.

— Minny, comment tu fais pour être aussi calme?"

Elle me regarde, met la main sur le petit ventre qui lui a poussé depuis quinze jours. "Miss Chotard, chez qui Willie Mae est placée, tu la connais? Hier elle a demandé à Willie Mae si elle la traitait aussi mal que cette affreuse patronne du livre.

— Elle lui a demandé ça? Vraiment?

— Alors Willie Mae lui a dit tout ce que les autres patronnes blanches lui avaient déjà fait, le bien comme le mal, et Miss Chotard l'a écoutée. Willie May dit que, depuis trente-sept ans qu'elle travaille là, c'était la première fois qu'elles étaient assises ensemble à la même table."

A part Louvenia et Miss Lou Anne, c'est la première chose positive que j'entends dire. J'essaye de m'en réjouir.

Mais ça dure pas longtemps, je reviens vite au moment présent. "Et Miss Hilly ? Et ce que Miss Skeeter a dit ? Minny, t'es pas un petit peu inquiète, quand même ?"

Minny pose son journal. "Ecoute, Aibileen, je vais pas te mentir. J'ai peur que Leroy me tue si il apprend ce que j'ai fait. J'ai peur que Miss Hilly vienne mettre le feu à ma maison. Mais…" Elle secoue la tête. "… je peux pas expliquer ça. C'est quelque chose que je sens. Peut-être que tout se passe comme ça doit se passer.

— Vraiment ?"

Minny rigole. "Mon *Dieu*, je commence à parler comme toi, c'est ça ? Je dois me faire vieille."

Je lui donne un petit coup de pied. Mais j'essaye de comprendre là où elle veut en venir. On a fait quelque chose de bien et de courageux. Et Minny, peut-être qu'elle veut pas qu'on la prive de tout ce qui va avec, quand on est brave et courageux. Même le mauvais. Mais ce calme qu'elle a… moi, je peux pas.

Minny replonge dans son journal mais au bout d'un moment je comprends qu'elle lit pas. Elle regarde les mots mais elle pense à autre chose. On entend une portière qui claque dehors et elle sursaute. Et je vois bien l'inquiétude qu'elle essaye de cacher. Mais pourquoi ? je me demande. Pourquoi *me* la cacher ?

Plus je la regarde, plus je comprends ce qui se passe ici, ce que Minny a fait. Je sais pas pourquoi c'est seulement maintenant que j'y pense : Minny a sorti cette histoire de tarte pour nous protéger. Pas pour se protéger elle, mais moi et les autres bonnes. Elle savait que ça serait encore pire entre Miss Hilly et elle. Mais elle l'a fait quand même, pour toutes les autres. Et personne doit savoir qu'elle a peur.

Je lui prends la main. "T'es quelqu'un de bien, Minny."

Elle lève les yeux au ciel et elle tire la langue comme le chien quand on lui tend sa gamelle. "Je savais bien que tu devenais gaga", elle dit.

On rigole toutes les deux. Il se fait tard et je suis fatiguée, mais je me lève pour lui remplir sa tasse de café, je prends du thé pour moi et je le bois lentement. On continue à parler jusque tard dans la soirée.

Le lendemain, samedi, on est tous à la maison, la famille Leefolt au complet et moi. Même Mister Leefolt. Mon livre a disparu de la table de nuit. Je me demande où elle l'a mis. Puis je vois le sac de Miss Leefolt sur le canapé, et elle l'a fourré dedans. Ça veut dire qu'elle est allée quelque part avec. Je regarde de plus près. Plus de marque-page.

J'ai envie de la regarder dans les yeux pour voir ce qu'elle sait, mais Miss Leefolt reste toute la journée dans la cuisine à faire un gâteau. Elle veut pas que je l'aide. Elle dit que c'est pas du tout le genre de mes gâteaux, que c'est une recette qu'elle a trouvée dans *Gourmet*. Demain elle fait un lunch chez elle pour son église, et la salle à manger est pleine de trucs pour réceptions. Elle a emprunté trois poêlons à Miss Lou Anne et huit séries de couverts en argent à Miss Hilly parce qu'il va venir quatorze personnes, et que Dieu a interdit à ces braves dévots de se servir d'une bonne vieille fourchette en fer.

Tit'homme est dans la chambre de Mae Mobley et il joue avec elle. Et Mister Leefolt va et vient dans la maison. De temps en temps il s'arrête devant la chambre de Baby Girl, puis il repart. Il doit se dire qu'il devrait profiter que c'est samedi pour jouer avec ses enfants, mais je crois qu'il sait pas comment on fait.

En tout cas, il me reste pas beaucoup d'endroits où me mettre. Il est que deux heures mais j'ai déjà fini le ménage à fond, récuré les toilettes, fait la lessive. J'ai tout repassé sauf les rides de ma figure. Je peux pas en faire plus, vu qu'on m'a chassée de la cuisine, et je veux pas que Miss Leefolt pense que je passe mon temps à m'amuser avec les petits. Alors je traîne.

Au moment où Miss Leefolt s'amène dans le salon je jette un coup d'œil à la chambre et je vois Mae Mobley avec un papier à la main, en train d'apprendre quelque chose à Ross. Elle adore jouer à la maîtresse avec son petit frère.

Je rentre dans le salon, je me mets à faire la poussière sur les livres pour la deuxième fois. Avec le monde qu'il va y avoir, c'est sûrement pas aujourd'hui que je ferai mes adieux à toute la maisonnée.

J'entends Mae Mobley qui dit à son frère : "On va jouer à un jeu ! Assieds-toi là parce que tu es au comptoir du Woolworf et tu es noir. Et tu dois rester là même si je te fais n'importe quoi, sinon tu vas en prison !"

Je file vite dans sa chambre, mais Mister Leefolt est déjà à la porte et il regarde. Je reste derrière lui.

Mister Leefolt croise les bras sur sa chemise blanche. Il penche la tête sur le côté. J'ai le cœur qui bat à cent à l'heure. J'avais jamais entendu Mae Mobley parler de nos histoires secrètes à personne sauf à moi. Et seulement quand sa maman est pas à la maison et que personne risque d'entendre. Mais elle est tellement dans son jeu qu'elle se rend pas compte que son papa écoute.

"Bon ! elle fait, en aidant son frère à grimper sur la chaise. Tu dois rester là, Ross, au comptoir du Woolworf. Et tu dois pas te lever !"

Je veux dire quelque chose, mais je suis incapable de sortir un mot. Mae Mobley passe derrière Ross sur la pointe des pieds et elle lui renverse une boîte de crayons sur la tête. Les crayons tombent par terre. Tit'homme fait la grimace mais elle le regarde d'un air sévère et elle dit : "Tu peux pas bouger ! Tu dois être courageux ! Et pas de violence, hein !" Puis elle lui tire la langue et elle se met à le taper avec un soulier de poupée, et Tit'homme la regarde avec l'air de dire, *Pourquoi je supporte ces bêtises ?* et il descend tant bien que mal de la chaise en criant.

"T'as perdu ! elle fait. Allez, viens, maintenant on va jouer à *Au fond du bus* et tu t'appelleras Rosa Parks.

— Qui t'a appris ces choses-là, Mae Mobley ?" demande Mister Leefolt, et Baby Girl se met à secouer la tête de toutes ses forces comme si elle avait vu un fantôme.

Je sens mes jambes qui mollissent. Il faut que j'y aille avant que ça se gâte mais je manque d'air, je peux pas bouger. Baby Girl me regarde derrière son père, et Mister Leefolt se tourne et il me voit, puis il se retourne vers elle.

Mae Mobley lève les yeux vers son papa et elle dit : "Je sais pas." Puis elle regarde un jeu de construction par terre devant elle comme si elle avait envie d'y jouer. Je l'ai déjà vue faire ça, je sais ce qu'elle pense. Elle pense que si elle prend l'air occupé et qu'elle fait comme s'il était pas là il va peut-être s'en aller.

"Mae Mobley, ton papa t'a demandé quelque chose. Où as-tu appris des choses pareilles ?" Il se penche sur elle. Je vois pas sa tête mais je sais qu'il sourit parce que Mae Mobley a l'air toute timide. Elle l'aime si fort, son papa, Mae Mobley. Et alors elle dit : "C'est Miss Taylor."

Mister Leefolt se redresse. Il va dans la cuisine et je le suis. Il prend Miss Leefolt par les épaules pour la retourner vers lui. "Demain tu iras à l'école et tu changeras Mae Mobley de classe. Plus de Miss Taylor !

— Quoi ? Je ne peux pas changer d'institutrice…"

Je retiens ma respiration. Mais s*i, tu peux. Je t'en prie…*

"Fais-le, c'est tout." Et Mister Leefolt, comme un homme qu'il est, marche vers la porte, là où il a rien à expliquer à personne.

Dimanche, c'est plus fort que moi, je remercie le Seigneur toute la journée d'enlever Baby Girl à Miss Taylor. *Merci mon Dieu, merci mon Dieu, merci mon Dieu,* c'est comme une chanson dans ma tête. Le lundi matin, Miss Leefolt part à l'école avec Mae Mobley. Elle s'est mise sur son trente et un, et je peux pas m'empêcher de sourire parce que je sais ce qu'elle va faire.

Pendant que Miss Leefolt est dehors je m'occupe de l'argenterie de Miss Hilly. Miss Leefolt a tout laissé sur la table. Je nettoie chaque couvert et je passe une heure à frotter pour que ça brille en me demandant comment fait Ernestine. Avec tous ces creux et ces bosses, c'est sûr qu'il vaut mieux avoir ses deux bras.

En rentrant, Miss Leefolt pose son sac sur la table. "Ah! Je voulais rapporter cette argenterie ce matin mais j'ai dû emmener Mae Mobley à l'école, et je suis sûre qu'elle s'est enrhumée parce qu'elle a pas arrêté d'éternuer et voilà qu'il est presque dix heures…

— Elle est malade, Mae Mobley?

— Probablement." Miss Leefolt lève les yeux au ciel. "Je suis en retard pour mon rendez-vous chez le coiffeur, en plus! Quand vous aurez fini de nettoyer ces couverts, rapportez-les chez Hilly de ma part. Je serai de retour avant le déjeuner."

Quand j'ai fini, je mets tous les couverts de Miss Hilly dans un torchon bleu. Puis je vais lever Tit'homme qui fait sa sieste. Il me regarde en clignant des yeux et il sourit.

"Viens, Tit'homme, que je te change ta couche." Je le mets sur la table à langer, j'enlève la couche mouillée et j'y trouve encore trois petits jouets en plastique et une épingle à cheveux de Miss Leefolt. C'est juste mouillé, heureusement il a pas fait le reste.

"Eh ben dis donc, je fais, c'est Fort Knox, chez toi !" Il fronce le nez et il rigole. Il montre le berceau du doigt, j'y vais, je fouille dans les couvertures et je trouve un bigoudi, une cuillère à mesurer et une serviette de table. Seigneur, va falloir faire quelque chose pour ça. Mais pas tout de suite. Je dois aller chez Miss Hilly.

J'attache Tit'homme dans la poussette et je descends la rue jusqu'à la maison de Miss Hilly. Le soleil tape, il fait chaud et on entend pas un bruit. On remonte son allée et Ernestine vient ouvrir. Elle a un drôle de petit bout de bras maigre et tout brun qui sort de la manche gauche. Je la connais pas beaucoup, mais je sais qu'elle aime bien parler. Elle va à l'église méthodiste.

"Hé, Aibileen, elle fait.

— Hé, Ernestine, tu m'as vue arriver ?"

Elle fait oui de la tête et elle regarde Tit'homme. Il quitte pas des yeux ce petit bout de bras mais il a pas peur que ça lui saute dessus.

"Je voulais te parler avant elle, dit Ernestine, doucement. Je pense que tu es courant.

— De quoi ?"

Ernestine regarde derrière elle, puis elle se penche vers moi. "Tu sais, Miss Hester, la patronne blanche de Flora Lou ? Elle est tombée sur Flora Lou ce matin.

— Elle l'a renvoyée ?" Flora Lou avait des sales histoires à raconter. Elle était en colère. Cette Miss Hester, tout le monde la croit gentille et tout. Un jour elle a donné un produit "spécial lavage à la main" à Flora Lou pour qu'elle s'en serve tous les matins. Mais c'était de la lessive pure. Flora m'a montré la cicatrice de la brûlure.

Ernestine secoue la tête. "Miss Hester a sorti le livre et elle s'est mise à crier : « C'est moi ? C'est de moi que vous parlez ? » et Flora Lou a dit : « Non ma'am, j'ai pas écrit de livre. J'ai même pas été jusqu'à la fin de la cinquième à l'école », mais Miss Hester a fait une vraie crise : « Je savais pas que le chlore brûlait la peau ! Je savais pas qu'un dollar et cinq cents c'était le salaire minimum ! Si Hilly disait pas à tout le monde que c'est pas à Jackson que ça se passe, je vous renverrais tout de suite ! » Alors Flora Lou lui a dit : « Je suis pas renvoyée ? » et Miss Hester a crié : « Renvoyée ? Je peux pas vous renvoyer, sinon les gens sauront que je suis dans le chapitre dix ! Vous travaillerez ici pour le restant de vos jours ! » Puis Miss Hester s'est écroulée sur la table de la cuisine avec la tête dans les bras et elle a dit à Flora Lou de finir la vaisselle.

— Mon Dieu !" J'ai la tête qui tourne. "J'espère... qu'elles vont toutes devenir aussi gentilles."

Miss Hilly appelle Ernestine au fond de la maison. "J'y compte pas trop", dit Ernestine. Je lui donne le gros paquet plein de couverts. C'est lourd. Elle le prend avec sa bonne main et, je crois que c'est automatique, elle tend aussi le moignon pour l'attraper.

Ce soir-là, on a un orage terrible. Le tonnerre gronde et moi, à ma table de cuisine, je transpire. Et je tremble en essayant d'écrire mes prières. Flora Lou a eu de la chance, mais qu'est-ce qui va se passer maintenant ? C'est pas possible de pas savoir et de se miner comme ça et...

Bang bang bang. On frappe à la porte d'entrée.

Qui est là ? Je me lève. Il est huit heures et demie à la pendule au-dessus de la cuisinière. Dehors il pleut à verse. Tous ceux qui me connaissent passent par la porte de la cuisine.

Je vais dans le couloir sur la pointe des pieds.

Bang, bang, bang. Je saute en l'air.

"Qui… qui est là?" Je vérifie que le verrou est mis.

"C'est moi.

— Mon *Dieu*." Je respire et j'ouvre. Miss Skeeter. Elle est trempée et elle tremble. Elle a la grande sacoche rouge sous son imperméable.

"Dieu merci…

— Je n'ai pas pu passer par-derrière. Il fait si sombre et il y a tellement de boue que je ne voyais pas où je marchais."

Elle est pieds nus et elle a ses souliers pleins de boue à la main. Je referme vite la porte derrière elle. "Personne vous a vue?

— On ne voit rien ni personne dehors. Je vous aurais appelée, mais le téléphone est coupé à cause de l'orage."

Je me doute qu'il a dû se passer quelque chose mais je suis trop contente de la voir encore une fois avant qu'elle s'en aille à New York. Ça faisait six mois. Je la serre très fort contre moi.

"Mon *Dieu*, faites voir vos cheveux!" Miss Skeeter fait tomber la capuche et elle secoue ses cheveux qui lui tombent sur les épaules.

"Ils sont magnifiques!" Je le pense pour de bon.

Elle sourit avec l'air gênée et elle dit : "Maman déteste."

Je ris, puis je reprends ma respiration pour encaisser les mauvaises nouvelles.

"Les librairies réclament des livres, Aibileen. Mrs Stein a appelé cet après-midi." Elle me prend les mains. "On va refaire un tirage. Encore *cinq mille* exemplaires!"

Je la regarde. "Je savais… je savais même pas qu'on pouvait faire ça", je dis, et je mets la main sur ma bouche. Notre livre va encore être dans cinq mille maisons, dans les bibliothèques, sur les tables de nuit, dans les toilettes?

"Il y aura de l'argent en plus. Au moins cent dollars pour chacune d'entre vous. Et qui sait ? Ce sera peut-être plus."

Je mets la main sur mon cœur. J'ai pas dépensé un cent sur les premiers soixante dollars et elle me dit qu'il va y en avoir plus ?

"Et ce n'est pas tout." Miss Skeeter se penche pour prendre le sac. "Je suis allée au journal vendredi, les prévenir que je cessais de travailler pour eux." Elle respire un grand coup. "Et j'ai dit à Mr Golden que la prochaine Miss Myrna devrait être vous."

Elle sort un cahier bleu de son sac et elle me le tend. "Il est d'accord pour vous payer comme moi, dix dollars par semaine."

Moi ? Moi, travailler pour le journal blanc ? Je vais sur le canapé, j'ouvre le cahier et je vois toutes les lettres et tous les articles déjà publiés. Miss Skeeter s'assoit à côté de moi.

"Merci, Miss Skeeter. Pour ça et pour *tout*."

Elle sourit, elle respire à fond comme pour pas pleurer.

"J'arrive pas à y croire, que demain vous partez à New York, je dis.

— En fait, je vais d'abord à Chicago. Seulement pour une soirée. Je veux voir Constantine, enfin, sa tombe."

Je hoche la tête. "Ça me fait plaisir.

— Maman m'a montré son avis de décès. C'est juste à la sortie de la ville. Et je partirai pour New York le lendemain matin.

— Dites à Constantine qu'Aibileen lui passe le bonjour."

Elle rit. "Je suis inquiète. Je ne suis jamais allée à Chicago ni à New York. Je n'ai jamais pris l'avion."

On reste un moment sans rien dire, en écoutant l'orage. Je pense à la première fois que Miss Skeeter est venue chez moi, et comme elle était mal à l'aise. Maintenant, j'ai l'impression qu'on est de la même famille.

"Avez-vous peur, Aibileen? De ce qui pourrait arriver?"
Je me tourne pour pas qu'elle voie mes yeux. "Ça va.

— Par moments, je me demande si ça valait la peine. S'il
vous arrivait quelque chose… comment vivre avec cela,
après, en sachant que c'était de ma faute?" Elle met la main
devant ses yeux, comme pour pas voir ce qu'elle imagine.

Je vais dans ma chambre et je prends le paquet du révérend Johnson. Elle enlève le papier et elle regarde le livre
avec toutes les signatures. "Je voulais vous l'envoyer à New
York, mais c'est mieux si vous l'avez maintenant.

— Je ne… je ne comprends pas. C'est pour moi?

— Oui, ma'am." Puis je lui répète le message du révérend, comme quoi elle fait partie de notre famille. "Rap-
pelez-vous-en, Miss Skeeter, chacune de ces signatures
veut dire que ça valait la peine." Elle lit les remerciements,
les petits mots que chacun a écrits, elle passe le doigt sur
l'encre. Elle a des larmes plein les yeux.

"Je crois que Constantine serait fière de vous."

Miss Skeeter sourit et je vois comme elle est *jeune*. Après
tout ce qu'on a écrit, les heures qu'on a passées à travailler,
la fatigue, l'inquiétude, j'avais plus vu depuis longtemps
la jeune fille qu'elle est.

"Vous croyez que c'est bien? Que je vous laisse au
moment où tout est si…

— Allez à New York, Miss Skeeter, vivre votre vie."

Elle sourit, elle cligne des yeux sur ses larmes et elle dit:
"*Merci.*"

Ce soir-là je réfléchis dans mon lit. Je suis tellement
contente pour Miss Skeeter. J'ai des larmes qui me coulent
sur les tempes et dans les oreilles, je l'imagine en train de
marcher dans ces grandes avenues que j'ai vues à la télé,
avec ses longs cheveux au vent. Il y a une partie de moi

qui voudrait bien repartir à zéro elle aussi. La chronique sur le nettoyage, ça c'est nouveau. Mais je suis plus toute jeune, moi. Ma vie est presque faite.

Plus j'essaye de dormir, plus je sais que je fermerai pas l'œil de la nuit. J'entends toute la ville qui parle du livre et c'est comme un essaim d'abeilles géant. Comment dormir avec toutes ces abeilles ? Je pense à ce qui arriverait à Flora Lou si Miss Hilly disait pas partout que Niceville, c'est pas Jackson. Miss Hester la renverrait. Je pense, oh, Minny, tu as fait quelque chose de bien. Tu t'occupes de tout le monde sauf de toi. Je voudrais bien pouvoir te protéger !

Miss Hilly, j'ai l'impression qu'elle tient qu'à un fil. Il se passe pas de jour sans que quelqu'un dise qu'il sait que c'est elle qui a mangé cette tarte, et Miss Hilly continue à se bagarrer. Pour la première fois de ma vie, je me demande qui va sortir vainqueur de cette bagarre. Jusqu'à présent je disais toujours Miss Hilly, mais maintenant je sais plus. Elle pourrait bien perdre, cette fois.

J'arrive à dormir quelques heures avant le lever du jour. C'est drôle mais à six heures quand je me lève, je me sens pas fatiguée. Je mets mon uniforme bien propre que j'ai lavé hier soir dans le bac à douche. Dans la cuisine, je bois un grand verre d'eau fraîche du robinet. J'éteins la lumière et au moment où je vais pour sortir, mon téléphone sonne. Seigneur, c'est bien tôt.

Je décroche et j'entends qu'on gémit.

"Minny ? C'est toi ? Qu'est-ce… ?

— Ils ont viré Leroy hier soir ! Leroy a voulu savoir pourquoi et le patron lui a répondu que c'était Mister William *Holbrook* qui lui avait demandé. Holbrook lui a dit que c'était à cause de sa *négresse* de femme, et Leroy est rentré et il a essayé de me tuer de ses propres mains !" Minny arrive à peine à parler tellement elle s'étouffe. "Il a fait sortir les gosses et il m'a enfermée dans la salle de bains et il disait qu'il allait foutre le feu à la baraque avec moi dedans!"

Mon Dieu, *ça y est*. Je mets la main sur ma bouche pour pas crier, je sens que je tombe dans ce trou noir qu'on a creusé pour nous-mêmes. Minny avait l'air si sûre d'elle ces dernières semaines, et maintenant…

"C'est cette *sorcière!* elle hurle. Il va me tuer à cause d'elle!

— Où t'es maintenant, Minny? Et les enfants?

— A la station-service. Je me suis sauvée pieds nus. Les gosses ont couru chez les voisins…" Elle halète, elle a des hoquets, elle gronde. "Octavia va venir nous chercher. Elle a dit qu'elle arrivait en voiture le plus vite possible."

Octavia habite à Canton, c'est à vingt minutes au nord, plus loin que la maison de Miss Celia. "Minny, je viens moi aussi…

— Non, mais raccroche pas, s'il te plaît. Reste avec moi en attendant qu'elle arrive.

— Et toi, t'as rien? T'es pas blessée?

— J'en peux plus, Aibileen. Je peux plus…" Elle se met à pleurer au téléphone.

C'est la première fois que j'entends Minny dire ça. Je respire un grand coup, je sais ce que je dois faire. J'entends exactement les mots dans ma tête, et c'est *maintenant* qu'elle pourra m'écouter, pieds nus et désespérée dans la cabine de la station-service. "Minny, écoute-moi. Tu risques pas de perdre ta place chez Miss Celia. C'est Mister Johnny lui-même qui te l'a dit. Et on va encore avoir de l'argent du livre. Miss Skeeter le sait depuis hier. Minny, écoute ce que je te dis. *Il faut plus te laisser frapper par Leroy.*"

Elle sanglote.

"Ça suffit, Minny. Tu m'entends? Tu es *libre*."

Petit à petit, elle arrête de pleurer. Bientôt c'est le silence. Si je l'entendais pas respirer je croirais qu'elle a raccroché. Je pense, *S'il te plaît, Minny. S'il te plaît, c'est le moment de te sortir de là, ne le laisse pas passer.*

Elle respire par à-coups. Mais elle dit : "J'entends, Aibileen.

— Je vais te rejoindre à la station-service et j'attendrai avec toi. Je préviens Miss Leefolt que je serai en retard ce matin.

— Non. Ma sœur… va bientôt arriver. On restera chez elle ce soir.

— Minny, c'est juste pour ce soir, ou…"

Elle soupire. "Non. J'en peux plus, je te dis. J'ai supporté ça *assez* longtemps." Et je retrouve la Minny Jackson que je connais. Sa voix tremble, je sais qu'elle a peur, mais elle dit : "Que Dieu lui vienne en aide, il sait pas de *quoi* Minny Jackson est capable, Leroy."

J'ai le cœur qui bat, tout d'un coup. "Minny, tu vas pas le tuer ! Tu te retrouverais en prison, là où Miss Hilly veut te mettre."

Mon *Dieu* qu'il est long, qu'il est effrayant ce silence !

"Je vais pas le tuer, Aibileen. C'est promis. On va aller chez Octavia en attendant de trouver un endroit où habiter."

Je reprends ma respiration.

"La voilà, elle dit. Je t'appelle ce soir."

Quand j'arrive chez Miss Leefolt, c'est le silence dans la maison. Je pense que Tit'homme dort encore. Mae Mobley est déjà partie à l'école. Je pose mon sac dans la buanderie. La porte de la salle à manger est fermée et il fait frais dans la cuisine, c'est bien agréable.

Je mets le café en route et je récite une prière pour Minny. Elle pourra rester quelque temps chez sa sœur. Octavia a une ferme assez grande, à ce qu'elle m'a dit. Minny sera plus près de son travail, mais c'est loin des écoles des enfants. En tout cas ce qui compte, c'est que Minny reste loin de Leroy. Je l'avais jamais entendue dire qu'elle voulait le quitter et elle dit jamais les choses deux fois, Minny.

Je prépare un biberon pour Tit'homme. C'est à peine huit heures du matin et il me semble que ma journée est déjà finie. Mais je suis toujours pas fatiguée. Je sais pas pourquoi.

Je pousse la porte de la salle à manger, et qui je vois ? Miss Leefolt et Miss Hilly assises à la table toutes les deux du même côté, et qui me regardent.

Je reste plantée une seconde, mon biberon à la main. Miss Leefolt a encore ses rouleaux et son peignoir de bain bleu matelassé. Miss Hilly est déjà coiffée et maquillée dans son tailleur-pantalon écossais bleu. Elle a toujours ce vilain bouton rouge à la lèvre.

"Bonjour, je dis, et je me retourne pour sortir.

— Ross dort encore, dit Miss Hilly. C'est inutile d'y retourner."

Je m'arrête et je regarde Miss Leefolt, mais elle a les yeux sur la drôle de fente en forme de L de sa table de salle à manger.

"Aibileen, dit Miss Hilly, et elle se passe la langue sur les lèvres. Quand vous avez rapporté mes couverts hier, il en manquait trois. Une fourchette et deux cuillères en argent."

Je retiens ma respiration. "Attendez que… que j'aille voir dans la cuisine si j'en aurais pas laissé." Je regarde Miss Leefolt pour savoir ce qu'elle veut que je fasse, mais elle quitte pas cette fente des yeux. Je sens un picotement glacé dans ma nuque.

"Vous savez aussi bien que moi que l'argenterie n'est pas dans la cuisine, Aibileen.

— Miss Leefolt, vous avez regardé dans le lit de Ross ? Il arrête pas de chiper des choses pour les cacher…"

Miss Hilly rit très fort. "Tu entends, Elizabeth ? Elle cherche à faire accuser un bébé !"

Je réfléchis à toute allure. J'essaye de me rappeler si j'ai bien compté les couverts avant de les emballer. Il me semble. *Seigneur, dis-moi qu'elle veut pas dire ce que j'ai entendu…*

"Miss Leefolt, vous avez déjà regardé dans la cuisine ? Dans le placard à argenterie ? Miss Leefolt ?"

Mais elle me regarde toujours pas et je sais pas quoi faire. Je me doute pas encore que c'est grave. C'est peut-être pas le problème des couverts, c'est peut-être que Miss Leefolt a fini par lire le *chapitre deux…*

"Aibileen, dit Miss Hilly, vous pouvez encore me rapporter ces couverts aujourd'hui, sinon Elizabeth déposera plainte."

Miss Leefolt regarde Miss Hilly et elle a l'air étonnée. Je me demande si elles s'y sont mises à deux ou si c'est Miss Hilly qui a eu cette idée toute seule.

"J'ai pas volé de couverts, Miss Leefolt", je dis, et rien que de m'entendre j'ai envie de partir en courant.

Miss Leefolt dit tout doucement : "Elle dit qu'elle ne les a pas, Hilly."

Miss Hilly a même pas l'air d'entendre. Elle me regarde en levant les sourcils et elle dit : "C'est donc à moi de vous informer que vous êtes renvoyée, Aibileen." Elle renifle. "Et je vais appeler la police. Ils me connaissent.

— Mamaaaan !" crie Tit'homme dans son lit au fond du couloir. Miss Leefolt regarde derrière elle, puis Miss Hilly, comme si elle savait pas quoi faire. Je crois qu'elle pense déjà à ce que ça va être si elle a plus de bonne.

"*Aaaaibiiii !*" crie Tit'homme, et il se met à pleurer.

"Aibi !" crie une autre petite voix, et je comprends que Mae Mobley est là. Elle a pas dû aller à l'école aujourd'hui. *Seigneur, je t'en prie, ne la laisse pas voir ça. Ne la laisse pas entendre ce que Miss Hilly dit de moi !* La porte s'ouvre dans le couloir et Mae Mobley entre. Elle nous regarde en clignant des yeux et elle tousse.

"Aibi, j'ai mal à la gorge !

— Je… je viens tout de suite, Baby."

Mae Mobley se remet à tousser. Ça fait un vilain bruit, comme un chien qui aboie, et je sors dans le couloir mais Miss Hilly dit : "Aibileen, restez où vous êtes. Elizabeth peut s'occuper de ses enfants."

Miss Leefolt la regarde comme pour dire : *"Je suis obligée ?"* mais elle se lève et elle va dans le couloir. Elle emmène Mae Mobley dans la chambre de Tit'homme et referme la porte. Et nous voilà toutes les deux seules, Miss Hilly et moi.

Miss Hilly se renverse en arrière sur sa chaise et elle dit : "Je ne supporte pas les menteurs."

J'ai le cœur qui bat. Je voudrais m'asseoir. "J'ai pas volé de couverts, Miss Hilly.

— Je ne parle pas des couverts", elle dit, en se penchant en avant. Elle chuchote, d'ailleurs, pour pas que Miss Leefolt l'entende. "Il s'agit de ce que vous avez écrit au sujet d'Elizabeth. Elle ne se doute pas qu'on parle d'elle au chapitre deux et je suis une trop bonne amie pour le lui dire. Je ne pourrai peut-être pas vous envoyer en prison pour ce que vous avez écrit, mais je peux vous y envoyer pour vol."

J'irai pas en prison. J'irai pas, c'est tout ce qui me vient à l'esprit.

"Et votre amie Minny ? Elle a une jolie surprise qui l'attend. J'ai appelé Johnny Foote pour lui dire de la renvoyer immédiatement."

Je commence à y voir trouble. Je secoue la tête et je serre les poings.

"Johnny Foote et moi, nous sommes très proches, figurez-vous. Il écoute ce que je…

— Miss Hilly !" je crie, bien fort et bien clair. Elle s'arrête. Ça doit bien faire dix ans qu'on lui a pas coupé la parole.

"Miss Hilly, je sais quelque chose sur vous, ne l'oubliez pas."

Elle me regarde en clignant des yeux. Mais elle répond pas.

"Et à ce qu'on m'a dit, on a tout son temps pour écrire des lettres, en prison." Je tremble. L'air que je respire est comme du feu. "Tout le temps d'écrire à tout Jackson la vérité sur vous. Et le papier est gratuit.

— Personne ne vous croira, négresse !

— Je sais pas… Il paraît que j'écris plutôt bien."

Elle se touche le bouton avec le bout de la langue. Puis elle baisse les yeux.

Avant qu'elle ait dit autre chose, la porte du couloir s'ouvre et Mae Mobley se précipite vers moi en chemise de nuit. Elle sanglote et son petit bout de nez est rouge comme une rose. Sa maman a dû lui dire que je partais.

Seigneur, je prie, *dis-moi qu'elle lui a pas répété les mensonges de Miss Hilly.*

Baby Girl attrape ma jupe d'uniforme et elle veut plus la lâcher. Je pose la main sur son front. Elle est toute chaude de fièvre.

"Baby, il faut retourner te coucher.

— *Nooonnn !* T'en va pas, Aibi !"

Miss Leefolt sort de la chambre avec Tit'homme dans les bras. Elle fronce les sourcils.

Il sourit et il crie : "Aibi !

— Hé, Tit'homme…" Je suis tellement contente qu'il comprenne rien à ce qui se passe ! "Miss Leefolt, laissez-moi emmener Mae Mobley dans la cuisine et lui donner un médicament. Elle a vraiment beaucoup de fièvre."

Miss Leefolt jette un coup d'œil à Miss Hilly, mais Miss Hilly reste les bras croisés, sans bouger. "D'accord, allez-y", dit Miss Leefolt.

Je prends la petite main brûlante de Baby Girl et je l'emmène dans la cuisine. Elle se remet à tousser avec ce bruit affreux. Je lui donne une aspirine pour bébé et du sirop contre la toux. Rien que d'être là avec moi, elle se calme un peu, mais les larmes continuent à couler sur sa frimousse.

Je l'installe sur le comptoir pendant que j'écrase la petite pilule rose, je mélange avec un peu de compote de pomme et je lui en donne une cuillerée. Elle l'avale et je vois que ça lui fait mal en passant. Je repousse les cheveux sur son front. Cette grosse mèche qu'elle a coupée avec ses ciseaux commence à repousser toute raide. Miss Leefolt, en ce moment, la regarde à peine.

Elle se remet à pleurer. "S'il te plaît Aibi, t'en va pas !

— Il le faut, baby. Je suis désolée." Et c'est moi qui me mets à pleurer. Je voulais pas, ça va être encore plus dur pour elle, mais je peux plus m'arrêter.

"Pourquoi ? Pourquoi tu veux plus me voir ? Tu vas t'occuper d'une autre petite fille ?" Son petit front est tout plissé, comme quand sa maman lui crie dessus. Mon *Dieu*, j'ai le cœur qui saigne.

Je lui prends sa petite figure entre mes mains et je sens que la mauvaise chaleur diminue sur ses joues. "Non, Baby, c'est pas pour ça. C'est pas parce que je veux te quitter, mais…" Comment lui expliquer ? Je peux pas lui dire qu'on me renvoie, je veux pas qu'elle en veuille à sa maman, ça rendrait les choses encore plus difficiles entre elles deux. "Il est temps que je me retire. Tu es ma dernière petite fille", je dis, parce que c'est vrai, même si c'est pas moi qui l'ai voulu.

Je la laisse pleurer une minute contre ma poitrine, puis je lui caresse la figure. Je respire un grand coup et je prends ses mains pour les mettre sur ma figure.

"Baby Girl, je veux que tu te rappelles tout ce que je t'ai dit. Tu te rappelles ?"

Elle continue à pleurer doucement, mais le hoquet est passé. "De bien m'essuyer les fesses quand j'ai fini ?

— Non, Baby, les autres choses. Sur ce que tu es."

Je plonge dans ses beaux yeux bruns et elle regarde dans les miens. Seigneur, ce regard, on dirait qu'elle a déjà vécu cent ans. Et je vous jure que je vois, tout au fond, la femme qu'elle sera. L'avenir, l'espace d'une seconde. Elle est grande et droite. Elle est fière. Elle est mieux coiffée. Et elle se *rappelle* les mots que j'ai mis dans sa tête. Comme on se rappelle quand on est une adulte.

Alors elle le dit, juste comme il fallait : "Tu es gentille, tu es intelligente. Tu es importante.

— Oh mon *Dieu*…" Je serre son petit corps contre moi. J'ai l'impression qu'elle vient de me faire un cadeau. "Merci, Baby Girl.

— De rien", elle répond, comme je lui ai appris. Puis elle appuie sa tête sur mon épaule et on reste comme ça un moment, à pleurer, jusqu'à ce que Miss Leefolt entre dans la cuisine.

"Aibileen, elle fait, très calme.

— Miss Leefolt, vous êtes… sûre que c'est bien ce que vous…" Miss Hilly arrive derrière elle et elle me fusille du regard. Miss Leefolt fait oui de la tête et elle a vraiment l'air coupable.

"Je suis désolée, Aibileen. Hilly, si tu veux… porter plainte, c'est à toi de décider."

Miss Hilly renifle et elle dit : "Je ne perdrai pas de temps à ça."

Miss Leefolt soupire comme si elle était soulagée. Nos regards se croisent pendant une seconde et je vois que Miss Hilly avait raison. Miss Leefolt se doute pas du tout que le chapitre deux est sur elle. Et même si elle avait une petite idée, elle l'avouerait jamais.

Je repousse gentiment Mae Mobley et elle me regarde, puis elle regarde sa maman avec ses yeux brillants de fièvre. On dirait qu'elle a peur des quinze années qu'elle va vivre maintenant. Mais elle soupire, comme si elle était trop fatiguée pour y penser. Je la remets sur ses pieds, je l'embrasse sur le front, mais elle tend encore les bras vers moi. Je suis obligée de m'écarter.

Je vais dans la buanderie prendre mon sac et mon manteau.

Je sors par-derrière, avec le bruit affreux de Mae Mobley qui s'est remise à crier et à pleurer. Je descends l'allée et je pleure moi aussi en pensant à Mae Mobley qui va tellement me manquer et en priant pour que sa maman arrive à l'aimer un peu plus et à lui montrer. Mais en même temps je sens que je suis libre, pour ainsi dire. Comme Minny. Plus libre que Miss Leefolt, qui est tellement enfermée dans sa tête qu'elle se reconnaît même pas quand elle se lit dans un livre. Et plus libre que Miss Hilly. Cette femme va passer le reste de son existence à faire croire aux gens que c'est pas elle qui a mangé la tarte. Je pense à Yule May qui est en prison. Parce que Miss Hilly, elle est dans sa propre prison, mais on peut dire qu'elle en a pris pour la vie.

Je marche sur le trottoir déjà brûlant à huit heures du matin en me demandant ce que je vais faire du reste de ma journée. Du reste de ma vie. Je pleure et je tremble, et une Blanche qui passe me regarde avec l'air étonné. Le journal va me payer dix dollars par semaine, et il y a l'argent du livre, et un peu plus à venir. Mais ça me suffira pas pour vivre jusqu'à la fin. Et je pourrai pas trouver une autre place comme bonne, pas avec Miss Hilly et Miss Leefolt qui me traitent de voleuse. Mae Mobley aura été ma dernière petite Blanche. Dire que je venais d'acheter un nouvel uniforme !

Le soleil brille mais j'ai les yeux grands ouverts. J'attends à l'arrêt du bus comme je l'ai fait pendant quarante et quelques années. En une demi-heure ma vie… s'est terminée. Peut-être que je devrais continuer à écrire, pas seulement pour le journal, mais sur les gens que je connais et tout ce que j'ai vu et tout ce que j'ai fait. Je suis peut-être pas trop vieille pour m'y mettre. Je pense et je ris et je pleure en même temps. Parce qu'hier soir je me disais qu'il y aurait plus jamais rien de nouveau pour moi.

REMERCIEMENTS

Merci à Amy Einhorn, mon éditrice, sans qui ce fouillis de notes n'aurait jamais connu la réussite qui est la sienne aujourd'hui. Amy, vous êtes si clairvoyante. J'ai eu vraiment de la chance de travailler avec vous.

Merci à : Susan Ramer, mon agent, pour avoir pris le risque et s'être montrée patiente avec moi ; à Alexandra Shelley pour sa ténacité et ses conseils ; au groupe du Jane Street Workshop pour être d'aussi bons écrivains ; à Ruth Stockett, Tate Taylor, Brunson Green, Laura Foote, Octavia Spencer, Nicole Love et Justine Story pour avoir lu et ri, même aux passages qui n'étaient pas si drôles. Merci à vous, Papy, Sam, Barbara et Robert Stockett pour m'avoir aidée à me rappeler le Jackson de l'époque. Et merci du fond du cœur à Keith Rogers et à ma chère Lila, pour *tout*.

Merci à toute l'équipe de Putnam pour leur enthousiasme et leur dur labeur. J'ai pris des libertés avec le temps, en utilisant la chanson *The Times They Are A-Changin'* alors qu'elle n'est apparue dans les bacs qu'en 1964, ainsi que le Shake'n Bake, produit qui n'est sorti qu'en 1965. Les lois Jim Crow qui figurent dans le livre ont été abrégées et extraites de la législation qui a existé, au fil du temps, à travers les Etats du Sud. Un grand merci à Dorian Hastings et à Elizabeth Wagner, les incroyables relecteurs, pour avoir signalé mes incorrigibles contradictions, et pour m'avoir aidée à en rectifier beaucoup d'autres.

Merci à Susan Tucker, auteur du livre *Telling Memories Among Southern Women*, dont les magnifiques témoignages oraux de domestiques et d'employeurs blancs m'ont ramenée à une époque et en un lieu depuis longtemps disparus.

Enfin, mes remerciements tardifs à Demetrie McLorn, qui nous a tous rapportés de l'hôpital dans nos couvertures de bébés et a passé sa vie à nous nourrir, à ramasser les choses derrière nous, à nous aimer et, Dieu merci, à nous pardonner.

TROP PEU, TROP TARD

Par Kathryn Stockett

La bonne de notre famille, Demetrie, disait toujours que la cueillette du coton en plein été dans le Mississippi est l'un des pires passe-temps qui existent, si l'on excepte celle du gombo, autre plante épineuse poussant à ras de terre. Demetrie nous racontait toute sorte d'histoires du temps où, petite fille, elle cueillait le coton. Elle riait en nous menaçant du doigt et nous mettait en garde, comme si les riches petit Blancs que nous étions risquaient de céder aux charmes maléfiques de la cueillette du coton comme on cède à ceux de l'alcool ou de la cigarette.

"J'ai cueilli pendant des jours sans jamais m'arrêter. Puis je me suis regardée, et ma peau avait fait des bulles. Je l'ai montrée à ma maman. Chez nous, on avait jamais vu de coups de soleil sur quelqu'un de noir. C'était pour les Blancs, ça!"

J'étais trop jeune pour me rendre compte que ce qu'elle racontait n'était pas très drôle. Demetrie était née à Lampkin, Mississippi, en 1927. Une sale année pour venir au monde, juste avant l'arrivée de la Dépression. Juste à temps, quand on était enfant, pour apprendre ce qu'on ressentait quand on était pauvre, noir et femme dans une plantation.

Demetrie entra dans ma famille comme cuisinière et bonne à tout faire à l'âge de vingt-huit ans. Mon père avait quatorze ans, mon oncle, sept. Demetrie était une fille robuste et très noire de peau, déjà mariée à un buveur invétéré et méchant du nom de Clyde. Elle refusait de répondre à mes questions sur cet homme. Mais, cela mis à part, elle nous parlait à longueur de journée.

Et Dieu sait si j'aimais parler avec Demetrie ! En rentrant de l'école j'allais m'asseoir avec elle dans la cuisine de ma grand-mère pour écouter ses histoires et la regarder préparer des gâteaux et du poulet frit. Sa cuisine, exceptionnelle, était un inépuisable sujet de conversation d'après repas pour tous ceux qui mangeaient à la table de ma grand-mère. On se sentait *aimé* quand on goûtait au gâteau au caramel de Demetrie.

Mon frère et ma sœur aînés et moi-même n'étions pas autorisés à déranger Demetrie pendant sa pause déjeuner. "Laissez-la tranquille, disait grand-maman, laissez-la manger en paix, c'est son heure", et je restais sur le seuil de la cuisine, mourant d'impatience de retourner auprès d'elle. Grand-mère tenait à ce que Demetrie se repose pour être en mesure de finir son travail, et de toute façon les Blancs ne s'asseyaient pas à table avec un Noir en train de manger.

Mais c'était normal, ces règles entre Noirs et Blancs faisaient partie de la vie de tous les jours. Je me souviens que, petite fille, j'avais pitié des Noirs que je voyais dans leur partie de la ville, même s'ils étaient bien habillés et semblaient à l'aise. Je suis terriblement gênée de l'avouer aujourd'hui.

Je n'avais pas pitié de Demetrie, cependant. J'ai pensé pendant des années que, pour elle, c'était une chance formidable de nous avoir. Un travail assuré dans une belle maison, à faire le ménage pour des Blancs chrétiens. Mais c'était aussi parce que Demetrie n'avait pas d'enfants et que nous avions le sentiment de combler un vide dans son existence. Quand on lui demandait combien d'enfants elle avait, elle levait trois doigts : ma sœur Susan, mon frère Rob et moi.

Mon frère et ma sœur refusaient de l'admettre, mais j'étais plus proche de Demetrie qu'eux. Personne ne pouvait s'en prendre à moi si elle était dans les parages. Elle m'amenait devant le miroir et disait : "Tu es belle. Tu es une belle fille", ce qui n'était manifestement pas le cas. Je portais des lunettes et j'étais affligée de cheveux bruns et raides comme des baguettes. J'avais une solide aversion pour la baignoire. Ma mère était très souvent absente. Susan et Rob s'agaçaient de m'avoir dans les jambes et je me sentais abandonnée. Demetrie le savait, elle me prenait par la main et me disait que j'étais quelqu'un de bien.

Mes parents on divorcé quand j'avais six ans. Demetrie n'en est devenue que plus importante pour moi. Quand ma mère partait pour l'un de ses fréquents voyages, papa nous mettait dans un motel dont il était propriétaire et emmenait Demetrie avec nous. Je pleurais et pleurais sur son épaule, car ma mère me manquait tellement que j'en avais de la fièvre.

A ce moment-là, ma sœur et mon frère étaient déjà grands et s'étaient, en quelque sorte, lassés de Demetrie. Ils s'installaient dans le salon du motel pour jouer au poker avec les employés de la réception, les pailles du bar tenant lieu d'argent.

Je me souviens de les avoir observés avec jalousie parce qu'ils étaient plus âgés et d'avoir pensé un jour, *Je ne suis plus un bébé. Je ne suis pas obligée d'être tout le temps avec Demetrie pendant que les autres jouent au poker.*

J'entrai donc dans la partie et en cinq minutes j'avais perdu toutes mes pailles. Je retournai sur les genoux de Demetrie bouder comme une exclue en regardant les autres jouer. Mais au bout d'une minute mon front avait retrouvé la douceur de son cou, elle me berçait et nous étions toutes deux comme dans un bateau.

"La voilà, ta place. Là, avec moi", me dit-elle en caressant ma jambe brûlante. Elle avait toujours les mains fraîches. Je regardais les autres qui jouaient aux cartes, et l'absence de maman devenait moins pénible à supporter. J'avais ma place.

Le flot de représentations négatives du Mississippi dans les films, dans les journaux, à la télévision a fait de nous, qui en sommes originaires, des gens méfiants et toujours sur la défensive. Nous sommes pleins de fierté et de honte, mais surtout de fierté.

Pourtant, j'en suis partie. Je me suis installée à New York à l'âge de vingt-quatre ans. J'ai appris que la première question que les gens se posaient les uns aux autres dans cette ville à la population si fluctuante était : "D'où êtes-vous ?" Je répondais : "Du Mississippi." Et j'attendais.

A ceux qui disaient : "Il paraît que c'est très beau, là-bas", je rétorquais : "La ville d'où je viens est la troisième des Etats-Unis pour le nombre de crimes crapuleux." Et face à ceux qui disaient : "Mon Dieu, vous devez être contente d'avoir quitté un tel endroit !" je me hérissais et répondais : "Oui, mais vous savez quoi ? C'est très beau, là-bas."

Un jour, au cours d'une soirée sur un toit de New York, un Blanc ivre, originaire d'une ville industrielle du Nord, me demanda d'où je venais. Comme je lui répondais "Du Mississippi", il dit avec une grimace : "Je suis vraiment désolé pour vous."

Je lui coinçai le pied sous la partie la plus pointue de ma chaussure et passai les dix minutes suivantes à lui enseigner quelques notions sur William Faulkner, Eudora Welty, Tennessee Williams, Elvis Presley, B.B. King, Oprah Winfrey, Jim Henson, Faith Hill, James Earl Jones et Craig Claiborne, le critique et rédacteur en chef de la rubrique gastronomique du *New York Times*. Je l'informai que le Mississippi avait accueilli la première greffe du poumon et la première greffe du cœur de l'histoire, et que les fondements du système légal des Etats-Unis avaient été conçus et développés à l'université du Mississippi.

J'avais le mal du pays et j'attendais quelqu'un comme lui.

Je ne me suis montrée ni très gentille ni très comme il faut. Le malheureux a pris la fuite et a eu l'air inquiet jusqu'à la fin de la soirée. Mais je n'avais pas pu me retenir.

Le Mississippi est comme ma mère. J'ai le droit de me plaindre d'elle autant que je veux, mais gare à ceux qui se risquent à la critiquer en ma présence, sauf si c'est aussi leur mère.

J'ai écrit *La Couleur des sentiments* alors que je vivais à New York, et cela m'a été plus facile, je pense, que si j'avais écrit dans le Mississippi. La distance y a apporté de la perspective. Au cœur de cette ville tourbillonnante et livrée à la vitesse, j'ai trouvé un soulagement à laisser mes pensées ralentir et à me souvenir.

Dans l'ensemble, *La Couleur des sentiments* est une fiction. En l'écrivant, toutefois, je me suis beaucoup demandé ce qu'en penseraient les miens, et aussi ce qu'en aurait pensé Demetrie, bien qu'elle soit morte depuis longtemps. J'ai eu très peur, à maintes reprises, d'outrepasser une terrible limite quand j'écrivais en prenant la voix d'une Noire.

Je craignais d'échouer à décrire une relation qui avait si fortement influencé ma propre vie, une relation faite de tant d'amour mais si souvent réduite à de grossiers stéréotypes dans l'histoire et la littérature américaines.

J'ai été vraiment reconnaissante de lire dans l'article intitulé "Grady's Gift" du Prix Pulitzer Howell Raines :

> *Il n'est pas de sujet plus risqué pour un écrivain du Sud que l'affection qui unit une personne noire et une blanche dans le monde inégalitaire de la ségrégation. Car la malhonnêteté sur laquelle est fondée une société rend toute émotion suspecte, rend impossible de savoir si ce qui s'est échangé entre deux personnes était un sentiment loyal, de la pitié ou du pragmatisme.*

J'ai lu cela et j'ai pensé : *Comment a-t-il trouvé le moyen de dire cela en si peu de mots ?* C'était bien la question périlleuse avec laquelle je me colletais et qui me glissait entre les mains comme un poisson sorti de l'eau. Mr Raines avait réussi à la fixer en quelques phrases. J'ai été heureuse d'apprendre que je n'étais pas seule dans mon combat.

Tout comme pour le Mississippi, j'éprouve pour *La Couleur des sentiments* des sentiments contradictoires. Concernant les limites entre Noires et Blanches, je crains d'en avoir trop dit. On m'a appris à ne pas parler d'une chose aussi embarrassante parce que c'était vulgaire, impoli, et qu'*elles* risquaient de nous entendre.

Je crains de ne pas en avoir assez dit. De ne pas avoir assez dit que non seulement la vie était beaucoup plus dure pour nombre de femmes travaillant chez les Blancs dans le Mississippi, mais aussi qu'il y avait infiniment plus d'amour entre les familles blanches et les domestiques noires que je n'avais d'encre ou de temps pour le décrire.

Ce dont je suis certaine, c'est cela : je n'irai pas jusqu'à penser que je sais ce qu'on ressent quand on est une Noire dans le Mississippi, surtout dans les années 1960. Je ne pense pas que n'importe quelle Blanche qui verse un salaire à une Noire pourra jamais réellement y comprendre quoi que ce soit. Mais tenter de comprendre est vital pour l'humanité. Il y a une phrase dans *La Couleur des sentiments* à laquelle je tiens particulièrement :

"N'était-ce pas le sujet du livre ? Amener les femmes à comprendre. *Nous sommes simplement deux personnes. Il n'y a pas tant de choses qui nous séparent. Pas autant que je l'aurais cru.*"

Je suis à peu près certaine de pouvoir dire qu'aucun membre de notre famille n'a jamais demandé à Demetrie ce qu'on ressentait quand on était une Noire travaillant pour une famille de Blancs dans le Mississippi. Il n'est jamais venu à l'idée d'aucun d'entre nous de lui poser cette question. C'était la vie de tous les jours. Ce n'était pas une chose sur laquelle les gens se sentaient obligés de s'interroger.

J'ai regretté, pendant bien des années, de ne pas avoir été assez âgée et assez attentionnée pour poser cette question à Demetrie. J'avais seize ans à sa mort. J'ai passé des années à imaginer ce qu'aurait été sa réponse. Et c'est pour cela que j'ai écrit ce livre.

B▲BEL

Extrait du catalogue

COÉDITION ACTES SUD – LEMÉAC

Ouvrage réalisé
par l'Atelier graphique Actes Sud.
Achevé d'imprimer
en octobre 2012
par Normandie Roto Impression s.a.s.
61250 Lonrai
sur papier fabriqué à partir de bois provenant
de forêts gérées durablement (www.fsc.org)
pour le compte
des éditions Actes Sud
Le Méjan
Place Nina-Berberova
13200 Arles.

Dépôt légal
1re édition : octobre 2012
N° impr. : 123781
(Imprimé en France)